蘇州文獻叢書第四輯

王衛平 主編

獨學廬文稿

下

【清】石韞玉 撰
董粉和 點校

上海古籍出版社

獨學廬三稿詩卷六

晚香樓集六　古今體詩九十二首

乙亥元旦

芻尼報喜到簾櫳，律轉東風氣漸融。爆竹千聲催日上，雪花六出兆年豐。城邊鼓聽回擬好，窗下燈留禿炷紅。寄語故園小兒女，早營椒酒候衰翁。

題天池生畫雪裏芭蕉圖

疏疏黃竹向秋乾，雪裏叢蕉尚耐寒。笑讀休文舊彈事，當時恩怨太無端。

春　　陰

客歲逢饑饉，春多癘疾侵。貧家困艱食，老子坐愁吟。節已過驚蟄，天猶盛積陰。百憂方在抱，奚止惜花心。

春日訪澄公，用東坡贈參寥師詩韻

開歲雨雪多，二月風猶冷。山中春信遲，百卉未抽穎。今朝忽晴霽，初日觚稜炳。當關雙魚來，巡簷一鵲警。幽人邀入山，暫把塵事

395

屏。蘭舟御風行，捷比花驄騁。探梅鄧尉坳，迤邐入銅井。雖無濟勝材，精進即勇猛。回舟向支硎，遙望刹竿影。空山無人聲，澄公方止靜。相見出新詩，篇篇闢異境。細哦猶未了，皓月升東嶺。何須叩鐵檻，妙墨尋智永。公有擊電機，願聞不敢請。

翌日同往祭船山太守，賦詩述事，和紹武韻

入春常苦雨，新霽到雲房。令節逢花誕，禪機問石霜。尋詩同倚杖，待月更巡廊。明日重移棹，情因感舊傷。

會一上人圓寂于鳳巢，賦詩哀之

昔從濁水索摩尼，十卷《楞嚴》荷受持。此去定登他化路，當來還證我聞時。長空雁過不留影，故紙蜂鑽未是癡。惆悵達摩回向早，迷津欲渡更無師。

題趙開仲雪江垂釣圖卷

吳江楓冷鱸魚香，人生胡不思故鄉。伊人家住青灘上，門前露白蒹葭蒼。仕宦不慕尚書郎，博士官卑近文章。日親仲尼登廟堂，手拊琴瑟吹笙簧。官舍去家二百里，一水如帶通舟航。欲歸不歸三徑荒，故園咫尺遙相望。有時寄情在滄浪，空江白鷺思翺翔。數間茆屋畫中著，笠湖萬頃青茫茫。孤舟六幅蒲帆張，水雲深處鳴漁榔。一竿嫋嫋北風裏，釣得金鱗三尺強。我思從子游濠梁，逍遙齊物師蒙莊。嗟哉惠施棄我去，此願今生不可償。

暮　春

園林春到百花知，我欲尋芳已後時。無事且從犀首飲，有情不諱虎頭癡。蠶方出繭依殘箔，鵲又移巢過別枝。靜坐山中觀物理，身閒

始信日遲遲。

夢中和人作

飲酒招驥卒,尋花仗橐馳。只愁春欲老,不問夜如何。詩就奚童拾,山游細馬馱。壯心容易耗,撫景惜蹉跎。

題五嶼讀書圖

東方有臥龍,讀書觀大略。經生務精純,其流乃穿鑿。亦有綴學徒,所志在好爵。金閨籍既通,束書置高閣。松陵有嘉士,素心愛墳索。終歲手一編,性情此中托。監古求明鏡,醫俗購良藥。世間事萬端,無如讀書樂。況居山水間,清虛接寥廓。苦心忘艱難,至味寄淡泊。我生束髮年,心早慕述作。欲傳無盡燈,若探有底橐。游蜂鑽故紙,驚蛇赴大壑。光陰惜寸分,豈肯坐消鑠。載歌《伐木》詩,聞聲心先躍。安得酒一瓶,與子共商榷。

雨中悶坐

夜雨滂沱晝未休,江城四月尚披裘。春風早布陽和澤,佇看蒼鷹亦化鳩。

閒搴葦箔盼庭柯,伏雨闌風十日多。草草花開又花謝,一年春色暗消磨。

簷溜如泉徹夜鳴,東方欲白曉寒生。黃鸝紫燕悄無語,但聽林鳩喚婦聲。

縱橫衆草太無端,檢點群芳到牡丹。穀雨已過紅未綻,名花偏覺得春難。

春日重過一榭園

春風吹綠滿遥岑，乘興幽尋到舊林。飛燕掠波寧有迹，繁花當路總無心。石頑尚證三生果，檜大將成十畝陰。我似毘耶老居士，眼中閲盡去來今。

江行作

廿年姓字點朝班，心似飛鴻倦即還。留得白頭閑歲月，年年江上看青山。

萬頃滄波一葉船，白頭漁父不知年。莫將妙手誇公子，一釣連鰲事偶然。

登窺園閣呈淵如先生

升高能作賦，古稱卿士才。胡爲江都相，坐守故紙堆？芳園五畝多，結構青溪隈。花竹交掩映，猿鶴無疑猜。主人日三至，客亦載酒來。平橋穩通步，曲水安流杯。綠憐野梅落，紅想池蓮開。高樓在西北，旁有淩雲臺。文窗洶窈窕，明月常徘徊。遥望清涼山，山勢同崔巍。與君結古歡，契若陳與雷。傾心出肺腑，拊掌雜談諧。達人厭圭組，一官棄屣回。移文謝北隴，養志循南陔。烟雲恣游戲，邱壑通化裁。清和四時適，曠奥二妙該。琴書養生主，風月行樂媒。漸離人事遠，方識天道恢。凡今繁華子，不少斗筲材。僥倖一枝借，安知鴻鵠哉。

秦淮上巳

簾外盈盈帶水斜，新來燕子賀成家。堂前欲拜初三月，坐上同看第一花。賸有吟懷方《白雪》，還將笑口嚼紅霞。閒身是處堪栖逸，何必雲門住若耶。

燕子磯

平生性僻耽幽寂，最苦當關熱客來。燕子磯頭三日住，青山任我獨裴回。

晚泊紗帽洲

久客知津不問津，偶逢崖岸即安身。回看萬里乘風客，如此波濤亦駭人。

假館休園

山墅誰經始？江都鄭子真。林泉今易主，魚鳥若依人。陳叟先同井，_{主人見三。}朱公近結鄰，_{謂芙江明經。}棲遲忘在客，婦孺亦相親。

僻巷無車馬，閑庭似水清。荒林花亂發，深樹鳥常鳴。亭取三休義，門仍六慎名。讀書綠陰下，萬卷任縱橫。

積水荒邱下，瀠洄聚墨池。草深鳴蛤蚧，波淨浴鸂鶒。繞樹行吟處，憑欄坐釣時。萬家溝洫利，消息此中知。

晚年機事少，萬物不驚猜。怪鳥避人去，_{園有鴉鳥，自余至後，寂然無聲。}馴猧報客來。苔荒縈篆迹，桐死貯琴材。却惜蘅蕪徑，無人闢草萊。

湖　上

芍藥開時春滿林，湖山到處可幽尋。花嫌日炙人嫌雨，乞取天公一晌陰。

竹裏行厨百末新，鱒魚出水白如銀。主人愛客園丁好，拗取花枝笑贈人。

繡毬花

初夏園林花信過，一株玉樹蔚交柯。瓊瑤刻楮差相擬，蝴蜨成團訝許多。内苑賞春真得寶，後庭蹋鞠欲徵歌。棃雲梅雪曾同夢，寂寞幽人卧澗阿。

觀繩伎作

百花齊芳春晝長，主人醼客開華堂。犂軒幻人百戲集，就中繩伎尤擅場。花間百步廣場闢，觀者如牆四圍列。娉婷少姝二八年，舉頭見客顔羞澀。雙手徐徐挽索登，翩然早在雲霄立。一竿在手如水平，兩端繫物爲權衡。誰道身同一鳥過，黄鸝紫燕無此輕。百尺長繩兩頭繫，一進一退恣游戲。倏忽翻身作倒懸，雙趺向天頭著地。綠毛么鳳挂花枝，飲水猿猱引長臂。須臾騰身復向前，曲肱爲枕繩上眠。海棠一枝睡未足，回身化作風輪旋。兩旁觀者皆心悸，當局逍遥若無事。歛衣行酒到尊前，未飲先令衆心醉。吾聞伯昏無人懸崖置足心帖然，人謂至人全其天。瑣瑣嬰兒技乃爾，前身定是肉飛仙。

休園八咏

三峰草堂

蕉城古巖邑，城市有山林。白屋衣冠古，滄江歲月深。四時宜對酒，一室獨鳴琴。誰道繁華地，蓬壺不可尋。

嘉樹讀書樓

芳園列嘉樹，不讓古平泉。繞屋飛榆莢，垂簾隔柳棉。邱墳應共寶,風月不論錢。客裏分陰惜,流光感逝川。

春 雨 亭

綠槐滴空翠,紅杏濕燕支。蟻夢緣高樹,蛙聲鬧小池。江湖安獨樂,稼穡幸先知。不作商霖想,齊民術自怡。

雲 峰 閣

客居無一事,逢勝即盤桓。高閣三霄近,陰崖六月寒。野風當戶入,山色卷簾看。欲擬登樓賦,愁多涉筆難。

空 翠 山 亭

林陰深似幄,不見四時花。樹集歸巢鵲,藤縈赴壑蛇。臥遊心自逸,坐隱興偏賒。室外蓬蒿滿,渾疑仲蔚家。

希 夷 花 徑

路入蘅蕪去,風吹滿院香。行吟山月近,坐釣水雲涼。園客丹先熟,庖丁器善藏。樵夫偏解笑,獨立對空蒼。

竹 深 留 客 處

十畝羅含宅,茆堂竹裏開。秋高風落木,春潤雨迎梅。地有青寧出,人携白墮來。門多長者轍,行迹滿蒼苔。

來 鶴 臺

不見羊公鶴,荒臺在碧阿。當年仙迹在,此處月明多。芝草籠中餌,梅花笛裏歌。雲霄隨所適,非爲客經過。

401

讀劉文清公集有書齋偶成四律，寄情高遠，依韻和之

紙閣蘆簾自靜宜，擁書竊比蠹魚癡。人因識字憂方大，聖欲無言意可知。蕉萃叢蘭經雪後，磔磔老鶴望雲時。江東耆舊風流盡，何處揮弦問子期。

芒芒赤縣是神州，覺海無邊起一漚。曲士窗間窺日出，化人天際御風游。夢吞丹篆誰相贈，水孕元珠我自求。燕說郢書凡幾輩，誰從滄海障橫流。

兩漢尊經全盛日，六官舉典考文時。先公定禮偏多闕，少女傳書亦可嗤。堂上搢紳歌相鼠，軍中鼓吹吼靈夔。請看杞宋無徵後，何處尋師問舊儀。

新篇吟就寄羊何，折柳皇華和者多。瓠史未亡應有述，笙詩不補豈成歌。幽蘭定入同心賦，靈鳥寧投一目羅。後世子雲如何作，微詞鄭重托微波。

秋日與姚皖薑、沈雪樓兩孝廉，王秋濤、陳小松兩茂才暨陸婿卓夫同游興教寺，漫題方丈

禿髮長眉老比邱，十年卓錫在揚州。六時禪定超三界，萬佛莊嚴住一樓。修竹行廚聯白社，古墻殘墨畫滄洲。玉鉤寂寞瓊花死，惟有空門歲月遒。

將之江寧，自江都泛舟至儀徵，即景成篇

百里真州路，秋風落木時。斷崖臨水曲，遠樹帶雲移。近市千家聚，迎潮一舸遲。浮蹤隨處好，今夜宿江湄。

客　夜

淮南初落木，客館又秋風。梁逝辭巢燕，庭喧促織蟲。歲華談笑過，鄉路夢魂通。惟有窗前月，清光到處同。

刻船山詩鈔畢，題詩於後

茂陵遺稿歎叢殘，手爲刪存次第刊。名世半千知己少，寓言十九解人難。留侯慕道辭官早，賈島能詩當佛看。料理一編親告奠，百年心事此時完。

方尚書挽詞 尚書名維甸，歷官浙閩總督，諡勤襄。

士生宇宙間，所重在知己。知我非一人，公先屈一指。昔公開府長安城，我方分巡華陰市。一言賞識到然明，萬事商量及伯始。忽忽周旋甫三月，我官復向山東徙。臨別情依依，愛我入骨髓。一話與一言，總爲蒼生紀。是時秦中兵火餘，官倉懸罄呼庚癸。有人違道干衆譽，一切征徭悉禁止。余曰和糴雖病民，豐年有穀之家尚可以。一朝水旱逢天災，無食貧民將餓死。彼豈甘心作餓夫，誠恐潢池盜復起。延綏況是古邊疆，軍食尤需籌積紊。常平糶糴本舊章，我言未終公曰唯。我出秦關未十旬，公之封章已達承明矣。我官緣事一朝罷，公因潔養歸鄉里。我爲教授至秦淮，公聞我至色先喜。公至我迎門，我往公倒屣。談笑欲生風，盤桓輒移晷。縱談天下事，俛仰古今裏。上籌國計下民生，旁及四裔若尺咫。説鬼學蘇髯，談天辯周髀。携尊每相就，秉燭猶未已。形骸脱略見天真，通懷樂善如流水。前年盜起燕齊間，公方銜恤深閉關。天子有詔召公起，公辭不就非愛閑。但願手執干戈身爲士卒先，不願受禄立朝班。天子鑒公誠，許公歸故山。公歸易衰服，築室守墓田。去年三吳雨澤愆,田穀不成比屋無炊烟。公出家財倡義舉,義漿仁粟列市廛。寒者得衣飢得食,江寧一郡忘凶年。嗟公活人累千萬,貧人感泣富人勸。萬閒廣廈蔽人難,如公方遂平生願。公病黃疸非沉疴,江南卑濕此疾多。五月謁公入公室,公方健飯意無他。渡江而北纔兩月,忽傳凶問初疑訛。公竟乘雲歸大羅,四海望公今則郵。

追和船山太守自題惜馬圖詩

朱門不許千金市,青海曾經百戰來。敢以識塗矜老大,空教伏櫪歎馳騤。韓盧亦有神仙分,黔衛都成令僕才。嗟爾權奇空自負,無人收骨到燕臺。

自江寧放舟還維揚,即事成篇

放眼滄江上,游心紫宙間。關河千馹遠,天地一鷗閒。赤辨周瑜壁,青知謝朓山。塵中人代謝,流水自潺湲。

江南至江北,一葉度如飛。望岸停征棹,循牆叩故扉。園丁高屋帽,爨婢禿襟衣。聽得歸人信,迎門笑語圍。

和休園主人自題詩韻

蒼蒼雲樹雜風泉,圖畫天然似巨然。吉慶花飛環坐下,聰明鳥語到尊前。病如鑿齒能安隱,老愛舒祺祝象賢。我亦王官谷中客,三休心事倩同傳。

王東卿山水畫幀

萬山蜀道碧嶙峋,妙手摹來總入神。今日寢門悲逝者,當年同是畫中人。

邗上送兼山北上

四海人人説項斯，老夫傾蓋最先知。馬卿才調冰壺月，叔寶風華玉樹枝。十笏蕭齋秋夢地，三升清酒夜談時。長安日近人尤遠，此後相逢未可期。

即事成咏

謝家風月總清新，鸚鵡聰明亦可人。移得一叢香草至，秋花雖晚豔於春。

百花多似錦屏開，一箭蘭芽著意栽。誰道春光已遲暮，盡梁尚有燕飛來。

舟至澔墅，雨阻不得歸

故山已在望，雲樹遠微茫。淫雨歲時歇，孤舟此夜長。麥田晚蛙噪，桑墅早蠶忙。獨旦不成寐，重衾永夕凉。

六十自壽

六十年華彈指過，妄思將壽補蹉跎。畏人杜老幽棲僻，繕性莊生宴坐多。當世行藏原自斷，力田孝弟本同科。髭鬚如雪真天幸，幾許英賢鬢未皤。

忽作城南老秃翁，一生心事付飄風。萬言獻策龍樓下，百計籌兵虎幄中。櫟樹不材終似雁，蔓茅無兆到飛熊。姓名屢點山公牘，誰信潛夫道已窮。

兩朝知遇主恩稠，地厚天高未得酬。此際捫心終負負，當時騰口太悠悠。常看華士爭西笑，每見雲將問北游。壯不如人今老矣，齒危髮秃復何求。

欲求道岸苦無津,坐看雙丸若轉輪。髀肉復生傷往事,鬢毛漸改惜餘春。不妨磨蝎逢初度,止托鴟夷作後塵。惟有累人衣食計,白頭猶未息勞薪。

不羨平泉草木新,敝廬世守念先人。仍將經史名吾里,聊藉山林托此身。堂上瑟調《二婦艷》,畫中花駐四時春。非才敢道烟霞痼,自古神堯有外臣。

衆花長養竹平安,俛仰山林歲月寬。奴解詩書常戀主,婦能荆布勸休官。和神國近遊來便,廣樂天高夢到難。人世光陰真似電,兩番甲子又重看。

百歲憂歡歷萬千,此中不動道心堅。蠹魚食字原能飽,么鳳栖香亦近仙。除却性靈皆外物,偶然和合總前緣。斑衣共序天倫樂,弱女驕兒滿眼前。

蟋蟀驚人日月除,今朝對酒笑顔舒。父爲文吏曾持戟,兒是貲郎解讀書。平仲舊交投雁雉,偃師新戲幻龍魚。舒祺少小翩風老,同向尊前問起居。

韓聽秋以天台藤杖見貽,賦詩奉謝

客貽靈壽一枝藤,老去扶持是可憑。某水某山隨意往,在朝在國待年增。端行頤雷誰相責,緩步當車我尚能。携取百錢恣幽討,逢花遇酒興飛騰。

蔣堯農自山東來,賦詩爲壽,依韻奉酬

富貴長生又學仙,世間百事邮能全。但知山水閑情好,敢道松筠晚節堅。捫蝨有心空擊節,捕蟬無意懶揮絃。龍伸蠖屈看應遍,江上微禽獨信天。

功名智勇原無定,風雅交游別有神。常以静觀忘出處,并宜平

等視寃親。莊生著論先齊物,杜尉吟詩少替人。努力早營歸老計,故園松菊尚留春。

初冬至天平山看紅葉,因訪澄性上人

嶺上鐘鳴嶺外聞,尋僧心受戒香薰。錦囊詩艷吟紅葉,竹竈茶温煮白雲。緇素皈依支長老,丹青圖畫李將軍。清遊不覺歸來晚,一路看山到夕曛。

雲泉精舍題壁

攬勝不知遠,閒尋祇樹林。雲分上中下,僧閱去來今。小閣絕塵迹,空山生道心。幸乘筋力健,時復一登臨。

蔣伯生大令浚玉女池,獲秦碑殘字,拓本見貽,走筆作長歌紀之

嬴氏燔六籍,鑿石刻詔書。彼廢此復興,物理常乘除。嶧山之碑遭野火,當時文字成灰土。徐家補亡亦贋鼎,點畫雖存趣不古。昔我繡衣東海來,訪古不遺輿與臺。孔林豐碑若林立,觀者寶愛同瓊瑰。岱宗八分亦奇絕,擬諸先秦總非儕。蔣侯嗜古積成癖,荒山窮谷儘搜摘。玉女池乾葑草多,草間零星積瓦礫。糞除既畢池水清,水中一片秦皇石。依稀臣斯臣去疾,一波一磔可尋繹。吉光片羽世所希,攜歸尚帶苺苔碧。此物銷沈二千載,滄桑屢變今還在。奇文全仗好事傳,名迹寧爲暴君浼。請君精紙佳墨拓萬本,遍遺友朋及寮寀。歐趙兩家所未見,神物護持如有待。

咏　　史

秦用商君法,逋客無遁藏。後世祖其意,保甲編成章。其人雖

自敝，其法實則良。胡爲博浪沙，金椎出道旁？萬乘千騎間，出入莫敢當。此非天網恢，毋乃失紀綱。大索十日窮，罪人終逃亡。寄語千金子，安坐毋垂堂。

孫武兵法祖，繼者有武侯。心書闡遺義，字字先後侔。中原既板蕩，天險在益州。當其隆中卧，早定三分謀。劍閣塞關隴，夔門鎖江流。舉國習農戰，民勞亦小休。若言獎王室，山川阻且修。水陸不並進，神州安可收？一師向宛洛，一師出岐周。首尾不相救，攻瑕勢方遒。自從失荆襄，初願遂不酬。

觀戲有感

百花堂外拓歌臺，豪竹哀絲次第催。觀者如牆齊引領，斑騅馱得陸郎來。

四載聞聲識面難，忽驚環珮出勾闌。若非自述瑶華字，幾作烏衣子弟看。

秋孃江左並風華，李錡當年爲破家。不學緑珠樓下墮，別翻新曲付琵琶。

歡場百戲正婆娑，有客聽歌喚奈何。眼見平泉興廢事，由來尤物禍人多。

桐城兩賢行

桐城有兩賢，方叔與姚叟。通經識時務，當世少其耦。秋初驚聞方叔故，秋深又得姚家訃。龍蛇運厄在賢人，一篇感舊重新賦。先生筮仕乾隆間，日下才名萬口傳。蓬山著作推尊宿，畫省郎官望若仙。秋風忽念蓴鱸好，神武門前掛冠早。五百門生絳帳前，執經請業都聞道。桐城文章推兩方，百川、望溪。先生臍載升其堂。如木從繩金受範，尺寸不肯踰短長。我生識公晚，公意特繾綣。携杖每相過，揮麈輒稱善。秦淮風物清且閑，尚書告寧亦在山。山中日月不易得，我乃談笑兩賢間。彈指光陰五裘葛，馬卿筆札君卿舌。方向西南慶得朋，誰料一朝皆永訣。尚書騎箕歸帝旁，公亦逍遥白雲鄉。我思逝者心悲傷，笛聲悽惻如山陽。

挽同年伊墨卿

我年行六十，故舊漸零落。海内同歲生，今又一个弱。揚州太守伊墨卿，治郡欲奪龔黄名。歸家十年復來止，朱邑不忘桐鄉情。君言故山林壑美，十畝之園隔城市。稻梁價賤鮭菜多，三百青錢足甘旨。北望京華心不已，一朝復爲蒼生起。古人就國當夜行，欲前不前是何以。蕪城明月五回圓，祖生盤桓未著鞭。白雲出岫原無意，試問九原然不然？我尚叨君一歲長，君胡先我歸泉壤。朋友傷心父老悲，素車白馬臨江上。丹旐搖搖反故間，人生到此天何如。獨留一事強人意，有子仍能讀父書。

吴曇繡挽詞

茫茫宇宙間，大海真無邊。浮萍兩葉逢，亦是多生緣。公生歲甲子，我後十二年。事公如事兄，於禮亦宜然。家世閶闉城，與公生同里。平生出處蹤，約略頗相似。百吏共彈冠，人情重館閣。公居鳳凰池，儦直聽金鑰。我在玉堂中，簪筆守鈴索。皇天付玉尺，量才典文學。桃李滿門前，顧之心亦樂。忽然事戎馬，世事偶邂逅。公平南越王，我掃西川寇。姓名九重知，論功賞亦懋。冠影孔翠翎，衣表神羊繡。及公作屏翰，開府東海濱。而我亦繼至，爲國執法臣。芳林槿易瘁，滄波蠖不伸。安步躓於垤，先後歸田畛。詩書課後生，伏臘隨鄉人。方期雲龍逐，同享太平春。誰料天不吊，公竟先歸真。古云德不孤，修士必有鄰。芝焚蕙應歎，長言當吟呻。

409

陶雲汀給諫寄示皇華草，漫成二律

奚囊詩草錦成堆，使者當年蜀道回。遇主逢時知士貴，升高能賦見卿才。一編珠玉經心出，萬里雲山放眼開。竊喜湖湘采風日，先從衆裏識奇材。

揭揭鋒車指大峨，時因慷慨托高歌。川原登涉皇程遠，都邑經過戰壘多。問俗寶書勤著述，愛才珊網儘搜羅。此邦悉我曾游地，把卷重將倦眼摩。

孫淵如五畝園圖

興公厭塵網，言尋遂初賦。心愛鍾山佳，卜宅金陵住。芳園五畝多，近接青溪步。當中構虛堂，制度甚完素。堂後布名花，堂前列嘉樹。幽沼屈曲通，清波自流注。中有妙蓮花，觀者生神悟。主人愛客來，共領烟霞趣。

古人勞王事，將父每不遑。公獨篤於親，潔養歸故鄉。堂上垂白翁，心泰身康強。室有三婦艷，佳兒亦扶床。花時集婦子，介壽舉一觴。綵衣共娛戲，蘭桂儼成行。安事人爵榮，天爵樂未央。

古今人不同，所志必有托。或愛貨與財，或慕官與爵。擾攘百年中，一心苦纏縛。公乃異於是，所尚天倫樂。阿翁八十餘，精神甚矍鑠。明歲鹿鳴時，旨酒看重酌。大椿多修齡，常棣亦聯萼。我知謝幼輿，所性在邱壑。

富貴易銷歇，文章乃不朽。聖賢垂六籍，所仗經生守。公性耽圖史，勤學世無耦。書宗孔氏傳，潛研及科斗。解字及說文，一筆不肯苟。鴻文自有範，英絕脫窠臼。著成等身書，壽比名山久。

將去金陵，留別夏生文茵

寄迹鍾山下，頻年慶盍簪。士先端始進，學在惜分陰。薪火三生契，風雲萬里心。豫章非有種，善養即成林。

世俗爭名急，文章載道難。但師庾信健，不取孟郊寒。美集千狐腋，功成九轉丹。妙來無過熟，消息視僚丸。

十笏維摩室，周旋四度春。松筠心不改，燈火夢常親。書帶階前草，儒冠席上珍。吾門有衣鉢，想望眼中人。

六十勞生久，吾衰願息機。名山誰可托，流水自知歸。鵬運前程遠，萍蹤後會稀。臨歧留一語，捷徑古人非。

老態漸生，口占自嘲

零落殘牙力漸枯，雙眸無鏡即模糊。平生怕作欺人事，側室雖多不染鬚。

兒女小名呼輒誤，讀書掩卷便茫然。逢人話及少年事，覼縷常如在眼前。

爲馬星璿題照

弱冠相依今廿年，鬇鬡鬚髯漸蒼然。平生愛學涪翁筆，費盡成都十樣牋。

愛酒耽書是宿因，錚錚自現鐵中身。文章我媿蕭夫子，門下憐才亦有人。

411

獨學廬三稿文卷一

論

辨惑論

人與物並生天地之間，鳥獸蟲魚有知而草木無知，故鳥獸蟲魚貴而草木賤矣。人之生最靈，鳥獸蟲魚蠢而動者爾，故人貴而鳥獸蟲魚賤矣。聖人體天地之心，以貴者治賤者，不以賤者害貴者，故鳥獸蟲魚戕草木以自養而弗禁也，人集鳥獸蟲魚以養其生而亦弗禁也。人有生而即有男女之欲，鳥獸蟲魚有生而即有雌雄牝牡之感，此天地之氣所以生生而不已也。

《易》曰："天地絪縕，萬物化醇。男女構精，萬物化生。"明生機之不可以暫息也。聖人創爲夫婦之制，族姓以別，宗祧以永。老者有所養，少者有所育，夫亦義之至精者矣。人之所以異於禽獸者如此而已矣，雖有聖人不能并男女之欲而禁之也。

自佛氏之言出，以殺爲大惡、以淫爲大戒，於是持齋戒殺。又禁男女之婚嫁，而令其出家。嗚呼！聖人垂教，非欲令胥天下之人而從之乎？果如佛氏之説而胥天下之人以從之，不百年而人類絶矣！雖然，佛氏能禁人男女之欲而不能禁萬物雌雄牝牡之感，人類雖絶而萬物則自生自息於天壤之間。人奉佛氏之教而其類絶，萬物不奉佛氏之教而其類益滋，且又禁人之殺生焉，是不百年而鳥獸蟲魚將充塞於宇宙矣。人無噍類而鳥獸蟲魚充塞天壤之間，吾不知爲佛者何樂乎？此有物無人之世界也。

聖人立教，人人可行，世世可守，故謂之曰"中"。非聖人之説皆不可通者也。不可通之説不可以爲天下法，此之謂"異端"。聖人所以惡"異端"，蓋謂此也。

出　母　論

孔子無出妻之事，儒者以《檀弓》：伯魚母死，期而猶哭。夫子曰："嘻，其甚也！"遂指爲出母之喪。不知古者父在，爲母之服本期也。是時孔子尚在，伯魚爲母之服及期而除，禮也。既除而哭，則禮之過。先王之制，賢者俯而就，不肖者仰而跂。伯魚雖孝，不得越禮而不除。既除，即不當哭，而猶哭，故孔子謂之已甚。此正是父在爲母之禮，不必出母也。

《檀弓》又曰："子上之母死而不喪，門人問諸子思曰：'昔者子之先君子喪出母乎？'曰：'然。'"門人此問，是問其制禮何如？非必問其躬行之事。且所謂"先君子者"謂孔氏先世，不必伯魚也。如曰伯魚，則《喪服傳》云："子爲父後者，則爲出母無服。"伯魚無兄弟，正當爲孔子之後，又安得爲出母制服乎？《檀弓》謂"孔氏之不喪出母，自子思始也"者，謂孔氏至子思始有出妻，非謂孔氏先世皆出其妻也。《詩·河廣》之疏曰："母出與廟絶，不可以私反。"私反且不可，又從而爲之服，可乎？子思曰："爲伋也妻者，是爲白也母。不爲伋也妻者，是不爲白也母。"此千古不易之論，能爲妻則不出，出則不能爲妻，此兩言而決耳，又何疑乎？

或曰："子言'母出與廟絶'，信矣！而《儀禮》有出母之服，何也？"曰："先王制禮，非一端而已也。婦人之義，從一而終。其出也有嫁者，有不嫁者。其不嫁者，夫棄其婦而婦猶不忍棄其夫，夫妻

413

之義絕而母子之恩未絕，故‘不可私反’者，尊嚴父之命，而爲之服者，申孝子之情也。其嫁者，夫妻、母子之恩皆絕，夫不得復以之爲妻而子又安能復以之爲母乎？"此禮無明文而其義可推而知也。否則，出母期，父在爲母亦期，既出之母與在室之母同其服，必不然矣。婦人無二天，出而不嫁，是猶以吾父爲其所天也，子不能忘其恩，情也，亦義也。出而嫁，則已在他人之室，成婦道矣。彼已不以吾之父爲夫，而吾又安能以他人之妻爲母乎？夫固不待智者而辨之矣。

先王之禮仁之至、義之盡，非如後世細人知有母而不知有父若禽獸者也。

解

慈母如母解

《儀禮》定"喪服"之制曰："慈母如母。"蓋三年之喪也。《傳》曰："慈母者何？妾之無子者，妾子之無母者，父命妾曰：汝以爲子；命子曰：汝以爲母。若是，則生養之，終其身如母，死則哭之三年如母，貴父之命也。"夫人之有生，父兮生我，母兮鞠我，是人各有其母。而此云無者，何哉？蓋妾之子，其出也微，子生之後，其所生之母或死焉，或嫁焉，事之所常有也。子不能無所恃而成立，父之他妾鞠之、育之，其恩與己母同矣。彼既視我如子，我安得不視之如母？況又重以嚴父之命乎！且人倫之道，父以恩生，母因義起，故有嫡母焉，有繼母焉，有庶母焉，皆非母也。而皆謂之母，蓋名從義起，由父之恩而推焉者也。子思之言曰："爲伋也妻者是爲白也母，不爲伋也妻者是不爲白也母。"言爲父之妻者，皆爲子之母也。父不以爲妻，雖生我不得謂之母也。父以爲妻，雖非生我不得不謂之母也。《喪服》之篇"繼母如母"、"慈母如母"，連而及之，明慈母與繼母同也。惟繼母者兼嫡庶子而言，慈母者專言庶子而嫡子不與焉，因其非父胖合而別之也，斯禮隆殺之辨也。

記

湯溪縣學尊經閣記

太史公曰："學者載籍極博，必考信於六藝。"誠以六藝之文皆羲、農、堯、舜三代以來聖主賢臣之言，而又經孔子所手定。凡天地苞符之秘、帝王治平之要、匹夫匹婦日用行習之事，無不於是乎在，故尊之曰"經"。經者，常也，萬世不易之常道也。周室衰微，處士橫議。嬴氏既有天下，深惡其言，因而阮其人、燔其書，而甚乃併聖經而焚之，此則世變之不及料者矣。幸有一二抱殘守闕之士摭拾於灰燼之餘，逮漢興而經籍復傳，蓋先聖、後聖之淵源有不可絕於天壤者矣。

方今文教昌明，四海之內一州一縣無不立宣聖之廟，春秋上丁以天子之禮樂祭之，所以尊師重道者至矣。而文廟之後必有尊經閣以藏古今圖籍，俾學官弟子有所稽考。於書無所不藏，而必以尊經名閣者，蓋以經爲衆説之郛，舉一經而古今圖籍無不賅焉。即學官圖籍或存或亡，有閣不必有經，而有閣存焉，必有顧名思義者因閣而求經，庶幾存者可守，亡者可補，此亦如告朔之犧羊存而禮可復之意也，信乎斯閣之不可少也。

浙之湯溪係新建之縣，文廟既立，而尊經閣尚闕焉。嘉慶壬申，余長子同福宰是邑，因紳士之請，鳩工庀材，卜良辰而建之。閣既成，請余紀其歲月。余謂是邦人士知尊經必能明道，能明道則必能達於孝弟忠信之義，處爲良士，出爲名臣，皆於此始基之也。故樂得而述以文。

重修義烏縣忠孝義祠記

古云：十步之內，必有芳草；十室之邑，必有忠信。自古秀民善士不擇地而生，然遐陬僻壤往往寂寞無聞者，非無人也，無人振起之也。義烏地分婺女之次，今隸金華府。秦時有孝子顏烏葬其親，群烏銜土來助，縣之得名由此始。唐則有駱賓王爲臨川尉，從徐敬業起兵討武曌之亂，事雖不成，義烈之氣，炳然宇宙，所草檄三尺童子至今尚能誦之。宋則有忠簡公宗澤，當靖康之難守磁州，高宗潛龍在淵，將赴金營，過磁，公遮留之，遂啓南渡中興之業。而公留守汴京，招集天下勤王兵，誓師渡河。請高宗回鑾，圖恢復之計，疏至二十四上，爲黃潛善、汪伯彥所沮，發憤，疽生於背而卒。然終公之世，金人不再犯汴京，惟公保障之力。此三人者，皆古今不世出之人，皆爲義烏所產，則是邦之風俗人心，固有勝於通都大邑者矣。

嘉慶戊辰，余長子同福奉上官檄，權知縣事。請宰縣之術，余曰：縣令，民之牧人也。錢穀賦稅，惟令是徵；刑罰訟獄，惟令是聽；詰姦除暴，惟令是責；水旱凶荒，惟令是咨。令之爲職綦重矣，然皆世俗所能爲也。古之所謂循良吏，惟在能教養斯民。吾聞義烏人務農桑、善藝植，地居溪山之間，水旱不爲災，兩歲耕則有三歲之食。又土產棗榴，園林之利，歲入二三千萬錢，斯民固能自養矣。官斯土者，其以教爲先務歟？同福既至官，邑人請曰：縣舊有忠孝義祠，建於雍正五年。載在祀典者五十人，歲久寖廢，棟宇傾頹，庭戺蕪穢。不治，懼無以妥神靈而昭肸蠁，願及時修復之。於是鳩工庀材，繕宇葺牆。四郊聞風，踴躍襄事。既成，同福率邑之人士落之，而請余爲記。余曰：善夫！此即曩余所云教之一端也。夫教莫先於風俗，風俗之美莫重乎忠與孝與義。忠孝義稟諸天性，激而發之,則人也忠如宗澤,孝如顏烏,義如駱賓王,固古今不世出之人矣。今之人猶古也,曠世相感,當亦有聞風而興起者耶!風俗人心之美,當亦有不待教而成者耶!寧惟是官斯土者樂與觀成,亦采風問俗者所聞而嘉歎者也。

余不敏,方待罪史館,宣教化、勵風俗,惇史職也,故書其辭於麗牲之石,以告方來。

滸墅文廟記

蘇州西北三十里而近,其地曰"滸墅",有關焉,國家稽察非常並征稅之所也。明時司農遣其屬專掌稅務,今制則以織造使者兼領之。其地四方市舶鱗次,兩厓間叇人成聚,烟火萬家,雖在郊坰之外,其景物繁昌與郡縣等。明嘉靖九年,户部員外郎方鵬司是關,始於中津橋之北創立義學,以教授生徒,即於其地廟祀至聖先師,歲時以祭,歷今二百有餘歲不廢。

近歲,其地士民因舊圖新,議加修葺。請於榷使阿公,公首捐俸百金。四民踴躍,樂輸者雲集響應。塗茨丹臒,次第畢舉。土木之功既藏,重繕聖賢神位,奉安大殿。又釐正兩廡從祀,先賢先儒名位悉從今制。殿中懸御書扁額,殿後重建崇聖祠及方公祠。又采形家之言,新建文星閣一座,兩旁樹龍門、鳳池門。築泮池之隄,增高宮牆,門外立官民下馬牌。又考孝子及先後登科第者,榜其姓名於明善堂之楣。制度大備,略與郡縣相垺。是役也,經始於嘉慶二十年仲冬之月,朞而告成。諸生凌壽祺、金晉、陸廷燦等董其事,凡用金錢一百萬有奇。嘗思聖人之道,若日月之經天,江河之緯地。日月光華,炳燿六合,而一微塵之細,亦無所不燭;江河之水包兩戒、絡九州,而涓滴之澤,必及於物。故宇宙間無往而非道,即無往而非聖人之靈爽所式憑也。

古者黨有庠、術有序，雖十室之邑必有學，學必釋奠於先聖先師。古之帝王所以崇禮教、厚風俗，其意若此之盛也。今聖人御宇，尊儒崇道，臨雍講學，而圜橋門觀聽者如見三代之隆。天下一郡一縣無不建有文廟，設立學官，春秋享祀如禮，文治之盛，古今未有。

兹澻墅僻在一隅之地，而彼都人士亦能崇廟貌、修祀典，青衿子弟弦誦於其中，俾觀者如身游洙泗之間，此非風俗醇樸、禮教昌明之效與？是廟興修者屢矣，均有舊記可考，兹復志重修歲月於麗牲之石，以備後之人考索焉。

丹陽麥舟橋記

昔吾祖曼卿先生流滯丹陽，三喪不舉，范堯夫於是乎有麥舟之贈。他日，吾祖歸所贈而范公不受，乃作麥舟之橋以志其德，迄今事隔七百年矣，經斯橋者，莫不誦吾祖之清芬，而感范公之高義焉。

抑班生有言曰朋友之道五，而通財不與焉。嘗見今世之通財者矣，始焉有所求而得則喜，有所求而不得則怫然怒矣。繼焉有所責而償猶有德色也，有所責而不能償則怨詈隨之矣。凶終隙末，忘大德而思小怨，然後知古人不通財，蓋全交之道也。若忠宣麥舟之贈，非吾祖求之也。其歸也，忠宣未嘗責也。不寧唯是，又且從而兩讓之，此與虞芮之閒田何以異？友道若此，則財亦何不可通之有？斯道也，雖百世儀型可也。

舊碑漫滅不可辨，因重題其名而志之。

崇真道士畫像記

自譜學之亡，搢紳先生每數典而忘其祖，三世以上有不能舉其名字者矣。葉竹虛尊師既輯《崇真宫祖德録》，復追摹其先十七世之像彙爲此卷，以儒者之道言之，此亦《葛藟》本根之義也。此可以厚風俗而勸人心，非徒爲崇真一時之盛事而已。師介吾與庵心誠上人持卷索予言，因題數語而歸之。

翠微樓記

嘉慶十二年，余自翰林引疾南歸，卜居於杭州紫陽山之麓。紫陽山，地志所謂吳山第一峰者是也。所居不盈五畝，聊以栖婦子、蔽風雨而已。宅之後有小樓三楹，當吳山之曲，諸峰三面環之，窈窕瞰人。城南女牆百雉參差，若隱若見於觚棱之外，如長川之觸微風而生波，鱗鱗而不可窮。山木疏植，攢三而聚五，亭亭于霄霓之表，雖卧于榻而可覩也，余因題之曰"翠微樓"。考《爾雅·釋山》之文曰："未及上，翠微。"注曰："近上旁陂"也。或曰："山氣青縹色曰翠微。"吾樓南向，而諸山抱其西南，咫尺相望，若比鄰然，出門數十步即當拾級而登。由前之説，謂爲"未及上"可也。東南地氣暖，草木四時常青，山之毗吾樓者，若鬟若髻，隱約於硯席之前。春雨如沐，夏雲如蒸，秋霜不凋，冬霰不停，四時之景不同，而葱蘢蒼蒨之色不改。由後之説，謂爲"山氣青縹色"，亦無不可也。客或詰之曰："古稱登高能賦，卿大夫之才也。故登泰山者必窮日觀，登華嶽者必造青柯坪，以爲如是而後極天下之勝觀。子不思登峰造極，而顧有樂於未及上者，毋乃拘於墟歟？"余應之曰："然。吾向者嘗爲蜀道之遊矣，萬山崒嵂，高可以摩青天。其下臨不測之谿，百夫邪許，推挽懸繩而後上。心震悸而不寧，下視城郭人民，如極樂世界，蘄至其地而後即安。吾深知夫登峰造極者之危，不如未及上之安也。其勞也，不如未及上之逸也。"客笑曰："有是哉。"爰濡筆而爲之記。

城南老屋記

余家故寒素,城南經史巷有老屋一所,即余初生之地也。西鄰爲何翰林故宅。何名焯,學者所謂義門先生。其居與余居比屋連牆,其子孫不能守,吾先子割其宅之半以自廣,於是有山池竹木之勝。

乾隆庚戌,余以進士通籍官京師,將移妻子入都,治裝無資,不得已質宅於中表黃氏。歷十有六年,嘉慶乙丑,余以重慶守入覲,因告歸省墳墓,黃氏表弟紹武歸余宅,而未能償其直也。丁卯,余再入翰林,引疾歸,而老屋蕪穢,不蔽風雨。維時長男同福官于浙,因携家就之,卜居于紫陽山之麓,乘其隙稍稍修治故宅,且漸償黃氏之直,復拓旁屋附益之。又五年,歲在壬申,始婦孥於先世之舊居。

所居之南有水一池,池上有五柳樹,皆合抱參天,遂名之曰"五柳園"。柳在池北者四,池南者一,綠陰如幄覆池上,池水常綠。西磧黃山人貽余大石,上有"滌山潭"三篆字,遂以名吾潭。柳陰築屋三楹面水,曰"花間草堂"。其西乃何氏賚硯齋,彼名之以榮君貺,余不可無其實而有其名,易其名曰"花韻庵"。其東南有屋三間臨水,曰"微波榭"。榭之西有廬若舫,環植梅樹,顏曰"舊時月色"。後有小閣象柁樓,曰"瑤華閣"。閣外玉蘭一樹,高與閣齊,花時如雪積蒼端,閣因樹以爲名。舫之北叠石爲洞,門曰"歸雲洞"。洞外石中有泉,曰"在山泉"。洞內構屋三間,曰"臥雲精舍"。由此繞出花韻庵之左,東北有斗室,曰"夢蝶齋"。園東因何氏語古齋舊基改築樓五楹,落成於鞠有黃華之候,名之曰"晚香樓"。樓北曰"鶴壽山堂",則余先世"雲留書屋"故地矣。余既受朝恩,通仕籍,不可襲希夷遁世之語。而往歲得焦山《瘞鶴銘》古本,寶而藏之,故摘銘首二字以名吾堂。又其北曰"獨學廬",藏書二萬餘卷。其東北曰"舒咏齋"，童子讀書之所。其北曰"徵麟堂"，則先世之舊聽事也。室宇無多，聊以庇吾身焉。計余年三十五及第登朝，至五十二歸田，其間一典福建鄉試；一督湖南學政；守重慶者七年；晉階潼商道，掌潼關之稅務；遷山東按察使；三權山東布政使事。凡官於中外者十有八年，曾無寸田尺宅，幾幾乎并先人之敝廬而失之。其歸也，至無以安八口。古人云"隨身衣食，仰給於官。不別治生，以長尺寸。"余亦庶幾矣。今歸田七年，乃藉朋舊草堂之資，銖積而寸累，以復先人舊業，不可謂非幸也。而余年亦六十矣。我子孫若能世世守此，饘於斯、粥於斯、歌哭於斯，富貴也無有加，貧賤也無有損，是則余之深願也夫。

菩提庵西院興修記

昔達磨祖師以天竺香至王子，從般若多羅尊者受如來正法眼，尊者傳衣授記而説偈曰"果滿菩提圓，花開世界起"，遂名之曰"菩提達磨"。又曰："吾滅度六十七載，汝當往震旦設大法藥，汝所化之方獲菩提者不可勝數。"師以是因緣而入中國。維時蕭梁武帝方崇佛道，欣然啓請，機緣不契，師遂北至嵩山少林寺，終日面壁默坐。蓋師初意本在江南，以時節因緣未至，不得已渡江而北也。逮五傳至弘忍大師，門下南能北秀，頓漸分宗，並稱六祖。然衣法所傳，畢竟以曹溪爲嫡派子孫，故後南宗之盛滿天下，而北宗寖微焉。然南朝四百八十寺，今存者無幾，祖庭興廢，所貴紹隆有人。

吾鄉菩提禪院開山于有宋皇祐，舊名臻福寺，性復和尚所創始也。明天啓中，有西蜀無爲學公卓錫於此，演説菩提真覺妙義，遂易今名。至國朝分爲中、東、西三院，後中院無人，其道場歸入東院。而西院則有性堅益公安隱清修，緇素敬仰，乃于乾隆乙丑之歲營建山門、大殿。道章熙公繼起，復于丙申歲刱建大悲寶閣。丙午歲，今沛蒼潤公又建觀音殿。嘉慶乙丑，又建三元閣與張僊殿，而厨房、寮舍則又有天揆和尚助成之。於是菩提西院之規模略備，此非紹隆有人之效歟？當時梁武帝以造寺、寫經問達磨有何功德？師對以人天小果，並無功德。此祖師以最上乘説法，其實護持三寶、造寺寫經，亦曷可少也？學者以有爲法而證無爲法，若華嚴樓閣彈指即現，何莫非菩提之妙義乎？余因潤公之請而志其崖略，俾後人知諸尊宿締構之勤勞以及興修之歲月。若善男信女捐資助成者，當泐他石以表善緣。

靈隱游記

西湖名勝炙天下，湖上寺以百數，靈隱最古，自東晉咸和元年番僧慧理開山，歷今蓋千有餘禩。方丈主僧擊楗椎開堂，僧徒守木叉戒演瑜伽法，常住四五百人，東南一大道場也。

嘉慶己巳歲，開府儀徵阮公建書藏於寺，招集賓僚，一再過其中，士大夫遂多與寺僧相識。是歲五月既望，寺主品蓮和尚邀爲蔬筍會，同會者四人：顧星橋、陳桂堂兩先生，顧子藺庵、蔣子蔣村。與余而五焉。晨出清波門，坐小舠達茅家步，登岸坐筍輿，約可六七里，造飛來峰下，步入方丈。星橋先至，蓮公出所著《山居詩》三十首，余與星橋共讀之，詩思清絶，冷齋、參寥一流人矣。少選，桂堂至，顧、蔣二子亦同至，共飯於補梅軒。日亭午，同步詣集慶寺，寺久廢，老屋三五楹，露叢篁灌木間。主僧出酪客，寺有南宋理宗像，共觀之。又有《理宗宴遊圖》，直幅高三尺許，廣得高之半。圖中凡八人：戴烏紗折角巾，衣黄龍袍者理宗也；翟冠褘衣，顔色端麗者閻妃也；一人冠帔差降，從其後，不知何許人，意亦是當時宫嬪；其旁紅袍，戴折角巾者爲度宗；烏紗垂翅帽，淡黄袍者爲閻妃之父；又其旁兩中官，一衣絳，一衣藍，舊傳爲史彌遠、賈似道二人，舊志已疑之，以爲天子與妃嬪燕遊，外臣不應在側，今細辨之，兩人皆少年，無髭鬚，烏帽無翅，服飾不似有名位人，殆即近侍貂璫，俗僧不知，而附會以爲史與賈耳！最後一童子，約年十四五，幅巾青衣，舊傳爲太子。按理宗無子，以榮王與芮之子爲子，即度宗也。別無所爲太子者，且冠服不類貴人，傳聞之誤耳。因各題名于軸邊欄。出至永福寺，登樓觀石筍。歸過松籟山房，即紫竹林也，竹垞老人更今名。主僧出竹垞六咏卷相示。坐次雷雨忽作，簷溜澎溯如注。冒雨過妙應閣，觀明九蓮菩薩像及貝葉經。葉似筍籜而内外瑩潔，寬一寸五六分，長七八寸，經皆梵字旁行，未譯，不知其何經也。回至靈隱，復飯于大悲閣下。惟時山雨初收，流泉方至，滴瀝小池中錚錚然。蓮公善琴，彈《平沙落雁》之曲，四座寂然，琴聲與泉聲遥遥相和。曲終，桂堂題書藏門榜。又出余近製《六如詩》共觀之。天將暮，遂各散。出山，天已黑，城門下鍵，余遂借宿於星橋齋中，翌日始歸。

斯游也，竹塢聽琴，山廚戰茗。觀勝流之妙迹，聆清角之遺音。盤桓經日，樂而忘歸。五濁界中，得未曾有，不可以不記。

銘

獨學廬銘并序

余年三十五，以進士及第，供奉翰林，卜居於京師宣武門東，顏其所居之室曰"獨學廬"。及值上書房，請成親王書額。歸田後，揭諸兩楹之間，其義則引而未發也。客有過余者曰："《傳》有之，'獨學而無友，則孤陋而寡聞。'豈謂是歟？"余曰："夫何敢？余以不佞備員朝士之末行，嘗得從當世賢士大夫遊。方今聖人御宇，典學右文，言經術則服、鄭駢肩，論文章則鄒、枚接踵。師之且不勝師，敢云無友？""然則何謂也？"曰："吾鑑夫天下事之隳於群而成於獨也。

道且勿論，姑以藝言之。后夔、師曠，天下之善音者也。其操縵也，可以招清風而止行雲，鳳凰儀而百獸舞。然使夔揮弦於右而曠吟猱於左，未有能成音者也。羿與養由基，天下之善射者也。精能至極，可以射十日而袪其九，其巧也百步而穿揚葉。然使有窮執弓而楚將控弦，未有能集於鵠者。是故百人輿瓢，舉步則裂焉，敗於衆也。痀瘻丈人累十二棋而不墜，神明於獨也。學問之道，何獨不然哉？故心有所獨知，神有所獨注，意有所獨得，業有所獨精。鶩於外者，紛而無所歸。守於內者，崙而無所歧。彼立一説焉，此立一説焉，茫乎不知所據矣。一毀焉，一譽焉，則心動矣。聖人演《易》於《大過》之象，著其義曰：'君子獨立不懼，遯世無悶。'而即繼之以《習坎》之卦象，曰：'常德行，習教事。'明乎學問之道當有所獨立，而不可有人之見者存也。獨者，人所不知而己，獨知之地也。惟己有獨知，故人雖不知而不懼遯世而無悶也。此德行之事，而教之所由以習者也。"既申其義，因爲之銘曰：

　　人心之動神與謀，方寸自治不外求，笑我則喜譽則憂。彼昏不知謀道周，樂與世俗相沉浮，由外鑠我內日偷。至人淵默天共游，士志於學先藏修，苟非其人毋諮諏。

説

潘朝京字説

　　潘子熊初字朝晉，受業於吾友徐澹安之門。澹安爲之易其字曰"朝京"，而徵其説於余。余曰：善夫潘子之嚮道而澹安之知言也。京之時義大矣哉！蔡中郎曰："京，大也。"《傳》曰"八世之後，莫之與京"是也。又天子所居曰"京師"，《詩》曰"考卜維王，宅是鎬京"是也。道之在天下，若水之在地中，其爲體也至大，而千流萬派無不朝宗于海。帝王者，普天率土之所歸往，無論在國在野皆必以京師爲宗。古云"身在江湖之上，心存魏闕之下"者，人情也。執此二義以勖人，非知言之選，其孰能之？

然今潘子方以毉爲業，余請更以毉之義闡其説。吾聞昔者范文正公爲秀才時，立志曰"不爲良相，必爲良毉。"持世俗之見者，或以爲毉與宰相，其事不相類，余以爲二事正相類也。宰相坐政事堂，助人主調變陰陽，登一世於和親康樂，使之無凶荒水旱之災與夭札癘疾之患，然後爲道行。毉者推五行之盛衰，辨六氣之順逆，使老者安恬，幼者遂長，人人樂其生而盡其算，然後爲道行。審是則其功業雖鉅細、遠近之不同，而以道濟時則一也。潘子勉乎哉！服藥可以毉疾，讀書可以毉俗，忠信篤敬可以毉國，仁義道德可以毉天下。今日以良相之心行良毉之事，他日即以良毉之事成良相之功，道孰有大於是者乎？雖謂助吾君以濟其民，可也。又考之《禮》，古者"冠而字"，"筮曰筮賓"而命之，澹安於潘子有師道焉，若行三加著代之禮，而筮賓非澹安而誰也？今爲易其字，正協乎古人醮賓命字之義，而何多讓焉！

獨學廬三稿文卷二

序

明王忠文公集序

　　明太祖之起江南也，獲佐命之士三人：曰劉基，曰宋濂，曰方孝孺。劉產青田，宋產浦江，方產臨海，皆在浙東。劉奇謀秘計，運籌帷幄，以成大功；宋侍從密勿之地，鼓吹休明，爲一代文章冠冕；方則以剛大直養之氣抗節於成祖靖難之辰，躬罹慘毒，十族同夷。此三人者，清芬駿烈，彪蔚宇宙，至今鄉黨之人俎豆之，方聞綴學之士諷誦之，下至擔夫、郵卒、婦人、孺子亦咨嗟而太息之。
　　嗚呼！當是時，河岳英靈之氣何薈萃一方，若此其盛耶？古所謂五百年必有名世者，殆其人與？雖然，此三公而外，浙之東尚有鴻文偉行、孤忠勁節、卓然可傳者乎？曰有，則義烏忠文王公其人焉。公諱禕，字子充，家近華川，因以爲號。少績學能文章，與宋景濂同受業於黃文獻之門。學成而元政不綱，天下已大亂，遂隱居青巖山中。術人齊琦見而驚曰："此興朝人物也。"明革元命，應召署中書省掾，歷官至翰林待制。明祖嘗字而不名，奉命至雲南諭招梁王。梁王持兩端未決，會元使脱脱至自沙漠，以危詞誚王，公遂遇害。建文初，謚文節。正統間，改謚忠文。噫，觀公行事，可不謂忠乎？觀公所著述，可不謂文乎？

昔吾讀書，觀楚、漢間事，酈生爲漢王説客，馳使諸侯，及楚、漢相持在成皋、鞏洛間，生以三寸之舌伏軾下齊七十餘城，忽淮陰侯兵至，遂爲齊王所烹。至於陸生説尉佗，片言相合，如石投水，卒拜尉佗爲越王，留飲數月，橐中裝千金歸報漢，拜太中大夫，以功名終。古人之遇有幸、有不幸，其相懸萬萬若此也。公之使於滇也，幸則如陸生功成名遂，歸受賞於天子；不幸則如酈生，攖不測之禍，踵頂糜爛，身死異域。此其成敗利鈍皆天也，非人所能爲也。然孔門論士曰："行己有耻，使於四方，不辱君命。"之二者雖成敗不同，其知耻與不辱君命之義則一也。若公者，其出處似青田，其文學似浦江，其忠藎之節與正學先後輝映，洵當時偉然一人傑矣哉。吾獨怪造物者之生人也，既予以輔世長民之材，而顧不使與蕭、曹、房、杜同享太平之福。而乃令其與世侘傺。方以身殉主，劉爲奸人所毒，宋亦幽憂竄謫遠方以死。如公者，僅僅殺身成仁，博禮官一諡，豈明之少恩乎，抑天果不欲以庸庸之福相待豪傑之士耶？論至此，又不得不爲之三歎也。

公有集二十五卷，鏤板行世久矣。經風霜兵燹之餘，不無殘闕失次，其後裔釀金修之，索序於余。夫表章先賢，後死者之責也，余烏敢辭？

趙開仲乳初軒詩序

昔文清劉相國之提學江蘇也，嘗檄名大江南北士試以詩、古文辭，拔其尤者若干人。余與趙君開仲皆與，因此締交於春申江上。余少開仲十七歲，而忘年若昆弟。余舉于鄉，試春官不第，歸結碧桃詩社。同社者七人：張氏清臣、王氏念豐、張氏景謀、沈氏桐翽、芷生，其二則余與開仲也。每月一會，會之日，晨集宵散，不立程課，惟縱談古今事，於經史百家有不能通處，輒相與質疑辨難。晚設肴酒小飲，時時以緜事爲觴政。常一夕舉轄事，積至數十，舉座皆窮，而開仲猶津津不已也。

開仲熟於近代文獻，舉四海九州二百年以内人物，皆能道其始終本末，若親接夫人之席，而謦欬乎其側也。吾黨各有性情：清臣通，念豐介，開仲則在通、介之間。故愛清臣者愛其樂易，而詆之者即曰"濫"；愛念豐者愛其貞亮，而詆之者即曰"傲"。惟開仲氣靜而神恬，不可得而親，不可得而疏，人人無間言也。其後念豐游京師，二張、二沈先後死，同社諸子風流雲散。而開仲以幼女匹我子同福，朋友而申以婚姻，故兩家尤暱云。

余遊宦四方，不家食者二十餘年。其間開仲以明經謁選爲金匱學博。金匱當南北之衝，士大夫宦轍往來所必經。乾隆壬子，余奉命典閩試事畢，過家上冢。開仲至吳門歡聚十日，亡友景書常有孤女，及笄，未字，零丁無所依，開仲告余，余撫爲己女，屬開仲爲擇婿。開仲慨然任其事，平章得太倉錢生而歸之。錢生讀書自好，有聲庠序間，景女得所歸焉。嘉慶乙丑，余以重慶府報最入都，歸家省墳墓。三過金匱學舍，每過輒盤桓終日。枯魚焦腐，賓至如歸。既而方舟送我至金山，復同訪王念豐於維揚，宿於樗園者三夕。追攀不疲，有足感者。其後二年，余罷山東按察使，再入翰林，引疾南歸。未至家，先過開仲所。開仲迎門而笑曰："吾固卜子之將歸也，吾日夜跂闖而望子。"余曰："公何以知之？"開仲曰："吾曩歲讀子蜀中詩'若倦鳥思息'，一篇中三致意焉，知子有歸心久矣，特機未至耳！今緣事小謫，則歸爲有辭，吾固日夜望子歸旌之至也。"因相對大笑。古人云：天下有一人知己，可以不恨。知我者，非開仲而誰？開仲晚歲作《懷人詩》一百二十章，凡海内相識罔不及。余未見其草而開仲已歸道山，孤子錄其見懷之作寄示，余因和其詩而哭之。今者諸孤復集開仲平生所作古今體詩，彙錄成編，屬余刪定，余乃序而歸之。開仲詩和平爾雅如其人，當世騷人文士所共鑒，烏用予赘一辞？聊述我兩人平生交游若此，以示他日兩家子姓云爾。

開仲之亡也，春秋七十。初，未嘗示疾，是日午倦，假寐，久不寤，家人視之，則奄然化矣。四子皆以秋試赴省，惟一孫在膝下，含而歛之。是非其平生淡泊無欲，深契道源，烏能超然於死生之際如是哉！余又愧曏昔知之不能盡也。

吴耦棠道易集詩序

古之詩人蓋有得江山之助者，江山之勝世無有過於巴、蜀者矣。杜少陵爲李唐一代詩人冠冕，讀其詩者謂入蜀後尤奇，此其劍閣、夔門之壯，玉壘、銅梁之險，諸葛武侯之戰略，揚雄、王褒、司馬相知之文藻，實有以陶冶其性靈而發揮其論識；又經天寶喪亂之餘，憂時感事，鬱於中而形於外，其忠愛之誠，稷、契自許之志，時時流露於一吟一咏間，無非有所觸而後興者，不然安能淋漓悲壯若此？

吾友吴耦棠孝廉於乾隆乙卯之歲爲蜀游，其後五年，當嘉慶己未，余以翰林出守重慶，初至，謁大府於成都，因得與耦棠相見於浣花溪上。是時白蓮教妖人方作亂於秦、蜀、楚、豫間，劍門南北，瀼水東西，烽烟四起，余亦疾驅之官。其明年春，耦棠乘舟南歸，道出重慶，留止余廨中者匝月。然其時余治戎孔亟，桴鼓之聲日告警於四境，無暇盡故人雞黍之歡。又其後五年，戎功既蕆，余歸省先人墳墓，與耦棠相見如夢寐。耦棠殷勤置酒，若爲余慶更生者。又三年，歲丁卯，余解組歸田，耦棠乃出其前游蜀時所爲詩示余。余受而讀之，身世安危之迹，友朋聚散之緣，不禁交感於中焉。

方耦棠之初入蜀也，維時海内承平，八方無事，蜀中尤繁盛，商賈舟車輻湊，實豪火毳帛叠，蘭干之貨炫熿市廛，巴歌渝舞、絲竹管絃之聲晝夜不絕，天下無不知錦城之樂。及其歸也，賊烽蔓延，百

429

姓流離畏避，穴處巢居以自固，求緩須臾之死。守令服短後之衣，驅馳戎馬間。余亦奉威勤公之檄，日隨大纛奔涉荒山窮谷，埋刁斗而炊，夜則支穹廬草間以蔽風雨，磨墨盾鼻草軍符，終歲不遑寧處，無復登山臨水之興、吟風弄月之樂也。而耦棠獨以蕭然無事之身，長言咏歎，凡山川、風土、物產、人事，耳有得、目有遇，悉從容叙述，裒然成一家之言，雖以繼浣花諸作，何多讓乎？

昔嚴武之治蜀也，李白賦《蜀道難》。韋皋之治蜀也，陸暢賦《蜀道易》。難易何常有？視其人爲變遷者矣。耦棠於蜀睹其易，又睹其難，今之蜀官守其職，民安其業，劍戟銷爲農器，桑麻雞犬之盛漸復舊觀，是蜀道又化難爲易。惜乎耦棠離蜀久，不復大筆濡染以爲太平潤色也。

遂高堂詩集序

松陵古多詩人，號稱風雅之藪，去郡四十里，於旁邑爲最近。余平生足迹半天下，《禹貢》九州之地無所不到，獨未至松陵，於是邦之賢士大夫相識甚少。文簡金公吾師也，而其弟二雅先生未嘗一接顏色；廣文約亭與余姻婭，助教陳芝房吾老友，此兩人皆締交三十年，商榷文字，寒暄相問無間，亦未一登其門。聞約亭道其鄉人史赤霞秀才，博學工詩，其聲律、對偶之文直受初唐四傑衣缽。余愛其文心，維口誦不置，卒亦未嘗接一日之歡。是余與松陵人之緣特慳焉。

今春陸子靜山持其友陳四橋先生詩一册示余，曰："吾鄉之詩人也。是嘗學於周味閑、金二雅兩先生之門。"余披其卷而讀之，其志和，其音雅，不爲矜奇炫異之語，而陶冶性靈，別裁風雅，浸淫於三唐諸賢而不入蘇、黃以下滄海橫流之習，古所謂不煩繩削而自合者也。惜余未識其人。余與先生相隔若咫尺，縱一葉之舟不十刻可到，而僅僅托諸聞風相思，弗克登先生之堂抵掌論心，議論古今詩人異同得失，一證其所知所聞，則余僕僕風塵之況亦可慨矣。題數語簡端，仍托靜山歸之。

二波軒詩序

古者文武之道合，故人才盛。曹景宗一武夫而能賦競病之詩，杜元凱胸有《左》癖乃建晉室平吳之績，蓋不讀書不能曉天下之務，而況當夫折衝禦侮、奇變萬端之會乎！故人必有文事然後有武備。夫文章者，讀書之餘事也，而詩又文章之一體也。然觀于魏武，雖在軍中，手不釋卷，嘗注《孫子十三篇》以垂後世；而橫槊賦詩，又為唐宋詩人之先導，則詩亦豪杰自命之士所不廢者歟？

吾友王君愓甫有令子曰穀之，自幼善讀書，以叔聽夫死于白蓮教之亂，無子，立穀之為後，遂以難蔭雲騎尉，起家為守備。彎弓佩刀，奔走大府鈴下，馳逐於高牙大纛之間。其為人也短小精悍，雖長不滿五尺，而材武勝人。又以其餘力為詩，古文詞清超拔俗，不繩削而合於古人。當吾世而求文武兼資之士，此非其選耶？暇日以其《二波軒稿》寄予，將索一言為之序。予思往時官于蜀，值白蓮教之亂，以書生短衣匹馬，左帶刀，右橐筆，從大府馳驅萬山之中，磨墨盾鼻草軍符，每日數萬言。夜臥穹廬下，聽營門鼓角聲，自笑平生不料及此。今穀之乃以羽林孤兒身受朝廷武功爵，從事兜鍪，乃邊逢清晏，四方無事，獲以其閑暇懷鉛握槧，寄情於吟風弄月之事，以承其家學，其視予往時境雖相反，而事實相成也。予老矣，不復堪為當世用，他日國家搜羅賢雋，而能出其平生所蘊，充干城腹心之選，且作為《鐃歌》播在萬人之口者，非穀之之望而誰望哉！因不揣固陋，輒以荒言弁其簡。

倚杖吟序

嘉慶戊辰，余卜居於杭州紫陽山之麓，始得與寒石大師相識，愛其真實平易，樂從之游。師向住吾鄉支硎山之吾與庵，垂三十年，吳中士大夫往往與之游處，而余方奔走四方，未嘗一登門接聲欬之聲。今師因浙中緇素之請主理安方丈，而余適寄公杭城，遂得時時策杖入山相訪，斯固我兩人之時節因緣，不可強求者也。

昔達達磨祖師以如來心印流傳震旦，至第六代而南能北秀頓、漸分宗。由是兩家眷屬若水火之不相能：禪者以參悟爲神解，謂教門如刻舟之不可以索劍也；講者以經教爲真文，謂宗門如畫餅之不可以充飢也。禪、講相逢，動如胡、越。師獨不然，每與余論曰：宗教二派，同出一源。後學拘墟，妄生分別。其實無上菩提被於身爲律，説於口爲法，悟於心爲禪，應用者三，其旨則一。學者因心以辨教，則深明實義，而非守默之癡；禪因教以明心，則妙解微言，而非尋文之狂。慧言宗必通教，言教必通宗。於中自生分別者，皆妄也。旨哉斯言，余心契之久矣。

師善詩，經禪之暇，頗事吟咏。吾鄉黃復翁將裒其先後所著詩草梓以壽世，師謂余知言，不可以無一言也。或曰：昔文殊師利問維摩詰"不二法門"，維摩詰默然無言。文殊師利曰善哉，乃至無有語言文字，是真入"不二法門"。古之至人心契元微之理，且無語言，何有文字？矧詩，又文字之末焉者也。彼上人者，胡爲而樂此？余曰：不然。昔七佛傳心，不離四句。五祖授六祖衣法，亦以"菩提明鏡"之詞相契，彼獨非佛祖之詩乎？豈曰《小雅》之材七十四，《大雅》之材三十一，但吾儒據爲能事，而靈山大衆絕無交涉哉？今師所爲詩，其機也甚微，其旨淵而醇，其指事象物一一發揮其性靈，此是性海中一滴水，滋灌於八識田中，俾風雲、月露、山川、草木、鳥獸、蟲魚一切含靈負性諸相觸之而無不通，拈之而即是。吾固知其不執文字，不離文字，自然而然，有神動而天隨者，此真詩家之不二法門也。其微妙甚深之義，不可與諸佛之微言妙道心心相印耶？讀師詩者，謂青山、白雲、黃花、翠竹悉具真如之理可也。

丹陽石氏宗譜序

吾家得姓甚古，春秋時衛有石碏，楚有石乞，齊有石之棼如，則已散見於諸侯之國。古者天子因生而賜之姓，胙土而命之氏。《禹貢》曰"錫土姓"，明乎姓與土並錫者也。武王伐商，諸侯不期而會於孟津者八百國，後世不復能考其名，然則土姓之不傳者多矣，吾宗之姓或在其中乎？漢時萬石君載於史。唐時韓昌黎有《送石處士序》，其人本末不詳。宋時則岨崃、曼卿兩公最爲知名，兩公文章、氣節固足以冠當時而垂後世，亦天之於人必蓄之久而後發歟？曼卿公以三喪未葬，流滯丹陽，范忠宣於是乎有麥舟之贈，曼卿公遂爲丹陽始祖。今丹陽子姓有三支，總係曼卿公之後。其人皆耕鑿自守，故能歷七百年而不去其鄉。其他仕宦、商賈散而至於四方者，不知凡幾也。

吾宗譜牒自明初至今凡十修，總以花園、閔村、棣棠爲三大支，而散處於他邑者各自爲一册以附焉。今之修仍依疇昔之例也。嗚呼，秦漢以來罷侯置守，舟車所至，四海如一家，斯民皆輕去其鄉，故易散而難聚。吾宗在丹陽者，獨能相守至三十世，豈非務農之效耶？孟子曰："有恒產者有恒心。"管子治齊，必使農之子恒爲農，深有鑒於安土者可以敦仁，而他務皆外馳者也。漢時力田與孝弟同科，聖君哲相所以崇本而抑末者，豈無所謂歟？吾丹陽之宗不散，幸務農者之多，故吾因譜牒之成而又以此意爲宗人告也。

程氏易簡方論序

甚矣，醫學之難言也。今以兵刃殺人，則刑僇隨其後。以方藥誤人而致死，皆相與忘之，雖孝子慈孫不與醫者相讐也。夫四海九州之大，一歲中以兵刃殺人者寥寥可數，其死於方藥者，不知其幾千萬也。是先聖先賢所以仁愛斯民，弗忍其罹於夭札瘝疾之災而必欲救其死者，至今日乃成殺人之事，於虖！尚忍言哉，尚忍言哉！於是乎尊生之士有激而言曰：不服藥，爲中醫。夫醫者仁術，乃反出於不服藥之下耶？嘻，甚矣！

予先祖介庵公習長桑之術，家蓄方書頗多。予幼從科舉仕宦，不克世守其業，然心好其書。有新安程氏《易簡方論》一編，其言貫串古今百家之說而集其要，予時時宗其法以療人，輒應手而愈，間用他人法，則或效或不效，心知此書之可以師法也。因其歲久無傳，欲重雕壽世。發願已久，人事牽擾，卒卒未果。今齒過六十，桑榆已晚，斯事非可再緩。爰詳加校閱而付之梓，一切悉依元本，不增損一字，緣此事生人性命所關，非可與不知者謀之也。是書也，先立病案，次載方藥，次論古人立方之意，又臚列加減法，最後雜記本事，所言皆深切著明，雖不知醫者亦可依方服藥，況稍知望聞問切之事者乎！惟願觀者常置案頭，出門則携之巾箱中，邊有所苦，展卷瞭然，此亦衛生之一道也。

本事方釋義序

葉君澹安將刻其曾祖天士先生所著《許氏本事方釋義》一書，而問序於余。觀其原書，既有許學士之序矣。著爲釋義，則又有先生之自序，余復何言？雖然，先生所以著此書之意，與澹安刻此書之故，不可以不述也。

昔者神農辨百草，伊尹制爲湯液，古聖君賢相有經緯天地、翊贊幽明之功，而必斤斤於此者，誠欲消斯民夭札瘝疾之災而全其生也。故太史公爲扁鵲、倉公立傳，而後世作史者宗其意，必立方術一門。良以醫之爲道有仁壽斯民之功，非可以尋常小道視之耳！雖然，六氣有順逆，四時有正變，陰陽有衰旺，血氣有盈虛，起居則貴與賤勞逸不同，禀賦則古與今强弱亦異，治疾者差之豪釐，謬以千里，執古方以治今病，豈有當乎？諺云："學醫人費"，此雖戲言，不可不察也。醫豈易言哉？特是執古方不可以爲醫，而舍古方又何以爲醫？是在神明于規矩之中，若大匠誨人，不越乎斧斤繩墨，而巧拙則存乎其人爾。

此許氏本事立方，而先生又因方而釋其義之意也。方先生之以醫鳴於世也，神明變化，起死回生，余生晚不及見先生，然吳中父老皆樂談其軼事，書之雖累牘不能盡，謂爲今之扁鵲、淳于意可也。將來本朝國史爲方術立傳，必以先生爲第一人矣。

顧其生平少所著作，世惟傳《醫方指南》一編，其書乃先生棄世後，門下學者各以所聞知薈萃而成，其方不盡出先生之手，而又無所發明，觀者不知其用意之所在，故書雖盛行於世，先生度世之金針不在斯也。此書於某方治某病，某藥行某經，君臣佐使，攻補升降，一一發明其義，雖所録無多，令人可獲舉一反三之效，其嘉惠後學，功豈在古人下哉？先生自謂一生心得在此，故遲之久而後成。書成在乾隆十年，先生年已八十矣。將繕本付梓，是歲先生遽歸道山，而其書亦亡。

嘉慶八年，澹安之姪訥人於故簏中檢得先生所著序文，因而知有此書，然求之累年不可得。至十七年，因其友劉景黃言，訪而得之於城南顧西疇家，借歸校之，宛然趙壁復還。澹安因亟謀剞劂，以期壽世。惟視世所行坊本少三十方，復購宋本校之，則與此書同，而坊本所多三十方者，宋本皆無之，殆好事者於何時附益之耳！澹安以爲醫者依方療疾，多一方則多一方之用，與其過而去之，毋寧過而存之，故其方雖無先生釋義，仍加采録，附於原書之末。學者欲知先生聖神工巧之處，觀此可以窺豹一斑矣。

余先祖介庵先生亦以醫術名於世，余以科舉仕宦不暇繼承先業，然生平頗好方書，常景仰天士先生之風而怪《指南》一書之冗雜不足以傳也。今得此書，略見先生心力之所在，故樂得爲之序。

清河家乘序

張之先出自姬姓，昔黃帝之子青陽氏第五子曰揮，始造弓矢，張羅以取禽獸，主祀弧星，世掌其職，以張爲姓，此其因主賜姓之始也。逮至後世，張仲孝友載在《小雅》，其姓始著。漢時金、張、許、央四姓閥閱最大，而張氏自安世封富平侯，傳國八世，歷新莽之亂而其封不絕，斯可爲源遠流長者矣。惟其然故由漢迄今二千年，椒聊繁衍，他姓無有出其右者。以其族姓之繁，散處九州之間，譜牒無從而合矣。

楓橋張氏，留侯之後，留侯七世孫睦後漢爲蜀郡太守，始遷於吳。絫葉相承，世守清德。至本朝西峰先生以文學起家，中乾隆丙戌科進士，廷對第一人及第，官翰林修撰，晉宮坊，充上書房師傅，張氏遂爲吾鄉望族。先生既沒，無子，以弟經勳之子景宗爲子，束修自愛，不隳其名，頃出其五世從祖書城所輯《清河家乘》一書，問序于余。

竊維六朝重門第之選，士大夫競相攀附，往往遠引異代聞人以光其宗，於是宗法淆亂，蓋譜學愈重而宗族之義愈微。此譜自有元壽一公以下鏊然支分派別，錄敘事迹質而無文，其遠而不可稽者則闕焉，斯得古人敬宗收族之義矣。《行葦》之詩曰："戚戚兄弟，莫遠具邇。"水源木本之誼，所貴有睦媚任卹之恩，無取乎繁稱博引以張皇門第之大也。世之談譜學者，當於此取法耳。

顧氏書法小結構序

揚子曰："斷木爲棋，梡革爲鞠，皆必有法。"書雖小道，古今文章之所寄也，可無法乎？魏晉六朝，去古未遠，鍾繇以前書尚雜篆隸微意，會稽內史解散六書之體，真書法乃大備。世傳《筆陣圖》七行未必果出右軍所製，而一規一矩不盡無稽之言。且右軍微妙盡在《蘭亭》一序之中，《定武》、《神龍》二本歐、褚分宗，化爲千百萬億，故評古今書人之得正法眼藏者必推率更、中令二人，亦猶禪宗之南能北秀，皆傳達磨正教者也。

吾鄉學書向有永字八法之說，此《顧氏小結構》二冊即由永字八法化生七十二勢，一波一磔皆有定則，證以歐、褚二家之書，一一吻合，童蒙由此入門，人人可造山陰之室，其津逮後學，曷有涯涘？今書家滿天下，吾每苦其無法，如野狐之禪，盲修瞎煉而成魔道。如匠人舍繩墨而摻斧斤，雖有公輸之巧，其爲器也常奇衺苦窳而無用。倘皆循途守轍，精心於七十二法之中，由歐、褚二家門庭以蘄至於魏晉六朝，雖鍾、張去人不遠，況其次焉者乎！顧氏名存仁，字樂山，蘇州人。

寒石和尚語録序

近世士大夫之學佛者皆修淨土之業，平日於《傳燈》、《指月》二録尚不知爲何物，輒自命爲佛門子弟。殊不知覺海元微，非參不悟。靈文奧衍，非講不明。豈有佛門子弟三寶不必飯依，四諦不必究竟，八識不必剖晰，十二部經不必演說，但終日念一聲阿彌陀佛遂可了却死生大事耶？

昔者世尊於大衆中，問諸大菩薩等從何方便入三摩地？大勢至菩薩起白佛言："我憶往昔，有佛出世，名起日月，光彼佛教。我念佛三昧，我本因地，以念佛心，入無生忍。"然則念佛三昧乃衆菩薩所陳二十五圓通之一，非謂即此可以總持萬法也。且莊嚴劫中，過去千佛，何佛不能接引群生？彼勢至菩薩並不明言所念何佛，而今人但知念阿彌陀佛一句，推原其故，良由心慕極樂國土，七寶莊嚴，香花供養，黃金布地，天樂和鳴，因而發心願生彼土。此其人皆因耽戀世緣，如蠶在繭。又苦於光陰迅速，吾生有厓，不能常住，不得已而希身後之福，終是以色聲香味觸法生心者。余嘗謂淨土之説盛而宗教俱衰，非有激之談也。若菩提真種，自當由慾界入無慾界，由色界入無色界，凡人六根中所愛之物一切掃除，方可云清淨正果。我聞如來將滅度時，以"少欲"、"知足"二語遺教後人，此則學人最喫緊處，緇素皆當奉爲寶訓者也，極樂云乎哉？

今寒石大師台宗尊宿，吾鄉二林居士延止吳門，嘗至支硎山觀林公道場，愛其林壑幽靜，就近誅芳結屋，曰"吾與庵"。一瓶一鉢，閉户薰修，垂三十年。嘉慶丁卯歲，浙中士大夫因理安祖庭彫謝，請師住持。師應命而往，留止五年。嚴淨毘尼，海衆雲集。師自以年邁，退歸舊院。今歲癸酉，逢師七十初度，余偕同人入山爲壽，其門人集師平生法語彙録成編，出以示余。余觀之，字字真實平易，無迂怪之談，無艱深之説，知師警覺後生，一片婆心，和盤托出。學者於此可以脩身，可以護世，可以究法性，可以益辨才，可以成就大願，可以決定大乘，可以屏除魔外，可以接引愚迷，可以通達方便，可以遠離顛倒，固與碌碌稗販如來者不同也。余與師結方外交者有年矣。幸法眼之非遥，喜宗風之未墜，遂於是編之首敷衍荒言以爲嚆矢。

琢三勤禪師語録序

往者庚午、辛未之間，余頻過嘉興精嚴寺，訪慧月和尚。慧公述其本師勤禪師住持精嚴，啓建道場，接引十方大衆諸盛事，余謂此達磨所云"人天小果，有漏之因"，不足爲佛門津逮也。今夏慧公復尚遣其徒至吳門，緘其新刻勤師《語録》一編寄示，且索爲之序。余受而讀之，始知勤師心得實有契於我佛玄微之理，不僅以區區有爲法締構山門而已。

吾聞昔者淨名居士與文殊師利菩薩論"不二法門"，乃至無有語言文字，是我佛元微之理。彼上人者，固以不語語之矣。故後日摩訶菩提達磨尊者持教東來，棲身嵩山少林寺，面壁九年，未嘗有所言說。非不語也，至道本無可語者也。然則禪門語錄之作，是亦不可以已乎？雖然，震旦國人向以耳治聲入則心通，固不能如北洲之人聞香悟道。則修道者欲接引學人，又不得不假諸語言文字。觀《傳燈》、《指月》二錄所載佛祖以下及五宗諸尊宿微言妙指，垂示方來，至於一棒、一喝、一振錫、一彈指間聞者皆能言下頓悟，則語錄又曷可少哉？此編爲勤師一生心印所在，而慧公之宣布宗風，流行法乳，薪盡火傳，導引後學，又豈區區稗販如來者所可同日道耶？是爲序。

郟絅庵先生制藝序

韞玉年二十一始受業于絅庵先生之門。先生爲文不矜才，不使氣，不尚機巧，惟以理明詞達爲務，善體聖賢立言之旨而闡其精義。古云"修學好古，實事求是"，先生之於文近之矣。同時吳下操觚家非無鏤冰畫脂、各樹一幟以求勝者，然文苑儕輩必推先生爲第一手。蓋華艷易襲而淳古難蘄，非浮光掠影者所能及也。嘗授韞玉以作文之法：一曰切題；一曰自立境界。謂"切題"則無耍駕之語，"自立境界"則能脫穎於衆人之中。韞玉奉以周旋，舉于鄉，進士及第，以至典試督學，皆斤斤守此說以爲正鵠。即今坐皋比與諸生談藝，不敢一日忘也。

近日沈生沂曾來杭州，挾先生之稿至，言其家將鏤版行世，以余曾游先生之門，徵一言以引其端。余謂今日時文之弊極矣。樸學者於《竹書》、《路史》諸書中抄撮一二隱辭僻事，復竄以古文奇字，出而炫於人，囮聞之士往往驚歎，以爲服、鄭復生。其高才生則又剸《騷》割《選》，釽掫椎拍，天吳紫鳳，顛倒雜亂而無章，若波斯胡之誑市人，亦有售善價者，其勦襲雷同之獘，至上煩聖主訓正而猶不改。無他，初地學人惟以詭遇弋獲爲事，不暇問先民榘矱，其視清真雅正之文以爲老生常談而無足取，而此事遂漸成《廣陵散》也。噫！文章濫觴如是，其流獘伊何底乎？吾聞國初王農山、尤西堂諸公開綺靡之風，韓慕廬先生之文出，始一掃而空之。其後何義門先生發清新之旨，而文體始正。兹先生之文如朱絃疏越，一喝而三歎，真今日救時之良藥也。有志於學者，當不以我言爲阿其所好矣。

陳句山文序

操空桑之琴，吹孤竹之管，不遇夔牙不成聲也。甘雞苦狗，炙鴰烝鳧，庖人不治食者不下咽焉。繁弱之弓，肅慎之矢，射者弗習其事，有委於地而已矣。何則？選材雖精，用者弗良也。夫文章則亦有然者矣。古今操觚家束髮讀書，孰不誦習六藝之言，漁獵百王之史，參之諸子以博其趣，佐之《騷》、《選》以捵其華，然而文章不盡工者，非不學之患，學而不善用之患也。今四海文學之士林立而山積，江浙尤爲才藪，乃浮艷者涉於蕪，吊詭者流於僻，緁獵者乖於典，竊啓者寡於聞，以是爲文，余雅弗喜焉。然此猶統論夫文體也，至於制藝，則負沈博絕麗之才者往往不屑道。若謂其體卑，則代孔子、孟子立言，所言皆唐虞三代之事，其體不可謂不尊。抑謂其用輕，則國家方以此取士，士雖抱禹、皋、稷、契之才，堯、舜其君之心，舍是無以進其身，其用不可謂不重。然則文學之士不肯以此自鳴者，何哉？倘其所摻亦有不足鳴於世者乎？

憶余二十一歲時始受業于郟絅庵先生之門，先生授余作文之法曰：一要切題；一要自立境界。切題則無泛駕之語；自立境界則能脫穎於衆人之中。因授余陳星齋先生文一册，曰：讀此可以辟易萬人矣。余受而習之，心愛其戛戛獨造，殊絕凡庸，而姿質蹇鈍，不能彷彿其萬一。今且三十有四年矣，僑居湖上，與諸生談藝，有星齋先生之孫普生從余游，出其乃祖未刻稿二册示余。讀之，皆先生宦成之後所作，較諸少作，文律加嚴而筆意歛華就實，純粹精微，卓然與古人相質。余亟慫恿付之梓。先生以雍正庚戌進士起家爲縣令，宦于閩，邊朝廷開鴻博之科，閩中大吏薦之試，入縠，改翰林，官至太僕卿。

竊念本朝兩舉鴻博之科，名輩萃集其中，其舉于康熙己未者，博學莫如朱竹垞，鴻詞莫如陳伽陵，然皆無制藝。蓋兩公舉自布衣中，非由諸生起家，其不能制藝也固宜。若乾隆丙辰所舉，大都出甲乙之科及由庠序進，何其以制藝名家者亦寥寥也？論者緣是輒謂工文者學不博，博學者文不工。試引而與之讀星齋先生之文，如杜詩、韓文無一字無來歷，而其意精而深，其氣廉悍而奇肆，然後知博學者之未始無工文者也。唯其學之博，故取精而用宏，譬諸八音聚而《韶英》奏，五味合而鼎俎和。相笴寧侯，六均九和，而穿楊葉、貫蝨心之技乃得呈其巧也。彼空疏儉腹之士固不足與論短長，即方聞綴學不知裁度，流爲書肆説鈴者，讀此當亦有恍然自悟其失者矣。

紫陽課藝序

文章者，人之心聲，無古與今之異也。今世學者以游覽、贈答、慶祝、哀挽之詞爲古文，而以經義爲時文，此亦因國家以此取士，當時所用，故以時文名之耳。其實經義之體視游覽、贈答、慶祝、哀挽之詞爲更古，蓋其人三代以上之人也，其事三代以上之事也，則其言亦當爲三代以上之言矣。秦漢諸家之書且不可采摭以入，況六朝唐宋以下者乎？

夫時文之道有三：理也，法也，才也。以言理，則當約六經之旨，采三傳之精，而外此華言、風語、隱辭、僻字非所尚也；以言法，則一題有一題之偏全、虛實，一文有一文之起承轉合，若農夫之耕，非可越畔以從事也；至於才，則難言矣，有經濟之才，有著作之才，有尋章摘句之才，總視其人之器識所在而已矣。范文正《金在鎔賦》曰："倘其鑑別媸妍，試呈軒鏡。若使削平禍亂，請就干將。"非出將入相之人，能作是語乎？京江相國之文，今家絃戶誦者也。其《不患無位章》文云："不受朝廷不甚愛惜之官，亦不受鄉黨無足重輕之譽。"此何等胸襟！其《子適衛章》文云："天下大利必歸農，故富始耕桑，而後商賈。國家禮治行於貴，故教先公族，而後庶民。"此何等識量！舉一隅可以讀天下之文矣。

浙爲才藪，士非無才之患，而才多之患也。貪多者繁稱博引而類于鈔胥，振奇者索隱鈎深而鄰于吊詭，之二者余雅所弗喜。《書》曰："辭尚體要。"文而不知體要，亦何取乎詞費耶？茲編所登皆擇其尤雅馴者，質諸諸同學，倘亦有愜心而相賞者乎？是爲序。

後序

海塘擥要後序

權溫州太守楊公鑅輯《海塘擥要》一書既成，寄杭州視余而徵一言爲序。余曰：公分守杭州西路官，以海防爲名，公能究心於防海之術，可謂能舉其職矣。爰攬其書，凡潮汐、沙水之説無不詳，歷代修築之事無不紀，列聖經畫之功無不載，工程、官制、建置、改革之迹無不儩，學士、文人論説諷咏之詞無不錄。一圖一説，挈領提綱，凡爲書十二卷，簡而賅，博而精，觀此而海防之能事盡矣。

吾聞海之環中國者半天下，上起遼東，下極越南，凡瀕海州縣在在有潮，而浙之潮特著於今古，其始見於《吳越春秋》及枚乘《七發》，繼此而著論者不可悉數。蓋浙水出自三天子都，會衢、婺二州之水以入錢塘江，其源盛，其流長。而海水自海門而來，束於龕山、赭山兩崖之間，奔騰溯湃，與江流相激，其經過海寧州也，則又有大小尖山斗入海水中，回流噴薄，雲飛山立，雖成宇宙之奇觀，而其隄防也尤要矣。自唐開元中，即有鹽官海塘之築。至吳越錢氏，建國臨安，修築益固。兩宋、元、明相因勿替。我朝聖聖相承，籌度于九重宵旰之中，指示于六飛臨幸之際，所以保障而奠安之者無所不至。當斯任者，上籌國計，下念民依，一得一失，所關者鉅，不有圖籍，何所式循？自有此書，而南疊北疊之坍漲，石塘柴塘之加減，量沙測水者知地勢之變遷，鳩工庀材者識經費之盈絀，披圖展卷，瞭如指掌，豈非籌海之金繩、安瀾之寶鑑哉？

群雅集後序

象犀珠玉，世人所謂寶也。然不有人焉搜訪而采掇之，則亦薶沒於深山大澤之中而無以自呈。文章之事亦然。士方佔畢窗下，偶遇一事一物觸於目而會於心，抒寫于長言咏歎之間，不啻象有牙、犀有角，水懷珠而石藏其璞也。然其顯者爲公卿大夫，王事賢勞，無暇料理及鉛槧之事。山林寂寞之士，窮居一鄉一邑，聲氣不廣，稍有撰述，其力不足以孤行於世，往往湮沒無傳，欲求如揚子雲之書爲後人覆瓿而不可得也，是在好事者之善爲掇拾矣。

本朝詩學最盛，吾鄉沈歸愚先生《別裁》一集，略見其大概矣。繼此至今，又歷五六十年，其間操觚之士不知又幾百葦，此如珍禽奇獸、嘉樹芳草日生於天地之間而不可窮也。丹徒柳村王君豫起而絕續之，即斷自歸愚先生始，撰成《群雅集》四十卷，所收詩七百餘家，可謂勤矣。然海內文章之士林立而薪積，意尚有鴻文碩學可以信今傳後，而柳村未及見者乎？補遺之役，吾不能不終責之柳村也。

獨學廬三稿文卷三

贊

明濮州知州鄭公遺像 公諱滿，字守謙。

仕宦不至二千石，而其人已亡三百年。宜流風餘韻之將盡，何乃歷久而世皆識其賢？將政教之在人與，而滄桑已經變遷。抑文章之名世與，古今著述家又未必其盡傳。惟公有賢子孫，克守舊德而不愆。故能頌清芬於百世，而抱遺經之一編。蓋聰聽祖考之彝訓，古之人禮亦宜然。庶幾哉世世忠孝以爲寶，而經史以爲田。

改七薌白描羅漢贊

團焦若笠，天覆地載。中有化人，心大自在。華藏莊嚴，衆法如海。我得圓通，一切無礙。

董文敏畫像贊

書至羲、獻，集其大成。心香一瓣，遥屬先生。上徵唐宋，下曆元明。包括衆妙，掇其菁英。曠世之技，行草尤精。天馬凌空，騰達飛行。忽枯忽腴，狼藉縱橫。書參畫意，萬象森呈。烟雲變化，不假經營。昔知公名，今識公貌。風骨崚嶒，與書惟肖。年登大耋，此時尚少。巖廊委蛇，滄洲笑傲。行藏任天，與世無拗。畫有淵源，北苑是好。揮斥荆關，驅使蓬嶠。晚歲觀空，皈依象教。深入佛海，而得其奥。一切惟心，静者多妙。我思尚友，舍公誰傚？

錢清蓮總戎畫像贊

燕頜虎頭，人中之豪。身佩一劍，心嫻六韜。天生襃鄂，地控金焦。門標畫戟，隊肅銀刀。志在千里，聲騰九皋。雲臺望重，岑鼎功高。功成身退，林壑逍遥。積善餘慶，子孫譽髦。

王秋濤畫像贊

天地吾廬，安宅是卜。所謂伊人，在彼空谷。喬木千尋，下有飛瀑。漱石枕流，俛仰自足。囊琴不彈，束書不讀。名相兩忘，離群而獨。人生百年，光陰轉燭。謝彼塵緣，享兹清福。嗟余老矣，髮容非夙。把臂入林，非君奚屬。

寒石大師像贊

世尊滅度後，太法入中國。達摩作初祖，一樹布千葉。緣何秀與能，頓漸起分别？須知法王法，萬法總歸一。猗我風大師，當今善知識。蚤歸佛法僧，兼通教與律。導引初地人，字字出真實。不以影響談，誤人入魔域。慧性喻觀河，靈心悟指月。虚空皆粉碎，即此是秘密。説法四十年，歷主名山席。六通獨傳燈，四諦常振錫。緇素共皈依，平等見禪悦。晚歸支硎山，安禪處一室。心息萬緣空，雷聲而淵默。游神華藏海，加之精進力。以此無上智，得證波羅蜜。不持雲門棒，膝上但横策。現兹歡喜容，破除煩惱色。誰是點頭人？寒山一片石。

竹堂居士像贊

大海一浮漚，生滅無定相。覺性亦如是，千變而萬化。四大既和合，忽然而爲人。寄形在宇宙，各各成名相。或現宰官身，或居士長者。優婆塞夷等，種種自分別。豈知真面目，不在穢革囊。靈臺一點光，遍滿十方界。我今與衆生，有此一息緣。聊於常寂光，留此莊嚴相。

頌

寧波阿育王祠佛舍利塔頌有序

寧波郡在浙東，郡城東南四十里有太白、少白二山，山中有阿育王祠，釋迦牟尼文佛舍利塔在焉。昔佛滅度後，阿育王收舍利三斛，王有神力，能役鬼神，一夕造成八萬四千塔而爲供養，此其一也。西晉時僧惠達誅茅山中，忽見草木皆放光明，寶塔湧現，中藏舍利，達因造寺奉安，斯塔即以阿育王爲名。嘉慶辛未秋，余長子同福宰鄞，鄞，寧波負郭首邑也。余就養於其舍，乃涓良辰，赴寺瞻禮。其塔非石非木，不可啓閉。刹竿作五相輪，高約一尺一寸有奇，周方徑四寸許，四面有櫺通明，觀者從櫺間仰闚之。余稽首瞻視，塔中光明如燭，舍利中懸，大如蓮實，黃金色，搖搖不定，若有所繫焉者。越旬日，又往視，則見一片金蓮葉下覆，大如錢，同觀者言其狀人人殊。異哉！佛滅度今三千年，其靈異不可思議如此，爰爲之頌：
清净大覺王，降自光音天。引接衆迷人，開示正法眼。曇章十二部，一一含密諦。衆生隨所願，立地登覺路。如來無去來，亦無現在相。愚人迷本覺，執著於色身。當佛歸涅槃，悲戀不忍捨。善哉阿育王，發願作供養。八萬四千塔，一夕都圓成。一塔一舍利，遍滿十方界。峩峩太白山，中有招提境。草木放光明，湧出窣堵波。七寶爲莊嚴，中有佛舍利。我佛光明相，化作金菡萏。倏變金蓮葉，佛性無定住。衆生各隨緣，千眼見千相。我蒙佛慈悲，獲此最勝緣。妙迹在靈山，功德不可説。

書事

書威勤公平苗事

嘉慶二年，貴州犽苗反，圍南隴，据關嶺。時威勤公爲雲貴總督，奉命率師往征之。

初，犽苗之反也，苗女王囊仙有姿貌，苗民七絡鬚欲以爲妻，王不允，七絡鬚托鬼神之言誘之叛以脅之。公至關嶺，立破之，南隴之圍遂解。賊退保其寨，據險以拒我師。翼長某狃於攻心之説，馳檄招撫之。賊答書甚嫚，翼長秘不以聞，公不知也。

時近中秋，十四夜，公夢父溫公色甚厲，公觳觫跽室中。溫公出户外，大言曰："令芮發先來處之。"公夢中亦不省"芮發先"爲何人，而心甚恐驚。寤，頗憶兵籍中有其人，而亦不在軍中，反覆思之不可解。少寐，復夢一人告曰："二十，丙日也。"覺而思之：芮字有"廿"、"丙"之象，急起索時憲書觀之，則是月二十果丙日也。因悟曰：先公示我兆，將令我於二十以前先發制人乎？詰旦，守備田朝貴入謁。公詢以軍情，田密以賊不受撫狀白公。公曰："如是尚何待？"即欲出師，遣人告翼長。翼長持不可，公怒曰："微翼長，吾遂不用兵乎？"傳令諸營兵盡發。薄暮，兵出城，天大雨，我師冒雨而进。入两崖间，左右峭壁摩天，中通一径如羊肠，计程十五里，两旁山上皆苗寨，但数十人守其上，即万夫无可入之理。是夕，苗人赏中秋且雨，故不设备。我师入，无一人觉者。既出险，天忽霁，明月一轮，当空如白昼。兵如墙而进，围其寨，苗人闻砲声始惊起，仓卒不能敌，请降。公曰："不早降，今兵围已合而乞降，此出於不得已，而非其诚也。"坐坡上，督师环攻之。飞火箭入其寨，寨中火起，男女哭声如沸。王囊仙踰垣出，生擒之，并擒七绺鬚，解京正法。狆苗平。

苗人既平，获生口诘其情，始知彼欲以降缓我师，而节后将挈其众遁入老山。倘纵之入山，师虽老，罪人不可得也。鬼神之事亦神矣哉！

书张尚书平定海寇事

菊溪张公之平海寇也，余习闻其事，事有权略，不可不志也。

海寇之最炽者曰郑一嫂，其夫盗魁也。夫死，妇拥其众。众至数万人，横行闽粤间，商舶至则分其货，或掠其人，欲赎者输以金。濒海居民又通盗，济以粮，以是剿之不胜，招之不顺，自提督李长庚之死而无所忌惮矣。

嘉庆十四年，公督两粤，至即严市舶之禁。寇稍稍乏食，则登岸大掠；官以兵追之，则入大洋无踪。公多设方略，或剿之，或抚之。

粤有医士周姓，第五，名非熊，为寇所掳。郑一嫂知其能医，留之。郑善病，病则周为之胗，情日暱，结为兄妹，称之曰"五哥"。郑常患娎变不时，周乘间说之曰："此病因於脾虚。脾统血，脾气虚则血不行。脾以土气为养，妹终岁舟居，浮海中，土气绝矣，此病安可除？"郑憮然太息曰："安所得一片土，安著此身耶？"周曰："两广督師今易人，其人甚仁恕。盜中有歸者，皆不罪。妹如率衆投誠，將安其居、樂其業，何致如今日立錐無地。"鄭曰："吾勢如騎虎，心豈樂之？倘投誠，果得逃死否？五哥試爲我探之。"以一舸送周歸。周既歸，則詣軍門白其事。先是鄭一嫂以夫死爲衆所尊，領其衆，而外事則其貳張保主之。男女心相悦，而盜亦守上下分，不敢私鄭，常鬱鬱不樂，其病未必不因乎此也。周察知其隱情，并以白公。公笑曰："是可坐而致也。"因遣周再入海招之，密受方略，許以不死。周去兩月，絶無音耗，以爲事不諧矣。

一日，周忽携張保至，請公臨海受降。一時文武慮不測，皆勸公勿往。公曰："班生有言'不入虎穴，焉得虎子'，吾不往，事安可成也？"即單舸泛海中，材官從者數十人而已。盜衆數萬環公舟，砲聲如雷，波上烟起如雲霧貌。以禮迓公，實以覘公也。公至，無一兵，賊始信公誠，皆遥望羅拜。公呼其魁至舟中，諭以禍福，皆口"唯"。約既定，以四月初一日率衆降。時嘉慶十五年也。公歸，假館海上以待之。

及期，鄭與張携其手下渠率一二百人皆至。是日，公誕辰，群盜爲公壽。公賞以蒸豚、湯餅之饌，而不許飲酒，令中軍官持令箭彈壓之，終席無敢譁者。衆既飽，望門叩頭散去。然後，鄭一嫂進謁公。公於室中東向設一几，焚香於鼎，自憑几南面坐，冠而束帶，手揮麈尾。一嫂盛服入，四婢從之，及階，叩頭，謝罪曰："鄉里婦人自問無死所，今幸遇公而生。"公呼之入室，詢其歲，曰："三十二。"公曰："吾年六十三矣，視汝猶女也。汝今徒手來，吾欲殺汝不難。然汝等既歸正，即吾兒女矣，吾安忍給汝耶？"鄭謝且泣。公知其心動，則曰："汝既歸，正爲良民，獨處恐人欺汝。古人云'女子生而願有家'，汝當有所歸以終其身。"鄭泣曰："惟公所命。"公又曰："一介貧民，汝自不願以爲匹；富貴者，又不願匹汝。吾觀張保人才可用，吾將請于朝廷授以官汝，而擇婿此其選矣。"鄭微笑，兩頰皆赤，跪而叩頭曰："恩出自公。"公曰："如是，吾爲汝主婚。"立呼保人而告之，令兩人對香案交拜，結婚姻。張固深願之而久不得者也，聞公命，喜甚，即與鄭交拜訖，又並肩拜謝公。公曰："吾焚香告天，惟天不可欺也。汝夫婦他日若負吾，天不貸汝。"皆叩頭曰："吾夫婦受公再生恩，安肯負公？"公即遣其夫婦入海招集群盜來，凡海舶、火砲、兵器皆入官。貨財分給衆人，令散歸田里，各謀其生。又以三千人授張保，令勦絕餘盜之不肯降者，海洋遂肅清。

公名百齡，漢軍人，以翰林起家，"菊溪"其自號也。

疏

募置雲林寺經藏疏

靈隱寺者，西湖上刹。開山於晉時慧理禪師，厥後代興代廢。洎本朝康熙二十八年，恭值聖祖皇帝巡幸江浙，遊豫湖山，御書"雲林"二字於寺，遂易今名。僧徒焚修，常住四五百人，鐘魚之響，香花之供，特冠諸方道場，可謂盛矣。而大藏經文闕焉未備，初地僧徒無所誦習，豈諸佛闡教之意歟？

我聞七佛傳心，不離文字。釋迦出世，亦說十二部經，習佉盧六十四種書。逮達摩祖師西來，以如來心印流布震旦，其在嵩山少林寺面壁九年。及其將化，則以《楞伽經》四卷留示後之學者。可知諸佛之微言妙道、華藏莊嚴，非經無以明其心，非論無以宣其教，非律無以著其戒，經藏之設烏可緩乎！

僕暇日過靈隱方丈，與主僧聞話。僧曰："當年寺中元有經藏，後燬於火。將欲請領尊藏，而所費不貲，因循至今。"余謂："明時幻余、密藏二師所刻正、續二《藏》方册經版，近在嘉興楞嚴寺。今有吳僧會一掌其事，散者已集，闕者已補。刷印裝釘，不過三四百金即可，集事似不甚難。"僧曰："若然，即借重居士倡此善緣，可乎？"余自思二十年宦遊四方，今邊間居杭城，又適逢楞嚴寺修治經版之秋，時節因緣，或在此時，未可知也。因發願結集，然十方善果，當與十方海衆共之。

伏願當代檀越善人，普發菩提心，量捨淨財，共襄斯舉，俾有成就，福田利益，當有不求而至者也，僕敢爲之嚆矢而已。

劄子

代兩江總督總河會議黃河改道劄子

奏爲會議覆奏事。竊臣等恭奉諭旨，據原任安徽盱眙縣知縣黃峴條陳河工事宜，飭交臣等詳查議奏，並將黃峴原呈發交閱看，仰見聖主慎重河防，邇言必察至意。臣等當將該員原呈詳細查閱，内稱"海州近海一帶本屬砂磧不毛之地，較之現在河身低至一二丈不等。今若改由宿遷境穿運河過隑，經沭陽、海州至贛榆，一路入海，順而導之，有建瓴之勢，則河流順軌，自無停淤之患"等語。查黃河自漢、唐以來雖入海之道屢改，總之日趨於南從，未有人能挽之使北者，此天地自然之運，非人力所能強爭。即如近年有改歸鹽河入海之議，相距尚不甚遠，而黃水不能循軌，終屬窒礙難行。今該員欲從宿遷縣屬之皂河橫穿運河，經由沭陽、海州、贛榆等地方然後入海，是欲挽久注東南之水一旦轉向北行，其間道路相隔有三四百里而遥，計工程浩大，非數千萬帑金不能辦理。及鑿成之後，黃水果否肯由此路入海，事難預料。設使水不循軌，所用盡屬虛糜，國家經費有常，豈可以有用金錢作此嘗試之事？況今生齒繁庶，州縣並無曠土開田，即海州迤東近海一帶或有砂磧不毛之地，而由宿遷以至沭陽，由沭陽以至海州，皆在腹地。今欲將一路民間田廬、墳墓悉化洪流，百姓必非所願，倘別生事端，關係更大，意外之虞，不可不慮。是黃河改由海州入海之說，斷不可行。至贛榆尚在海州之北，非所經由，更毋庸議也。

又稱"黃水入運，深爲漕運之患"一說，此義人所共知，然淮安清、黃交會之處，有洪澤湖水敵黃刷沙，然遇清水短縮之時，黃水尚欲倒灌。今該員欲令黃河從皂河一帶過隄東注，該處運河平時每患淺阻，忽以黃河橫貫其中，運河涓涓之水豈能敵黃？必致黃水上下旁漾。又無洪湖爲之滌洗，其淤必更甚於淮安。是欲使寶應以下免停沙之患，而桃源以上轉增淤墊之虞，其有礙運道一也。

又稱"自淮安山陽以下至邵伯西岸，石工近三百里，現在沖塌無存，急須修復，庶東岸藉有障護"等語。查山陽縣境內西岸悉係土隄，並無磚石工段，現在土隄平穩，漕運順利。惟寶應磚工因上年洪湖水滿，衝開三壩，清水悉注寶應、高郵等湖，西岸各工間有刷塌。臣到任後，業經查勘，奏明歸入急修項下辦理。至邵伯以下，向無堤工。乾隆五十二年間，前河臣李奉翰曾請加築西隄，經大學士阿桂查勘，慮及西堤加築後湖水蓄高，亦足爲患，奏准停止不辦在案。此時應請仍循其舊。

又稱"回空糧船裝運土石"一節，查糧船回空，沿途載土，向時偶有行之者，從無裝載石料之事，緣向來石工多由蘇州採辦石料，本未向山東地方取石。且石料犖确，只可用粗笨土船裝載，至于糧船，油艙完整，若裝載大石，難保不碰磕損壞。既經損壞，又須修理，所省雇船之費無多，而修理糧船之費轉大，是欲節省而反加繁費也。況近年漕運空船回南，尚慮歸次遲悮，再令裝載土石，定必稽延時日，於漕務更多未便。此外尚有各條皆因黃河改道海州起見，今黃河不可改道，餘可毋庸置議。

據臣等愚昧之見：今日治河祇可率由舊章。昔以潘季馴、靳輔之深明河務，尚不敢多所變更，如臣等自問才識萬不能勝過前人，非常舉動實非臣等所敢議。臣等意見相同，理合恭摺覆奏。

代江浙督撫議覆海運劄子

奏爲會查海運情形，據實覆奏，仰祈聖鑒事。竊臣等欽奉諭旨，籌辦海運一事。臣等身任封疆，皆受恩深重，凡事有可行，安敢不勉竭智慮，籌畫變通之術，少紓宵旰焦勞。惟漕運爲國家第一要務，一行一止，關係匪輕，若不慎重於前，恐致悔生事後。苟有芻蕘一得之見，不敢不直陳於聖主之前。查此事上年奉旨之後，臣章煦即委新陽縣丞程志忠親歷海洋，查勘道路，繪圖貼説，奏呈御覽。近日臣勒保又訪得青浦縣貢生高培源著有《海運備採》一書，臣等取書查閲，其所載海運源流、本末甚詳，所言應行事宜，亦甚周備。無如今昔異宜，凡此書所謂可行之説，今日皆必不可行。臣等會同，反覆講求，謹就管見所及，一一爲皇上陳之。

一、查漕運自漢、唐以來，歷代屢變其法。惟元至元十九年始爲海運，至明永樂十三年而罷。然元、明雖係海運，而内河漕運不廢。今議海運，原爲專治河、淮，作一勞永逸之計。若海運與河運並行，則禦黄壩仍不能閑。凡漕運官弁以及運河閘壩夫役、兵丁，一切照舊，不能減，徒增海運之費，此不可一也。

一、江南至天津海道，舟行必從吴淞江出口，繞過崇明南茶山，轉北經過大沙、五條沙，此係黄河入海之處，歲久結成鐵板沙，横亘海中，幾及千有餘里，海船必繞出沙外，東過山東成山，至緑水大洋，由猫兒島之北轉西過之罘山，復向西北，由大沽海口始達天津。其間吴淞口之陰沙、黄河口之大沙、五條沙，以及山東猫兒島、沙門島等處，沙礁叢雜，皆海道極險之處，天庾正供，非可嘗試於不測之地。此不可二也。

一、海行欲避外洋之險，前代有萊人姚演欲從膠西開鑿陸地數百里，自東南趨西北，逕通直沽海口，可避大洋二千里之險，然當時鑿而不成，史稱其勞費不貲，迄無成功。本朝雍正初，朱軾亦曾奏請開山東膠萊運道。惟時派內閣學士何國宗會同山東巡撫陳世倌查勘，以工力難施而止。此不可三也。

一、旗丁領運其事，已經數百年，一切皆有章程可守。今改海運，若仍派旗丁領運，則旗丁不習海洋道路，如不用旗丁，僅責成船戶收兌，則船戶非如旗丁有冊編審，必致散漫無稽，又難約束。且督辦漕運，向有總漕駐淮安適中之地，統領全漕事務。又於江南、山東、天津、通州四處分派巡漕御史四員，彈壓稽查。沿途則有各省糧道押送，復有地方文武查催，尚不能免遲延、霉變等事。若改海運，斷不能設立多官出洋巡視，將來船戶偷盜私賣，捏報沉失，甚至通盜濟匪，皆所必有，久經肅清之洋面轉恐匪類萌生。此不可四也。

一、海行風信靡常，凡商賈市舶往往飄至外洋，經年累月而後返，並有竟不能返者。漕船向在內河，可以隨地稽查。一出海洋，其遲速平險皆非人力可施。其不可五也。

一、海運需籌經費，查至元間海運每石給中統鈔八兩五錢。迨及大、延祐間，加至十三兩，彼時相距不過數十年，而其費已加至三分之一。方今物力件件昂貴，以古準今，其費必甚浩大。是內河諸費既不能少省，而又添此海運無窮之費，國家經費有常，不得不通盤籌畫。此不可六也。

一、海運即需用船，查元時造船，每號用銀二百五十兩、二百九十兩不等，彼時想係官價購料鳩工，故其賤如此。我國家愛民如子，一切工程物料皆依時價採買，計造海船一隻，其大可裝載二三千石者，估需工價銀七八千兩。若以全漕而論，以每船裝二千五百石計算，需船一千七八百號，所費便需銀一千數百萬兩，豈可輕議籌畫。此不可七也。

一、造船既不能行，不得已議雇商船。查蘇省商賈出海，皆係平底沙船。現在松江、太倉一帶，所有沙船不滿百隻，每船僅可裝米四五百石，即儘數募雇裝米，甚屬有限，無益運務，徒累商民。其閩船爲數無多，不敷供運。粤省相距更遠，其船向不北行。是商船無可雇用。此不可八也。

一、查元、明海運，每年必有漂失之米，統計到倉米石，欠交者每石自數合至一斗數升不等。今時生齒日繁，人稠地密，常慮地之所產不敷人之所食，豈堪再有漂失之數。此不可九也。

一、海運需添設水師防護，若令現有水師分段護送，兵船少而漕船多，遙爲聲援，鞭長莫及，必至有名無實。若每船配兵一二十名，即須設兵三四萬名，所需糧餉又復不貲。此不可十也。

一、京師百貨之集皆由糧船携帶，若改由海運，斷不能聽其以裝米之艙多携貨物，將來京城物價必驟加昂貴，並恐官民日用之物皆致缺少，於京城生計大有關礙。此不可十一也。

一、運丁所用長工短縴等項，以每船二十人而論，現用者計有八九萬人，窮民賴以資生，若改海運，此輩皆不諳海性，均需另募熟悉海道之人。而此常年運漕之八九萬人，一旦失業，萬一流而爲匪，所關非細。意外之事，亦不可不慮。此不可十二也。

以上各條皆臣等連日會議并采訪群論所得。總之，此時設法小試，其事並非不能辦理，而無益漕務，徒糜經費。若竟議更變漕運之法，則斷然不可。查漢、唐以來，漕運變更不一，或用陸運，或用河運，或用轉般之法，初未有海運者。惟元、明之交行之數十年，後即停止。明隆慶以後，屢經議及，終以窒礙難行。本朝康熙年間，亦曾有海運之議，復以張鵬翮之言而止，可見其事變更非易。臣等仰仗皇上洪福，惟有竭力於河道，設法辦理，務令無礙漕運。至漕運之法，不必輕議變更。萬一他時或因黃水悶口，或因清水短縮，挽運稍艱，寧可用提剝過河之法，較爲實在可靠。臣等意見無不相同，謹合詞據實具奏，恭候聖裁。所有高培源《海運倫採》一書，敬呈御覽，以備查考。爲此恭摺具奏，伏乞皇上睿鑒訓示。謹奏。

嘉慶十六年閏三月廿六日奏。四月廿七日奉到上諭：勒保等奏會查海運情形一摺，前因洪湖上年洩水過多，今春運河淺涸，恐新漕北來阻滯，是以降旨令該督等兼籌海運是否可行，以爲有備無患之策。至其事之需費浩繁，諸多格礙，朕亦早經計及。今據勒保等往返會商，分款臚陳，以爲必不可行，自係實在情形，原係必不可爲之事，此後竟毋庸再議及此事，徒亂人意。河、漕二務，其弊相乘，其利亦相因。漕運由内河行走，已閲數百年，惟有謹守前人成法，將河道盡心修治，河流順軌則漕運按期遄達，原可行所無事。即萬一河湖盈絀不齊，漕船不能暢行，亦惟有起剥盤壩，或酌量截留，爲暫時權宜之計，斷不可輕議更張。所謂利不百，不變法也。欽此。

獨學廬三稿文卷四

跋

碣石門秦刻跋

碣石門秦人刻石文　徐鼎臣本

皇帝建國,德并諸侯,初平泰壹。卅有二年,輕登碣石,照臨四極。從臣群作,上頌高號,爰命休烈。戎臣奮威,遂興師旅,六逆滅息。武殄暴強,文復無罪,庶心咸服。惠論功勞,恩肥土域,賞及牛馬。墮壞城郭,決通川防,夷去險阻。地勢既定,黔首無繇,天下咸撫。男樂其疇,女脩其業,事各有序。惠彼諸產,久竝來田,莫不安所。群臣誦略,請刻此石,垂著儀矩。

　　右文載太史公《始皇本紀》,脫去七句。"皇帝"三句錯簡,在"牛馬"、"土域"二句之下。"牛馬"、"土域"二句倒置。"建國"二字訛作"奮威"。"誦略"訛作"誦烈"。"遂興師旅"下添"誅戮無道"四字,"六逆"訛作"爲逆"。"初平泰壹"又訛作"初一泰平",遂使此句失韻,與全文三句一韻之格不合。

　　皇帝曰:金石刻盡始皇帝所爲也。今襲號而金石刻辭不稱始皇帝,其於久遠也,如後嗣爲之者,不稱成功盛德。丞相臣斯、臣去疾、御史大夫臣德昧死言:"臣請具刻詔書,今刻石因明白矣,臣昧死請。"制曰："可"

　　右文載《二世本紀》，脫一"今"字。

　　幼時讀史至此，竊疑"遂興師旅"不似首句，其上必有脫文。又疑"初一泰平"句不應獨不用韻。然先秦文字無從證明其訛。近日見五代時徐鉉篆字全文，宛然四十年之疑，一朝冰釋。按《天官書》曰："天神最貴者泰一。"《戴記》亦曰："夫禮始於泰一。"則"泰一"乃秦、漢時習見之語。鈔胥不知，妄加改竄，必係後人傳寫之誤。所謂《書經》三寫，"烏"、"焉"成馬者也。太史公必不錯謬若此，觀鼎臣所錄，可見五代時《史記》尚未訛脫，其訛脫蓋在宋以後。余故錄其全文，并錄今之《史記》所載者於後，以備後之人考其異同焉。

遂興師旅，誅戮無道，爲逆滅息。武殄暴逆，文復無罪，庶心咸服。惠論功勞，賞及牛馬，恩肥土域。皇帝奮威，德并諸侯，初一泰平。墮壞城郭，決通川防，夷去險阻。地勢既定，黎庶無繇，天下咸撫。男樂其疇，女修其業，事各有序。惠被諸產，久並來田，莫不安所。群臣誦烈，請刻此石，垂著儀矩。

　　右文載《始皇本紀》，錯誤既多，故別錄于此，以資考索。

讀《賈誼傳》書後

　　余觀班氏《賈誼傳》，備載《治安》一疏，而太史公不之錄，惟錄其《鵩鳥賦》與《弔屈原文》。因撫几而歎曰："知言哉！太史公千古一人而已。"遷豈不知賈生有縱橫一世之志？其《治安》一疏爲生平絕大文章，顧棄而不錄，何哉？蓋謂此書生放言高論耳，無裨於世。孝文聰明令主，心知其言不可用，故存而不論；又慮其人風議廟堂，必不能恭默自守，必有喋喋出位之謀，當國者稍有急功近名之心，不能不爲之動，既爲所動，必多紛更，將吳、楚七國之亂不易世而已作也。於是置諸瀟湘荒遠之地，使之索居閑處而無所用其才。善乎孝文之知人而善處之也。遷乃心知其義，因以其人與異代牢騷不得志之人合傳。其論屈原曰："博聞强識，嫺於詞令。"其視賈生也，亦若是而已。班氏不知，乃詳述其痛哭流涕之詞，抑若其人甚可用，其言甚可信，而深惜夫當時不能行者。作史三長，識爲尤重，固之識不及遷也遠矣。他日，鼂錯祖其説，發大難之端，而天下大亂，此可以爲人主知人與不知人之鑒。文帝不用賈誼而天下安，景帝用鼂錯而天下危，觀錯朝衣赴東市之時，然後知賈生之言不用，賈生之幸也。

後人尚論，乃猶以抱才不遇爲賈生惜也，不亦惑歟！

讀諸葛武侯隆中對

諸葛孔明在隆中時，早定三分之業，夫人而知之矣。其言曰"一旦天下有變"。當是時，黃巾肇亂，董卓繼之，四海沸騰，舉世所自命爲豪傑者，皆跨州連郡，争窺漢鼎，世變至此，極矣，尚何所待耶？

余乃知武侯之心矣，其心甚欲輔先主以成帝王之業，而又不欲其犯不韙之名，故不肯爲福先禍始。此時漢獻帝尚能守府，則中原不可問也。必俟他人篡漢而後自我興問罪之師，然後名正而言順，此即漢高爲義帝發喪之意也。特以其時曹操尚挾天子以爲名，故武侯不欲明言，而其實所指在此。他日，曹丕受禪，武侯即率群臣勸進，先主亦即受命改元，初意可知矣。至其所云："命一上將將荆州之軍以向宛、洛，將軍身率益州之衆以出秦川。"蓋自古中原有事，於蜀無不南北兩路並進者；蜀而有事，於中原亦同。其後，孫吳敗盟，荆襄亡失，南路既斷，不得已而宛轉於褒斜之間，而亦竟無成，則天意所限，武侯所不及料者也。設吳、蜀同心，南北並進，魏雖強，其存亡正未可知耳！誰謂三分之局一成而不可變哉？

乾隆庚戌進士題名碑第二跋

古今人材，豈必盡在進士哉？禹、稷、皋、夔之生也，無書可讀，而輔佐堯、舜以成平地成天之業，此固高遠不可幾矣。漢之興有蕭、曹，唐之興有房、杜，其勛業冠一時，其聲名垂百世，誰則以進士起家者？

自李唐開、寶以後，世尚文辭，而進士遂爲士人所貴。歷五代、兩宋而不變，然當時猶時時以制科取士，設爲條目，分途並進，故謂之"科目"。及明有天下，專以進士一途用人，內而卿相，外而岳牧，皆出於其中，而選士之途始隘。且先代進士起家，丞尉而已。至是乃以草茅寒畯執三寸之管入場屋，一旦僥倖入彀，上者入翰林充文學侍從之臣，次者分曹掌天下兵、農、禮、樂諸事，其下者猶宰專城，作民社之主，其徑甚捷，故士人爭超之。賢者、才者固因是以致身，不肖者亦恩乎其中而莫之辨。若宋之秦檜、明之嚴嵩，斯世所指爲奸回而不齒者，孰非以進士起家者乎？

吾故謂人才不必盡在進士，而進士不必盡是人才也。特是其制已傳千餘年，且治平日久，願仕者多，不有一事以限制之，將無以塞天下之望，故聖君賢相所不廢。其實世豈無奇才異能而不習科舉之業者耶？所當兼收並蓄，使野無遺材。至國家用進士，尚當選擇而使，而凡身爲進士者，皆當以賢者爲師，不肖者爲戒則善耳！

蘇東坡草書醉翁亭記跋

往余官濟南，有人以此卷來售。或曰"真迹"，或曰"僞也"。予細辨氊墨，定爲雙鉤本，以白金十二笏易之。及歸田後，以家藏明相高拱所勒墨本逐字比對，至第十七行"太守與客來飲於此"之

461

"來"字，石本有蟲蝕文徑二寸許，直貫字中，而此完好，益信爲橅本無疑。高石刻於隆慶五年，此本所橅，尚在隆慶前也。第三十二行"四"字，第三十六行"樹"字，第三十八行"來"字，第五十五行"歸"字，石本筆勢糾纏不清，而此了然可辨。高刻爲文壽承手橅，尚不能如此本之精，則此固當時名手所橅，昔人所謂下真迹一等者。又"釀泉""釀"字，石本作"讓"。此本剜去偏旁，但存右邊"襄"字，剜痕宛然作"言"字形，知坡公所書已誤"釀"爲"讓"矣。又文尾句，本曰"太守謂誰？廬陵歐陽修也。"此改"修"爲"公"，蓋歐陽爲坡公座主，禮不當斥其名，故諱之耳。石刻有趙文敏、宋昌裔、吳文定、沈石田、文壽承、高中元及劉巡、劉漢藜、劉佑共九跋，此獨橅趙文敏一跋，蓋昌裔以下諸跋皆高氏勒石時所題，此本橅時尚未有諸君子之筆也。嘉慶戊辰八月二十六日，獨學老人韞玉手記。

宋方勺《泊宅編》載：歐陽公作《醉翁亭記》後四十九年，東坡大書重刻於滁。改"泉洌而酒香"爲"泉香而酒洌"，"水落而石出"爲"水清而石出"者，即謂此卷。是歲重陽後十日，執如又記。

唐 頂 銘 跋

《唐頂銘》石刻在祁陽浯溪之口，篆法古樸，得石鼓文之遺矩。"頂"字不見篆書，向來釋作"亭"字。黃山谷《答浯溪長老新公書》云："有袁滋篆《唐亭銘》三十六行，何不見？"即謂此刻。釋文見王漁洋《浯溪考》，亦有訛字。趙明誠《金石錄》有《浯臺》、《右堂》二銘而無此銘，漁洋誤以趙《錄》第一千四百一之《容亭銘》爲《唐亭》，見明誠注，爲瞿令問書，因而致疑。不知瞿令問所書《容亭銘》別是一種，乃永泰二年刻，而此刻乃大曆三年，彼此判然，不容相混也。袁滋，唐相，字德深，汝南人，史稱其"弱歲強學，以外兄道州刺史元結有重名，往依焉。"祁陽，古道州地。浯溪，又元公之所表章。則此銘爲滋所書，事屬可信。然文後並無書人姓名，不知當時本未署名，抑係歲久剥蝕？山谷曾親至崖下，題詩《中興頌》之後，則其謂此銘爲袁滋書，定必有據，非耳食之論耳。

西域舅甥碑跋

余往在巴蜀，得《西域舅甥碑》一紙，維時新舊《唐書》皆未携帶在廨，茫然不知此碑之顛末。

今歸，檢《舊唐書·吐蕃傳》，開元十七年，吐蕃使者悉獵入朝上表，贊普自稱曰"外甥"，呼中國天子曰"皇帝舅"。又德宗即位，命判官常魯與崔漢衡至蕃中，贊普謂漢衡曰："我大蕃與唐舅甥國耳。"此舅甥之名所由昉也。又長慶元年七月，群臣上尊號曰"文武孝德皇帝"，此碑曰"大唐文武孝德皇帝"，則碑乃穆宗時所立也。又《唐書·吐蕃傳》載：長慶元年，吐蕃遣使者尚綺力陀思來朝，且乞盟，詔許之。是時崔植、杜元穎、王播輔政，以大理卿劉元鼎爲盟會使，右司郎中劉師老副之。詔宰相與尚書右僕射韓皋、御史中丞牛僧孺、吏部尚書李絳、兵部尚書蕭俛、户部尚書楊於陵、禮部尚書韋綬、太常卿趙宗儒、司農卿裴武、京兆尹柳公綽、右金吾將軍郭鏦及吐蕃使者論訥羅盟京師西郊。贊普以盟言約二國無相寇讐，有禽生碑作捉生。問事給服糧歸之，詔可。大臣豫盟者悉載名於册，今考碑中所列銜名，與史一一吻合。《傳》又云："明年，請定疆候，元鼎與論訥羅就盟其國，敕虜大臣亦列名於册。"今碑亦有蕃官銜名。據蜀官自西藏來者云：碑四方若柱，盟文刊在正面，左側列蕃官，右側列漢官，不知彼時尊蕃而卑唐耶？抑吐蕃之俗尚右耶？《舊書》又載："十月十日，與吐蕃使盟。"又載劉元鼎自吐蕃使迴，奏云"去四月二十四日到吐蕃牙帳，以五月六日會盟訖。"蓋十月之盟，元年京師西郊之盟也；五月之盟，二年敕使就虜廷而盟也。又西郊之盟，別有盟詞，與此不類。《舊唐書》載之，而不聞刻石。

大約當時唐之君臣皆視盟會如戲，初無明恕忠信之心，故不以盟文爲重，轉不若蕃人受中國之盟，大書深刻，留示子孫，迄今千載之後、萬里之外，至其地者猶得摩挲故物，以考證當年之文獻，此所謂"禮失而求之野"者，非耶？

黄山谷此君軒詩刻跋

此君軒者，祖元大師安禪之所。師和義人，俗姓王氏。紹聖初，山谷坐修《神宗實録》不實，貶涪州別駕，黔州安置。時與師往來，及東還，師至瀘川餞之。山谷感其意，賦詩贈別，此詩則叠韻以答周彦者也。

周彦，師之群從弟，名庠，官潼川府教授，殁謚"賢節先生"，亦當時有文行者，蘇、黄諸君子都與之遊。師所居有霜鐘堂，詩中所云"霜鐘堂下月明前"是也。又性嗜琴，嘗蓄雅琴十餘張，客至，輒一彈再鼓，故詩又云"我學淵明貧至骨，君豈有意師無絃"也。周彦後舉八行大司成考，定爲天下第一，詔旌其門，此云"平生竊聞公子舊，今年誰舉賈生秀？未知束帛何當來，但有一節相倚瘦。"則尚在未舉時也。蘇、黄當時遭當路之嫉，遷謫流離，而荒陬僻壤，畸人漫士以及浮屠方外之流，無不愛之、慕之，然後歎賢者文采風流，氣求聲應，出自秉彝之好，有非勢位所能予奪者矣。

此詩乃山谷由黔召還時所爲，是時年已五十七矣。其筆力兀臬瑰偉，若歲寒松柏後彫之姿，可謂殊絶凡庸，世乃有疑其贋者，信乎伯樂不常有也。

韋南康紀功碑跋

向聞此碑在四川閬州，適同年生沈達爲州牧，因寄書屬令搜訪，得之於北門外居民嚴禮用家。其地距城里許，按蕳州城向在絳溪之北，明正德八年，移治於絳溪之南，此碑所立處即明時舊城也。其左有班春亭，今圮。碑露立風雨之中，字已剥蝕過半。碑陰有大字詔書，尚完好，蜀中唐刻之僅存者也。

宋米元章書崇國公趙世恬墓志銘跋

余去歲得此卷，竊怪古人如此名迹，何以竟無一跋？頃於孫淵如先生齋頭見有近人江都鮑氏。新刊類帖，内有此《志》，字較小，筆意庸劣，而袁桷、鄧文原、楊法三跋皆佳，固已疑其僞書真跋。因假歸，逐字磨對，知彼刻果係僞迹。而尤可笑者，文中序列三朝曰英祖、神考、哲廟，而彼刻作英祖、仁考、哲廟，是以仁宗爲英宗之子，而以哲宗爲仁宗之子，彼於正史尚未寓目，又何以冒托米南宫之妙迹耶？殆一庸妄人之所爲而已。昧者不察，尚壽諸貞珉，徒於藝林增一笑柄。彼之僞益信，此之真當若何寶愛？因録三跋於此卷之尾以備後人考證，而并志其異同，聊當燬犀一照耳。

十七帖跋

右軍《十七帖》，相傳爲與益州刺史周撫者。然楊升庵撰《四川志》，止收"今年七十"、"卭竹杖"、"諸葛顯"、"譙周"、"彼土山川"、"漢代講堂"、"嚴君平"、"鹽井火井"共八帖，其餘皆不録，則所謂皆與周益州之説未必然矣。此帖摹本甚多：有南唐澄心堂本，有賀知章臨本，有魏泰家藏本，有淳熙秘閣本，其多少先後各各不同。昔人評者推唐時館本爲最佳帖，後署大"敕"字，注云"付直宏文館臣解無畏勒充館本"。又云"臣褚遂良校無失"。今刻在金壇王氏鬱岡齋者是也。元本二《十七帖》，一百十九行，九百十三字，因其第一帖首有"十七日"三字，故相沿謂之"十七帖"。此卷則僅足十七之數，其中"無緣言面爲歎，書何能悉"十字，本在"吾前東"一帖之末，而此冠"瞻近無緣"一帖之首。又"講堂"一帖，他本或從"五帝以來"起，而此多"知有漢時"以下十八字。又他本每帖皆另行提起，而此空一字，連綿相續，斯皆此帖之異同，考古者所當留意也。

錢舜舉蠟飲圖卷跋

舜舉名選，吳興人，南宋時供奉畫院，花草人物皆入能品。此卷《蠟飲圖》寫村莊男女，人人各具意趣，有擊壤者，有鼓腹者，有聯臂蹋歌者，有含飴弄孫者，真可徵太平景象。但寫人而不布景，古有此法，余向在西湖上集慶寺內觀宋理宗與閻妃宴游圖亦然。

昔者帝王酒禁最嚴，《周書》曰："群飲：盡執拘以歸于周，予其殺。"其法若是之重。漢時，國有大慶，則賜酺三日，飲者弗禁，此爲非常恩澤。魏武當國，又申前禁，三人群飲，罰金四兩。古時酒禁之嚴如此。及六朝以降，舊禁頓弛，士大夫且有日沈湎於麴蘗者，況細人乎！卷中扶老携幼，固以表清時士依婦媚之風，而醉人矯首頓足，若喜若怒，幾幾乎如《禮》所云"一國之人皆若狂"者，未必不借此以申流連荒亡之戒。昔賢一翰墨之微必有勸懲寓乎其間，非苟焉而已也。

米元章行書卷跋

右米襄陽行書卷，筆意天馬在空，飛行絕迹。米老自謂"刷字"，信然。卷首有山村仇遠仁近印。按遠宋咸淳中名士，宋亡，落魄江湖。至元中，薦爲溧陽教諭，改徵仕郎，杭州路總管府知事，就家錢唐，年八十卒，葬北山棲霞嶺。事見郎仁寶《七修類稿》及徐紫珊《清波小志》。

燕文貴江干雪霽圖跋

嘉慶丁卯冬,余在京師,客有言摩詰《江干雪霽圖》原本在廣陵吳杜村郎中處。吳方在京需次,余因與同年陳玉芳偕往訪之。吳出圖相示,意甚矜貴。視其圖心,以爲不類,而世無摩詰畫,無可印證者。暇日,與司業蔡申甫話其事,蔡曰:"摩詰原圖在吾家,世守久矣。"爰約日携圖相示,真神品也。用筆精妙,與此一一吻合。惟原卷有"平沙落雁"、"寒鴉枯木"兩段,此皆删去。彼雁纔如米粒大,鴉更小,而飛鳴翔集之狀無不曲肖,真如棘刺之端爲母猴也。想燕君自度不能,故删之以善藏其拙,古人一藝之微,其度德量力如此。

趙文敏壽春堂記跋

書自顏平原開宋四家之宗,晉人清妙之機,盡矣。松雪初法北海,晚乃入二王之奧,晉學復昌。王元美謂趙書"姿韻溢出波拂間,蓋能用大令指於北海腕。"又謂"承旨可出宋人之上",有以也。此册作於延祐丙辰之歲,此正松雪晉階承旨之年也,確是晚年得意之筆。觀其筆勢,若馳若驟,如快馬入陣,縱橫莫當,洵推書中神勇,非蘇、蔡諸公所能及耳!

唐六如琵琶行畫册跋

吾鄉畫家莫不尊文、沈、唐、仇,石田蒼老,十洲精緻,子畏介乎二者之間而兼有其妙。此册李生覺夫所遺,摹寫白傅《琵琶行》詩意。分作八段,段繫以詩,樹石秀潤,人物都雅,非庸手所能髣髴萬一。後有王雅宜、王敬美二跋,亦佳。唯末幅款印不甚可信,似原無題署而後人附益之者。書畫名迹往往爲愚人簸弄如此,不必因此致疑也。

仇實父村社圖跋

此似寫"桑柘影斜春社散，家家扶得醉人歸"詩意也。筆法清蒼，設色古雅，其撫擬人物亦秀整有法，自非近來畫工所能假托。惟諦視幅中樓上，二婦人焚香對坐彈琴，其琴焦尾在右，嶽山在左，實父名人，不應顛倒若此。

憶往時在歷陽郡齋閒坐，適童子撲一蝴蝶至，試數其鬚若四節然，其時壁上懸十洲畫蝶，因辨其鬚亦四節，共歎其體物之精。畫蝶如此，則畫拊琴者似不應有所舛也。或係明時畫工所擬，文跋亦幾欲亂真，僅露一二字敗筆耳。梅鄰知畫者，其以鄙言爲何如？

宋忠烈公鄉試卷跋

忠烈宋公崇禎十一年巡按山東，城破，與歷城令韓同殉國難，濟南人建雙忠祠於城之西南隅以俎豆之。余官歷下時，以公爲吾鄉之先賢而是邦之名宦，入祠展謁，覩夫棟宇傾頹，蕪穢不治，將約鄉人之官於東者，相與醵金而修葺之。會以事去官，不果。今既歸田，公之五世孫香巖刺史以公之鄉試卷見示。余受而讀之，觀其第三策言："古今泰交，臣工之精神合而成焉者也。"又曰"堂陛之間，漸成暌疑否隔之形"云云，不禁慨然於古今理亂之故，而歎思陵之所以亡國也。嘗觀古來賢君知人而善任，故未嘗不逸樂而天下自治；庸主不知人而自用，故終日憂勤而國事日以叢脞。此無他，精神之合與不合所致也。

思陵之初御極，翦除客、魏，毅然與四海更新，中外臣民方鼓舞望治。及其爲政也，善疑而自是，懲於先朝權奸亂政之失，因而視舉朝無一可信之人，而爲之臣者，亦依違苟且而將順之。其賢者知幾引去；中人則持禄養交，姑置身於無過之地以全身避謗；一二不肖之徒務爲小廉曲謹，嚚訟象恭，以取悦於密勿之中。一時君臣似乎契合，禍機一發，卒亦不能自保。在位十七年，計更易宰相至五十餘人，而其他中外文武諸臣晨升夕墮者更不可勝數，無他，精神不合而危疑之隙易生也。如此則國事安得不壞，而國安得不亡？譬諸病者，不能擇良醫而專任之：朝易一醫焉，投薄苓之補劑而不效；暮易一醫焉，投以麻黄硝朴之攻劑而又不效，於是謂舉世無一能治病之醫。病者元氣日損，因循延誤，以至於死亡，因而諉之曰"命"，束手太息，以爲無可如何。嗚呼！其病果無可如何者哉？

公鄉舉之歲，乃崇禎庚午。是時海内尚未亂，國事尚未大壞，而草茅未達之士早已窺見人主之隱，所言深中其受病之由。然後知賢者出身致主，其憂深思遠固藴蓄於章甫逢掖之年，非猝辦於立朝後也。自科舉之法行，論者每謂空言取士，無裨於實用。豈知言者心之聲，古之人功名氣節固有流露於文章間者，惟在知言者之善爲鑒别而已。如公才識，當時諒不乏人，果皆引而躋之廟廊之間，一心一德，從容坐論，未必不少緩其傾覆之禍。無如君之不悟，俗之不改，上猜下阻，釀成甲申之變，如公者，徒令殺身成仁而不究其用。

嗚呼！賢豪英杰之士不能遭時致主，而至殺身成仁，此非士之不幸，而有國者之不幸也，而抑思誰執其咎也哉。

王石谷吴江秋色畫卷跋

右石谷子《吴江秋色卷》，溪山村落，有烟雲離合之致，蒼潤深秀，真迹無疑。幀中題語，皆係惡札，頗爲名迹之疥，可惜耳！

文彦可梅花卷跋

從簡字彦可，明貢士，蘇人，衡山先生之曾孫也。徵明生嘉，嘉生元善，元善生從簡，以文翰世其家。從簡有女名俶，字端容，歸同郡趙凡夫之子靈均。端容亦善畫，所見幽花、異卉、小蟲、怪蝶，信筆渲染，皆能摹寫性情。圖得千種，名曰《寒山草木昆蟲狀》。寒山，趙所居也。因其名父，故牽連及之。端容復有女曰昭，亦有文藻，《凱風》寒泉，淵源有自，皆吾鄉之舊聞矣。

劉文清公書卷跋

余爲諸生時，即邀公之知。及爲翰林，與公同直上書房，朝夕聞公緒論。公之文法晉、魏，詩宗中唐，皆非當世所及，然不甚愛惜。惟書法自信必傳，以爲人有一事不朽，餘皆不足道。公書初法大蘇，五十後乃一意晉人，至八十時，全作屋漏痕，不知者謂其老年頹唐，豈識公之無上甚深微妙法乎？

公作此書時，年五十八，正是甫躋晉人門閾，尚未深入堂奧。予以十八金易自京師裝潢肆中，持此與公晚年書相較，亦可以識名賢詣力淺深次第，又足以自勵也。

又

公作此書時，年七十二，正其書法超凡入聖時也。相其用筆，全是屋漏痕，覺昔人畫沙印泥，猶存迹象，未到甚深微妙處也。

又

公作此書時，年已八十五，筆意盡是屋漏痕，天與長年，所以成其絕藝。明年，公歸道山，公書遂爲《廣陵散》矣。

又

今公之書，僞迹十九，然形似耳！真迹如針裹絲，古拙中自含險勁之勢，固非里矉所能仿佛也。

又

公書無論波磔縱橫，但落筆到紙，必作一點起。又行草圓轉若圜，而折筆處自有折旋中矩之意。又結體離奇百出，而終歸平正，無左修右短及左輕右軒之病。其所以高出一世者如此，以此鑒別真贗，立判矣。

箬庵禪師同住規約跋

嘉慶十四年十月晦日，余於大雪中至理安寺訪寒石大師。師出其祖箬庵禪師所撰《同住規約》一卷示余。按箬庵諱通問，松陵人，俗姓俞氏。弱冠之年，偶過僧舍，閱《首楞嚴經》，至"此身及心，外洎虛空，山河大地，咸是妙明，真心中物。"因疑不自釋，聞磬山天隱禪師深達佛理，乃往參焉。隱師門庭孤峻，終日不措一言，師誠懇叩請，言下未會。一日，隱與客論《金剛經》，師曰："妙哉，應無所住而生其心。"隱忽問曰："如何是其心？"師爽然自失。後遂投理安佛石禪師落髮出家，遍參尊宿，而證菩提上乘，此則其住理安時領衆《規約》也。

吾嘗謂佛門之有戒律，猶帝王之有刑法也。帝王之治天下，非不以道德齊禮爲第一義，然生人既庶，良莠不齊，不有刑法，何以弼教？佛之出世度人，原以慈悲接引爲務，而遷流日久，尊宿云亡，末法鈍根之徒錯雜門庭，不有戒律，將何以整齊四衆，表正十方？

蓋參悟者，哲人之機也；講習者，學人之業也。惟戒律則智愚合轍，凡聖同塗，無鈍利之分，無頓漸之異，箬庵留此《規約》以示後人，意在斯乎，意在斯乎？寒石住此領衆，於今三年，緇素皈依，將爲理安中興之人。果能使大衆守此《清規》，宗風不墜，將必有上參

471

祖乘，下破群迷者，此又覺海之筌蹄矣乎。

寄塵和尚小札跋

寄塵和尚翰墨妙一時，璧窠大字尤環瑋。余視學湘南時，曾來請謁，適鎖院，未之見也。後李鼎元舍人充琉球封使，携之作中山之遊，歸而病，遂死，舍人即葬之於榕城。因爲方外，筆墨流傳甚少，此亦雪鴻之一爪而已。

獨學廬三稿文卷五

傳

葉小鸞傳

葉小鸞,明工部郎中葉仲韶之女也。生有慧性,四歲,受《楚辭》即成誦。稍長,工詩。十四,學奕。十六,學琴。蕙心紈質,動輒過人。偶畫山水,或落花飛蜨,楚楚有致。善書,日臨王子敬《洛神十三行》一過。其母沈宛君,閨房之秀,生三女:長昭齊,次蕙綢,又次則瓊章。瓊章者,小鸞字也。小鸞年未笄,姣好如玉人,父母鍾愛如掌中珠。題花賦草,鏤月裁雲,諸姑伯姊相與屏刀尺而親翰墨。閨中清課,日在書策琴瑟間。既字鹿城望族,婚有日矣。金屋未歸,玉樓忽召,春秋十有七耳。殁七日,甫就木,宛君朱書"瓊章"二字于其臂,肌如冰雪,舉體輕軟,人咸謂仙去不死云。

初,瓊章十歲時,與母夜坐。母得句云"桂香清露濕",應聲云"楓冷亂紅凋"。母心賞其雋才,不知其夭之徵也。小鸞殁,昭齊繼喪,玉隕珠沉,貽罹父母。會上元之夕,仲韶孤宿軒中,夢青衣小鬟持詩箋至,云瓊章見寄。啟視,則斷句二章,曰"可是初逢萼綠華,瓊樓烟月幾仙家。坐中聽徹《梁州》曲,笑指窗前夜合花"。次作忘其前二語,後云"昨夜簫聲雲際響,無人知是麗華來。"

自小鸞之殁也,仲韶與宛君神傷心死。及得詩,竊謂瓊章故在，碧落黃泉之心怦怦動矣。當是時，有神曰"天台泐子"，降靈吳會間。仲韶涓吉辰，設芳供，行扶鸞之術，泐師降焉。仲韶叩小鸞蹤迹，師曰："此月府侍書女，世傳寒簧者是也。"問："何以謫人間？"曰："游戲耳！"問："鸞今何在？"曰："緱山仙府。""緱山仙府，豈即緱嶺在中州者耶？"曰："非也。在雲霞之外。"問："仙府今何名？"曰："即名葉小鸞矣。"仲韶請神通道法，招魂歸來。神曰："魂在仙府，恐不可招，姑爲之。"至夜分，而瓊章至，降壇詩曰："身非巫女慣行雲，肯對三星蹴絳裙。清映聲中輕脱去，瑶天笙鶴兩行分。"泐師謂小鸞："尊人思汝至切。"鸞即作詩呈父母曰："帷風瑟瑟女歸來，萬福尊前且節哀。"二語即止，似嗚咽不能成章。仲韶問："何説？"曰："無説。"問："思父母否？"曰："時思也。"且曰："引我房中去。"家人持香燈導入，則作詩曰："汾干素屋不多間，半庇生人半庇棺。黃鶴飛時猶合哭，令威回目更何歡？"詩竟，書紅于字。紅于者，鸞生前侍兒也。曰："我也思他。"是時，觀者不自知其淚之沾襟矣。

小鸞出，泐師爲演説十二因緣。小鸞言下開悟，矢志皈依，作詩呈師曰："弱水安能制毒龍？竿頭一轉拜師功。從今別却芙蓉主，永侍猊床沐下風。"師曰："願皈我法，先須受戒。汝曾犯殺戒否？"曰："曾犯。"師問如何？曰："曾呼小玉除花虱，也遣輕紈壞蜨衣。""曾犯盜否？"曰："曾犯。不知新綠誰家樹，怪底清簫何處聲。""曾犯淫否？"曰："曾犯。晚鏡偷窺眉曲曲，春裙親繡鳥雙雙。"又審四口業，"曾妄言否？"曰："自謂前生懽喜地，詭云今坐辯才天。""曾綺語否？"曰："團香製就夫人字，鏤雪裝成幼婦詞。""曾兩舌否？"曰："對月意添愁喜句，拈花評出短長謡。""曾惡口否？"曰："生怕簾開譏燕子，爲憐花謝罵東風。"又審三意業，"曾犯貪否？"曰："經營湘帙成千軸，辛苦鶯花滿一庭。""曾犯嗔否？"曰："怪他道韞敲枯硯，薄彼崔徽撥玉釵。""曾犯癡否？"曰："勉棄珠環收漢玉，戲捐粉盒葬花魂。"師曰："噫嘻！汝止一綺語罪爾。天上人間，智慧第一。

我不敢以神仙待汝也，汝可謂迥絕無際矣。"爰命名"絕際"，攝入無葉堂中。無葉堂者，上根之人應以女人身得度，攝入堂中，密修四儀。無葉者，無枝葉而純真實之義也。

其後四年，宛君歿，與昭齊俱入無葉堂。仲韶緝小鸞詩曰《返生香》，宛君詩曰《鸝吹》，昭齊詩曰《愁言》，合鏤板行于世。

白雲外史曰："余始聞長老談瓊章軼事，涉幽怪，儒者難言之。後讀仲韶所著《窈聞》，載先後本末甚詳，其言鑿鑿可信也。慧業生天，古有成言，不知者乃以爲誕爾。"

王巡檢傳

巡檢王廷暻，江西人，粗知書，善風角奇門遁甲之術，觀天識星象，亦能相人休咎。

嘉慶元年，白蓮教妖人作亂，尚書宜綿入蜀主軍事，王叩軍門獻策，謂蜀將大亂，川之南有馬湖可以厭全蜀之脈。宜公允其請，則戒宜公秘勿宣，而孑身潛往。馬湖在蠻荒中，湖周三十里，其深不可測，載鐵綆盈舟，放之不能至其底。湖心有山，一峰孤峙若柱然，王於其上薶石作鎮而還。道逢邏者，疑其狀，謂爲奸人，執送軍門。宜公笑曰："余所遣也。"釋之。

嘉慶四年，余出守重慶，王來投効，其時賊已熾，余方召募鄉勇，令統之，部序有法。他方鄉勇皆擾民，王所統獨弗擾，余頗器其能。先是，賊至江北，重慶城門晝閉，余登城周覽，城九門，其七門皆臨江，惟北二門通陸路，而通遠門外有高山下臨城，明獻賊之陷重慶也即從此門入，余下令惟閉通遠一門，餘門盡開。詰旦，王入賀。余訝之，王曰："方今金星作亂，公啓南門則火氣揚，火可剋金，此後百里內無賊蹤矣。"余曰："初因閉門不便民，實不解五行術。"王曰："公爲一郡主，心所動，一郡禍福係焉，天誘公也。"越旬日，城南人家失火，王又入賀。余曰："太守不德，不能弭民災，當吊，何賀爲？"王曰："曩者不言火剋金乎？此其徵矣。雖小眚而兆大康，安得不賀？"是年，威勤公勒保督師。秋，以蜚語被逮。尚書魁倫代之，而副都統福寧綜理糧餉。兩公皆駐達州，余遣王詣軍門啓事，兩公皆留之，王不可，辭歸。余曰："達州，功名之地，汝胡不留？"王曰："觀于星，有二士爭衡之象。兩公不和，當應之。彼將不自保，何有于我？且不肖當以明年五月得官，亦不藉兩公力也。"余詰以兩公將如何？曰："皆凶，而魁尤甚。福將有萬里之行，魁不令終矣。"明年春，魁以潼川失守逮京，賜自盡，福戍伊犂，皆如其言。

五年二月，督學使者試重慶，余五鼓候於門，王忽至，曰："有可喜事。"詰其何事？曰："向者將星不明，今將星明矣，賊將平。"余問將星何在？王指以示余曰："將星在天牢，其人當出于幽囚之中。"惟時威勤公與故將軍永保、明亮皆在獄，三人皆夙號知兵，意當有復起者。未幾，威勤公果再督川師，賊次第就擒。至九年，而蜀地全清，皆公之力也。

其五年正月間，賊犯重慶邊境，余既率衆擊退之，因遣王偵賊所向。王歸告余曰："賊由江北竄入合州矣，且至綿州。"余訝曰："綿州距合州甚遠，且隔嘉陵江、潼川二水，奈何至是？"王曰："殺氣在參、觜之間，參主合，觜主綿，殺氣由參入觜，故知其必至綿無疑。"余曰："如爾言，川西且擾，奈何？"王曰："賊不至綿州，不平也。"余徵其説，曰："秦、蜀之疆，上保寧，下夔州，左興安，右重慶，爲四正。此四郡業已盡被賊烽，惟潼、綿間殺氣未洩。若賊及二境，則劫運完滿，偃兵有期矣。"余即以其説啓軍門，而主兵者不能爲之備，卒至賊過嘉陵江，又過潼川，生靈塗炭，而官亦身罹其咎，始信天數既定，人力不可回也。王果以六年五月，威勤公錄其勞，授瀘定橋巡檢。

十一年，余去蜀，王至成都相送。余曰："君所治去此一千三百里,奈何重勞遠涉?"王曰:"此後不肖不復見公。不肖蒙公知己恩,當執心喪三年之禮。然據數而論,不肖應先公二十二年歿,不及報公,此行不可不一別也。"余詢以後來,曰:"不肖終于今職。公急流時當勇退,他日公自知之。"

舊史氏曰:余生平不信術者言,若王君所言如操左券,豈史所云方技其術今不盡亡歟?余葬不擇地,居不擇宅,出門不擇日,凡事意爲之,而亦未嘗有所凶。倘其人所言"心之所動,禍福隨之"者歟?信斯言,則其術亦可不講也。

陳封君家傳

封君名傳焯,字見三,江蘇元和人。先世居橫塘,道素相承,代傳清德。君生而穎異,善讀書,蚤有成人之度。父笠山與同里樊氏相善,樊家故素封,積金舉息,笠山爲之介,債家負不償,樊控于官。樊有兄爲四川永寧道,笠山入蜀求解,久留不歸。而永寧之弟訟益急,時笠山挈其長男傳炯、少男傳煜俱入蜀,留君居守。君年纔十五,將托於外家謝氏。謝不能庇而鳴之官,遂與樊對簿,官袒于樊,責君代償債家金。君方幼,顛倒無可爲計,則以橫塘老屋入于官,訟經年方解。君歸,益發憤讀書,兼習長桑之術。君于醫有天授,弱冠即能神明其術,病者日集于門,治輒應手愈,名大噪。因游于揚,揚之人就君求治者益多。揚爲東南華離地,鹽漕使者所治,業牢盆者多富人,君既以其術活人,即人所以報君者亦厚,家業日饒,遂迎父于蜀。先是笠山入蜀挾兩男,獨留君于家,因受因于樊氏,君母胸中不能無芥蒂。及笠山歸,翁、媼有違言,君遂迎翁至揚,而奉母于家,兩地各得其歡心。

翁、媼先後歿,君移家于揚,名益噪,業益饒。則謂古人治疾皆入山采藥,今人取藥于廛肆間,故醫者依方治疾或不効,非盡醫不良，藥亦有誤焉。于是於所居旁列肆市藥，親督子弟經理，必誠必信。凡求君治疾者兼求藥，治益神。遇貧者，予藥不取值，揚之人益重君。君援例爲布政使經歷，自念醫亦仁術可濟人，竟絕意仕進。及年過八十，始謝病者，不復胗。

揚有鄭氏廢園，園中大樹三株，皆合抱。主人將鬻以爲薪，樹神見于夢，君捐金市樹，并市其園，疏泉疊石，頓還舊觀，名曰"休園"，時時嘯咏于其中，一時賢士大夫多樂從之游。

君嘗曰：古訓云"民生在勤"。又云"慎乃儉德"。生人之本在儉與勤，慎又儉勤之本也。因顏其室曰"慎軒"以示子孫，即以自號云。

君四子：長家基早卒，次家墱出爲弟傳煌後，次家堉，次家堂。君性慷慨，不悋於財，凡宗族親戚貧乏者待之舉火，不能喪葬則賻之，不能婚嫁則代爲婚嫁。晚析其產爲八，子與姪均焉，論者益多之。

鐵雲山人傳

舒位，字立人，大興人。祖大成，翰林檢討。父翼，廣西永福縣丞。翼有兄希忠官江南，翼偕行，寄居吳門而生位。誕彌之夕，母夢一僧，手執桂枝，自言自峩嵋來。既寤，而位生，因小字曰犀禪。少穎悟，讀書十行俱下。十歲，能文。希忠撫其頂曰："吾家千里駒也。"年十四，隨父至永福任所，官舍後有鐵雲山，因自號"鐵雲山人"。

會安南使人入貢，翼奉大府檄出關館伴，挈位同行，位賦《伏波銅柱詩》，使者攜歸，由是安南貴人皆知中國有才子舒位。既而入都，應京兆試，不售。則盡發其祖父遺書數萬卷，晝夜讀。乾隆戊申，領鄉薦。是時永福君以事失官，貧不能歸，殁于江西之弋陽。

位迎其喪至吳門，欲家焉而無屋，則之湖州，假館于烏鎮沈氏，寄其孥，而身乃往依河間太守王朝梧掌書記。既乃從威勤公勒保征狆苗，方事之殷也，磨盾鼻草軍書，倚馬立就，曲折如公意所欲出，公深器之。狆苗平，威勤公移師入蜀，勦捕白蓮教妖人，將攜位同行。位辭曰："家有老母，倚門望子久矣。今即以萬鐘之祿易一日之養，非所願也。況區區武功爵哉！"遂歸。當時賢士大夫開府東南者皆欲羅而致之幕下，羔雁成群，舒生名籍籍公卿間。

嘉慶乙亥十月，母喪，哀毀過乎禮，病遂不起。是時已移居吳門，子孫遂占籍焉。所著《瓶水齋集》十八卷，揚州鹺賈巴氏刻之，行於世。

江尊師傳

師名全義，字浩存，吳縣人。家世清白，父榮，讀書樂道，自守儒業。兄弟五人，師最少。與季兄澹然少慕黃老之術，清静自喜。吳門之西有穹窿山，山有三茅峰，相傳爲雲仙栖息之所。國初，鐵竹真人施亮生開山建道場，黃冠之士常住者一二百人。澹然心愛之，遂挈弟棄家入山。師受法於姚隱齋門下，精進自修，寒暑無間。所居如意山房舊爲鐵竹養真之地，歲久荒落，師一一修治。性好蒔花木，曰："人學長生，當使眼前常有生氣。"明窗净几，時時拂拭，不留一點塵，曰："胸中無塵，不可使目中有塵。"

師嘗蓄一古瓷盎，陰晴變色，有好事者請以田二十畝易之，師曰："吾非田舍翁，豈以二十畝動其心？"竟不與。

晚年自號"水月道人"，客請其説。師笑曰："逝者如斯，而卒未嘗往也；盈虛者如彼，而卒未嘗消長也。"

師壽過七十，聰明強健如少年人。問師有何修養之術？笑而不答，終無有窺其涯涘者。

碑

重修法相寺碑

緣西湖而行，南山深處有石屋嶺，折而左，巖壑益深，其地有法相律寺，乃宗慧大師道場。師於唐景福兀年誕降於泉南民家，俗姓陳氏，生有異表，長耳垂肩。棄俗出家，清修梵行，衆呼爲"長耳和尚"。至後唐同光二年，結茅此山，栖心禪定，道俗皈依，如水奔壑。

錢氏有國，崇信大乘，永明禪師，當時尊宿，王問師"今世有異人也無？"師曰："長耳和尚是定光佛出世。"王聞斯語，趨謁瞻禮。和尚曰："永明饒舌。"即跏趺而逝。王因建斯寺，而爲供養，初名"長耳院"。宋大中祥符九年，改名"法相寺"。咸寧間，又追贈"宗慧大師"之號。今肉身尚存，靈迹屢著。明時，有平陽徐翁祈嗣於寺，生子曰"節官"，爲郡守，徵文述異，刊石寺中。厥後士女禖祝，其應若響。世歷元、明，山門頹廢。萬曆三十五年，邑令聶君心湯經營修復。本朝康熙五十三年，殿燬于火，不日仍新，迄今又將百年矣。嘉慶十五年，寺僧某等因舊謀新，營建繕葺，塗茨丹腹，次第訖工。乃索鄙言，紀其歲月。

論者謂風輪旋轉，法界遷流，定光古佛在莊嚴劫早證聖果，是何因緣忽游五濁世界？吾謂諸佛法身皆有二種義：一真實身，一權應身。真實云者，至極之體，妙絶拘累，不可以方處期，不可以形量限，清净正覺，湛然常存。權應云者，和光六道，同塵萬類，修短應物，生滅隨時，形由感生，體非實有。若宗慧大師之出世也，殆所云佛之權應身非耶？夫至道無名，而非名不顯。至人無相，而非相不傳。佛與衆生，同游覺海。分則億兆，合則一體。有感斯應，若鼓遇桴。理有固然，其無足怪。僧等紹隆正法，導引群生，建此不可思議功德，豈非祖庭之幸歟！不有所述，何以垂後？爰紀顛末，壽諸貞珉。

表

處士陳君墓表

故處士陳君蘭村與余有縞紵之交,歿後八年,孤子鈺以狀乞表其墓。夫異苔同岑,古有成言;芝焚蕙歎,昔賢所感。是以履道表幽人之貞,《谷風》旌處士之義。施哀墟墓,行道猶然,況在友生,敢辭荒陋?

按狀:君諱坼,字坦園,蘭村其自號也。先世自山陰遷于金陵,遂占籍上元縣。祖平章,父祥發,道素相承,世守清德。君幼懷貞敏,宅心醇粹。讀書嗜學,早有令名。祖、父皆擅名法之學,君既冠,慨然曰:"讀律可以致君,何必芥拾青紫?"始稱聞達,遂捨儒業,而習法家之言。郡縣延聘,羔雁成群。君引經折獄,有古人之風。兩造具備,五辭兼聽。宥過罰罪,務得其平。君至性惇庸,家門雍穆。追萊子之娛親,慕君魚之潔養。父母既歿,終身孺慕。每諱日營齋,未嘗不涕泗沾襟。宗族稱孝,人無間言。宣聖有言,五十而慕,殆庶幾焉。嘉慶十年三月八日,以疾卒於繁昌縣之賓館,春秋六十有四。孤子鈺扶柩歸里,于十二年十二月十八日葬於楊梅園之原,禮也。相茲幽宅,無有後艱。善可風世,銘垂不朽。其詞曰:

鬱鬱佳城,大江之濱。君子樹善,以貽後昆。孝乎惟孝,弗忝其親。令德未艾,視此銘文。

銘

山東糧儲道宋公墓志銘 并序

余少習法家言,爲幕府賓客,操刀筆,治案牘。歲甲辰,吾鄉汝和宋公牧皖之和州，邀余偕行。公與余皆婿於同里蔣氏，於姻婭在丈人行。公顧與余爲忘年交，凡兵、刑、錢、穀、簿書、訟獄諸事，無所不與其議。與公周旋甚久，既而余赴春官試，旋通籍，入詞垣。公亦移山左，累遷其官。丙辰，今天子登極之歲，公先爲山東糧儲道，緣屬縣有罣吏議者，并及公，鐫三級，當需次吏部。公已引疾，而虞當路者之不之許也，將再起，意持兩端不決。余曰："公年六十七矣。又三年，古人懸車之歲也。公方爲選人，毋乃非老氏止足之義歟？"公以爲然，決計歸。

丁卯，余罷山東按察使，再入翰林。是冬，以疾乞歸。公已病，拜公於床下。公執余手，而言曰："衰朽殘年，鐘鳴漏盡，行與子別矣。知我者，莫如子。吾畫像一軸，子爲我爲之讚。他日幽宅之銘，亦唯吾子是累。"余曰："讚畫像則諾，若壙志，如公盛德，將眉壽無害，姑勿議。"既別，閱旬日，公竟謝世。余從公游久，又重以生前之托，烏敢以不文辭？

公諱思仁，字藹若，汝和其號也。蘇之長洲人。宋之先爲三吳望族，累世清德。曾祖兆鶴，祖照翰林編修，考邦綏户部倉場侍郎。公之生也，公母蔣夫人夢籬花盛開如慶雲，因命小名曰"積慶"。幼穎悟，好讀書，年二十二補博士弟子，學使試，輒冠其曹。讀書紫陽書院，山長沈歸愚、廖南崖兩先生皆器之。數舉不利，司農公謂曰："吾家世受國恩，汝當及時自効。豈可操觚爭一日短長，與寒畯競進耶？"是時，豫河興大工，公輸資如例，議叙授四川簡州。歲丁亥，公莅任，繕修城垣，擒治姦宄，威信既彰，州乃大治。時國家用兵兩金川，軍營檄備牛馬，他邑輒用民力牧養資送，公一切自出資爲之，民不知兵。上官察其賢，委權知保寧府事。府治瀕嘉陵江，江水齧城根，城日蝕。公築護城隄，鐵牛鎮之，水患永息。既回簡州，而司農公之訃至。壬辰，服除，補廣西橫州。州政廢弛久，公至，其威信如治簡州。

先是,司農公曾撫廣西,橫人感公德,因而思先公之德,建遺惠祠,祀司農公,至今香火不絕。先後權太平、柳州二府事。西隆州者,粵西極邊也,距省治甚遠,猺獞雜處,州官失撫馭,囂然變生。督撫知公能,移公往治。公至,擒其倡亂者王抱久等十四人,置於法,州人以寧。

庚子冬,丁母憂。服除,謁選得安徽和州。州俗多溺女不舉,公請於上官,創建育嬰堂。巡撫高文勤公嘉其事,給幼孤,遂長之,額以旌之。乙巳歲,大旱,民飢。公請帑金五萬有奇以賑貧,民賑既竣,民食尚艱,則又煮粥以飼之。冬寒,公曰:"貧民賴朝廷大賚,已得食矣,其能禦寒者有幾?"出私財造棉衣千領,擇無衣者畀之。明年春,大疫,公募人周行四境,收葬無主尸。時學使葉公觀國至州試士,曰:"吾行江北,道路尸相藉,和州獨無,何也?"公對以收葬狀,葉嘉歎久之。州治臨江,公於城外鍼魚嘴設救生船,以拯夫舟行遭風者。州境香泉田圩舊被水,不可耕治者一萬畝,公督民修治隄防,其地仍爲膏腴。

丁未,以薦遷山東泰安府,所屬肥城有先賢有子後裔,公請于巡撫,奏置五經博士,奉旨允行。庚戌,純皇帝巡幸山東,登祀岱宗。公蒙召見,于行在奏對稱旨,與宴行宫,拜錦緞荷囊之賜,并錫詩章。是歲,調濟南府。癸丑,遷山東糧儲道。而齊東縣有胥吏犯法,罪應荷校。縣令鄭琦樹私釋之,事在公守濟南時,追論以失察降職。公遂引疾歸家居,以敦厚廉謹教其子孫,讀書行義,老而彌篤。所居一室,左圖右史,臚列古器奇石。蒔花竹于庭,終日嘯咏其中,泊如也。如是者十餘年。嘉慶十二年,歲在丁卯,十二月十八日,以疾卒于家,春秋七十有八。

公性至孝,先是,司農公官山西,公母蔣夫人偕至官舍,猝患風疾,勢將不治。公刲左臂肉和藥以進,遂安。

其居官也,廉靜慈惠,勇於興革,故所至有聲。其聽訟如家人,反覆推求，必得其情而後已。境有古迹，必訪求而表章之。在保寧，修治張桓侯墓。在和州，州廨有劉禹錫陋室、水心亭故迹，皆繕完之，并畫像刻石以示後人。在粵西，撰《太平便覽》。在山東，撰《泰山述記》。皆以志古今文獻。

性儉約，室無姬媵。雖在官，飲食、服飾如寒士。平居無絲竹六博之好，惟善奕，公餘時一及之。嗜吟咏，所著有《橐餘存稿》四卷，《廣輿吟》二百篇。善畫蘭竹，頃刻數十紙，坐客爭取弗靳也。於書無所不窺，星命、卜筮、堪輿之術無不通，以決人窮通、休咎無不驗。曩在公幕下，公視余生年月日，曰：“子他日將魁天下。”嘉慶乙丑，余以重慶守乞假歸省墳墓，公曰：“子且嚮用，後二年，有小咎，子其慎焉。”皆如公言。

在官尤愛士，乾隆丙午鄉試，公在和州，賓興決科，陳生廷桂、敬生大科皆才，首擢之，兩生皆先後成進士，僉以公有知人之鑒云。

公之疾也，仿謝石測字之術以自卜，座客或舉"蘭"字，因公性喜畫蘭也。公曰：“蘭字古文作'蘭'，門字有二月之象，今適當十二月，吾病殆不起矣。蘭字中從'柬'，而俗書常從'東'，東者，十八日也。此月十八日，殆吾長逝之期乎？”已而果然，可爲神矣。公性慷慨好義，親族子女貧不能婚嫁則婚嫁之，有吉凶緩急則周恤之。

配蔣氏，子三：長蘭蓀，殤；次榮，廣西南寧府同知；次林，太學生，出繼爲公弟思誠後，皆先公而卒。孫三：承豫、承恩、承溥。曾孫三：守培、守基、守訓。

承豫等將以嘉慶己巳九月葬公于萬禄山之麓，乞余作銘，以如公志。銘曰：

微子策封，宋國始建。華胄千葉，明德斯遠。篤生司農，大朝之彥。公實象賢，克率厥典。幼學壯行，撫茲烝人。民懷慈母，吏畏神君。帝曰嘉哉，汝予世臣。累遷其階，以酬乃勳。惟公治官，若古循吏。有猷有爲，百廢具舉。國著官箴，家藏治譜。中道而蹶，弗竟厥緒。惟公居室，孝友是敦。惟公接物，廉讓攸聞。公歸道山，幽宅永寧。積善餘慶，宜爾子孫。

劉蓉峰墓志銘并序

嘉慶丙子春，觀察劉公自粵西解組歸。予謁之於花步里第，觀其容色慘淡，時公方有長子之喪，竊謂西河之痛，賢者不免，乃未幾而公病遂不起。夫公秉耿介之姿，抱匡濟之略，有志當世，而不竟其用，其心殆有欿然不能自釋者耶？將葬，孤子運鈴以狀來乞銘。予與公同里，習其爲人，安敢以不文辭。

按狀：公諱恕，字行之，蓉峰其自號也。先世從宋高宗南渡，卜居於洞庭東山。曾祖昭德。祖世禧，候選州同知。父金省，刑部雲南司主事。

公生早慧，弱冠能文章，聲譽著於鄉里。游京師，受業于嚴愛亭太史之門，學有師法。乾隆丙午，舉於京兆，是科南昌彭文勤公實主京兆試，夙負人倫之鑒，故被知者尤於衆論翕然云。五赴禮闈不第，公遂慨然有當世之志。適朝廷以川楚用兵，又頻年河患，將不次用人。公納貲如例，以道員分發廣西。公單車就道，不携妻孥自隨。先署右江兵備道，既又攝柳州、慶遠兩府事，皆有政聲。其在柳州，地雜猺獞，且當會匪滋事後，公恩威並著，編户大寧。其在慶遠也，有河池州民盧培、莫阿古二命案，官吏受賕，留獄不結。公廉得其情，請于上官，黜其官，罪其吏，沈冤以伸，邦人頌之。忻城土民聚衆械鬭，公親督兵役擒其首惡，置之法，邊徼賴以無事。公在嶺外久，爲山瘴所侵，體漸憊，有故山之思。大府方倚重公，而公竟引疾歸。

先是，公以山居僻陋，移家至蘇州城西花步里，所居有山池花木之勝，公益羅致奇石嘉卉，築寒碧莊，一時賢雋皆從之游。裒集天、崇以來名人制藝，手定一千五百餘篇，鑴板行世，嘉惠後學。平居無聲色之好，惟性嗜花石。著有《牡丹新譜》、《茶花說》、《石供說》。又喜蓄法書名畫，仿《清河書畫舫》之例，集成十卷曰《挂漏編》。又集古今石刻環所居壁間，朝夕相對以自娱。

公自嶺外歸未久，病即劇，以嘉慶二十一年九月十三日殁于花步里第，春秋五十有八。明年九月初九日，葬於長洲金盆塢之原。

夫人席氏，子二：運銓，府學生，先公一年卒；運鈴，吳縣學生。孫三：懋勛、懋勤、懋勱。銘曰：

洞庭包山，東南福地。靈氣所鍾，實生才智。學秉文章，仕優政事。天乎憖遺，不竟其志。嗚呼！古人有言，不於其身，於其子孫。德貽後昆，將高大公之門。

杭州同知席公墓志銘 并序

吳郡爲水郷，太湖最大。湖之中臚七十二山，洞庭最著。山之上烟火萬家，席姓最盛。席氏世生偉人，或以桑孔之術權物貴賤而成素封，或以文學起家，其間有英絶領袖之者在家則家治，在官則官治，若筠亭公其人也。

公諱維世，字臨九，以筠亭爲號。始祖唐武衛將軍温，由關中遷於洞庭東山。祖經，父麟，皆贈如公官。公少孤，舅氏葉公魏堂贅公於甥館。魏堂績於學，所交多當時文士，家有檀園，常招諸名流宴集其中。公皆與之游，因得熟聞古今沿革損益之要。

初筮仕爲浙江鎮海丞，權石門令。乾隆庚子，純皇帝舉南巡之典，石門當清蹕所經，公執壤奠，侯遮扦衛。帝嘉其勞，有文綺之錫。是歲，陞永嘉令。永嘉，地瀕海，市舶所集，商民雜居，訟牒繁多，公勤於政，庭無留獄，執法持平，奸宄斂迹。暇則進邑中人士，與談文藝。葺東山書院以課之，士風嚮學，翕然改觀。縣西溪田，歲苦水溢,公募民築防,皆成膏腴。公善折獄,太守知其能,他邑獄辭未當,輒付公覆治,多所平反。海洋多盜,公多方偵緝,獲其魁。天子嘉之,命以同知用。是時,浙省方興修海塘,督撫請以公補杭州西路海防同知,董其工。公感朝廷不次之知,盡心力任其事,寒暑無間,以疾卒於官,春秋四十有五。

公性廉靜,內介外和,官所至得民心。其去永嘉,百姓扶老攜幼追送數十里。平生不治生產,性慷慨,急人之急,凡事先公後私,歿之日,室無餘財,衣物多質典庫中。

子七,某某。孫四,某某。曾孫一,某。孤子等以某年月日葬公於洞庭龍頭山之陽。銘曰:

靈山嵯峨,龍威所居。篤生偉人,將大其閒。鄉之善人,國之循吏。中道而隕,弗竟其志。公志未竟,公澤長存。積善餘慶,貽諸子孫。我不識公,識公令子。是彝是訓,以戀繁祉。

贈奉直大夫周公墓志銘并序

《春秋傳》曰:"明德之後,必有達人。"所謂達者,非高爵厚祿、爲宗族交游光寵之謂,其人必蓄道德、能文章,言爲世法,行爲人師,然後可謂之達。

吳江周氏自元公以來,承儒守官,二十三世而至盤谷老人。其間恭肅、忠毅仕在勝朝,或以忠讜匡時,或以剛方直亮徇節,斯皆可爲達人矣。盤谷老人復經明行修,守其清德,以啓佑後人。既歿,將葬,孤子一鶚等以狀乞銘。夫闡揚盛德,惇史之職也,烏敢以不文辭。

按狀:公諱東吾,忠毅公之五世孫也。初名篤,字培根。後因夢兆,易今名。號許愚,晚年又自號盤谷老人。曾祖昱,祖振業,父以持,儒業相承,韜光未顯。

公生五歲，母喪，寄養外家。八歲入塾，就傅授經，穎慧過人。困于童子試甚久，泊夢見天榜，遂易名，補博士弟子員。文章高簡淳古，取法大家，不以雕琢爲工。終歲教授生徒，藉束修之入以自給。簞瓢雖空，不介于意。諸子皆以文學起家，次子鶴立宰蒙城，公寄《理縣十則》：一曰修文，二曰講武，三曰存心慈，四曰立法嚴，五曰慎刑，六曰戢暴，七曰勿偏聽，八曰勿任下，九曰制節謹度，十曰正身齊家。丁寧告戒，手書至二千餘言，可爲善教其子矣。又曰："能常守窮秀才家風，方不失古君子行徑。"鶴立書此二語，常懸諸兩楹之間以自勖。善夫！今世士大夫當其窮居自命，未嘗不欲砥礪廉隅，以托于賢人之間。及一朝得志，紛華誘于外，而嗜欲生于內，不禁盡喪其生平。此無他，其故皆在不能守秀才家風耳！果如公言，可以盡一世無簠簋不飭之事，豈獨周氏子孫奉爲庭誥而已。

公生于乾隆三年，歿于嘉慶十九年，春秋七十有七。子六，殤其一。孫四，曾孫二。孤子一鶚等以嘉慶二十年十一月十五日葬公于縣之堁字圩新阡。銘曰：

蒼姬百葉餘緒長，惟有德者壽而康。抱質守素能文章，貞臣五世數必昌。一門五鳳齊翱翔，煌煌庭誥生輝光。高原膴膴笠澤旁，地卜云吉辰則良。公之神兮游大荒，鬱乎幽宅今歸藏。

何元長墓志銘 并序

邃古之初，神農以粒食養萬民。黃帝即嘗百菓察其寒熱温平，乃與岐伯、雷公、鬼臾區之徒製爲方術，以療民疾苦。聖矣哉！醫之爲術，直與稼穡同功。職是，古今史乘靡不爲方術立傳，自扁鵲、（太）倉公以下，載在方册者不可悉數。竊以爲《靈》、《素》尚矣，若秦越人之《難經》，張仲景之《傷寒論》，孫思邈之《千金方》等書，皆久行於世。然習其説以治人，輒生者半、死者半，蓋幾微之誤，性命以之，斯術烏可不慎歟？《禮》曰："醫不三世，不服其藥。"孔子"所慎者疾"，而曰"人而無恒，不可以作巫醫。"誠慨乎此事之難知也。若青浦何君澹安，世業於醫。自宋紹定中，有淳安主簿侃者精于長桑之術，傳至澹安十九世，世世習其術，宜乎神明而勿失也。澹安既殁，孤子其偉卜葬于斜山之陰，持狀來乞銘。澹安義甚高，心儀其人久矣，願得而志之。

按狀：君諱世仁，字元長，澹安其號也。其先宋朝奉大夫澮隨高宗南渡，始居秀州青龍鎮，三世至淳安君以醫名，又三世天祥爲明醫學教諭，徙居華亭，楊廉夫所作《壺春丹房記》者是也。入國朝，有汝國者，以孝行聞。嘗遇仙人授異術，活人無算，事載《江南通志》。殁，祀鄉賢祠，即君五世祖也。曾祖炫，字嗣宗，歲貢生，博學工文，尤精于醫術。其治疾也，神明變化，不可測度，至今故老猶有能道其遺事。著有《金匱要略本義》、《傷寒論本義》、《保產全書》行於世。祖王謨，字鐵山，爲縣學生，工詩善文章，著有《倚南軒集》、《萍香詩鈔》，亦以醫名世。復徙居青浦斜山，余少時猶及見之。考雲翔，早卒。

君性通敏，喜讀書，以其餘力游於藝，書畫篆刻諸事無所不精。少承祖父緒論，究心《靈》、《素》之術，考張、劉、李、朱四家之説：仲景治傷寒一百十三方，其法至備，然古今禀賦不同，今用之慮其攻伐太峻；劉完素偏於用熱，不盡六氣之變；東垣以土爲萬物之母，一意扶脾，學者不察，往往以峻補而遏其邪；丹溪謂陽易動，陰易虧，獨主滋陰降火，守其説者亦致寒涼損真。此非四家之過，不善學者誤用其術而不知也。君參其異同，究其得失。有鄰人遘危疾，君一劑起之。維時鋏山先生尚在，謂君曰："吾家自宋以來，習醫者十七世矣。爾父有志未竟，爾當努力繼之。"

乾隆五十年，君由國子生入貲爲布政司理問，有勸君仕者，君曰："母老矣，不能遠離膝下。且醫亦濟世事，何必仕也？"君既以術能活人，遠近病者集其門無虛日，舟車雜遝，至衢巷梗塞。君不以貴賤貧富異視，殫思竭慮，務得其受病之由，故所治輒應手愈。然君不自徇也，每曰："自非長桑，豈能洞見腠理？毫釐一失，生死立判，吾敢不慎歟？"

君尤擅望、聞之術，有金山人某來胗，君曰："爾曾溺于水乎？"其人曰："然。"與之藥即愈。人問君何以知其溺？君曰："望其色黑而滯，切其脈沉而牢，此陰寒內襲，是以知其溺也。"又有嘉興沈姓人攜婦求胗，先醫者皆以爲癥也，君視之，曰："娠也，勿藥。"而謂其夫曰："爾將大病，不可治。"其人艴然去，歸十日，竟死。其婦則產子，無恙也。又崇明何氏子病瘵甚，來胗。君曰："脈雖危，神色未衰，尚可治。"與一方，平平無奇，其人疑之，更數醫，罔效。他日，又來，君仍與前方，服之，則痊矣。君所活人歲以千計，不可勝述，略述其一二。

君貌修偉，赤髭鬚，兩目閃閃若電，而性和易近人。所胗病者自遠方來，雖危不治，必婉言以慰之。俟其出，則私告其從者而反其幣，曰："彼不遠千里而來，生死視我一言，質言之，是趣之死也。"竇人來胗，輒施藥以助之，恐其貧不能自給也。其仁心愛物如此。君幼時溺於水，若有人援之出者，既躍而起，其人倏不見，殆有鬼神護持者歟。

君輕財好施，平居坐客常滿，宗黨有吉凶緩急求濟者無弗應。從弟涑少孤，廢業，君資之讀書，應試入學爲諸生。未幾，病歿，復經紀其後事。曰："吾所知者人事耳！其夭亡則命也。"王述庵司寇與里人同志者輯明忠裕陳公子龍詩文集既成，無資授梓。君曰："此宇宙至寶，寧忍聽其湮没耶？"即出資庀工刊行之，費白金八百餘兩。然君實非素封，皆捭擋稱貸以成之。客有以法書、名畫、古器求售者，苟心賞，雖過直弗靳。

君嘗於福泉山側葺屋一區，顔其堂曰"愛日"，而自號福泉山人。既奉母以居，亦自作避囂計。然醫門多疾，應接弗暇，豈能一日息也？秋暑，偶患瘭下之疾，俄左耳後發一疽，君自知不起，惟以弗克奉母終天年爲恨。

嘉慶十一年八月十七日卒，春秋五十有五。配王氏，子四：其偉、其瑞、其順、其章。孫四：寶林、寶錢、寶瓏、寶堦。

君所著有《夆山草堂集》十六卷、《福泉山房醫案》十卷、《治病要言》四卷，藏于家。銘曰：

天有六氣過則淫，烝人感之疢疾生。活人心法扁盧精，夆山有賢以醫鳴。陰陽調劑歸和平，道與造化相權衡。表忠慕義平生心，傾囊弗靳輸千金。闡微發幽敷令名，九峰委宛三泖清。君真歸藏終古寧，幽宅母艱眎我銘。

獨學廬四稿

獨學廬四稿詩卷一

池上集一　古今體詩八十九首

習　靜　圖

世間群動聚，誰能脫其網。胸中一顆珠，淵然自明朗。十習紛漸摩，方寸失所養。至人心有主，情盡見純想。良田去非種，靈苗遂滋長。穩坐在蒲團，端居絕塵鞅。不依蒲褐禪，不受風輪盪。一心無所住，天地日蕭爽。

秋夜讀書圖爲丁尃江題

空山無人秋氣清，草廬有士歌商聲。父有遺書子能讀，讀到《蓼莪》無限情。窗外三竿兩竿竹，琅玕相對人如玉。坐擁書城過一生，當世侯王無此福。

寒石和尚圓寂於吾與庵，詩以挽之

世界一微塵，人生一浮漚。聚散各隨緣，時至不可留。大師天台雋，非與凡俗侔。幼齡心慕道，棄家作比邱。聲聞生妙悟，禪定習薰修。六種波羅密，苦行不少休。機緣在吳下，飛錫止蘇州。維時彭居士尺木，養志守林楸。逢師渡江來，邂逅機即投。同歸法王法，結成方外游。天寧開法席,德行速置郵。化雨遍十方,清風動四流。素心樂岑寂,卜築水雪頭。近依支公躅,兼愛林泉幽。祖庭在理安,歲久無人鳩。緇素競奔走,請師亟綢繆。師往樹法幢,坐閱五春秋。迷津資寶筏,法鼓震玉枹。功成身又退,言歸舊林陬。我生識公晚,鍼芥交相求。論心印正覺,道同不待謀。常尋花之路,或泛雪夜舟。信宿草堂下,雄談闢謬諏。會心及露柱,索解因風甌。伊古選佛場,動輒興戈矛。傳衣命如絲,曾爲能者憂。惟師性樂易,與衆百無尤。心不愛榮貴,避之若避仇。兩主名山席,逝比鷹脫韝。嗟彼士大夫,鳴珂擁八騶。貪位戀華膴,群蛾撲膏油。似師能退藏,當世亦罕儔。今春微示疾,勿藥時亦瘳。自知形骸敝,何苦強拘囚。世外光音大,塵中歲月遒。飄然登覺路,法在葉與鷲。

卷勺園圖

一卷一勺無些子,五嶽十洲從此始。納得須彌芥子中,世間一切都如此。閑情付與七絃琴,寫出羲皇以上心。老夫無緣入此室,窗間讀畫當幽尋。

張耆山主簿乞假寧親,賦詩留別,和以餞之

昨因驥子附同舟,湖上相逢似舊游。九載盍簪驚遠別,一江歸棹趁清秋。蘭能潔養應忘老,竹到孤生易引愁。仲雪伯霜零落盡,早營華黍繼崇邱。

觀妙齋靈芝圖爲穹窿道士琴軒題

觀妙齋前列萬松,畊烟仙子善呼龍。不須遐訪金光草,室有靈芝暈九重。

曾向芝房手勒銘,芝生於觀妙齋左廂,余顏之曰"芝房"。故將元妙證丹經。山中更有長生藥,試到松根索伏靈。

城南開元寺藏經磚閣

巋然傑閣鎮空門,名與靈光一例尊。材似棟梁皆可廢,道因瓦甓竟長存。八窗洞達分天界,萬卷縱橫貯佛言。風火有灾都不到,此中真可見禪源。

畫梅卷爲復翁作

昔人夜泛剡溪曲,不見戴公意已足。好花如友在神交,執手殷勤轉近俗。復翁探梅不見梅,歸屬畫師寫成幅。幅中著墨初不多,疏影橫斜早滿目。此花天性愛幽獨,如人世外享清福。花開花落幾須臾,畫裏瓊姿永不枯。

丙子生朝作

身歷春秋六十周,心如槁木更何求。榮公老至知三樂,平子歸來釋四愁。静坐卷簾看落葉,醉吟隱几對眠鷗。獨留一事夸鄉里,曾向蓬山兩度游。

夜夢澄谷上人以畫幅索題,展之畫秋葵二枝,爲題一絶句,醒乃筆之

芳風扇小草,艷色在深林。移植南榮下,常懷向日心。

尤春樊舍人招作東坡生日,即事成咏

一鶴南飛曲久傳,鬚眉奕奕對賓筵。文章獨造華嚴海,生命偏

逢磨蝎年。北斗降神終古在,東風入律得春先。是日立春。從來俎豆賢人事,携手同登大願船。

趙北嵐遺像名增,山東萊陽人。

巖巖泰山神州東,海上日出扶桑紅。山川靈氣鍾在物,其人磊落多英風。趙侯與我年家誼,平生肝膽結意氣。臨民慈惠信輿人,讀書稽古乃餘事。餘事亦與凡俗殊,心愛故紙如璠璵。漢碑百統著在録,可補歐陽趙氏之所無。輯成《隸辨》書五卷,似握金篦刮盲眼。搜羅漢印滿筐篋,一一能指其來歷。精心嗜學若我侯,此事已足傳千秋。何況循良有惠政,古云積善必餘慶。千里之輪中道摧,有志無年亦其命。於戲有志無年亦其命。

秋林讀書圖爲徐擷芸題

幼興生性愛邱壑,静聽秋聲滿林薄。清光一片大地來,此中惟有讀書樂。學海無邊好問津,瑯環福地隔凡塵。不須開徑迎三益,獨抱遥情對古人。

池　　上

故土謀安宅,先人有敝廬。城西山隱約,池北樹扶疏。梁又巢新燕,楹仍納舊書。比隣垂白叟,曾識我生初。

方丈維摩室,齋居證我聞。智燈消俗障,慧劍辟魔軍。早悟三乘義,兼傳十賓文。静觀仙佛語,精理貫邱墳。

鰲　　鶴

萬物飛潛無定姿,當筵變化等兒嬉。回思卧轍心常悸,修到乘軒骨更奇。刀俎摧殘終自惜,羽毛豐滿亦奚爲。一朝撒却江湖樂,坐聽華亭夜唳時。

蟹　蝶

花間游戲過三春，秋水蒹葭寄此身。圉叟夢回空栩栩，門生議定亦津津。草泥郭索思前度，繡幛消搖屬後塵。欲補滕王舊圖譜，雙螯持對菊花新。

贈李小雲刺史

一別三十載，相逢皆白頭。五羊留善政，一鶴伴清遊。衣想靈山授，帆從宦海收。心知行不得，妙語託鉤輈。刺史畫小像作僧伽相，又編近詩曰《鉤輈集》。

題瞿菊亭明府家藏范忠貞公畫壁詩草

古人事君貴致身，何況身作封疆臣。此詩已載說鈴部，誰料手迹令如新。男兒志在雲臺上，生不逢時亦淪喪。請看一曲鶴歸來，故家別有忠臣樣。

呂湘漁山居課子圖

幽人厭塵網，嘉遁在山林。幸有讀書子，常懷式穀心。一生甘櫝玉，萬卷勝籯金。稽古《逸民傳》，所師惟向禽。

潘息緣舍人兩子同入膠庠，賦詩紀事，次韻賀之

泮林嘉樹繞春旗，雙鳳齊騫又一時。記得于公寬治獄，應留餘慶到孫枝。尊甫畏堂先生嘗爲秋官大夫。

縱橫筆陣辟千人，江管生花自吐芬。滿目粃糠今漸掃，天孫新

織錦裳雲。

書中三昧雜甘辛，此事殊難索解人。老我寡聞成獨學，不堪重效後生顰。

元愷升庸總近天，榮觀燕處自超然。祖孫父子兼兄弟，科第蟬聯望後先。

自題十真

我父終年常作客，江海周遊無暖席。不積黃金積典墳，兒讀父書多異聞。教兒讀書兼讀律，謂是他年致君術。蕭蕭喬木多悲風，安得趨庭如畫中。

熒熒一燈明白屋，慈母燈前教兒讀。兒書不熟母不眠，書聲刀尺聲相聯。雪花如掌窗外舞，為兒作襦兼作袴。一十九年母棄兒，兒大受祿母不知。

我家一門善琴學，武陵大姊亦能作。當年授我《湘妃吟》，一勾一抹清人心。既婚既宦苦行役，冰絲觸手生荊棘。世無鍾生在眼前，我息流波已十年。

丈夫學書又學劍，袖裏芙蓉夜光艷。學書不成猶自可，劍術一疏將殺我。英雄藏器當待時，干將補履世笑之。萬人之敵如一映，當時空聽莊生說。

士不遇時常骯髒，十年落拓江湖上。江湖落拓非好遊，飢來馳人不自由。桑弧蓬矢丈夫事，男兒生有四方志。黃流浩蕩岱岳高，壯遊敢道勞人勞。

太和殿前靜鞭鳴，勾臚初唱臣姓名。滿朝公卿皆不識，天子知臣擢第一。御酒三杯湛露濃，宮花一枝映日紅。路人共道登科好，微臣所志非溫飽。

神州東南盡八閩，歲星在野兆文明。恭承嘉命軺軒止，手持玉尺量多士。回首當年矮屋中，一般燈火一般風。敢道凡夫有真鑑，此心惟恃鬼神監。

瀟湘之水瀏兮清，衡山九轉若送迎。賢人俎豆每千載，屈賈餘風至今在。清時巖澤多菁莪，方舟所至勤搜羅。後生幾輩錦標奪，都道老夫有衣鉢。

澄懷園中風日清，講帷深處聞書聲。儒臣侍從多清燕，日日虛糜大官飯。坐看花磚日影西，從容退直如雞栖。成王書畫定王箭，天家絕藝眼親見。

烽火連天蜀道難，世無彭韓亦可歎。健兒日夜苦相斫，書生一介參戎幕。手草軍符十萬言，功成身退歸田園。褒鄂功名滿麟閣，路人共說從軍樂。

過王椒畦息齋，壁間有福兒詩，俯同其韻

幽人新築小眠齋，水木清華且住佳。負米久酬將母志，杜門欲挂避人牌。但從書畫尋生計，肯使衣冠與俗儕。齊物自生濠濮想，觀魚常坐水之涯。

題　　畫

川巖奇秀數衡湘，石棧天梯蜀道長。看過寰中好山水，此時讀畫總尋常。

丁　丑　元　日

崢嶸急景暗中催，飲到屠蘇最後杯。積雪喜徵豐歲玉，鳴禽徐喚小園梅。僧厨早訂尋春約，客刺都緣問字來。猶有平生未除習，牆東新築讀書臺。

和吳巢松編修題閒雲出岫圖詩，即奉餞北行，仍邀黃紹武表弟同作

巖居是處白雲鄉，仕宦真如傀儡場。三徑未荒陶令隱，千金已散陸生裝。故山林壑栖原好，男子桑蓬志亦常。幼學壯行賢者事，豈容安穩住雲岡。

蓬山清顯樂依於，此去應多讀秘書。慧業共知羊叔子，雄文不讓馬相如。好遊手蠟登山屐，惜別心隨記里車。江左風流王謝重，烏衣子弟獨推渠。

擬從叨利問天親，滿座飛花不著身。世上衣冠驚代謝，山中風月許常新。營成瑞室先招隱，巢松築室鳳巢，有終焉之志。今因赴官，先送彭甘亭居之。畫出香林已逼真。觀性上人畫《鳳巢圖》，以訂歸山之約。萬里扶搖須變化，浪游江海是凡鱗。

野人投老鬢雙皤，汲古猶如指測河。心役世間知道晚，身閑方外得朋多。每從佛子修長樂，偶約風人禊永和。定慧有香心領取，奚煩苦行證維那。

元夕風雪，對酒有作，疊歲朝詩韻

銅壺銀箭漏聲催，載酒人希自舉杯。醱甕香浮登碧蟻，膽瓶水暖供黃梅。不辭踏雪觀燈去，無計披雲喚月來。安得鄒生吹黍谷，召回和氣滿春臺。

復翁以元夕詩見示，依格和之

雪飛元旦又元宵，原唱句。積悶經旬藉酒消。寒勒堂花春寂寞，静聽巷柝夜迢遥。吟箋迭和煩郵致，游屐先期折簡要。博簺意錢姑自遣，不然佳節太無聊。

吳孝女詩

人生忠孝非一端,要在各行心所安。丈夫所志在功業,亦有箕潁潛虬蟠。生而有家女子願,安得父母膝下常承歡。古時乃有北宮之女嬰兒子,至老不嫁貞素完。姓名芬芳鄰國重,載之史策長不刊。當今亦有吳孝女,其事可與北宮一例看。女大懷婚姻,斯事出禮官。所憂女嫁父母單,誰問父母飢與寒?女心念此摧肺肝,女身願依父母老,撤其環瑱供盤飡。父母既没女亦老,皈心淨土安蒲團。此事非可訓,此心人所難。我今書此表潛德,載咏《蝃蝀》生長歎。

黄紹武表弟得曾孫,詩以賀之

憶昨耆英集,惟君最少年。桐枝方濯濯,瓜瓞又緜緜。熊夢先徵瑞,鴻文卜象賢。金貂人共祝,衣鉢我能傳。譽著黄童後,齡希絳老前。今朝湯餅會,珥筆頌華筵。

菊亭譜曲圖爲瞿明府題

閑拈紅豆記新聲,自古才人善賦情。曾向平都山下過,路人常説長官清。

功名無分到燕然,收拾豪情付酒邊。但有井華堪汲處,人人解唱柳屯田。

題宋味菘閉户讀書圖

昔從乃祖遊,謂汝和先生。商略讀書趣,仰闚聖賢心,推及當世務。文孫善讀書,青箱守章句。弱年不好弄,却掃常閉户。漢有董仲舒,學通天人故。三年不窺園,對策光王度。古人去非遠,後生好趨步。揮豪散珠玉，游心入竹素。振奇集異聞，索隱發妙悟。專精在經術，餘事及辭賦。立盡程門雪，養成謝庭樹。學殖本無窮，歡喜必堅固。昂昂千里駒，自有伯樂顧。老馬忝識途，妄思導先路。

李嵩山運使臺灣運穀圖

隴西公子謫仙曹，三十專城到二毛。兩度泛舟輸粟役，不辭王事獨賢勞。

萬里滄波萬斛舟，片帆飛渡海東頭。袖中一卷南溟志，準備歸來紀十洲。

雞籠山色向人青，破浪乘風不暫停。士馬飽騰官吏喜，歸功但說海神靈。

題顧亭林先生遺像卷

勝國留遺老，先民念古歡。著書閒歲月，入畫古衣冠。世偶逢憂患，心常在治安。一生籌郡國，遺草尚業殘。

問訊公超市，山阿久寂寥。心期千載遠，足迹九州遙。豹隱寧忘變，鴻飛不可招。河汾門下士，將相滿興朝。

興廢天心定，行藏士節堅。管寧聊避地，萇叔敢違天。瓠史存先進，楹書付後賢。一編《日知錄》，絕筆蓋棺年。

莽莽千墩野，荒邱宿草中。鶴歸華表在，蠐化夢魂通。有後仍貽穀，無官亦教忠。他時兩楹下，或與仲淹同。

和答朱少仙廣文

盤中苜蓿有奇香，眾裡吟詩亦擅場。繞竹共尋揚子宅，餐花爭和楚人章。風廻萍聚朋蹤合，火盡薪傳士氣昌。莫道官閒歸計穩，羊裘容易覓嚴光。

爲周九廉訪題春帆圖

江漢滔滔日夜流，幾人天際識歸舟。長風萬里中回櫂，即是桃源古渡頭。

一葉征帆迅羽翰，江山佳處耐人看。忽驚風浪高于屋，始覺中流自在難。

游子懷鄉別有情，一篇招隱賦初成。五湖不少閑風月，儘可相羊過此生。

自題杖鄉圖

野人心性愛林泉，暢好風光在眼前。解組仍爲縫掖士，歸田又到杖鄉年。生來腰腹書難副，老去須眉畫或傳。幸得山中閑歲月，尋花問竹且隨緣。

題黄蕘圃祭書圖

愛書成癖祭書虔，萬卷琳琅聚一廛。自古娜環稱福地，即今津逮亦良緣。端知翰墨通神鬼，別有馨香報聖賢。鄴架曹倉同著錄，我言過眼總雲烟。

張雲藻司馬作餐菊之宴，即席分韻得落字

方舟赴海昌，遠踐觀潮約。江流亦已枯，山雨時復作。檥舟在東門，蠟屐過南郭。升堂揖主人，開筵設肴酌。盤餐薦魚生，家醞傾桑落。羹方玉糝調，膾比銀絲斫。采菊擷其英，嘉蔬雜薇藿。香齏咄嗟辦，不復煩鼎鑊。芬芳滿齒頰，安用屠門嚼。

過王氏廢園

藤梢棘刺滿巖阿，我爲尋芳喚奈何。回想主人全盛日，一林穠艷得春多。

蓮榭圖爲芳生題

種就桐梧引鳳皇，壺中日月自舒長。一生常住蓮花榭，心地清涼發異香。

穹窿道士李補樵六十壽言

君是元皇幾代孫，家傳《道德》五千言。垂簾讀得《黃庭》熟，鼎內金丹火自溫。

古來善畫人多壽，況是飡芝餌術流。收拾烟霞充供養，世間何地不丹邱。

心誠上人以石刻蓮池大師詩墨本見惠，即次元韵

浮生碌碌幾曾閑，豹隱時時露一斑。償盡世間兒女債，終須回向到靈山。

不愛榮觀只愛閑，空庭苔蘚綠成斑。竹君石丈招携便，肯爲紅塵負碧山。

楊貞女詩

忠孝事君父，所恃一心堅。婦人事所天，其道當亦然。匹夫不奪志，況乃姬姜賢。賢哉宛邱媛，伐閱關西傳。妙齡禀至性，婉孌及笄年。相攸擇嘉耦，繡幕紅絲牽。太邱有令子，才調真翩翩。

媒言既下達,姓字茗華鐫。六禮行未備,二豎灾忽纏。倉皇凶問至,舉室涕泗漣。女心誓相從,匪石不可遷。生時不識面,但願死同阡。父母隨女志,伉儷幽明聯。不辭露紒惡,遽易香纓妍。舉案事如生,饋食同几筵。嫁殤雖非禮,有志當從權。肅雍事尊嫜,子婦一身肩。猶子撫爲子,冠昏禮弗愆。有子復無孫,再絶乃再延。春秋及古稀,歸受一生全。《易》貴女子貞,《詩》尊《柏舟》篇。皇家勵風俗,采訪到市廛。巾幗有完人,恩榮綸綍宣。叢祠歆俎豆,綽楔旌門前。老夫職惇史,貞孝載筆先。作歌傳列女,幽光發華箋。

蘇公生日,集尤春樊舍人齋中

蘇子風流百世傳,主人歲歲爲開筵。吟詩共刻金蓮燭,載酒同浮藥玉舡。自古奇才希遇主;如公慧業定生天。坐中賓客經年少,感及山陽一黯然。去年今日,有惕甫在座,近日已歸道山矣。

吴巢松編修屬題閒雲出岫圖

堂堂歲月可唐捐,豈有卿雲久在山。多少蒼生方待澤,早爲霖雨布人間。

大孝由來在顯揚,世家治譜不尋常。阿翁未盡平生事,總是和羮作楫方。

紅樹青山古畫圖,此中只合住潛夫。祝君早了昇平業,松菊歸來尚未蕪。

蘇公生辰,春樊舍人既集同人賦詩,令子榕疇用蘇集禁體雪詩韻賦七言古詩一篇,走筆和之

世尊拈花對迦葉,軒皇鍊丹作飛雪。儒者文章能壽世,誰能一

手兼三絕。古今獨推蘇長公,丰裁不爲魔民折。百世流風起頑懦,三生靈氣無生滅。春樊舍人今好事,歲歲詩篇恣揮掣。招攜素心三五輩,擘箋五色繁于纈。吹簫引出雛鳳聲,纏纏清辭霏玉屑。老夫見獵心亦喜,醉墨欹斜任飄瞥。主客同心臭似蘭,犧文曾聽元儒說。繼聲多爲善歌來,賞音不讓狨賓鐵。

丁丑除夕口占

今年除夕是新春,爆竹聲聲沸比隣。娘子袖扶兒播惹,翠筥迎到紫姑神。

竈君今夜自天回,嘉果三盤酒一杯。欲向尊前祝如願,老人無事上心來。

燈前兒女尚癡憨,嬉笑爭分一味甘。莫信旁人諛老健,明朝六十又加三。

爲張少農題訪古圖

古人去我遠,其迹在金石。無奈金石文,歲久多皴蝕。我生束髮來,頗抱好古癖。博采先廟堂,窮搜及巖穴。譌辨石門碑,闕補岐陽碣。上可證史書,下亦佐典籍。之子有同嗜,扁舟任所適。山巓與水澨,搜訪不餘力。琳琅富舊藏,縹緗表新獲。曷弗出所儲,相與共由繹。

讀 史 有 感

宇宙真如傀儡場,榮枯天定敢爭強。人言九事八爲律,友有五人三已忘。功似蕭何方第一,才如李廣亦無雙。誰將封禪留遺草,故把滛辭導漢皇。

游陸氏園,和陳琳簫女史詩韻四首

閑訪城南墅,携筇叩蓽門。隔墻看竹色,穿逕破苔痕。戲水知魚樂,迷花笑蜨魂。偶尋舊題字,烟墨被塵昏。

奇石當關立,繁花滿路開。咏春頻倚竹,望遠獨登臺。纓取清流濯,茶憑活火催。天然邱壑好,應識幼輿才。

芳池自凝碧,飛閣尚流丹。小巷多停蓋,幽人愛考盤。驚塵辭弱草,清露泣香蘭。忽聽山陽笛,傷心履迹殘。<small>謂瑶圃主人。</small>

池館經年別,尋芳又此行。故巢仍乳燕,喬木正遷鶯。美玉逢嘉耦,空桑識寄生。妙才因道韞,感舊不勝情。

春日遣懷

一叢綠竹繞茅茨,近市譁囂謝不知。風弄禽聲頻上下,日移花影易參差。且從物外尋閒寫,莫向尊前觸酒悲。却愛香山老居士,暮年心悟六如詞。

歲云暮矣,瓶菊猶存,盆梅亦放,戲題兩絕句,以志其事

秋氣蕭條楚客嗟,羅含宅有未殘花。三時讓盡群芳艷,留得孤標殿歲華。

菊過秋深尚未殘,梅知春至即衝寒。秋花耐久春花早,冷淡家風一例看。

訪吳玉松太守新居

桐橋小住木蘭橈,爲訪延陵太守家。卷石自存山氣象,疏櫺不礙月光華。綠楊漸老無飛絮,紅藥新移有怒芽。莫訝晏嬰居近市,

達人心静絕塵譁。

枕 上 口 占

行臺聚櫛報三更,一盞秋燈倚壁明。却喜鄰童多好學,夢回猶聽讀書聲。

獨學廬四稿詩卷二

池上集二　古今體詩一百一首

戊寅七月，送書院諸生秋試

清時三載一興賢，鵰鶚凌霄孰後先。竹素共修蛾子術，槐黃却在虎兒年。分棚畫燭文心苦，寸紙泥金吉語傳。誰受老夫舊衣鉢，後堂絲竹待彭宣。

題松江太守宋如林含飴弄孫圖

賦梅吟杏舊家聲，幼子童孫接武生。看取鳳毛池上在，諸郎總角並知名。

蒼松白石映芳潭，膝下同分一味甘。想見保民如赤子，廿年遺愛滿東南。

臣心如水況臣門，此去朝天卜主恩。不願黃金滿籯積，要留清白付兒孫。

顧節母詩

今人事事不如古，惟有婦人節獨苦。古時嫠婦多二天，《柏舟》之誓今人堅。有節秋竹竿，無波古井水，芳聲歷歷標彤史，武陵賢母亦如是。

瓶　中　花

黄葵紅蓼滿山家，更有芙蓉晚作花。聚向膽瓶生意滿，亂頭麁服總風華。

劉金門以編修奉召入都寄詩送之

三年邊塞聽雞竿，一日除書到澗槃。天路再看鳶直上，山人獨與菊偕寒。憂歡歷劫同年少，出世分途後會難。遥想驂騑方戒道，苦無尊酒餞江干。

自　題　小　影

雁過寒水了無痕，此義元微孰與論。修短縱殊同向盡，畫中幻影轉長存。

德清縣齋示福兒

近水依山斗大城，古來政簡自刑清。道州不諱催科拙，定國常思治獄平。菊解耐霜超俗豔，魚逢止水即安生。長官清濁行人識，要聽輿臺道路評。

骨肉分離近四年，今宵笑語聚燈筵。共誇齒髮猶如舊，自覺聰明不及前。三仕早忘文子貴，一生常羨鄴侯賢。老年心厭官衙鬧，小住無勞數擊鮮。

九日登高同蓮孫韻

清遠吴興常夢想，老夫今日始來游。家臨緑水扁舟便，人與黄花晚節酬。且喜庭闈饒樂事，況逢天地正清秋。祖孫即景成吟什，都付奚囊次第收。

題柳州太守徐寅哉遺像

清英邁世徐孺子，平生心迹清如水。一麾出守向南交，蠻煙瘴雨忘賢勞。黃蕉丹荔羅池側，此中遺愛人猶説。生而正直歿則神，柳州柳公有替人。

庭前種菊有一本而百二十花者，移陳坐右，錫之以詩

秋風入林木蜕葉，秋花雖艷意蕭瑟。荒畦連塍蒔菊秧，繁枝密葉迎霜出。千株百株縱復横，中有一株特怒生。繁英四照不知數，亭亭修幹高于人。花開更作好顔色，瓊瑤爲胎中孕碧。回黃轉緑無定姿，疑是媧皇煉餘石。世傳此花隱逸倫，亦有文采相鮮新。化工造物不擇物，請舉一盞酹花神。

池上偶成四絶句

潑刺游鱗近釣鈎，緑荷如蓋滿方洲。朝來一陣廉纖雨，萬顆明珠散不收。

池邊老樹意婆娑，一半青青一半枯。却是少年親手植，樹猶如此況人乎。

茅堂幽敞四時宜，楊柳絲絲屋角垂。靈鵲也知心向上，新巢移在最高枝。

室外空餘地十尋，琅玕手植已成林。主人飽飯渾無事，閑卧西窗看緑陰。

513

題韓尚書壽山丙舍圖

迢遞城西路,山川勢鬱蟠。草堂臨澗上,華表出雲端。舊德傳家久,高官誓墓難。松楸心弗舍,常向圖看。

題 梅 妃 像

驚鴻舞罷怨無終,獨對寒香永巷中。不與霓裳爭勝負,自拈綵筆賦樓東。

壽榕皋潘一丈

錦堂春酒泛椒芳,黃閣群推老鳳皇。荆樹有花娛晚歲,寶田無税付諸郎。西園樹石龍眠李,南園衣冠馬糞王。清福自來林下好,不須更問渭濱璜。

送韓桂舲尚書入都

總角交游兩少年,幾番離合各華顛。解推願大先同井,慈惠心虔久格天。誓墓我將從逸少,昌言人共拜庭堅。自今後會知難定,相送臨歧一惘然。

韓尚書攜示蔣香杜都門見懷詩,依韻成篇却寄

尚書將入都,祖帳錯履舃。手攜一紙書,封題字可識。署名朵雲新,鈐印盤螭赤。故人蔣元卿,貽我新詩格。上言叙蘭臭,下言述萍迹。芳訊日邊來,□□潤槃僻。憶昔素心人,三五互匡翊。同遊匠石門,累射蘭成榮。方舟澄江行,策蹇秣陵役。是時皆少年,交似元與白。酒邊激昂多,燈下笑言劇。彈指四十年,邈若幾塵

514

隔。吾曹住世間，榮枯天所職。如公黼黻才，應在義軒側。文章抗先民，不假鏧帨飾。風氣禾三變，聲華日五色。終期鸞鶴振，寧慮桑榆迫。勿效鰌生蠉，中道乃自畫。靈虬乘雲雨，所貴能破壁。大材多晚成，爝火熖易熄。嚴霜除衆莽，松柏始秀特。龍頭屬老成，衆裏推雄伯。驥酬千里志，鵬奮六月翮。嗟予謝簪組，丹鉛守几席。朋舊無幾人，盻望佳音急。推袁雖有心，説須苦無力。徒聽悠悠論，彌切惺惺惜。荒言作報章，遥附虀鴻翼。

己卯元旦

飲罷屠蘇最復卮，略無他事且吟詩。徵歌又到宜春令，序卦仍居《未濟》時。時年六十四。新歲吉祥靈鵲報，舊巢安穩拙鳩宜。朝廷方下除祖詔，令德承宣望所司。

沈桐威燈謎遺草

江左風華歲月新，隱侯才調昔無倫。廋詞秦客今多少，都是壺盧郭舍人。

文園遺草久叢殘，丁令何年化鶴還。惟有《紅心詞》一卷，少留膏馥在人間。

我愛吴興第五郎，幾番聞笛慟山陽。偶因一卷《春燈謎》，又爲元方憶季方。

德清春日作

三月風光作楔游，逢人都帶柳花綠。龍舟水上如梭捷，春社家家賽戴侯。

山氓十室九栽桑，蠶月將來比户忙。詞訟征徭一齊歇，吏人無迹到公堂。

舟行書所見

野田風暖荳花香，緑竹如林次第長。恰好一犁春雨足，滿川新水送歸航。

偶　　成

昔我少壯歲，好麗兼好書。一片殷勤心，日與兩者俱。後房擁姝麗，圖史前榮儲。不知日月邁，但覺樂有餘。行年過六十，齒危兩鬢疏。橫陳味如蠟，粉黛等土苴。翾風作房老，紫玉歸幽墟。柳蠻開閣去，帷薄常空虚。營營故紙堆，結習尚未除。丹鉛日在手，英華自含咀。兩好留其一，此生將何如？不化花間蝶，終成老蠹魚。

即　　事

新雷徐走阿香車，一角殘陽屋外斜。滿院緑陰人坐久，暖風飛盡繡毬花。

咏綫穿牡丹

春到園林百卉榮，文無花有怒芽生。不知身是當歸草，常冒人間富貴名。

尋梅招鶴圖爲雪齋和尚題

春風第一到瑶華，寂寞空山開士家。香色二塵都净後，更從何處問梅花。

仙禽常近九皋飛，丁令歸來萬事非。識得衆生皆佛性，世間何物不忘機。

夏五過虎邱山塘吳玉松同年，歸途入報恩寺訪雪齋上人

青山倒影印澄波，兩岸花枝勝綺羅。故事尚沿荊楚俗，幽人愛住考槃阿。竹間清梵禪關近，水上新歌畫舫多。同是聲塵相引處，此中喧寂問如何。

寄謝都門故人

老去深知行路難，向西欲笑意先闌。想非想外天難問，才不才間我獨安。早識浮生如傀儡，更無塵夢到邯鄲。聚糧三月談何易，且對桑榆守澗槃。

讀王惕甫遺集書後

嗟予弱冠時，有志在廊廟。冠者六七人，俛仰稱同調。就中作者誰最賢，城東王郎方少年。眼中落落無餘子，所業常在班揚前。班揚去人亦已遠，世俗嗜好酸鹹反。遨遊京國十年多，驊騮終爲鹽車蹇。彈鋏歸故鄉，盤中苜蓿香。一官殊落拓，所喜近文章。文章一代推能手，少作繁華老則否。積書萬卷傳者誰，舒祺最少知能守。嗚呼！男兒生不功名若房魏，天上修文亦無謂。《太玄》之文覆醬瓿，路人但説金張貴。

周笠梅花美人圖

一枝芳樹小窗西，周昉丹青費品題。翠袖忍寒倚修竹，金釵防墮露柔荑。騷人不忘羅浮夢，處士常耽法喜妻。却憶吾山香雪裡，咏花有侶手曾攜。

長江萬里圖爲穹窿道士李補樵作

昔我苦行役，足迹遍九州。仕宦入西蜀，遂作萬里遊。放舟金焦麓，直到錦江頭。江行任風信，遑問置與郵。俛仰一葦間，十旬猶弗休。江山多奇勝，止憑詩卷收。平生昧六法，佳景不可留。道人作此卷，與我機縠投。此卷出想像，非曰耳目謀。却因丹青妙，一一臚清幽。嗟予今老矣，跬步苦阻修。雖抱游岳志，此生不可酬。譬諸華嚴眹，只向虛空求。掩圖三太息，寄情托長謳。

海鹽朱虹舫庶子以檇李十枚見餉，詩以謝之

朱橘黃柑珍味羅，東南嘉菓此如何？無端印得西施爪，不覺金錢市上多。

净相精藍故迹存，紫雲山上近分根。何當補入鹽官志，好把鴛湖舊曲翻。

嘉樹由來是地靈，天邊玉李亦名星。何如嘉慶觀中産，聽取輿人頌帝齡。李之佳者有一種名"嘉慶子"今上建元後，市人易其名曰"萬年紅"，此亦他年一故事云。

尤西堂有家在江南楊柳村之句，梅耦長爲之圖，一時和者十二人，偶書成長卷，追和二絶於尾，并邀春樊舍人同作

家住江南楊柳村，一花一石聚閒軒。詩人類有山林癖，開府曾經賦小園。

家住江南楊柳村，幽尋差可慰吟魂。城東訪得烏衣第，燕子春來尚入門。

題瓶菊圖寄王梅鄰明府

一片秋心有所思，新霜初到菊花枝。官齋應下陳蕃榻，想見持螯對酒時。

秋夜獨坐花間草堂

久晴逢快雨，夜坐愛新凉。頗覺草堂靜，漸聽蓮漏長。因風知竹勁，惜月被雲妨。萬物安時運，榮枯意兩忘。

園菊初開

蒔菊連畦百種分，誰云陶後愛無聞。每愁老圃英華少，却仗奚奴灌溉勤。九日風光添逸興，一年花事惜餘芬。秋陽夏雨關心甚，此日持螯當策勛。

芙蓉

秋深花事已闌珊，一朶瓊華向晚殷。老子風情猶不淺，夢騎胡蝶戲花間。

對月口號

墻東新築眺蟾臺，爲惜浮生秉燭來。贏得今年清福好，坐看滿月十三回。

習靜

風吹木葉滿林皋，習靜寧嫌境寂寥。蓮漏如年寒側側，月華似晝夜迢迢。瓶花列案香飄忽，籠鳥依窗影動搖。識得此中佳趣在，方知人世太喧囂。

種 菊 圖

溪山佳處絶塵氛,流水三分竹二分。時有素心人過訪,芒鞋蹋破嶺頭雲。

連畦種菊費精神,滿地繁英摘得新。常向花中稱隱逸,却疑陶令是前身。

送董琴涵編修入都

士生宇宙間,豈能無友生。故交既零落,來者難其人。哲哉廣川彦,當世推雋英。讀書聚百家,考信在六經。策名金閨下,令譽楊大廷。韞匵玉非計,出山泉亦清。

皇家重黼黻,枚馬文章榮。而我别有謂,所願異俗情。卿雲在上,焜燿等日星。何如作霖雨,沾溉及蒼生。願公經世業,發軔在兹行。

雪中送炭圖

萬頃堆瓊世界寬,有人掃徑問袁安。靈臺削牘方陳瑞,官閣圍爐自辟寒。當境炎涼應盡歷,此身曲直太無端。一堆牛糞山中火,儘有神仙伴懶殘。

觀放紙鳶

遥遥一綫掌中牽,幾度扶摇到日邊。知道吹嘘風有力,纔看墮地即升天。

歲暮書懷

南軒三面受斜曛,一叟頹然遠俗氛。客至正逢新酒熟,詩成自取妙香熏。老知名相爲人累,静厭聲塵恩我聞。安得年年逢閏歲,光陰尤惜是餘分。

家無擔石不憂貧,尚有琴書伴此身。蕉下鹿爲同夢侣,水邊梅似獨清人。曾從天禄窺中秘,耻與長楊作後塵。却羨太平閑草木,空山長養倍精神。

冬爐夏簟苦相催,鼎鼎年光去不回。竹勁不甘遭雪壓,鴻飛常若附天來。風中爆竹昇騰速,日下唐花次第開。造化弄人纔一霎,不如對景且銜杯。

飽食猶思博奕賢,儒家經史即爲田。衰年筋力難成禮,儉歲雞豚不給鮮。蘭孕素心非衆伍,柳含緑意得春先。時人但覺芳菲好,榮長還憑造物權。

和歸佩珊女史歲暮雜咏八絶句

臘八粥

不須美酒宴嘉平,活火甘泉粥味清。野菓山蔬任淩雜,齏鹽淡泊稱書生。

春餅

韭芽寸斷膾成絲,翠釜煎來仗餅師。留與吴均深夜説,補天妙技有誰知?

年餻

楚國餦餭舊制傳,親鄰饋問慶迎年。詩人今敢題餻字,只爲《周官》有鄭箋。

歡喜團

桃花米熟蔗霜寒，纖手搏成大小丸。老我欲登歡喜地，尚嫌骨肉未團欒。

祀竈

神道聰明正直先，王孫能媚亦徒然。不辭煬者來争席，歲暮山厨未擊鮮。

掃室

一室塵埃净掃除，幽居處處是精廬。不須大廈連雲起，但取明窗好著書。

爆竹

星星微火忽相催，一片喧騰似疾雷。賺得路人驚走避，不知俄頃即成灰。

跳竈王

索室驅邪仗鬼雄，大儺元是古人風。老夫心已安禪久，耻效昌黎送五窮。

尤春樊舍人作東坡生日之會，賦呈四絶句

歲歲消寒及此辰，主人置酒宴嘉賓。後來居上從來說，滿壁詩多似積薪。

聰明正直定爲神，誰道生天尚隔塵。不論江山與風月，由來清

福屬閑人。

何妨磨蠍值生辰，修到金剛不壞身。肯效楚人多怨悱，故將初度哭庚寅。

一尊酒似洞庭春，香火緣多未了因。有客蠟梅花下坐，相看都是素心人。

庚辰元旦

五齡就塾憶前塵，烏兔飛騰六十春。豈有文章能報國，幸無聲利入迷津。對時且舉中山酒，望古思扶大雅輪。遙想兩河諸郡縣，誰爲保障救烝人？去歲，黃河南北兩岸皆決。

寄吾與庵主心誠上人

靈山諸佛子，慶喜最超群。門對千峰雨，家藏一塢雲。定回燈獨照，詩就鶴先聞。試問梅邊信，春光到幾分。

黃復翁見示與潘榕皋舍人暨歸珮珊女史叠韻唱酬之作，見獵心喜，戲和其韻

當代詩鳴者，開宗萬法歸。琴心三叠曲，錦字九張機。興假尋芳遣，辭因食古肥。波瀾推不竭，妙理總淵微。

聞復翁入山探梅，再叠前韻奉簡

聞道探梅去，春風定咏歸。野人或爭席，山鳥亦忘機。詩奪《金荃》艷，禪參玉版肥。勝遊吾不與，筋力歎衰微。

珮珊見和東坡生日之作，三叠前韻奉酬

寶蘇成故事，昔翁覃溪先生每歲有東坡生日之宴，因名其齋曰"寶蘇"。餐勝

信如歸。天與生花筆,人傳織錦機。貧隨榮叟隱,詩較浪仙肥。聊效三松老,賡歌叠五微。

春游四叠前韻

春光如旅客,久別慶新歸。風轉天生籟,雷鳴地發機。水鄉鮭菜賤,糞土菽苗肥。擬赴山僧約,携笻入翠微。

飲周春樊廉使齋中,五叠前韻

城南池館好,客到坐忘歸。看竹逢佳士,觀魚悟化機。香聞梅樹近,味愛菜根肥。細讀《郊居》賦,群公並識微。

奉簡三松老人六叠前韻

《大雅》尊明哲,群言識所歸。青箱承舊業,《白雪》引新機。瓠史搜同異,《蘭亭》辨瘦肥。放翁勤老學,深造得精微。

珮珊和前詩見投,多獎飾之語,依韻報之,七叠、八叠前韻

善作梁鴻婦,此生得所歸。食貧甘撤瑱,勸學故停機。慧業徵心妙,儒餐厭齒肥。舊家王謝盛,世緒歎中微。

舉世談《風》《雅》,誰能識指歸。激昂揚士氣,清妙邕天機。菜豈容求益,瓜應笑市肥。即今班大家,詩學獨通微。

珮珊之婿李生學璜與婦各以詩篇見贈,再答計十二叠前韻

九峰三泖地,有客歎無歸。求友思張翰,論文就陸機。海魚同

菜賤，鹽豉助菔肥。經史如田好，休嫌禄入微。

劉綱夫婦好，白首慶同歸。道在貧而樂，心藏善者機。枯腸儘搜索，傲骨異癡肥。坦坦幽人吉，奚煩避險微。

之子衣冠族，分宗太僕歸。故家承舊德，妙語出新機。書合簪花格，心嫌食肉肥。風流希管趙，文雅總探微。

青蓮才冠代，文定慶于歸。載咏班姬扇，言尋孟母機。殘年悲老病，中饋謝甘肥。稍喜同心賦，齊眉慰式微。

再和珮珊十四叠前韻

儒雅閨中秀，當時衆論歸。宛然金在冶，應有石支機。心蘊天生巧，身緣道勝肥。却憐皋廡下，此日賞音微。

詞源真不竭，學海定知歸。獨抱凌雲氣，常爭擊電機。草看書帶長，筆掃墨豬肥。遥指銀河畔，明星近少微。

和尤春樊舍人咏雪之作，十五叠前韻

積雪滿天地，空山春未歸。尋梅抒逸興，咏絮著靈機。土潤催花信，年豐慶國肥。不知羔酒客，何以慰寒微。

寄題移石山居，即爲師竹道人壽，十六叠前韻

花竹山房静，嘉賓至若歸。經從河上注，心息漢陰機。老樹當關立，靈芝入饌肥。仰看天尺五，此境即清微。

乘舟出閶門十七叠前韻

煙火千家社，春隨燕子歸。市喧愧儡戲，農轉桔橰機。俗擅三江利，風吹百卉肥。流連回櫂晚，天外夕陽微。

題李小雲刺史粵東詩草十八叠前韻

勞勞車馬客，晚歲遂初歸。惠政留棠蔭，雄文近鏡機。老能甘石隱，清不願家肥。風物南方異，徵名及細微。

題周昴齋司馬樸園集十九叠前韻

我識樸園叟，西川萬里歸。種花留德政，觀奕悟戎機。綠筍驚雷茁，黃梅著雨肥。山中行樂便，不覺壯心微。

喜沈星槎學博歸自揚州二十叠前韻

稻蟹吾鄉好，征夫胡不歸。林花生喜色，巢燕避危機。宴坐能遺俗，徐行當策肥。舊交三五輩，人遠歎風微。

崑山過王椒畦山居二十一叠前韻

主人方謝客，而我至如歸。散木常多壽，勞薪早息機。遥山青未了，平野綠初肥。不薙階前草，無嫌手力微。

半繭園題壁二十二叠前韻

少歲登臨地，重來意若歸。林泉如有約，魚鳥總無機。老樾凌霄迥，新苔點石肥。當年題壁處，塵漬墨痕微。

斗壇訪却凡上人二十三叠前韻

春光驚一瞬，僧寶證三歸。詩紀曾遊迹，禪參向上機。樹依金狄老，花比玉環肥。夙入黃梅室，寧憂道力微。却凡曾皈依澄谷風公。

題寄上人松下閉關圖二十四叠前韻

早悟三乘法，能令四衆歸。經傳龍樹諦，禪契石霜機。爝火千燈現，喬松五粒肥。此心非内外，鞭逼湊單微。

和答三松老人二十六叠前韻

名山壇席在，風雅後生歸。壽世靈光殿，藏身杜德機。著書松樹老，飲水玉池肥。歲歲朝元日，心香告紫微。

昔是金閨彦，中年解組歸。清華推地望，元妙露天機。筆夢爭花艶，山肴勝肉肥。温公曾獨樂，此理介危微。

暮春邀潘理齋員外、尤春樊舍人同餞朱虹舫庶子入都，春樊即席成詩，因和其韻

偶然開徑招三益，多感延之贈我詩。別路正逢飄柳絮，酒籌聊共折花枝。宗生破浪應無敵，平子歸田亦可師。恰遇暮春好天氣，舞雩風咏使人思。

天風海濤圖爲朱南臺司馬題

仕宦有如海，利濟良亦難。涉波仗忠信，先哲有成言。公抱舟楫才，撫字心力殫。司勳書上考，輿頌垂不刊。賤子本州民，攀轅追古歡。甘棠有餘蔭，時復及澗槃。方今分郡符，書名御屏端。乘風從此去，萬里常平安。

獨學廬四稿詩卷三

池上集三　古今體詩一百十三首

奉和三松老人自焦山放船登北固山，用東坡焦山詩韻

眉山蘇公翰墨耽，平生蹤迹滿江南。金山焦山尤所愛，咏歌至再復至三。功名笑如上竹鮎，筆陣驚如食葉蠶。三松老人今好事，仰希先哲洵不慙。是時三月春水生，方舟游泳臨江潭。海門日出六寓霩，江天一覽意已酣。登山手摸《瘞鶴銘》，稽古亦足資清談。歸舟游興尚未倦，載升北固禮佛龕。作歌不辭壽陵步，雖欲讓美心不甘。世間萬物不在意，獨於山水性所貪。惜哉筋力吾已憊，欲隨杖履知不堪。安得如公濟勝具，親問江邊海岳庵。

曝衣有感

嘗著宮衣侍禁鼇，也曾鞁鞊擁弓刀。十年叒繡今抛却，獨守先皇舊賜袍。

中秋夜對月作

叢桂飄香夜未闌，滄溟飛出水精丸。每當圓滿偏逢蝕，自守清

虛獨耐寒。記得少時隨衆拜，行來高處任人看。曾經七寶莊嚴就，萬里光華放眼寬。

咏瓶中桂

誰向芳林折一枝，黃金如粟影參差。清香入座吾無隱，勁質凌寒衆未知。高嶺托生元得地，小山招隱復何辭。淮南大有悲秋士，不似賢良上第時。

爲錢梅溪題寫經樓圖卷

經爲衆說郛，宣聖集大成。其傳及萬世，大道因之明。錢子習小學，八分逼《漢京》。寫經首《魯論》，《學》《庸》迭交并。其餘《孝經》等，一一勘校精。書丹入樂石，典貴如瑤瑛。泛舟至吳下，學者欣將迎。黌宫商位置，環列充兩楹。美哉不朽業，蔡馬當抗衡。橋門聚觀者，盛事追熹平。家在梅花溪，岑樓高閒閎。芳園廬水木，虛室白自生。此中寫經人，四海知其名。藝林播嘉話，是亦稽古榮。

九日漫成

天外商飇忽怒號，芳園秋氣亦蕭騷。黃花乍吐三分艷，紫蠏初含一品膏。桑落酒香應把盞，木棉絮暖欲裝袍。門前幸少催租吏，七字吟成逸興高。

題吳小亭雪夜校書圖册

昔在維揚城，同校中秘書。延陵有才子，亮懷比璠璵。讀書推半豹，講德尊三魚。執卷夜燃藜，傳餐朝蕢疏。是時歲將晏，積雪滿儲胥。勤效孫康讀，幽若袁安居。日月驚轉燭，寒暑五乘除。嘉會業已散，古歡迹亦疏。忽爾展斯册，感舊增唏噓。施公㧑齒髮衰，角巾反故閭。吳錫麒、洪梧、諸耆老，零落歸幽墟。之子抱雋才，少年多令譽。六籍爲笙簧，典册媲相如。發揮《天人策》，不讓董仲舒。早持青箱業，上達承明廬。

題故兗州太守魏术樵同年采术圖

當年同榜又同官，弩力循良結古歡。忽報追鋒車入境，無端宦海起波瀾。

攫金墨吏技通神，幾輩苞苴拜後塵。今見西華寒被葛，始知太守本清貧。<small>太守以饋送廣興被褫，其實廣興凌索而得之，非所願也。</small>

家近華陽古洞天，常思餌术得長年。盧公竟住靈昌老，歸計空成畫裡緣。<small>魏氏子孫今流寓山東不歸。</small>

和歸佩珊女史九日之作，與三松老人同賦

少年此日每登高，筋力今衰氣不豪。扶老常須卭竹杖，畏寒早御木棉袍。佩荑勝猷三灾石，煮棗香生九烈餹。一紙新詩探律髓，迥殊時手隔靴搔。

鼎鼎年光總有涯，閨門風雅興偏賒。碧苔儘費吟詩紙，黃菊爭呼益壽花。幸有高賢真賞在，豈虞空谷德音遐。頹齡更要分陰惜，莫放飛騰暮景斜。

題沈西雝大尹載酒訪詩圖卷

憶昔西泠共學年，沈侯風調最翩翩。文人結習真難掃，不忘江湖載酒船。

召伯甘棠昔有辭，更從何處訪新詩。如皋籍籍輿人誦，總是賢侯德政碑。

名士曾同畫餅呼,吳江楓冷亦何殊。十年載酒江南北,訪得人如李杜無。

有懷秦易堂先生

世途冷暖總無端,大海回風又起瀾。知足幸逃多壽辱,愛閒常覺徇人難。魚思他日竿曾上,鶴訝今年雪最寒。聞道鍾山秦學士,白頭奉檄赴長安。

山居十咏寄題吾與庵

披雲草堂

重過生公舊講臺,非心非佛費人猜。浮雲到眼都成障,誰得金篦刮膜來?

雲外室

一枝丹桂自芬芳,金粟如來古道場。識得晦堂無隱義,不須更問駱賓王。

見山閣

草閣憑虛石磴通,華嚴彈指見宗風。靈山一會人如在,納取須彌芥子中。

倚杖處

茅屋三間絕點塵,寒山片石昔相親。斜陽一角衡門下,不見當時倚杖人。

梅　林

坐斷空華支道林，肯因香色更生心。樹頭樹底春光滿，不是幽人不解尋。

竹　院

玉板禪師本在山，碧雲一片護柴關。幾回欲問平安信，難得浮生半日閒。

墙邊獨樹

槎枒古木老無枝，獨立天寒日暮時。却憶萊陽張太守，畫中寫盡雪霜姿。船山曾爲颿公寫《獨樹圖》，今歸黄復翁。

柳下清池

楊柳依依緑滿園，一池清水見禪源。此中大有曹溪味，冷暖心知不可言。

觀稼橋

天上雲霞不可餐，由來粗糲腐儒安。山僧坐亭伊蒲供，也道人間稼穡難。

蒙養井

泉生山下象成蒙，井養由來汲不窮。即此便爲香水海，奚須再問月光童。

爲黃紹武題月明秋思圖卷

穆穆金波隱暮雲，此時秋色正平分。淮南亦有悲歌士，吹入清商不忍聞。

桂花零落蟾蜍死，愴絕人間蠛蠓巨。天上豈無修月手，素娥及早現前身。

咏晚香玉

蘭芝氣味玉精神，肇錫嘉名荷聖人。<small>此花出自西洋，名"土秘贏斯"，聖祖賜名"晚香玉"。</small>海舶輪將經萬里，禁林培養過三春。薰風披拂偏凝雪，朗月玲瓏不染塵。蒼蔔比馨梅比潔，谷中衆草總非倫。

和潘榕皋幽栖二律

無事真爲福，山林養大年。閒情隨日永，高節比松堅。亭取三休號，文成十賚篇。天和能自葆，奚必定求仙。

安樂堯夫宅，蕭閒米老居。著書追抱犢，解組久焚魚。野處忘形迹，流光惜閏餘。應求同類好，此義竊劉蕡。

和黃復翁悶坐二律叠前韻

浮雲觀變態，落木感長年。物自同憂樂，人還別脆堅。愛尋扶老藥，嬾誦卜居篇。會得莊生旨，逍遙即散仙。

老年人事少，鎮日閉門居。占歲尋蓍草，耽書學蠹魚。閒行因飯後，清話在茶餘。撿校平生迹，知非慕衛蘧。

偶 成

繞屋枌榆緑陰濃，野翁睡起日高舂。綢繆育子春巢燕，繾綣從王夏屋蠡。縱使時清比懷葛，那能人壽等喬松。風光茵溷當前現，自分衰孱百事慵。

題金陵捧花樓圖

我所思兮在秦淮，鶯巢春柳聲喈喈。中有維摩十笏齋，岑樓遙對倉山崖。左林右磵結構佳，當年臨汝親安排。欲往從之歲月乖，安能接席傾心懷。

瑶臺清影圖爲車秋舲題

南部煙花久不聞，有人風貌獨超群。丹青摹出真真像，好爇沉香旦夕薰。

江左風華在玉臺，吟詩獨讓鮑家才。秋江一朵芙蓉艷，賺得車公入座來。

題魚幼微詩集後

好事多逢翰墨緣，翩翩才調若飛仙。幾年綵筆書花葉，留得叢殘五十篇。

沉香熏像唤真真，想見咸宜觀裏人。幸有錢唐余學士，解將水墨繪精神。集前有秋室先生畫像。

冬日書懷

芳林中構小茅堂，天許先生老是鄉。自擁詩書娛晚歲，每呼燈火續斜陽。雲中雁過原無迹，雪裏梅開別有香。宮府屢頒寬大詔，野人重見古虞唐。

看奕寮題壁

方圓動靜耐人思，清簟疏簾坐隱時。妙手悤悤殊自喜，拙工碌碌更非奇。幾番危劫心常悸,此局全輸悔亦遲。萬事毀譽皆不定,是中品第最無欺。

新譜支離舊譜訛,終朝飽食待如何?千方應變靈機活,一著争先勝算多。都恐爛柯言亦妄,終知擔糞事同科。枰間黑白原無迹,但覺輸贏頃刻過。

和復翁除夕之作

暮景飛騰幸得閑,一聲爆竹報春還。堯年耕鑿容巢許,魯國簞瓢樂孔顔。新酒釀成偏後飲,舊詩祭罷又重删。僧來預訂明正約,欲看梅花早入山。

辛巳元旦作,是歲爲道光元年

聖主龍飛履至尊,詔書四達下求言。青宫早識吾君子,黄屋初頒大賚恩。六寓謳歌今日事,三朝耆舊幾人存。有懷獻曝陳無路,獨倚閒門自負暄。

題偃松畫幛

百尺蒼崖偃古松,歲寒曾被雪霜封。紛紛桃李迎春發,誰向空山問卧龍?

池 上 柳

欲把新詞賦柳枝,東風吹緑又成絲。十年憔悴空山曲,不是靈和舊日姿。

精忠柏圖卷爲范葦舲司獄賦

杭州按察使司監,即南宋舊獄也。獄中有古柏,相傳岳忠武被害時，此柏遂枯。今垂七百年，其榦如鐵不朽。范君正庸權司獄，繪爲圖，因賦五言一章。

草木無知物，因人氣象尊。圖扉留故迹，繪事托微言。桑海靈根在，風霜勁節存。一篇《枯樹賦》，終古吊忠魂。

咏餺元寶戲同蒔塘作

黃白家傳造作精，一時粟死便金生。問名翻恐題餺誤，觀象初疑點石成。却怪貪夫常徇此，既呼至寶敢相輕。鑄凝未達真仙術，空見烰人得意鳴。

余偶得佛手柑十枚，致之復翁，復翁又致之三松老人。復翁繪爲傳柑圖，因繫一詩

不是傳柑節，閑情訝許同。散花香世界，彈指佛神通。妙相千般現，真心一切空。翻成無量壽，佳話著吳中。

和復翁述夢之作叠韻三絶句

欲登道岸覓津涯，試問《周官》掌夢家。留得一雙清淨眼，世間諸相總空花。

萬卷橫陳泳聖涯，此中自有大方家。飄茵墜溷原無定，一種人心護落花。

我生有盡願無涯，敢道文章是一家。近爲姑蘇志人物，又携枯管祝生花。

題宋悦研少宰潞河送別圖册

急流能退古來難，神武門前竟挂冠。吳下幸留三徑在，畫中欲作兩疏看。山思造極終無盡，海到收帆始即安。却喜白頭相過從，

桑麻情話共追歡。

和周勗齋員外賞菊之作

不與群芳競艷陽，獨看正色孕中黃。綠知花意如人意，澹到無言亦自芳。

江上芙蓉已拒霜，又看老圃發寒香。不須多醞延齡酒，自覺山中歲月長。

一詠還須侑一觴，愛花不憚護花忙。開尊共集羅含宅，得句先投李賀囊。

題徐香巖歸田行樂圖

仕宦本如海，收帆宜及早。無奈慕祿人，此義多未曉。托迹朱門下，抗志青雲表。一朝時不利，冰山頹然倒。所以古哲人，知幾以自保。先生少讀書，經濟充懷抱。一行作吏去，所至百事了。巖邑戴星煩，薄俗懷磚狡。優優布其政，譽滿長安道。忽然解組歸，豈曰求安飽。榮華無盡期，不貪乃爲寶。桑麻同井歡，竹帛傳家好。膝下有佳兒，文史恣搜討。琴書可消憂，杖履自娛老。逍遙林壑間，弗使俗情擾。

題陳百泉太守試硯圖卷

文武兼資百藝全，一生常與硯爲緣。即今三輔黃圖野，籍籍猶稱太守賢。

秦楚無端莽伏戎，請纓曾不讓終童。諸公已畫雲臺像，記否陳琳草檄功？

我亦從軍百戰餘，墨摩盾鼻夜飛書。白頭閒話當年事，一例雲烟付太虛。

537

除夕喜雪

自入冬來日日晴，歲除始見降祥霙。天心特賜豐年瑞，春意潛回爆竹聲。曲奏《落梅》供燕樂，詩吟飛絮鬭聰明。錦幃羔酒非吾事，頌罷樹花歲籥更。

壬午新正邀潘芝軒、吳棣華、吳藹人三狀元荒齋小集，即事成篇

歲籥初更百事安，閒尋蔬笋薦春盤。竹中開徑迎三益，林下逢人有二難。梅解衝寒花信早，雪方獻瑞酒懷寬。偶然觴咏成嘉會，賦就同心興未闌。

竝是中朝侍從官，一時鄉里暫盤桓。風清北道方持節，_{棣華將赴清河道之任。}日永南陔共采蘭。_{芝軒尚書、藹人學士皆告養在籍。}五畝竹松甘自老，三杯椒酒醉成歡。行藏各盡平生事，留取芳華後進看。

又和芝軒尚書韻

尚書地望本非常，四海欽遲況一鄉。却喜二豪曾入室，_{棣華、藹人皆芝軒門下士。}不辭三友共聯床。杯盤偶設慚麄糲，車騎同來過草堂。計日杏花消息近，戴筐星可見精芒。

我有嘉賓集眾英，世人未免重科名。盍簪禮在山林簡，揚觶春隨笑語生。輦下看花追昔款，路歧折柳繫今情。一篇咏就高軒過，巷曲篷門掃雪迎。

余秋室、潘榕皋兩先生今歲皆重赴鹿鳴佳宴，詩以志賀

賓筵重賦《鹿鳴》篇，海内耆英孰比肩。二老當今真大老，一年

新進盡同年。升朝並著文章業，傳世多留翰墨緣。官職科名等閒事，須知五福壽爲先。

約玉松同年小集，先期詩至，即次元韻

素心客至不須催，雪裏蓬門向曉開。玉屑清談聽弗倦，錦囊佳語寄先來。尋梅早稅移春檻，翦韭同銜樂聖杯。遥想諸公方衮衮，幾人容易掛冠回。

黄復翁新刻珞琭子三命消息賦成，作詩見示，戲成長句簡之

人生有命自在天，世人推測多虛妄。一年三百有六旬，芸芸者衆日生養。幹枝有盡人無窮，安能一一推消長。吾聞長平阬卒四十萬，軍敗同日歸幽壤。漢皇崛起豐沛間，一時將相出草莽。此何其吉彼何凶，未必同生復同黨。我生束髮入塾時，亦有術人論星象。五行四柱人人殊，其言無禄却無兩。一朝及第幸升朝，鄙夷忽變成嘉獎。乃知此術本無憑，言吉言凶人實廷。富貴壽夭天所命，凡人何術能懸想。積善降祥惡降殃，古聖訓言庶不爽。偶展斯編一粲然，聊貢蕘言助拊掌。

復翁以菜心見餉，賦詩奉謝

一把嘉蔬破曉臨，摘來葉葉是芳心。市人求益貪無謂，野老分甘喜不禁。士有高情閑處見，物留真味淡中尋。灌園敢道非吾事，學圃于今歲月深。

西泠春泛圖爲復翁題

君當晬盤時，我年方毀齒。每思舊事如昨辰，倏然六十春秋

矣。少年同學長同游，不治生産治文史。前身都是老蠹魚，一生心力窮故紙。萱花滿庭風日佳，壽母令妻逢燕喜。忽思避客出門行，扁舟直溯西泠水。筆床茶竈若浮家，左對孺人右稚子。清江兩岸山如畫，一齊收入詩篇裡。阿翁叠唱郎載賡，鶴鳴子和清音美。携歸示我笑解賾，天倫之樂有如此。蓬頭椎髻非所倫，劉綱仙耦差可擬。世人生日開華筵，海錯山珍薦刀七。笙歌如沸酒如泉，徒將豪舉夸鄉里。瑤箋百幅徵頌言，習俗相沿殊可鄙。安得如君一掃除？但尋烟墨供駈使。畫作《西泠春泛圖》，圖中人壽如川是。

道光壬午，重過吾與庵訪心誠上人。和三松老人題山閣看雲圖詩韻

哲人既云逝，山阿苦寥寂。欲問微妙法，芒然無所適。偶經支硎山，重訪林公宅。彈指悟去來，拊心感今昔。鴻飛入杳冥，雪泥尚留迹。迦葉解拈花，達摩曾面壁。藉兹香火緣，三生證圓澤。

沈生寶禾以蓴菜見餉，戲成二絶句

采到春蓴付膳夫，脆如芹藻滑如酥。黃扉多少堂餐客，識得吳江此味無。

千里蓴羹實可人，季鷹爲汝促歸輪。不須更説鱸魚美，即此登筵已絶倫。

客有以鸚鵡見餉者，感而賦此

慧鳥能言世所珍，携來吳會幾青春。共夸文采堪驚俗，自覺聰明已誤身。非禮向人時喋喋，知名特地喚頻頻。欲離絛鏇渾無策，且唪金經了夙因。

自題花間樂府

伏生授經

百篇典誥化秦灰,幸有通儒在草萊。留得帝王經世術,至今傳信在蘭臺。

羅敷采桑

蛾眉自昔產邯鄲,使者旌旗過澗槃。富貴嚇人真一笑,兒夫早著侍中冠。

桃葉渡江

紅顏在世易摧殘,好處相逢自古難。誰似渡江人計穩,一生魚水見真歡。

桃源漁父

避秦人去不知年,漁父重來亦惘然。獨有淵明能著錄,由來隱逸近神仙。

梅妃作賦

開元天子本多情,看到驚鴻百媚生。誰料一朝輕決絕,都緣讒諂蔽王明。

樂天開閣

聲色娛心慾界中,達人覷破總成空。樊姬偕老蠻姬去,各有因緣事不同。

賈島祭詩

新詩一字費推敲，邂逅相逢即締交。如此憐才人不易，鑄成瘦島配寒郊。

琴操參禪

文章太守玉堂仙，接引迷人到佛前。知道箇儂根器好，片言參透老婆禪。

對山救友

友生急難爲同方，覆雨翻雲事亦常。試看《中山狼》一曲，崆峒畢竟負康郎。

和吳兼山通守

老來智惠不如前，百事蹉跎爲力綿。身世似萍隨水住，文章猶火待薪傳。逢場游戲憑竿木，安分生涯守硯田。知我生平惟有子，他時詩譜屬編年。

福兒俸滿入覲，道出吳門，詩以送之

一官忽滿十年期，此去朝天到玉墀。幸守清貧留舊德，莫忘忠信負明時。三杯且舉尊前酒，兩卷交看別後詩。若見諸公當說與，東南民力近來疲。

壬午除夕示兒孫

歲除最好是今年，笑語尊前骨肉圓。鵲語似傳春信喜，松心自

耐歲寒天。敢求富貴常如願，剩得聰明且著鞭。清俸聚書三萬卷，子孫能守即稱賢。近築"淩波閣"藏書三萬餘卷。

癸未元夕疊前韻

纔將椒酒慶迎年，記取銀蟾此夕圓。五夜呼燈堪替月，一枚煎餅欲熏天。及時樂事移花檻，比屋春聲爆竹鞭。風俗繁華何所貴，不忘饔粥是名賢。

尤春樊、黃蕟圃、彭雅泉三子相招結問梅詩社，初集春樊齋中，即和其韻

嘉會三人不速來，問梅懶赴白雲隈。忘機共識淵魚樂，得壽翻推社櫟才。客似浮萍因水聚，我携枯管祝花開。相期《風》《雅》招同調，俗士謠哇要別裁。

詠積善西院玉蘭疊前韻

尋春奚止問梅來，寶樹童童倚水隈。地可避囂皆净土，樹能獨立豈凡才。依然舊雨三人聚，恰喜重雲一夕開。載酒木蘭花下坐，新詩欲繼陸生裁。

春分日對雪

九十春光將過半，六花飛灑塞空來。積時偏壓新抽筍，墮處還黏已落梅。土潤及時如得雨，天寒昨夜早聞雷。東皇速遣陽和轉，催取群芳次第開。

二月十六日，黃復翁在白蓮涇積善庵舉問梅詩社

消寒消盡寒九九，問梅已落梅花後。此樹扶疏幾百年，寂守僧

廬能耐久。始覺空門歲月長，滄海桑移此不朽。仲春既望風日佳，招携三五同心友。仍爲尋芳載酒來，不辭索笑巡簷走。花時雖過補以詩，著花樹老忘其醜。此時花謝花神在，舉酒酬花花亦受。愛花同作咏花人，一種冷香常在口。

四月初八日，與彭雅泉、尤春樊、黄復翁有入山訪僧之約，至期雨甚，不果行。遂小集花間草堂，以賞雨茆屋四字分韻得屋字，成五言十二韻

梅子始黄時，陰晴最難卜。初詹佛誕辰，同訪僧伽族。崇朝雨滂沱，行者心畏縮。言停水上舟，爰集花間屋。荒庭水平階，幽院風鳴竹。簷花墜殘紅，池藻延新緑。主人固倉卒，客至皆不速。湖蓴既鄉味，村酒亦天禄。盤羞及韰裙，肴烝先豬肉。觴政設不苛，詩牌分已熟。如此會真率，絶勝强徵逐。及時善行樂，無處非清福。

送陸婿入蜀

人生宇宙間，靈爲萬物最。不讀萬卷書，安得聖賢會？不行萬里路，安知乾坤大，迢迢劍南道，遠在青天外。危峰高嵯峨，大川急滂沛。昔我在此中，專城擁旄旆。維時白蓮賊，弄兵爲民害。羽書急星火，籌筆冒塵壒。十年乃掃除，閭閻復清泰。陸生抱雋才，聲名滿吳會。三十登賢書，功名未有艾。兹行真壯遊，手膏征車軑。江流七千里，視若一衣帶。老人憶舊遊，百事盡蒙昧。試尋武鄉祠，杯酒爲我酹。若欲問行藏，靈籤勝著蔡。《出師表》兩篇，寄我賽珠貝。余書武侯《出師》二表，聶蓉峰學使勒石成都武侯祠中，余尚未見搨本，故及之。

春日園林

春日園林策杖行，静參物理可憐生。定巢禽切安危想，移檻花

知聚散情。一代文因風氣就，百年事等電光明。此身學得隨緣法，蠖屈龍伸總不驚。

彭雅泉太守邀集敏訒堂，即和其韻

爲聯耆舊假詩壇，詩就還憑酒合歡。吟草積成囊底錦，釣竿早拂海中珊。西山朝氣初迎爽，東野秋心自耐寒。稍覺尊盤太狼戾，萬錢不稱腐儒餐。

黄復翁家藏船山太守寒山獨樹圖，偶題一絶句

孤幹槎枒棄草萊，滿身鱗甲長莓苔。若逢匠石加斤削，還是人間有用材。

題魏春松侍御讀書人家畫卷

清時最重讀書人，侍御出守揚州時，高宗詢及家世，對以祖父皆秀才。上曰："汝是讀書人家。"故作此圖。天語親承孰比倫。遥想武林門外宅，滿庭書帶草長春。

西臺珥筆又經年，一紙封章萬口傳。任是避人焚諫草，在廷都識魏徵賢。

莫悔東山再起非，十年依舊遂初衣。曾經騎鶴揚州住，不解腰纏十萬歸。

秋日書懷

陰陽消長化機呈，静看時行悟物生。千樹著花皆有態，百蟲在草不同聲。人逢儉歲心常悸，山入新秋氣漸清。老我閉門無一事，衆生疾苦尚關情。

545

紅蓼

秋色蕭條靜裏參，一枝紅蓼倚芳潭。野人熟識山中味，此物常因苦處甘。

秋社日集尤春樊舍人齋中賞桂，與彭雅泉、黃蕘圃同作，即訂後會

忽聞元鳥報歸期，如此風光對酒宜。況遇小山叢桂發，淮南招隱可無辭。

幸得詩人共里門，每逢佳節一開樽。不知九日當晴否？采菊同過五柳園。

寒雨

恒寒復恒雨，對此百憂煎。地似無雷國，民居有漏天。浮雲常蔽日，平陸竟成川。泆水仁人惡，諮諏憶昔賢。乾隆癸未，巡撫莊公開劉河。辛卯，巡撫薩公開白茆河。由是水皆入海，利及數十年。

一雨連三月，斯民共怨咨。憂心如己溺，荒政在人爲。秔稻今無種，瘡痍事可知。東南原澤國，疏瀹不容遲。

震澤波濤壯，三江是尾閭。絕潢橫作籞，腐草積成淤。坐看桑田改，難求息壤居。試尋溝洫志，水利近何如。近年劉河、白茆河皆堙塞，吳淞亦不暢流，此水災之所由來也。

四郊秋水遍，平地起狂瀾。古井騰如沸，高墉毀不完。婁、齊二門水關皆毀，城垣亦圮。乘桴居未易，懸釜爨尤難。所仗循良吏，援之衽席安。

暑雨苦嫌多，秋霖復奈何。飄風頻敗屋，老澓盡揚波。山裂倏成徑，七月初八夜，玉遮山裂。舟行時上坡，烝人安宅少，奚止歎無禾。

蓋藏吳地少,農業最艱辛。賦重財難阜,風華俗易貧。開倉思汲黯,輸粟望秦人。時大吏建免稅招商之議,已奉俞旨。克使天災弭,方知帝力仁。

聞說松江地,當官失撫循。哀鴻鳴正急,猘犬氣難馴。禍起蕭墻猝,言猶糞土陳。毀家未紓難,終受長官嗔。

秋懷詩和復翁

殘暑消難盡,新愁觸易生。人情貪老健,天氣入秋清。野雜百蟲響,霄懸孤月明。素無田負郭,也欲望西成。

和復翁柳下花間之作

柳喜隨時長,花知應候生。忘名詩境淡,守靜夢魂清。庭石千峰幻,池波一鏡明。小園誰比似,遙憶庾蘭成。

獨學廬四稿詩卷四

池上集四　古今體詩九十六首

春日和沈生寶禾詩韻

校書有客住芳園,節過中和氣漸喧。佳日鶯花如有約,閒門車馬不聞喧。清陰疑坐篔簹谷,綠意初生薜荔垣。春色撩人頻得句,誰云桃李本無言?

自笑浮生拙似鴉,甘心寂寞厭繁華。一枝梅受山僧饋,萬卷書藏處士家。豈有文章高北斗,每嫌鼓吹近南衙。獨餘愛客心常在,竹下猶開小徑斜。

和答尤生崧鎮叠前韻,并簡春樊舍人

董生三歲不窺園,冬忘祁寒夏忘喧。飛鳥翩翩蘄遠到,鳴哇閣閣厭卑喧。擇交自許心如秤,談藝何嫌耳屬垣。終日著書聊遣興,敢云成就一家言。

窮達毋憑鵲與鴉,遂初閟閱本通華。彭宣列坐成三益,程邈臨池是一家。生善八分書。執業靜於僧入定,校書勤似吏趨衙。紫薇舊德分明在,佇看宮花壓帽斜。

春樊舍人見和前詩叠韻奉酬

偶學蘭成賦小園,素心人共耐寒暄。寄懷絲竹聊排悶,遁迹林泉欲避喧。竹引惠風常掃徑,花矜麗色故闌垣。詩筒往復如郵置,不是卮言即寓言。

久雨初晴噪曉鴉,向陽百卉競芳華。及門問字多才士,結社吟詩集會家。簾捲飛花時入座,庭罏立石肖排衙。賞春重約西園宴,觴酌流行到日斜。

和春樊舍人亦園感舊之作,四叠前韻。園爲西堂先生故居

城東閒訪舊名園,池館蕭條氣不暄。羅雀門高冠蓋少,賣花人近市廛喧。游魚避客先潛渚,嘉樹傳家尚在垣。我正續成吳地志,殘山賸水識前言。

陰陰喬木亂飛鴉,坐想榮枯感物華。古壁塵凝蝸有迹,空梁泥落燕無家。堂楣尚奉先皇字,鶴栖堂額爲聖祖御筆。里閈仍呼太史衙。試訪揖青亭故址,草間荒徑自橫斜。

復翁知予有五柳園春日詩,和章見贈,因叠韻奉酬

東風吹綠滿西園,卻畏春寒尚負暄。屋類申公因樹置,人如巢父厭瓢喧。怕傷新竹斜通徑,愛看遥山短築垣。近爲著書常閉戶,知希我貴有成言。

月有蟾蜍日有鴉,東西飛走促年華。雜花小聚成香市,舊曲新翻付笛家。每念開樽招社友,絕勝聽鼓應官衙。老來兄弟忘形迹,詩草淋漓醉墨斜。

549

無隱庵和顧张庵詩韻

群山四面來，一邱踞其腹。昔有風上人，於此結茅屋。丈室十筎寬，左右繞修竹。每於經禪暇，坐飲山光綠。上人既西歸，其徒感風木。仍結許由鄰，不藉鄭詹卜。我生厭塵嚚，野性同麋鹿。短策折青寧，長鑱劚黃獨。跫然足音來，如入逍遙谷。

匣劍和尤春樊舍人

劍乃一人敵，愛君藏器深。及鋒曾自試，躍冶久無心。莊叟登壇說，荆卿倚柱吟。龍泉本知己，往事思難禁。

孤山謁林和靖祠堂

處士芳塵百世馨，我來重問草堂靈。新春不負尋梅約，舊迹仍留放鶴亭。松下長鑱祈黃獨，垞中久竹產青寧。同人到此皆題壁，欲繼鍾嶸瑞室銘。

湯文正從祀文廟賦詩紀事

宣聖集大成，朱陸乃分宗。異同由此起，勦說各唱喁。偉哉潛庵叟，仰扳先哲蹤。是朱不非陸，萬法一貫鎔。聖域得門入，奚止闚及塘。祇緣一孔論，尚闕兩廡供。我皇重儒術，尊賢若升庸。劉宗周先湯繼之，祀典光辟廱。春秋上丁日，籩豆欽肅雍。是邦有遺愛，歡聲騰吳儂。

九日招復翁、春樊、葦間集五柳園

老去登高嬾，蕭齋客到便。天容新霽好，人意古歡聯。對酒思陶令，題餻据鄭箋。臨風重有感，積雨歎無年。宴續餐英會，文成議蠏篇。蓬門今日啓,洒掃爲三賢。

是日,復翁登予家淩波閣,和前詩見贈,疊韻答之

曹倉陳井井,邊笥䭈便便。閣爲子家藏書之所。筮《易》占簪盍,吟詩慶襋聯。觀書如掃葉,拈韻快傳箋。脱略忘賓主,消摇樂歲年。雙清欣得侣,九辨又成篇。重約束籬會,風流企晉賢。

吴玉松同年邀至虎邱賞菊

故人招我去,把酒賞秋芳。問道尋蘭若,登山覓筍將。避囂辭伎席,隨喜到僧房。但使身無事,間中日月長。

春樊、蕘圃、葦間共集吴玉松太守知魚樂軒,予因事未赴,而分韻徵詩,賦五言一章

道光三年冬,十月十二日,有客携酒肴,共扣吴翁室。翁室新落成,水木甚明瑟。左圖右史間,主人安且吉。三人不速來,而尚闕其一。其一即我是,有事適他出。乃爲俗累牽,未與賓筵秩。作詩蠱其間,聊以補亡失。

静怡室小集和葦間韻

新詩吟就互傳箋,脱手彈丸溜的圓。我是滄浪谿上客,買來風月不諭錢。

諸公詩筆妙無加,況得元卿是會家。蔣賓嵎大令在座。屈指崢嶸歲將晚,衝寒春又到梅花。

和王簣山廉訪紫陽書院即景示諸生詩韻

名賢臨柏府,庶士望龍門。善政師先哲,清談息衆喧。鴻文親示範,海墨自留痕。此地紗籠壁,無塵字不昏。

德澤先春布,良辰近一陽。草因風必偃,鏡與月同光。刑弼唐虞教,詩升李杜堂。官如趙清獻,夜夜自焚香。

簣山廉訪再叠書院即景之作見示,和答

嘉石巡江國,清風著戟門。山林方静寄,公所館曰"近山林向日",尹文端公所題。車馬亦無喧。楓絢霜前色,鴻留雪後痕。讀書兼讀律,萬卷伴晨昏。

芝蘭叨結契,葵藿願傾陽。耕硯秋無税,燃藜夜有光。英才方濟濟,歲月正堂堂。環向南豐祝,長留一瓣香。

簣山廉訪瘞鶴焦山之麓,賦詩述事,奉和二律

江流無盡日,鶴壽不知年。勝地今猶昔,清時吏即仙。鷗盟尋宿草,鴻影撤揮絃。想見翔寥廓,朱方舊結緣。

吸江循古址,瘞鶴著新銘。流水無窮碧,迴峰不斷青。招魂依佛刹,守冢仗園丁。他日尋仙迹,同携擇勝亭。

題蕭曼叔海墨樓圖

百尺岑樓接太空,幽人於此聽松風。攜將一滴金壺墨,洒遍華嚴法界中。

和沈生寶禾除夕送窮之作

鞭得聰明用不窮,心畊舌織歲常豐。管絃聊遣中年樂,朝市非

關大隱充。欲貴無心求趙孟,逐貧有賦繼揚雄。書中縱説黃金在,還仗同人贊伙功。

誰言東野是詩窮,儒素寧論儉與豐。愁仗酒兵時戰勝,飢逢畫餅亦能充。拈將健筆如神助,佩得靈符辟鬼雄。那有丈夫家食吉,出門交友豈無功。

甲申元旦,和子婦慧文詩韻

不辭皓首抱遺經,澹泊中間得靜寧。又值義和窮北陸,弗忘胞與誦《西銘》。時方有賑飢之事。椒花獻歲回鄒律,柳絮因風跂謝庭。卻掃衡茅殊未易,門前問字有車停。

西山掃墓,路過畢尚書墳,有感而作

覓得籃輿換畫橈,春風拂面薄寒消。梅林香奪旃檀氣,松璽聲回大海潮。古寺鳴鐘因自省,野人炊黍競相邀。道旁華表衝霄漢,不及雲初已寂寥。

黃孝子向堅劍川山水畫軸

樂府曾傳萬里緣,崎嶇歷盡到窮邊。滿山豺虎無人迹,有客悲歌《陟岵》篇。

劍門西去萬山青,昔我征驂幾度經。聞道當年黃孝子,此中繭足賦零丁。

送十一兒入山志感

荒蹊百折繞西峰,華表仙禽不可蹤。野渡無人空繫艇,深山藏寺但聞鐘。談禪欲證三生石,濟勝還尋九節笻。歎息童烏先不祿,一抔反仗老夫封。

舟行書所見

風送歸帆反巨區,烟波雲樹兩糢糊。水牕領略詩中畫,一幅春山欲雨圖。

女桑纔綠未成陰,出土新秧細似鍼。行向菜花村裡過,依然滿地布黃金。

百年樹木是枌榆,如許良材惜已枯。莫笑扶疏生意盡,世間有此棟梁無。

與趙巽夫同過鶯脰湖作,即和趙韻

桃花帶雨柳含烟,環繞明湖一鏡圓。有客行程問鶯脰,此鄉生計在魚筌。衰齡筋力尋芳倦,新霽峰巒潑翠鮮。指點鱸香亭下路,舊遊已是十年前。

三月既盡,園中牡丹盛開,集同社諸友小飲花間草堂,即席成咏

新霽園林穀雨天,坐花特地集群賢。一叢艷奪芙蓉鏡,百和香生瑇瑁筵。吟賞幸同賓客樂,護持願到子孫年。媿無才調青蓮似,草得《清平》第四篇。

游吳氏園

攜杖尋春到北園,無邊芳草綠温暾。偶然一樹桃花發,便有游蜂不住喧。

平湖相國挂冠還,小築幽栖北郭閒。猿鶴莫嫌冠蓋客,士師原在逸民班。

送春和十兒韻

迎春纔賦嶺頭梅,風信番番次第催。幸有荼蘼開未了,東皇欲去尚低徊。

賞花坐到月當筵,朋從吟詩似錦聯。手把一杯婪尾酒,滿庭紅紫祝明年。

百花開處愛勾留,處處風光憶昔游。又是一年春事盡,窗前萬綠向人稠。

身如弱草戀輕塵,坐對芳林展繡茵。自笑早成頒白叟,偷閒還學少年人。

和王簣山廉訪登周蓼洲先生讀書樓之作樓在小雲栖僧舍。

忠介當年住此樓,使君車騎偶勾留。古賢儒行通於佛,山郭春寒氣似秋。物外閒雲心自賞,爐餘遺草手親抔。予於癸未歲,曾與同人醵金刻公遺文。祇緣今昔遭逢異,龍比皋夔道不謀。

立夏日集葦間太守齋中餞春

梅花先春開,獨占一歲始。群芳次第來,千紅及萬紫。春來日遲遲,春去若流水。一聲杜宇啼,忽報春歸矣。素心三五人,閒居共閭里。主人卜良辰,開筵集杖履。舉酒盡三雅,拈韻得四紙。老夫年最高,感春情不已。

擷芳亭看娑羅花,和榕皋丈韻

一簇花開剪素羅,主人好事客來過。靈山分種春風晚,此花來自天台雲頂峰。道樹生香慧業多。幽室擷芳宜靜對,吟壇拈韻共賡歌。

遥思雲頂峰頭路，仙境虛無費揣摩。

夏至後三日，集同社諸子於五柳園，即事成篇

四時相代謝，節序屆長贏。我心方憚暑，秋氣忽已生。涼風西南來，竹樹雜有聲。因懷素心侶，尊俎設南榮。山厨少兼味，草舍有餘清。良會羅嘉客，清言屏俗情。相期各保愛，守此歲寒盟。

和答張襄女士即題錦槎軒詩稿

謝氏庭生玉樹枝，燃脂弄墨愛臨池。耽詩壓倒貞元士，讀畫常將造化師。五色卿雲凌若木，七襄文錦織冰絲。誰知《風》《雅》哀然在，猶是扶床學繡時。

芳名三載久心傾，綵筆波瀾竟老成。慧性賦從華藏海，瓣香應在玉溪生。清辭滿幅如飛雪，枯管無花可報瓊。幸得左家嬌女句，選樓直欲傲昭明。

題席挹峰竹中人畫卷

修竹稟高節，四時長不彫。此中有佳士，幽棲避塵囂。昔我識乃祖，年方在齓髫。視我如子弟，植我如良苗。尊公我齊年，文史相招邀。金蘭譜及君，三世訂久要。君本名家子，玉樹凌雲霄。性乃耽巖壑，閉門甘寂寥。坐擁書萬卷，仰企黃虞朝。歸真守其樸，不慕金與貂。老夫今垂暮，雙鬢秋蕭蕭。披圖念古歡，感舊托長謠。

滄浪亭圖爲梁茝林觀察作

一曲滄浪水，荒亭尚可尋。論錢買風月，結屋近山林。畫寫詩人境，歌徵楚客吟。使君心好古，曾向此登臨。

夜至理安寺投宿

溪流不見但聞聲，路入松杉曲折行。荒草綠迷人迹少，密林紅露佛燈明。叩門犬識曾來客，對月山如不夜城。尋到風公薶骨處，豐碑漬雨蘚苔生。

自理安寺出山渡江

一別錢塘倏十春，重來魚鳥尚相親。出山泉水如隨我，夾道巖花亦昵人。霜落稻田豐有獲，潮回沙路淨無塵。扁舟直指西興去，客久知津不問津。

游　蘭　亭

纜舟越溪濱，言訪蘭亭迹。籃輿行山中，坐看群峰碧。步入内史祠，庭宇頗幽僻。天寒紅葉稀，地潤蒼苔積。當門引曲水，磊磊叠奇石。清泉漱石間，想見流觴客。右軍經世才，所志在忠益。常懷廊廟憂，匪抱山林癖。誓墓出危言，乃爲時勢迫。駿烈謝鼎鐘，芳名垂竹帛。我來觴咏處，望古趿餘澤。重次修禊文，鐫石嵌諸壁。

芥舟小集和復翁作

壯歲心如駿馬馳，暮年偃蹇復何辭。同爲南郭消寒會，正值東風入律時。園韭最宜羔並薦，堂花未許蝶先窺。詩人若問梅邊信，雪裡纔開第一枝。

乙酉元旦叠前韻

雙丸日日向西馳，老至催人不可辭。感事每成今樂府，周年忽到古稀時。鴻飛頗笑張羅妄，豹隱寧容執管窺。一盞屠蘇先後飲，酒籌親手折花枝。

奉送王善舟明府之泰州新任，即和留別詩韻

誰與龔黃繼後塵？吳民歌祝豈無因。養成郇黍三年熟，栽得潘花一縣春。拔薤鞭絲留治譜，登山臨水即詩人。平生最喜桑麻事，綠野催畊處處巡。

鴻城赤緊四封遙，治獄無分晝與宵。明鏡在堂常皎皎，良田除莠已寥寥。愛才俊秀同鳧藻，樂職中和協鳳簫。萬物藉公均長養，惠風披拂不鳴條。

偶值天災積雨深，周官保息守良箴。窮簷早緩催科令，儉歲尤勞撫字心。此日吳儂安樂土，他時召伯有棠陰。朱公偏愛桐鄉好，臨去還留《白雪》吟。

大江湧月影娟娟，海上牢盆萬竈烟。甞井虞公遺舊德，觀濤枚叔著新篇。如蘭不少同心友，多稼方逢大有年。三載書升登上考，一鞭春色待朝天。

彭葦間太守邀泛石湖，即事成詩

方舟石湖濱，閑敬山人戶。中有范公祠，花木繞庭宇。摩挲四壁間，詩碣滿環堵。忽聞震雷聲，天外鳴如鼓。亂雲西北來，飄風挾快雨。彭公性好事，行厨設尊俎。二客尤與黃，無非素心侶。科頭且裸裎，脫略忘賓主。當筵舉觴政，雅令雜今古。分箋集詩牌，霏屑揮談麈。興盡促歸橈，微波送柔艣。詰朝各走筆，同把新詩補。

雪霽書懷

歲初日日遇陰霾，積悶填胷不易排。新霽喜看春雪净，晚晴彌

愛夕陽佳。消搖杖履三生福,真率杯盤五老偕。聞道淮民苦昏墊,濟川心事敢忘懷。

春寒即事

仲春今日盡,天氣尚餘寒。竹未驚雷長,花常冒雨看。披裘猶耐冷,對酒不成歡。四野多冰雪,心憂菽麥殘。

邀春樊、蕘圃、葦間三子同賞牡丹作

新霽園林好,朋來爲賞春。人情矜國色,花貌得天真。豔入朝雲夢,時過穀雨辰。一尊婪尾酒,對此酹芳塵。

同學諸子攜尊過賞牡丹,即事成篇

一叢穠艷冠芳辰,載酒偕來問字人。天近梅炎將薦夏,節過穀雨惜餘春。花招紅藥爲同輩,詩向青蓮步後塵。綠筍朱櫻薦尊俎,行廚風物及時新。

題艾香吳孝廉遺照

桑梓有賢人,而我未曾識。今從圖畫裏,古道見顏色。卓哉沈德潛與彭啓豐,二老人中杰。相賞松石間,當時有遺墨。端人取必端,高風可追憶。

秋庭樂意圖爲凌芝巖題

秋氣滿林薄,幽人懷故山。平生宦遊迹,遍滿江湖間。行年八十餘,解組歸鄉關。故園有松菊,對之怡心顏。少歲勞王事,晚乃耽蕭閑。人生貴知足,清福天不慳。

海剛峰書册爲徐師竹題

去年見公畫,範水模山通造化;今年見公書,筆法直接開元初。乃知書畫是心畫,端莊剛健表公德。一百廿字如鐵鑄,盡是唐賢好詩句。公之志節異凡人,即游於藝亦超倫。徐君何處得此寶,子子孫孫其永保。

初夏,張蒔塘明府招集,分韻得天字

不晴不雨養花天,相對荼蘼啓綺筵。稍覺杯盤失真率,儘多情話共纏綿。林間布穀催耕急,江上嘉魚入饌鮮。更過鄰園看修竹,山中長日信如年。

新得竹垞先生曝書亭遺硯,賦二絕句

山中巧匠片雲留,知汝曾封即墨侯。八萬卷書齊著錄,研朱滴露幾經秋。

文人常以研爲田,三字分明石上鐫。今在竹堂著書用,也從香火結因緣。

觀黄忠端公手書孝經

南海有大儒,忠節炳方策。昔官勝朝季,讜言頻建白。不辭批逆鱗,但冀天心格。嗟彼崇禎主,視之若讎敵。初欲置之死,少寬尚遷謫。當其坐圜扉,翰墨手不釋。手錄《孝經》文,莊嚴奆波磔。誠公今好事,心重名賢迹。募工壽貞珉,檢校及點畫。適逢聖明朝,詔書表忠魄。登諸孔氏門,從祀兩廡側。忠出孝子門,古人言不易。士雖不遇時,高風垂無斁。

六月十二日，復翁招集同人爲山谷先生壽，走筆述事

元祐才人蘇與黃，敦尚風誼能文章。坡公聲名冠一世，涪翁乃與相頡頏。春樊舍人好儒術，歲與東坡作生日。黃君今亦壽涪翁，重櫺畫像懸虛室。寶書翠墨几上陳，坐設尊俎延嘉賓。文人因緣在香火，相隔百世猶相親。蘇黃當日遭讒慝，當路疾之若讐敵。九州無地身可容，旅死他鄉人不恤。即今著作藏名山，淑艾還能變懦頑。生而神明殁不朽，常在賢人俎豆間。

吳江吳秀才以令祖古漁先生梅屋課孫圖遺像索題，感舊懷賢，率成長句

松陵有賢人，績學能稽古。發言成文章，如游群玉府。昔予弱冠年，曾接邯鄲武。轉燭五十秋，風流散如雨。文孫守家學，修德念其祖。手持梅屋圖，徵及齊東語。依巖結茅屋，書聲出環堵。古梅三五株，繞屋寒香吐。遐想山中人，高情忘圭組。常留歲寒心，用作高曾榘。

詠園中三醉芙蓉

當年相見鏡臺旁，自守孤根欲拒霜。三變似禾矜獨異，一時與菊殿群芳。不辭寂寞臨秋水，猶賸繁華向夕陽。笑對花神酬尊酒，小園十月駐春光。

小園即事

喜遇清時作幸民，衡門深閉靜囂塵。幽花繞砌如依主，馴雀窺窗不避人。賸有閒情消日永，略無機事損天真。游魚活潑澄潭裏，

肯放漁童下釣綸。

八月潮日，彭咏莪孝廉邀至石湖舉行詩社，即事成篇

秋色平分日正佳，清游同問水之涯。滿湖烟雨銀蟾隱，一路笙歌畫舫排。地近上方香市集，人如小阮竹林偕。夜深忽聽山陽笛，感舊詩成共愴懷。同社黃子新亡，故及之。

和答姚春木即題其南垞草堂詩集後

紀群兩世締交深，往在西蜀，與尊甫一如先生同襄戎幕。老我重游翰墨林。霜後黃花全晚節，曲中《白雪》見冬心。回思蜀道神常悸，幸托殷郵信未沈。今日草間甘伏處，杜門不放俗塵侵。

健筆高凌岱與嵩，文心宛轉喻雕龍。祗緣將母常甘藿，肯爲封侯更夢松。幾度停雲空悵望，一朝折簡忽過從。自慙才似江淹盡，難報詩仙錦繡胷。

題澹雲和尚八十歲像

大事因緣豈外求，靈山慧業自清修。耳聾不落聲聞乘，心净先登般若舟。水月光中瞻妙相，松筠夢裏憶前遊。和尚舊住京師松筠庵，予時時借榻其處。南宗今日推尊宿，雪後蜚鴻爪印留。

徐孝子廬墓圖

人生非金石，老必歸山邱。孝子愛其親，長抱終身憂。依依不忍捨，結廬守松楸。夫豈好泉石，故爲山澤遊。孝思真不匱，仰與曾閔儔。

題文衡山玉蘭畫軸

停雲老子畫中師，閒寫階前玉樹枝。不似世間凡草木，亭亭獨立見風姿。

題惲南田風竹畫軸

誰似湖州聚韱材，南田水墨作生涯。萬竿烟雨迷離處，想見清風刮地來。

憶　昔

憶昔西園百卉芳，一枝紅艷占春光。同心空奏房中曲，薰髓難尋海上方。枯竹折殘終見節，菱花吹墮尚餘香。韶華轉瞬成陳迹，楚客招魂欲斷腸。

管生蘭滋以其舅船山太守
畫梅屬題，漫成一絕句

故人久返蓬山路，一紙空留醉墨痕。老榦疏花不經意，乾坤清氣此中存。

七 十 自 壽

生人蘄百歲，七十古已稀。修途無盡境，久客當知歸。偉然七尺軀，於世一塵微。榮枯與修短，天定誰能違。老彭不世出，凡庸安可祈。

西方有大士，曾現宰官身。宰官亦何貴，貴有濟世仁。衣食世所急，十室九憂貧。手無尺寸柄，何以拯斯人。安得挽頹俗，同返羲皇淳。

古人不朽三，而我無一可。功德非易言，文章日頹惰。韓歐不可追，滿目粃糠簸。汲古注蟲魚，談天襲炙輠。獨學常寡聞，周旋我與我。

九秋風日佳，重陽節已過。黃菊花盈庭，嘉賓亦滿座。謂予馬齒增，舉酒共稱賀。回思總角交，一時賸幾箇。雙丸若飛輪，團團蟻旋磨。

九日草堂叠菊成山，邀同人作東籬之會，分韻得傑字

霜寒百卉凋，黃華英始茁。譬諸古逸民，歲晚見高節。二三素心人，款戶停車轍。幸此杖履來，因之尊俎設。合歡觴徐行，分韻鬭争掣。招隱製新詞，延齡授真訣。昔聞陶處士，招攜花下傑。舉酒酹東籬，懷賢共怡悅。

天平山觀紅葉作

天平之山高岭嶏，下有范公祖父塋。士株五株老楓樹，歲久化作虯龍形。涼秋九月霜華零，丹黃糅雜若繡屏。故家喬木常不朽，鬼神呵護經千齡。我今攜伴游林坰，白雲深處籃輿停。緬懷古賢發遐想，摩挲窆石觀殘銘。古云人傑地亦靈，萬石如笏摩天青。愛人及樹勿翦伐，賢人俎豆常芳馨。

望　雪

仲冬月既望，天氣暖若春。中田播粦麥，膏澤需及辰。羲輪行北陸，陰凝道當馴。恒暘復恒燠，其咎豈無因。願將一瓣香，乞靈滕六神。祥霙集四野，萬物資陶鈞。

春朝集彭咏荄孝廉齋中，咏迎春花

歲歲詩人欲問梅，無邊春色在瑤臺。此花更在梅先發，迤逗春光破臘來。

檢點群芳紀歲華，小叢初綻鬱金芽。從茲引動春消息，看遍長安道上花。咏荄將計偕北上，故末句及之。

蘅香曲

佳人家近苧蘿村，紫玉成烟不久存。西磧山前一抔土，落花和雨殉香魂。

碧紗步障净無塵，六尺桃笙藉錦茵。記得新秋三五夜，一丸涼月照橫陳。

閒磨烏玦學塗鴉，纔習簪花意使嘉。解誦梅村斷腸句，揚州明月杜陵花。

畫屏紅豆記宮商，豪竹哀絲集後堂。唱到臨川新樂府，常將誤字質周郎。

鏡湖春色眤人多，錯道喬松繫女蘿。爭奈蘅蕪香易滅，世間無藥壽姮娥。

獨學廬四稿文卷一

論

鹽法論

　　法久無不敝之理，鹽法至今日而敝已極。考今世官定引鹽之額，將及百年。此百年中，生齒之繁不啻十倍而歲額不加增，是四海之衆，食官鹽者十之一，食私鹽者常十之九也。私鹽之價其利即十倍於本，猶不及官鹽之價，則其利饒矣。私鹽之利既饒，則閭閻無賴之徒群趨乎其中，官雖設厲禁以禁之，而卒不可禁。何也？私販之徒，富者出財，貧者出力。近海之地動輒累千萬人，其强有力者曰梟，平居以錢募窮乏之人，爲之私販而坐收其利。官遣兵役捕之，則潛遁無蹤。必欲索而得之，則聚衆拒捕。其人家藏兵器，雖鎗炮火藥皆有之，故兵役畏其强而不敢問。其兵役之黠者，則又私受其賄，爲之耳目。官之不肖者，或亦染指焉。至地方偶獲一販私之犯，例必窮詰其往來之迹，凡牧令失察過境者，皆有咎。故牧令亦以緝私爲苦，而不樂爲。如此而欲緝私以暢官引之銷，此必不可得之勢也。且閭閻無賴之徒群萃而州處，又擁厚利以資其生，欲其安分而不爲非，亦不可久也。故曰鹽法至此時而極敝也。

　　今思爲之變，計莫若廢綱商而按竈以收其稅。夫鹽無論公與私，其源必出於竈。國家設鹽場大使，原以稽察竈戶也。然竈戶煎鹽以賣與官商與賣與私販之人，大使不得而知也。今若按竈計鹽，每竈歲煎鹽若干，則徵其稅若干。其稅額視綱商之額略減焉，以留餘力於竈户。設有潦雨、水溢之災，則確勘而豁免焉。如此立法，亦竈户所樂從也。大使徵竈户之稅而納諸運庫，運使綜覈其數而報諸鹽政官，制悉仍其舊而毋容變置焉。此法立而無不稅之鹽，其課必有十倍於今之課者。經費既紓，則歲取於農民者，可量為裁損，此亦崇本抑末之道也。國家理財之術，未有善於此者也。彼商人謀利者，就竈户市其鹽，東西南北聽其所之而不問。官無私販之禁，則兵役無需索之獘，牧令無處分之憂，鹽梟亦化良民，無聚衆拒捕之禍，國家安人之術，亦未有善於此者也。

頻年往來邗江之上，覩夫牢盆爲業者，每太息於調劑無策，乃作此論，以俟采風問俗者擇焉。

辨惑論二

今之人大惑終身不解者二事：一星命之説，一堪輿之説。是二者人人信之，仕宦者尤甚。推其故，無非富貴、利達之心，縈結於胸中而不可解。既患得之，又患失之；既於其身，又於其子孫。而術人迎其欲而投之，無怪乎舉一世之人而趨之若鶩也。

執星命之説者曰："人生受命於天，貴賤、貧富、壽夭有定數焉，一成而不可變。"其説是也。然以"四柱五行"推之，則非也。人之命定於有生之初，然一日止有十二時，而世間生人之數無窮，必不能以十二命該之也。且四柱之術以五行生尅爲主，而古者歲月各有其名，惟紀日始稱甲子，故屈子《離騷》云："攝提格於孟陬兮，惟庚寅吾以降。"其文甚明晰也。今歲月日時悉以甲子爲紀，古無是名也。無是名即無是理，而何生尅之有？昔者余所交友有四人焉，一吳雲，一施源，其生年月日時皆同也。吳由翰林起家，官至彰德太守；施以鄉科起家，

567

官黟縣令。其官階不同也，然猶不甚相遠。又其甚者，一孔傳金，一陳鼎，其生年月日時亦皆同也。孔以鄉科起家，官至南陽太守；陳以諸生窮困終其身。吾不知此四人之命如何推法，得乎此即失乎彼，吾知其術之必窮也。然則星命之説不足信也。

執堪輿之説者曰："生人祖孫、父子一氣相通，祖父葬而得山川靈秀之氣，則子孫必富貴壽考。"其説似是而實非也。謂祖孫、父子一氣誠是矣，然世之人有祖父康強而子孫羸瘠者矣，有祖父壽考而子孫凶折者矣。祖父生前子孫尚不能分其氣，而謂既朽之骨得氣，則子孫即食其報，有是理乎？周之武王有天下，周公爲冢宰，而管、蔡身受大戮；伯夷、叔齊餓死首陽之下，而仲子撫有孤竹之國；柳下惠爲聖人，而蹠則爲盜。吾不知其祖父之墓若何，其子孫禍福何若是之不齊也。然則堪輿之説不足信也。

杭人有蔣編修詩者，自詡星命之學百不失一，又愛談地理，嘗曰："吾杭地脉嫩，可以朝葬而夕發也。"余戲曰："請以子之矛攻子之盾。如星命有憑則命而富貴，雖以凶地葬其祖父，無傷也；命而貧賤，雖以吉地葬其祖父，無益也。是堪輿之術不足言也。如地理有權則葬得其地，命之貧賤者富貴矣；葬非其地，命之富貴者貧賤矣。是星命之術，又不足言也。"蔣遁其詞曰："惟祖父葬得其地，而後子孫有富貴之命。"余曰："人之命定於有生之初，而葬其祖父常在成人之後，信如斯言，則杭州地脉雖嫩，而朝葬夕發之説又不確也。"蔣詞窮，一笑而罷。

余因著是論，以曉夫世之惑於術人之説者。

記

金壇縣重修儒學記

自釋老二氏之教興，琳宮、寶刹，遍於中國，竭土木之力，輸奂莊嚴，而學宮齋廡往往上雨旁風，無人過而問焉。豈斯人之心輕吾道而重異端乎，亦無人振起之爾。金壇在江淮間，爲彈丸之地，自文襄于公以狀元宰相翊輔聖皇，文武兼資，贊襄密勿，而金壇遂爲東南望邑。然文襄既没，四十餘年，無有人繼起者，豈古今人不相及耶？抑山川靈秀之氣，一盛一衰，與時消息也。

嘉慶二十四年，盱眙戴君開文司教是邦，見夫學宮頹廢，盡焉傷之，告於邑令，因舊謀新。邑中士庶踴躍將事，集費庀材，於道光元年正月興工，將聖殿兩廡盡撤其舊材，而更新之。其明倫堂、尊經閣、鄉賢、名宦、忠義、孝弟、七賢、七君子等祠，皆次第繕完，塗墍丹艧，焕然一新。又於泮池前築宫牆一座，列東西兩坊，繚以周垣，右邊餘地，闢爲射圃。又因形家言，於學宮之左創建魁星閣一所。以爲形勝閣之東南舊有金沙學舍，因加修葺，移尊經閣所祀文昌像於其中。凡經之營之，朞年而工始竣。戴君述其始末，俾予爲之記。予生長吴下，足迹未嘗至斯邑。然自束髪讀書以來，曾爲學官弟子，則亦忝列於孔氏門牆者也。即事有述，安敢以不文辭。

竊惟聖人之教，與日月山川並垂終古，固不以廟貌之興廢爲盛衰。而人之奉聖人者，高山景行，莫不嚮往，不有所寄，將何以申其瞻仰之思？此學宮之制亦本乎斯人懿好之心而設焉者也。方今文教昌明，薄海内外，道德一而風俗同。今天子龍飛之始，即敬題"聖協時中"之額，頒於直省州、郡懸諸大成殿，以示尊師重道之意，而金壇適於是時修治文廟，殆斯邑人文興起之機乎。

宰是邑者，前爲貴州王君青蓮，後爲浙江朱君蘭，後先繼美，捐俸以爲邑人之倡。而縣丞聶君心通、典史辛君聘三，各襄其事。教諭戴君開文、訓導俞君光祖暨邑之人士，皆與有勞焉。别石書名，用垂不朽。

吳縣木瀆鎮義學記

古者，家有塾，黨有庠，術有序。十室之邑，必有絃誦之聲。是以教化行而風俗美，人心感而天下和平也。

三代之制，大學在國中，國之元子與貴游子弟皆就學焉；小學在四郊，則國人子弟之秀良者聚乎其中。先王豈故爲此瑣瑣而不憚煩哉？良以學校者，教化之本也。自古制既廢，所謂學宫者，止爲春秋釋奠先師之地，而博士之庭不聞有過而請業者，由是變而爲書院以課士。然書院止課成學之士，而殿最之童蒙不得而入焉，則又廣而爲義學。義學正古時四郊小學之遺制也。夫貴游子弟，地望清華，守父兄之訓，其趨於學也較易。若鄉人而不學，其愿者椎魯無文，其黠者且冒上亡等而不知罪，一櫌鋤而德色，一箕帚而詐語，流極既衰，釀成世道人心之害。夫是故小學之設，比之大學，尤汲汲也。

吳門之西有鎮曰木瀆，距城三十里而近，縣有丞駐其地。西望靈巖，高與天齊。納太湖之水，烟波萬頃，近在咫尺間。其地踞湖山之勝，居者烟火萬家，野處不暄，其秀民之能爲士者，亦往往而有。鎮上舊有義學，以教其鄉之子弟，凡貧不能具束脩之資者，皆就學焉。其室廬、飲食諸費，皆醵金以給之，事久頽廢。嘉慶十六年，縣丞李公再湅倡衆興修，由是集金錢五十五萬，存本收息，以給修脯。李公是舉可謂知本矣。襄其事者皆尚義之士，不可以不志也。因爲之記而列其姓名於後。

新學禮器記

太史公嘗云："登仲尼廟堂觀車服、禮器。"所謂器者，凡鐘磬、羽籥、籩豆、尊罍之屬皆是也。蓋自秦漢之後，變禮易樂，先王法物，有司盡失其傳。所幸孔氏之門守器弗失，觀者於此猶可追想三代制度之舊焉。

方今文教誕敷，夫子廟堂遍天下。吳地有郡學一、縣學二。郡學大吏主其祀，縣學則縣大夫主之。長洲、元和之新學在城東，平江路之南。道光三年，霪雨爲灾，廟宇滲漏，長洲尹俞侯、元和尹王侯既捐俸修葺之矣。廟中禮器不備，春秋二祭時草率不能備物。俞侯慨然思有以補其闕，商於元和尹，共籌費四百八十金，付諸生營造之。凡置銅爵三十三、銅登一、銅鉶八、簠簋二十四、籩豆百、燭臺二十四、香爐十二、燎鑪一、編鐘十六、編磬十六、佾舞之衣三十六，其琴瑟、羽籥、柷敔、鼗鼓等，則先是諸生醵金置之。由是禮樂諸器粲然大備。或曰："孔子不云乎，禮云禮云，玉帛云乎哉？樂云樂云，鐘鼓云乎哉。"先聖王制禮作樂，皆有精意存焉，非區區守其器而已也。雖然，形而上者謂之道，形而下者謂之器，道也者，寓於器而後長存者也。若謂執乎器不足以言禮樂，則舍乎器又何以知禮樂哉。今兹禮器既備，他時舉春秋祀典，籩豆有楚，肴核維旅，樂具入奏，神聽和平，橋門觀聽者恍然如見洙泗之遺風焉，豈不盛歟？

是舉也，長洲令俞公德淵倡其事，元和令王公有慶、許公乃大助成之。承造者，諸生顧家瑞、徐昂、尤覲宸、楊珍、陶亮采、顧辰，例得備書。余伏處里閈，於諸生忝一日之長，幸逢其盛，敢記其事而鑴諸壁，以備後之人稽考云。

重修圓妙觀三清殿記

蘇城圓妙觀，古之天慶觀也。肇基於晉咸寧中，法門香火，經今千五百餘載，黃冠之士雲集於其中。其大殿崇奉三清像，重屋四檐，規模大壯。

嘉慶二十二年，歲在丁丑，孟秋之月，疾雷破柱，毁其西北一隅。維時大司寇韓公封銜恤在籍，率衆捐金鳩工修治。而工師求大木不得，衆情觀望，無策施工。明年，常熟頻海漁人懸罟入水，忽重不可舉，竊意以爲網得大魚，糾集多人拽入福山口。潮退，視之非魚也，大木偉然，偃卧於沙灘之上。邑人以告，公命工度之，其長七十尺有奇，其直中繩，其圜中規，邊副所用。苟非海若効靈，斯木何由而至？良材既得，涓吉興工，觀者色動，檀施踴躍，財力既阜，百工皆備。凡寀桷之朽蠧者新之，甎甓之損裂者易之。既塗既茨，加以丹腹，美哉輪奂，頓還舊觀。山門土木，歲久毁敗，復以餘力繕完之。是役也，經始於戊寅四月，落成於己卯九月。韓公爲之倡而董封君如蘭、蔣待詔敬等實成其事。工既告蕆，是歲十月，恭逢天子六旬萬壽，鄉之士大夫即其地啓建經壇，祝釐稱慶，萬姓瞻仰，僉曰：此事實徼福於天，非人力所及。

非常盛事，當有所述，以垂於後。予謂是舉也，有三善焉：山海効靈，神木自至，可書者一；衆情鼓舞，不日觀成，可書者二；保佑申命，天子受禧，可書者三。有此三者，敢不述以告後人！於是乎書。

先世祠堂記

吾家先世居丹陽，係宋學士曼卿先生之後。先高祖值明鼎之革，出家爲僧，釋名智遠，而初名不傳。先曾祖君甫公於順治二年遷於吳門，時年纔十有三，有吳氏婿之於甥館，此始遷蘇州之祖也。曾祖生丈夫子二：長伯祖荆玉公、次先祖寧周公。荆玉公再傳而絶，寧周公生先考惠疇公。惠疇公生四男，其三皆殤，最後生余，蓋寒宗之不絶也如綫。先曾祖初居飲馬橋，先祖居廟堂巷，先考乃移居金獅巷，則余所生之地也。

予家世未通仕籍，執庶人之禮祭於寢。余遭逢聖明之世，及第升朝，官於中外，食禄十有八年，忝從大夫之後，禮當立廟以祀其先人，而因循未果。今余年已七十，勢不可再緩，爰以所居之西屋建祠三楹，一廟三龕，同堂異室，奉曾祖、祖、考三世。考妣而婦人未及於世者，則祔於祖姑。其西爲夾室，以藏祧主，每歲終則合享焉。祠北向，於陰道爲宜。於虖！古之宗法，不可行於後世也久矣。古者諸侯世其國，大夫世其家，故主祭者常在大宗，而支子不祭。後世卿大夫自一命以上，皆選於王朝。嫡子、支子貴賤無常，夫祭用生者之禄，嫡子賤而支子貴，勢不可以卿大夫之尊降而就庶人之祭，故禮之不可襲也，時爲之也。《記》曰"當其可之爲時"，此之謂歟？

禮，大夫有三廟，而今爲一廟，不敢援世及之制也。分三室，仍存三廟之意也。後世子孫而卿大夫焉，守此不爲褻；後世子孫而庶人焉，守此不爲僭。名之曰石氏家祠，不敢以宗自居也。祠成於道光五年季夏之月，謹作記書石而登諸壁。

常熟石氏祠堂記

常熟宗人大文既卜其縣河西之地，啓建家祠。祠成，遣孫榮奎來述其事，而請爲之記。竊惟吾家得姓甚古，春秋時，其姓已散見於諸侯之邦。至漢時，萬石君以孝謹聞乎郡國，諸子皆通顯，挂名朝籍，族於是乎始大。今之在丹陽者，以宋學士曼卿先生爲始祖。予與大文，皆出學士之後。予家自順治二年，由丹陽移家吳門，而大文之先有諱憲者，明時由丹陽徙居常熟。自憲十傳至大文，有譜牒，世系可考也。今其族人在常熟者，椒實繁衍，亦各分析以居。而大文所建祠，則自其祖丹卿公始，以下子孫祔焉，其他旁治者皆不及。《禮》曰："別子爲祖，繼別爲宗，繼禰者爲小宗。"古人親盡則祧之義當如是也。祠成於嘉慶二十三年。大文率宗人而落之，粢盛豐潔，牲牢不備，昭其儉也；祭畢而享，飲酒三爵，毋及於亂，昭其敬也。凡所以尊祖敬宗，收族以孝以謹，猶有先人之遺風焉。予與大文雖疏遠，由曼卿先生推之，則諸父行也。嘉其行事有古人之風，故樂爲之記。

静寄閣記

晚香樓之東有小樓二間，置几安床，以爲偃息之所，名之曰静寄閣。

客有過而問焉者曰："有説乎？"予應之曰："有。《易》云吉凶悔吝生乎動。機之動者吉一而凶悔吝居其三焉。静者動之對也，故天之道，静則五行順其序，四時協其紀。其動也，移星易宿，迅雷風烈，占者以爲災。地之道，静則九州奠其位，百物遂其生。其動也，山崩川竭，龍蛇起陸，史册書之以爲宇宙之大變。風之静也，導迎和氣，長養庶類，而動則拔木偃木，邦人大恐。江湖之静也，舟行者若履平地，而動則波濤如山，檣傾楫摧，當之者死生在呼吸之間。故人之生於世也，静者生之門，動者死之路。嗜欲攻於內，筋力勞於外。凡一切可喜、可怒、可驚、可懼之事皆生於動，而静者無事也。是故有道之士必守其静而不妄動，吾將勉焉。"客曰："静之義既得聞命矣。敢問何謂寄？"予笑曰："天地之間，何物非寄乎？日月星辰寄於天，山川草木寄於地，視聽言動寄於人，三才一貫之理，無物而非寄也。故天地之化，往者過而來者續。人以血肉之軀受天地虛靈之氣以生，一旦氣盡則此身且消，歸於無何有之鄉矣，庸非寄乎？生人之壽修者，不過百年，而中道夭折者踵相接也，此其寄也。物之尤暫者也，而又何疑乎？吾以此生寄於天地之間，而塊然之身則寄於斯閣之上，守静而不敢妄動，以順受天之命而已矣。"

客去，乃筆所言以爲記。

張氏義莊記

天下風俗之美，始於一鄉而又始於一家。古人有言："愛無差等，施由親始。"蓋親親而後仁民，事有次序，故睦婣、任恤之誼，聖王尤嘉尚焉。

吾鄉自有宋范文正公創立義莊，以贍族人，迄今七百餘年。時代屢易，而范氏子姓克守其田廬、墳墓，不至散而四方者，義莊之效也。

元和張君鳳德生有至性，孝於其親，勤於治生，以居積起家。自奉儉約而好善樂施，鄉里族人待之舉火者數十家。乾隆乙亥，吳中大饑，君出家財千金助賑。冬捨棉衣，夏施茶藥。一切善事可以裨益於人者，為之孜孜不倦。嘗欲捐義田以贍族人之貧乏者，未及成而謝世。今其子懋祖紹承先志，以三千三百金於蘇城東北隅懸橋巷置屋一所，建立義莊。置田一千畝有奇，積其穀以潤其族人，可為善繼善述者矣。

吾嘗慨夫世人專利自封，視其族人若秦人之視越人，有無不相通，緩急不相顧，曾不思祖宗之視其子孫，無非一體，水源木本之謂，何而顧若是其恝也。若張氏父子以解衣推食之心，成其展親睦族之誼，此固鄉人所宜觀型者焉，故不辭蕪陋而為之記。

嘉興楞嚴寺經坊記

嘉興楞嚴寺之有經坊也，自紫柏大師始也。明時，大藏經板秘在內府，外人祈請甚難。師故發願重刻，改梵本為方冊，以便流傳。初定章程，徑山藏板、楞嚴發經，各出矢言，以要永久。其後紹述無人，道場頹廢，楞嚴所設經坊有名無實，而徑山所藏經板亦朽蠹過半，識者傷之。吾鄉彭編修蘊輝家世樂善，早耽淨業，與其婦翁故相吳公璥發願修補，請會一上人住般若堂，主其事。適餘杭令張公吉安亦吾鄉善士也，將徑山經板盡送楞嚴寺，由會公清釐之，而殘缺已多，不成卷帙，間有捐刻者，機緣未廣，弗克集事。其時彭編修已棄世，會師乃致書吳公白其由，并購樣本寄京。吳公乃與都門士大夫之修淨業者，鳩集多金，翻刻新板一分，寄歸楞嚴寺中。其時方丈主僧爲竹庵觀公，列架庋閣，募工刷印，偶有闕失，隨時修補，於是方册、經文頓還舊觀。

竊維世間一切事，皆有時節因緣。方紫柏大師初立經坊於般若堂，與禪堂並建，彼此不相涉。故當會公在堂結集經板時，方丈藹如和尚不與其事，而因緣未至。會公受彭編修之托，苦心勞慮，越十有餘年，其事迄用無成。今藹公、會公先後棄世，而經板適剞劂工竣，自北來南，觀公乃身任經坊之事，由是般若堂與方丈合而爲一，有仔肩之任，無掣肘之憂。紫柏、一燈復光明於既燼之餘，大教流傳，其在斯時歟？

予往來於楞嚴山門，十有五年矣。昔悲會公之賫志以歿，今幸觀公之克受其成也。因述其始末而爲之記。

吾與庵鐘樓記

支硎山之麓有靜室焉，曰吾與庵，向爲寒石大師幽栖之地。師既圓寂，其孫心誠上人居之。庵向時無鐘，道光初，元邑人陸君士宏發願鑄鐘，鐘既成，諸善姓醵金建樓於山門之左。樓兩層，高三仞有奇，縣鐘其上。縣之日，海衆雲集，引椎發聲，鏗然遠聞。或曰：招提之室必有鐘，何也？予應之曰：閻浮提世界，其人以耳治，故觀世音菩薩以聞思入道，而慈悲普度衆生於中華，最爲靈感。試思音本無相，何以云觀？蓋聞性在心，聲入則心通。聲從虛空來，與心相感，不啻有相之可觀焉。鐘爲金，椎爲木，金木皆無聲，以椎擊鐘則聲生。謂聲出於椎，而椎本無聲，謂聲出於鐘，而鐘非椎不鳴。然則鳴者鐘也，所以鳴者非鐘也，人也。大叩大鳴，小叩小鳴。若飲於海者，隨其量而受之，因應之機，微妙甚深。杜子美云："欲覺聞晨鐘，令人發深省。"夫鐘亦何與於人而發省哉？其中必有感焉。爾因作頌曰：

萬事本黃鐘，金爲八音長。寂然太虛中，忽發微妙音。渢渢大海潮，鯨呿而鼇吼。衆生含覺性，聲入則心通。聞性不在耳，亦不離耳根。聞聲而不知，乃是妄聽者。所以大法王，以聲音説法。世間聞聲者，一切大歡喜。

吾與庵後記

由蘇州府治西行一舍，有山曰支硎，晉林公之道場所在也。其旁有靜室曰吾與庵，澄谷大師自天台來，卓錫於此。其地在平陸，四山環之，東望靈巖，西接天平、寒山諸峰，曠如奧如，信方外栖眞福地。庵中大殿供釋迦文佛，有金塗塔在焉。殿後屋三楹，彭尺木居士顏之曰披雲草堂，西廂曰雲外室，東有小閣曰見山閣，因其與靈巖相望而得名。澄師先後居此三十年，常以清静無爲爲本。澄師既化，其孫心誠上人紹承祖德，閉户清修，海衆皈依，善緣輻輳。於道光初，在佛殿東南築鐘樓一座，朝暮發微妙音，令人發省。又於三年，在披雲草堂之後建大悲寶閣五楹，中奉西方三聖，西奉大悲菩薩。又積檀施之餘，置膳田五十三畝，以爲常住饘粥之資，於是道場規模粗具。

考是庵爲善音庵故基，歲久荒廢，自澄師來止，改名曰吾與庵。吾因紬繹吾與之義，昔仲尼有言曰："吾非斯人之徒與而誰與？"聖人悲天憫人，必欲四海六合之人盡登康樂、和平之域而後已。而釋迦文佛自光音天降生净飯王家，廣説清净正法，除衆生一切苦惱，非孔氏悲憫天人之意與？大悲菩薩立願普度衆生，亦此意也。然則大悲閣之建，猶是澄師吾與之義也，若心誠上人可謂紹隆無替者矣。林子衍源向有庵記，今就近年所增益作後記。

洞庭東山席氏先世圖譜記

洞庭東山席氏，自唐武衛將軍溫，由關中避黃巢之亂移家南來，迄今將及千載。其間或以仕宦，或以經商，散而至四方者雖有其人，而山中子姓尚群萃州處，蔚爲望族。吳中世澤之久長，無有出其右者。

蕙生孝廉，余老友也。其爲人也，恂恂然，謹言慎行，束脩自厲，有古君子之風。此册序其先世譜牒，溯其始祖得姓之由在春秋時，有伯鰋爲晉正卿典籍，因以籍爲氏，其見於《春秋》。時者若籍偃、籍談，皆是也。至楚漢時，避項籍之名，改籍爲席，遂流傳至今。唐以前，世次不及詳，自武衛將軍至蕙生，則第三十五世，宗系名氏，釐然可考。又繪武衛將軍及其二十七世孫洙以下九世遺像，彙集一册，而以己身課子圖附於尾，此其尊祖敬宗之心可謂勤矣。《禮》曰：上治祖禰，尊尊也；下治子孫，親親也。自譜學之不講，士大夫有數典而忘其祖者矣。今世能知水源木本之義者，幾人哉。尊祖敬宗如蕙生可以爲難矣。

百老圖記

人生五倫之中，君父一而已。兄弟、夫婦皆有數，惟朋友則盡四海九州之人而皆是也。然死生聚散，人皆不得免焉。欲求其聲音、笑貌常在目前，此必不可得之勢也。

金君東屏善繪事，寫真尤工。晚年發願爲《百老圖》，自搢紳先生以及縫掖之士、布衣之人無所擇，第擇其有文行而齒在六十以上者，由一人、二人積至百有餘人矣，心猶未已也。吾鄉耆艾無不與焉，四海九州之人亦往往而在。暇日攜以示予，其不相識者姑置之，但平生有一面之交者，皆能識其爲某人某人。嗟乎，技至此亦神矣。維時予年六十有三，已及格，因亦爲予肖一像，解衣坦腹而坐，旁臥一鹿，置盆水於前，旁薄自得之致，流露於豪楮間。予生平所畫眞，未有肖於此者也。因思人生不過百年，惟托諸翰墨乃可以不朽。

史乘可以傳人姓名，詩文可以傳人性靈，獨至容貌、顔色非畫不傳。今此册中人，逝者已多矣，而披圖者宛然同堂接席，謦欬乎其側也。更曆數十年，畫中人無一存者，而容貌顔色長存於天地之間，是此一百有餘人，皆因斯圖而不死也，是可述也。

南巒訓練圖記

國家設兵以衛民，而養兵之費即取諸民。以爲用百姓之力有限，則太平無事之時，勢不能常蓄多兵以糜餉。故兵之分防郡縣，多者不過數百人，少者數十人而已。一旦奸宄竊發，若專恃官兵以禦亂，必衆寡不敵，不得已而召募土人以自助。觀史册所載，動輒募兵以千計、以萬計，職是故也。後世守令所募之人，不敢直謂之爲兵，因而易其名，或曰"義民"，或曰"鄉勇"。其名雖異，其實皆兵也。因其爲土著之人，急則聚之而爲兵，緩則散之而爲農，其法至善。蓋守望相助，猶有古者厲兵於農之遺意焉。

往予守重慶，適逢白蓮教之亂，川東、川北，處處戒嚴。予設爲團練輪操之法，所屬二州十一縣各募壯丁三百人，以百人在城防守，二百人休於鄉，十日一更，以均勞逸。有事征調，一呼而集者，可得四千人。其費即出在本鄉之民，不煩官帑。如是者五年，武功既蕆，而後散遣歸農。當是時，賊人屢窺重慶之境，而卒不敢犯，間閻恃以無恐,則此團練之效也。竊以爲牧圉而籌捍衛之方,未有善於此者也。

嘉慶十八年,奸民林清作亂,三輔之地所在蠢動,伍泰庵明府方宰鉅鹿。鉅鹿者,四達之衝,昔項籍救趙,諸將皆從壁上觀之地也。維時風鶴之警,環於四境,明府乃訓練丁壯,守衛城池,日費金錢數萬,皆出私財給之。故其時賊人縱橫三輔之間,而鉅鹿獨安堵無恙,則明府團練之力也。寇賊既平,大府叙其勞而器其才,移治廣平負郭之永平縣,明府追維往事,繪爲"南巒訓練圖",即古人不忘鉅鹿之意。道光元年春,明府以公事來吳,出圖見示,因爲叙其始末,并著鄙論如此。

南園授經圖記

余於乾隆庚子、辛丑兩試春官不第而歸,結碧桃之社,同社者張清臣、王念豐、沈桐威、芷生兄弟、趙開仲及余與張君景謀,當時所謂碧桃七子者也。

景謀績學,工文章,試輒冠其曹。南昌彭文勤公之校士於吳也,贈景謀以句曰:"曲江風度人中秀,玉局文章海外奇。"公爲當代人倫之鑒而賞識若此,則景謀文學可知矣。景謀世居崇明,因游學移家吳門,吳中人士皆樂與之交。當時同社諸子性情不一,景謀獨好爲大言,視天下事無不可爲者。王念豐嘗贈以詩云:"文章有神交有道,海張獨以荒唐鳴。"蓋以漆園之言擬之。景謀累舉不第,僅以六品散官終其身。其歿也無子,及門之士凌君介夫實經紀其喪,且繪《南園授經圖》,肖景謀之像於上而侍其旁,師弟之間可謂有始有卒矣。昔孔子有言"與其死於臣之手也,寧死於二三子之手",若景謀之門有介夫亦可以無憾矣。惟是余與諸君結社,距今不及四十年而其人無一存者,余獨以皤然一叟,猶與後生談藝於鄉曲之間,拊斯圖也,其能無死生契闊之感耶。

道光三年賑饑記

道光三年,歲在癸未,自夏入秋,霪雨爲災,田禾被淹,閭閻乏食,四鄉尤甚。開府中丞韓公文綺、方伯玉公玉格、廉使林公則徐、郡伯額公、三邑侯俞公、王公、萬公焦心勞思,凡可以救災恤患者,無所不至,業已入告,天子特發帑金以賑之,復勸諭邦人之殷實者,共敦任恤之誼,且各捐俸以爲之倡。由是衆心感激,踴躍樂輸,共集金十四萬兩有奇,官賑既畢,繼以義賑,自是年冬月起,至明年春熟而止。是役也,三邑侯周歷城鄉,遍查貧户,以不遺、不濫爲主。而義賑則分地設廠,令紳士之誠信者董其事。其事既竣,彙其出納之數,刻録徵實,俾邦人共見共聞,以明其無私。

吁,古云"救荒無善策",然荒政十二,載在《周官》,而保息之術,尤在振窮恤貧。今不幸而天災流行,降及斯土,所幸有仁人在位,抱己飢己溺之心,多方調劑,養民以惠,使民以義,拯百萬顛連無告之窮黎,共登於衽席,而免於溝壑之患,伊誰之力歟?果也善氣所積,感召天和,明年夏秋之間,雨暘時若,嘉禾被野,萬寶將成,此農夫之慶,即牧民者善政之效也。不可不書,以告方來。

收葬無主之棺記

古聖王之治天下也,掩骼埋胔,載在王制,誠欲使人居太平之世,生有所養,死有所歸,所以慰生人之意而安孝子之心也。自葬師之術行而人人欲求善地,貧賤者牽於衣食之謀,而富貴者惑於風水之術。由是停喪不葬者,比比皆是。吾吴爲東南繁盛之區,人稠地狹,欲求葬地甚難,因而棺木浮厝於野者,以千萬計。道光三年,霪雨爲災,四鄉積水,吴江尤甚,野田浮厝之棺漂失者有之,棺木朽壞而骸骨零落者有之。郡城體善堂會同各善堂司事奉大府之令，分赴四鄉收葬。有鄉民阻撓者，官絕之以法，計先後收葬尸棺三萬餘具，可爲勇於爲善者矣。今夫葬也者藏也，掩藏形惡，不忍見其親之毀也。自世人惑於風水之説，將藉父母之遺骸以求福，因而停喪不葬。及至遇此水災，則追悔無及。試思風水之説昉於郭璞，璞及身不得其死，子孫無聞，則祖其説者，果能致福否乎？古者葬有定期，自七月至於一月，貴賤有等，從無經年累歲之事。而今之言地理者動曰山向有利有不利，何以大異於古人耶？余因善堂收葬無主之棺，而并著此説，以勸夫世人惑風水之説而停喪不葬者。

關帝廟玉印記

　　古人有言："國之大事，在祀與戎。"夫郊社宗廟之禮，自三代至今，未之或改。其他鬼神之祀，則與時爲盛衰。今之神祠，莫盛於關聖矣。自漢以來，或稱侯，或稱公。迨宋宣和五年，封爲"義勇武安王"，此王之號所自始。明萬曆十八年，封爲"協天護國忠義大帝"，此帝之號所自始。本朝乾隆三十三年，加封"忠義神武靈佑關聖大帝"，靈佑之號自此始矣。今神之祠，徧滿域中。吾蘇城中飲馬橋有關帝閣，父老相傳，謂明祖破張士誠時，兵由盤門入。明祖怒蘇民之爲張氏久守也，將盡屠其人，至飲馬橋而見關聖現像，因而戢兵。其時蘇民之得免於死者，皆神之力。邦人感其生全之德，故立廟橋上以祀之。然則神之靈，固大有造於吾鄉之人矣。廟有"靈佑大帝"四字玉印，近歲失去。河南河務同知顧君禮璜知其所在，醵金贖而返諸廟，恐其久而復失也，屬余記於祠之壁，俾後之人有所考焉。

重修福濟觀純陽呂祖師大殿記 代巡撫陳公作。

　　粵維嘉慶十年，尚書姜公晟奉命觀河歸，以純陽呂祖師靈佑之功敬告天子，有詔于淮陰建祠崇祀，欽定"變元贊運"之號，冠諸原銜之上，仍令直省大小守土之吏，各於有廟處所，春秋仲月諏吉致祭，三獻九拜如禮，惟祭物止用菓品、餕餅，不具牲牢，以符真一清靜之化。煌煌鉅典，載在禮官，所謂籩豆之事，則有司存者也。乃事當肇始，或闕焉未舉。

予撫吳之歲，詢諸邦人，吳郡舊有福濟觀，在城中西北隅，向爲士民崇奉呂祖師之所。近歲遭鬱攸之災，方議修建，未復舊觀。余於仲春之吉，入廟致祭，親見夫棟楹草創，像設猶虛，上雨旁風，神無寧宇。爰率屬捐俸，鳩工庀材，塗茨丹臒，次第畢舉。夾牕重屋，鳥革翬飛。復拓南榮三楹，以爲祭時行禮之地。是役也，經始於嘉慶己卯孟夏之月，至仲秋而落成。凡用金錢二百四十萬有奇，而士民草創之費不與存焉。工既訖，官民請紀其事。

竊惟國之大事，祀居其一。唐虞三代以後，惟類帝禋宗，古今無所沿革，其他群祀皆因時制宜。若漢之祀明星、太一、唐之祀壽星、媼龍、宋之祀酺神、大角，皆是也。《記》曰："非天子，不議禮。"蓋朝廷者，禮之所自出。凡禋祀之舉，重以天子之命，則馨香所被，義協人天。今天子聖德神功，超越今古，懷柔所及，山川百神，靡不歆格。況呂祖師丕宣道妙，宏範諸天，載諸祀典。上以爲國家縣祈天永命之庥，下以爲蒼生致錫福弭災之應。某職典封圻，其敢弗虔，其敢弗恪，以對揚天子休命。謹拜手稽首而爲之記。

餘姚縣重修學宮記 代長子同福作。

昔王文成倡"良知"之學，其説也，本自孟子而文成闡發之。所謂良知者，根於性之本善，而發見于愛親敬長。古今聖賢所垂教以誨人者，不外乎此。朱子曰："明德者，人之所得乎天，虛靈不昧，具眾理而應萬事。"以是證良知之説，何以異哉。後生小子因于朱、陸異同之説，強生分別，遂以尊德性、道問學爲兩事，宗朱者攻陸并攻文成。曾不思德性禀乎天而學問起於人，舍德性而言學問，則學問亦何所附麗哉。吾故謂孔門心學之傳，宋時則在考亭，明時則在姚江。

余於嘉慶二十四年來宰餘姚，既受事，祗謁夫子廟堂，見夫棟宇翼翼，俎豆莘莘，周覽殿庭，輪奐清肅，規模大壯。詢諸故老，知前宰鹿公某于嘉慶十八年來此，當下車之始，見夫學宮頹廢，倡衆捐修，邑人踴躍襄事，一年而大成殿兩廡并崇聖祠、魁星閣、宮牆、泮池次第訖工。繼者徐公某來，復申前議，於是明倫堂、尊經閣、昌黎祠、名宦、鄉賢、忠義三祠，江南北諸紳士分任其事，歲在丁丑，一律告成。美矣！備矣！尊師重道、崇德報功，此邦風俗之善，於此可徵。邑之人將紀其興修歲月及樂輸者姓名，以垂示方來，請余爲文以壽諸樂石。

予維是邦爲文成生長之地，流風餘韻，至今尚存，故士習民風，尊道德而尚文章，彬彬乎有鄒魯之風焉。雖然，學校者，國家養士之地也。士之生斯世也，必修於家而獻於廷，以爲當世有用之材，方不負朝廷作養之恩。古人云："太上立德，其次立功，其次立言，是之謂不朽。"若文成者，其德、其功、其言，皆爲古今不朽之業，此邦人士皆其後進也。仰其學行，頌其訓言，倘有奮發興起不讓美於先賢者乎，是則余之所厚望也矣。

獨學廬四稿文卷二

文二

張氏四書集解序

近歲士人崇尚漢學。宗許氏者，究心於形聲意事之奧；宗鄭氏者，畢力於名物象數之繁。其於四子之書，視爲科舉之業，而於孔孟傳心之要，未之有聞也。此其人自以爲修學好古，而其實與俗學等。崐山張君于海殫一生之心力，著成《四書集解》一書，其書博采諸家之説，仍以朱子爲歸。其有與朱子異同者，並存之以備參考，此真儒者本原之學也。夫道若大路然，東西南北之人並行而不悖。自朱、陸異同之説起，而學者各存門户之見，以讀書談道爲角勝之場，功業文章若王文成，而或者比之洪水猛獸，於我心有慼慼焉，即朱子有靈，亦未必以其言爲是也。他如西河毛氏，專以瑕疵朱子爲能，辨則辨矣。於孔氏一貫之學，亦無當也。張君此書不執古注疏，不執朱子集注，臚陳衆説而折其衷，此古人所謂"實事求是"者歟。予故樂爲之序。

三國志辨微序

陳壽良史也，承司馬遷、班固之後，作《三國志》。夫犧農以來，中國帝王無不大一統者，故《春秋》、《史》、《漢》諸書，皆統於一尊，以明無二上之義。至黃初以後，其局一變，禹貢九州之地，忽爲三分鼎立，此帝王之剏格也。故陳氏作史亦剏其格，志名三國，明乎魏之不得統吳、蜀，蜀之不得統吳、魏，惟吳亦然，歷晉、唐無異說也。

自朱子作《綱目》，特標昭烈爲正統，後人因之，而指摘陳氏之非，曾不思史者，傳信者也。當其時，昭烈之政教號令，其能行於吳、魏之地乎？吳、魏之人曾奉昭烈之正朔乎？正朔之不奉，政教號令之不行，而曰此爲中國之君，是誣天下後世也。作史者不當如是。或者援《春秋》書"公在乾侯"之例，此又不然。彼時，昭公雖出亡，其國依然魯國也。有國不可無君，故書之。若平王東遷，孔子亦未嘗於豐鎬、岐陽之地，仍冠之以周也。果若人言，將韓、魏、趙分晉之後，仍號其國曰"晉"。元順帝遜於沙漠，而仍號中國曰"元"，可乎？不可乎？然則朱子以昭烈爲正統，非歟？曰："儒者讀書，當心知其意。"朱子生宋室偏安之日，高宗之在杭州，猶之昭烈之在成都，倘不以正統歸昭烈，是宋亦不得居有天下之名也。古人著書立說，必尊本朝。朱子尊宋因而尊昭烈，此勢所不得不然者。若溫公當宋室全盛之時，其著《資治通鑑》，即仍陳氏之舊矣。而謂溫公之識不及朱子乎？是不然矣，彼各因乎其時爾。後世或是朱而非司馬，所謂一孔之儒、多目論者非耶。

南昌尚君僑客精於史學，著《三國志辨微》一書，共五卷。闡幽發隱，一洗從來腐儒迂謬之説，有先得我心者，因以荒言引其端。

吳懶庵經史論序

昔孔子之論學也，曰："信而好古。"而孟子則曰："盡信書，則不如無書。"然則讀古人之書，信者是乎？不信者是乎？夫古人去今遠矣，讀其書者，信其所可信，疑其所不可信，斯則爲善讀書者也。

吾鄉吳懶庵先生，積學好古，著爲《經史論》一編，凡一百六十九篇，洋洋數萬言，上自唐、虞、三代，泊乎秦、漢、六朝，下至唐、宋、元、明，無不旁推曲喻，析其疑而折衷以求其是。凡經、與史有異同，則信經而黜史。史與雜家之説有異同，則信史而辨雜家之誤。富矣哉！雖一家之言乎，實宇宙大文也。余嘗謂：世間讀書者，有三等人。其上者，考古證今，其意常在經世宰物，守先王之道，以傳後學，若亭林顧氏是也；其次，講求朝常國故，古今因革之宜，將以信今而傳後，若竹垞朱氏是也；又其次，則殫見洽聞，而運以沈博絶麗之才，以發爲文章，若伽陵陳氏是也。後有作者，總之不出此三者之中。若其他習科舉之業，揣摩當世好尚，以争勝於風簷一日之長者，登巍科、躋上第則有餘，以言乎知人論世，則未也。吳君早棄科舉之業，而專心嚮學，博極群書，其論百世、上下之事，若觀螺紋之在掌，此所謂"修學好古、實事求是"者歟。是編於君存時，已有刊本行世，既刻後，復有所作，未及授梓而殁。

　　令子英合其前後所作，彙爲四卷，重加剞劂，以蘄壽世，刻成已十二年。其重刻緣起，尚未有序之者，英子志恭從予游，以序見請，因濡筆應之。吳君名成佐，字贊皇，元和人，懶庵其自號也。

經史管窺序

　　太倉蕭君曼叔，疇昔無一日之雅，不遠三舍，惠然肯來，修士相見之禮，坐次，袖中出所著《經史管窺》一編，欲然下問。予受而讀之，兩旬始卒業焉。觀其書，元元本本，博引繁稱，言言皆有根柢，無一無稽之言，蓋好學深思者也。吾因歎夫今世士大夫學殖之荒落也，其故有三：初地學人儌倖於風簷一日之長，針芥偶投，遽登科第，因而束書高閣，永棄筌蹄，遂致謬改金根，誤呼伏獵，頑碑無字，貽笑簪紳，此達而不學者也；若窮鄉樸學之士，抱《四書大全》一部，私爲枕中秘，薈萃近科房書闈義數百篇，奉之如金科玉律，終日埋頭於其中，此外高文典册，皆以爲無裨舉業，一切不寓於目。或以《南華》爲僻書，或不知堯舜是一人、二人、一孔之儒，少見多怪，此窮而不學者也；其間又有一二高才生，英雄自命，志在欺人，采張霸之僞書，襲揚、雲之奇字，浮夸吊詭，炫煌人前，一犬吠形，百犬吠聲，雷同附和，久假不歸，斥歐九爲不讀書，謂蕭統小兒强作解事，以此爲學，又所謂似是而非，惟庸故妄者也。三者受病不同，總歸於學無根柢而已。

昔班固之序河間獻王也，曰："修學好古，實事求是。"士人能於經史二學好之而實求其是，安得有三者之流弊耶？今曼叔以縫掖之士，用力於經史。其於經也，自天德王道之大，以至名物象數之微，妙義紛綸，皆折衷於至是。其於史也，上下三千年，縱橫二萬里，了然若視掌上螺紋，時時於政治得失，人物臧否，發一言以爲之辨論，亦往輒破的。於是知曼叔實有根柢之學，非苟焉稗販而已也。

夫學問之道，或源焉，或委焉。經史爲源也，他説皆其委也。河源發於崑崙，江源發於岷山惟其源遠，故其流長，而浩蕩之勢，經兩戒，絡九州而不窮。學而發源於經史，則俯仰天人之間，上下古今之際，將無所不通，譬諸江河行於地中，寧有斷港、絶潢之阻與？今之學者，若曼叔可謂"實事求是"者矣。雖老而不遇乎，猶勝夫被文繡，飫粱肉，坐廢居諸，虚生一世者也。

墨海金壺序

常熟張君若雲先收毛氏汲古叢殘之籍，彙爲《學津討源》一書，鏤板行世矣。既又廣搜四部，博采九流，得古書之可以附庸六籍者一百十五種，都爲一集，名之曰《墨海金壺》，剞劂既竣，未及行世，而若雲遽歸道山。其猶子藕亭，尋未竟之緒，將托諸副墨，嘉惠藝林，而介其所親石生榮奎，請予一言爲之序。

予披覽其目，凡九經七緯以及史氏遺聞軼事，旁逮兵農、方術、稗乘一家之言，無所不臚列而燦陳之。此其搜羅之廣，采訪之勤，固非呫聞曲學之士所能及也。吾因思文章一事，古人喻之薪火，薪盡而火傳，則光輝發越，炳燿宇宙；薪盡而火不傳，則化爲灰燼，蕩爲烟雲，歸於無何有之鄉而已。作而不述，古人之不幸，而亦後人之不幸也。邃古典墳，燬於秦火者無論矣。即漢唐所志藝文、經籍，今日存者有幾？所幸一二抱殘守闕之士，網羅散失，掇拾於風霜兵燹之餘，而後古人之精神血脉與天地長存，則後死者之於斯文所繫不綦重耶。

嘗聞周時，浮提之國，獻神通善書者二人，肘間出金壺，中有墨汁如漆，灑之著物，皆成篆隸科斗之字，此事載在王子年《拾遺記》，儒者以爲誕。豈知鴻荒既闢，天意欲助成中土文明之運，自有此等怪怪奇奇之事，著在世間，孟子所云"聖而不可知之謂神者"此也，而豈凡夫耳目所能妄斷其有無者乎？今若雲以此義名其書，將使金壺中一點墨，灑遍華嚴世界，務令古今聖賢文人才士，一切德成藝成之理，無不流行於高天厚地之中。讀其書者，皆得聰明智慧，增益其所不能。此願力宏深，非尋常饘飣小言可比。而藕亭表揚流布，紹隆勿替，亦可謂善成若雲之志者也，因贅荒言，弁諸簡端。

關聖帝君聖迹圖志序

昔孟子與浩生不害論善人、信人，而終之曰："大而化之之謂聖，聖而不可知之謂神。"大哉斯言，蓋人負天地陰陽之氣以生，充類之以至於盡，必爲聖爲神，而後滿其量也。

漢昭烈之創業於蜀也，關公以腹心之交，膺干城之寄，其共死生、同休戚，大義凜然，固足昭垂宇宙矣。乃於既歿之後，靈爽於赫，與日星、河岳並存於天地之間，有非古今賢豪所能及者。孟子曰："其爲氣也，至大至剛，以直養而無害，則塞乎天地之間。"其公之謂歟。歷代帝王莫不隆其廟號、崇其祀典，至本朝尤加敬焉。香火之盛，自京畿至於九域、四裔，無地蔑有。春秋之享祀配於闕里，斯人之崇奉也至矣，盡矣，蔑以加矣。謂之曰"聖"，謂之曰"神"，真有大而化，聖而不可知者乎。

康熙間有桃源盧湛，遍考典籍所載公之事業、文章，彙爲一書，名曰《關聖帝君聖迹圖志》，讀之者可以知其聖之所以爲聖，神之所以爲神，闡揚至教，於世道人心，實有裨益。此書歲久無傳，今上海唐君循陔重付剞劂，以行於世，將以翊世道而正人心，其功德勝於世俗造像、寫經者萬萬也，因樂得爲之序。

孝行錄序

世之人孰不愛其親，胡爲乎有人焉獨稱爲孝子，人而以孝子名，此風教之衰也。有鷹鸇之鷙而鳳凰以爲瑞，有虎豹之猛而麒麟以爲祥，有耰鋤德色、箕帚誶語之人而孝子以爲貴。夫孩提之童，無不知愛其親，豈生人之性有孝、有不孝耶？其不孝也，皆積習所移也。試以今之人言之，富人之所欲，世有爭貨財而忘其親者矣；貴人之所欲，世有貪仕宦而不顧父母之養者矣；婚姻人之大欲，世有溺愛其妻子而日與父母疏遠者矣。此豈秉彝之本然，抑父兄之教不先，子弟之率不謹，慾敗度而縱敗禮，流爲禽獸之行而不自知也。然則欲人竭力供爲子職，善保其終身之慕，必自蒙養始矣。

世傳《二十四孝》一書，爲明人屠隆所著，凡采取子史所載孝行二十四則集爲一編，向時鄉塾都有之。今吳江某君重刻以廣其傳，又每事繫之一詩，以致其長言詠歎之意，亦深合乎古人與子言孝之道矣。《經》云："孝者，天之經也，地之義也。"此書雖以養蒙，實皆天經地義，將與六經、四子並垂天壤可也。

林和靖詩序

嘉慶丁卯冬，予自翰林編修解組歸田，寄居於杭城西南隅紫陽山下，時時出鳳山門，行過萬松嶺，放小舟徜徉於六橋南北。或登孤山謁林處士祠堂，徘徊瞻望，想見其爲人。

辛未歲，威勤公以故相節制三江，予以舊吏徵入幕府，掌文案，同時有杭人周右爲公司記室，携有《和靖先生詩》一册，予借而讀之，心乎愛矣，不忍釋手。未幾，威勤公內召入閣，賓客皆散，是詩仍歸周君。其後十年，周爲江都宰，予寄信求是書，周遂録副寄我，因授之梓人。或曰：漢魏六朝以來，詩人多如牛毛之不可數，予無所刻而獨刻是編者，何也？予曰：古今人詩不一格，有山林之詩、有臺閣之詩。臺閣之詩，近於《雅》《頌》，山林之詩，近於《風》。臺閣者以忠君愛國爲主，山林者以樂天知命爲宗。詩如和靖先生，殆孔子所謂知道者乎。

夫宋室之興也，藝祖以神武之姿，削平禍亂。再傳至真宗之世，海宇乂安，可謂小康矣。乃一念之侈，假托天書，東封西禪，粉飾太平。流及宣、政之間，崇尚元教，降天子之尊而以道君自號，其禍遂至父子客死，神州陸沈，誰爲作俑者，乃流毒至於此極也。和靖先生當仁宗之世，窮居野處，蕭然物外，宜於當世事無所繫心者。乃臨終有詩云："茂陵他日求遺稿，猶喜曾無封禪書。"憂深思遠，若逆料有靖康之禍者，苟非知道者，安能出此語？殆身在江湖而心存魏闕者歟！殆樂天知命而仍不忘忠君愛國之心者歟！曾子曰："人之將死，其言也善。"先生斯語善之善者也。先生在臨江，識李諮於疇人之中，而以公輔之器期之，學識如先生，殆亦抱公輔之材而未及施行者歟。而世之人往往以山林枯槁之士目之，是未可爲知言者也。予愛其詩，論其世而知其人，故著鄙見如此，而即以爲詩之序。

明周忠介公文集序

古今國家設科第以網羅天下賢雋，必得忠孝、節廉之士，其胸中蘊畜，出可以見功名，處可以敦氣節，一言一行皆能誦法先民而爲四方所矜式，夫然後國家謂之得士，士謂之不負科第，非是則不足以相副。

近世科第必發軔於文章，而士之心術行誼，亦未嘗不可於文章見之。端介之士，其言必醇正有法度。若夫華言風語、五色無主，以蘄弋獲於風簷一日之中，則其人詭遇求合，始進已然，欲求其他日功名氣節，卓然自立於世，是求馬於唐肆也。

有明天啓間，魏璫煽虐，以荼毒天下之賢士大夫，而吾鄉周公順昌實與楊、左諸君子同及於難。方緹騎之至吳門也，市人聞公被逮，不呼而集者數萬人，公因服入公門，緹騎倚璫勢甚張，言必稱"廠公"，衆讙曰：吾等初以爲皇帝詔書，彼乃曰廠公，廠公則魏璫也，周公何罪？魏璫乃敢然。群起而擊之。當是時，吳人義聲震天下。夫魏璫執國柄，緹騎四出，賢士大夫之被逮者不知凡幾，他處無敢齟齬者，吳中人乃奮起而挫其鋒，世謂"吳俗纖弱，不可共患難"，觀周公之事，何如耶？特是公位不通顯，非有功德及民，其棄官而歸也，伏處委巷中，桑户繩樞，饘粥僅自給，非有餘力解衣推食於鄉之人，鄉之人何以悲憤激發如此，而公又何修而得此於鄉人也？豈斯人秉彝之好，出自天生，固有不求而自至者耶。

邇來士大夫，一日登朝則恣其饜足之道，及其老也，乃至不敢歸其故鄉，而寄居他所，以避其親戚故舊。或曰恐其爲吾累也，或曰恐不勝其予取予求也。人果廉隅自礪，親戚故舊，將無所取求，而亦安能爲之累哉？惟其專己自封，故人人瞰其室，而彼遂避其鄉人如寇讎。設一旦緩急，其鄉人亦必且視之如寇讎，方快心之不暇，孰能出死力以爲之助耶？此其人之賢不肖，吾不知其視周公相去幾何？然仕宦而輕去其鄉，吾知其非賢者矣。

張生光熊手公文稿一册，向予問序。予亦公之鄉人，秉彝攸好，不欲讓里巷細人專美於前，故表而出之，并約同人釀金付梓，以傳不朽。至公之文，醇正有法度，望而知爲端介之士，此又後生所當取法者也。

周介生文集序

明之季，士大夫有二冤獄：鄭鄤之杖母也，周鍾之降賊也。然鄭之冤由於溫體仁，或有知之者；周之冤由於阮大鋮，則罕有知之者矣。

初天啓時，吳中文學之士結文社曰"應社"，太倉張采、張溥爲之倡，而鍾與其兄鑣皆羽翼之。鑣字仲馭，鍾字介生，家在金壇，而其聲華震於大江南北。其後吳江人孫淳又結復社應之，四方高才生，奔走輻輳，嗜名者亦蝨乎其間，同社者多至二三千人，氣燄熏灼，固已爲當路者側目矣。崇禎之改元也，懷寧人阮大鋮以魏閹之黨削籍，遁迹南都，諸生吳應箕作《留都防亂揭帖》申其罪，介生輩附和之。阮切齒於諸人，而無如何也。及福王建國南都，馬士英執政柄，阮得而左右之。凡在兩社主名者，皆欲文致其罪，以爲報復之計。而介生適自北歸，墮其陷阱。

考松江董含《三岡志略》所載金壇周鍾降賊事，云賊移檄州郡，有"君非甚暗，孤立而煬蔽恒多；臣盡行私，比黨而公忠絕少。獄囚累累，士無報禮之心；征斂重重，民有偕亡之怨。"又賀賊即位，表有"一夫授首，四海歸心。比堯舜而多武功，邁湯武而無慚德"云云，皆出介生之筆。按介生中崇禎癸未進士，改庶常，賊移檄時，介生方應試服官，何從爲賊草檄？至賀表所云乃黃巢即位時語，尤與明季無涉也。總之國破君亡，介生不殉其難，是其所短。然業已南奔，則不從賊，明矣。若馬、阮訾毁士人，有何定論。仲馭以迎立襄藩爲罪而斃於獄，介生以代賊草檄爲罪而誅於市，皆當時羅織之詞。維時吳應箕亦被逮在獄。福王失位，馬、阮逋逃，應箕乘閒出獄，而介生兄弟先事被僇，此其中有幸、有不幸焉。世人因董氏之説而皆目介生爲逆臣，此皆耳食之論也。

予故因序介生之文而詳論其事本末如此。若介生之文，危言讜論，不絶於篇，必非僉壬之徒所能出，當亦論世者所能知也。

袁文箋正序言

天地之道一奇一耦，文章載道之器，故有奇而不能無耦焉。漢京既東，駢體漸作，至六朝而大盛。凡朝廷典册、軍府文移、史官論讚、公卿啓事、朋友竿牘，以及浮屠老子之書、豐碑幽宅之銘，無往而不駢體者。其文炳焉，與六藝同風，杜少陵曰"王楊盧駱當時體，不廢江河萬古流"，誠鄭重乎其言之也。當今崇尚古學，惟翰林供奉之文，尚沿聲律、對偶，其他皆用古文，故駢體非藝林先務，然習而工者亦不少其人。仁和袁簡齋先生之論則曰本朝開國以來，尚未有能以四六成一家之言者，竊欲自立一幟。闚其意，殆自命爲當代第一手矣。先生抱沉博絶麗之才，胸羅萬卷，筆掃千人，所著詩、古文，靡不升古人之堂而嚌其胾。特斤斤以四六自命，倘亦果有出乎其類，拔乎其萃者耶？

余少學爲古文，不習駢體，自入翰林後，職有司存，偶一爲應奉之作，所作不多，心亦不好也。洎爲外吏，益棄去不復省。邇來歸田，無事重鑽故紙，聊以消耗壯心。適得是編，覺其鯨鏗春麗，怪怪奇奇，真天地間別是一種文字，近世果無能頡頏者。劉舍人所謂"樹骨訓典之區，取材宏富之域"，殆庶幾焉。顧其學博，其辭贍，直如杜詩韓筆，字字皆有來歷，讀者不知所出，輒茫然興望洋之歎。乃不揣固陋，於三餘之暇，倣李善注《文選》之例，一一箋釋之，間有舛訛，則加按語，以訂正之。

夫人讀書既多，涉筆即奔赴腕下，不能字字檢點，古今通人類皆如是，不必為先生諱也。積三年之功，大約得其十之八九，同學之士請曰："天下之寶，當與天下共之。是編也，讀者每苦於欽其寶，莫名其器。今既十得八九，可以出而示人矣。古人撐犁不識，孹稍不知，必欲一字不遺，一事不漏，恐非可以旦夕期也。"余曰："諾。"因授之梓。既梓後復有所得，即補於本文之尾。或誤注者，亦隨時訂正於後。尚有闕誤，惟冀高明之士補正之。

謝東墅先生食味雜詠詩後序

韞玉於乾隆己亥舉於鄉，實出嘉善謝公之門。公家居浙之楓涇，早歲以文學知名鄉曲間。純皇帝之初巡江浙也，公迎鑾獻詩，召試入格，以中書舍人起家。壬申登第，入翰林，為編修。故事，翰林有撰文者十員，以文學之優者充其選，即古代言之職也。時有滿洲大臣物故，公適當制。其人先由散秩大臣而升侍郎，公文內有"由散秩而升卿貳之語"，散秩大臣清語謂之"蘇拉昂邦"，繙譯者不諳漢文，繙散秩為"蘇拉"而落去昂邦二字，上覽之曰："蘇拉者，閑的兒也。國家豈以閑的兒為卿貳大臣耶？"公遂坐撰文失體，褫其職。時傅文忠公方執政，知公學行，延致賓館，課其子福隆安，即高宗朝之四額駙也。久之，恭逢萬壽聖節，公以廢員進獻詩冊，文忠又薦其才，有詔復原官，旋侍值上書房，教授皇十一子，即今之成親王也。先是，皇子讀書四子、《易》《詩》《書》三經，竣業即爲學成，公加授《禮記》、《左氏春秋》，冑筵之全肄《五經》，自公始也。嘉慶初，韞玉亦值上書房，每聞成邸言及公，猶惓惓不置云。

公兩典江南鄉試、兩督江蘇學政，衡鑒精覈，得人最盛。而乾隆辛丑，公以少宰主春官之試，同事者有少司馬吳玉綸，士之不第者，造爲蜚語，曰："謝金圃抽身便討，吳香亭倒口即吞。"蓋公號金圃，香亭亦吳之號也。此二語實出稗官《寄園寄所寄》中，兩公之姓適相合，故錙銖者移易其詞，以騰口說耳。俄而言者以聞，上信疑參半。因公曾督學江蘇，吳亦曾督學福建，遂密詢兩省封疆吏，江蘇巡撫閔鶚元覆奏以道路之言，事無實迹。而閩督李侍堯有幕客李三俊者，亦辛丑之不第者也，代李草奏，文致其詞。上以事雖無實，而清議不諧，姑降一官。於是吳降三品卿，公亦降爲內閣學士。後於己酉歲三月初，上書房諸臣以會試期近，候主文之信，同時皆不入值，上聞之震怒，並予謫降，公遂降爲編修，免入上書房，仍命在武英殿修書。其後辛亥春，大考翰詹，公卷已列三等後，既呈覽，上指公卷，曰："此必謝墉之作。"拆封果然，移置前列。知上之眷公，始終不衰也。嘉慶四年，仁宗親政，睠懷舊學，贈公三品卿，時公已謝世，不及見矣。

公荷兩朝知遇之隆，而一挫不起，豈非命歟？此卷詩，公暮年養疴而作，雖一時寄興之筆，而考據精博，非古之所謂"遇物能名"者耶？亦可以見公名物象數之學，其深如此。孔子曰"多識於鳥獸、草木之名"，公其有焉。

韞玉向在翰林，習聞中朝舊事，故知公本末如此。惟恐他時，後生摭耳食之言而妄生擬議，故詳著其事，附於此詩之後，俾共知公之晚節偃蹇，蓋亦无妄之咎云爾。

謝東墅先生六書正說序

近年來儒者崇尚漢學，皈心許、鄭之說。釋經者必康成，解字者必叔重，記醜順非，牢不可破，一孔之儒多目論，其信然歟。夫鄭康成多臆説，漢季孔文舉早言之矣。若許氏《説文解字》，尚未有深著其失者。

韞玉向攬許氏之書，私心頗不謂然，意欲別著一書，自伸其説，而宦游行役，不能專其業。今老矣，此事迄用無成。彼許氏之失姑無論其他，止如劉爲國姓卯金刀之説，早著於《西京》，而許氏改"劉"作"鎦"，不知其何所本也？"也"字見於《六經》，不一而足，無不作助語辭者，許氏獨訓爲"女陰"，豈非臆説？此其謬之最顯而易見者。此外支離穿鑿之語，悉數之而更僕不能終也。夫文字之變，古今異同，鈔寫流傳，原難執彼以證此，然刻石之存於今者，莫古於岐陽石鼓。今以其字證諸《説文》，不合者過半，則許氏師心自用之意略可見矣。

吾師此書根據金石古文，奥衍精博，自成一家之言，皆足以正許氏之失，太史公所謂"好學深思，心知其義"，非可爲淺見寡聞者道也。世之習小學者，觀此亦可不迷於復矣乎。

凌波閣藏書目録序

余性淡漠無所好，惟好蓄書。自弱冠以來，至今積至四萬餘卷，其間聚而散，散而復聚，匪朝伊夕之力。今年過耳順，慮聚者之將復散也，謀所以保守之者，乃於所居花間草堂之西滁山潭之上，築小樓三間，以爲藏書之所。樓向東背西，取其朝暮有日色入樓中，無朽蠹之患。書凡分十類：曰經、曰史、曰子、曰專集、曰總集、曰叢書、曰類書、曰地志、曰詞曲小説、曰釋道二藏，貯爲二十厨，排爲六行，兩兩相對，標其類於厨之闑，索其書檢之即是。而法書、名畫、金石文字亦附於其中。

於虖！余之有是書也，談何容易。余家本寒微，先世藏書甚少。憶十四歲，附學於中表黄氏之塾，主人有書二櫃，先生方授科舉之業，惟經義是訓，他書禁勿觀。余於常課既畢之後，每竊一燈，私取其書翻閲之，如是者四年，櫃中書讀之殆遍。既於甲午歲赴省試，在金陵市中購得《史記》一部，歸而讀之大喜。每夕擁衾側卧，燃一燈於几，丹黄在手，樂而忘疲，往往達旦，閲十旬而卒業焉。其後年漸長，蓄書亦漸多，每得一書，必手加點勘。既舉於鄉，奔走四方者十年，謀衣食之計，嘗游州郡幕府，每出門必携書一篋，刀筆之暇，藉以消日，歲終則歸而易之。迨進士及第之年，則已讀書七千卷矣。

翰林清暇，文史足用，及出守蜀中時，方兵戈載道，子身獨往，家人留止都門，乃有奴子吴壽者，略識字，輒竊予架上書鬻諸琉璃廠書肆。書賈遇余點勘之書，則倍其直以收之，於是余所讀舊書略盡。余生平惟此一事所爲歎息痛恨者也。其後稍稍購求，二十年來又得此四萬餘卷，凡此皆節衣食之費而置之者也。耄年心力疲憊，不能如嚮者之尋章而摘句，然每得一書，未嘗不觀其大略也。

吾鄉曩時，頗多藏書之家，若錢氏絳雲樓、徐氏傳是樓，不及百年，其書皆消歸烏有。而寧波范氏天一閣藏書自明至今，巋然獨存，其守之必有道焉。子弟雖多，産可析而書不可析，鍵其户必子孫群集然後啓，雖有顯者不借，此范氏藏書之法也。

古人云：“積金與子孫，子孫未必能享；積書與子孫，子孫未必能讀。”然積金既多，賢者損其智，愚者益其過；積書者子孫即不能讀，亦不致損其智，益其過而爲之累也。且一時子孫不能讀，守之以俟能讀者，亦未必終無其人也。余藏書之意如此，子孫能讀固佳，即不能讀，慎毋視如土苴而棄焉，是則余之厚望也夫。

洪氏集驗方序

此《集驗方》八卷，南宋洪文安所手輯。文安名遵，字景嚴，皓之仲子，以博學鴻詞中選，起家爲秘書省正字，孝宗朝，官至資政殿學士。方遵登制科時，高宗因皓遠使，推恩即命遵入館。詞科中選即入館，蓋自遵始，非故事也。

宋祖宗之朝，君相以愛民爲務，官設局以醫藥施舍貧人，故士大夫亦多留心方書。如世所傳《蘇沈良方》、許學士《本事方》之類，蓋一時風尚使然。夫古人立方各有深義，今世庸醫，不知其理，妄行增損，遂有學醫人費之誚。憶孫淵如先生有言：今世外科每奏奇功，而內科不能者，外科用古方，而內科不用古方之故也。

余往日刻新安程氏《易簡方論》一書，亦欲世人稍知古方本義，今復翁此書之刻，殆與余有同心也夫。

功過格序

人生宇宙間，不可一日無功。牛之畊也，馬之任重而致遠也，雞司晨而犬守夜也，蠶之吐絲也，蜂之釀蜜也，雖禽獸、蟲豸無不有功於人，豈有人而不如禽獸、蟲豸哉。且人爲萬物之靈，天生萬物以養之人，而各遂其生，天之意也。因而縱其嗜欲，以暴殄天物，豈天之意哉？《孟子》曰："人能充無欲害人之心，無所往而不爲仁也。"世之人豈皆有害人之心，惟欲專利於己，斯有害於人矣。是故萬物在世皆有功無過，至於人而功過相參焉，甚且有過而無功焉，豈人性之善不如物耶，物無欲而人有欲也。故曰"養心莫善於寡欲"。

昔袁了凡有"功過格"之設，所以勉人爲善者，深切著明。今葛君雨田重刻其書，且推廣焉。凡可以遏人欲而循天理之説，無所不錄。善哉！其善與人同之意也。《傳》曰："人之欲善，誰不如我。"讀是書者，皆以葛君之心爲心，寧非風俗人心之助耶。君之二子亮寅、亮采皆受業於吾門，恂恂然守弟子之職。今於此卜其門之將大，故樂爲之序。雖然知之非艱，行之惟艱，人人知善之可爲而身體力行之爲難。

《易》曰："積善之家，必有餘慶。"善貴乎積而非一言一行之謂。奉行此書者，但當自省其身，務使功日多而過日少，以蘄至於端人正士之域。若區區責報於天之説，姑置之勿道也。

重刻太上感應篇圖經序

世之人修德不求報者，上也。雖然，上德不德，豈易言哉！惟生有最上善根者能之，未可概責諸林林之衆也。至於福善、禍淫之理，人人知之，然不能人人行之者，蓋無人時時提撕警覺之耳。《書》曰："惠迪吉，從逆凶。"大禹之言也；"作善降之百祥，作不善降之百殃"，伊尹之言也。《易》曰："積善之家，必有餘慶；積不善之家，必有餘殃。"孔子之言也。以三聖人覺世牖民之術，参天地而炳日星，而所言若合符節如是，則其理豈不可信哉。此《太上感應篇》一書，出於《道藏》，其所言詳悉周至，而世之人因其爲道家之言而忽之。抑思福善、禍淫之説，垂自先聖、先賢，四海以外，六合以内，人同此心，心同此理。彼釋氏天堂地獄之説，論者猶謂可以補帝王政刑之所不及，而況如斯篇，平易近人者乎？吾鄉惠紅豆先生曾注此書，載在《道藏》，彼大儒也，尚留意及此，則此書之有益於人可知矣。

葛君雨田性喜勸世，前刻《功過格》一書，業已行世矣。茲復取《太上感應篇圖經》一書，重付剞劂，將使愚夫愚婦一展卷而了然心目之間，其於世道人心良有裨益。而士之誦習詩書者於吉凶消息之理，固昔者所習聞，讀此書可以與《書》《易》三聖人之言相印證，所患者知之非艱而行之艱也。

醫藥局徵信錄序

道光三年癸未，霪雨爲災，饑饉洊臻，當路諸公既請於朝而賑之矣，又勸民捐資助賑，以補其不足。由是窮黎餬口有資，而無溝壑之患。其明年六月徂暑，時疫盛行，蓋因饑寒之困釀而爲癘疾之憂，亦人事所必然，亟須補救者也。於是郡中紳士韓、黃、許諸君子，合詞告於藩、臬兩司及府、縣，請設醫藥局，以診夫貧民之有疾而無力醫藥者。時方伯誠公、廉訪林公允撥民捐賑餘銀，長、元、吳三縣各一千兩，以給經費，設局於郡城適中之地都城隍廟，延請醫士之有名於時者，分班輪流至局施診。其後廟局狹不能容，則又分外科、幼科於附近之泗洲寺，所用藥物由局購辦給發。其病甚不能出門者，則醫就其家診之。先是，徐君錦、潘生維城等已設局三元坊，施診施葯，至是合爲一局。自六月十一起至七月二十止，局中凡診過病人三萬八千四百十七號，赴外診過七千七百十七號，共給葯五萬一千六百十八劑，而先在三元坊局所診者不與焉。事既竣，司局務者將出納經費刻録徵信，因爲之叙其崖略如此，俾郡之人有考焉。

獨學廬四稿文卷三

文三

松陵詩徵序

《松陵詩徵》者,吳江殷君曜庭之所緝也。自唐時皮、陸兩先生有《松陵唱和詩》傳於世,學者遂無不知松陵之名,蓋其地居太湖之濱,襟帶江浙之間,山水清遠,風俗尚文,故自古多詩人,亦巖壑秀靈之氣所結而發焉者也。

古之王者有輶軒之使,采四方之詩,貢之天子,以徵其民俗奢儉、貞淫。自周轍之東也,而此事遂廢,所賴世之賢士大夫各述其鄉先生之言而文獻存焉。《詩》曰:"維桑與梓,必恭敬止。"即繼之曰:"靡瞻匪父,靡依匪母。"古人致敬先民幾與父母同尊,可不謂鄭重歟?

今殷君所緝詩,始自六朝,迄於明之季年,凡三百五十六家,雖方外名媛,無不備焉。松陵文獻之徵於是乎在,真洋洋乎大觀矣哉!本朝詩教之盛,超越古今,況松陵才藪,今之詩人富有日新,必有倍蓰於昔時者。續編之成,予拭目望之。

孫淵如詩序

予初入翰林,謁毘陵孫淵如先生於京第,當其時,泛泛而已。

其後在山東同官，始知先生抱慈惠之心，守耿介之操。凡一事之有利於人者，無不爲也；凡一事之有蠹於國者，無不革也。百姓愛之若父母，百吏尊之若師保。

予罷歸未久，先生亦以親老歸養，卜居金陵，而予適因張文敏公招課諸生，僑寄秦淮之上，無十日不與先生相見，肝膽相許，申以婚姻。古人苔岑之好，未有若斯者也。非惟香火之緣深，蓋實有道同而志合者焉。先生著書甚夥，其有關於經術、小學者皆已付梓行世，惟所爲詩秘而不宣，予屢勸之出而未許也。

嘉慶戊寅，先生以微疾遽歸道山，令弟星衢乃哀集先生平日所存詩，艸編爲八卷，亦不能次其先後，蓋搜羅於叢殘之中而略以類相從云爾。剞劂既竣，復附以王采薇夫人遺艸一卷。夫人乃先生元配，文藻過人，先生終身不繼室，亦爲嘉耦難再得耳。

先生詩初效青蓮、昌谷，以奇逸勝人。先輩袁簡齋嘗謂：近代詩人，清才易得，奇才難得。而推先生爲奇才。晚年冲和静穆，乃近香山老人。舉世尊之，而先生乃欿然不自滿。今其詩具在，視（王）〔黄〕仲則、洪稚存有過之無不及也。二子皆毘陵以詩鳴者也，少與先生齊名，故妄爲論斷如此。

彭瑶圃侍御詩序

乾隆、嘉慶之間，予與彭子瑶圃同官京師，昕夕過從，嘗見彭子自顔其室曰"簡緣"，即以自號。於戲！簡之時義大矣哉！

夫人在天地之間，緣至則生，緣盡則死，始終之際，因乎造化自然之數，雖聖賢、仙佛不能逃也。昧者不知，乃溺於骨肉恩愛之私，而迷於富貴利達之見，榮枯、得喪之念日縈繞於胸中，有生不及百年而動爲萬世無窮之計，遂至沉淪於苦海而不自知，無他，繫於緣而不能簡之故也。

彭子生長閥閱之家，南畇、芝庭兩先生祖孫相繼，理學文章，傾動一世。彭子承其餘慶，早登科第，爲達官。方當強仕之年，即養望林泉，讀書談道，蕭然於聲利之外，意有所得，輒爲詩歌以自娛，所作不多，皆飄飄乎有超世之想，此其神明湛然，固已銖視金玉，塵視軒冕，尚何有世緣爲之累耶？世緣簡則道心堅，道心堅則詩學亦進於高明之域，非夫斤斤於聲律對偶之學者所可同年而語也。

往予與張子船山宴坐，客有問詩法於船山者，船山曰："且讀佛書。"客茫然不解，即予亦不能解也。因請其說，船山曰："讀佛書，則識解自超。"天下未有識解不超而能以詩鳴者。彭子之詩其妙處在識解之超而不在語言文字間也。其識解所以超者，簡於緣之故也。

今彭子之墓木拱矣，其從子咏莪孝廉，奉其遺稿請序於余，因著其說於詩卷之端。

王芥山詩序

昔時吾鄉有雅言堂詩人之會，同會者八人，予識其三，張子補梧也、鄧子小山也、王子芥山也。夫三子者皆績學工文辭，皆偃蹇不遇於時。古所云詩人之窮，莫三子若也。而其中芥山之數爲尤奇。三子雖皆不達，然鄧尚以進士起家，一爲潁州教授；張雖無祿，尚登名於賢書。惟芥山以諸生終且無年。鄧有子孫，雖不讀書，尚能延其似續；張雖無子，而以兄子爲子。芥山無子，其族姓無可繼者，不得已以寮婿吳氏之子爲子。其子既貴而歸其宗，芥山仍無子。嗟乎！豈詩果能窮人耶？何斯人之數之奇乃至於此極也！

黃子紹武，芥山之高足弟子也，拾其叢殘詩草，彙爲一編，將付梓人剞劂行世，而問序於予。夫介山之詩學於沈歸愚先生之門，其論詩也，一以沈氏爲宗，愔愔大雅，力追正始之音，不爲北地之叫號，不爲競陵之孤僻，不爲雲間之華縟，自寫性靈，必合於《風雅》之旨，貽諸後世，必有心藏、心寫之人，則詩與人皆不朽矣。吾因追想夫雅言堂諸子當日風流文采，震耀一時。

今鄞詩無存，張曾自刻其稿，歿後散亡，不可考，其他世且莫能舉其姓名。而芥山之詩獨傳，不可謂非幸也。是編既傳，學者將俎豆之於賢人之間，雖無子孫，弗憾也，是又芥山之幸於鄞、張二子者也。

董午橋遺草序

人生天地之間，蓋有情物也。而情之所感，惟山水友朋爲最深。鄉曲之人，其足迹不越里閈者，勿論矣。若士大夫宦游四方，所過名山大川，必登臨嘯傲，以攬其坤靈結構之奇。所遇當世賢豪長者，亦必有肝膽相向，結爲死生之交者。事過境遷，偶一思之，輒不啻身歷其地而親接夫人之謦欬也，而烏能一日忘與？

余平生宦游於楚、於蜀、於秦、於齊，皆車轍馬迹所經歷，而惟蜀爲最久。自嘉慶四年出守重慶，維時治戎孔亟，昕夕不遑寧處。既而奉威勤公之檄，召入幕府，與聞帷幄事。由是佩刀橐筆，日奔走於高牙大纛之間，南至夔門，北至劍閣，迢遞二三千里，荒山窮谷，無所不履。而一時文武才儁，無小無大，皆得結縞紵之歡。如是者七年，然後遷去。故所經山水惟蜀爲多，所交友朋亦惟蜀最夥。其既去也，不能無依依之思。

於時威勤公之幕有餘杭董生榮緯，以文學起家，爲州判官，從公司箋奏，予因而識之。生秀羸若不勝衣，慎交遊，寡言笑，恂恂然君子人也。至其筆札之妙，伯仲琳、瑀。因貧求禄，以事其親，屈志卑官，非得已也。繼從事川東，復爲上官之事牽連，褫其鞶帶。嘉慶癸酉秋，滑臺有警，生從文敏張公禦寇於彭城之北，叙勞以典史

605

用，未及到官，病歿。余聞其死甚哀之。

歲在戊寅，生之子基泰手生詩文一編，叩吾門而請，曰：先人生平，公所知也，歿後遺書散亡，此則在秦蜀時所作，今僅存者，惟公論定之。予觀其詩若文，所紀名山大川，皆予疇昔之所登臨也；所述賢豪長者，皆予疇昔掎裳聯襟、推襟而送抱者也。一時山水友朋之感，紛然根觸乎胸中，且悲生負過人之才而不一試，又喜其有子能讀父書，抱其叢殘之艸而勿失也，爰述其顛末於簡端而歸之。

戊戌吟草序

往乾隆戊戌歲，予奉學使劉文清公之檄至江陰使院，試以詩古文辭。維時同試者，有高君應飛，江陰人也，頎然丈夫，鶴立於雞群之中。余心慕其人，一通姓名於風簷之下。越歲己亥，余與君同舉於鄉，始登其堂，修士相見之禮。君兩試春官不第，以病卒，音問遂絕。其後四十年，君之子照來持君詩一卷，曰《戊戌吟草》，問序於余，此即余與君初見之歲也。當是時，峨峨兩少年，意氣奮揚，有俯視一世之概，君既不祿，余今亦老病自廢，無補當時，讀君詩，不勝今昔之感焉。

君嘗與予述其先世事，方王師之下江南也，江陰最後服，城既破，督師者下令屠其人。高氏之祖在城中不及避，則匿身米積中，兵至入其家搜牢無所得，睹草囤不知爲何物，舉長矛剚之三，幸而不中。事平復，營其室家，五傳而至君，世守其德弗衰。今照襁褓失怙而復能讀其父書，爲學官弟子，謹守儒業，且抱其先人之叢殘遺艸而思有以表章之，非故家世澤之長而能如是乎！余家本丹陽，先曾祖當甲乙之際，避兵南徙，道逢潰卒，被兩矢不中，赴水洇而免，因卜居吳門，四傳而及余身，是余與君兩家門祚危而復安，其事又相類也。讀君詩既傷逝者，行自念矣。

顧德草詩序

余於乾隆庚子、辛丑間，因候春官之試，留滯都門。吾友德草顧君適假館於東城楊冠軍家，所居密邇，昕夕過從，每談論古人詩文，即自出所著相質。余性疏脫，詩文皆信筆而出，而德草苦心孤詣，不驚人不休。如是者兩年，德草遂有西蜀之行，余亦放歸故里，消息不通者十年。及余於壬子歲自福建典試歸，過家上冢，即拜楚南視學之命，余諄諄邀德草同行，而德草堅以親老不忍遠遊辭，余不能強也。

泊余引疾歸田，方將訪求少年同學之友，情話消憂，而車笠舊交十不一存，維德草年已八十，巋然獨存，若魯靈光，精力矍鑠，尚能訓課生徒，藉束脩之人以自養。每與余敘述舊遊，不勝今昔之感焉。暇日索其詩，手出一冊，僅一指許厚，披而讀之，少壯之作芟削殆盡，所存者千百之一耳，而詩境益幽深峭厲，若非世間人語。嗟乎！士抱才而不遇於時，其抑塞磊落之氣，固有若是其鬱而不抒者乎？

夫德草弱冠之年以無雙才氣，超越儕偶之中，一挫於時，遂坎坷侘傺以老。當其自家入都也，亦未嘗不欲摩厲故業，如偪陽人之蘇而復上也。卜諸神不吉，遂息意而為蜀游。其入蜀也，攬玉壘銅梁之險，訪岷峨之勝，作大府賓客，科頭箕踞，脫略公卿間。若杜甫之於嚴武，陸暢之於韋皋，不是過也。望雲思親，萬里來歸，甘守困窮，以終潔養。今老矣，白頭如雪，陳橡里巷間一生，湖海之氣消磨盡矣。功名事業均付之無何有之鄉，所抱而不忍釋者惟此一卷詩，其胸中抑塞磊落之氣寄焉。而少年杵臼之交，余以外無人矣，余而無言，誰復能道其生平者？因為序而歸之。

醉薌仙館詩序

士之遇不遇，蓋亦有命哉。自唐宋以來，以科舉取士，士雖茂才異等，不得不頫首而就有司之繩尺。所謂有司者，未必皆蓄道德、能文章者也。偶奉朝廷之命，遂坐皋比，操不律以進退一時之士。有司以爲可，其人即致身青雲之上；以爲不可，其人即沉淪於草澤而不敢怨。不惟不敢怨，又且從而摹擬之，以求其合。操此術以求士，是求馬於唐肆也，烏能得士，而士之負才不遇者亦由此日多矣。

農部盧君笠峰手詩二册示予且求序，予取而讀之，則常熟黄生金臺之作也。其詩戛然獨造不苟爲，炳炳烺烺，大旨以杜、韓爲宗。杜云"健筆凌雲"，韓云"硬語盤空"，殆其所取資者矣。抑吾聞古人之論詩也，其致不同。陸士衡云"詩緣情而綺靡"，而李太白則云"自從建安來，綺靡不足珍"。然則士衡之所云，正太白所不屑道者也。今黄生之詩與陸異趣，與李同旨，亦既成一家之言。近日吾鄉後進之士論詩者，大率致意於采色聲音之間，生獨不然，則亦豪傑自命，不肯隨俗流轉者矣。

生向時肄業於紫陽書院，予初亦衆人遇之。今觀其所爲詩，知其於斯事，亦三折肱者。乃困頓諸生中，終其身無所遇，且年未及艾，遽化爲異物，是亦詩人之窮者矣。非但不得志於有司，即鄉曲小生亦罕能道其姓字，其不幸爲何如也，非科舉困人歟？

有曹生文瀾，黄生之門高足弟子也，録其師之詩，將以壽世，可謂好義者矣，因序黄生之詩而并及之。

養默山房詩序

古之詩人常得江山之助，而江山助人必於遊得之。然一邱一壑，雖遊不足以發其邁世絶俗之氣，帷名山大川，旁薄鬱結，可以見坤靈締構之奇。而通都大邑，黎庶繁昌，物産瑋異，遊於其間者，登臨觀覽，搜求古名流之遺迹，以托諸謳思。昔司馬子長周行天下名山大川而文章益奇，文章如是，夫詩則亦有然者也。

松滋謝君默卿，楚之詩人也，官於吾吳，介其友吳子兆慶，以所著《養默山房詩》十卷問序於予。覽其詩，清音韶采，蘊秀出奇。蓋其生長江漢之間，鍾山川之靈氣，拊時感物，發爲長言咏歎，固已追步屈宋之餘風矣。而又因上官所委，於役於黔，水程則溯大江而上，經洞庭之湖，由沅、湘二江以達於鎮遠；陸程則由石屏之山、飛霞之巖、大風之洞，探其奇奧，一一紀之以詩。故淋漓濡染，實有得之於見見聞聞，而非剽竊模擬之所能及也。古者杜子美之詩以入蜀而勝，蘇子瞻之詩以過海而奇，君之詩豈不同乎古之人耶？是可傳也。

卷勺彙編序

蘇子瞻有言："江山風月，閒者便是主人。"有天地以來，無地無江山，無時無風月，而閒者難其人也。士大夫出身事主，賢勞王事，終日埋頭於簿領之間，雖遇良辰美景，輒惛然而罔覺。即或有事四方，而騶導在前，觀者塞塗，其所經歷未嘗無名山大川，而無登臨之樂。至於樵夫、牧子日往來於野田、林壑之間，閒則閒矣。而其人生不讀書，耳雖有聞，目雖有見，其口不能道而筆之書，山水之趣亦終歸於無何有之鄉而已。由斯以言，文采風流，乃賢者不朽之盛事也。昔者蘭亭因逸少而傳，輞川因摩詰而著，非其已事乎？

瑞圖劉君家浙之乍浦，即其所居，引泉疊石，名之曰"卷勺園"，蓋有取乎《中庸》之義。一時學士文人皆以詩篇投贈，君彙錄成集，索予言引其端。是園也，僻處東海之濱，士大夫車轍馬迹之所罕至，乃君所輯詩、古文辭，凡當世知名之士無不在焉。此其文采風流，必有所以傾動一時者。語云："同聲相應，同氣相求。"苔岑之誼，非可强而致也。他時乘興泛西泠之櫂，必當紆道海隅，訪君於卷石勺水之間，相與述舊聞而證新得，先寄斯文，以結翰墨之緣可也。

雪齋詩草序

昔者七佛傳心，各有四句偈。偈者，古詩之流也。如來演十二部經，每說法必有重頌繼之，頌亦六義之一也。《詩》中三頌皆無韻，佛經之頌亦無韻。雖地分彝夏，而理則一貫，其抑揚、反覆均足以感發人之性情。職是之故，古今善知識多有以詩鳴者。

雪齋上人棄家學佛，往來於蘇、揚之地且三十年，所著《雪齋詩草》，裒然成集。暇日謁吾門而請一言。予展卷讀之，其詩皆超超淵箸，疏淪性靈，不煩繩削，自然合道。雖於皎然、齊己之間，高置一座可也。顧吾獨有感於古之詩僧如賈島，初爲僧，名無本，刻意苦吟，論者與孟東野並稱。其愛之者至欲以黃金鑄象，呼之曰"賈島佛"。後以"鳥宿池邊樹，僧敲月下門"之句爲京兆韓公所賞，勸令蓄髮應舉，卒之浮沉卑位，勳業無聞焉，終於長江一尉而已。無他，初志不堅，名之一念悮之也。宋時琴聰、密殊、參寥輩游於蘇、黃間，聲華藉甚，然皆不能清修梵行，玷及宗風，向之文采風流，適以資人口實。今雪齋上人在蘇、揚，多與士大夫交游，豈無一二人相賞如昌黎者？而一瓶一鉢，垂垂將老，則其堅特初志，可知將鄙浪仙而不爲，而道潛以下，又無論矣。因論次其詩而并及之。

張會元文稿序

予家舊藏張會元房稿一册。張名瑗，字蘧若，祁門人，康熙辛未進士。是科會試主文者爲張京江、王阮亭、李安溪、陳午亭四公，四公者皆以文章名世，而先生裒然舉首，其針芥之投可知也。先生官御史時，嘗奏請削平魏忠賢之墓而仆其碑，則剛腸疾惡，不肯少寬於異伐之奸回，其立朝豐采又可知也。

近日文體龐雜，操觚者每摭拾《竹書》、《路史》、《緯書》、《文選》等書中浮豔不經之語以炫於人，而不學者遂爲所惑，往往鼠璞不辨，其風遂波靡而不可止。太史公所云"其文不雅馴，搢紳先生難言之"者，正謂此等。而今之士大夫乃專好之，則與古之搢紳先生不已異乎？夫士當始進之初，即存一弋獲之心，他日欲其公忠體國，難矣。此非特文章風氣所關，實世道人心之繫也。

先生此稿規矩準繩，字字皆孔孟真實之義，不媿爲擇言尤雅者。予刻是稿，將爲當世高明之士進苦口藥石之言，不知讀者將知其善而迷以復乎？抑笑爲老生常談而覆瓿置之乎？紙尾皆若韓所評，不知是何許人，今仍其舊，不復贅一辭焉。

考方韓字若韓，康熙丙辰進士。未知即是此人否？

蘿山文稿序

昔昌黎有言"約六經之旨以成文"，而《進學》一解則及於莊、騷、太史、子雲、相如。蓋唐時以詩賦取士，故不得不旁及於此。若今之制藝，代孔孟立言，舍六經以外，固無可徵引者矣。唐人之諺曰"《文選》熟，秀才足"，亦因習詩賦而云。然其實江左六朝之文，崇尚風華，繡尚鏗悅，李太白所謂"建安來，綺靡不足珍者也"，而豈文章之軌範哉。

近二十年來，一二掌文者，務博雅之名，因而士子揣摩風尚，抄撮《竹書》、《路史》、七緯等書，隱詞僻事，炫燿於人。其甚者則集《文選》中綺麗之語，爭奇競勝。此固由士人學無根柢，但存弋獲之心，亦緣世無宗工哲匠，以致流弊若此。抑思太史公之言曰"其文不雅馴，搢紳先生難言之"，作史且然，況治孔孟之言者乎？彼虬户篠驂之習，歐陽子之所深惡而痛疾者，以之攔入經義，可乎？不可乎？

戴生沐庵，教授蓮孫，居德清賓館，因而問字於予，暇日奉其尊公蘿山先生文稿一册，請爲一言。予披覽一過，其文皆原本經術，義理醇正，眞不爲世俗轉移者。由是知沐庵學有淵源，得諸過庭之訓居多也，乃濡筆爲序而歸之。

芹香課藝序

《易》曰："蒙以養正，聖功也。"凡生人之德行、道藝無不於童蒙之歲立其始基，文章則亦有然者也。予十五歲始應童子科，十八而入於學，此四年中，父師所指授，朋友所講習，一切以先民榘彠爲主；所讀之文大率皆韓元少、汪武曹、何屺瞻諸先生所評定者；所作文亦惟以理法爲主。理法少乖，聲音采色，雖有可觀，先生長者必斥，以爲此野戰之師也。蓋當時師法如此。

近十年以來，風氣少變矣。一二高才生煽西堂蘭雪之餘燼，弋獲以取科名。後生躁進者，靡然從之，始於欺人，終於自欺。觀其文沈博絶麗，幾幾乎班固、揚雄復生，及叩其所出，則有不知堯舜是一人二人者矣。此風始自吾鄉，而浸淫及於天下。其言不正，將何以收蒙養之功耶？華言風語，玉卮無當，識者深鄙之。

顧生橘堂於嘉慶十六年結芹香文會以考課從游之士，迄今七易寒暑，披朝華而振夕秀，才雋代興，破壁飛去者踵相接。今將選其課藝之佳者，登諸梨棗，以式後來。而索余一言引其端，斯真友教之盛心也。吾聞太史公有言"其文不雅馴，搢紳先生難言"，則儒者立言當擇其尤雅者。

余每慮今之學者惑於風氣之説而不盡出於雅馴也，故因序是刻而苦心以發其凡。

天崇文英序

經義之作肇始宋人，明有天下，遂以之取士，然大輅椎輪，制尚荒略。至化、治、正、嘉，規矩粗備。隆、萬以降，機巧日生，迄乎天、崇，遂極文章之變。蓋天將啓我聖朝一代文明之運，必有爲之先驅者也。維時東南文社之盛，震耀四方，聲氣應求，若水歸壑。其人或忠孝節廉，或功名智勇，胸中窮古今之故，達天人之奥，積之厚而資之深，一於八股之文發之，此非天下之大觀哉！

余自歸田後已越十年，往來江浙間，與諸生談藝，每見才高者競尚新奇，力弱者尚安荒陋，先正典型，去人日遠。因檢幼年肄業所及，擇其有書有筆，可爲後生楷模者，彙録成編，適族姪榮奎來問字，乃先以《天崇文》一册授之，俾付剞劂。梁簡文有言："斯文未喪，必有英絶領袖之者。"是編曰《天崇文英》，此物此志也。

院課存真序

予生十八歲而爲學官弟子，遂遊於芝庭彭先生之門，肄業紫陽書院。維時同學皆先生長者，每會課之期，群聚於東西兩齋，扃門命題後，則相與講論題旨及作文之法，各出其所心得。予從其後，竊聞之。集思廣益，所得於師友之助良多。如是者七年，予舉於鄉，計偕北去，而同學諸君子亦多舉巍科掇高第者，濟濟峩峩，後先相望也。

嘉慶丙子，予年已六十一歲，當路者延予歸主斯院講席，予如例課諸生，覽其文則大駭，不圖吾鄉文章風氣之變至於斯極也。是日，予以《孟子》"尊賢使能"一節命題，諸生文割裂駁雜者居其半，其尤甚者，或曰"懷麥駒之金玉，奏苹鹿之笙簧"；或曰"布告天下，咸使聞知"。夫駒之金玉、鹿之笙簧已不可通矣，苹鹿二字如何湊泊，麥駒二字又出於何典也？至於戰國時七雄並長，孰能布告天下者耶？夫學政課諸生以理通文不通爲第四等，文通理不通爲第五等，文理俱不通爲第六等。如"布告天下"云云，正所謂文通理不通；若麥駒、苹鹿，則文理俱不通矣。予因摘其語，榜諸講堂，痛切申戒，而諸生亦大譁，謂予非知言者也。次年，胡果泉中丞彙諸生而甄別之，沙汰其浮濫者。而湯敦甫侍郎適來視學，其衡文悉準乎先民矩矱，由是諸生漸趨而歸於清真雅正之舊，異日所有牛鬼蛇神之語皆不復見矣。此非予真能挽回風氣，蓋文章之敝，十年於茲。窮則變，變則通。

吾鄉文章常爲四方風氣之先，而予之言會逢其適也。自丙子至戊寅，春秋三易，士氣益親，文風益正。爰彙列其課藝百餘篇，以示文章軌範，諸生由是而進求乎古之立言者，斯竿頭日進耳。

國朝文英序

古今文章與氣運爲轉移，故一代之興必有一代之文章應之。漢京初啓時，則有若賈、董之醇茂，班、楊之博麗；至唐則有燕、許之昌明，韓、柳之閎肆；至宋則有歐、蘇之精純，曾、王之奇雅，皆一朝之巨擘也。梁簡文有言"斯文未喪，必有英絕領袖之者"，此之謂矣。古文如此，時文亦然。有明以經義取士，垂三百年，風氣之變，日新而月異。化、治之文理則醇矣，其敝也簡；隆、萬之文法則巧矣，其敝也穢；天、崇之文才則肆矣，其敝也僻。我朝撫有方夏，萬象一新。順治己丑，始盡合南北之士而試之。是年，登第者若劉克猷之精銳，熊次侯之雄渾，王農山之博麗，尹蓂階之安雅，異曲同工，遂爲一代風氣之祖，後有作者，亦莫能出其範圍也。

予歸田後十年於茲，日與諸生談藝，後來之秀，不少其人，而或意在弋獲，往往趨於怪奇新僻，而先民榘矱不存焉。因就家塾所藏國初諸老專集、總集，擇其尤雅馴者，彙爲一編，付諸梨棗，以公於世。所謂天下之寶與天下共之也。題曰"文英"，即簡文之説爾。

國朝文英二集序

國家以經義試天下士，而肄業於此者輒曰必與孔孟語氣一絲不走乃佳。噫，此學究之説也。夫孔孟之經，言簡義賅，後人增益一言即不似也，而何文章之有哉？蓋國家設科取士，將以求夫公卿大夫之選，故借端於孔孟之言，以觀其人胸中抱負，使其人果明於古今治亂、得失之故，生人賢不肖之由，必言之有物而深切著明，否則描頭畫角，若優孟之衣冠而已，烏能得天下士哉？我朝因明之舊，以經義取士，士之以文章爲業者，風氣固屢遷矣。惟在掌衡者有以示之正鵠，斯士無詭遇焉。自乾隆九年，嚴磨勘之例而奇僻之風革矣。自乾隆四十三年，定限字之令而冗長之習除矣。自時厥後，風氣雖日新月異，而其爲清真雅正，則久而勿替也。余既緝順治、康熙以前諸名公之作，有《國朝文英》之刻矣。兹復采雍正、乾隆七十餘年之文，編爲二集。文不一格，大率取其通於經術、明於人情物理，而不爲雷同勦説者。

崑新志序

崑山乃古會稽吳縣之地。梁大同初，始立崑山縣，其地在府治東七十里，襟山帶湖，沃壤百里，據松江之上游，風俗清美，人物秀愿，男勤耕作，女習紡織，菽粟布帛之利樂有盈餘，文人才士古今接踵相望，蓋東南一望縣也。

雍正二年，因其財賦重而訟獄繁，析其半爲新陽縣。兩縣向有合志，修於乾隆十五年，迄今又八十餘年，其間官吏代更，科名輩出，衣冠人物之繁盛，園林第宅之變遷，不有所述，後之人將何所考稽焉？

道光元年，蘇州太守宋公如林議修府志，而崑、新兩縣之志亦同時並舉。其採訪繕刻之費，邑人朱君某獨肩其事，太常博士王君學浩總司編輯之任，而予亦與聞焉。經始於道光初元，越五年而竣事。

夫志者史氏之附庸也，府志總九邑之事，不得不從簡，而縣志僅載二邑之事，可以加詳焉。府志所不及載，則載諸縣志，此府志既成而縣志亦不可少也。崑邑自梁及今，歷時久遠，而新、陽分縣纔及百年，舊事既不可分而新事則繁簡不相讐，此兩邑之志不得不合也。書既成，因序其緣起於簡端。

借秋亭試帖序

科場舊制，經義之外，試表一、判四、策五而已，不及於詩，故當時庠序士言詩者絕少。乾隆丁丑，純皇帝以表判非士子當務之急，命去之，而增五言排律一篇，即以丁丑科會試爲始，由是操觚之士鮮不究心於聲律、對耦之學矣。

原夫試帖之作，肇始唐賢沈佺期，以"明月夜珠"之句馳譽公卿間，而錢起《湘靈鼓瑟》一詩且致鬼神來告，蓋此事爲士人進身之階，非可苟焉而已也。惟其不可苟，故事有至難。古之詩人，自《三百篇》以來，皆先有詩而後有題。試帖則因題作詩，必於命題之義細意熨帖，不得放言高論，鹵莽從事，其難一；制藝命題止於"四子五經"，詩題則百家之說皆可取資，士子非博極群書，將茫然不知所謂，其難二；其體近於對颺，命意必莊，遣詞必雅，一切艷冶粗豪之語皆不得雜乎其間，其難三。惟其難也，非專心致志不能造乎其極，雖使李、杜復生，未必其能工也。故論試帖與他詩不同。

余主紫陽講席十年於茲，在院肄業諸生，善文者甚多，而能詩者無幾。有蔡生名雲者，既工於文，又工於詩，每成詩一篇，必得題之奧窔。會意必巧，選詞必妍，假使廁身玉堂之署，亦爲詞林翹楚，惜乎偃蹇不遇以終其身也。生既歿，有及門之士吳起麟，彙生所作試帖三百餘篇，録爲一集，將授梓人而問序於余。當生之存也，初未嘗一顧吾門，修士相見之禮，然生之績學能文，余既已知之矣。愛其才，悲其遇，慮其名之泯没無聞，幸其詩之存而未曾散軼也。乃爲序而傳之。

617

獨學廬四稿文卷四

書

與龔璱人孝廉書

前承示大稿，讀之累日不忍釋手，其意匠奧衍，似從周秦之間諸子得來，非漢唐以後之文也。惟中間有一二傳聞異同之處，敢貢其說於左右。

如徐尚書《代言集序》所列伯仲科第有誤，徐氏三公，乾學最長，秉義次之，元文又次之，此見於健庵先生《憺園集·坦齋府君行述》，不得有誤者也。今大作謂元文伯、乾學仲、秉義季，誤矣。又云元文己亥第一、乾學庚戌第三，是矣。云秉義甲辰第三，非也。秉義以康熙癸丑第三人及第，若甲辰第三人乃無錫秦宏，非徐也。蓋徐氏昆弟科第則元文最先，年齒則元文最少耳。

又《乾隆兩卿事》一篇，文尾云"三日罷官去"，此傳聞之訛也。當曹錫寶御史之劾和珅也，事在乾隆乙巳歲。疏上，裕陵命行在軍機大臣傳訊而兩釋之。其後壬子京察，總憲舒常、紀昀將以曹列入年老請休致，政府不以爲然而止，曹後卒於官，未嘗罷也。此可見先帝優容言官如天之度。

尊著皆大文章，將來必傳信百世，此兩人者某猶及與之同朝，事出耳聞目見，恐留疑案於後來，故不敢嘿而息也。

頌

理安課經圖頌爲了圓上人作

　　圓公乃澄谷風公嫡嗣,繼主理安法席,嚴淨毘尼,緇素奔赴,箸祖宗風,紹隆無替。復於四方學人中,擇其根器較利者,授以《佛頂首楞嚴經》,俾之誦習,以覘其悟。昔者我佛座下慶喜爲多聞第一,如來恐其泛濫而無所歸也,故因摩登伽之劫,乘機鞭逼,直指心印,此與聖門一貫之呼,何以異?所謂擊電之機,間不容髮者也。至其所演二十五圓通、七陰十習等義,恢之彌廣,按之益深,直將諸經中一切引而未發之義,和盤托出,佛門正覺,實在於此。圓公以此導引初地學人,洵知言之選,而風公亦可爲付托得人矣。因識其緣起而爲之頌。頌曰:

　　清浄大覺王,演法在靈山。阿難佛幼弟,慧業世無兩。一日過媱舍,遭彼摩登伽。歸受佛心印,以是證正覺。譬如青蓮華,生長猛火中。佛告阿難言,此心非汝心。汝心在何許?非外亦非内。一點常寂光,普照十方界。此處若能了,即了一切義。偉哉善知識,高樹精進幢。接引群迷人,共登覺王路。

贊

三教圖贊

　　老子猶龍,宣聖所歎佛生西方,中國未見。修德行仁,三家一貫。俗士不知,妄分崖岸。持齋茹素,棄親出家,崇飾土木,是釋之魔;煉藥燒丹,納新吐故,呼吸風雷,是道之蠹。我得其精,而遺其麀。抱一爲式，散則萬殊。誠性存存，乃道之符；威儀抑抑，乃德之隅。至人無形，守方寸地。內具衆理，外應萬事。處身恬澹，遇物慈悲。此心弗失，萬善同歸。

畫 屏 贊

伏 生 授 經

濟南伏生，漢京大儒。祖龍肆虐，韜迹窮廬。家傳一經，帝王之符。唐虞三代，嘉猷嘉謨。孝文尊經，敕使受書。千秋盛事，載觀斯圖。

琴 操 參 禪

佛門廣大，何所不容。有美一人，蓮生火中。風塵骯髒，惟蟲能蟲。長樂清净，不與世同。有善知識，眉山蘇公。當頭一喝，心空色空。

明董念修先生畫象贊

明之將亡，璫燄肆虐。小人道長，士氣銷鑠。嶽嶽董公，弗縻好爵。知幾其神，寥天一鶴。衡門之下，雖飢亦樂。不戀簪紳，不蹈鼎鑊。趨安避危，履貞守約。凛凛鬚眉，後生矩矱。

祝枝山沈氏良惠堂銘贊 有文待詔跋。

枝山、衡山，吳中二老。文章翰墨，日月輝燿。堂名良惠，祖德攸好。勒銘樂石，沈氏之寶。石亡文存，如雪中爪。一紙千金，子孫永保。

明周忠介公遺像贊

明政不綱,寺人煽虐。偉哉周公,秉正疾惡。冤深覆盆,妖徵貫索。緹騎到門,笑談自若。節厲史魚,名高孟博。遺像在懸,秋嘗春衸。心似冰清,面如瓜削。後生聞風,廉頑敦薄。

參寥子像贊

明人李麟字次公,夢感參寥而作斯像,今藏杭州理安寺。

彼上人者,東坡之友。道義切磨,石交而久。一瓶一鉢,千里奔走。言歸故山,初心不負。後五百年,畫家能手。夢傳其神,得未曾有。藏之名山,天龍衛守。斯圖斯贊,幀首錄東坡贊。共垂不朽。

蔣元庭侍郎觀我圖贊

畸士離世,我我周旋。哲人無我,德合於天。以我觀我,我在何處?擊鼓求亡,何方可遇?我非色身,不離色身。譬諸逆旅,中有主人。其人若何?凝然不動。有時游行,如脫底桶。祛情存想,純想即飛。遠離諸相,而入希夷。如是三身,皆鏡中影。會三爲一,乃入聖境。百尺高梧,葉落歸根。無人無我,是不二門。

徐太淑人繡軸贊

蒼蒼者柏,秀結喬柯。下有小草,受蔭實多。呦呦鳴鹿,雌雄相逐。得食交呼,以饘以粥。百獸最靈,山中王孫。神通游戲,不與眾群。五色紛綸,慈母之綫。於一鍼鋒,諸相畢現。諸相既現,慈心孔懷。萃茲百禄,錫我方來。百禄維何,始基一善。積善不已,餘慶自遠。

澄谷風公倚杖圖贊

支硎之麓,有蔚者林。近臨平野,遥揖高岑。草廬十笏,空谷雲深。有人出世,倚杖行吟。慈悲其貌,清净其心。秋月在抱,一塵不侵。智慧如海,隨人酌斟。妙相常在,天人共欽。

嘯溪和尚畫像贊

道是法身不是,道是報身不是。道是嘯溪上人,本來面目如是。法門八萬四千,妙手拈來即是。掃除人我是非,佛説如是如是。

銘

福雲泉銘并序

常熟福山向無泉,山中人每苦遠汲。歲在庚辰,土人鑿石得泉,衆情歡喜,有來告者,乃爲之銘。其辭曰:
峨峩福山,在海之濱。雲霞萬狀,草木千春。緇流野處,遥隔世塵。掘地及泉,山川之神。乃除瓦礫,乃翦荆榛。淵然一勺,既清且淪。我皇受福,龍飛之辰。天降甘澤,錫爾烝人。

康郎木筆筒銘

客有貽予筆筒者,輪囷頒爛。自然中空,非竹非木。方葆巖先生過予而見之,曰:"此康郎木也。生番中臺灣市上甚多,一節直三五十錢耳。"因其不經見,輒爲銘之。
康郎木,産海東,磊砢其外中虚空。吾家管城子,假汝以爲宫,發爲文章壽無窮。

竹擱臂銘

蒼筤竹，瑩如玉。疏其節，虛其腹。其生也直不能曲，吾得其半意已足，誰歟贈之釋澄谷。

淄川石硯銘

淄川濱，產貞珉。溫潤如玉磨不磷，非方非員守天均。梅花一枝橫自陳，清芬迎人萬古新。文章有神嚌道真，浮華刊落完其醇。

端石硯銘

直而方，德中正也；平如砥，無偏頗也；虛其中，有容也。

綠石硯銘

有石如玉，古之結綠。貽我子孫，既富方穀。

天然硯銘

不雕琢，完其璞。

又

不方不員，任其自然，吾以全吾天。

端石硯銘

端溪之英，巧匠斫之。筆精墨良，可以臨池。

石子硯銘

如蟲食葉,蛾子之術。

草橄硯銘

雲龍驟驟,升於天衢。左側。
蜀道難,如上天。草軍書,十萬言。惟吾與汝相周旋。右側。

紫石小硯銘

近朱者赤,近墨者黑,是故君子慎其所習。

圓硯銘

窪其中,虛以受也;圓其外,行无咎也。堅則貞,靜則壽也。

端石竹節硯銘

介如石,堅多節,士之德。

十兒定婚之硯銘

璧合珠聯,天作之緣。

第九女錦雯學書硯銘

紅餘清課。

澄泥大硯檟銘

有研盈尺,齋中之華。直方而大,弗納於邪。精墨佳筆,會三爲一。擩嚌道真，發揮經術。

孫女綺春學書硯銘

初學衛夫人。

朱竹垞先生遺硯銘

圭與璋，文之府。一片石，可與語。石長存，人何許？

端溪石硯銘

如月之清，如松之秀，如雲水之澄鮮。之三者現壽者之相，而與文章爲緣。

跋

讀周禮

余自束髮讀書即疑《周禮》非周公之書。近日乃恍然大悟，而其疑益堅。夫周官所載六卿之名，曰冢宰、司徒、宗伯、司馬、司寇、司空而已，不聞有天、地、春、夏、秋、冬之説。蓋此六官之名自唐虞已有之，故契作司徒，伯禹作司空，早見於《舜典》，大約三代因之勿替。故《尚書》曰："惟周公位冢宰。"《左氏》曰"周公爲太宰，康叔爲司寇，聃季爲司空"。太宰即冢宰也。孔子爲魯司寇，而夾谷之會請攝司馬以從僖公之躋。夏父弗忌爲宗伯，魯爲侯國，以周公有大勳勞，賜以天子禮樂，故六卿得用王官之名也。宋有司馬，王者之後也。楚亦有司馬，僭稱王而然也。其他見於《書》者曰司寇蘇公，見於《詩》者曰："皇父卿士，番維司徒。"家伯、冢宰見於《論語》者曰："百官總己，以聽於冢宰。"見於《左氏》者曰："爽鳩氏，司寇也。"凡此之類，不可勝舉，而絶不聞有所謂天、地、春、夏、秋、冬之説也。苟周公時有是名，豈有六經中絶無一見者乎？太史公曰："學者載籍極博，必考信於六藝。"故六經所無，皆不可信者也。大約新莽建國，凡政令之不便於民者，皆欲援古聖人之事以文飾之，遂授意其黨劉歆等僞造此書耳。

許氏説文解字跋

近年士大夫頗留心小學，而群奉許氏《説文解字》一書爲圭臬，其書所不載者則謂之俗字，鄙意不甚以爲然。其書每部後所注文幾、重文幾，覈之往往不足於數，蓋此書殘缺久矣。又其所製字，每與世所傳鍾鼎之文不合，所引五經之語亦多異同，蓋漢時一家之言爾，不過如荆公《字説》之流。其解字亦多臆説，姑無論其他，即如以"也"字爲女陰，古今載籍並無其證，豈非謬論耶？

余少年狡獪，嘗欲於許書之外别出新義，自爲小學新箋一書，四方宦游，其書不果就，而舊草叢殘，亦消歸於無何有之鄉矣。猶記解"王"字之義，云"乾三連，坤六斷。三横乾坤之象，一人獨立於乾坤之中，謂之王。"又解"衡"字之義，云"衡"字當從"魚"，不當從"角大"。萬物縱横，各有定體，惟魚行水中時而俛，時而仰，有類乎秤之象，故爲衡而魚行二字切恰得衡字之音。如此等數甚夥。今耄矣，遺忘殆盡。聊志一二於此，似頗長於舊説也。

讀韓文公集書後

韓昌黎擬文王《羑里操》，云"臣罪當誅兮，天王聖明"。讀書者皆以爲立言有體，余則謂此似是而非者也。嘗讀《大雅》之詩，云"文王曰咨，咨女殷商，如蜩如螗，如沸如羹。"又曰："女炰烋於中國，斂怨以爲德。"此則文王之志也。三代以上，斯民直道而行，公是公非，百姓且然，而況聖人乎？紂之無道淫戲，自絕於天，文王若不知其無道而以爲聖明，是不知烏之雌雄也，烏足爲聖人？若明知其無道而姑以聖明頌之，是教人以諂也，又烏足爲聖人？蓋唐時文士辭章相尚，貢諛獻媚，習爲固然。昌黎南海之謫，憂患餘生，托諸古人以自明，其無怨望之意。若文王有言，必不如是；即周、召諸公而托爲文王之言，亦必不如是。

明趙文毅公文集跋

嘗讀《易》至"泰"、"否"二卦之初，皆曰："拔茅茹以其彙。"知君子小人必有其類，而其類常有互爲消長之機。當陽德之方亨也，端人誼士連類而進，而世運爲之清明，國是爲之正直。及陰柔用事，則小人成群，而君子無容身之地，彼所惡非其類也。

明時江陵張相奪情起復，吾鄉文毅趙公用賢上疏攻之，削職廷杖而歸，此正陽消陰長之秋。而他時忠介鄒公元標爲之立傳，忠烈黃公道周又爲之序，其文集留傳在世，若球圖之可寶。於此見君子得朋，自有聲應氣求之樂。《詩》所云"風雨如晦，雞鳴不已"者，此之謂也。彼附會江陵以博取一時富貴者，今安在哉？觀者可以知所師矣。

翁氏吾妻鏡補跋

翁子廣平以日本國《吾妻鏡》一書闕略未備，積一生心力，窮搜博采，撰成《吾妻鏡補》若干卷。凡其國之世代、譜系、山川、都邑、典章、風俗、物產、方言，無不詳且盡。攜以示予，而以序爲請。

夫《吾妻鏡》者，日本國之史也，彼國有吾妻島，故因以爲名。"鏡"即"鑑"也，故又名"東鑑"。向無刻本，中國流傳甚少，雖博學者未嘗見。翁子乃貫穿其書，舉其要而補其所未備，異哉！

627

昔太史公作朝鮮、南越、東越、西南夷等傳，皆近接方域，漢家聲教所及，故能詳哉其言之。後世史家摭拾，要荒以外，漸多鑿空之說，然不過撮其大略，附於國史之後而已，罕有專勒成書者。至本朝乃有琉球中山等志，此皆天子軺軒之使，親至其地，采訪其國之遺聞、軼事，而後成一家之言。若翁子家在吳江之平望鎮，闤闠囂塵，一関成市。翁子生平閉戶著書，未嘗稅四方之駕，況日本在大海外，未嘗職貢中國，雖國家史官不能得其要領。翁子一窮鄉樸學之士，乃能瞭然若羅紋之在其掌，此豈尋常覼聞之流所能及乎？

昔在高宗朝，禁民間私錢，偶得"寬永通寶"錢，司農不知其所自來，謂中國無此年號，遂令有司者治之，諸封疆大吏，無一人知者。守令倉皇，莫知所措。吾鄉王慧音先生識爲日本錢，以《朱竹垞集》中《吾妻鏡跋》爲證，每歲商人向彼國市銅，因攜其錢入中國耳。維時桂林陳文恭公巡撫江蘇，據其言以入告，由是士大夫始知有"吾妻鏡"之名，然求其書卒不可得也。

觀翁子之書，洵可謂"好古多聞矣"。宋時徐仲車足跡不出户庭而周知天下之務，翁子殆有過之無不及也。

聽鶯閣文稿跋

近歲藝林才人多而學人少，後生矞慧之士，剽竊故紙中隱辭僻事以炫於人，觀其所爲文，爛然若雲錦之麗，及叩其胸中所蓄，而無有也。此如伶人登場，戴金翠之飾，被文繡之衣，氣象非不富貴，問其家實無儋石之儲爾。

平望翁子廣平，樸學之士，窮居著書，不求聞於世而有志於古。於學無所不闚而必根柢經史，有源有委。班生之傳河間獻王也，曰："修學好古，實事求是。"翁子殆其人歟？

跋王篔山家藏劉珏驄馬南巡圖卷

此卷爲明人劉完庵所作。道光二年，篔山先生以讞獄至吳門，得此。明年，權按察使事，駐節吳門，出以見示。考完庵名珏，字廷美，長洲人，正統間舉於鄉。以才薦，官至山西按察司僉事。郡志稱其書法趙子昂，畫師王叔明。此其手迹也，所贈不知何人，大約是任直指於吳門者。卷中賦詩者十人，戴冠字仲規，長洲人，官山陰訓導；盛篪字仲規，陳寬字孟賢，皆吳縣人。其餘不詳。其本末大率皆吳中詩人也。

夫漢代有繡衣使者，巡行郡國，以六條陳臬。今之按察使，即古繡衣之職也，其職以廣教化、勵風俗爲先務。先生治吳，明罰敕法，守令奉行惟謹，培養士子，矜恤窮黎。請撥武進沙田歸入紫陽、正誼兩書院，各二千畝，而以其餘分撥普濟、清節兩堂充饘粥之費。又嚴賭博之禁，鉏莠安良，衆情悅服。當今世而六條並舉，不負巡方之職者，非先生而誰？士民歌祝，必有與卷中人後先輝映者，此卷不啻爲之券也。

木蘭秋獮圖跋

古者蒐苗獮狩之典，掌諸司馬。周宣獵於岐陽，銘辭十鼓，今尚在太學中。蓋王者先簿正祭器，而習武詰戎之義即寓於其中。漢京既建，上林、長楊，特在跬步之間耳。而子雲、相如二賦，鋪張揚厲，侈爲一朝盛事，流傳藝苑，炳焉與雅頌同風。

我朝以弧矢開基，威行天下。祖宗彝訓，常以毋忘武備爲戒，故每歲孟秋之月，狩於木蘭，六飛所止，千乘萬騎。蒙古諸台吉，各率其衆來會。凡爲天子合圍者一千二百人，而四十九旗之人，左鞭弭而右櫜鞬，咸奔走於鑾鈴豹尾之下，蓋合中外如一家焉，真古今未有之

629

盛也。

　　此圖乃乾隆間畫工徐瞻雲所作。瞻雲善山水人物，挾其技游公卿閒。嘗從木蘭之役，親見夫雲罕星廬之盛，出警入蹕之嚴，心追手摹，托諸丹青，以垂不朽，觀者可以知本朝撫綏中外之義焉。予向見趙文敏所畫元人田獵圖一卷，亦極一時車騎之盛，然方此則有望洋之歎矣。

　　此圖今歸宜亭権使家，名嘉禄。暇日出以相示，因綴言紙尾，以抒筦蠡之見云爾。

乾隆癸丑同館圖跋

　　此卷爲潘芝軒尚書所藏《癸丑同館圖》也。

　　翰林故事，凡狀元歸第，歷科鼎甲，皆在賓席相陪。是年十月，修士相見之禮後，進投謁於先進之門。先進報謁，於庶常館行交拜禮。教習大臣每月聚庶常之士而課之，同堂而食，列舍而居，如是者三年。然後散館，或留或去，悉出上裁。此後序資平進，無利鈍之見存焉，故京朝官惟翰林爲最親。

　　余以乾隆庚戌登第，後一科即係癸丑。而先一年，余已奉命視學楚南，不獲躬逢其盛，故是科同館諸君子不相識者居多。然榜首芝軒尚書，余同邑人也。榜眼陳君遠雯雲，雖籍順天而祖居吳江，則亦我鄉人也。吳君玉松雲、周君石芳系英、戴君金溪敦元皆庚戌同會榜而癸丑廷試者也。蔡君生甫之定、葉君琴柯紹楏又余鄉科同歲生也，時時聯襼挋裳，極平生之歡焉。故余於卷中之人，其疏者至不相識，其親者有布衣昆弟之好。俯仰陳迹，不勝頮弁雨雪之思焉。披覽再三，因綴言於紙尾。

七峰振秀圖跋

　　山川之結，靈氣所鍾。常熟福山瀕海，形家者言當於山巔建塔

630

以振其秀，謀之數十年而不就。昔阿育王以神力造八萬四千塔，一夕而成。今之人何以若是之難耶？然吾謂形勝之説，虚而無據，不如水利之事，信而有徵。今歲夏秋，淫雨爲災，常、昭二邑，涔水逆行，豈非白茆河故道湮塞之故耶？倘以造塔之力，改而濬川，俾邑人實享其利，不愈於無益土木之費耶。

王二樵寶鼎精舍圖記跋

王二樵於道場山得寶鼎三年磚二，因以名其室，畫史石渠爲圖，倪稻孫爲之銘，乃爲之跋曰：古以寶鼎名其年，今以寶鼎名其室。當其名年，有鼎存焉。今名室，則但藏寶鼎三年所造之磚而已。然萬物皆有時而壞，唯文章之名爲不朽。鼎與磚皆不可久，而其名則長存於天地之間，此嗜古者所以上下古今而有無窮之思也。質之二樵主人，當曰如是如是。

題嘉興戴松門家藏郭泰碑後

是碑久亡，故宋時歐、趙兩家皆未著録。惟乾隆初，有如皋姜氏摹本，據其自跋，是從寒山趙氏拓本摹得，而以石經殘字補足之，知趙氏所藏亦非足本，而今之首尾完善者，乃姜氏補足者也。但翁覃溪先生所記姜本以"亨"爲"享"、以"遹"爲"隨"、以"殷"爲"隱"、以"牆"爲"牆"、以"榷"爲"碓"、以"徸徥"爲"栖遲"、以"瑋"爲"緯"云云，此皆不然，則是本又非姜氏所刻本矣。近日青浦王氏《金石萃編》所録與此本一字不易，又崑山王氏所翻刻亦即此本，則是世間別有此流傳之本，既非趙凡夫所藏，亦非姜任脩所刻，其所由來不可得而知矣。

温佶碑跋

右唐太常丞《温佶碑》，錢塘江秬薌所藏，裴潾正書，無立碑歲月，撰文者姓名已蝕，惟存結銜云：「淮南節度副大使、知節度事、管內營田觀察處置等使、金紫光禄大夫、檢校尚書右僕射、同中書門下平章事兼揚州大都督府長史、上柱闕字朝散大夫守尚書虞」共六十一字，以下蝕不可辨，惟文中有「僧孺於尚書爲」等字，意是牛僧孺作。因檢《唐書》本傳，僧孺以文宗太和六年出鎮淮揚。《新史》云以檢校尚書左僕射平章事爲淮南節度副大使，而《舊史》則有云揚州大都督府長史。參考二書，與碑吻合。碑尾又云：「誰其刻詩，楊郡長史。」則此文爲僧孺所撰無疑。所謂「朝散大夫守尚書虞」者，考唐《職官志》，工部尚書一員，其屬有四：一曰工部、二曰屯田、三曰虞部、四曰水部，此蓋守尚書虞部也。虞部有郎中一員，從五品，員外郎一員，從六品。朝散大夫是從五品下階，知僧孺所守是虞部郎中也。二史皆稱左僕射，而碑云右僕射，考杜牧所撰《牛僧孺墓志》亦云右僕射，史誤也。碑云「以建中六年卒」，而僧孺以太和六年鎮淮南，至開成二年去爲東都留守，此碑之作當在此六年中，與建中相距已五十餘載，其立碑何以遲遲之故，今不可考矣。近歲，館臣集《全唐文》，僧孺集中無此碑。曩時王蘭泉司冠撰《金石萃編》所收金石文多至九百餘種，亦不及此。信乎，集古之難矣。

七姬墓志跋

張士誠之撫有吳地也，乘元季之衰，嘯聚一方，苟延旦夕之命，於事固不足道。然明師入境，吳人爲之死守久而後服，則其小惠小信亦有所以固結人心者。

當是時，其臣潘元紹將出師拒敵，有姬七人同時自盡。今吳城東北隅有七姬墓，即其埋骨之地也。張靜居曾爲作志，楊升庵諸人皆有題辭，其辭或褒或貶，各有異同。吾則謂草昧之初，群雄逐鹿中原，明太祖與陳友諒、張士誠輩競起，成則爲帝王，敗則爲寇賊，此其成敗惟天所命，初非有所優劣。而當張氏垂亡之際，婦人女子皆知以死殉其夫，亦可徵吾鄉風俗之善。彼升庵等身爲明臣，不得不致貶於張氏。

今易姓之後，尚論者當存廓然大公之心，毋庸意存軒輊於其間矣。

楞嚴經跋

此經相傳是龍勝菩薩於龍宮默誦而出，其義微妙甚深。蓋阿難尊者爲釋迦文佛少弟，智慧絶人，佛門中推爲多聞第一，故是經所說義理尤精，天人之理，無所不包。彼中最爲寶惜，秘而不傳。

姚秦時，宋雲至西域求經，此經未入中國。貞觀中，沙門玄奘往西域十九年，所取三藏經文至夥，亦未之聞也。後有天竺沙門般刺密諦欲將此經傳入震旦，屢竊而行，皆被獲阻留。最後以薄氎細書，破臂深藏，杭海東來達廣州。適唐宰相房融以南銓在廣，受而筆之書，即今譯本是也。秘笈初來，隱而未顯，迨天寶十年西京興福寺惟慤法師於融家得其本，始作疏解而廣傳之。其後西域有狼達爾瑪者爲汗，毁滅佛法，焚棄梵笈，此經遂亡。幸其先入中國，故完經尚存。我高宗純皇帝時，命國師章嘉呼圖克圖由漢字重繙梵本，此經乃復還舊觀。

竊聞當時彼中有補敦祖師曾經授記，云是經滅後五百年，當由中國譯歸藏地。時節因緣，正在此時，仰見聖人之一舉一動必合天心，而大雄氏之教普遍十方，流傳無盡者，天實爲之，古今眨聞之士往往著書立說以闢之，多見其不知量也。

獨學廬四稿文卷五

傳

秋清居士家傳

居士姓黄氏，名丕烈，字紹武，一字蕘圃。先世居閩之莆田，其十世祖秀陸遷至江寧，及曾祖琅始移居吳門，再傳至君考維，號耐庵，以忠信直諒訓其子弟。君生有至性，克承家範，謹支持己，直以待人。

少歲讀書務爲精純，發爲文章必以六經爲根柢。嘗仿宋人春秋類對之法，摘經語集爲駢四儷六之文，以類相從，裒然成編，其勤學如此。年十九補學官弟子，尋食餼。二十六舉於鄉，屢赴公車不售，意泊如也。嘉慶六年由舉人挑一等以知縣用，籤發直隸，君意不欲就，則納貲議叙得六部主事，旋歸里杜門著書，二十餘年未嘗作仕宦想。

性孝友，耐庵先生新喪，家人不戒於火，災及寢室，君據父襯不捨，誓以身殉，火亦不及，人以爲孝思所感。兄承勳出爲伯任達先生後，君承父産，與兄分受之。與朋友交，然諾必信，有善必贊，有過必規，多聞直諒，三者兼之。

平生無聲色雞狗之好，惟性喜聚書，遇一善本不惜破産購之，嘗得宋刻書百餘種，貯諸一室，顧南雅學士顔其室曰"百宋一廛"。

每獲一書必手自讐校，一字一句之異同必研索，以求其是。如《荀子·勸學篇》"冰生於水而寒於水"，古本作"冰水爲之而寒於水"；《陶淵明集·桃花源記》"欣然親往"，古本作"欣然規往"，諸如此類，君皆一一發明之，非好學深思，心知其義，孰能如此？所刻書有《周禮》鄭注、《國語》、《國策》、焦氏《易林》等書，一以宋刻爲準，蓋惟恐古學之淪亡也，可謂有功藝苑者矣。晚年自號"秋清居士"。道光乙酉，春秋六十三，秋八月微示疾，遂不起。當易簀之時，神明不亂，識者知其得力於直養無害云。

余與君中表弟兄，少時同塾讀書，迄今垂六十年。知君素行者莫余若也，因著爲傳，列諸家乘。

孫太宜人家傳

孫太宜人，封奉直大夫盤谷周公之配也。先世由青浦徙吳江，祖元，吳江學生，學問賅博，精地理，工篆刻。父立綱，號笠夫，乾隆乙酉純皇帝南巡江浙，以邑諸生迎鑾獻賦，召試入等，拜文綺、荷囊之賜。善詩畫，放迹山水間，偶有所作，人愛如珍璧焉。

太宜人生長儒門，幼習女史，讀書通大義。年二十一歸於周，封翁方勵志儒業，不問生産。太宜人黽勉有無，善持家政，事其翁先意承志。翁性好賓客，太宜人治具必精潔豐腆，適倉卒，不夙備，典釵質衣，不令堂上知也。相夫子必誠、必敬，不以米鹽凌雜累其心，故封翁得一意讀書。乾隆丙午歲飢穀貴，有田四十畝有奇，饘粥不給，太宜人自食糠粃而奉養其翁者必精鑿。

生子七人，教養兼至，長一鶚，績學工文，善八分書，得漢人之髓；次鶴立，乾隆甲寅舉人，大挑一等，以知縣用，簽掣湖北，以親老請改近省，改掣安徽，歷署蒙城、定遠，所至有廉聲，每迎養，太宜人輒曰："汝努力作官，吾健在，不願恩汝。"且曰："貧是我家本色，作官作爲求富也。汝先祖忠毅公在明朝爲德清令，惟日食蔬筍，當時以爲官與縣名相稱，汝但守先人遺訓，毋負國恩，毋忘祖德。"故鶴立服官二十年，以清白名於時，太宜人之教也。嘉慶二十四年卒，年八十有一。鶴立以次有弟五人，某某，或仕宦，或業儒，皆循謹有家法，鄉里間益籍籍頌母教云。

外史氏贊曰：婦人無奇行，以恭儉孝慈爲本。賢哉周母，事翁孝，相夫敬，復能以廉隅訓其子姓。《詩》曰"終温且惠，淑慎其身"。其斯之謂與。

江烈婦家傳

皇朝功令，旌節婦，不旌烈婦，非曰烈之不如節也。天地以好生爲心，聖人體天地之心，慮夫溝瀆之諒，相習而成風，而婦人之輕其生者衆也，故功令禁之，以戒其死。然有烈婦，有司必以聞於朝，議禮之臣不敢專，必請命於天子，天子必破格旌之，以慰死者之心，仁之至、義之盡也。然以功令不許之故，世之節婦多而烈婦少，故烈婦尤難得也。若吾鄉江烈婦可傳焉。

烈婦姓袁氏，蚤喪父，事母以孝聞，生而貞靜，笑言不苟，母授以《列女傳》，諷誦之餘，輒掩卷三歎，慨然思古賢媛之風，蓋其重倫常而慕節烈，其天性然也。既笄，歸於吳縣貢生江元焰。江故素封家，而婦愛澹泊，屏鉛華弗御，事祖姑及姑皆能得其歡心。元焰方習儒業，朝夕手一編，家政一惟婦主之。婦經畫井然，送往事居，動必以禮，祭祀賓客，罔有闕遺。元焰因支姓繁衍，慮他日豐嗇不齊，捐田立義莊以贍族人，婦竭力贊成之。

乾隆癸丑歲，元焰居祖母之喪，積毀成疾，婦醫藥百方無效，則焚香告天，願以身代。元焰卒不起，婦曰："婦人以夫爲天，所天既失，安用生爲，吾將從良人，事舅姑於地下。"家人知婦有死志，防之嚴。及元焰殯之日，婦仰天哀號，奮身觸柱，亟援之，而創已深，即於是日死，距元焰之死三日爾。其後二十五年，當嘉慶戊寅歲，其子啓堂陳其事，所司以聞，天子特旌之。由是天下皆知吳中有江烈婦，能以死殉其夫云。

夫人孰不愛其生，至不幸而死，或殉乎名，或迫乎飢寒，而無如何。今江氏家方隆盛，其衣食足以資生也。功令所禁，非以爲名也。乃以閨閣婉孌之身，奮其一往之氣，引決於須臾之頃，雖古之烈士，何以加焉。其貞一之性，出自天生耶，抑熟聞古賢媛之事，薰習久而有所效法耶。綸綍恩榮，光生泉壤，殆不求名而名至者耶。

贊曰：坤道無成，犧聖之義。舉案相莊，人倫幸事。蒼蒼不弔，所天先逝。曰未亡人，不亡何俟？奮不顧身，以申厥志。厥志既申，可以風世。綽楔旌門，榮垂奕禩。《柏舟》有詩，清徽堪繼。

碑

德清縣城隍廟碑

《易曰》："精氣爲物，游魂爲變。"是故知鬼神之情狀，則鬼神與人原始及終，若循環之無端，聖人固已言之矣。但不知有天地以來，先生人而後有鬼神耶，抑先有鬼神而後生人耶，聖人不言，世之人亦不得而知也。然古時厲山氏有子能殖百穀則祀以爲稷，共工氏有子能平水土則祀以爲社，可知生而明聖，歿則爲神，斯事出自古聖人，必其理如是而非誣也。自秦漢以後，罷侯置守，分九州之地爲郡縣，歷代因之，遂各設城隍之神，載在祀典。

浙之湖州府，明成化間有江西德化勞公鉞來守是邦，政績異人，其歿也，謂與神遇，將爲斯郡城隍之神，州民因而祀之。至今二百年，士庶奔走，香火弗衰，明人鑱石述異，植於廟中，讀之者可考。

湖之屬德清縣城隍廟在縣治之東，儒學之左，故老相傳亦祀公爲神，而無可徵信。嘉慶二十三年，予長子同福權邑宰，予因至其地，邑中耆老請紀其説於麗牲之石。予聞《祭法》云"有功德於民則祀之"，當公守郡時既有惠政及民，無不及旁邑者。崇德報功之心，雖旁邑之人，猶之州民也。府既祀公爲神，則德清之祀公奚不可者？或曰："斯廟也，宋紹興間已有之，彼時公尚未生，夫誰爲之主？"予曰："世間守令不受替乎？神既爲一方之主，冥冥中亦必有所黜陟。公之先，當亦有聰明正直而爲神於兹土者，及明成化之間而受代也，又何疑焉？總之，心之精神謂之聖，合斯邑億萬人之心，尸而祝之，則神之式憑於兹土也固宜，無俟徵陰陽不測之説以爲信也。"廟之興修者屢矣，載在邑乘，兹不具述。

第述邑人所以祀勞公之故，以告後人。

墓志銘

周蓼疇墓志銘

洞庭山在太湖中，距會城百里而近，山之人多習計倪之術，善折閲，遠涉江湖間，有范少伯之遺風焉，若鄉飲賓周君蓼疇殆其人歟。

君諱克緒，字紹裘，蓼疇其自號也。家在洞庭東山，世有隱德。君童年喪母，孝以事父，讀書通大義。以家貧棄而服賈，往來江浙間，嘗曰："大丈夫不能致身榮顯，利澤及人，則當治生。"稍有餘，以供脩瀡，且爲宗族交遊緩急所資，故累致千金，所以奉養其親者無所不至。嘗客江西，聞父有疾，星夜遄歸，至錢塘江，風阻不得渡，君禱於神，遂行不顧，他舟或傾或覆，舟中之人五色無主，君安然無恙，及抵家視父，僅踰日而殁，人以爲孝德所感云。其居鄉也，好行其德，鄰里有孤寡無依者必周之，貧而不能婚嫁殯葬者則助之。所居山徑犖确，君首捐金修治。鄉人感其義而繼起者衆，遂成康莊焉。晚年葺宗祠、修家譜，惇信明義，鄉人矜式焉。有司行鄉飲酒禮，舉君爲介賓。於嘉慶十八年卒於家，春秋八十有七。配席氏、祝氏。子二，尚芬、尚榮，皆爲太學生。孫三。尚芬等以嘉慶二十四年十一月葬君於楊灣新阡，以狀乞銘。銘曰：

敦禮讓，寡悔尤。匪富貴是求，惟天爵之修。嗚呼！此古君子之儔。

浦江縣知縣岳君墓志銘并序

予於嘉慶四年由翰林修撰出守重慶。維時蜀中有白蓮教妖人之亂，徵調四至，軍符絡繹，風鶴之警日聞。涪州人告予，曰："曩有司訓岳君，故大將軍襄勤公之曾孫也。才略過人，州事嘗倚之而辨，惜乎銜恤去矣。"予心識其人而未嘗見也。其明年，君司訓綿州，而賊犯川西南。有人自軍中來，言"綿州幸無恙，衛民禦賊，岳司訓之力居多。"予益信涪人之言不妄。其後二十年，長子同福官於浙，有同僚浦江岳尹之喪，孤子維堃等以狀來乞銘，稽其狀，則向時司訓綿州者也。予欽遲久矣，敢以不文辭。

按狀：君諱炯，字秋塘，四川中江人。自宋忠武王十九傳至大同總兵官鎮邦，守邊有功。鎮邦子昇龍，官四川提督，入蜀籍。昇龍子鍾琪，官少保，寧遠大將軍，川陝總督，封威信公，世襲一等輕車都尉，謚襄勤，則君之曾祖也。鍾琪子濬，官山東巡撫，權兩廣總督。岳氏自入本朝，以武功顯，凡四世皆有勳績，載在國史。君之考廷楷，候選州同知，早卒。

君少孤，以母氏李太孺人食貧教養，乃自成立。年十八入學爲弟子員，三十由拔貢生赴京朝考，入二等。引見時，純皇帝垂詢，云："汝乃岳鍾琪之曾孫耶？"君叩頭謝，奉旨以教職用，選涪州訓導。丁母憂，服闋。署綿州訓導、新都教諭，補興文教諭，計典卓異，升授浙江之浦江縣知縣。在官十二年，俸滿述職，入都病殁京邸。

君性和惠而廉介，有膽識。其在綿州時，制府以賊逼潼川，下令禁渡。時川北避賊者男女數十萬，呼號求救，君請於大府，曰："賊未至，而坐視億萬生靈填於溝壑，是百姓不死於賊而死於官也。"制府心動，許方舟濟之，獲全者無算。及其宰浦江也，訟繁俗悍，君一切以慈惠處之。或有以猛濟之説進者，君曰："百姓皆吾赤子，何忍加以酷罰，且酷者所以濟貪也，吾不願爲貪吏，安用酷爲？"百姓感之，縣境大治。君之將入都，貧不能治行李，縣人知之，將謀所以助君者，君力辭乃止。其公啓有云："雖清官不愛錢，自有不貪之寶。"而行者必以賻，諒無不受之金，則人情之愛戴可知矣。

君生於乾隆庚辰，卒於嘉慶己卯，春秋六十。配戴氏。子六，某某。孫七，某某。諸孤將扶君之櫬歸葬於蜀，先期乞銘。銘曰：

將家子，習儒術，文武道，二而一。寬以臨人，非曰市德。蚩蚩者氓，奚知法律。蜀山高兮蜀水清，中有一人廉且貞，循良欲傳視吾銘。

吴枚庵墓志銘并序

嗚呼！世無處士久矣。今之人束髮讀書，達則爲公卿大夫，否則困於科舉之業，孜孜矻矻以終其身，欲求夫修學好古，蟬脱聲利之外，簪笏不動其心，簞瓢不改其樂者，實難其人，若枚庵吴先生其庶乎。

先生諱翌鳳，字伊仲，初號枚庵，晚歲又自號漫叟，江南吴縣人。少禀異姿，讀書五行俱下。既冠，以試院《旭昇樓賦》，受知於學使曹秀先祭酒，食餼於庠，貢入成均。所交皆一時知名士，聲華籍籍藝林，先生視青紫若敝蹤也。年四十，即絕意於干祿之學，惟仰屋著書。獲一未見書，必手鈔，所鈔書盈笥篋，皆讎校精核，無一譌字。詩宗唐賢三昧，書法董香光。善寫生，草蟲花木，落落縱筆，入徐熙之室。工篆刻，古雅有法。所蓄金石文甚富，一一能道其存亡真僞。閒作山水，亦高簡無俗韻。故尚書姜公晟之巡撫湖北也，遠致羔雁，延課其子，先生遂作楚游。姜公既去楚，先生爲楚中士大夫所扳留，坐皋比，教授諸生。凡往來於楚之南北者二十七年，然後歸老於故土。嘉慶二十四年夏，偶感暑瘧，既愈又發，遂不起，以七月初三日卒，春秋七十有八。

父坤，字載寧，以善畫名於世。其歿也，先生哭之過其節，左目遂失明。母沈氏早故，繼母陶氏尚存。配沈氏先卒。子三，寶彤、寶苇、寶紳，殤其二，惟中男僅存。孫一，之慶。

先生性樂閑靜，外通內介，家無擔石儲，而口不言貧。後生從之游，視若和易近人。至非義之爲，則凛乎不可干也。所著書有《與稽齋叢稿》、《吳梅村詩注》、《唐宋金元詩選》、《懷舊》、《卭須》二集，皆已刻行世，其未刻者尚有二十餘種，世未及見也。

孤子寶苇以次年三月初八日，葬先生於太倉山之原。先期乞銘。銘曰：

儒家者流，賢聖爲伍。勵志詩書，抗心鄒魯。矯矯先生，性厭華膴。讀書萬卷，圭璋在府。蔚爲文章，弗懈及古。誘掖後生，若被時雨。行必踐繩，言必執矩。哲人云亡，斯文焉取。

嚴少峰墓志銘并序

儒有難進而易退者，聖門所尚也。吾吳自延陵季子辭千乘之封，而退耕於野，流風所被，廉讓之士多而貪位慕祿之人少。往往行爲世則，才爲國華，一旦蕭然舍去，抱樸守素以終老者，古昔所尚，今復於少峰嚴公見之。公諱榮，字瑞唐，少峰其自號也。世居吳之洞庭東山。曾祖有武，祖選，世守清德，名列縉紳。父福，乾隆乙未會試第一，官翰林編修，入直上書房。

公少承庭訓，復婿於王昶侍郎之門，學有師法，通經術，曉暢世務。乾隆癸卯舉於京兆，乙卯成進士，改庶吉士。散館，授編修。嘉慶己未，授浙江金華府知府。庚午調杭州府。公之居官也，謹度支，慎訟獄，以實心行實政。歲庚申，金華山水陡發，府屬邑多被災，公親加履，勘田地之被砂石衝壓者，以坍荒報，除其賦。男婦之被水者，請官給口糧賑之，民獲生全。其在杭州，上官倚如左右手。公在官言官，無一念涉於私。浙中鹽法積敝，公奉大府檄，勾稽釐剔，積逋一清，吏無所容其奸。浙西歲儉，公請蠲請賑，并委員購米以充民食，旁邑皆仰給焉。西湖歲久不濬，葑草積淤，公請撥運庫閒款，鳩工淪濬，下游民田實蒙其利。公之善政不勝述，茲述其大者。

歲丙子，西湖之濱有盜棺者，既獲犯，閱實其罪矣，杭人有爲御史者，抗疏以爲非是，上遣朝臣平反之，巡撫、知縣皆褫職，連及公，應鐫級。其後巡撫、縣令皆復原官，公之獲咎也微，且因公，苟黽勉從事，當必駸駸嚮用，乃竟引疾歸。既歸，浣衣濯冠，以恭儉撙節訓其子弟，時時徒步里閈間，人不知其爲達官也。向所云"難進易退，抱樸守素"者，公其有焉。

歸後六年，道光元年六月，以病卒於里第，春秋六十有一。初娶王氏，繼娶陳氏。子八，某某。孫十三，某某。孤子良裘等以道光三年某月某日葬公於某原。銘曰：

洞庭之嚴，世有陰德。父子濟美，大其門閭。當公少時，克岐克嶷。至性過人，鴻文華國。及公出守，委蛇奉職。行爲衆母，言爲邦直。公之歸也，優游黨術。履約踐繩，不忒不忒。鬱鬱包山，

642

茫茫笠澤。山虛水深，奠茲幽宅。

內閣學士錢公墓志銘

公諱榮，字振威，號湘舲，長洲人。初爲諸生時，名起，字振來。乾隆間功令，避前代名賢之同姓名者，因易今名與字。先世出武肅王之後，自廣陵王分支，爲三十世孫。高祖中諧，順治戊戌進士，舉康熙己未博學鴻儒科，官翰林編修，崇祀鄉賢祠。曾祖源肇，虞貢生，官太湖縣教諭。祖峋，府學增廣生。父效書，國學生。三世皆以公貴。

公自童穉之歲，舉止端莊，初受經史，覽即成誦。稍長，受業於陸澹明、張楚門兩先生。其文得清真雅正之傳，有聲庠序間。母高太夫人病，公刲臂肉，和藥以進而愈。其至性過人如此。

公之入學也，受知於梁文定公。乾隆己亥，舉於鄉。辛丑成進士。自入學以及鄉會廷對，凡四試，皆第一，本朝以三元及第者，自公始。純皇帝嘉之，寵以詩章，有"王曾如可繼，違弼我心存"之句，蓋其始進時，已簡在帝心矣。授翰林修撰，旋侍直上書房，敬恭匪懈，十有餘年。丙午充順天鄉試同考官。己酉會試，又充同考官。甲寅、主廣東鄉試。嘉慶戊午，主雲南鄉試，即拜提學之命。其歷試所識拔多知名之士，其後爲達官者，若錢公楷、李公鈞簡，位望政績，皆赫赫有聞於時。論者謂公有人倫之鑒云。其在雲南僅一載，以嘉慶四年八月初七日卒於官，春秋五十有八。夫人余氏，淑慎宜家，有無罣勉，後公十六年而卒。子二，喬雲，四川榮縣丞；朗雲，太學生。孫五，璨、瑛、琪、琛、璈。孤子喬雲以道光四年八月二十五日乙酉，葬公於太倉廿五都三圖闔字圩之原，余夫人祔。

韞玉與公同郡，又同舉於鄉，熟聞公生平行事，因述其大略而爲之銘曰：

國家設科,網羅賢才。天生俊乂,伯仲鄒枚。名登高第,文列上台。三試三捷,必奪其魁。其一其人溫溫,其行矯矯。經史爲田,忠孝爲寶。諭教冑筵,賡颺天藻。出入起居,罔達於道。其二官不躐進,知公之恬。室不餘蓄,信公之廉。士林圭臬,世俗鍼砭。公輔之望,斯人具瞻。其三海上靈黿,雲中威鳳。公逢其時,弗竟其用。丹旐明旌,素琴志痛。銘茲樂石,輿人同誦。其四

徐孝子墓表

今上龍飛之初,詔天下郡邑舉孝子順孫、義夫節婦以厲風俗,於是吳門士大夫於道光二年冬,公舉鄉之徐君孝行以聞於有司,封疆大吏請於朝,旌表如律令。其時孝子歸藏久矣,鄉人請爲文以表其墓。夫闡潛德而發幽光,惇史之職也。爰不辭固陋,綜其生平大概而壽之石。

君諱金霂,字翔千,自號漱坡,世居吳縣洞庭東山。曾祖履中,祖大來,父贊,儒業相承,世守清德。兄弟五人,君居其長。生而端粹敦厚,卯歲如成人。性至孝,事父母婉言愉色,必得其懽心。十歲,五經畢業,發爲文章,根柢六經,弗襲浮華。年二十二入長洲縣學,旋貢入太學,八應鄉試,三薦而終不售。論者惜君之屈,而君欲然不戚於心。朝夕怡怡侍親前,起居飲食必謹。父病且亟,君焚香籲天,請以身代。及其歿,喪葬必依古禮。母病久弗瘳,喜怒失常,君晝夜奉侍惟謹。母每忽忽不樂,君則曼聲歌唐人詩,奮袖拍張,學稚子嬉戲,以博其歡,若古萊子之娛親然。如是者春秋四易弗懈,鬚髮盡白。母既歿,哀毀若喪父時,其至性如此。

今夫孝也者,庸行也,非奇節也。自明人屠隆輯《二十四孝圖說》,輒采臥冰、哭竹等事。迹以炫人耳目,世俗往往艷述其事,由是孩提愛敬之出自性生者,轉爲矜奇尚異之說所掩。抑思《禮經》

所載《少儀》、《内則》諸篇，止於扶持抑搔，膝下周旋瑣屑之事，而大孝如文王亦不過致意於視膳問安而已。孔子曰："事之以禮，葬之以禮，祭之以禮，可以爲孝。"蓋聖人論孝，必在庸言庸行，尋常日用之間，而不爲新奇可喜之論。若君之於親，生事死葬，盡誠盡哀，此可爲一世法者，而果也仰承天寵，綽楔旌門，於以見聖朝章志貞教，以勵風俗者，在此而不在彼也。

君卒於乾隆五十一年，越六年葬於長圻祖塋。今特表之曰：孝子徐君之墓。將以告夫當世之爲人子者。

四川叙永直隸同知周君墓志銘并序

蜀於中國在西北邊徼，二百年來數有兵事，故文武官吏從事行間者不少其人，或飛芻挽粟，或磨盾草檄，皆以功名顯，然馳駔萬里之外，俾荒服之人得聞中國聖人之教而變其俗，則勗齋周君有足多焉。

君諱明德，字某，勗齋其自號也。先世家於吳門，曾祖敬侯，祖維新，皆太學生。父大倫，候選縣丞。君以祖若父游幕泗州，因家於盱眙。

君幼好讀書，十二能詩，十三學爲文。年二十歸蘇州，南北鄉試皆不售，以四庫館謄錄，議叙縣丞，發四川試用。時金川平定，京兵凱旋，君即奉檄辦理回兵差務，叙勞加一級。西域之用兵也，君隨大帥至兩藏辦理軍務。西域之俗，人死不葬而臠其肉以喂鷹犬，雖人子於父母皆然。君請於駐藏大臣尚書和琳，出示嚴禁，並指荒山以爲義塚，夷民感動，其俗遂革。西域人向不出痘，間有一二，即抛棄山谷以避沾染。君又請於和，設立醫局藥餌，凡有嬰孩出痘者，即送局調治，由是保全甚多。夫人孝慈之心，稟於天性，而殊方絶域，未聞中國聖人之教，遂至臠割其親而不知非，棄捐其子而不知惜，君因利乘便，使數十年之惡俗一朝而革，其有造於斯人爲何如？君歷官多政績，不勝書，述其大者，以示後人。

君官至四川叙永直隸同知，援例改六部員外郎，未赴官。於嘉慶六年告歸，時年纔五十二，亦可爲急流勇退者矣。在林下優游二十餘年，道光三年卒於里第，春秋七十有四。配王氏，淑慎持家，言不出閫，先於嘉慶二十四年卒。孤子冕，卜於道光五年十月朔日，奉二親柩合葬於長洲縣八都上七圖海淡字圩白坊之原，索予銘其墓。予與君同官於蜀，知君行事稔，因叙其生平大略而爲之銘曰：

偉哉周君人中豪，服官不憚勞人勞。馳驅萬里行荒徼，佩刀橐筆隨旌旄。運籌帷幄參戎韜，視彼荒服如同胞。移風易俗惠澤饒，愔愔大雅德音昭。佳城鬱鬱宰木高，銘兹幽宅非過襃。

俞太孺人墓志銘并序

青浦倪君倬，績學敦行，蔚爲儒宗。其爲長洲教諭也，以廉隅自礪，後生奉爲楷模，如是者四年，丁母憂，解官歸，其秋吉，葬有期，以狀乞銘，讀之乃知芝草醴泉，根原必有所自出，君之學行過人，皆賢母之教也。

按狀：太孺人姓俞氏，家本士族，年二十四歸於處士公。維時處士巳三妻，皆無子。太孺人來歸，日禱於觀音大士，一夕夢有褐衣老嫗持兒來付之，因而有身，生男，即倬也。處士性落拓，不治家人產。其歿也，室如懸磬。然倬纔十三齡，未成立，太孺人含辛茹苦勗之學。饘粥之資，束脩之費，皆出自十指紡績中。倬偶從鄉里少年博，太孺人招之歸，不怒於色也，但歷舉某人某人以博敗其家，倬知儆，終身不復博。倬所與游者，太孺人必審其姓名，其人而良士，則出酒食以享之，曰益友也，汝從之游，將有令名。倬在長洲，太孺人從之官，孫曾滿前，含飴自樂，以嘉慶二十四年卒，春秋九十。今倬將以某年月日祔葬於某原先處士之塋,禮也。

嗚呼!婦人以順爲正,非貴有奇節偉行,若太孺人,事舅姑以孝,相夫子以勤,撫子孫以慈,壽登耄耋,高朗令終,斯爲巾幗中之完人也與。乃爲銘曰:

地道無成,載物者厚。母也能賢,必昌其後。焠掌明慈,實傷其手。匪怒伊教,斯爲善誘。《易》筮《家人》,利貞永久。言物行恒,在貧不疚。積善慶餘,俾臧而壽。幽宅無艱,兹銘不朽。

徐石軒同知墓志銘

士有經濟世所尊,在邦必達家亦聞。百務在手理不棼,出佐大郡稱神君。歸有膏澤及榆枌,哲人既萎遺愛存。左林右泉安土敦,積善餘慶貽子孫。誰欸爲券視此文。

十一郎壙志

亡兒季常,余之第四子也。寒門寡丁男,男女相伯仲,故呼兒爲十一郎。兒生而慧且愿,甫能行即瞱就余讀書,不異中人,而於諸技術無所不解,畫山水,楚楚有致;戲爲篆刻,奏刀自然合度;學鼓琴三日而成《良宵引》一曲。然凡事得其大概即止,不肯竟學。其於音律殆天授,不學而能。五歲時隨余僑居秦淮上,聞水舫笛聲,即辨爲何曲。稍長,於管絃諸器,著手成聲。性好佛,孩提時遇佛即拜,舟行見岸上紅牆,即拱揖致敬,常獨處趺坐,作禪定狀,不與群兒狎。道逢貧乏人,必與以錢物,入廟必以所有布施。有物必讓其兄,雖所愛物,他兒奪之,或壞之,無幾微愠色。有紹興徐媼,幼保抱之,媼病,兒旦夕視之,死而哭之哀,其天性淳厚如此。年十六,忽得咯血疾,時止時發,次年冬遂劇,謂其母曰:"兒病且不起,此天數,母勿悲也。"卧床三日,合掌而逝,時道光三年十一月初五也。夫世人父子緣盡則散，此亦事理之常，惟是兒至性過人，方冀其成立終事余，乃不壽而夭，有不能忘情者。吾聞佛氏有三世輪迴之說，此子大率自僧伽中來，於世緣不深，故不婚不宦而去。今葬於余生壙之側，死而有知，庶幾魂魄常相聚云。

祭文

王惕甫祭文

嗟先生之不祿兮，念風流以雨絕。瞻少微之星隕兮，驚武擔之山折。彼松柏之後雕兮，每餘榮於晚節。胡哲人之易萎兮，悲琴瑟之遽撤。維先生之誕降兮，鍾吳會之英靈。承朱紱之十葉兮，抱青箱之一經。幼岐嶷而特立兮，聞詩禮而趨庭。聽祖考之彝訓兮，慕儒先之典型。羌修學而好古兮，早蜚聲於庠序。當風簷之文戰兮，每喜然而首舉。守菑畬之經訓兮，蘊珪璋之文府。恭逢先皇之時邁兮，拜上方之黻黼。春秋三十而自立兮，將彙征於天衢。秉桑蓬之初志兮，乃言邁於皇都。公卿聞而願交兮，惠心卜其有孚。游朱門如蓬戶兮，常逍遙以自娛。載奏賦於長楊兮，幸天顏之有喜。闡石渠之惇誨兮，識菰蘆之佳士。旋授經於宮學兮，直金門以三祀。爰叙勞而秉鐸兮，監吳淞之煙水。登廟堂而習禮兮，懷飛鳴之好音。示文章之軌範兮，留教澤於士林。忽奉諱而言歸兮，遂解組而抽簪。仰屋梁而著書兮，獨抱膝而長吟。幸吾儕之同井兮，常欽遲而接武。步壽陵之後塵兮，話草堂之今雨。聆珠玉之聲欬兮，縱談今而論古。仰文陣之雄師兮，推騷壇之盟主。胡昊天之不弔兮，悼梁木之忽摧。愴玉樓之倏召兮，惜寶樹之長萎。聽山陽之夜笛兮，感不絕於中懷。薦芳蔬而奠絮酒兮，靈仿佛其若來。

獨學廬五稿

獨學廬五稿詩卷一

燕居集一　古今體詩八十二首

丙戌三月赴浙江方伯繼公之約留贈

爲赴停雲約，扁舟復此過。古歡千里結，小別十年多。良會思投轄，流光感逝波。昔賢吟賞地，觴咏近如何？

山陰縣署作

地擅東南美，輿圖古會稽。遥山青滿郭，新漲綠平隄。秀麥花初落，柔桑葉未齊。此邦風景好，乘興數攀躋。

和吴兼山通守澹遠樓之作

溪山秀色入吟毫，詩品清華近謝陶。攬勝似於仙窟住，避嚣欲向醉鄉逃。客來四海追歡便，官領三江奏績高。試擬元龍樓百尺，一生湖海氣長豪。

修到鴛鴦不羨仙，劉綱夫婦各超然。經營邱壑憑胸次，舒卷雲烟過眼前。宴坐常登歡喜地，禊游如在永和年。聲名官職尋常事，難得傳家有寶田。

公是公非久謬悠，才人布政獨優游。閒中飲酒從犀首，畫裏看山憶虎頭。潘令幽居先卜宅，武侯佳語特名樓。公餘不忘書生業，能讀三墳及九邱。

卅年蹤迹互行藏，離合悲歡亦備嘗。歷井捫參經蜀道，吟風弄月在江鄉。軍門磨盾思三楚，曲水流觴憶二王。此日訟庭無一事，催耕時節正停忙。

浙水東西往復回，循良聲譽滿溫台。分符巖邑留棠蔭，折獄虛堂仰鏡臺。欒布社存群頌禱，鄧攸船去獨低回。絳紗帷下談經日，早識彭宣是雋才。

保障由來異繭絲，仰思蘇白自神馳。湖山坐嘯非關傲，階級頻遷不慮遲。共識胸藏醫國術，底須手辦買山貲。我來聽遍輿人誦，正遇行臺考績時。

芳園遍種四時花，招我由敖遠折麻。酒買玉壺聊共賞，詩成錦瑟不勝嗟。余時方悼亡。閒情差比乘軒鶴，急景還驚赴壑蛇。欲與鍾嶸銘瑞室，此間賓至竟如家。

仙郎綵筆志山栖，襟帶蘇堤與白堤。怕礙修篁穿徑曲，愛看遠岫築垣低。比鄰樵叟兼漁父，侍史香東又墨西。架上擁書三萬卷，牙籤玉軸手親題。

賢勞王事少寧居，偶向城南小結廬。博物共推虞秘監，緩刑獨契路溫舒。才方甯越知非易，鑄到顏淵慮不如。試問淳安諸父老，至今傳誦救荒書。

囊底經綸叩不窮，翹然自異衆人中。升高能賦消清晝，餐勝如歸愜素衷。支笏蕭閒迎爽氣，鼓琴和暢引薰風。一花一石皆詩境，奚必平泉說衛公。

游吼山作

越山多平遠，此境獨出奇。舟行不知處，路入歧中歧。峭石削成壁,草木多葳蕤。巖根圻圭竇,游者爭先窺。空潭若明鏡,微風生漣漪。昔聞陶石簣,於此曾栖遲。讀書樓尚在,標題揭檐楣。倚欄發長嘯,百谷聲相隨。地靈人亦傑,懷古寄遐思。

訪徐文長青藤書屋舊迹

蕭齋十笏對芳塘,檐角青藤引蔓長。自是才人栖息地,至今古井墨華者。

藝林香火有因緣,寶篆珍藏已廿年。向在蜀中得"文長"二字玉章,至今藏篋中。畫苑盛稱田水月,真人名相不輕傳。

登　快　閣

平湖一曲鏡奩明,小築仍題快閣名。在昔山靈能表異,至今詩境尚餘清。鳥從雲水空中過,月向烟嵐缺處生。攬勝不嫌歸路晚,滿街燈火入嚴城。

虎邱山塘觀競渡有感作

青山綠水帶卷阿,吳地銷金是此窩。愛月常疑天不夜,藝花只恨地無多。名倡炫色穢於李,小舫衝波捷似梭。方怪少年太行樂,豈容老子更婆娑。

新修白公祠成,同人賦詩落之

卅載叢祠復繕完,昔賢曾向此盤桓。湖山嘯傲留陳迹,香火因緣締古歡。十笏蕭齋依佛剎,一灣流水悟文瀾。我來又結吟詩社,幸值同心臭似蘭。

自題適佳舫

沙棠之舟木蘭槳，八窗通明氣蕭爽。安牀支竈作浮家，經邱尋壑恣幽賞。我生行役遍九州，江淮河漢嘗周流。乘風萬里亦快意，浩蕩不讓滄波鷗。二十年來謝塵事，老去更無四方志。始知止止是吉祥，牖下安閑亦天賜。勾吳山水東南美，一邱一壑皆可喜。稍覺登臨杖履艱，一舟游戲烟波裏。我聞蘇公擇勝亭，經營意匠手作銘。無往不適且住佳，我師其義題諸桯。世間萬物皆如寄，宦海收帆亦非易。此日中流自在行，無須更卜涉川利。

彭詠義孝廉歸自京師，作此貽之

清門文采世同欽，鑄就顏淵百鍊金。萬選共驚遺國士，一官尚喜在儒林。青山氣爽方支笻，白社緣深再盍簪。自古大才成必晚，歲寒松柏守初心。

分詠張蒔塘園中花，得紫薇

湘簾高軸引薰風，一樹繁花屋角紅。却憶玉堂深鏁處，夜深相對月明中。

詠庭前甘露花

池上西齋廣十尋，蕉花開處綠成陰。初無豔色堪娛目，幸有甘漿可沁心。妙墨最宜供作草，修筠何事苦相侵。依稀記得王維畫，萬葉紛披雪滿林。

女史汪允莊明詩選題詞

古有采詩官，因詩見風俗。作者無他長，但取性情足。漢魏六朝來，群賢繼芳躅。上下二千年，同工非異曲。粵稽有明初，風雅尚可錄。吳門聚四傑，鸑鳳相聯屬。卓哉青邱翁，衆裏樹大纛。忽焉生崆峒，砆砆混良玉。滄溟復繼聲，藝苑中酖毒。擬古畫葫蘆，量才設桎梏。標榜傾時賢，甘心受約束。狂瀾沸既久，誰與示正鵠。斯編精抉擇，詩壇一燈續。審音絶叫嚻，辨色謝華縟。譬行昏衢中，忽覩光明燭。嗟彼朱及沈，未辨秕與粟。謂朱氏《明詩綜》、沈氏《明詩别裁》。似此别真僞，庶幾稱寶籙。

望　雨

涼氣先秋至，疏櫺掩碧紗。莎雞方振羽，甘露忽生花。望雨占雲氣，臨流玩月華。野人今學圃，逢客問桑麻。

漫　興

七十吾衰矣，榮枯幾度經。客貽靈壽杖，人譽少微星。社櫟終無用，羲輪不肯停。故人來饋藥，妄説可延齡。

分題仇十洲漢宫春曉圖仿王建宫詞

午窗花影滿紗櫺，銀箭銅壺漏不停。閑向空庭調孔雀，翠翎迎日正開屏。

暖風吹綻牡丹芽，山石玲瓏翠幕遮。十五雛姬身手健，銀瓶汲水競澆花。

樹頭樹底百花攢，信手攀來露未乾。檢得一枝紅芍藥，倩他人插鬢邊看。

宫中新譜十眉圖，玉鏡臺前刻意撫。還向旁人笑相問，者般深淺入時無。

内人舞袖太郎當，采伴如墻繞看場。梅雨乍過天氣潤，金盆燃炭炙笙簧。

玉階如洗少莓苔，邀得多人鬭草來。探得一莖萱草葉，宜男有兆笑顏開。

湘簾高捲瑛窗明，閒展青編細品評。費盡心機鑽故紙，前身疑是一書生。

楸枰安設弄圍棋，相對忘言坐隱時。却放貍奴揉亂去，輸贏免使外人知。

當軒六尺繡牀橫，鈷鉧橋來熨帖平。妙手由來工補衮，鍼神若箇最知名。

亭亭秀質艷芙蓉，博得新恩湛露濃。宣喚畫師春殿裏，手調丹粉寫真容。

秋九月同人入山放生，潘芝軒尚書作詩紀事，因和之

秋雨苦浹旬，一朝晴可喜。林皋積霧收，風日甚清美。素心集十朋，共訪佳山水。攜杖入西山，言尋方外士。山中叢桂發，所至開香市。野蔬蘊禪味，松風清俗耳。方舟載螺蛤，縱歸大壑裏。慈悲乃佛心，庖厨遠君子。推此一心往，萬物得生理。豈曰種福田，仁術本如是。

咏葦間太守齋中獅子石供

武陵太守今清門，左圖右史娛朝昏。徵求異物作供養，巍然一石齋中蹲。玲瓏嵌空出幻相，昂藏氣象獅王尊。嗟君何地得此寶，天然絕無斧鑿痕。毋乃胸抱米顛癖，故募巧匠探雲根。姑蘇城西山水窟，岞崿獅山一卷突。此石賦形具體微，向人特露權奇骨。主人聞言粲然笑，此物移來自東粵。海南自昔出奇珍，山在窮荒秀靈

發。嗚呼！壺中九華今無迹，洞天一品世空說。主人愛此當深藏，恐被巧偸與豪奪。

吳巢松學使没於濟南，計至志感

運厄龍蛇信可哀，耿蘭凶耗自東來。傳家治譜廷評重，名世文章士論推。華表鶴隨丁令返，武擔峰爲任公頽。山陽感舊尋常事，却與皇家惜此才。

菊　　塔

　　環菊於几，叠成七層，上鋭下豐，形與浮圖相似，名之曰"菊塔"，而繫以詩。

今歲秋暘多，十月霜未落。玉衡已孟冬，黄花纔吐萼。花中此隱逸，賦性甘澹泊。主人愛成癖，徵求遍林薄。擕歸蕭齋裏，髹几手庋閣。重臺七層高，繁英五色錯。疏影任横斜，冷香耐咀嚼。同心三五友，共踐東籬約。載賡陶令詩，徐設穆生醑。栽培瓦盆陳，燕賞金錢釀。相期晚節榮，即是長年藥。

韓桂舲司寇歸自京師，賦此奉簡，即訂展重陽之會

昔别方虞後會難，今朝把臂又追歡。酒逢佳節應頻舉，菊候歸人尚未殘。風鶴警時常齒擊，海帆收處覺心安。光陰老至尤須惜，請向詩壇賦考盤。

題宋賢衛益齋先生墓志

昔有衛文節，史乘著賢名。表章朱子書，正學因之明。醴泉必有源，芝草非虚生。乃有益齋叟，文行開先聲。青山成獨往，白社

集群英。蒼蒼菡萏山，當時有佳城。歲久莫封樹，荒土迷榛荆。賢哉吴興守，懷古有餘情。修墓雖非古，好賢表素誠。高山心仰止，古詩聊載賡。

漢長生無極瓦硯爲梁苣林廉訪賦

世間有物必有主，物逢其主始得所。寶硯流傳歷幾人，即今乃入文章府。蘭泉司寇官入秦，掘地得此瓊瑰珍。世人競尚銅雀瓦，此瓦先成四百春。何年巧匠昆刀割？上蓋下池如吻合。封作文房即墨侯，十二龍賓香氣發。初時藏自紀文達，覃溪夫子重評跋。苣林先生博古家，獲此喜逾青紫掇。寄書不憚千里程，徵及荒言作證明。想見齋中稱石友，不數端溪鸜鵒睛。

集張蒔塘小書畫舫

維摩丈室儘娱懷，奚必幽棲定畏佳。米老書堂曾著錄，歐公畫舫亦名齋。謝庭寶樹三珠貴，洛社耆英九老儕。玉軸牙籤千萬卷，悦生清秘總無涯。

題鶴壽山堂圖卷，即用舊題山堂詩韻

一庭花竹趣清幽，客至開尊互唱酬。畫到草堂思久住，聚成詩卷冀長留。妙書共羨嵇中散，穆文恭公題榜。尚論常師馬少游。識得隱居真樂處，肯輸南面百城侯。

食　鰻　綫

小魚生紹興三江口，長二寸許，其細如綫，故名。

水族無窮盡，今來識此名。三江潮汐至，一綫短長縈。乍訝銀絲膾，全勝玉糝羮。蜎蠕解飛動，應亦惜微生。

汲雅山房消寒初集，分題得竹雨

舊雨兼今雨，相期在竹中。蕭疏終有節，潤澤豈無功。歲月三餘惜，風流六逸同。蒼生延望否，笑問主人翁。

題馬湘蘭畫蘭竹卷

楚妃寄興在瀟湘，一種天生是國香。身似謝家庭下草，但知天壤有王郎。湘蘭嘗委身於王伯穀。

家近秦淮孔雀庵，散花人解證瞿曇。湘蘭通禪學，所居旁有孔雀庵。生來衆草原非伍，且向人心好處參。

妙手生花頃刻成，風枝露葉態縱橫。圖窮更有長蘆叟，一闋新詞與證盟。卷尾有朱竹垞《好事近》詞。

集汲雅山房送臘，分韻得開字

羲輪窮北陸，三陽泰初開。東風徐入律，春信到庭梅。燃鐙照虛耗，掃室除塵埃。家家醉司命，爆竹聲如雷。桃板換舊符，椒觴潑新醅。饋歲及親戚，羔雉往復來。老夫寂無事，坐守故紙堆。但耽文史足，弗慮年矢催。富貴迎非易，癡豎賣亦該。世人祝如願，求福在不回。

歲 暮 感 懷

東南水利是誰司，萬衆流離困阻飢。市義不逢彈鋏客，謀生已失擕琴時。監河貸粟憂難繼，息壤堙流悔亦遲。自夏徂秋將改歲，斯民安土尚無期。

題貝吉雲金石刻畫齋圖卷

我生愛金石，與子有同癖。考索篆籀文，搜羅秦漢迹。追摹汲篆簡,遐訪嶧山石。瓦徵魏武臺,磚購魯恭宅。凡物聚所好,故紙滿箱積。貪多雜真僞,振奇窮隱僻。之子三吳秀,嗜古若膾炙。樂石與吉金,入手能刻畫。不嫌雕蟲技,甘受文房役。雖云游於藝,與道亦大適。會當敬高齋,相對互考核。稽古證舊聞,因時希新獲。

丁亥正月初九日,集春樊舍人延月舫,是日立春,分韻得朝字,賦七律一首

鳳歷剛逢第九朝,祥曦和氣動春韶。雪消積素滋萱草,風送微青上柳條。晚歲光陰應共惜,新詩排比又開雕。王師近報天山捷,露布傳來萬里遥。

題韓桂舲司寇小寒碧圖卷

三吳諸閥閱,首數婁關韓。文懿署寒碧,芳聲著人寰。故家重世德,必有開其先。黃巖古賢侯,其室標斯顏。五傳至司寇,管領六卿班。庭堅掌邦禁,明允克守官。爲政五十載,仰者若斗山。今及懸車歲,解組歸林泉。念典不忘祖,蕭齋還舊觀。琳瑯東平筆,高揭芝楣端。咏詩誦先烈,作繪追古歡。徵詩遍朋舊,采及芻蕘言。

集張蒔塘大令大滌山房,題洞霄宫圖

昔我移家住杭州,有客邀我洞霄遊。我羈塵事不得往,至今夢想依林邱。今觀此圖毋乃是,四山環擁仙人樓。重簷高與雲漢接,一徑直入松篁幽。飛玉亭前鳴玉漱,歸雲洞口孤雲留。雙石開扉結秘室,三泉合派成靈湫。杜琮幽棲渺何許,沖妙詩版不可求。公蓄此圖亦何意,笑言我是餘杭一故侯。朱邑桐鄉尚餘戀,況此奇勝

寰中尤。海内名山三十六，大滌洞天居上頭。王宰丹青希世寶，經營此幅瓊琚投。雲峰石色常在眼，宗生卧遊吾願與之儔。

題王魚門風雨聯吟圖卷

我聞古詩人，風雨思君子。空谷有足音，聞者心輒喜。之子抱逸才，聲華動鄉里。結交多俊流，商榷在文史。良會不可常，萍迹隨流水。一片苔岑心，寄諸圖畫裏。修德必有鄰，士貴得知己。

集同社諸子消寒，分賦席間食品

野　　雞

有鳥生中澤，嘉名附德禽。一飛矜健翮，三嗅發清音。豈以文明兆，遂忘耿介心。山梁色斯舉，先聖示良箴。

花朝雨中至塔影園探梅

竹裏行厨載酒來，春光好處共銜杯。詩人合與名山壽，花信還憑小雨催。一樹冷香依佛刹，四賢慧業總仙才。今朝已慶群芳誕，萬紫千紅次第開。

送萬浣筠司馬歸江西

雅詩歌《伐木》，古人重友生。久聚一朝散，豈無離別情。況我賢父母，膏澤在編氓。明鏡懸虛堂，折獄務息爭。歲荒民無食，飢溺中心縈。議糶復議賑，萬室登安平。黌宫久蕪穢，土木親經營。匠氏告訖功，釋奠拜兩楹。表章古賢守，兩祠白公居易、况公鍾。次第成。鳩工濬溝洫，弗聞鼛鼓鳴。百廢必具舉，不惜囊金傾。高堂有壽母，翟茀方尊榮。金萱倏萎謝，哀毁如孩嬰。故廬在西江，銜恤登歸程。父老念舊德，口碑留頌聲。士林感教澤，神君歌載賡。甘棠思召伯，古今亦同誠。都君有遺愛，常在閶闉城。

詠庭前梧桐

新綠滿林皋，梧桐未萌蘗。大材當晚成，豈屑爭先出。槃槃百尺身，其用中琴瑟。發爲清廟音，薰風嘗入律。夏日苦炎燠，清陰覆我室。灼灼簇春花，離離結秋實。鳳皇棲有時，樗櫟笑非匹。嘉樹幸在垣，及時早培植。

蘭馨圖爲楊靜巖舍人題

蘭爲王者香，其德比君子。南陔愛日心，今古人同揆。壽母在高堂，晨夕羞甘旨。世間生人樂，何事能如此。況有克家兒，繡豸掌風紀。父子異行藏，而各成其是。笙詩譜《白華》，潔養斯爲美。黻佩非良貴，吉祥在止止。

忠 仁 祠

祠在西城廟堂巷，祀明鄉賢徐公如珂。舊有奉祠生，歲久中絕，近請於當路，復之。

蒼昊厭明德，熹宗政不綱。奄人執國命，士類遭奇殃。緹騎日四出，衣冠坐鋃鐺。吾鄉周忠介，作吏頗循良。守官秉勁節，疾惡明剛腸。忽觸宵人怒，姓名列欽章。旗尉至吳門，聞者心倉皇。憤及市井民，義氣相激昂。一呼萬人聚，其鋒不可當。老拳集雞肋，醜類多夷傷。疆吏以叛聞，黑白誰參詳。維時銀臺使，徐公曰念揚。恐肆蜩螗毒，苦心爲包荒。刑章不及衆，保茲梓與桑。哲人逝已久，百世常流芳。忠仁表其祠，歲時修蒸嘗。非徒香火緣，亦爭閭里光。

四時讀書圖爲何竹香大令題

鏡湖西去綠楊邨,有客温經静掩門。一點俗塵飛不到,此中即是古桃源。

兩山深處一溪回,十笏茆齋向水開。誰道賞音人不易,門前有客抱琴來。

紅樹青山小築宜,十年常下仲舒帷。一鐙安坐秋聲裏,仿弗歐陽夜讀時。

三冬文史儘盤桓,曾在山中耐歲寒。一樹玉梅結儔侶,和羹心事此時看。

桂舲司寇家藏晝錦堂古銅印,即席分韻
得韓字 印刻"宋司徒兼侍中魏國公晝錦堂記傳於家"十六字。

仕宦歸故鄉,昔人以爲難。魏公晝錦堂,當世夸榮觀。惟公繼後塵,接武如邯鄲。服官五十載,一旦歸林巒。朋舊三五輩,招攜追古歡。清如乘軒鶴,馥似同心蘭。手出古銅印,四座争先看。篆文十六字,屈曲朱文蟠。後賢愛前賢,守器若守官。愛人及其器,歲久常堅完。佳話傳藝林,後先推兩韓。荒言作嚆矢,評跋在吟壇。

客　　至

晚年朋舊苦無多,喜有嘉賓問澗阿。百首詩篇閑裏得,一春花事醉中過。屏間度曲拈紅豆,座上分曹卷白波。時世太平身老健,逢場游戲莫蹉跎。

對花獨酌

積雨長莓苔,空庭綠如罽。葵花墮殘紅,點綴有生意。蜎蜎雙

蛺蝶，頻就花邊戲。春光歲無幾，常苦風雨至。今朝天氣清，景物甚佳麗。且持一尊酒，獨對花前醉。

春雨寒甚，春樊舍人作詩見示，依韻和之

江城春已晚，積雨又生寒。蒼蘚緣階上，黃梅沁齒酸。方愁花事盡，轉覺酒懷寬。自笑無田士，常虞稼穡難。

元和何竹香大令以鱅魚見餉，賦詩奉謝

四月初交尚晚春，鱅魚出水白如銀。幸居江國烹鮮早，頓使山厨入饌新。將享乍穿青柳嫩，却腥欲藉紫薑辛。嘉魚咏罷思君子，非比豬肝累故人。

鐙窗梧竹圖爲梁茞林方伯題

陶冶從來出性靈，虛窗夜對一鐙青。乍開吳苑新詩境，不忘蘇齋舊典型。莊叟據梧神獨旺，王猷問竹轍曾停。主持風雅賢人事，桃李栽培又滿庭。

春波洗硯圖爲星溪徐協鎮題

將軍善武又能文，手向端溪琢紫雲。籌海圖邊多少事，賢聲早達九重聞。

三十登壇歷歲年，即今節鉞鎮湖壖。太平且學毛錐客，一種生涯托硯田。

競病詩成見妙才，曾經偓伯頌靈臺。公卿都入金蘭譜，知在期門宿衛來。

曾於鏡水識荆州，颯爽英姿衛霍儔。遥想皇家紫光閣，他年虛左待君侯。

偶晴和春樊

宿雨今朝霽，小園事可誇。水清能見石，土潤易栽花。天氣新晴好，詩情老境嘉。何時蔬笋會？僧院共煎茶。

翌日又雨

問柳尋花事已遲，幽居排悶且吟詩。鸛鳴兆雨真非妄，鵲語占晴尚可疑。雙屐衝泥過酒市，一蓑臨水羨漁師。欲知稼穡諮田父，却道春霖養麥宜。

喜晴二首和春樊

初日照簾旌，當簷鵲報晴。鼠姑開已盡，鳩婦喚頻驚。野圃催移竹，山厨恰薦櫻。小池新漲水，欲與釣磯平。

不負青山約，同吟白社詩。定巢徵燕喜，釀密笑蜂癡。茗自雙溪至，蘭因九畹滋。幽居多勝事，一一報君知。

和春樊清和遣興之作

行樂由來貴及時，那堪風雨阻襟帷。已孤靈運登山約，且和淵明飲酒詩。垂老光陰奔馬疾，惜春心事杜鵑知。紫薇自昔才人藪，頗覺延之勝牧之。

遣嫁么女漫成

謝庭小女可憐生，一旦睽離欲遠行。佳士乘龍差快意，貧家牽犬未忘情。花當婪尾春尤惜，琴到么絃韻轉清。從此向平婚嫁畢，更無餘累動心旌。

獨學廬五稿詩卷二

燕居集二　　古今體詩七十五首

初夏同社諸君子集五柳園，以新畫獨學廬圖分韻合題，得門字五言十二韻

良辰嘉客至，先世敞廬存。令節逢櫻筍，耆英萃里門。相思時命駕，獨樂自名園。曲折環芳渚，高低列粉垣。頗饒嵓穴趣，稍隔市廛喧。索笑花三面，追歡酒一尊。詩牌邀共集，觶政試重溫。扶老先尋藥，忘憂欲樹萱。虎頭能繪影，鴻爪且留痕。瀟洒魚歸壑，逍遥鶴在樊。端居成石隱，同調聚蘭言。即此苔岑誼，他年永弗諼。

幽　　居

我愛幽居好，門無剝啄聲。虛窗紅蓼近，荒徑碧苔生。藝海探何極，農歌聽有情。兒孫守几席，不解市廛行。

我愛幽居好，榮枯百慮蠲。馴禽忘遠志，散木得長年。門絕催租吏，囊無造孽錢。一庭風與月，長在草廬前。

我愛幽居好，軒窗遠俗塵。拊琴尋古調，把酒對芳辰。客結吟詩社，門多問字人。此中往來者，懷葛有遺民。

我愛幽居好，心閑寢食安。門庭亦爽塏，婦孺自團圞。室小容

身足，樓高放眼寬。老無四方志，不蓄遠游冠。

端午日偶成

江鄉風俗似荆湖，士女傾城吊左徒。角黍尚沿三户制，綵花聚作五時圖。延齡試進菖蒲酒，辟鬼争黏霹靂符。三十年前依禁近，名香珍藥出天厨。

同社諸子虎邱山塘觀競渡，以一樓山對酒人青句分韻得一字五言十八韻

道光歲丁亥，重午又二日。龍舟習水嬉，士女傾城出。七里白公堤，遊舫如比櫛。老夫興婆娑，追歡有仇匹。社友相招攜，數等竹林七。良朋慶盍簪，嘉會欣促膝。中流一舟來，旌旗映雲日。兩舟復争先，往來如梭疾。亦有弄潮兒，臨淵心弗怵。出没波濤間，嬉笑聲洋溢。道旁有一叟，對此重歎息。荆楚吊三閭，此地可不必。勞民復傷財，游戲甚無益。我聞咥其笑，公但知其一。是邦游民多，覓食苦無術。藉此銷金窩，亦可寓任邺。獨樂衆樂間，此理耐窮詰。世有采風人，試聽芻蕘述。

夏日苦熱

芒種初過二麥登，蘊隆太甚氣如蒸。黍民夜集驚人夢，鳩婦晨呼報日升。嘗爲蒼生望霖雨，妄思赤脚蹋層冰。瀟湘烟水峨嵋雪，欲理前遊老不能。

草堂即事

園林酬宿好，庭宇列初榮。快雨迎梅至，驚雷促筍生。野蠶能作繭，山鳥解催耕。衣食斯人急，因時見物情。

自　　笑

自笑浮生等繫匏，一廛小隱在蓬茅。青蘿引蔓緣高樹，紫燕將雛戀故巢。野處漁樵皆上客，貧居蔬筍即嘉肴。梁鴻性不因人熱，肯向風塵漫測交。

流水禪居放生作，同會者十人

幽棲却掃閉柴門，繞屋垂楊映粉垣。十種仙人趨法界，一池活水見禪源。萍間潑剌知魚樂，林外鉤輈聽鳥言。涵養生機本仁術，慈悲豈爲福田存。

小　園　閒　寫

大化原無盡，群生自有厓。靈禽爭茂樹，癡蝶戀殘花。點鼠營深穴，狂蜂鬧晚荷。世間一邱貉，何處説楞伽？

尤生扇頭見故友張船山遺墨，感而有作

黃鶴乘雲逝不還，空餘烟墨落人間。飲仙自愛酒泉郡，詩客相逢飯顆山。壽世長留才子業，生天應入列仙班。鍾期知我今安在，西望峨嵋涕淚潸。

閏　端　陽

浴蘭采艾事忽忽，彈指光陰任化工。三歲餘分成閏位，一年佳節又天中。桐圭岐出知時異，蒲劍重抽辟鬼同。記取錦標曾奪處，龍舟再演弄潮童。

滄浪亭圖爲梁苣林方伯題

孤亭高峙曲溪涯，昔日曾經駐翠華。秋水碧連鄰墅竹，晚霞紅映野田花。山林如畫開生面，風月論錢不待賒。況有使君重文獻，懷賢稽古意常奢。時方議築吳中往哲祠於亭後，故末句及之。

曉起書所見

東方天乍明，一陣廉纖雨。雨後雲氣清，初陽照庭宇。雙鵲立樹梢，迎風刷毛羽。不飛亦不鳴，徐行近廊廡。主人久忘機，物情自無忤。

夏日口號

夏五光陰似歲長，新筠綠繞讀書堂。南風一陣林間過，吹落桐花滿院香。

韓氏聽秋、桂舲、春泉兄弟三人皆夫婦齊眉，每月會食一次，并繪爲圖，因賦一律

伯霜仲雪尚肩隨，梁孟齊眉亦可師。魯國令妻皆壽母，杜陵驕子是佳兒。鞠卮座上尊三老，舞綵堂前又一時。却喜泮宮芹藻在，重游欲與次公期。予與桂舲司寇同歲入學，此後六年，即甲子一周矣。

菊

秋到園林氣肅清，此花生性得金精。偶逢野叟稱偕隱，曾與騷人供落英。釀酒聊充延壽藥，寄籬敢竊傲霜名。自甘澹泊山中老，陶後誰能更識卿。

秋夜讀書

十笏茆齋樂静便,小窗孤坐一燈然。論文不解充秦漢,飲酒何妨雜聖賢。竹影珊珊依白屋,鶴聲一一上青天。縹緗千卷頻抽繹,耄學渾忘禿髪年。

送孫子鳴婿暨少女歸金陵

纔向春風賦《鵲巢》,片帆歸去趁秋濤。尚平婚嫁從今畢,孫武門楣待子高。儒術詩書真可貴,婦功井臼必親操。明年反馬雙雙至,咫尺郵程莫憚勞。

送董琴涵太守入都赴選

京國曾瞻御史驄,郡符初剖在齊東。暫歸竟息三年羽,此去應乘萬里風。昔日令名騰輦下,他時惠政遍寰中。帝心最重循良選,特許蒼生借寇公。

咏瓶中梅花

名花莫作等閒看,曾與幽人結古歡。筆底冷香吟不盡,燈前瘦影畫應難。十分春色真無價,一點芳心獨耐寒。净几明窗深護惜,免教風雪邊摧殘。

題水繪園圖卷

榜花紅處衆稱豪,一代才名屬彩毫。賸水殘山圖畫裏,買絲欲繡冒如皋。

和梁茞林方伯滄浪亭之作

詩人香火有因緣,似畫溪山尚儼然。此處名園真得地,昔賢慧業定生天。夔龍巢許千秋並，時方以吳地名賢畫像刻石。政事文章一擔肩。時見岑公來坐嘯，吟成好句總如仙。

綠莎廳事近山林，曲水瀠洄繞碧岑。十畝池園王宰畫，一篇風月醉翁吟。種梅移竹添生趣，考獻徵文見苦心。聞道揮毫盡珠玉，敢持布鼓繼雷音。

汲雅山房對雪即席成咏，呈同社諸公

老至情懷惜歲華，常將罍櫟互相誇。人逢佳日傾三雅，天兆豐年散六花。竹爲羊求先闢徑，燕知王謝近移家。消寒特設嘉平宴，送臘迎春興倍加。

題張友樵一丈黃棉窩

安樂名窩舊事存，幽棲新築向南軒。一輪日自扶桑出，四座人如挾纊溫。嘗爲消寒留客醉，也思獻曝答君恩。我來得入維摩室，坐對朝暉到夕暾。

雪霽喜而有作

天上浮雲萬里同，蕭然默坐自書空。辟寒且覓椒花雨，索句還思柳絮風。爆竹震霄知歲暮，飛蝗入地卜年豐。詰朝擁出黃棉襖，頓覺春臺氣象融。

道光戊子人日同社諸子集五柳園

滿城爆竹沸春聲，鼎鼎年光靜裏更。客到草堂多舊雨，天逢人日正新晴。燕毛列坐捐苛禮，鴻爪留踪寄勝情。同是梅花社中友，空山重證歲寒盟。

十四日集吴棣華廉訪池上草堂，疊前韻

一曲《陽春》有繼聲，佳辰樽俎又重更。試燈天好迎新月，解組人歸祝晚晴。奇石當軒多畫意，芳梅繞座助詩情。相逢總是金閨彥，應向騷壇迭主盟。

元宵後一日，陶雲汀中丞開宴平政堂，即席賦詩，與同人疊其韻

風雅同傳正始聲，賓筵坐久燭頻更。衰年對酒渾忘老，小雨催花未放晴。變魯政成多暇日，和陶詩就見閒情。苔岑共證三生契，香火因緣有夙盟。

喜聞官兵平定回疆

先皇神武定西陲，坦坦夷途萬里馳。錫貢頻來回紇馬，銘功分植泮宮碑。奸人樂禍生芽蘖，上相專征震鼓鼙。春夏屢傳好消息，草間日望捷旌旗。

關西老將久知兵，統領貔貅出塞行。飲馬先尋戈壁水，因糧應就庫車城。九重宵旰三軍系，百戰功勳一夕成。遙想天山最高處，重看衛霍又題名。

側聞露布到金門，報道生擒吐谷渾。早向帳頭籌秘策，肯容釜底縱游魂。元戎射竹知羌敗，贊普焚香識漢尊。從此狼膴仍袵席，太平烽火靖邊屯。

三韓子弟總赳桓，掃穴擒渠亦大難。羅網自投天奪魄，干戈載戢士騰歡。勇夫獲醜逾區脫，番將承恩晉可汗。聖主威靈純祖武，策勳詩向百蠻刊。

市中得尤西堂先生遺硯，詩以志感

西堂一老音塵杳，鶴栖堂外多荒草。琴書零落散人間，片石猶存銘辭好。昔在先皇順治年，先生姓名達天表。鈞天新樂入禁中，帝呼才子世間少。仁廟徵求博學儒，詩壇耆舊知名早。東閣修文典秘書，北門視草騰鴻藻。端溪綠玉世所珍，采來製作文房寶。四圍紃縵雲雷紋，琢成始覺良工巧。硯池指大一漁舟，達人寄興江湖渺。此硯流傳歷幾人？物非其主終難保。我今與汝結爲鄰，如逢良友心傾倒。歲寒相守莫相違，伴我餘年直到老。

和三松老人游吾與庵之作

叠嶂青三面，叢篁綠一窩。此中藏佛刹，有客入雲蘿。問法逢尊宿，尋春托歗歌。風公遺碣在，曾否手摩挱。

百尺空潭上，臨流好賦詩。僧居虛白室，春到牡丹時。舊井呈初地，岑樓奉大悲。禪源證天眼，椽筆著銘辭。寺僧鑿池得井，三松題曰"天眼"。

題徐謝山刺史香雪海丙舍讀書圖

卅載甘棠有頌聲，一琴一鶴自隨行。宦成解組歸來早，不負青山舊日盟。

欲賦新詩述古歡，和羹事業解人難。吳山好處春如海，一種芳心耐歲寒。

喜　晴

十日愁霖苦，今朝始放晴。巷猶聞屐響，窗已讀書明。庭草有佳色，林禽多喜聲。老夫知稼穡，稍慰憫農情。

673

題十兒聽蕉圖册

無數甘蕉繞畫楹，草廬應署綠天名。幾番花信風來過，一種聲塵分外清。

甘露花

甘露庭前樹，經年又作花。嫩纔抽碧玉，高已接青霞。秀色仍圖畫，甘漿沁齒牙。老夫讀書處，恰喜近窗紗。

雨不絕

新年正苦愁霖久，入夏兼旬未放晴。淡日纔升旋復隱，濕雲方散又重生。稍憐庭竹衝泥茁，怕聽林鳩逐婦聲。懊惱一春花事了，那堪稼穡更關情。

初夏朱蘭友贊善招同人滄浪修禊

可園風景似郊坰，有客招攜鶴蓋停。贊善才名齊竹垞，滄浪禊事擬蘭亭。當門曲水常凝碧，排闥平山競送青。七子賦詩都見志，他時同向草堂銘。

梁高士祠即簡苣林方伯

昔聞皋廡事流傳，今見叢祠設几筵。高士遠貽千載澤，藝林久誦五噫篇。結鄰且喜要離近，讀史兼知德耀賢。却羨使君能念祖，國人矜式自爭先。

齒牙動搖作

飲食生人欲，惟剛善克柔。屑亡原可慮，舌在更何求。久用難輕棄,將離願少留。愛才心不已,餘論仗君酬。

池 上 偶 成

門無剥啄幽栖僻,室有琴尊勝日長。老屋歲深滋薜荔,空潭水暖戲鴛鴦。半規新月鉤簾見,一勺微波洗硯香。却苦暮年朋舊少,獨支筇竹看斜陽。

寄題松江吳氏怡園,即簡怡庵廣文

十畝芳園結構奇,幽人於此久栖遲。地多松石常相賞,室有琴書可自怡。俯仰天人三樂在,逍遥杖履四時宜。輞川合住王摩詰,收拾雲山畫與詩。

久聞桃李滿公門,問字人多壇坫尊。白傅耽詩曾結社,温公獨樂自名園。鴻文有範真懸式,學海無邊必討源。三泖九峰才士藪,一編珠玉集群言。

吳淞圖爲陶雲汀中丞題

東南古澤國,衆水趨歸墟。笠澤爲其藪,百川於此儲。吳淞在下游,泄之爲尾閭。湯湯潮與汐,大塊氣吸噓。洪流挾沙行,所貴能杷梳。因循歲復歲,積泥遂成淤。浩蕩萬頃陂,欲泄無其途。道光歲癸未,霪雨十旬餘。下民苦昏墊,平陸成江湖。萬家懸釜爨,斯人且爲魚。閭閻饑乏食,縣官大蠲租。災匪降自天,厥咎在河渠。中丞古房杜,移節臨吳都。苦心求民瘼,首舉河渠書。金錢大官出,畚鍤烝人趨。抉排祛壅塞,指授忘勤劬。吳淞三百里,一旦利灌輸。百吏頌成績,兆民爭歡呼。有作可無述,賦詩復繪圖。留示後來者,慎勿忘前謨。而我心不猒,尚抱區區愚。《禹貢》稱三江,水利關三吳。江入震澤定,其説良非誣。劉河白茆港,鼎足無

675

偏枯。今雖舉其一,請更反三隅。及時議疏瀹,庶幾德不孤。

奉和三松潘文重宴瓊林之作

瓊林高宴幾番更,重觸槐黃舊日情。南國衣冠尊謝傅,東都几杖授桓榮。烟霄久縱鳴皋鶴,蕊榜還看出谷鶯。真是壽人游壽寓,容臺盛事助隆平。

檢點楹書整復斜,不教老眼被雲遮。當官行誼圭無玷,名世文章筆有花。射策後生應避席,戴筐上第竟傳家。瀛洲故事吾能説,孝感文恭次第誇。熊相賜履、嵇相璜皆本朝重赴瓊林。

潘公輔舍人在滄浪亭作放生會,
是日雨甚,余未至,作此奉簡

萬物在世間,有生無不滅。樂生而畏死,靈蠢情如一。養此生生機,所仗仁人術。吳城西南隅,有水環如玦。臨水林木繁,孤亭翼然出。潘子王謝流,皈心向净域。天生慧業人,而作善知識。特舉放生會,與衆種福德。胎卵濕化生,普救無抉擇。君子遠庖厨,聖人慎釣弋。推此愛物心,積善寧有極。

小山叢桂圖爲梁芷林方伯題

清時位業重清卿,回首雲林尚有情。遥想一輪香滿處,此身曾在月中行。

古云山水有清音,況值秋風動桂林。欲反淮南招隱曲,使君常抱好賢心。

偕吴兼山通守泛舟碧浪湖

官勤多暇日,縣僻有餘清。地喜青山近,湖因碧浪名。土膏千

室聚,風静一帆輕。覽勝勾留久,歸航載月行。

秋暮遊湖州道場山

欲訪伽藍到上方,一聲磬響出雲房。地逢佳士成詩境,_{山有孫太初墓及挂瓢堂,游者賦詩積至數百篇。}天闢名山作道場。客路烟霞清入畫,僧厨蔬筍脆生香。太初遺蛻知何處,陳迹常留舊草堂。

弁山白雀寺

望湖亭子入雲高,携杖登臨不憚勞。白雀聽經留古刹,青松夾道捲秋濤。丹梯叠石攀躋險,紺宇懸崖結構牢。珍重兩楹蘇子帖,風流太守本仙曹。

五老圖卷爲陶雲汀中丞題。中丞嘗作五老之會,因繪爲圖。圖中潘文奕雋、吳太守雲、韓司寇崶皆在賓席,僕亦附焉

昔有陶士行,勳業八州督。遥遥千餘歲,中丞繼芳躅。撫皖移吳門,仁風扇蔀屋。身忘金貂貴,心愛林泉福。槃槃不世材,離群立於獨。

夔鑠三松翁,當世稱君子。廿年鳳皇池,手掌絲綸美。秋風感蓴鱸,未老歸田里。流連止風月,跌宕在文史。瓊林兩度宴,佳話儒林紀。

延陵有嘉士,早讀中秘書。曾冠惠文冠,出亦典郡符。宦成歸思興,七十乃懸車。心厭城市囂,家近青山居。游戲鶯花間,暮景聊自娱。

尚書王謝倫,弱冠通朝籍。明允師庭堅,志在辟止辟。神武挂冠歸,仁心卜安宅。數典不忘祖,小齋署寒碧。天錫公純嘏,歲寒

顯松柏。

我生在田間，獨學苦無友。不圖樗櫟材，叨附群公後。撝裳復聯袂，因愛忘其醜。古來素心人，結交多耐久。齊心同所願，仰止香山叟。

潘氏鳳池園放生作，贈主人公輔舍人

白飯青蔬味耐尋，庖廚從此廢刀砧。名園窈窕含天趣，公子慈悲抱佛心。魚在靜流多樂意，鳥歸深樹弄佳音。蜎飛蠕動生機滿，不使靈臺殺氣侵。

王椒畦寄詩見懷，依韻奉答

一紙新詩惠不虛，苦無桃李報瓊琚。烟波百里懷人遠，文史三冬惜歲餘。性體金堅寧畏火，生涯水到自成渠。尚餘結習消難盡，愛覓人間未見書。

塵世榮觀原不久，少年朋舊已無多。田園耻爲子孫計，風月自成安樂窩。每訝流光飛野馬，漸看生意到庭柯。起居新得神仙法，脚踏回輪日幾摩。

虞山春望圖爲陶雲汀中丞題

我生苦行役，蹤迹遍九州。虞山百里近，獨未探其幽。今朝披斯圖，林壑宛在眸。峰巒如列屏，暖翠雲中浮。中丞今召杜，曾此驅八騶。所念在民瘼，非關玩物遊。常昭彈丸邑，僻在海東頭。古有白茆港，潮汐所經由。歲久泥沙積，溝洫已斷流。原田失灌溉，重爲農夫憂。當官議興作，入境勤諮諏。歸來繪成圖，利病心推求。我聞古賢豪，有志事必酬。但恐衆論歧，築室與道謀。經營及畚錘，利澤被田疇。維桑必敬止，請效輿人謳。

臘八粥

嘉平第八日，新月當上弦。古稱王侯臘，祀典先民傳。是日佛成道，說法非想天。因此僧伽黎，浴佛開法筵。煮成七寶粥，廣結衆生緣。此事始北方，吴俗近亦沿。嘉蔬和百果，凌雜同熬煎。餽遺遍親戚，惟恐乾餱愆。猗與同社友，嘉會等七賢。消寒侑芳醴，拈韻擘長箋。聊分香積味，頓使心垢捐。藉此百福齋，相與祈長年。

題女史汪允莊自然好學齋詩集
即和其自題詩韻

不妨巾幗附儒林，一卷詩存正始音。現出雲霞無定相，養成松柏後凋心。神娥淚洒湘中竹，仙客魂歸海上琴。學到自然去雕飾，清風遙續謝家吟。

題張書林八閩持節圖

同是金門侍從儔，緣慳尚未識荆州。鋒車銜命三秋出，玉尺量才一網收。南國共推冰鑑朗，西泠恰奉板輿游。攲裳聯襼知何日，聊綴蕪詞托遠郵。

冬日漫成

霜氣嚴凝老不勝，愛看晴日照觚棱。早梅已報先春信，殘菊真爲耐久朋。製就隱囊聊代几，市來菽乳竟成冰。消寒欲覔金盤露，無奈兵厨酒價增。

感事

朝爲將相夕俘囚，茵溷升沈豈自由。仕宦方知人境險，生全還

679

仗主恩稠。鹽梅黃閣尊元老，風雪青門唁故侯。世上榮枯纔一瞬，不如高枕卧林邱。

韓桂舲司寇齋中作東坡生日，倒押去年詩韻

春風先到闔閭城，坡老生朝襲舊名。座上簪紳同慶喜，畫中笠屐見分明。百川東注才無敵，一鶴南飛頌有聲。却遇詩壇頻宴集，消寒不負一冬晴。

獨學廬五稿詩卷三

燕居集三　古今體詩七十五首

人日集五柳園，分韻得人字

開歲倏七日，小園風日新。池冰尚未泮，林鳥已鳴春。二三素心侶，嘉會及良辰。盤羞野人饌，門停長者輪。杯傾中山釀，詩繼少陵陳。俯仰一世間，萬事貴率真。消搖齊物我，脫略忘主賓。相從問梅社，同作咏花人。

和答王椒畦

詩人心迹本雙清，肯逐癡雲出岫行。喜子平安隨竹報，知予冷淡與梅盟。鄭虔老學成三絶，陶令閒居過一生。笑指黃粱將熟候，更無餘事問君平。

題潘榕皋虞山秋眺圖，即用卷中和唐人常建詩韻

聞説虞山好，迴峰抱密林。崇臺觀海迥，古寺入雲深。選勝乘秋爽，懷賢起道心。登高能賦客，風雅繼唐音。

集潘理齋齋中作消寒會，分韻得鐙字

花橋初聚盍簪朋，皓首耽詩似杜陵。愛客特陳穆生醴，讀書常爇少卿鐙。飯炊白粲如翻雪，饌薦黃魚乍負冰。幾度消寒寒尚在，轉疑繫日有長繩。

張蒔塘大令挽詞

金石論交五十年，知公慧業定生天。常將孝友傳家法，早挂衣冠謝俗緣。言子愛人因學道，維摩示疾尚安禪。棠陰遍滿東西浙，每聽輿謠一愴然。

春日閒居雜興

行年七十四春秋，彈指紅顏又白頭。扶老且憑靈壽杖，咏歸常作舞雩游。金門待詔恩曾被，劍閣銘功志未酬。閱盡榮枯無定相，始知身世本浮漚。

風花升墜有何憑，謏蕩天門喚不譍。漫說鳶肩宜日上，空教馬齒與年增。仕途艱似魚登竹，世路危於鼠嚙藤。甚欲至心求大道，其如暮景已飛騰。

山林樂事本無邊，風月平章歷歲年。藏器久忘龜手藥，達生愛讀《馬蹄》篇。淵明垂暮仍耽酒，夷甫安貧恥道錢。常得擁書三萬軸，不求卿相不求仙。

枌榆結社集文豪，真率詩篇擬謝陶。梨實味甘供飣座，梅花香冷助吟毫。閒思時作非非想，惜誦翻成反反騷。最喜賞春賓客至，殺雞爲黍敢辭勞。

和三松老人紀恩詩

鼎鼎年光九十春，松筠標格鶴精神。評書讀畫追風雅，臨水登山契智仁。卿月升霄天錫嘏，壽星度世紀逢辰。紫泥三命恩稠叠，償盡平生未了因。

神武門前久挂冠，黄封重受主恩寬。温公獨樂園林好，萊子承歡杖履安。一品衣香真是福，三春日永不知寒。壽名禄位今全得，如此榮觀亦大難。

彭葦間太守招集汲雅山館得東字

武陵賢太守，小築在城東。客有耆英集，詩存正始風。鴻飛留爪印，蘭臭證心同。重問梅消息，春光又可中。

吴棣華廉使招集池上草堂話雨，分韻得二字

皇天久不雨，萬物苦蕉萃。仲春月既望，一朝時雨至。延陵有賢人，風雅敦交誼。門前鶴蓋集，池上瓊筵肆。僕夫雜簑笠，烰人列餠餙。不憚泥塗勞，所喜在農事。祥霙降滕六，協風占巽二。天瑞應時來，此事良非易。吾儕草間伏，坐享農桑利。一飲一啄間，無非天所賜。飽暖生人欲，惻隱古詩義。願陳霖雨詩，喜繼蘇亭志。

漫　　興

江鄉風景四時宜，況值春人拾翠期。新暖園林飛秸鞠，晚晴庭院噪匑尼。奚童克守王襃約，孌嬭能知白傅詩。臨水登山如有侶，老夫筋力未全衰。

四月八日西湖泛舟，和陳生小松韻

扁舟如在鏡盒中，暖翠浮嵐色是空。隨喜剛逢浴佛節，咏歸還趁舞雩風。長隄經雨春蕪碧，古塔淩波夕照紅。當日六飛臨幸地，

683

湖山佳處有行宮。

游　雲　棲

十幅輕帆趁曉風，招提遙在翠微中。澄江似鏡千峰映，修竹如雲一徑通。共説化城經劫火，仍聞仙梵出禪宫。蓮師特指西來路，六字堅持萬法空。

和尤春樊舍人七十自壽詩

丈夫志四方，夫豈戀林泉。顯晦各有數，行藏亦偶然。之子鸞鳳姿，健翮思凌烟。一朝謝塵網，逍遥歷歲年。圖史罏左右，花竹滿庭前。彷彿履道里，仰止香山賢。

袞袞金門彦，爵禄計高厚。亦有多財翁，握算權子母。惟君屬廉隅，耻與相先後。嘉遁在邱園，漁樵引爲友。有書納檻間，有酒常盈瓿。二三杵臼交，蒼然林下叟。

昔在鳳凰池，靖共心自矢。今居松桂林，寢饋擁文史。不與世俗恩，幽襟清若水。佳士駮成行，執經從杖履。春風鼓元化，桃李盈門美。君子有三樂，其道固如此。

絯台當令序，天氣炎陽驕。逢君懸弧辰，德劭年亦高。綵舞非所宜，柔翰猶能操。試紀絳老年，歲月良迢遥。同人慶于野，頌禱師風騷。動輒一紙書，菲儉笑吾曹。

桂舲司寇小寒碧齋詩課，題唐人王、孟、韋、柳四賢象

我思王右丞，妙質瑚璉美。中年逢喪亂，遁迹兵戈裹。繪事啓南宗，道也進乎技。清辭如佛語，包括圓通理。論詩唐賢中，當先屈一指。

我思孟山人，生在開寶時。嘯傲公卿間，獨爲世所遺。大名垂宇宙，一卷冰雪辭。風雅乃存道，詩壇奉爲師。譬諸太史書，托始在伯夷。

我思韋左司，秀挺霜中筠。少登游俠場，中歲乃證果。當其守蘇州，萬民呼作爹。逍遙燕寢間，掃地焚香坐。至今三儂流，奔走奉香火。

我思柳柳州，本是席上珍。生世既不諧，哀怨追騷人。文章掃糠粃，抗志師周秦。治績亦循良，化洽瀟湘濱。黃蕉丹荔間，至今奉爲神。

孤山謁林和靖祠堂

處士芳塵百世馨，我來重叩草堂靈。新春不負尋梅約，舊迹仍留放鶴亭。松下長鑱斫黃獨，垞中久竹産青寧。同人到此皆題壁，欲繼鍾嶸瑞室銘。

題問梅詩社圖有序

城西積善院有古梅一株，數百年物也。道光癸未仲春之月，黃子蔎圃偕尤春樊舍人、彭葦間太守探梅至此，乘興欲結"問梅詩社"，邀予入社，每月一會，會必作詩。其後士大夫歸田者，相繼講苔岑之契，則有張大令蔣塘、朱贊善蘭友、韓司寇桂舲、吳廉訪棣華、潘農部理齋。而董琴涵太守、卓海帆京兆在吳門時皆來赴會，乃蔎圃已先歸道山矣。己丑夏日，哲嗣同叔出此圖見示，蓋蔎翁于初結社時所作，撫今追昔不勝白社黃壚之感，因賦一詩并索諸同人和之。

幽禽集喬木，尚多求友聲。人生宇宙間，豈可無友生。黃子今好事，懷古多幽情。清襟抱冰雪，合與梅同盟。因梅乃結社，敦盤翁群英。倡予復和汝，裘葛倏七更。斯人不可追，斯事今載賡。八音合成樂，孤竹乃先鳴。

玉帶還山圖爲梁茞林方伯題

明楊文襄公一清有玉帶施焦山僧寺，歲久鬻于潤州都天廟，方伯知而贖之歸寺，繪圖作詩紀其事，并屬同人賦之。

玉帶流傳仰大蘇，文襄舊事與同符。即今典守名山寶，可有僧如佛印無。

鐵甕城邊使節臨，江山佳處獨幽尋。殷勤訪得前朝物，不負懷賢一片心。

江中孤嶼遠塵凡，玉珮瓊琚秘一函。從此山僧宜永保，黃羅什襲紫泥緘。

新築金粟亭成詩以落之

瑤華小閣舊延薰，新築虛亭遠俗氛。坐對菊松陶處士，畫成金粉李將軍。綺窗映月安雲母，紙障當風繪墨君。知否幼輿棲息處，一邱一壑古來聞。

吳棣華廉使招飲於白公祠，即餞高茝堂觀察之衡州，次桂舲司寇詩韻

西山爽氣報新秋，選勝登臨縱遠眸。巖穴幽深容散木，江湖浩蕩有馴鷗。丹邱似畫供吟賞，清酒如泉恣拍浮。却羨繡衣持斧客，人人道是濟川舟。

白公祠屋景清佳，芳樹依簷水繞階。百尺蒼崖名玉帳，一抔黃土葬金釵。<small>祠近古真孃墓。</small>耽詩偶結枌榆社，招客偏逢琫珺齋。檢點奚囊吟草滿，山林引興本無涯。<small>是日，葦間太守因齋期不至。</small>

686

尚衣文公屬題觀瀑圖

妙相莊嚴入畫禪，一邱一壑自天然。欣瞻卿月臨吳會，時引薰風協舜絃。白傅幽栖營履道，衛公嘉樹紀平泉。太平黼黻皇朝重，佇看恩光至日邊。

出山即是在山泉，心與清流結静緣。銀漢移來千尺雪，玉龍飛下九重天。行吟定有新詩好，坐對能令俗慮蠲。欲效徐凝聊點筆，苦無佳語繼青蓮。

咏 香 斗

碧空現出水精毯，爇盡沉檀小苑幽。五夜新凉宜伴月，三吳故事慶中秋。瓣香心可通蒼昊，戴斗人今已白頭。兔走烏飛常並照，鐙筵獨向結璘酬。

靈檀一炷告蟾宮，香火因緣在此中。真覺氣如蘭麝貴，爭教器與斗筲同。氤氳差喜仙都近，呼吸還祈帝座通。別有清芬宜鼻觀，小山叢桂正秋風。

賦得鴻雁來四首

纔過秋社見歸鴻，北去南來慶候同。健翮振時看乙乙，遠音傳處聽雝雝。萬重關寒經過慣，八陣風雲布置工。更有文章徵大塊，階前小草著霜紅。

凉秋八月薄寒催，有鳥隨陽入塞來。曲度平沙空自賞，名題古塔媿非才。江湖遠舉逢鷗侶，羅網輕投笑雉媒。遥望衡峰青一角，年年飛去復飛回。

霜落平原萬寶成，肯教中澤聽哀鳴。秋江飛度渾無影，夜渚驚呼競有聲。飲啄關心賓主誼，雲霄比翼弟兄情。海邊游戲尋常事，却使書人妙悟生。

于陸于磐古所云,肯隨凡鳥共紛紜。歸期弗爽三秋信,客路應乘萬里雲。紫騩去來常避面,蒼鷹飛止豈同群。羽毛自愛爲儀貴,鵲噪鴉鳴總不聞。

秋九月至錢塘子舍作

又向錢塘放棹行,都緣兒女未忘情。眼看四世冠裾集,身趁三秋杖履輕。東浦酒香宜養老,西湖山好況新晴。幽尋偶過招提境,尚有僧伽識姓名。

生日至虎跑泉僧舍避囂,漫成一律

漫説登臨濟勝能,須知馬齒又加增。身閑頻蠟游山屐,年邁難求繫日繩。品水自攜龍井茗,入門如遇虎溪僧。歸途更訪真珠寺,佳境由來得未曾。

是日偕吴生兼山、大兒同福飯於浄慈方丈

四時最好是清秋,閑艤蘭橈古渡頭。地有湖山成勝迹,僧能詩畫即名流。謂松光上人。客因乘興題紅葉,我亦忘機似白鷗。却爲生朝謝賓客,齋厨蔬筍當晨羞。

經故相章文簡公經雅山莊

荒凉臺榭尚崔巍,相國風流不可追。載酒客曾扶醉去,愛花人又訪秋來。雲歸塞北雁聲至,木落淮南霜信催。撫景懷賢無限意,聊憑長笛寫餘哀。

游表忠觀

錢王祠宇對平湖,襟帶林泉入畫圖。叢桂古香無俗豔,殘碑舊

刻勝新樵。偏安伯業延亡宋，宋高宗爲錢武肅王後身，見《賓退錄》。不朽文章仰大蘇。八百年來香火在，可知遺愛在枌榆。

題蔣青荃鷗天閣

閒訪元卿吟望處，一樓如畫對南屏。瀠洄水繞回欄碧，窈窕窗迎列岫青。無事雀羅當逕設，有時鶴蓋到門停。雨奇晴好無窮景，憑伏風騷寫性靈。

題王蓬心永州八景圖册

瀟湘曲繞九疑阿，此地曾經兩度過。夢裏雲山空想像，畫中巖壑儘搜羅。熊羆嶺疊千尋翠，鈷鉧潭容一勺波。却羨婁東王太守，胸藏邱壑勝情多。

同人集五柳園賞菊

群芳占四時，最晚莫如菊。譬諸山澤癯，默處在空谷。我家五柳園，新築花間屋。疊石成小山，蒔花滿其麓。四圍錦繡叢，五色雲霞簇。花徑客偕來，山厨酒正熟。盤餐無兼味，齒頰有餘馥。酒盡歡有餘，卜晝不繼燭。詩和彭澤陶，賦愛甫里陸。邀茲同社人，雲龍試追逐。

憶秦淮水榭

畫中樓閣鏡中天，江左風華在眼前。桃葉最宜三月雨，楊枝猶帶六朝烟。緣溪酒肆多鐙火，比屋人家習管絃。況值秦淮春水漲，當門時繫賣魚船。

題明嘉定州朱公家傳後

往歲游西川，蜀人述舊聞。明季政不綱，都邑遭寇氛。維時漢嘉郡，有官矢忠勤。一方資保障，萬户稱神君。大厦一木支，籌策空紛紜。寇深可若何，力竭乃自焚。闔門既同燼，百世長流芬。華胄多儁才，大雅卓不群。幽光發潛德，考信徵雄文。聖世表忠烈，馨香相桓薰。旌門樹綽楔，光寵在榆枌。

題楊維斗先生社集知單

解元節義高今古，儒雅風流亦可師。不識當年縞紵侣，可能臭味永無差。單内有吴昌時，故云。

冬至前六日，韓桂翁招作消寒會，先示以詩，次韻奉答

客咏頍弁思雨雪，主陳朋酒侑羔羊。五肴舊約終須守，四句新詩早寄將。

久旱得雨志喜

今年夏秋雨澤稀，大田龜坼農時違。崇朝東北雲氣起，滂沱未至心先喜。江南賦重民力艱，豐凶所繫非等閑。樂歲人人憂不足，荒年穀勝豐年玉。皇天不忍民阻饑，一雨三日百穀滋。天心仁愛非人力，轉歉成豐在呼吸。萬寳登場慶有秋，高低田地一齊收。縣官租税免敲扑，兆人共頌皇家福。

冬至後二日集汲雅山館

歲歲消寒聚列星，畫堂尊俎薦芳馨。書雲節後天猶暖，行馬門前轍並停。爛煑蝮魚同禁臠，徐傾秫酒輔頽齡。大賢爲政多閒暇，問到梅花幾度經。是日，廉使葆公在座，故及之。

王椒畦博士作畫卷并詩見寄，依韻答之

故人契闊動經年，老健聞如地上仙。沈約郊居無俗慮，杜陵詩派有真傳。三生杵臼徵情好，一紙雲山入畫禪。遥想草廬春信早，梅花飛雪柳含烟。

消寒分韻得冬字

閑門冠蓋數過從，真率杯盤媿不恭。客似竹溪聯六逸，詩成梅社恰三冬。久晴天氣寒仍燠，如水交情淡勝濃。疏影暗香消息近，西山佳處好扶筇。

和答廉使葆公

蓬蓽蕭閒長碧苔，崇朝車馬客偕來。但愁毳飯無兼味，不厭新詩讀百回。一室悟言清晝永，兩行歸騎夕陽催。他時檢點奚囊句，都付青緗署問梅。

滄浪亭圖卷爲顧湘洲題

滄浪之歌出於楚，前有孺子後漁父。滄浪之亭構自宋，卷山勺水因人重。七百年來若旦昏，代興代謝名常存。自古地靈在人傑，此間舊事吾能説。蘇子當時闢草萊，歐梅題贈詩臚列。歲久猶存一草亭，衡山三字楣間揭。商邱中丞來撫吴，殘山賸水重搜剔。純皇省方問風俗，後先六次巡江浙。

翠華曾向此登臨，至今睿藻光嚴穴。兔走烏飛四十載，亭臺零落溪山在。重開生面需後賢，明月清風如有待。封疆大吏多好賢，葺墻繕宇仍完堅。築祠環列名賢像，此中香火多因緣。名賢之像何從致，顧子湘洲今好事。故家舊族儘搜羅，將相布衣無不備。刻

石流傳自永久,況有山僧住居守。歲時享祀有常儀,守令刑牲復舉酒。一邱一壑繪成圖,此圖非是文房娛。桑海雖移此不朽,長留文獻徵三吳。

題王齊翰取耳圖

昔賢重聰聽,聲入心相應。坐對一卷書,萬理可印證。妙迹流傳不計年,由來畫理自通禪。蘇公言語妙天下,掃除我相全其天。聲塵既盡天機得,課虛叩寂探消息。耳根清静自然聰,不須更問兜元國。

延月舫慶東坡生日,和春樊主人韻

不學楞嚴十種仙,文章壽世勝長年。奎垣想見英靈在,薇省傳來翰墨妍。是日,方伯梁公以蘇字卷索題。考古座中論赤壁,負暄窗下愛黃綿。即看香火因緣久,始信人情即是田。

題婁子柔畫東坡笠屐圖,即和幀首周紫芝詩韻

文采風流仰大蘇,笑他章蔡是庸奴。雨中笠屐真堪畫,海上風濤亦可娛。身似神仙常散誕,心經憂患益廉隅。紫芝評跋婁堅筆,嘉話于今視此圖。

題禹之鼎卜居圖,即次其自題詩韻

畫理通禪自出塵,詩如佛語異波旬。抱山臨水蕭閑地,合與幽人著此身。
二分明月浄心塵,遺迹流傳歷幾旬?詞客畫師兼二妙,輞川居士是前身。

己丑除夕

野老雖貧樂自如，終朝足不出吾廬。治生欲講樊須學，稽古還鑽倚相書。歲稔餘糧尚棲畝，春回喜氣已充閭。桃符爆竹殷勤覓，忘却衰年日月除。

庚寅元旦

斗柄東回到攝提，耆年人似夕陽西。春盤又薦元修菜，夜室仍然太乙藜。楓陛朝元尋舊夢，桃符辟祟換新題。一尊兒女屠蘇酒，賺得衰翁醉似泥。

人日集吳棣華廉使池上草堂

自結問梅社，已歷春秋七。香山慕九老，竹溪思六逸。共敦縞紵交，常入芝蘭室。二三素心人，容我其間廁。心如雲憶泥，誼若膠投漆。禮數捐煩苛，笑言取真率。歲行在庚寅，良會逢人日。延陵有賢人，開筵陳鼎實。擊鮮雜雞豚，飣座臚橘栗。序賓但燕毛，密坐真促膝。合歡酒無量，分韻詩有律。聽松風生籟，吟梅香沁筆。雅令投明瓊，妙句彙緗帙。舊草積薪多。新篇抽繭出。自緣古歡深，豈等野處曛。

題陳小雲遺集，集爲尊閫汪宜人手定

劉綱有婦是仙才，弄墨然脂序《玉臺》。留得雪中鴻爪在，不教慧業化塵埃。

潁川公子早知名，小碎篇章善賦情。可惜謝家好風月，竟將哀艷送平生。

立春日吴鑑庵招飲，賦詩奉謝，并簡令弟棣華

江國春回慶履端，三冬已過不知寒。耄年食肉寧嫌鄙，賢主開樽必盡歡。律轉東風迎燕喜，書來南海報平安。是日，令子有書自廣東至。伯霜仲雪如花萼，弗負鄉人説二難。

庭前種梅

營就菟裘老此身，小山花木又成薪。重教鋤月移璚樹，頗似量珠聘玉人。香海飄來千點雪，芳園添得十分春。和羹事業爲虛願，且與逋仙步後塵。

花間口號

春來桃李滿山樊，懶向花前倒酒尊。夜夜杜鵑啼不住，幾曾招得海棠魂。

韓桂舲司寇招集還讀齋賞梅，即以盆梅二字分韻得七律二首

花到芳梅品最尊，蕭齋清供恰宜盆。冷香紙帳侵詩夢，瘦影紗窗印月痕。行樂無煩吹玉笛，賞春有分倒金樽。百花頭上花先發，總出東皇雨露恩。

非關驛使遠傳來，樂府新翻一剪梅。有客折枝催羯鼓，何年分種自瑤臺？巡簷常索詩人笑，調鼎還思宰相才。如此芳華應護惜，忍教狼藉在塵埃。

初春偕同人至城西積善院觀梅，即癸未初結問梅詩社地也，因叠舊作韻

老人世事十忘九，醉吟常附諸公後。今朝仍爲問梅來，不覺與

694

花開別久。苔枝屈曲蒼虬蟠,歷盡冰霜心不朽。對花因念咏花人,何遜林逋堪尚友。却爲看花載酒來,提壺挈榼偕奔走。對景吟詩漫與成,詩成不復計妍醜。一觴一咏坐花前,山林清福同消受。歸塗復過小雲樓,忠介清風在人口。

小 雲 樓

閒訪城西開士家,幽樓地僻静無譁。三間小閣纔容膝,一樹寒梅正著花。鐘撞白雲尋舊句,甌翻緑雪試新茶。當年忠介親題榜,贏得山僧向客誇。寺門"小雲樓"三字,明人周順昌所題。

獨學廬五稿詩卷四

燕居集四　古今體詩四十九首

園中海棠盛開有感而作

香國曾逢絕世姿,故園重見繫人思。移來西府無雙品,開向東風又一時。弗假詩篇徵杜甫,判將繪事托徐熙。夭桃穠李皆凡豔,清韻天然合讓伊。

鍾伯敬一門畫册,爲梁芭林方伯題

世人但識竟陵詩,誰料詩人亦畫師。水墨遽成醫病藥,烟雲原是養生資。伯敬自跋云"病中作此,遂忘其疾"。蘭芝嘉耦同千古,花蕚聯枝聚一時。先後因緣在閩海,藝林韻事説來奇。

漫　　成

萬里風雲願已乖,肯將世慮苦縈懷。畏人欲作蜘蛛隱,愛物因持瑇瑁齋。宋玉閑情思郢曲,莊周志怪述齊諧。縱云不得文章力,消遣光陰亦復佳。

生平獨學苦無朋,老至衰殘百不能。稍覺癡心胷次少,却看宣髮鬢邊增。家饒松菊娛元亮,地産蓴鱸慰季鷹。手勘縹緗三萬卷,子孫若箇是傳燈。

身世真如一羽輕，隨緣焉用不平鳴。擁書享盡生前福，把酒強如死後名。恩怨兩忘機事少，炎涼遍歷道心萌。編年詩草從頭筭，已閱春秋第七庚。

題吳拙存道士倚石吟草

延陵季子有雲孫，悟徹元元衆妙門。一卷新詩若冰雪，讀來清氣滿乾坤。

題王生壽康還讀圖

士生宇宙間，常與富貴期。此事不可強，藏器且待時。先聖有彝訓，垂爲百世師。六經爲綱領，百氏皆神奇。書囊信無底，所貴人思維。儒者執所業，一物恥不知。學古乃有獲，餘事在文辭。掘井須及泉，繅繭方成絲。光陰競分寸，所戒荒於嬉。

題韓司寇種梅圖

聘得瑤華似玉人，清泉白石共橫陳。曾經官閣吟詩賞，又向蕭齋索笑巡。客至盡同蘭臭味，年高尚賽鶴精神。虎頭素擅生花筆，倩爲瓊姿一寫真。

池上草堂社集，各賦六言二章

春到江南三月，客似飲中八仙。酌酒共臨池上，咏詩常在花前。

窗下草生書帶，座中人聚蘭言。纔約問梅僧寺，又邀看竹鄰園。

鄒小山百花圖卷爲顧湘洲題

南方多草木，厥狀盈千萬。誰歟生花筆，一一開生面。梁溪有賢人，官列秘書院。芳心等葵傾，妙技効芹獻。丹青奪化工，觸手群芳現。種分五色新，體備四時豔。一花繫一詩，百樣品題遍。畫成不敢私，拜獻南薰殿。天顏有喜色，嘉獎托豪翰。賦成柏梁篇，星雲同糺縵。名迹登上方，粉本自留玩。流傳好事家，披卷人欽羨。因思純皇朝，金閨集俊彥。一技不肯遺，務令及時見。詩畫雖小道，亦荷天垂眷。區區小草心，感此起三歎。

小園即事

年光最好暮春時，野老尋芳恐後期。二十四番風信遍，林花開到白荼蘼。

梅子青青綴滿枝，春蠶作繭已成絲。玫瑰花發香於麝，又是蜂衙割蜜時。

題張迪民遺像卷

清河居士愛逃禪，此去應歸兜率天。七十年華一彈指，空花生滅總隨緣。

當年曾現宰官身，仙吏風流絕等倫。畢竟度人還自度，靈山香火證前因。

杖屨追歡在里門，白頭朋舊幾人存。知君已入莊嚴劫，留得雪鴻印雪痕。

韓蘄王碑

宋室南遷洛社亡，中興大將數蘄王。一抔冢土留荒野，百尺豐碑峙夕陽。靖難功名懸日月，避賢心迹表清涼。靈巖山色蒼茫裏，讀罷遺文自感傷。

顧野王祠堂

少時讀《玉篇》，早識黃門顧。黃門名家子，被服守儒素。讀書先識字，元覽啓神悟。古文及奇字，約略窮其趣。名冠千人英，心游九經庫。維時宣城王，開府揚州住。元僚登盛府，才名推獨步。梁室既板蕩，叛臣爲國蠹。慷慨從義師，艱難贊戎務。嗟哉文武才，磊落天所付。生世既不諧，牢愁向誰訴。巍巍勾吴城，蔀屋不知數。城西濠濮間，烟火萬家附。倬彼黃門祠，閒閎臨大路。鬱攸忽爲灾，守者失防護。幸哉子姓賢，舉族醵泉布。土木計重新，輪奐美如故。古云桑與梓，敬恭不敢斁。況兹先耆人，執鞭亦欣慕。稽古復崇德，不禁長言賦。

與桂舲司寇訂問梅詩社第一百集之約

問梅結社八春秋，弄月吟風百度周。故土園林容寄傲，中年絲竹藉消愁。詩壇舊草聯行卷，樂府新聲問主謳。總爲龍門勤接引，人人争願識荆州。

題蔣文肅公百果畫卷

妙手丹青冠古今，黃扉退食寄情深。鹽梅已遂和羹業，猶抱樊須學圃心。

春　　愁

無端白髮苦相侵，空抱殷勤好麗心。一種春愁消不盡，海棠開後到如今。

日及花

尋秋出西郭，偶過招提寺。老僧垂長眉，坐説無生義。百歲流光等逝川，榮華富貴真如戲。笑指庭前日及花，朝榮夕萎須臾事。

懷米山房圖爲張秋舫孝廉題

勺水卷山結静緣，此中宜住玉堂仙。平生愛石真成癖，一瓣心香在米顛。

夢裏仇池未可探，雲峰石色畫中參。即今才子幽栖地，不讓當年海岳庵。

甘露花邀同社諸公賦

甘蕉性叢生，非草亦非木。植我書窗前，緑陰覆茆屋。頻年時作花，客至驚相矚。今歲發五花，化工故亭育。一日一瓣開，源源相繼續。十旬猶未已，耐久此花獨。叢須含甘漿，崖蜜無其馥。清芬沁心脾，不數杞與菊。同人集蕭齋，封此忘炎燠。願乞詩人詩，爾音貴空谷。

中流自在圖爲顧侍萱孝廉題

世界無邊海，生人不繫舟。閒情隨地得，壯志待時酬。攬勝憑青雀，忘機狎白鷗。倘乘風萬里，咫尺即瀛洲。

題梁茝林方伯庚申雅集圖卷

賢者交遊芥與鍼，風流儒雅盡人欽。樽開北海頻投轄，圖繪西園慶盍簪。舊事鴻飛猶印雪，古歡苔異總同岑。丹青不讓龍眠筆，勝迹留傳直到今。

詩會分得老少年

一叢秋草乍經霜，糅雜丹黃異衆芳。却念白頭人易老，欲求還少更無方。

題張船山畫鍾馗送子圖

終南進士名鍾馗，腰間長劍光陸離。平生報國志不遂，死作鬼雄亦振奇。魚須文竹手中持，所願朝覲登天墀。掃除魑魅清六合，務令百族無瘡痍。萊州太守神仙姿，作詩上與青蓮期。出其餘技托繪事，神妙直以造化師。偶成此圖自游戲，英姿奕奕生須眉。吞魔食鬼是素願，背負嬰婗將何之。於戲積善人家有餘慶，代天付與麒麟兒。

題同年齊雲翹觀察看奕圖

清簟疏簾坐隱宜，此中得失費人思。何如袖手旁觀者，若箇輸贏總不知。

尺五楸枰作戰場，有人當局苦争強。英雄成敗原無定，勝固欣然負亦常。

吴生静軒招飲萍香榭留題一律

精舍三楹枕水涯，綠楊遥映畫欄斜。最宜仙侶吟詩地，恰近中山賣酒家。百盞明燈真替月，一林小雨不妨花。主人愛客情無極，有約重來玩月華。

舟中書所見

斗大吴江縣，城臨笠澤邊。浪紋平展縠，雲氣漾堆棉。紅識芙蓉墅，黃知穮稑田。扁舟輕似葉，東去趁風便。

夜過平波臺在平望鎮。

野屋三間静，虛窗四面明。幽棲忘市近，秋水與階平。商舶衝寒集，漁榔入夜鳴。當年觴詠客，感舊不勝情。二十年前曾與蓮龕觀察宴集於此。

五峰觀瀑圖爲陸子範大令題

昔聞廬山康王谷，飛流直下三千尺。今觀永康《五峰圖》，跳珠潄玉差堪匹。此水疑從天上來，端知造化有靈液。都君才調今機雲，幽尋到此心怡悦。終朝坐對澹忘歸，應教十斛塵襟滌。即今琴鶴已偕行，夢魂猶在烟霞窟。

送陳芝楣轉運之官粵東

卿雲在天上，舉世以爲瑞。來去雲無心，蒼生澤同被。憶昔使君來，巖巖專城寄。布政示優游，愛人先撫字。觸豸陟外臺，掌庾懾群吏。今復拜朝恩，移節海南地。海南地華離，其人善居積。萬衆業牢盆，度支事非易。風俗縱妖浮，君去定民志。吳儂多去思，重望霓旌至。

和法螺僧奕山之作

昔訪維摩丈室中，入林遙見佛燈紅。空山説法臚頑石，野徑尋詩愛晚楓。坐卧雪香成小隱，近日山中種梅三百本。經營土木仗神工。時友樵張丈將建呂祖閣於山中。黄花翠竹安禪地，百折泉聲聽不窮。

初冬集彭葦閒太守一卷石齋，分韻得寄字

拜石呼石兄，米顛本游戲。壺中藏九華，亦見雅人致。彭子閥

閱家，經義爲治事。當其守武陵，世稱清白吏。心慕陸鬱林，載石作歸計。蕭齋十笏寬，高揭擘窠字。齋名一卷石，顧名當思義。君子介如石，三公易不易。問君然不然，君曰是吾志。良辰設樽俎，嘉會集車騎。諸子皆石交，苔岑敦夙誼。明朝風雨中，彼此詩筒寄。

桂舲二兄招集種梅書屋，詠園中鶴，得化字

鶴鳴在九皋，本屬仙人駕。一朝攬德輝，翩然自來下。主人愛其潔，畜近梅華樹。履石啄蒼苔，厥貌甚閑暇。因思乘軒客，丹青贊神化。羽毛縱自愛，或遭弋人射。何如在林泉，常與紅塵謝。逍遥物外游，清福真無價。

題程竹厂光祿蓮社問因圖

我愛程居士，清修遠俗塵。虎溪尋舊迹，龍樹證前身。貝葉傳真訣，蓮花悟净因。始知華藏海，慧業屬文人。

題沈蘋洲陽關意外圖

楊柳陰陰江上村，人生惟別最消魂。坡仙詩境依稀在，一點飛鴻印雪痕。

一聲玉笛報新秋，知是侯門舊主謳。遥想綠楊城郭好，人生只合住揚州。

箱中紅豆任抛殘，識曲知音自古難。獨有瘦腰人健在，風流還向畫中看。

六十年華髩雪新，逢場常現宰官身。榮觀覷破皆如戲，我亦清時一幸民。

丹青妙手出天然，一片仙心入畫禪。多少雲烟曾過眼，生來長

住米家船。

池上草堂詩會以冬暖爲題得日字。

《豳風》序四時，曾述二之日。祁寒生怨咨，聖主必存恤。何幸四九天，和氣尚洋溢。大裘屏弗御，堂花臚滿室。造化本無私，德盛常逢吉。人懷趙卿政，地協鄒生律。扶陽以抑陰，調爕豈無術。在昔春無冰，亦載麟經筆。

余家藏東坡先生遺硯一方，其側銘曰"鶴田處士之貽，東坡寶之。紹聖元年"共十四字，又有"思無邪齋"四字長印。背鐫《坡翁笠屐圖》，銘曰"端州石硯，東坡先生携至海南。元符三年自儋耳移廉州，過瑤，持以贈余爲別，歲月遷流，追維先生言論，邈不可即，倩工鐫先生遺像爲瓣香之奉云。時崇寧元年十二月十九日，瓊州姜君弼謹識云云。"又有"唐佐"二字印。道光十年十二月十九日同人集五柳園慶坡翁生日，因出此硯賦長歌并索諸君子同賦。

文房有四寶，惟硯靜而壽。亦須所主得其人，庶使鬼神常保佑。東坡先生謫南海，初非其罪權奸構。父子零丁萬里行，廟堂無人援手救。彼土偏多好賢者，所至情親若婚媾。思無邪齋一片石，紫雲出自端溪竇。云是紹聖改元初，鶴田處士手親授。鶴田先生是誰氏？姓名未著文章囿。想亦當時大雅流，與公夙契如蘭臭。嗟哉紹聖歷元符，任用奸回屏耆舊。此硯從公到海南，功在文章啓荒陋。儋州量移至廉州，稍喜朝廷詔寬宥。姜生唐佐海外才，偶在中途相邂逅，留得蘇家片石存，什襲巾箱子孫守。其背鐫成笠屐圖，鬚眉奕奕如親覯。我今得此置座右，款識分明墨華繡。嗜古懷賢此一心，雖予千金不屑售。因思哲宗御極時，國家黜陟何其謬。強指名賢作奸黨，黨人之碑表元祐。不及窮荒僻壤人，解奉賢人在俎豆。一硯流傳七百年，常使珍藏若瓊琇。

題蘇文忠公草書醉翁亭記卷

歐陽守滁州，其年未四十。自署呼醉翁，原出游戲筆。智僊僧中豪，作亭兩山隙。亭以醉翁名，鴻飛雪留迹。一記傳千秋，文藻光巖穴。醉翁門下士，大蘇推第一。健筆走龍蛇，深入晉賢室。斯文得斯書，今古歎雙絶。歷今七百年，完如趙家璧。我昔居巴蜀，獲逢此寶墨。詫爲希世珍，愛之手不釋。彼人方居奇，兼金不能易。移官至濟南，此卷復相値。翰墨有因緣，終爲我所獲。此卷隆慶間，文氏曾摹刻。歲久石已亡，舊拓不多得。何圖後死者，親見此手澤。熏香藏巾箱，古錦十重襲。

喜　雪

鴉鵲無聲風滿林，開窗處處是瑤琳。剛逢四海迎春日，早慰三農望歲心。乍訝天花飛繞座，漸看簷溜滴成簪。衰翁稍覺寒威逼，兌得芳醪手自斟。

題顧山瓢刺史遺像

憶昔官西川，馳驅戎馬場。短衣匹馬三五輩，惟君與我生同鄉。維時歲在嘉慶初，黑山有賊方跳梁。秦楚與蜀三大帥，分統貔虎駞豺狼。朝行秦隴暮蜀道，風餐露宿莫或遑。區區文吏親武事，亦與馴介同翺翔。山深月黑不知路，馬蹄得得隨班行。左佩弓刀右橐筆，時參帷幄説短長。熒熒一燈青廬下，軍書堆案費推詳。百函草盡枚皋檄，一錢不留趙壹囊。出生入死事呼吸，朋儕幾輩成國殤。烟塵既靖干戈戢，草就捷書達未央。絳灌歸朝賓客散，此事倏經三十霜。彼同袍者各臺省，惟君白首猶爲郎。坐守一州如斗大，未隨鴛鷺登廟堂。一官浮沈魚上竹，功名不達身歸藏。披圖對面若疇昔，須眉宛在人云亡。既傷逝者行自念，長歌當哭心悲傷。

獨學廬五稿詩卷五

燕居集五　古今體詩六十七首

辛卯元旦作

春到山中處士家，歲朝瑞日絢雲霞。門題吉語三多福，雪兆豐年六出花。爆竹比隣聲斷續，芳梅繞座影橫斜。元亭問字人猶夥，肯負明窗舊絳紗。

題梁苣林方伯練湖三圖

我家本丹陽，地處練湖側。盈盈一水閒，芒鞋屢攀陟。農田資灌溉，轉漕亦利涉。宣防有司存，歲久失其職。上湖變成田，下湖亦淤塞。使君來旬宣，先務講溝洫。履勘至再三，定識袪衆惑。地勢擇其宜，鳩工期必刻。一朝兩牖成，啓閉垂定則。舟行通無阻，水利及稼穡。邦人歌且謠，常頌使君德。

題梁苣林方伯淞汭扁舟圖

吳中震澤百川儲，東去淞江是尾閭。欲講農田先水利，只應紬繹似王書。《禹貢》言"三江既入，震澤底定"，此百世不易之法也。

二十年來議濬川，道謀築室屢遷延。一朝忽奏元圭績，天使豐功屬大賢。

清明後一日，集養真齋分韵得都字

春陰遊賞興全無，幸有良朋德不孤。山墅乍晴鳩喚婦，社辰已過燕將雛。洗兵雨霽天容净，時聞西師凱旋。布穀禽啼物候符。江令自憐才盡久，強攜枯管賦吳都。

辛卯上巳，集滄浪亭修禊，分韻得如字

積雨滄浪水滿渠，重修禊事到精廬。頻來客似尋巢燕，偕隱人同縱壑魚。春在百花剛上巳，詩成七子擬黃初。題名若仿蘭亭例，我是吳門石埶如。

彭羣閒太守招集網師園，分韵得微字

名園春色正芳菲，庭宇清幽卉木腓。曲水鏡明花四照，空梁巢定燕雙飛。問奇共詡新詩富，看竹還思舊雨稀。對此勾留欲忘返，歸途不覺夕陽微。

和兼山扇頭詩韵

不作公卿不學仙，但求閒適度餘年。衣冠自古推吳地，冰玉逢人説晉賢。幸得林泉同嘯傲，況兼香火有因緣。邯鄲一夢須臾事，冷眼觀時輒粲然。

詩筆清於賈浪仙，儘多風月伴流年。幽栖地似平泉好，偕隱人如德耀賢。花命升沈元有數，萍踪離合總隨緣。燕居幸得同聲侶，每讀新篇一快然。

708

題祝竹溪司馬廣陵觀潮圖

百川之水東南注，龕山赭山作門戶。會稽通守借高才，暫於羅剎江頭住。觀水有術觀其瀾，宇宙舍此無大觀。枚乘《七發》吾曾讀，如此文章繼亦難。

張迪民僧裝小像

迪民我畏友，多聞兼直諒。當世推循吏，士林仰令望。學儒又學佛，深入華嚴藏。故以居士尊，而現衲子相。獨契三乘微，弗留一塵障。猗彼永康氓，遺愛永弗忘。俎豆賢人間，實出中心貺。萬家祝生佛，若奉如來樣。積此最勝緣，靈山盍回向。嘉名在世間，如佛壽無量。

寄題朱野雲涵秋閣，并謝見一圖之賜

不見朱公二十年，忽承芳訊日邊傳。身居陶氏三層閣，地近城南尺五天。野養閒雲成素志，江涵秋影著新篇。白頭後會知難得，聊結因緣在畫禪。

和答女婿孫子鳴

早識興公是雋才，雙雙反馬入門來。女蘿百歲依松柏，寶樹千尋出草萊。舊德衆稱徐孺子，新詩人比賀方回。父書能讀楹間在，王謝芳聲世共推。

逸園觀龍燈，與棣華、兼山同作

六街方試上元燈，曼衍魚龍此地興。仗有寶珠先引導，縱無尺木亦飛騰。經過鶴市光明現，行近鼇山氣象增。祇是逢場游戲事，

也教人説偃師能。

人日同人集五柳園

開歲倏七日，今朝天放晴。堂花增麗色，林鳥變春聲。良朋二三輩，把酒話平生。去年洚水災，鴻雁多哀鳴。天心素仁愛，悔禍豈無情。野人無所願，但願歲豐盈。河清人亦壽，長此心太平。

和兼山春日漫興之作

老學庵前問陸游，卜居依倚古城幽。山中偕隱駈黃犢，海上忘機狎白鷗。濟勝尚能移杖履，追歡不厭錯觥籌。小窗久坐渾忘反，遙見天西月一鈎。

開府園林畫不如，吳所居係慕天顏中丞故宅。伊人於此結精廬。行厨客踐尋花約，學圃家藏種樹書。在昔鍾嶸銘瑞室，即今潘岳賦閒居。宦游難得歸田早，清福由來説兩疏。

感　事

烏飛兔走各西東，妄説薰蕕臭味同。蓮社可宜容謝客，竹林叵耐著王戎。人言結契雲霞上，我耻爭光魑魅中。愴絕山陽夜深笛，誰從壚畔問黃公？

吳棣華六十壽

公才公望本崧生，循吏醇儒兩著名。華國文章登上第，戴筐星宿近長庚。人如永叔歸田早，世謂于公治獄平。天許夔龍住邱壑，端知清福屬清卿。

和兼山咏地鈴

斫得秋筠翠不凋,製成奇器任譁囂。微軀行地周旋久,妙手牽絲發縱驕。鑿空自能諧律吕,飛聲直可達雲霄。鴿鈴天外遥相和,一種清音聽轉調。

原是淇園舊長成,虛心勁節見平生。也隨銕馬因風響,却趁花磚似鏡平。協律不輸吹竹巧,發機直等轉蓬輕。回旋終日無停趾,博得旁人説善鳴。

朱蘭友贊善招集水雲四抱之軒,分韵得水字

我聞古詩人,風雨思君子。相思輒命駕,不憚遠千里。況今素心人,芳躅在尺咫。良辰赴嘉會,杯盤臚甘旨。幾輩濯纓人,共咏滄浪水。春風苦多厲,老夫病初起。強歌無歡聲,操觚媿率爾。

兼山招集逸園,作詩見示,依韵答之

一曲芳池清且淪,往來魚鳥自相親。種梅修到三生福,對酒平分四座春。放鶴心儀林處士,采蘭詩和鄭風人。當年同是勞勞客,此日衡茆得養真。

四月二日邀謝山、棣華、兼山 小集五柳園賞牡丹,即席賦呈

一叢紅艷占芳辰,穀雨經過已浹旬。座對名花如貴客,家藏醇酒待嘉賓。聚來香色風光晚,閱盡繁華鬢雪新。誰似謫仙才調好?解將詞賦惜餘春。

題韓司寇亡姬掃地焚香圖

尚書簉室世稱賢，婉娩周旋四十年。掃地焚香留幻影，細參畫理自通禪。

大婦升仙小婦隨，明星替月不多時。玉溪詩老傷心處，盡在華年錦瑟辭。

題兼山逸園并賀得孫之喜

忽聞平子賦歸田，覓得林泉地自偏。十畝山池忘市近，一園花竹得春先。七擒七縱閒風月，三沐三薰古聖賢。況值充閭多喜氣，從玆瓜瓞兆綿綿。

宦海收帆我獨先，君今解組亦言還。桑弧幸叶熊羆夢，湯餅應開玳瑁筵。庭列菊松榮晚節，家傳經史當良田。自今杖履過從便，補盡平生未了緣。

四月十九日，彭咏莪舍人招集網師園

彭子金閨彥，枌榆暫息身。時逢浣花節，客聚問梅人。紅藥思前度，青雲屬後塵。追維竹林會，感舊獨傷神。頻年令叔葦聞太守每到芍藥花時輒招集此園，今不勝人琴之感矣。

題梁茝林方伯目送歸鴻圖

道光歲辛卯，霪雨秋爲災。江淮水並漲，膏壤成汙萊。滄海揚波百川溢，田疇不辨阡與陌。龍蟠虎踞金陵城，平地水深四五尺。天祐吳都成福地，四野哀鴻衮衮至。誰與援手拯其危？幸有仁人在高位。高位仁人衆所依，心如己溺與己飢。金錢百萬傾囊出，餓者得食寒得衣。邦人共知爲善樂，在上一呼下百諾。仁粟義漿相繼起，頓使窮黎免溝壑。騰盡春回萬象新，行人無恙反榆枌。請看扶老兼攜幼，一路歡聲頌使君。

朱碧山銀槎歌和桂舲司寇詩韻

萬事不如杯在手，人生合歡惟有酒。種梅書屋集衆賓，繁殽出厨旨且有。乍寒乍暖麥秋天，主人與客皆忘年。手出古器勸客飲，巧匠幻作乘槎仙。此槎輪囷不盈尺，此仙猶戴漢巾幘。似是當年博望侯，以銀鑿成費推拍。此器流傳歷歲時，主人好古乃得之。客非大户那堪此，欲飲未飲心矜持。真一方傳蘇玉局，酒悲曾有嘉王哭。醉鄉人物致不同，朱生作此將誰屬？異事空傳《拾遺記》，嘉名可補《宣和錄》。應配蘇家藥玉舟，離奇其貌虛其腹。攜來玉友泛金焦，嗜酒揚雲善解嘲。守器當如考父鼎，愛人不棄許由瓢。吾儕一月一相邀，白波卷處行如潮。釣詩有鈎詩益富，掃愁有帚愁自消。

題王氏少耕草堂圖册

帝王三重，第一曰食。伊古哲人，先知稼穡。堯民耕鑿，擊壤有歌。漢京力田，孝弟同科。藹藹王公，太原華胄。少耕名堂，子孫肯構。彼作繪者，一時名流。清芬可誦，百世長留。

太倉汪生餉水蜜盤桃，賦此寄謝

昔聞度索山，有桃能結子。群仙作高會，開宴瑤池涘。即今婁江東，種桃遍田里。其味賽蜜甘，其形與盤似。毋乃古仙人，遺種留於此。汪君今好事，寄此兩包匭。嘉果冠時新，入手心先喜。芳馨通鼻觀，甘漿沁牙齒。名媲安期棗，品勝王戎李。長吟百字詩，飽德志其美。

兼山招集同人於逸園作賞花之會，漫成長句紀事，效柏梁體

六月將盡天薀隆，我心憚暑方忡忡。逸園主人折簡通，招我賞花飲碧筩。方池如鏡磨青銅，妙蓮花發迎薰風。千枝萬葉露氣融，紅情綠意賞不窮。主人愛蓮茂叔同，造化亦助栽培功。一邱一壑結構雄，高臺曲廊環石谼。平橋通步若蝃蝀，客來如入水精宮。虛堂面水地十弓，檻閒圖史萬卷充。喬林雜植椿杉桐，左梅右桂新成叢。水軒適在蓮葉東，竹溪六逸集此中。花氣隨風入簾櫳，萬花中間繫釣篷。輕艓在水行若空，竹裏行厨簋有餸。繁肴雨集旨且豐，醉中豪氣如長虹。明朝絡繹傳詩筒，新詩滿壁徵紗籠。就中作者誰最工？初日芙蓉思謝公。

贈彭咏莪舍人

尚書斗山尊，昔我承明誨。轉燭六十年，復見後生輩。君抱瑚璉器，英奇邁群隊。克家繩祖武，幸有典型在。荆山産良璧，懷寶先自愛。居易以俟命，勿計顯與晦。委心任運行，百事少尤悔。願采芻蕘言，權作韋絃佩。

秋中喜雨作

山川滌滌有哀吟，上帝屯膏懼正深。忽爾九淵龍奮起，居然三日雨成霖。共傳聖主祈夫疏，<small>今歲上行大雩禮，親製祭文，責躬請命。</small>不負窮黎望歲心。政在養民從古説，先知稼穡是良箴。

秋聲舫與兼山話舊

少年豪氣吐長虹，鵬翼思培萬里風。龐統有才非百里，孟嘉無

命到三公。人言官職聲名折，我道榮華夢幻同。塵世雞蟲爭得失，那知天外有蜚鴻。

季秋四日，同人集池上草堂餞彭咏莪舍人，分韻得小字

節近重陽秋氣清，幽人草堂風日皎。張筵置酒集衆賓，觴酌流行四座遶。紫薇舍人人中英，早歲才名達天表。尚書盛德著鄉邦，後賢自卜箕裘紹。即今身到鳳凰池，萬里鵬程此其兆。衰年送別尤依依，才子爲官定矯矯。他日金鼇背上行，獨立蓬萊衆山小。

題沈硯畦太守招鶴圖

仙禽性本愛林巒，養就顛毛徑寸丹。萬裏雲霄無定在，一生飲啄有餘歡。當時共羨乘軒貴，入世方知受甲難。往在蜀中，太守與予同襄戎幕。奚似故山歸計好，蒼苔白石儘盤桓。

題韓司寇種梅第三圖

昔有童二樹，畫梅一萬幅。一幅一篇詩，篇篇若珠玉。天生百卉中，此花最幽獨。所以愛花人，於梅好尤酷。尚書燕許流，仙骨超凡俗。愛梅入骨髓，種梅繞書屋。自號種梅農，如農殖嘉穀。咏梅壽梨棗，畫梅費紈縠。一圖心未已，二三先後續。聚作問梅詩，縹緗仍著錄。

生 日 自 壽

予生于乾隆丙子歲閏九月，道光壬辰重逢閏九月，因作此詩。

715

季秋逢閏吾初度，今歲歸餘又值玆。蓬矢桑弧思往事，犀錢玉果紀前期。廿科進士同年少，七品卑官拙宦宜。七十七齡彈指頃，自憐虛過聖明時。

十月四日集同人作東籬會

百花類甚繁，淵明獨愛菊。菊非有殊艷，所喜性幽獨。譬諸避世者，芳踪在空谷。騷人餐落英，清芬滿其腹。嗤彼肉食流，但知饜粱肉。何如集嘉客，同享此清福。

題王臨溪明經出處語默四圖

士生寓宙閒，所志在四方。桑弧與蓬矢，意氣常激昂。懷抱瑚璉器，作貢登廟堂。才高命不齊，動逢角與張。西望長安笑，區區心不忘。

右長安走馬

菰蘆有嘉士，家住東海濱。壯游既已倦，環堵安其身。昔聞任公子，手握百尺綸。一釣連六鰲，豪氣真無倫。夫君掉頭去，當與結爲隣。

右滄海垂綸

文章雖小技，古稱載道器。笙簧在六籍，中有微妙義。儒墨互短長，朱陸表同異。俗士矜咫聞，經生趁私智。不有善知識，奚以闢群議。

右尊酒論文

净名無言詮，達摩亦面壁。多言或數窮，不如守其默。鍾期不常有，古調誰能識？所以碎琴人，甘心處岑寂。昭文不鼓琴，此義不易析。

右停琴佇月

重九日虎邱登高,和彭咏荍舍人詩韵

此生事業已蹉跎,空憶虞廷九叙歌。佛刹逃禪逢粲可,詩壇同調有羊何。吴都賦裏青山近,郢客聲中白雪多。羡爾鳳凰池上客,尚留清夢在雲蘿。

東坡生日集五柳園

衣冠一隊集茆堂,敬爲蘇公舉壽觴。莫歎生辰在磨蝎,須知奎宿近文昌。石經南海風濤險,詩藴東山翰墨香。同是當時讀書客,有誰勺水奠舒王。是日,筵上陳設坡公笠屐像、遺研及謝東墅先生手批蘇詩,故五、六二句及之。

翩翩笠屐貌如生,名士風流物外清。歲歲薦新成故事,人人懷古抱幽情。壽筵仍許三蕉奠,文苑争傳八賦名。曾向峨嵋山下過,至今草木有餘榮。

借園集同人作消寒會

消寒重叙在城東,聯襼掎裳鶴髮翁。延月正逢生魄後,問梅仍在借園中。讀書窗映琉璃白,温酒爐然槲柮紅。怕似杜陵作詩苦,新篇漫與不求工。

題韓桂舲家藏古研

韓公愛古性成癖,齋中有研大盈尺。云是當年墨妙亭,坡老題詩此遺迹。零章斷句不成誦,一十六字差可識。吴越勝事一時傳,莘老風流常不没。石齋先生忠孝家,手引貞珉出瓦礫。削成寶研匣中藏,堅似精金黝如漆。旁有銘詞十二言,出自長蘆朱叟筆。士身可殺不可辱,特爲先賢表忠烈。吁嗟乎!此研流傳人幾許?今歸尚書得其所。不數壺中九華峰，怪石之供亦非伍。前賢遺物後賢收，不啻圭璋入文府。香火因緣八百年，人生安得壽如汝。石非能壽籍詩傳，始信文章壽千古。

和潘芝軒尚書消寒四咏

寒　　雁

萬里隨陽鳥，歸逢歲晏時。雪泥留印久，邊信入關遲。烟水三湘杳，風雲八陣奇。冥冥方遠舉，奚慮弋人知。

寒　　蟲

蠕動蜎飛類，徵名不可窮。蚨蛉崇古祀，蟋蟀譜《唐風》。入夜聲相應，鳴秋氣轉雄。始知苦寒候，自有語冰蟲。

寒　　蝶

蝶本三春使，經寒自息機。倦時仍栩栩，暖處尚飛飛。選夢今生晚，探芳舊境非。太常有仙蛻，故事說京畿。

寒　　鴉

鴉性生成拙，飛鳴善自全。爭巢喧月下，覓食噪霜前。作陣真如墨，呼群亦戾天。晚來堪畫處，古木夕陽邊。

題宋汝和丈畫册遺迹

墨　牡　丹

國色天香不可尋，故人手迹重兼金。名花不買臙脂畫，冷盡人間富貴心。

桂花白兔

誰從撲朔辨雌雄,金粟飄香滿碧空。不畫世間凡草木,寄情却在廣寒宮。

菊花蝴蝶

記得騷人九辨才,山林秋氣實悲哉。黃花蕉萃西風裏,尚有紛紛蛺蝶來。

松下鹿

落落長松不計年,呦呦鳴鹿愛林泉。世人有福無如壽,參透宗門畫裏禪。

紅梅花

絳雪凝香已滿枝,春風初到鵲先知。認桃辨杏渾成錯,此是群芳第一姿。

秋海棠蝴蝶

徐黃六法妙無加,活色生香衆口誇。蝴蝶翩翩恣游戲,不知世有斷腸花。

牧笛

名韁利鏁百年中,草草俄成白髮翁。不及牧兒牛背穩,閒吹羌笛對西風。

醉　仙

人生福慧最難全,樗櫟無材得大年。滄海橫流靡所止,商山自有采芝仙。

雞

五德生平有令譽,雄飛雌伏意何如。翰音未遂登天願,且向窗前伴讀書。

蓮　花

樂府曾歌《相府蓮》,生成色相自天然。誰從花裏稱君子？試讀濂溪水陸篇。

桂樹蟾蜍

一枝丹桂手曾攀,蝕自蟾蜍亦等閑。幸有萬千修月户,長留清氣在人間。

野花黄雀

秋色蕭疏秋氣清,野花當路不知名。一聲幽鳥閒相喚,觸動衰翁感舊情。

獨學廬五稿詩卷六

燕居集六　古今體詩五十四首

癸巳元旦作

遥望天衢五色雲，日邊佳氣正氤氳。林喧鵲語占新喜，盤頌椒花補舊文。律轉東風春信動，兵銷南海捷書聞。客冬臺灣蠢動，今得平定之信。却虞暮景飛騰速，愛惜光陰及寸分。

春窗遣興

參透宗門第一禪，飢時喫飯倦時眠。淡交自覓忘機客，老健聊娛禿鬓年。柳市聽鸝詩鼓吹，花叢撲蝶夢因緣。榮枯歷盡知常事，却怪靈均欲問天。

題故方伯廣公盛世良圖册 名廣玉。

山岳挺令姿，圭璋蘊文府。道氣備四時，精心燭千古。觀稼巡西疇，延薰對南浦。執弓表正直，吟雪耐清苦。詩咏甘棠新，像繪凌烟古。試述公生平，事事不踰矩。昔公起家年，鳳池耀毛羽。妙手習國書，沮誦不足數。崔盧重門才，房杜本王佐。歷官遍中外，抱器兼文武。防秋甌脱空，救災膏澤普。萬流仰水鏡，四境絶桴

721

鼓。冤鬼識神君，煩言愬庭廡。異聞萬口傳，嘉績九重許。繡衣行海隅，其地古沃土。公攜百硯歸，此外一無取。帝心由茲簡，我民汝綏撫。八關及兩淛，經畫成治譜。公益堅初心，志不在華膴。三載迅秋肅，惠澤熙春煦。我本山林人，歸田六寒暑。公時却驂從，枉駕過衡宇。察吏訪龔黃，問政平齊魯。但采輿人謠，不責亭公弩。論事無妄言，敢借一縑賭。韋曲尺五天，雲臺丈二組。竊效淵明筆，操觚志良輔。

爲曲阜孔秀珊題青天騎白龍圖

自是才人愛出奇，古今傳誦謫仙詩。素王大有精苗在，萬里雲霄繫所思。

豪骨仙心白面郎，應龍變化本無方。他年撰就凌雲賦，也似相如動漢皇。

登高能賦久知名，合在金鼇背上行。料道豢龍應有術，早施霖雨到蒼生。

朱蘭友招集滄浪亭觀魚處，即事成咏

滄浪一曲碧漣漪，佳日招携此問津。靈雨應時晴更好，少年同學老彌親。當筵侑酒傳吟草，臨檻觀魚屛釣綸。如此溪山如此客，那知人世有風塵。

秋分已過，池蓮復生一花，感而賦此

白蘋紅蓼已消沉，一片秋聲夜在林。笑看朱華停綠水，始知君子後凋心。

道光癸巳秋,重游泮宫作

吾年十有八,厠身衿佩中。維時方志學,尚未離童蒙。彈指六十年,白髮成衰翁。重逢癸巳歲,瞻拜來黌宮。二三總角交,苔異岑則同。同遊者有韓桂舲司寇、言皋雲太守、徐鱸鄉司訓。老馬久伏櫪,俊翮方培風。我鄉本才藪,豈無命世雄。雲梯纔初步,後望將無窮。却思彭相國,兩番垂青瞳。菲材若小草,噉忘時雨功。彭文勤公視學江蘇,余入學後,廷對及第,又係公讀卷所拔。

逸園賞雪即席偶成

一年又是歲寒時,雨雪連緜稽事遲。幽徑苔封塵不到,空山梅信鵲先知。十千且兌餘杭酒,六一曾傳禁體詩。漫羨袁安高卧好,萬家烟火費支持。

秋中方慶黍稌多,霪雨兼旬叵奈何。但見浮雲常蔽日,況聞滄海欲揚波。浙江海塘屢築屢坍。鴻飛中澤無安土,雀噪空倉失舊窠。幾輩仁人在高位,可能調燮轉陽和。

金石論交臭味親,今朝對酒獨傷神。依然開徑招三益,忽念登高少一人。廣厦虛懸孺子榻,歡場誰繼謝公塵。元亭奇字分明在,感舊詩成淚滿巾。徐謝山刺史本有消寒之約,忽作古人,故此篇及之。

尤生榕疇招集延月舫作東坡生日

自結問梅社,十番歲序新。箕裘徵令子,俎豆薦賢人。香火緣無盡,文章信有神。斗魁先列宿,磨蝎紀生辰。天上神仙侶,朝中侍從臣。魂飛詩獄急,名盛黨碑陳。八賦占歸兆,三蕉見道真。畫圖傳笠屐,才調出風塵。儋耳思遺愛,仇池許問津。客來延月舫,故事托明禋。

治平寺追和徐俟齋先生詩韻

維摩丈室對明湖，左右峰巒入畫圖。花徑客來春日永，竹房僧定夜燈孤。談空欲證三生石，扶老思尋九節蒲。却憶雪牀故居士，長留秀句在勾吳。

即 事 志 感

江城十月有雷聲，積雨兼旬不放晴。忽見蝃蝀天上現，想因冬至一陽生。

秋冬日日雨滂沱，高下田疇積水多。只恐無禾又無麥，吳儂生計待如何？

饘粥嗟來遍市廛，路人共說長宮賢。博施畢竟資群力，斂得金錢十萬千。

年年轉漕赴神京，今歲吳氓蓋藏傾。到此催科人盡拙，忍將下考署陽城。

人日招桂舲司寇、棣花廉使、蘭友宮贊
暨吳生兼山、尤生榕疇集花閒草堂

十笏虛堂面小池，年年人日此題詩。掎裳聯襼平生願，野簌山肴儉歲宜。偕老但蘄人壽考，救荒還仗佛慈悲。倘邀七日天心復，弗慮陽和布德遲。

叠前韻答兼山

庾家老屋半山池，一叟頹然自咏詩。畊硯尚憑稽古力，行齋最與食貧宜。賞春隨地修花史，感遇由人說酒悲。草長鶯飛三月莫，江南才語讓邱遲。

和棣花人日詩韻

司空亭子號三休,客到皆如馬少游。扶老幸留卭杖在,忘機欲與海鷗儔。詩袞舊草加刪定,酒出新篘恣拍浮。誰道救荒無善策,但能集腋便成裘。

韓桂舲司寇挽章

六十年來杵臼盟,忽聞凶問頓心驚。鄴侯一品神仙骨,秦失三號故舊情。涑水宦成安獨樂,太邱道廣見平生。篋中鄭重詩千首,轉覺封侯萬戶輕。

春日病咳作

衰年肺病事尋常,懶向龍宮覓禁方。都恐泠風侵禦寇,且留元氣護文康。三餐蔬筍存真味,一室栴檀有妙香。如此燕居良不惡,底須計校到彭殤。

晚香樓前牡丹今歲止吐一花,贈之以詩

艷奪朝雲秀可餐,一枝開近玉闌干。亭亭獨立春風裡,莫作尋常富貴看。

玉樓春色費平章,魏紫姚黃枉擅場。非是花神偏恡嗇,天生國色本無雙。

典裘自嘲

柴米油鹽茶醬醋,開門七件爲先務。主人應付若少遲,膳夫爨婢紛來訴。我生不解談治生,纔學持籌觸手錯。一錢不留趙壹囊,王衍口中絕阿堵。誰料殘年更食貧,一日三餐費調護。古帖頻樵

《乞米書》，敝裘又質長生庫。青蚨天外不飛來，黃金地下無人鑄。室人縱無交謫聲，無米作炊手難措。始覺凶年謀食艱，翻思少歲輕財誤。我聞眉公致富有奇書，揚子逐貧曾作賦。縱使文章果有神，天公未必肯回顧。行愁坐歎亦何裨，不如自守簞瓢素。東鄰西舍竈無煙，我比黔婁尚饒裕。

初夏坐虎邱白公祠水榭偶成

白公祠枕碧溪隈，洒掃軒窗絕點埃。僧舍飯香留客住，鄰園竹色過牆來。井尋陸羽煎茶水，石紀生公說法臺。都爲昔賢醉吟地，無人不向此低徊。

詠瓶中蠟梅

芳華真殿歲，待蠟始胚胎。正色宜儕菊，寒香欲媵梅。不教蜂蝶恩，甘受雪霜摧。有子成巴豆，還充藥籠材。

觀象棋作

清簟疏簾坐隱同，枯棋四八競雌雄。兩家對敵分疆界，一著爭先在折衝。二士比肩惟翊主，五兵越境助成功。神機元妙原無定局，外人常勝局中。

潘芝軒相公以紀恩之作索和，即次元韻奉報

四十春秋侍玉墀，明良一德信無疑。傳家善行邀天眷，華國文章結主知。黃閣調元成郅治，蒼生待澤望鴻慈。幸逢堯舜當陽日，良弼生來自應期。

國是民依一擔肩，平生聞善即拳拳。金甌協卜承麻命，玉尺量才助化權。密勿九重誠不貳，指揮七萃績無前。義漿仁粟周州里，

共説高門有象賢。

潘功甫舍人以藏雲二字古銅印見貽，詩以報謝

卿雲在天上，霖雨遍蒼生。閒雲歸故山，乃與泉石盟。顯晦雖異軌，在雲無二情。宇宙有元氣，萬類資生成。退藏歸於密，得爾始完貞。世有善知識，此義可證明。

紀　　異

道光甲午秋，皇天久不雨。農夫望雲霓，擊鼓祀田祖。七月既望又一旬，焚輪之風來海濱。雷聲虢虢電煜煜，大雨如注夜向晨。山中潛蛟乘勢出，鯪鯉穿山裂山石。百川沸騰高岸崩，平地水深四五尺。東鄰西舍嚚如雷，雕牆峻宇多傾頹。貧家頃刻無安土，婦孺流離良可哀。我聞伐蛟之令禮所設，故相陳公宏謀曾著説。山中有地不積雪，其下即是藏蛟穴。及其未成早剗除，免使異物擾民居。寄語當今牧民者，凡事有備方無虞。

九　　日

歲值登高節，人非濟勝時。授衣膚起粟，脱帽鬢垂絲。老去賓朋少，秋來稻蟹遲。生涯日蕭瑟，空負菊花期。

冬日對雪悶坐

暮景飛騰捷若奔，年饑無策濟元元。綈袍竟質長生庫，蓋篋全傾不動尊。一曲素琴消白日，三杯綠酒侑黄昏。六街輿馬紛如織，雪裏袁安獨閉門。

獨坐晚香樓偶成

霜落秋將盡,山栖樂未央。修篁凝野色,叢桂發天香。地僻風塵遠,身閒歲月長。勿嗤杜陵叟,詩筆老頹唐。

八十垂垂至,吾生知有厓。世情春夢幻,天氣夕陽佳。客到無同輩,孫多慰老懷。却因家空乏,百事費安排。

湖田煙雨圖爲藍小詹刺史題

虞山去郡纔百里,而我一生未嘗至。君因就養至子舍,乃愛湖田風景異。興之所會不能忘,繪圖作詩志其事。心知此鄉不久留,聊寫雪中鴻爪意。

和吴棣華廉使人日之作

身躋大耋徼天幸,歲獲豐年愛物華。嘉會正宜文事飲,春風先到吉人家。山林知閏占桐葉,閨閣消寒畫杏花。白髮主賓猶鬥酒,商量觸政笑言譁。

定慧禪院蘇文忠公新祠落成感賦

公生歷今八百年,而我今年亦八十。才地方公百不如,世壽居然十之一。仁宗御宇世昇平,歲在丙子公始生。眉山草木盡枯死,山川靈秀鍾奇英。公之登朝纔弱冠,鴻文潤色卿雲旦。帝曰他年宰相才,太平事業資襄贊。誰料熙寧事變更,舉朝水火日紛爭。元祐元符多反覆,嗟公橫被黨人名。章蔡之徒人不齒,維公俎豆賢人裏。由來定論蓋棺存,始信賢人長不死。公昔生辰在磨蝎,嗟予賦命同其厄。笑彼襟裾牛馬徒,一枚腐鼠逢人嚇。

徐謝山挽詞

文章門第大方家，才調如公舉世誇。老學胸藏九經庫，閒情手植四時花。周郎顧曲頻知誤，叔重讐書善辨差。我自夫君長別後，問奇無地可停車。

題盛芳亭花間補讀圖

綠水芙蓉有妙譽，過江名士果無虛。花間更趁三餘暇，遍讀平生未見書。

和答顧東生少尹

君本高門肯構人，紀群兩世忝交親。臨歧欲贈無他語，珍重天涯薄宦身。

題太室山人岳陽樓圖卷

昔年持節楚湘間，此地曾經往復還。遥識風濤千頃裡，翠螺一點是君山。

湖山佳處數勾留，此日披圖似夢遊。自笑此身乏仙骨，也曾三醉岳陽樓。

和梁茞林方伯應召入都之作

曾送歸航載石輕，故鄉鷗鷺許同盟。非關俗士多西笑，忽聽詩人賦北征。自守清風酬素志，仍看霖雨慰蒼生。寇公倘準吳儂借，重見金閶駐旆旌。

帝念勞臣特召還，此行車馬又間關。棠陰依舊人爭傾，花甲初周鬢未斑。直以無欺孚主德，定知有喜動天顏。魏公晚節今番著，佇聽聲華重斗山。

韓聽秋挽詞

總角交游海內稀，雲龍久逐忽分飛。佛心自證三生果，仙骨終披一品衣。蘇晉清齋忘世味，左邱貞疾息塵機。文人慧業都成道，定向靈山好處歸。

重題芳生蓮榭圖疊前韻

鳳飛四海漫求凰，回首蘅蕪昔夢長。今對真真呼不起，教人爇盡水沉香。

爲毘陵蘇曉山題蓴鄉奉母圖

眉山有二蘇，當世稱妙才。至今八百年，眾拱若斗台。雲礽有精苗，風雅世所推。春風奉板輿，來住吳山隈。吳中好山水，清遠離塵埃。樹萱在北堂，采蘭陟南陔。蓴羹供潔養，人皆稱孝哉。披圖祝壽母，作歌賡臺萊。

八十生辰作

浮生倏到杖朝辰，彈指光陰捷轉輪。嶺上閒雲常自悅，山中小草亦知春。竊桃方朔渾忘老，辭粟原思不患貧。靈鵲今年頻報喜，三番湯餅會嘉賓。

平生飲啄但隨緣，不慕公卿不羨仙。安隱總叨天錫福，耄期竟與佛齊年。有心種竹思醫俗，無事銜杯學避賢。先帝賜衣猶在笥，當時曾染御鑪煙。

自問於人百不如，故將獨學署吾廬。食貧甘比空倉雀，嗜古真成老蠹魚。習靜身居宏景閣，養生手寫伯陽書。願留清白貽孫子，長守簞瓢樂有餘。

三世斑衣繞戶庭，況聞子舍又添丁。一家自守青箱業，廿載空談絳帳經。客爲懸弧投吉語，婦思采菊制頹齡。新涼尚有閒燈火，還向詩書更乞靈。

再疊前韻

秋深正值我生辰，八十流年屈指輪。五畝自安同綠野，萬金難買是青春。每師莊叟談齊物，耻效揚雄賦逐貧。奚取國人皆曰可，須知名乃實之賓。

生世多逢翰墨緣，由來達士勝頑仙。井鮒縱壑方知樂，野鶴鳴皋不紀年。采藥欲尋蓬島客，問梅時聚竹林賢。回思宦轍經行處，攬遍齊州九點煙。

家徒四壁類相如，尚幸先人有敝廬。壯志蹉跎悲櫪馬，生機活潑羨淵魚。花間傾耳聽仙梵，松下科頭讀道書。暮景飛騰應自惜，不辭清課趁三餘。

春風桃李滿門庭，且喜朋來少白丁。壯歲談兵窺秘策，晚年佞佛寫遺經。余曾手書武侯《心書》及《佛遺教經》勒石。讀書日久知三昧，推命人多祝九齡。卅載煙霞竟成癖，無煩移檄問山靈。

三疊前韻

一樽旨酒對佳辰，門外多停長者輪。人世百年渾似客，秋花五色艷於春。老僧贈藥稱延壽，大府貽金意饋貧。却喜伶倫能解事，當筵齊唱《集賢賓》。

敢説身無富貴緣，兩番陪從玉堂仙。著書便是長生訣，納稼剛逢大有年。道在四維宗魯叟，詩探三昧祖唐賢。心除煩惱因知足，吏不催租爨有煙。

访得群芳补二如，千花百卉绕蓬庐。避人惟恐妨猿鹤，识字粗能辨鲁鱼。对客曾无惊座语，传家但有纳楹书。兹辰不敢称初度，只为生年在闰余。

当年解组反家庭，知命初过岁在丁。书拥百城半亲校，山尊五岳四曾经。徵歌安冀人同乐，学《易》还思帝假龄。嗟自钧天迁谪后，更无位业附真灵。

四叠前韵

文昌上应列星辰，几辈能扶大雅轮。炙輠争传齐赘辨，舞雩高咏鲁狂春。雄才妄骋三端利，俭腹常虞一字贫。拟劝君苴焚笔砚，免教辛苦费龙宾。

文士常多香火缘，何须海上更求仙。《离骚》自纪庚寅日，磨蝎偏逢丙子年。嗜酒共推元亮达，逃禅不碍乐天贤。先民历历堪私淑，爇尽沉檀一炷烟。

闲啑金经悟六如，端知天地是蓬庐。仕途共羡乘轩鹤，宦海宁容上竹鱼。楚国竞思孙叔策，汉廷曾录贾生书。文章漫说薪传火，大抵前人已唾余。

芙蓉城本是仙庭，主者相传石与丁。松下行斋修白业，山中抱朴著丹经。但闻圣教周三界，稀见人生满百龄。我有延年真诀在，此心不昧即虚灵。

王贞女诗

羽虫三百六，鸧与雁无差。鸧性生而淫，雁性贞不移。物情既不齐，生人亦如斯。琅邪有息女，于归赵氏子。夫也既不良，媪又老无耻。桑中暱金夫，秽行同犬豕。诱女女不从，慎保千金体。强暴弗能犯，守身继以死。柏台有良吏，采听及胪言。虚堂悬明镜，照見覆盆冤。手持三尺法,誅姦慰貞魂。封章達九重,綽楔旌其門。鴻文鐫樂石,香名終古存。嗟予禿衽年,萬事置不問。忽聞此異聞,心喜復心愠。勿謂匹婦賤,綱常繫彝訓。采風太史職,表章是吾分。

定慧寺蘇公新祠,臘月十九日集同人致祭,詩以紀事。是年公八百歲。

定慧城東寺,坡仙翰墨存。歲時陳俎豆,花木構林園。筵爇金蓮燭,圖懸雪浪盆。賢人長不死,香火寄禪門。祠有雪浪齋,藏公"雪浪石盆銘"在內。

獨學廬五稿文卷一

重修吳縣學記

古之立學者必釋奠於先聖先師，所以考禮肆樂而內外交修，典至重也。我朝聖聖相承，尊師重道，凡四海九州一郡一邑，無不立學，以爲士子親師取友之地。

吳城之學有三，其在城西通和坊者爲吳縣學，春秋二祭。吳之縣大夫實主之。是學創始於宋之景祐間，其後明之宣德九年移建此地，先後屢修不一脩矣。迄今歲月既久，土木又見傾頹，江西萬公臺爲吳令，建議重脩，首捐五百金爲之倡。邑中人士踴躍樂輸，而在城院司守令均分清俸以助其役。於是自大成殿以及兩廡、三門皆撤其材而更新之，其名宦、鄉賢、忠孝諸祠與夫明倫之堂、敬業之亭，亦繕宇葺牆，塗茨丹膗，次第畢舉。經始於道光六年正月，至八月而工告訖。工凡用錢八百四十萬有奇，而學宮頓還舊觀。

夫聖人之道，高矣！美矣！邃古以來，羲、農、堯、舜代興，有聖人之德者，皆有聖人之位。其有聖人之德而無其位者，惟孔子一人而已。孔子表章六經，守先王之道，以待後之學者。而後天下後世曉然於君臣父子之倫，道德政刑之本，三綱以正，百度以貞，故知羲、農、堯、舜功在一時，孔子功在萬世。當時孔氏之門或曰"賢於堯舜"，或曰"生民未有"，實其智足以知聖人而非苟爲夸大之辭也。孔子之道如日月經天，江河緯地，大無不包，小無不及，帝王師之而可以化民成俗，匹夫、匹婦師之而可以脩身踐行，此所謂"上下與天地同流"者也。

韞玉生年一十有八，充博士弟子，維時縣大夫率新進諸生展謁兩檻之下，瞻望廟堂，小大稽首，雍雍肅肅，禮成而退。迄今五十餘年，忽忽若前日事。今幸遇賢士大夫之脩廢舉墜而樂觀其成也，故不辭蕪陋而爲之記。

重修山陰縣學記

道之在天下如水之在地中，無所往而不在。自羲、農、堯、舜以後，文明漸啓，至孔子而集其大成。故古君子之爲政也必原本經術，而言六藝者必以孔氏爲歸。今世守土之吏，常以歲時釋奠於先聖先師，所以崇德報功，示斯民以率循之路也。

山陰爲紹興負郭首邑，舊有學宮，肇建於有宋崇寧初，屢廢屢興，自乾隆癸酉之修，迄今又七十餘年。閱時既久，棟折榱崩，殿廡門垣，罔弗傾圮。前宰吳君某、李君某先後倡議重脩，工大費繁，不能刻期集事。予長子同福於道光五年移治斯邑，下車後，邑中人士以前事告，乃捐俸爲之倡。闔邑搢紳士庶踴躍捐輸，爭先恐後，自乙酉經始，至丙戌仲冬之月工告訖工。乃率邑人入廟展謁，上棟下宇，美奂美輪，三門洞開，兩廡夾峙，翬飛鳥革，頓還舊觀，邑人來請予記其興脩歲月於麗牲之石。

竊惟聖人之道如日月經天，江河行地。原不以廟貌之興廢爲盛衰，然斯人沐浴聖化，不有所憑，何以申其高山景行之慕？況東南之美，實先會稽，賢才接武，於今尤烈。繼自今，斯邑士民服習先聖之訓，將有日新而月異者。夫脩身踐行，說禮樂而敦詩書，士之業也；尊師重道，明禮教而厚風俗，有司之事也；導揚休美，宣上德而通下情，史氏之職也。

予備員史館，摘文紀事，固其職也。乃述其顛末而爲之記。是役也，凡用金錢若干，經理其事者，教諭某、邑人某某，例皆得書，捐貲衆姓，別石勒名，共垂不朽。

修建山陰茅山閘記

昔管夷吾之論水地也，曰："水者地之血氣，如筋脉之流通者也。是以聖人之治於世也，其樞在水，"是説既傳，故後世談治術者必曰"水利"。夫水之爲利於民誠大矣，然亦未嘗無害。田疇之灌溉，舟楫之游泳，是其利也。天有霪雨之災，地有懷襄之眚，是其害也。袪其害而收其利，是非人力不爲功。

山陰爲紹興負郭之邑，所轄有天樂鄉，其地瀕海，往時爲潮汐泛濫之地。明時劉公宗周創議建茅山閘以拒江潮，於是天樂鄉等八坂，共田二萬二千二百餘畝悉成膏腴沃土。其事垂今將二百年，歲月既久，閘座傾頽，前功將棄。

予長子同福於道光五年移宰斯邑，因邑人之請，相度厥阯，諮諸父老，及時脩建。適有武生金鰲請任其事，爰庀工鳩材，諏吉興功。閘身長八尺，高二丈二尺，闊三丈八尺，自底至面叠石十九層。涵洞三，每洞闊八尺，洞旁立石，鑿槽施板以爲啓閉之用。閘旁建劉公祠，歲時祭享，以申邑人報本追遠之志。又建小屋二楹，安宿閘夫。自七年七月起，至十月告成，凡用金錢六百萬有奇。金生獨捐二百萬，其餘則各塘長按畝斂錢以足成之。工既竣，邑人請勒碑紀其事。

竊謂世閒事創之難而守之尤不易也，此閘自念臺先生議建以來，論者謂其捍禦江潮，保護圩田二百餘頃，歲納其稼，給萬人之食，其利溥矣。而更有利焉者，歲旱則收外江之潮，可以資灌溉之利，水溢則洩内河之溜，可以免昏墊之災，自在司其事者，善爲啓閉而已。如是而一方之民享其利，消其害，庶不負先賢創建之苦心，而此日邑人脩舉之勞，亦久而不廢也。是爲記。

潘氏義田記

潘尚書養親事畢，將入京供職。瀕行，令子功甫舍人以設立義倉之事爲請，尚書可之。其法捐田二千五百畝，編爲一莊。歲收其租，於青黃不接之時減價平糶，以濟夫鄰里鄉黨中之艱於生計者。糶得之錢，再行置産積穀，以待來年之用。設遇凶年飢歲，則以其錢再糶，再糶以錢盡爲度，如是經畫可以經久，可以繼長增高，可（爲）〔謂〕法良意美矣。

昔范文正公始立義莊，以潤其吳中族人，垂今七百餘年，久而不廢，國人每矜式焉，將來潘氏義田可與後先媲美。然范氏止潤其族而潘氏并及於鄰里鄉黨，此孟子所云"老吾老以及人之老，幼吾幼以及人之幼"者與？

吾聞孔子之告原思也，九百之粟可以與鄰里鄉黨，而佛氏六種波羅蜜以檀施爲第一義。舍人弱歲登科，早通仕籍，而淡於榮利，清修梵行，深入佛海，義田之設，既合於儒者任卹之意，又符乎佛氏檀施之旨，可謂勇於爲善者矣。尚書此舉將與文正同垂不朽，而自舍人發其端，斯真能貽父母以令名者與。

予家無擔石之儲，嘗懷解推之願而力有不能，聞潘氏之風，誠愛之、慕之，而不能已於言也，故濡筆而爲之記。

楊氏祭田記

關西楊氏爲天下望族，其在吳門者莊簡公成，明嘉靖丙戌進士，官至兵部尚書。莊簡之子大瀠，鄉貢進士。大瀠之子廷樞，崇禎庚午解元，學者至今誦其文，奉爲藝林矩矱。初居城西皋橋，其後子孫移居南濠平家巷，儒業相承，簪纓勿替。雍正間有名王樟者，以舉人起家，宰山西永和，移江西分宜，善政宜民，所至有聲。子鼇、孫師曾世守舊德，推重鄉黨。師曾二子，長癸壬，次丙生。兄弟既翕，勤儉治生。癸壬性孝友，敦本善族，人無閒言，無祿早世。丙生繼其志，脩葺家譜，令其族人知水木本源之誼，復因祖業增置祭田若干畝，在吳縣十二都十六圖代字圩，歲取其租，以備子孫墓祭之費，乞予爲之記。

予嘗慨夫吳俗波靡，奢淫相尚，一婚嫁、一燕享，必競勝於人，雖破其產不惜，而尊祖、敬宗、收族之義不之講。往往坐擁厚資，縱欲敗度，以夸豪舉，不再傳而冰消瓦解，子孫有衣食不給者矣。古人所云其興也浡焉，其敗也忽焉，此無他，膏粱子弟不知稼穡艱難，雖受祖宗之餘慶而無德以享之也。今楊氏兄弟以貿遷有無之業，勤而不匱，以起其家，而又能於慎終追遠之事，殷殷然三致意焉，可謂知本矣。《詩》曰："孝子不匱，永錫爾類。"鄉之人倘亦有聞風而興起者乎。

重修顧仲瑛墓記

崑山之境有水曰綽溪，溪之上有綽墩，世俗相傳云因唐時，伶官黃旛綽所居之地而名之也，不知其言信乎否也。元人顧氏仲瑛之墓在其地。

仲瑛者名德輝，崑山人。家本望族，少時豪俠好義，輕財結客。三十始折節讀書，舉茂才，署會稽教諭，力辭不受，築玉山草堂於邑。園池亭榭，聲妓之盛，甲於天下，一時名士如楊廉夫、黃子久、倪元鎮等皆從之遊。至正季年，以子官覃恩，封武略將軍、飛騎尉、錢唐縣男。是時天下已亂，仲瑛辟地隱於嘉興合溪，張士誠據有吳地，辟之不至。明祖既有天下，與其子徙臨濠，既卒，歸葬綽墩，有華亭殷奎志。其墓自其葬至今已四百五十餘年，蕪穢不治久矣，無人知其所在。今道光七年，有十四世孫宗萃訪得其遺址在金粟庵之下，因封之、樹之，率其子姓修祭掃之禮，將欲立石表墓，乞予爲記。

予嘗謂士之生於世也，遇其時則爲霖爲楫，致其君爲堯舜而膏澤及乎斯民。不幸遇非其時，則韜光匿采，以自放於山巔水涯，舉人世之富貴爵祿皆不足以動其心，而惟期全受全歸以無失其令名，若《詩》所云"既明且哲，以保其身"者，此亦有道之士所以自處也。仲瑛少負不羈之才，置身在當世賢豪間，非無意於智名勇功者。既而知天下將亂，豪傑之流且竝起而逐鹿中原，不知其所稅駕，則姑隱居放言，以優游而卒歲，殆孔子所謂"身中清而廢中權"者與？即今問玉山草堂，世遠年湮，早化爲荒烟蔓草之墟，乃窮鄉僻壤一抔歸藏之地，尚有能表而出之者，人豈不貴有賢子孫哉？予故不辭荒陋，作記勒石於金粟庵中，俾後之人有考焉。

仲瑛當日嘗自號金粟道人，此庵之所由名也。

顧氏祠堂記

吳城西北隅地名花溪，舊有顧氏家祠，奉貞孝先生香火，歷有年矣。祠堂南向五楹，四圍皆他姓所居。旁門東啓，規模未備。乾隆庚戌冬，隣屋燬於火，其廢址隙地皆歸於祠，歲月逡巡，未遑興作。貞孝曾孫有官布政使者，亦僅祔於貞孝之室，未立專祠。道光乙酉，方伯之子竹坡倡率族人捐田入祠，以供春秋祭祀之費。又積其餘息，脩理祠屋。於東偏建立方伯專祠，於西偏建祠三楹，以奉合族神主。南向開門，正其閥閱。又市官中廢地，築高墉以爲屏障。祠之前鑿地爲沼，掘土尺許，即有清泉湧出，池既成，報恩寺塔倒影水中。又以形家言，在祠東築樓一座，以爲升高望遠之所。工既落成，竹坡屬其孫沅請記於予。

予維貞孝先生當明之季，以文章行誼重於一時，如古所謂鄉先生沒而祭於社者。三傳而至方伯，以名家子起家爲雲南通海令，歷階至於藩翰，於浙、於甘、於閩、於粵，所至有政績，威信及於其民，迄今彼都人士無不欲尸而祝之，俎豆於賢人之間，而況乎子孫抱春秋霜露之感，則專祀致享，禮亦宜之。若夫地中有水，於《易》象爲師，師之爲義大也、衆也。繼自今顧氏子孫椒聊繁衍，誦清芬而揚駿烈，以昌大其門閭，皆於此卜之矣。

貞孝先生諱國本，方伯諱濟美，竹坡名增光，例皆得書，俾後之人有所考焉。

張節婦祠堂記

嘗讀《詩》至《柏舟》之篇而不禁悚然也。《衛風》之變也，新臺牆茨，醜著宮闈，桑中淇上之謠，相繼並作，其風俗敗壞，至於此極。而共姜獨能守夫婦之義，呼天自誓，矢死靡他，然後知秉彝之德，出自性生，固非習俗所能移也。《易》曰："有夫婦然後有父子。"孔子序《詩》必始《關雎》，誠以夫婦者人倫之首。伉儷之制，定自犧皇，一與之齊，終身不改。自古聖帝賢王之治天下也，常於此兢兢致意焉。國朝定制，凡婦人年齒未及三十而夫亡守節至三十載之久者，有司告於朝而旌表之，而吾鄉張節婦實膺斯典。

節婦姓湯，父雲俊，清門令族。節婦生而貞靜，恪守閨訓。年二十有一，適儒童張德馨，越五年夫死，零丁無所倚。孀姑老邁多疾，子閏生甫三歲，仰事俯育，節婦以一身肩之。侍姑十六載，饍必親供，起居温清，婦道而兼子職，里黨稱其賢。自課其子，藉十指以給薪水。閏生稍長，即令習業治生，爲之授室，聘名門滕氏之女爲婦。其於舅姑及夫葬祭皆如禮。凡守節四十餘年，克勤克儉，治家有法，年七十而終。當其未沒時，閏生欲爲母請旌於朝。節婦不可，曰："夫亡守節，婦道之常，安可以是爲名。"既没，閨生不忍其母名節不章，陳詞有司，朝廷旌表如律令。其後十五年爲道光戊子，閨生乃小地於長洲桐涇毛家橋側，門標綽楔，奉主於堂，春秋享祀焉。

予在道光初纂修郡志，録列女千有餘人，而節婦未及知，洵乎搜訪之難也。今既知其事而又值本家建祠之際，閨生以記爲請，其可默爾息乎。因述節婦本末，并記建祠歲月於石，以補志乘之闕云。

同善局碑記

姑蘇城東出葑門不一里有吕祖祠，鄉人於中設同善局。其局釀衆善姓之金積於中，凡遇寒者施之衣，病者施之藥，婦人之孀而無依者周之，人死而不能斂者施之棺，不能葬者收埋之，有董事各司其事。其局創始於葑溪彭氏，而諜樓頭李氏繼之。鄉之樂善好施者共贊成其事，有年矣。

道光初有吕君東林因室人之病，禱於神，依方服藥，遂獲康强，於是捐金，大興土木之功。塗茨丹雘，因舊謀新，復拓祠後隙地以爲圃。叠石爲山，巋然而高峙；引泉爲池，淵然而安流。構以曲室，繞以脩廊。由是游其地者皆有宴息之所。祠中有小閣，奉吕祖香火於其上。一夕閣下素壁忽現"這裏來"三字，擘窠如斗大，詢之人人，皆不知其所自來，於是衆喧傳以爲仙迹，勒其字於豐碑之上，植之閣前，觀者皆歎祖師靈爽，以爲不可思議。道光九年東林索予記其事於碑陰。

予維乾爲天德，常以美利利天下，而林林之衆不能盡人而存順没寧，則愁苦顛連無告之人，必有以噢咻而安全之。聖賢仙佛皆以天地之心爲心，故常以救災恤患爲事，人能各出其力，救人之災，恤人之患，此爲善體天地之心，而亦即聖賢仙佛之心也。聖賢仙佛以利物濟人爲心，而必藉生人之力而後行，此祖師所以顯示靈異，以堅人樂善之心與？今在局諸公奉行衆善，但能久久而無倦，則積善餘慶，未有涯涘，而區區土木之華，香火之盛，乃菩提達摩所云"人天小果，有漏之因"，轉不足多述也。

張太宜人節孝事實記

古之人讀書稽古必左圖而右史，蓋史以傳其事而圖則繪其儀容。凡嘉言懿行，觀者一披圖而如見其人，雖十世、百世而後，猶流連感慕焉而不能置。是故孝子慈孫之心不忍死其親者，尤於此兢兢致意焉。

上海王君伯仲文源、文瑞，少孤，依其母張太宜人恩勤鞠育，以至於成立。宜人既沒，乃輯其行事，募善繪事者，畫成圖象十二幅，壽諸樂石，而索予爲之記。

予惟婦人之義，無成有終。當其伉儷相莊，齊眉偕老，此固人事之常，亦人倫之樂。設不幸而遭其變，一旦失其所天，則煢煢孤立，形單影隻，悲玉樹之長埋，傷瓠瓜之無匹。生人悎獨，難堪之境，無有過於此者，此《柏舟》之詩，所以見錄於宣尼也。然如席豐履厚之家，仰事俯育，綽然有餘，尚可謂存順而沒寧。若夫食貧居賤，家無儋石之儲，上有衰親，下有黃口之兒，以婦職而兼子職，以慈母而兼嚴父，則尤難之難矣。故國家功令於苦節，尤加獎焉。今宜人當先大夫棄世之時，春秋纔二十有七，室如懸磬，藉十指紡績以自存，而能撫其二子以養、以教，以至於成人，飲冰茹蘗，垂六十年之久，卒致家室素封，光大先人之業，孫曾滿前，壽臻耆耋，高朗令終，非積善餘慶，安能如是耶？惟宜人有是德，故有是福也。

《禮經》之言孝子也，曰"思貽父母，令名必果"。王君伯仲之爲斯圖也，將使母氏劬勞之德訓行奕世，而垂令名於無窮也，豈止尋常風木之感而已哉？是爲記。

重修開元寺記

吳郡開元寺創建於孫吳時，乃今之北寺也。初名通元，唐武后時易名重元。及明皇御宇，令天下大刹改開元之額，於是吳中大吏以斯寺當之，寺之以開元名由此始。大順二年燬於兵火。吳越錢氏有國，移建於城之西南隅，則今之開元寺也。寺中有石佛二尊：一曰維衛，一曰迦葉。相傳晉建興二年自海上浮來。然志乘所載浮海之像背有梵字題名，而今城南之像佛名乃中國之書，鐫於胸次，大約通元舊像當時已燬於火，今像乃錢氏移寺時鑿石補之耳。

此寺自明以來屢興屢廢，逮至本朝，高廟六次南巡，必詣寺拈香，爲民祈福，而後美輪美奐，規模大壯。今距乾隆甲辰歲四十餘年，山門朽蠹，四壁傾頹，像設虛存，莊嚴無色。有豁然和尚至寺瞻禮，慨然興脩復之思。一日謁善慶借雲上人，言及此事。借雲忻然曰：“先師觀性和尚在日，開堂念佛，十方檀越積有供養銀一宗，今堂中僧徒已散，此項資財不可虛糜，請即以充開元脩造之用。”由是鳩工庀財，擇日興脩。築東西墻垣二百餘丈，重葺四天王殿、山門，其石佛殿、大悲殿、臥佛殿及關聖、三官二殿，次第脩飾，丹艧一新。殿前有鼎，殿後有鐘，皆鎔金更鑄。又於殿庭分植松柏、榆樹百餘枝，中丞陶公揭“法身圓對”四字於中門。工既訖功，乃涓吉日啓建道場，散花供養，合郡士大夫咸集而落成焉。夫佛道崇虛，本無定相，因緣時節，興廢在人。

昔釋迦文佛二十八傳至菩提達摩祖師，傳衣授記，東來震旦，然後如來清淨正法眼藏始入中國。其後南北分宗，一花萬葉，菩提法藥，遍滿域中。今吳中石像至自典午之朝，則尚在達摩未入中國以前，豈非聖教將興而此像爲之先聲與？今之石像即非當日浮海之像，而所以闡揚大化者寧有異乎？彼山川百神，有舉即不可廢，況天人之師，靈迹昭著，古刹將及千年，豈可任其蕪穢不治耶？是役也，經始於道光某年某月，至某月訖工，凡用金錢若干。豁然、借雲二公皆非本寺僧徒而能盡其心、盡其力，各發虔心，共成勝果，不假他人之助，準以世間法尤爲難能也。予親睹其事，因序其顛末，以示後人。

營 泉 寺 記

竹庵大師住持嘉興楞嚴方丈十五春秋矣。莊嚴佛土，結集經坊，道場香潔，百廢具舉，一旦憬然曰："我佛如來不於桑下三宿，思其愛心生也。吾獨胡爲久居於此乎？"乃以楞嚴法席付其徒覺圓，而自移錫於營泉古刹。

按嘉興地志，營泉寺在桃花里，自城西南行五里而遥，在野田草莽之間，四方賓客車轍馬迹之所不至，非如楞嚴寺在闤闠囂塵之地，冠蓋輻輳而士女奔走也。古之修道者入山惟恐不深，入林惟恐不密。師之舍楞嚴而就營泉，殆有取於山深林密之意耶。

考營泉寺肇基於南宋景定元年，歷今六百載，亦屢興屢廢矣。明季毁於倭寇之亂。西江白法琮公由楞嚴退居於此，重新之，人呼爲"小楞嚴"。今師以治楞嚴之法治營泉，佇見緇素皈依，若水赴壑，法會中興，必能重振琮公之遺緒與楞嚴相頡頏者。昔者善財童子參至彌勒尊者，而華嚴樓閣，彈指即現。今營泉寺之興復也，時節因緣，意在斯乎。

予老矣，不能芒鞋竹杖親訪營泉之勝，蒙師屬爲記，惟有如天宮化城得之於想像之中而已。

無隱庵記

　　吳城迤西多名山，方外士每擇其山水佳處以爲安禪之地。由靈巖至支硎十里而近，中閒平岡峻嶺，迤邐相接。昔履中禪師築精舍於其閒，曰無隱庵。其後庵主迭更，有不肖者廢其業，結訟在官。嘉慶初吳令吳公之誠斥去故僧，別選梵行清高者，於是庵歸天台澄谷風公，而風公先爲尺木彭居士延主吾與庵，因令其徒涵虛上人分主其地。

　　其庵左右皆山，依岩結屋，中爲問梅堂，堂之前有老梅，花時香雪盈庭堂。左爲飛雲閣，閣外古藤老木，翳薈陰森。其旁曰靜觀室，中奉觀世音菩薩。室外聚石爲臺，泉出石閒，曰瓢豐泉；泉流曲折行石閒，曰瀉雪澗；匯而爲池，曰金蓮池。旁有小軒曰湧月軒，喬松百尺，山風時至颯颯作海潮音。松下有靜室、曰清籟寮，脩竹一林，回廊繞之，曰倚碧廊。庵之大略如此，此皆諸檀越爲涵虛上人所脩築者也。吾聞如來在世不肯在桑下三宿，恐其生依戀心，將大地山河皆空虛無有，而何有於一庵。然舍衛有城，給孤有園，雖在絕塞萬里之外，而中國之人津津能道之，蓋因佛而重也。

　　此庵自履中開山以來，不知凡易幾主，昔之人無聞知，而自歸風公後，其地遂爲吳中名勝之區，士大夫游西山必過而訪焉，以想見風公之高致，幾與支硎林公同此不朽，豈非地以人重耶？後來者清修梵行，毋忘舊德，庶幾長爲山靈所呵護也。

重修大雲庵記

　　吳城東南隅有古刹曰大雲庵，元時善慶和尚開山後，有僧名吉草庵者住持於此，俗遂譌爲結草庵。其地在府學之東，平野空曠，竹木叢生。西距滄浪亭，宋蘇子美幽栖之所；南望先農壇，封疆大吏歲脩耕藉之禮於此；東爲平疇，阡陌交錯，菿溪之水自東來，環寺門而西行。地雖當闠闠之間，而幽深綿邈，有山林之趣。

庵之興廢者屢矣。近有蜀僧達玲居之。玲公受澹庵老人受記，發願興脩。嘉慶戊辰、己巳間，募築石墻一百六十餘丈，濬放生池，脩石塔。庚午建大悲閣，至癸酉而訖工。舊鐘已啞，募工重鑄。戊寅建觀音殿。其大殿山門歲久朽敗，復自道光辛巳至丁亥積七年之力，銖積寸累，次第完繕之，由是大雲故迹，頓還舊觀。昔日象教東來，梵宮琳宇遍滿中國，然南朝四百八十寺，今日存者有幾？總緣世無善知識，故法席凌替而不振。今結草庵區區之地，玲公獨能傾動一時，俾檀施之集，興廢舉墜，以酬其本師澹庵老人之志，可謂紹隆無替者矣。

予家距庵不一里，暇日杖藜至此，邊當茲庵落成之秋，因爲記其興脩歲月於石，俾後之人有考焉。

慈溪清道觀記

慈溪爲浙東瀕海之地，出縣城東南三里所有山曰龍山。其山自天柱峰發脉，蜿蜒南來，獅岩繞其左，鵬塔峙其右，回峰叠嶂，環抱擁衛。山之椒有清道觀在焉。

考舊志，斯觀係唐天寶八年建，歲久而廢。宋紹興三十年，道士葉景虛重建，以奉岱宗之神。其後屢廢屢興，自本朝康熙辛酉之歲，道士張繼祖重脩之後，至今又閱一百四十餘年，棟宇朽敗，丹青漫漶。有仁和道士王元仁來主斯觀，慨然生興復之思。維時吾鄉張公久照邊宰斯邑，首先捐俸，闔邑紳士皆踴躍樂輸，乃於道光乙酉之歲，仲春之月，諏吉興工，將正殿、翼室、兩廊、道藏、鐘、鼓樓、山門、亭榭，以及後宮一律脩整，凡三閱寒暑而告成功，計用白金二萬兩有奇。創斯舉者爲林君籙筠，董其事者爲應君方來、秦君柳溪，而錢君問漁、馮君聽帆、陳君西竺等共襄其事。觀主王君寄書至吳門，索余爲之記。

余生平足迹遍九州，而慈溪則未嘗一至，於清道觀初不知其興廢之故，然每歎天下事易毀而難成，況慈溪僻在東海一隅，非如通都大邑爲士大夫車轍馬迹所輻輳，則有所興作爲尤難。今王君住持未久，使千秋古刹頓還舊觀，此其道行必有足以感人者。十年前余寄居杭城時，王君方住紫陽山之文昌殿，因而習其人，工詩善鐵筆，通篆籀之學，蓋束脩自好人也。因其請，不敢以不文辭。

臨頓新居圖記

蘇城東北隅有臨頓里，里中有鑾駕巷，今人呼爲鈕家巷，即古之鳳池鄉也，有鳳池園在焉。園初爲顧氏別業，康熙閒故宗人府丞顧汧葺而新之，嘗記其山池屋宇之盛。後其園入唐氏，既而唐氏子孫不能守，歸於今尚書潘芝軒先生。尚書令子功甫繪爲《臨頓新居圖》，徵予爲之記。

予披圖而攬園之勝，清流繞屋，花竹交映，有亭翼然，背山面水，曰鳳池亭。燕居之室，環擁圖書，喬松如龍，亭亭霄霓之表，曰虬翠居。岑樓聳然，高出林表，芳華迎春，繁英如雪，曰梅花樓。樓下粉垣迤邐，脩廊環之，曰凝香徑。芳堤夾水，平槁通步，飛泉漱石，聲如鳴玉，曰有瀑布。聲幽房邃，室衆喧不到，曰蓬壺小隱。泉出石閒，味甘如醴，曰玉泉。蘭寮東啓，空明無礙，曰先得月處。枕水作屋，中貯法書名畫，曰烟波畫船。竹木交蔭，萬綠如海，曰綠蔭榭。園之勝，大略盡於此。

予嘗觀古今士大夫志在榮觀，繫心華膴，盡其形壽，馳騁於名利之場，雖其家有園林池館之盛，而終身不及一至者有之。功甫門第通華，芥拾科名，早登仕籍，躔居禁近，方將致身青雲之上，一日千里，而乃惟一邱一壑是愛，繪圖徵詩，一而再再而三，此其中必有自得之趣，非夫流俗人所能知也。

群公賦詩，斐然成章，因爲小記，以附於後。

守 渝 記

嘉慶己未，余出守重慶，時白蓮教妖人作亂，余奉經略大臣檄，總理川東軍務。

明年正月，賊人雷士旺、冉天元二股領衆五六千人，由開縣擾及重慶，初九日至江北静觀場。余聞警，即親赴江北鎮，集其衆而告之曰："賊蹤雖近，此鎮有城可守，爾等勿輕動，吾有船三百號，泊魯班廟，城果危不能守，吾當以舟接汝等過江。若不俟吾號令而擅動者，必以軍法從事。"衆皆應曰："諾。"余又調渝城兵三百名赴鎮協同防守，由是人有固志，賊亦不敢犯。其渝城有兵二千，余盡令出城，劄二營於浮圖關，扼賊北來之路。其防江則調鄉勇一千五百人分爲三營，檄委舉人劉國輔、武生袁凱、監生汪文元分領之。設卡江干，相去十里爲一汛，彼此會哨，聯絡聲勢。江中渡船皆拘泊南岸。初十日，賊至江北鍋廠，袁凱等乘夜以砲隔水擊之，殺賊三十餘人。有一賊騎馬游奕江干，砲穿馬腹過，折賊一足，生擒之。賊氣餒，遂焚尸而遁。所擒賊姓甘，雷士旺之副也，解送軍門伏法。賊衆既遁，遂走上游石板沱渝，渡嘉陵江，擾及川西諸州縣，歷十旬。至夏，官兵大集，冉天元被擒，賊始退回川北。五月有旨詢重慶防守官職名，督府具以聞，余因蒙恩加道銜。

方余之守城也，城中紳士問計，余曰："渝城三面臨江，金湯險固，苟無奸細内應，賊不能破也。"於是申明保甲之法，設十家牌，每夜輪一家守夜。城中禁夜行，天向晦，居人即閉户。城上雉堞各燃燈一盞達旦。賊知有備，不敢犯。自正月戒嚴至五月而解嚴，城中人恃以安堵無恐也，故記此爲後之守土者取法焉。

獨學廬五稿詩卷二

顧氏賜硯齋叢書序

古之人著書立説，嘗欲藏之名山，傳之其人，然而作者難，傳之者亦不易得，如左史倚相能讀《三墳》、《五典》、《八索》、《九邱》，而後世所傳僅僅存《堯》、《舜》二典，此外無聞焉。即此以觀古人之書，傳者什一，不傳者什九矣。今試取漢唐以來史家所載藝文經籍等志，班班臚列者索之，其存者有幾？當其時作者非不苦心孤詣，窮年累月，裒然成一家之言，以冀後世賞音者傳之於無窮，而忽焉化爲灰燼，蕩爲烟雲而歸於無何有之鄉。雖其中有幸不幸之數存焉，然抱殘守闕，發微闡幽，固後死者之責也。計自新都楊氏有《漢魏叢書》之刻，後之繼其事者頗多。顧文人著錄往往詳於古而略於今，故昭代之書采者無幾。

顧子湘洲，今之好事者也。嘗取本朝人所著之書，手自編輯，積成百種，名曰《賜硯齋叢書》。上者附庸經史，次及方輿、物產、陰陽、術數之學，下至詩古文詞，無所不備，將授之梓人而索予爲之序。昔揚子著《太元經》，謂後世有子雲復生，然後能知我，言乎知己之難也，湘洲此舉可爲古人之知己矣。

湘洲又嘗集吳地名賢之像係之以傳贊，梓行於世，其尚友古人之心至深且摯。今之梓行是編也，猶是尚友名賢之意也夫。

吳郡文編序

長洲顧子湘舟彙輯古今文章之有關吳中文獻者爲《吳郡文編》

一書，介司寇韓公徵序於余。觀其序目，自漢迄今，分爲二十八門，編成二百四十六卷，美哉！洋洋乎誠藝苑之大觀矣！予與顧子無一日之雅，其所爲書又未得窺全豹，僅見其序目，且古人無一書兩序之例，今是編已有蘭坡朱公之序矣，似無可重儜者贅以蕪辭，毋乃有未同而言之咎與？然顧子之爲是書，心力勤矣，有桑梓敬恭之誼，況又重以司寇諄諄之命，予雖欲無言，不可得也，則姑以鄙陋之説引其端。

竊維文章一事，作者固難，述者亦不易也。江左人文著於天下，人握隨侯之珠，家抱崑山之璧，然著録之家窮達既殊，顯晦亦異，史公作史，藏在名山，王氏《論衡》，秘諸帳底，此搜訪之難也；文章載道，古有成言，而風語華言，亦灾梨棗，《玉臺》宮體每多累德之詞，昭明選樓亦收《美新》之論，此選擇之難也。又搢紳所作，半出於記室典籤，若本初檄魏之文，陳琳削簡，常何匡唐之牘，賓王捉刀，事雖出於代庖，文必原其作手，而近著流傳，姓名無考，此徵實之難也。又草莽小生，動輒著書，扇一孔之論，肆三端之辨，言非擇其尤雅，談或出於無稽，襲謬承訛，動盈卷軸，此傳信之難也。惟去此四難，衷乎一是，庶幾可以發揮鴻業，擩嚌道真。顧子之爲是編，將以繼昔賢不朽之業，故不揣固陋，貢此荒言，以爲嚆矢云爾。

明八家文選序

古今一代之興必有一代之文章，以潤色鴻業，鼓吹休明，若漢魏、若唐宋皆然。獨至有明而寂焉無聞者，豈古今人果不相及與？

嘗取有明一代之文觀之，一壞於李夢陽，再壞於李攀龍，由是文章一塗，晦蒙否塞而不可救矣。夫崆峒之文，恃其虛憍之氣，將虎視一時，而胸無藴蓄以赴之，故如大樽之濩落而無所用；若滄溟之文，則如醉人語，如夢中人囈語，讀之十過，初不知其於意云何。

《書》曰"辭尚體要"，此則辭之無體要者也；孔子曰"辭達而已"矣，此則辭之不能達意者也。而當時尚奇好異之士，奉之爲巨擘，謬種流傳，至於國亡而後已，此亦文章之厄運也。

雖然，自洪武迄崇禎二百餘年之間，豈無積學工文章繼韓、歐、蘇諸公而起者乎？則有如宋景濂之文，如搢紳先生珮玉鳴鑾，委蛇殿陛之間；劉伯溫之文，如霜松雪竹，秀挺不群；高季迪之文，如秋高氣爽，清商獨奏；方希直之文，如貞亮死節之士，嚼齒穿齦，握拳透爪；王伯安之文，如愔愔德音，式金式玉；王濟之之文，如建章宫闕，千門萬户，規模大壯；唐應德之文，如神龍出海，俊鶻摩天，不受人間羈紲；歸熙甫之文，如布帛菽粟，百姓日用而不知其寶。此數公者皆能拔乎流俗，自樹一幟而各極其妙，夫豈若彼所謂"先後七子者，虛聲附和，標榜以爲名"者乎？

予以暇日取家藏數公之集，擇其言之尤雅者録爲一編，聊以示文章正軌，以繼唐宋八家之後，讀者庶幾識康莊之道而不惑於歧趨也與。

存悔齋集序

古今文章之運，有一人振興，必有一人繼乎其後。如唐有昌黎，即有李翱、孫樵等爲之羽翼；宋有廬陵，即有尹洙、穆脩之徒唱和其間。孔子云"德不孤必有鄰"，夫文章則亦有然者也。

高宗朝，南昌文勤彭公以燕許大手筆，供奉内廷者數十年，總持天下文章之柄。維時萍鄉劉金門先生實爲彭門入室弟子。先生少稟異才，年未及冠即舉於鄉，入京早受業於彭氏之門，後入翰林官編修，不及二年，即超升學士。凡遇朝廷有大著作，無不與聞於其間。其所學經史百家無不洞悉其源流，而於朝常國故尤所熟習，凡祖宗神功聖德，皆言之鑿鑿可據，尤熟於乾隆一代事迹。當時睿吟五萬，聖文盈千，朝夕觀摩，明辨而慎思之，故於一時文治武功，皆能一一道其本末。而於域外四裔、山川夷險、族類分合，無不了然爛熟於胸中，文勤在時，倚之若左右手也。

純皇帝之初生也，往時宮監相傳有誕降在熱河之説，先生纂修《實録》定爲誕降在雍和宮，以御製詩注爲證，當時服其精當，他人不及知。其後仁宗升遐，大臣撰遺詔，沿舊説之訛，後知其誤，至追改詔書，然後知先生史筆謹嚴，非他人所及也。

先生所爲文，博於古，通於今，炳炳鱗鱗，龍文虎脊，直欲上追司馬、班、揚，若唐之李衛公、宋之周益公，世所稱臺閣文章者，以先生方之，不足多矣。文勤嘗病歐陽氏《五代史》之簡略，欲如裴注《三國》之例補注之，未及成書，臨没以其稿付先生，先生遂博采宋人載籍，窮二十年之心力續成完書，今已授梓行世。似此任重致遠之事，非先生，其孰能之？

先生既没，令子元齡等輯其遺稿，有經進文八卷，駢體文二卷，散體文四卷，古今體詩六卷，館課詩賦五卷，集杜集古詩三卷，杜詩話五卷，都爲一集，名曰"存悔齋集"，仍先生之所命名也。謂余與先生交最深，屬爲序，因以此應其命。

尚友堂詩鈔序

國家設科取士，士人萃於一榜者謂之同年。合四海九州之人一旦脩昆弟之好，文章相契，意氣相孚，雖數千里而遙若比鄰也。廣州陳君雲門與予同登乾隆庚戌榜，君既成進士，歸家養望，名在銓部，官應宰一縣，未及就選而没。君之没也，春秋纔四十耳。古人四十强仕，方當服官受禄之初，設天假以年，必將出其平生胸中藴畜，以大有爲於時，俾政績登於天府，膏澤及於輿人。乃不幸無禄，齒不及中壽，賫志以歸道山，豈非命與？

道光丙戌，君之令子有功來吳門，持君所著《尚友堂詩鈔》一卷問序於予，因受而讀之。其間述風土、紀交遊，撫時感事，一一以真性情發之，不爲華言風語以取當世之譽，蓋藹然有德者之言也。

君於登第後，即杜門息軌，未嘗爲四方之游。而予一生車轍馬迹未嘗至兩粵，故與君雖同榜，實未有一日之雅，接杯酒殷勤之歡。今乃讀其書，想見其爲人，不能無頰弁雨雪之思焉。當嘉慶之初元也，有詔舉天下孝廉方正之士，粵東封疆大吏即舉君應其選，非君令聞令望著於邦家，烏能及此？予生不及識君，猶幸後死，而得序君之詩，如青蠅之附驥尾，一日而千里，夫亦苔岑之樂也。是爲序。

廣居樓詩集序

嘉興沈硯畦太守，向在蜀與予共事威勤公幕府，習其人俶儻有經濟才。予歸田二十餘年，無從得其消息。道光戊子，硯畦解組南歸，顧予里門，歡然道故，袖中出其從祖元洲先生遺集二冊，凡八卷，謂將付梓人而索予爲之序。

予維古今士大夫之膺榮名於世者，其道有三：門第也，科名也，文學也。魏晉六朝以降，世重門第，公卿子弟落落布列於巖廊之上，如南都王、謝，北地崔、盧，無不致身通顯，榮名史策，此士之以門第重者也。漢時公孫宏、董仲舒以對策起家，致身青雲之上。而隋、唐以後，設進士科，迄今千有餘年，公侯卿相罔不出乎其中，此士之以科名重者也。古人不朽之業有三，立德、立功與立言竝重。士子束髮讀書，無不懷鉛握槧以著書立說爲事，文如韓、歐，詩如李、杜，皆足以膾炙人口，傳諸無窮，此士之以文學重者也。若元洲先生以吳興華胄，上承東陽八咏之遺，流風餘韻，世傳儒雅，則門第勝人矣；起家進士，廷對以第一人及第，入詞垣，掌文衡，則科名勝人矣；生平束身砥行，敦經悅史，嘗建希聖堂爲講學之所，一時賢士皆願從之游，則文學勝人矣。士人有一於此，皆足以名世，況先生兼此三者。而其詩又溫柔敦厚，深得聖人詩教之原，此必當傳示藝林，以爲後生模楷，豈可藏諸名山而已乎？硯畦歸田之初即以此爲首務，可謂數典不忘其祖者矣。

予生也晚，不及奉先生之教，然忝附芳塵之末，則香火因緣，固有曠世而相感者，故爲序而歸之。

續東皋詩存序

古王者之有天下也，必有輶軒之使，采列國之風謠，貢之王朝，俾四方風俗奢儉貞淫，天子常了然於心目之間，垂於後世，頌其詩者，可以論其世而知其人，然則詩之所係不綦重哉！然周之興也，會於孟津者八百諸侯，逮春秋之世，載諸方策者尚有七十餘國，而《國風》十五，此外皆闕焉無聞，豈其地其人無一詩可傳哉？周道衰微，采風之使不出，雖有詩皆佚而弗存焉耳。

江蘇之邑有如皋，一彈丸之地也，地近海濱，士大夫車轍馬迹所不至，然其人習詩書而尚文采，風雅之士踵相接也。乾隆中有邑人汪君璞莊搜羅其邦人之詩，自宋、元以迄本朝，共三百七十餘家，分爲四十八卷，合爲一集，名曰《東皋詩存》，既授梓行世矣。維是汪書成於乾隆丙戌，至今道光庚寅，又歷六十五年，後來之秀，蔚然興起。今黃君楚橋亦如皋人也，繼汪書之後，廣收博采，復得四百餘家，即名《續東皋詩存》，將付剞劂而問序於余。

余維士之生斯世也，必尊其父母之邦。聖如孔子，序列國之詩皆曰《風》，獨於魯詩列之於《頌》，明其有所尊也。《詩》曰："維桑與梓，必恭敬止。"桑梓無知之物，古人且致敬焉，況詩人之長言詠歎，可以感發人心而爲考獻徵文之助者乎。存其詩即所以存其人，此邦之人風雅道存，不致散失而無徵者，黃君與汪君可以後先媲美

754

也矣。

借秋亭詩草序

余自鄉舉後，即犇走四方，既而服官中外，於故鄉後來才雋，均茫然不知其姓名。自五十以後，解組歸田，訪求嘉士。吾友吳玉松、張蒔塘兩公皆盛稱蔡生才。

蔡生者，名雲，號鉶根，積學工文，吳下高才生也。洎余主講紫陽書院，覽生詩若文，果清通簡要，一規一矩，有先正之典型。余雖不識其面而心愛其才，望其早有知遇，以致身通顯，無如久困場屋，竟老死諸生中。往年有吳氏以生試帖付梓，余既序而行之矣。頃道光庚寅秋，有程生嶺梅，亦蔡生門下士，搜羅蔡生古今體詩，編成《借秋亭詩草》七卷，授之梓人，亦索序於余。借秋亭，蔡生所居之室也。余因覽其詩，清通簡要如其文。余因思詩之為道也，以性情為之體，以諷諭為之用。《書》曰"詩言志"，古之詩人不過各道其意中之所欲言，所謂"在心為志，發言為詩"，而世運之盛衰，風俗之貞淫，與夫生人之忠孝節廉，一切可歌可泣之事，皆寓於其中，故孟子以詩為王者之迹。自唐、宋以後，以詩取士，而士皆爭奇鬬巧以求勝，然後詩體日變，亦詩境日開。如韓退之、蘇子瞻詩中之霸才也，李長吉、楊廉夫詩中之魔道也。此皆求勝於辭而不求勝於意，惟務炫燿世人之目以為快，古人溫柔敦厚之教微焉矣。

今蔡生之詩，本之於性情，用之於諷諭，惟取辭達理舉，而不襲夸多鬭靡之習，正始之風猶存焉，是可傳也。

汪允莊詩鈔序

余與小雲司馬締紀群之交有年矣，其一門風雅當代豔稱之。淑配允莊夫人，今之曹大家也，幼懷貞敏，性耽墳史，心聲心畫，妙絶一時。近歲輯明人詩，裒然成集，付諸梓人，以行於世。余得而讀之，覩其搜羅之富，抉擇之精，中心欽遲已久。頃以所著《自然好學齋詩鈔》見投問序，讀之累日，其旨遠，其辭文，其律在錢、郎、溫、李之間，而不落蘇、黃豪縱之習，可謂古風人之遺矣。

夫東南文章之盛莫過於六朝，然王氏青箱之業，人人有集，而不聞閨閣有人。謝家群從，若芝蘭玉樹之生在庭階，而以道韞之多才，僅著"柳絮因風"一語，此外無聞焉。豈墨守夫《禮經》"内言不出"之訓，故秘而弗宣與？抑思孔子刪《詩》，首序《關雎》一什，其詩出自宮闈，其他若《雞鳴》，若《桑落》諸篇，皆出自巾幗中，聖人未嘗不錄。蓋坤之爲道，內柔順而外文明，《大易》所以著"黃裳之元吉"也。

今允莊夫人以出風入雅之才，爲茹古含今之語，而又得才子爲之配，閨房靜好，琴瑟和鳴，此真文齊福齊，人生適意之遭無有過於此者。亟付梓人，天下之寶，令天下共見之可也。

顧仲山遺稿序

古人云："士先器識而後文藝。"然則文藝者，士之末務也。雖然，文藝亦豈易言哉！國家設科舉以網羅天下士，公卿大夫皆由此出其身，以自獻於王庭。凡高明之士其文必磊落而英多，沈潛之士其文必細意而熨帖。蓋言爲心聲，而文又聲之精者，藻鑒者觀其文即可以知其人焉。

顧生仲山自嘉慶十年游於吾門，其人端介自好，忠信待人，粹然儒者也。其所爲文，約六經之旨，深入聖賢閫奧，不隨風氣爲轉移。近三十年來，吾鄉之文凡三變：嘉慶初，當路者有愛古之心，而學者遂於《竹書》、《路史》、汲冢古文摘其隱詞僻字，以矜其淹雅，而文一變；其後崇尚選學，雕章琢句，煽鶴棲蘭雪之餘習，而文又一變；其後一二大人先生以淸眞雅正訓士，而學者相尙白戰，自以爲不著一字，盡得風流，其實墮入空疏，轉令儉腹者藉以藏拙，而文又一變。凡此風氣波靡，每下愈況。仲山則守其故步，不隨流俗轉移，可謂有志之士矣。乃以仲山之才之學，浮沈諸生三十年，歲科兩試，未嘗不列在高等，而鄕試屢黜於有司，坐視後生小子粗習咕嗶，即掇科第以去，而仲山抱其絕人之技，僅僅以廩膳歲滿，貢入成均，殆所謂"黃鐘毀棄，瓦釜雷鳴"者耶。

嗟乎！世無哲匠，使梗楠杞梓朽蠹於空山之中，而人不知，是誰之過與？仲山旣死，二三朋舊收其遺稿，醵金開雕，以行於世，當世必有賞音者。

江鐵君制義序

制義爲文章之一體，所托甚高。其體代孔孟立言，非三代以上之書不敢述，非尋常論說之文所可同日語也。近日操觚之家不守先民矩矱，以致文章日敝。而約舉文章之敝，大略有三：讀書不多也，析理不精也，用心不深也。惟讀書多，然後能達天人之奧；惟析理精，然後能探聖賢之蘊；惟用心深，然後能去陳言而發新義，否則稗販於房書闈義之中，相與習成雷同剿襲之說而已矣。

江子鐵君爲先輩叔雲先生之文孫，少承家訓，脩學好古。旣長從彭尺木、汪愛廬兩先生游，觀摩奮厲，務蘄深造古人堂奧。最後游於錢辛楣先生之門，聞其微言緒論，所學益有根柢。其所爲文一以先正爲宗，雖不諧於世俗之好，弗顧也。嘗集有明至今三百年以來諸名家之稿，詳加抉擇，取其合者，手錄之，裒然成帙，於斯事可謂"三折肱"矣。

予嘗謂文章有難易兩途，若班、揚文之難者也；歐、蘇文之易者也。即以制義而論，爲其難者，文止、大力諸公是也；爲其易者，大士、陶庵諸公是也。予生平爲文，往往出之以易，而江子好爲其難，趨向不同，然而交相善也。善乎莊生之論斲輪，也曰："與其甘而不固，毋寧苦而不入。"若江子之文，殆寧居其苦而弗屑於甘者與？江子積平生所作僅二百篇，其及門之士將付諸梓人。余因以荒言引其端，將以告夫當世操觚者。

古泉精舍圖序

古時無錢市，人以所有易所無而已。自太公立"九府圜法"之制以爲幣，而始有錢名，"錢"者"泉"也，欲其如川之流而不息也。其形似刀而微弓，兌其首，牝牡相銜，聯九錢爲一環，故曰"九府圜法"。其後周景王鑄大錢，始有肉好輪廓，如今形。漢時鑄五銖錢，論者以爲輕重適中，然《史》云："黃牛白腹，五銖當復"，則其錢亦代興代廢。劉宋孝武帝鑄孝建錢，始載年號於錢之陰，後世因之。然李唐開元通寶錢，鑄於高祖武德間，統一代之錢。若此彼自爲文言，與玄宗之"開元"年號無涉。宋元以來，一朝之錢必載一朝年號，此又因開元之號而訛傳者也。

至于古錢，又有不鑄字者，或作星斗，或作龍鳳、龜魚，或作男女秘戲之狀，此皆宮府所以供玩弄，而非廛市通行之幣也。本朝康熙間，有福建疆吏奏請州縣多用古錢應否禁遏，部議令一概古錢悉行銷毀。上意不謂然，令群臣集議，準古錢與今錢兼用。大哉！聖人之道思深憲遠，成此稽古同天之治。設使古錢禁而不行，則世人孰肯畜此無用之物，勢必至於銷毀無遺，而歷代錢法亦不可考矣。乾隆間平定西域，彼土無銅，因鑄銀爲錢，仍遵用中國年號，此又足以徵我國家聖武布昭，無遠弗届，古今所絕無而僅有者也。

顧子湘洲嗜學好古，廣收古錢，集成錢譜，又名其所居爲古泉精舍，而屬崑山王君椒畦繪爲圖，索予爲之序。因爲述古今錢法，大概如此。至近年錢法大壞，又自有說。國初始鑄順治錢，重十分，其後增至十二分。康熙錢因之。雍正時曾改鑄重錢，每錢重十四分，未幾，以工費太繁，仍復舊制。今產銅之地，開採日久，硐老山空，銅值日昂，而匠工鑪火之費又數倍於往時。匠人欲符每千七斤半之制，不得已雜礦於銅，故其錢麁脆而易毀。

考漢錢五銖，不過準今六分。開元錢每千重六斤四兩，則每錢不過十分。即日本國產銅之地，所鑄寬永錢亦止重八分，以今計之，與其重而易毀，不如輕而久存。如仍依國初順治錢之例，每錢重十分爲率，則工料寬裕，錢可美好而久存。職在司存者，此事亦當早計也。管見所及，因附於此。

潘公輔區田說序

嘗聞國以民爲本，民以食爲天。凡人一日不再食則飢，則食固爲生人第一事矣。我國家承平垂二百年，斯民老死不見兵革，當其際者，以生以息，優游太平之世，可謂幸矣。然天下土田止有此數，而生齒日繁，斯民雖逢樂歲，生計常苦不足。非盡民之不能謀生也，古云"地無遺利"，而今日四海九州絕無曠土閒田矣。古云"人無餘力"，而今之人雖欲勤其手足，無地可畊矣。此固牧民者之大憂也，其可不思他計乎？

考元人王楨《農書》中有"區田"一法，其法創自伊尹，以救當時七年之旱。國朝孫氏宅揆、王氏心敬各演其說，以爲一畝可得穀三十鍾。而雍正間，直隸巡撫李維鈞曾在保定試行其法，一畝收穀十六石，是其事鑿鑿可行。頃余曾發爲策問，以課書院諸生，而諸生中無一人知區田爲何等事者。甚矣，儒生俗吏不識時務，而留心經世之術者，難其人也。

潘子公輔以高門華冑，心焉胞與，業已請於尊甫尚書設立義倉，捐田積穀，以備鄉里不時之需矣。又以負郭之田五畝，募人試演區田法，時時親詣田間，指授方略，及秋而大獲，因著爲《區田説》一册，凡治地、播種、耘耔、灌溉諸法，無所不詳。又著《勸農歌》二十章，其間所引列聖訓言以及古今諸家之説，無所不載。暇日示余，余受而讀之，見其苦心敦勸，不憚言説之煩，真所謂"一民飢，若己飢"之者矣。又觀其所獲田中新稻一科，發十餘穟，一穟結穀三四百粒，由此計之，但能精其法，則古人所謂"一畝三十鍾"之説豈妄也哉！

爰爲序其書，俾行於世。彼農家者流果奉行弗怠，將見歲歲粒米狼戾，豈有二駵不給之患耶？

尚友圖贊序

甚哉！友道之難言也！古之人合志同方，營道同術，夫是之謂友，志不合，道不同，雖昕夕聚處，藐若山河耳。志合矣，道同矣，萬里猶咫尺也，千秋猶旦暮也。是故孟子論一鄉善士推之於一國，推之於天下，猶以爲未足，而必尚友夫古之人。豈鄉國天下必無一人焉，可與通同心之言，敦斷金之誼哉？惟見夫古之人言論丰采，實有足以動人欣慕者，故不禁頌其詩、讀其書、論其世，而想見其爲人也。三代以前遠而不可溯矣。漢京東西非無瑰奇豪傑之士，而史册簡略不詳。迨六朝以後，著述漸興，其人雖往，而頌其詩，讀其書，不啻親就夫人之側而與之謦欬於一堂矣。

沈子秋帆工於畫，家藏古人之像不下百餘種，暇日屬其摹得一十六人，彙成一册，各系以贊，常陳於几案間，而古人之德容道貌，宛然常在心目閒，名之曰《尚友圖》，所以志執鞭之慕也。

諸葛孔明

東方一士，史稱奇雅。高卧隆中，周知天下。天不祚劉，炎精既謝。有臣如此,弗一方夏。

王逸少

右軍清真,才識過人。文武兼資,料事如神。生不逢時,至寶沉淪。即論翰墨,曠世無倫。

陶淵明

五柳先生,少游山澤。偶現宰官,不遑暖席。左琴右書,以永朝夕。心慕至道,弗爲形役。

王摩詰

輞川居士,烟霞成性。刊落世華,精脩梵行。畫既超凡,詩亦入聖。良貴在身,肯汙僞命。

陸敬輿

宣公輔唐,榮榮大材。繾綣從公,宗社再綏。艱難共濟,安樂則猜。忠州遠謫,窮途可哀。

白樂天

古之詩人,忠孝爲本。《長慶》一編,心存補衮。微言諷諭,不激不憤。言之無罪,聞者足警。

歐陽永叔

歐陽在宋,文章指南。師法昌黎,如青出藍。金石千卷,平生所耽。網羅散失,史乘同參。

蘇　子　瞻

眉山三蘇,長公其尤。心通六藝,囊括九流。華省非榮,窮海非憂。曠然天真,與造化游。

黃　魯　直

熠熠坡仙,奇才間生。涪翁晚出,乃與抗衡。彼任自然,此必力爭。一時瑜亮,孰能重輕。

趙　子　昂

天水王孫,少淪田野。筮仕新朝,位躋華膴。守節達權,士各有取。微子歸周,稱於尼父。

王　伯　安

新建王公,才兼文武。宛轉封疆,奔走禦侮。惜哉大材,所遇非主。若在明時,方叔召虎。

沈　啓　南

鬱彼相城,中有逸民。優游林壑,脫略公卿。不慕榮利,以養其真。工書善畫,朝野知名。

文　徵　仲

衡山文叟,古之端人。廉以處世,靜以脩身。積善餘慶,子孫益振。清門文采,五世傳薪。

顧寧人

世間處士，上應少微。求之當代，此君庶幾。著書垂訓，皆治亂機。謂王佐才，夫誰曰非。

韓元少

昭代文章，首推文懿。今文變古，起衰式靡。豈惟能文，能斷大事。國撤三藩，公倡其議。

朱錫鬯

朱子竹垞，東南之美。勤學稽古，實事求是。作爲文章，出入經史。小碎篇章，餘霞成綺。

宋觀察年譜序

汝和宋丈之守和州也，予從事於幕府，凡一切刑名、錢穀諸務皆得與聞。公愛民如子，終日坐堂皇聽訟，若與家人語，必反覆得其情。既得其情，又必委曲周旋，使兩造之人各得其所，而後即安。和俗貴男賤女，生女者或不舉。公創建育嬰堂，收養民閒遺棄嬰孩，置瀕江洲田，取其租以充經費爲久遠之計。州境臨江，夏秋風信不常，舟行者每遭其險，公於針魚嘴地方設立救生船，以備不虞。乾隆乙巳，歲旱大饑，公請帑賑貧，復出私財製棉襖以給百姓之寒無衣者。明年春大疫，公令人四鄉收埋路斃骸骼。此皆予目擊其事，可以傳信者也。其後守泰安、守濟南，督山左糧儲，其實心實政，彼中人士皆能言之，予不多述也。

夫世之牧民者養尊處優，竭百姓之脂膏以營其私，而其視閭閻之歡愉愁苦，若秦人視越人之肥瘠，漠然不動於心，亦未嘗不躋高

763

位，享榮名。試問其心，其能不愧怍於天人否耶？若公之蒞官行政，可謂盡心焉者也。此公自著年譜，自始生以至於老，事迹咸備。其歸田以後，處分家事秩然有法，而於國家，若水旱兵戎諸大事亦必載之以筆，殆古所謂"身在江湖而心存廊廟"者與？公年垂大耋，高朗令終，在邦在家，人無間言，可謂"篤實君子"矣。

予知公最深，讀其書慨然想見其言之顧行，行之顧言而不勝山陽之慟也，故直筆叙之。

衛景武公碑跋

此碑在陝西醴泉縣，碑高一丈三尺，廣四尺七寸，書凡三十九行，每行八十一字，今僅存上半截四十許字，下半截磨泐殆盡，立碑歲月及書撰人姓名皆不可考。顧亭林《金石文字》記載："顯慶三年三月，許敬宗撰，王知敬書"，蓋據《金石録》所云也。衛公薨於貞觀二十三年，陪葬昭陵。今醴泉即古昭陵地也，知敬，懷州河內人，武后時官麟臺少監，見《新唐書王友貞傳》。史稱其善書隸，是當時亦有書名者。其書秀勁端正，與歐、虞、褚、薛在伯仲之間。今人但知歐、虞、褚、薛，未有言及知敬者。一藝之微，其傳不傳，乃亦有命哉。

明韓襄毅公遊西苑記跋

昔乾隆、嘉慶之間，韞玉以脩撰備日講之員，職司起居，嘗三至瀛臺。第一次廷試武進士，設御幄於紫光閣前，上親臨校閱諸進士，以次馬射既畢，諸皇子皇孫相繼習射，無不礬控如飛，挽强命中。維時講官侍直階下，仰見本朝以弧矢開基，雖在承平，不忘武備之意。第二次以臘月八日冰嬉，上御冰牀行冰上，文武官皆從内務府子弟分隊執旗持弓矢疾行冰上，往來如駛，隊伍如一，穿旗門而過，回身仰射綵毬，中者受賞。於此見皇朝家法，於燕嬉中亦寓習武之義。第三次以京察一等在瀛臺引見，覲光之下，藉得見臺池苑囿之盛。從此出爲外吏，不復得窺禁近之地。

今歸田已久，忽睹明臣襄毅韓公此記，因而振觸舊事，歐陽子所謂"顧瞻玉堂，如在天上"也。明時門禁甚嚴，二三大臣一至西苑，侈爲非常奇遇，而韞玉生逢聖明之代，以疏逖小臣，乃得三至其地，翔武於靈臺靈沼之閒，其遭際爲何如哉？

爰附綴於此，自鳴榮幸之私，且備西苑掌故云爾。

熊經略東園詩卷跋

此卷顧子湘洲所藏，係公在請室時所追書東園舊作。方其解官閒居，而詩中時露老驥伏櫪之志。及其再起，竟爲椓人所構，身遭奇禍，跋中所謂"悔且愧"云云，洵由衷之語也。有臣如此而不能用，明之社稷不亡何待。或云公素善道術，其死也蓋托於尸解。此或出於愛公者之辭，然仙不仙姑勿深論，而其浩然正大之氣定與日星河嶽長留天地之閒耳。

黃石齋字卷跋

此卷作於甲申八月，則明亡已後之事也。石齋先生此時方委身唐王，故在閩。其後與王師戰於徽州，兵敗被執，不屈死，此亦尋常志士所能。惟其在崇禎朝，目擊楊嗣昌等朋奸誤國，盡忠極諫，言人之所不能言，此則其難能者也。乃思陵疾之如仇，至欲斃之獄中，亡國之主真別有肺腸哉。乾隆四十二年，追論明季諸臣，先生得諡"忠端"。道光初，今上又允群臣之請，從祀文廟兩廡。

《易》有之，君子道長則爲泰，君子道消則爲否。先生一身危言讜論，不能申於當世之闇主，而幽光潛德乃發於易代之聖皇，即此一事，可以悟國家盛衰之故矣。

惠氏四先生畫像册跋

　　吾鄉惠氏經學當世所共知，讀其書無不想見其爲人。然哲人往矣，今世更無有一人曾望見其顏色者。今吾披覽此册，一日而得識四先生之德容道範，何其幸與。

　　向時吳城東禪寺有紅豆一株，惠氏分其種植於庭，故世人稱惠氏必曰"紅豆惠氏"既衰，紅豆亦憔悴。近年聞其地復歸惠氏，而紅豆亦復榮，惠氏子姓必有振起而繼先人之清芬者，是則鄉人所同心願望者也。

潘功甫區田圖跋

　　孔子云："君子謀道不謀食。"言學道之人不當自私其身，若他人之食，固當百方以謀之。如后稷教民稼穡，周公陳《豳風》《豳雅》之詩，何莫非爲生人糊口之計。今世農事未嘗不勤，地利未嘗不盡，而民食常不足者，則以生齒日繁之故也。昔伊尹爲商之元聖，遺有區田法，而後世莫能行之。功甫舍人於道光八年小試其術而有效，因著其說，以爲農家者勸，果其術大行，則生人無艱食之患，豈非君子之善謀者乎？

吳蠡濤平苗奏稿跋

　　蠡濤先生抱文武兼資之才，博通古今，服官中外，屢贊戎韜。乾隆間安南酋人阮光平逐其主黎維祁而據有其國，嘉勇侯福康安奉詔出師，先生在幕府。維時阮酋敏關納款，文武官身在行閒者無不慫恿進兵，先生力主受降之說，謂："撫馭外夷之法，但取其恭順而已。阮與黎我何擇焉？若耗費中國兵馬錢糧而代他人爭國，殊爲不值。"福公用其謀入告,高宗深以爲然,由是納款班師。阮酋入覲,邊境粄安,至今無事。先生之意,即唐時魏徵諫伐高麗之意也。

此文稿四卷,乃嘉慶初兩廣總督吉慶平苗時,先生在幕府所作,思慮周詳,詞理精密,古人所謂"一紙書賢於十萬師"者也。其寓撫於剿仍是綏靖安南之故智耳。夫苗人叛服無常,若鳥獸之聚散,以有虞氏之盛,而征之則逆命,舍之則來格。讀先生諸文告,深得武侯攻心之法。

令姪編山刺史收其遺草裝成四卷,暇日示余,因綴數語於紙尾,并述安南舊事,俾後之人有考焉。

岳忠武手札跋

古人云:"言爲心聲,字爲心畫。"岳王以忠烈之性發於話言,自有走風霆裂金石之氣。後世寶之當如赤刀大訓,不徒相賞在翰墨閒也。

勤儉箴跋

《書》曰:"克勤於邦,克儉於家。"勤與儉聖人諄諄以訓後世,然而不可以誤用也。如卿大夫勤其職,士人勤其學,庶人勤其業,夫是之爲勤。若乃大人而親細事,搢紳之家察及雞豚,園樹葵而妾織蒲,此皆古賢所譏,乃鄙也,非勤也。衣食有節,婚嫁喪葬有程,夫是之爲儉。若乃高明之家坐擁厚貲,布被脫粟,欺世盜名,利析秋豪,一錢如命,親戚故舊,雖飢寒不知存恤,視拔其一毛有如剥膚之痛,乃吝也,非儉也。善守勤儉之箴者勿墮入鄙與吝之中,則善矣。吾鄉蔣坦庵先生有《勤儉箴》,爰爲之廣其義。

獨學廬五稿文卷三

募開放生池疏

蓋聞天地之大德曰生，好生惡殺，天地之心也。凡世閒含靈負性，一切有情之物，無不護其生命，是故君子仁民者必愛物，見其生不忍見其死，孟子謂之仁術。夫仁者斯人本然之性，何以謂之術哉？蓋惻隱之心人皆有之，然無術以行之則不能及物，故古之哲人推廣其心以爲樂善之助，此放生之説所由昉也。自唐、宋以來，放生池之見于載籍者不可勝數，今世名山大刹亦往往有之。

吾蘇西山多禪室，而吾與庵據支硎之勝，道場香潔，僧徒嚴净。沈居士子益既募衆力，有大悲閣之建矣，近日又議於閣之西面隙地鑿池以爲放生之所，查酉山待御首倡捐施，繼之者當集腋爲裘，以明善與人同之義。

夫衆生在世，原不能有生無滅，然斯人愛物之心必涵育培養，使生生之機常留方寸之中，壽算可以延長，子孫可以蕃衍。其在《書》曰：“古先后，方懋厥德，罔有天災。山川鬼神，亦莫不寧，暨鳥獸魚鼈咸若。”然則鳥獸魚鼈咸若，固積德消灾之一端，雖古聖人不廢焉。伏願善男信女共樂檀施，助成斯舉，諒亦仁人君子所樂從也。謹疏。

山東按察使張公家傳

公諱彤，字虎拜，號鄂樓，湖州歸安人，宋儒橫渠先生之後。高祖廷霖，官山東按察副使，雍正初監督萬安倉，以親老歸養。時歸安、烏程、德清三邑秋糧特重於他邑，因勾稽盈縮，纂緝成書，上諸兵部侍郎吳公，乃得上聞，由是議減十分之二，至今三邑之人頌之。曾祖亮，官肇慶府通判，權府事，有政聲。

公生而穎異，六歲就塾讀書，十行俱下。年十六入歸安縣學，學業日進，善書工詩。明年入京，肄業太學，才名籍籍公卿間。乾隆庚子、甲辰，高廟巡幸江浙，公迎鑾獻詩，召試皆名列乙等，拜文綺之賜。丙午舉順天鄉試，充景山官學教習，期滿引見，奉旨以知縣用。壬子四月，雲南請揀發知縣四員，公與其選，遂需次于滇。歷署宜良縣、恩長縣、元江州昭通大關同知，所至有聲。

乙卯春，黔楚苗變，嘉勇郡王福康安率師征討，聞公名，檄入幕府，總理戎務。與篆文小印一方，凡一切文檄必俟公檢校而後行。敘勞升江西南安府同知，賞戴花翎。以戎務方殷，未及赴任，尋升雲南大理府。

嘉慶初，雲南黑猓擾邊，威勤公勒保奉命往勦，公復隨征。其後威勤公移師平黃柏山、小竹山教匪，征貴州狆苗，生擒苗婦王囊仙、苗人韋七綹髻等，削平黔亂，公皆在行間。旋升貴州糧道，戊午正月抵任。公以治戎出入深山窮谷間，積受瘴癘霧露之氣，至是疾作，請歸調理。明年病痊入京，恭逢仁廟親政之初，召對稱旨，授江西糧道，是秋復因病乞歸。辛酉秋病痊入京，授刑部郎中，未及赴任，病復作，告歸。

甲子春起疾北上，道出山東，山東巡撫鐵保奏留補登、萊、青道。公在任安民戢暴，清理庶務。地方頻有蝗災，公建蝗神祠於萊州西郊，春秋祈報，歲以為常，自是蝗不為害。續脩掖縣志，又采錄掖詩，以備一方掌故。累權臬篆，治獄明允，己巳秋升山東按察使。山東健訟成習，公至，庭無留獄，民亦以為不冤。

辛未，公以父年八十力請歸養。壬申疾復作，竟成黃疸之症，遂不起。予往時陳臬山左，與公同官，且迭相交代，知公最深。公嚴以律己，寬以御衆，以直道事上官，以和衷處僚吏，其於地方不生事亦不廢事，庶幾古之循吏焉。至其贊畫戎韜，迎機導肯，則聞諸威勤公所述，皆克知灼見者也。令子震以狀乞爲家傳，故叙其生平本末，附諸張氏家乘，俾其後世子孫有所考焉。

農部潘君家傳

君諱世璜，字黼堂，號理齋，吳縣人，榕皋先生之子也。先世自唐時由閩遷歙之西篁墩，宗族繁衍，今歙人名其地曰潘村。六世祖兆鼎官松陽教諭，卒葬于吳之光福鎮，子孫遂家於吳。榕皋先生名奕雋，乾隆己丑進士，以內閣中書起家，官至户部貴州司主事，其後於道光己丑重赴恩榮宴，詔加四品卿銜，又以姪世恩貤封光禄大夫。

君生時曾祖閒齋先生夢人送"雲漢天章"四字額，因命名世章，後應試乃改今名。幼承庭訓，經明行脩。乾隆己酉舉於鄉，乙卯成進士，殿試一甲第三人及第，授編修，習清書。嘉慶元年散館，改部主事，分發户部行走，三年丁母沈宜人憂回籍。維時榕皋先生已於乾隆戊申冬乞假歸田，君服闋後即請假養親，朝夕奉侍左右，潔養無方，三十年如一日也。

君天性誠孝，爲人安詳謹飭，謙以待人，和以處衆，積學好古，手不釋卷。中年多病，究心衛養之術。晚歲日課《首楞嚴咒》，與畫禪寺主佛公重刻天如禪師《楞嚴會解》，以證明心見性之業。道光九年九月，偶患腹疾，不浹旬竟不起。臨終請尊勝亮公領衆念佛，溘然而化，殆以多生福德，暫來住世，以了夙緣者與？子二，遵祁、希甫，皆早歲遊於庠，讀書紹承祖父之業。

榕皋先生以西河之痛屬予爲傳，以垂家乘，因叙其本末如此。

節婦張宜人傳

節婦張宜人，上海封君王公世祿之配也。生長清門，既筓歸於王君，七年而喪所天。上有姑沈氏，下有二子，長文源纔四歲，次文瑞甫一歲，仰事俯育，宜人一身肩之。當封君之世，家綦貧，及没，貰一棺直五千，無以償，又貸人藥餌資銀二兩。宜人日紡木綿十二兩易錢五十，饘粥之餘，投一器貯之，積二年逋悉償。姑殁，殯殮之，資無所措，封君有從兄熙如稍稍贊歟之。二子稍長，熙如謀各令習于藝，宜人仍以紡績佐之。二子勤力作，生事稍充裕。宜人令先卜葬三世喪，然後各授室。既又築祠奉祀先世栗主，並瘞三族人之未葬者八棺，其知禮義識大體如此。天性慈惠，方窮居時，有鄰婦貧病無所依，宜人日侍飲食，躬爲澣濯，人以爲難。家既饒，自奉儉約，而於戚里敦任邮之誼，雖老猶理家政井井然，課孫讀書，有遊庠序者。嘉慶十八年，有司以其事請于朝，旌表如律令。以子貴，封宜人。凡守節五十七年而卒，春秋八十有四。

嗚呼！當封君初殁時，家徒四壁，衣食之計蕭然，宜人乃克勤克儉，送往事居。及見二子皆成立，孫曾滿前，壽登大耋，康强逢吉，天之報施何如耶？是可爲巾幗中之完人矣。因爲之傳，俾附王氏家乘，以爲當世矜式焉。

女史湯蘭仙小傳

湯坤字同生，一字蘭仙，吳人。生長儒家，父銅爲太學上舍生。蘭仙生而明慧，稍長，頎頎玉立，容貌妷麗，親戚見者謂爲神仙中人。生時母氏陸太君夢至一境，芳蘭遍地，香氣襲人，採一莖以歸，既寤而女生，因字之曰"蘭仙"云。蘭仙爲父母鍾愛，幼作男子裝，隨兄入家塾讀書，一再過即成誦，覆之無遺忘。年十六喪父，家無餘畜。蘭仙奉母孝且敬，每日夕刺繡易百錢，以供甘旨以爲常。二十四，歸同里沈生伯鋆。生遊公卿間，司記室，家食之日少，蘭仙能事其姑得歡心，常謂生曰："人生百年如一瞬，離別之感，人情所不免，然古人負米養親，不遠數百里，食貧之士安能長相守耶？老母在堂，吾當代盡子職，勿係遠人念也！"歸生三載有身，嘗焚香籲天，曰："此生不願富貴，但願得一賢良子足矣。"又嘗謂生曰："幸而得男，吾當親課之。設有餘貲，購書數萬卷，藏諸一室，晨夕披覽其中，人生何樂如之。"其所志如此。素有咯血之疾，體羸弱，不勝勞。既免身而疾作，又爲庸醫所誤，遂不起。

生平愛畫蘭，無師授而風枝露葉，綽有餘妍，其中有夙因焉。先是，嘗夢至一處，泉石幽眇，庭宇清曠，非復人間世，有好女子三五輩肅之入，求作畫。其後頻頻夢見其地，臨化云彼處有人來迎。殆古人所云"其生也有自來，其去也有所歸"者耶？予與生習，恐傷奉倩之神，爲之作小傳以抒其悲。

大悲菩薩頌

西方大士，第一圓通。以大悲心，而成佛道。衆生昏迷，沈淪慾海。因慾生愛，若繭纏身。菩薩威靈，說清淨法。斷除一切，脫離苦海。如大願舡，普度衆生。無聖無凡，同登覺路。

顏魯公畫象贊

平原太守，天性貞亮。力保危城，中原一障。晚歲陷賊，困於奸相。致命遂志，忠臣之樣。

王文成畫象贊

穆穆文成，胸羅衆有。立德立功，言亦不朽。道闡良知，威清群醜。一代偉人，古今無耦。

蔣忠烈公像贊

公諱若來，字龍江，長洲人。崇禎閒以武功起家，官至總兵,守金華。城陷,自頸死。乾隆四十一年追諡"忠烈"。

明政不綱,萑苻蜂起。孰爲渠魁?曰張與李。二寇所至,巢傾卵毀。蹂躪江淮,四郊多壘。矯矯蔣公,國之虎臣。披堅執銳,賁育其倫。矢穿七札,弓開六鈞。誓死封疆,不顧其身。皖江之濱,孤城如斗。危若纍棋,唯公能守。總統鷹揚,芟夷戎醜。賊鋒大摧,跟踹遁走。天厭明德,啓佑聖皇。蕩寇收京,日月重光。六師南來,我武維揚。摧枯拉朽,明社以亡。吳越千里,我征聿至。萬衆歸心,壺漿簞食。士卒鳧藻,公心不貳。茹刃如飴,致命遂志。興朝教忠,不遺殷頑。忠烈通諡,公列其間。睢陽之張,常山之顔。古今相望,毅魄同班。公之女孫,于歸我室。葭莩相聯,熟公遺烈。闡幽顯微,惇史之職。載筆揚徽,壽諸竹帛。

葉樗庵像贊

藹藹葉公,循良夙聞。爲君司牧,善政宜人。民懷慈父,吏畏神君。公餘有暇,翰墨怡神。彈琴咏風,萬卷橫陳。游心六法,倪黃逼真。昔在京華,曾接芳塵。今瞻畫像,道範長存。雲烟過眼,邱壑置身。愛而不見,我思孔殷。

張友樵像贊

世間萬事,風輪疾走。惟道集虛,可以永久。維彼哲人,仙心聖手。腹有詩書,胸無塵垢。樹德鄉閭,養真林藪。以墨作稼,與樵爲友。松下一廛,桑間十畝。離羣獨立,超然無耦。

竹庵和尚畫象頌

浙西禾興郡,有寺曰"楞嚴"。昔有紫柏師,於此卓錫住。結集經論律,創立支那藏。梵筴易方册,大教易流傳。其後百餘年,法席無人繼。寶藏既零落，正法遂淪夷。竹庵有德士，至此作住持。佛土既莊嚴，經坊重建立。闡揚法王法，法會遂中興。乃召良畫師，自貌慈悲相。此身非色身，亦不離色身。一點常寂光，遍照十方界。

宣和硯銘硯爲涿州馮氏快雪堂故物

宣和硯，御府珍。歸涿鹿，非其人。七百年，如轉輪。今吾與汝結爲鄰。

方竹丈銘

虛其心，堅其節，直方其德。吾老矣，以汝杖于國。

顧竹坡誄

夫何少微之星隕兮，又武擔之山折。嗟老成人之雕謝兮，當龍蛇之運厄。椿蔭倏其摧殘兮，鴞音悲而嗚咽。瞻總障之虛懸兮，對鼎饎之空設。稽先生之世系兮，從韋顧以發源。秉英姿於紫宙兮，承華冑於黃門。守詩書之彝訓兮，誦貞孝之清芬。追長風於先哲兮，遺餘慶於後昆。初筮仕於神州兮，贊經綸於大府。旋縮符於吳越兮，克追蹤於卓魯。萬物被其仁風兮，百穀仰其膏雨。慕宏景之挂冠兮，效淵明之解組。循聲著於仕路兮，令望表於州閭。守故家之遺籍兮，新先人之敝廬。捐圭田以潤族兮，築高閣以藏書。集名賢之遺像兮，稽古人而與居。故昊天之不弔兮，嗟哲人之長逝。乘白雲而遄歸兮，厭紅塵而永棄。幸盛德之在人兮，貽令名以垂世。羌援毫以摛辭兮，尚臨風以揮淚。

故宮保劉公墓志銘有序

道光十年正月初九日，故宮保萍鄉劉公没於揚州子舍。其夏，孤子元齡等奉其喪歸江西，過吳門乞幽宅之銘。因憶公嘗謂予曰："我兩人締交五十年，所謂歷窮達死生而不變者也。他日君先逝，吾當銘君。吾先逝，君當爲我銘。"追思疇昔，言猶在耳。乃今公先歸道山，予雖不文，敢忘宿諾。

按狀，公諱鳳誥，字丞牧，號金門，先世由安福遷萍鄉。高祖瑞貞，國初請免闔邑南糧，當時呼爲劉善人，事載志乘，積善餘慶，此其始基矣。曾祖易琯，祖經濟，父大智，世守儒業，三世皆以公貴。兄弟三人，公最少，生而穎悟絶人，鄉黨尊宿皆異之。年十五入萍鄉縣學，督學使者爲吾鄉蔣時庵先生，於衆裏目色公，卜其爲非常材，攜之入京。及致仕歸，又攜至吳門，切磋者兩載。歸應乾隆己亥科鄉試，遂中式。五試春官，於己酉成進士，殿試一甲三名及第，授翰林院編修。

辛亥大考翰詹，公以優等，升翰林院侍讀學士。壬子，授廣西學政，任滿回京。嘉慶丙辰，派教習庶吉士。是年冬，丁父艱。己未，服闋進京。值睿皇帝親政之初，夙知公名，簡充日講官，起居注，纂修《純皇帝實錄》，兼咸安宮總裁。庚寅，充湖北鄉試正考官。辛酉，兼署國子監祭酒，旋擢太常卿。奉特旨仍帶講官。蓋帝心簡在久矣。是秋，典山東鄉試，即授山東學政，在任一遷内閣學士兼禮部侍郎，再遷兵部侍郎。甲子七月，任將滿，有旨内召，充實錄館副總裁，專司進呈稿本，又充經筵講官，文淵閣直閣事。其冬，因事左遷，仍補内閣學士。丙寅六月，升兵部侍郎，又調吏部侍郎兼辦國朝宫史續編。丁卯四月，《純皇帝實錄》告成，賞加太子少保。七月，充江南正考官，旋授浙江學政。浙江本文人淵藪，公以鼓舞人才爲己任，每得一嘉士，即送會城書院肄業，時時與之講習古學，士心日奮，士氣日親。己巳秋，浙江鄉試。適巡撫阮公元因勤捕海寇公出，奏請以公代辦監臨事，乃有徐、余二生聯號舞弊，公未及覺察。事發被議，奉旨發往黑龍江効力。癸酉，恩釋回籍。戊寅六月,特旨以編修起用。未幾,患目疾。庚辰七月,睿皇帝升遐於熱河避暑山莊,公在京聞信,悲感異於常人,目疾益劇,遂於次年夏請假南回。以幼子元喜需次兩淮,遂挈家赴揚州就養。道光十年正月初九日,以疾終。距生於乾隆二十六年,春秋七十。

公一生以文章報國。乾隆庚戌歲,純皇帝八旬萬壽,公撰進頌冊,奉召詣乾清門,傳旨獎厲,并傳聖諭,有江西大器之語。嗣後叠掌文衡,累膺著作之任,實基於此。辛酉之春,睿皇帝祇謁裕陵,公實扈從。方駐蹕桃花寺,接到軍營捷報,命增入上陵祝文。公立成二聯進呈,上嘉其敏速。公之典試視學,所取文必以根柢六經爲主,故所得多積學博古之士。其掇巍科,膺上第,蜚聲館閣者,不可勝數。尤以扶持名教爲先務,在山東時會同巡撫題請爲伏生之後設博士一員,又議及左邱明、鄭康成。雖格於部議,而公表章經術,孜孜不怠之心,可以概見。

公於庚子會試,卷在編修邱公庭漋房中,薦而未中,公感知遇之恩,執禮唯謹。後邱公没於黑龍江,適公同在戍所,經理其喪,送之歸,其惇尚風誼如此。公於書無所不窺,尤深於史學。南昌彭文勤公有補注歐陽《五代史》之稿,未及成書,臨終以草本及所采宋人書二百餘種,盡以付公,屬爲續成。公排比搜輯,歷二十寒暑,晚歲始萃録成編,梓行于世,可謂不負所托矣。所著有經進文八卷,駢體文二卷,古文四卷,古今體詩六卷,館課詩賦五卷,集古詩三卷,藏于家。

余與公同歲舉於鄉,因得獲交于公,知公最深。因諸孤之請,乃叙其生平本末如此。配李氏,故廣東巡撫恭毅公之女,封一品夫人。子八,元齡,官江蘇吳江縣知縣;元恩,道光辛巳科舉人;元喜,兩淮候補運判,餘俱先卒。孫六,震,浙江候補運副;咸、孚、頤、壯、觀,俱未仕。曾孫二,九疇、九韶。孤子元齡等於某年某月某日葬公於某原。予衰年不能遠涉會葬,乃先期作志,且爲之銘。其詞曰：

彭城華胄，著在漢京。惟歆與向，經術修明。哲人相望，歷二千齡。篤生我公，大振家聲。初登館閣，傾動公卿。黼黻皇猷，翊贊隆平。燃藜秘閣，珥筆明廷。燕許手筆，萬彙心傾。伯夷典禮，呂伋掌兵。總持著作，載佐銓衡。輶軒四出，網羅俊英。纖塵弗點，虛堂鏡明。君子豹變，履險亦亨。鴻文壽世，春麗鯨鏗。不懈及古，班揚抗行。英文妙墨，模楷後生。大江之濱，鬱鬱佳城。卜云其吉，山高水清。左林右泉，是經是營。子孫無斁，長享利貞。

俞封君墓表

《易》曰："積善之家，必有餘慶。"夫人脩身踐行，制節謹度以教養其子弟，鄉黨稱爲善人，則天之報施，若可操券而待。非人欲責報於天也，積厚者流光，其理固如是，若封君俞公之事可述焉。

公諱世隆，字盛初，甘肅寧夏人，其後移家平羅。公少有至性，孝於其親，讀書通大義。弱冠而孤，生計支絀，乃慨然曰："學者以治生爲急，吾安可鬱鬱久居於此？"遂棄儒業而服賈於平羅。平羅距寧夏百里而遥，公慮定省之或有闕也，因迎母杜安人就養焉。平居慎交游，以信義自重，取與無所苟，言動必依禮法。見人有過，輒面規之，人多憚其古直，亦未嘗不肅然起敬。配唐氏，繼配赫氏，皆淑慎宜家，克佐内政。赫宜人有丈夫子五人，長德涵，次德淵，次德源，次德洵，次德清。公之教諸子也必以義方，自童稚以至成人，不少假借，雖尋常起居，尊卑長幼之禮秩然，不令纖毫有失。嘗謂"古人多男，必各授之以業"，故令德淵、德洵力於學，而令德涵、德源力田治生。

嘉慶丁卯，德淵舉於鄉，丁丑成進士，選庶吉士，改知縣，歷宰荆溪、長洲二邑，遷蘇州府督糧同知。德涵以弟官封文林郎，德洵亦補寧夏縣學廩膳生。弟兄濟美，堂構一新，若《文言》所云"積善餘慶"者，此其徵與？當道光三年，吳中歲祲，維時德淵方宰長洲，請於上官，緩催科之令，賙賑兼施，復出私財爲邦人倡，以助夫官賑之不足，貧民賴以存活者數萬人。大府舉荒政之善，首及之，以告於朝，晉秩五品。他如文廟歲久朽敗，則捐俸葺之，祭器未備，則捐俸置之。歲當賓興，擇諸生之嚮學者，助其資斧。凡所設施，有古循吏之風，識者知其本諸平時庭誥云。

封君生於乾隆九年，没於嘉慶十五年，春秋六十有七。元配唐宜人先卒，繼配赫宜人後公十五年而卒。德淵方晉階貳守，未赴任，聞赫宜人之訃，銜恤西歸，將奉宜人之靈合葬於先封君之墓，以狀徵誄。

惟是封君葬有年矣，未及志其幽宅，乃爲叙述其生平大略，立表墓門，俾鄉人有所矜式焉。

沈處士墓表

嗚呼！此震澤處士沈君之墓。君没於道光八年七月初九日，既卒哭，孤子寶禾等以狀來告，曰："先君吉葬有期矣，不肖兄弟不能有所成立，以光大先君之業，惟先君忠信篤敬，無閒於人言，恐碩德懿行，湮没無聞，則不肖等罪戾益深，願公爲表墓之文，以信今而傳於後世。"寶禾游於吾門也久，予與君有通家之誼，習聞其生平行誼，辱承其請，不敢辭。

按狀，君諱洽霖，字宗海，號藝圃。幼本名江，後出爲從父豹後，改名邦榮。既爲太學生，又改今名。先世出明副使啓之後。祖守義，父光珠，皆以儒業世其家。伯兄汝霖官徽州府訓導，仲沾霖官寧國府訓導，君其季也。

少孤，依兩兄以成立。讀書通大義，游於童子科不售，輒棄科舉業,有四方之志。維時舅氏王公曾翼觀察西寧,君往依之。乾隆甲辰歲,甘肅回民田五作亂,薄蘭州,君隨太守張公巒憑城固守,晝夜弗懈。時觀察王公方治戎務,倚君如左右手。君左橐鞬,右橐筆,馳馬上下峻坂如飛,觀者皆心異其能。賊平,歸家省母,橐中裝千金以補頻年家人薪水之費,不以自私也。

性孝友,兩兄常宦游於外,君主持家政,無私財。生子六人,課以儒業。長寶禾,次毓秀,次毓和,次毓馨,皆博士弟子。其幼者毓椿、毓松亦業儒。孫四:熊師、燕侯、羔卿、驛臣。君配孫氏,克勤克儉,相夫教子,以閑其家,先卒。孤子寶禾等將於道光某年月合葬於某阡。爰表諸樂石,以示方來。

張君墓志銘并序

縣有令,古諸侯之職也。天子付以司牧之任,有分土,有分民,此非奇材異能之人可以勝任而愉快,必得悃愊無華之士,休養生息,日計不足,月計有餘,庶幾成古循吏之治焉,若餘杭令張君非其選與?君諱吉安,字迪民,號蒔塘,吳縣人。清門令德,世守儒業。曾祖某,國子生。祖某,乾隆壬申恩科舉人。父某,以君貴,封文林郎。

君少穎悟,讀書習科舉之業,兼工詩善書。乾隆丁酉,年十九,舉順天鄉試,乙卯以大挑一等分發浙江,以知縣用,歷署淳安、象山、新城、永康、麗水、浦江,所至有聲。補餘杭,至嘉慶己巳,因親老思鄉土,遂引疾歸。

君之為政,一以慈惠為本,不沽名,不喜事,與民相安而事無不舉。初任淳安,仰海忠介之風,以廉節自厲,賦詩見志。其在象山,地瀕大海,民俗強悍,且其時海氛未靖,督師者獲洋盜即付縣勘訊,積至二十餘案,獄囚數百人,君一一虛心研鞫,無枉無縱,盜風亦熄。其在永康，蛟水陡發，田廬蕩析，君設廠棲流，煮粥以食餓者，收葬浮屍，凡所設施，雖請於上官，皆不待報而徑行，上官亦鑑其誠而嘉許之。其在麗水，適逢大旱，君設壇於郊，率士民虔禱三日，而大雨霑足，百姓歡喜鼓舞，以爲皆都君誠感所致。其在餘杭最久，縣俗素健訟，君終日坐堂皇聽訟，如與家人語，必得其情而後已。民既悅服，案牘亦清。君既歸田，餘杭人猶歲時踵門，起居不紀也。君常兩爲浙闈同考官，所得皆知名士。君既歸，尋丁外艱，服闋，後以繼母在堂，遂終養，不復起。君爲人孝於父母，友於兄弟，信於朋友，終其身如一日。配王孺人，鴻案相莊，白頭偕老。子三：長光熊，次某，次某，各授以業，皆敦厚醇謹，守其家法。孫三：某，某，某。

君生於乾隆二十四年，卒於道光九年，春秋七十有一。孤子光熊等將于十年九月十一日葬公於吳縣珠圓山之原，先期乞表墓之文，乃揭其崖略如此，且爲之銘。曰：

聖門論政先善人，官既慈惠民必親。清河賢人召杜倫，讀書稽古師良循。仁風所被萬物春，四境以內無寃民。虛堂明鏡絕垢塵，絃歌三徑安其貧。佳城鬱鬱宰木新，哲人御辨歸其真。清風亮節虞沉淪，特書崖略鐫貞珉。

威勤公事略

公諱勒保，姓費莫氏，滿洲鑲紅旗人。祖某，父溫福，及公三世皆官武英殿大學士。

公生而智慧絕人，少多病。十二歲始就外塾讀書。年十七經義已通，應乾隆丙子科順天鄉試不中，改習清文，考中筆帖式，補中書科。文忠公傅恆賞其才，挑入軍機處行走，升歸化城同知，權絳州事。時溫公出師金川，沒於木果木之難。公丁父艱回旗，補兵部主事，升員外郎。尚書福隆安倚如左右手，兼掌四司印鑰，仍充軍機章京。乾隆丁酉，京察一等，大學士高晉方總督兩江，入覲，覿公在軍機處言事明辨，詢知姓名，請於上，遂簡授安徽廬鳳道。己亥在任，丁母憂，高公奏請留公在江蘇辦理庚子南巡大差，奉硃批"何必開此例，可用處尚有耳"。公遂由水路扶柩回京，行至山東，於舟次接奉廷寄，因俄羅斯方開市，授公爲庫倫辦事大臣，諭令不必赴行在請訓，迳至京，向留京大臣阿桂問明開市事宜，即行赴任。並因公有代繳溫公官項未清，命授以銀庫郎中，於應得養廉內每年坐扣銀二千兩呈繳歸官，餘銀三千兩留爲當差之用。公至庫倫，經理一切邊務，悉合機宜。遷太常寺卿，賞戴花翎。

凡在庫倫八年，商夷悅服。其地無廨宇，公教蒙古匠人斲木造屋，以代穹廬，塓土爲坑，燃以薪。由內地攜鴨卵、雞卵，就熱坑伏之生雛，長養以充饌。又編柳枝爲筐，實以土，投蔬菜之種，沃水而烘之，皆萌芽長發，由是有蔬食。其地水中多魚，蒙古人不解捕，公命家人結網以漁，烰人乃給于鮮。蓋公自知爲上所任，故爲此久安之計也。

丁未，上授公爲兵部侍郎，綫一年，簡授山西巡撫。又一年，升署陝甘總督。公在甘肅十年，時甘省兩經回人之變，又以監糧大獄之後，官民交困。公到任後，體察衆情，休養而安息之，吏治民生，漸有起色。然邊境土瘠民貧，陝甘二省歲賦積逋至四百萬，公於甲寅歲入覲，請於上而除之。其回任，兩省白叟黃童迎於道中，千里不絕。

六十年，奉旨赴楚南苗疆，協辦軍務。嘉慶元年，調雲貴總督，勦捕猓黑。未竣事，移師勦貴州小竹山教匪，又移師勦湖北黃柏山教匪。二年，貴州狆苗韋七緱須謀娶苗女王囊仙，煽播妖言，糾衆滋事，據關嶺普坪爲門户，擾及南籠，上命公率師往勦。公至即解南籠之圍，而關嶺地極險峻，兩山夾峙，其上苗寨林立，中通一線之

781

路十五里，所謂"一夫當關，萬夫莫開"者也。公欲進兵，翼長常明持攻心之説，遣人往諭之，苗人不受撫，且肆嫚語，公不知也。有守備田朝貴以其事聞於公，公遂檄翼長進兵，翼長持不可，公怒曰："微翼長，吾豈不用兵乎？"立傳號令，點集兵丁，定於八月十五夜發兵。是夕，天大雨如注，將士袴褶皆濕，公心方懊惱，豈知苗人以中秋佳節且雨不設備，官兵入關嶺若無人焉者。兵既出險，天大霽，萬里無雲，月明如晝，公大喜，督兵如牆而進，圍洞洒賊巢，鎗礮並發，苗人始驚覺，請降。公斥曰："早不降，今兵已合圍乃欲降，不可信也。"公坐坡上，督兵四面環而攻之，擲火彈，焚其寨，寨中火起，器聲震天。王囊仙毀柵竄出，總兵永寧生擒之，并於當丈賊巢，搜得七縐鬚，解京正法。上嘉公之功，封一等威勤侯。別有巴林苗人王抱羊與王囊仙同叛，公又移兵殲除之，㹞苗平。

　　公赴雲南總督任，其時，川楚白蓮教妖人作亂，陝甘總督宜綿統兵勦之，日久不能平。上命公代宜綿總統軍務，公遂入蜀，尋調四川總督。維時教匪共有十號，賊首四十餘人，彼此不相統屬，四路焚掠，蔓延四川、陝西、甘肅、湖北、河南五省。公至蜀，申明節制，痛飭軍營積弊，將弁知警，漸有奮勇出力者。王三槐者，東鄉白號之賊也，與同號賊冷天禄盤踞安樂坪，有貢生劉星渠與三槐素識。東鄉令劉清令星渠招撫之，三槐偕星渠詣大營請降。公諭令呈繳鎗砲器械，并將賊衆花名造册呈覽，以憑遣散安插。三槐雖受撫而冷天禄不從，往返再三，迄無成説，公慮其反覆，遂執三槐解京。上嘉公之功，晉封一等威勤公，時嘉慶三年八月事也。

　　四年春，睿皇帝親政，授公經略大臣，總統五省軍務。公受命駐劄達州，居中調度。有副都統福寧者，在達州辦理糧餉，其人往時曾任甘肅布政使，與公積有嫌隙，是時蜚語入告。上震怒，以威勇侯額勒登保代公爲經略，吏部尚書魁倫爲四川總督，將公逮問治罪。魁倫遂坐公失機擬斬，請即在成都正法，上以爲罪不至此，命解交刑部。

公既去蜀，而蜀中軍務無主，賊乘閒復熾，額侯與魁督不相能。是冬，額在南江勦賊失利，寄信與魁索餉，魁謂川北路梗不能通，必先肅清運道，然後餉可往。額於是大愠，謂"陝省賊情緊急"，遂悉統精銳之師過陝，而以老弱四千人付魁接辦川中殘匪。魁不察賊勢輕重，於五年元日接受其事，遽領兵欲行。有侍衛春寧方在達城養傷，謂魁曰："此等疲兵，如何殺賊，往即潰矣。"魁始有懼心，因在達州城外十五里之雷音鋪駐師十三日，檄調總兵朱射斗之兵為前敵。及朱至，於正月十四日啓行，而賊已於是日由定遠石坂沱偷渡嘉陵江，擾及川西矣。朱射斗追賊，及之於蓬溪，乘夜進兵，陷入賊中，後隊提督百祥不及援，朱遂陣亡。魁本不能軍，及朱亡，益失所倚，遂退守潼川河。潼川縣亘千餘里，兵分見單不能守。賊至南充，欲渡無船。射洪縣之太和鎮臨河，與南充遥遥相望。維時射洪令苻元魁方禁渡，而劉清於時已升道員，帶領鄉勇五百人至河干防守，南充難民呼號求渡。劉曾任南充，憫其民，放江船三十號，接引過河，不意賊匪混迹其中，是夜即在太和鎮放火殺人。此地居人未經兵火，猝聞賊至，驚竄四散，賊遂全夥渡河矣。其時渡河之賊共有五股，通江藍號冉添元、達州青號徐添得、太平黃號徐萬富、奉節線號陳得俸、襄陽黃號樊人傑、雷士旺等，擁衆數萬人，川西州縣皆被焚掠，直擾至金堂，成都戒嚴。事聞，上始知公前此治戎無悞，遂釋其罪，賞給藍翎侍衛，仍命赴蜀督師。時川中已經參贊將軍德楞泰於馬蹄岡將冉添元臨陳生擒，餘匪仍回川北。公至，撫輯被賊州縣，分設兵勇防守嘉陵江，川西南由此無事。公再至川後，兩年中，歷署提督、將軍，最後實授總督，而事權始歸於一，其閒漸加四品、三品、二品頂帶。至六年冬，公督兵於川北盧家灣，生擒賊首冉學勝，然後復一品頂帶，封男爵，世襲。

徐添得者，蜀中倡亂之賊也。六年秋閒，參贊德楞泰在湖北殲其弟徐添眷，悞以爲添得，遂入告，并傳首達州亭子鋪起事地方梟示。七年春，總兵田朝貴生擒徐添得，解送大營，訊實無訛。公曰：「參贊大臣所殺賊尚涉於虛，天下人聞之必以爲口實，毋乃有傷國體。」乃將其人凌遲處死而不以入奏，由是額、德二帥皆以公爲識大體，不與人爭勝，從此一切和衷集事矣。八年冬，賊平凱旋。

公在蜀十三年，其後有知縣某耽酒廢事，公參革委員接替，某匿印不與，公怒而遣武弁往執之。又省城錦江書院肄業生員有聚賭者，公至院課諸生，知其事，當時斥其人，加以杖責。又資州小試童生罷考，公查出爲首者，置諸法。於是相傳公綑知縣，打秀才，殺童生，造成《蜀都賦》一篇，傳聞入京。上欽差大臣往詢，皆有其事，而未嘗枉法也。上不之罪，尋召爲尚書，晉大學士，因事革去。十六年，簡任兩江總督。秋，內召，仍授武英殿大學士，總理吏部。未幾，公以兩目失明致仕，年八十而卒。卒之日，口授遺疏，及處分家事畢，告諸子曰：「吾將以今日午時長往。」衣冠，扶至中堂，及午奄然而逝。公既沒，奏聞，有旨晉封一等侯，照例給予卹典，命皇四子往奠茶酒，諡曰文襄。子英惠襲三等侯。

予在蜀戎幕，日夕侍公，得公生平最悉。公於國史當有傳，而未必能纖悉具備，故序其事略如此，俾其子孫有所考焉。

餘杭縣張君事狀

君諱吉安，字迪民，號蒔塘，吳縣人。祖鵬，乾隆壬申恩科舉人，不樂仕進，以名孝廉教授里中，一時名士皆出其門，學者稱爲楚門先生。考王茂，讀書厲行，不治生產，家以中落。

君少穎悟，紹承家學，早工科舉之業，工詩善書。年十七，即游京師。時嚴愛亭、陳永齋兩先生方在詞館，皆楚門先生門下士，君因從之游，故學問文章俱有根源。乾隆丁酉，舉順天鄉試，座主爲梁文定公、阿文恪公，房考爲涪州周東屛先生，時君年方十九，識者皆以大器期之。會試屢薦不售，久客都下，藉館穀以自給。乙卯大挑，分發浙江，以知縣用。君以家貧親老，急于祿養，遂之官。時秦小峴司寇方觀察浙西，與君素不相識，一見獨器君，游揚于大府之前，爲他年循吏、儒林必兩兼之，以是每遇劇邑需才，必首及君。而君輒辭勿就，上臺亦勿之強也。是時浙中清查倉庫，方重彌補，同官往往以此見長，君嘗力言於大吏之前，謂："清查既核有確數，已可杜其續虧，當此大法小廉，宜與民休養生息爲急務，此無形之彌補，實有益于治道。如以彌補多寡爲優劣，恐風氣所趨，必人人以掊克爲事，非爲國保民之道。"上官雖韙其言，而亦不能用也。

嘉慶丁巳，署篆淳安，明海忠介曾宰是邑，君喜筮仕之初，幸得前賢舊治，下車日首謁忠介祠，賦詩見志。其爲政也，不沽名，不喜事，與民相安，而事無不舉。是秋調署象山，地濒大海，民俗強悍。時海氛未靖，閩浙舟師連檣寄碇於縣屬之石浦地方。君乃力懲海濱剽悍之俗，終君之任，邑人無通盜濟匪之事。舟師在洋獲盜，即移縣勘訊，不數月，多至二十餘案，犯衆至數百人，君一一親鞫，無枉無縱，盜亦漸弭。其年風潮傷禾，請緩秋賦，以蘇民困。尋以遣犯脫逃，鐫級已未復原官，即攝新城篆。時方治漕，累民之弊，悉除之，民皆稱便。雖在任不久受替，而其民至今尚有去思。

庚申春，移任永康，甫三月，蛟水陡發，田廬蕩析，死者相枕藉，同時被災有二十餘縣之多。永康適當下游，災最重。向例勘詳待報，始給撫卹。君不拘成例，先爲之設廠，榜流煮粥收養，棹小舟多載餅餌以食就，人全活甚衆。撈浮尸厝義阡，人以不遵成例，恐致賠累爲慮，君則以救民爲急，不暇計也。躬履危險，寢食俱廢。浙中前此偶有偏災，不過撫卹蠲緩，從未有給賑之事。觀察某公臨縣，執水荒一線之說，民情洶洶不安，賴君平時信於民，一言而解。其時浙撫阮芸臺中丞素重君爲人，親履災區，分別賑卹，一如君議，民心始安。於是埯埋有資，修房有費，墾田有本，耔種有糧，賑郵並行，不濫不遺。又將應賑戶口銀米數目榜示通衢，以杜胥吏侵欺之弊。是役也，自夏徂冬，心力交瘁，遂得脘痛之疾。及瓜代有期，大府慮新令與民未習，仍委君一手經理賑務。至次年三月，展賑事竣，始息肩旋省。去之日，百姓攀轅臥轍，填塞道路，焚香頂祝者，至離縣數十里不絕，有泣下者。

是年夏，處郡大旱，麗水尤甚，大府以君素為士民悦服，遂委攝麗水。下車之日，步禱于神，甘雨大沛，秋獲豐收，民安其業。緩於催科，勤於撫字，賦無缺額，百廢俱興。其間創建文昌宮，脩葺秦淮海祠，衆情踴躍，民忘其勞。壬戌夏，久旱不雨，地處萬山之中，無水可引，秋禾將槁。聞永嘉貢生童君有禱雨之術，專价往迎之。君茹素虔禱，憂形于色。童謂："旱象已成，惟君愛民，若是宜可感召。"禱不三日，大雨沾足，轉歉為豐。麗邑萬山環抱，土瘠民貧，官斯土者，戚戚如遷謫，而君獨喜其人情淳樸，政有餘閒，故宦游之作，惟在麗邑獨多。

癸亥春，改署浦江。時浦邑連被水旱，君力任救荒之事，運米浙西，減價平糶。凡不逞之徒，藉災擾累良民者，嚴繩之。災黎無告者，恩撫之。不兩月，二麥有收，四境帖然，人咸以君實心實政有以感召天和也。是冬補授餘杭縣。餘杭去本籍近，君養親官舍，極天倫之樂。縣俗健訟，君日坐堂皇，自辰及暮，開心見誠，隨事化導，懲其訟師數人，不數月威信大彰，積牘一清。教士養民，至周且備，修河堤以護農田，葺學校以興文教，廣延名宿編輯邑志，表彰節烈以厲風俗。甲子夏，雨損禾，設廠平糶。乙丑春，雨為災，分鄉煮賑，濟貧保富，邑人大康。縣境多山民，藉竹筍之利，每有盜掘者，民甚苦之，君設法禁絕。邑多名迹，次第脩復，接引士人，洞悉民隱，久而訟庭若水。君自題楹聯云："不沽名敢不顧名，斯言可佩；無廢事亦無喜事，我職當脩。"可以見君之為政矣。有時因公赴鄉，不攜僕從，乘山輿，坐僧房，蔬食布被，君自忘其爲官，民亦忘其爲官也。甲子、丁卯，兩爲浙闈同考官，多得知名士。餘杭當天目下游，萬山之水，皆匯于邑之南湖，泥沙停淤，湖底日淺。君相度地勢，方欲召匠燒磚，使泥去湖深，爲水旱之備。而其時封公年高，頓思鄉土，君乃於己巳秋引疾去官，奉親歸里，未竟其事，民甚惜之。去之日，士民奔走攀戀，如去永康時。是冬，封翁即世，居喪哀毀如孺子。以繼母年高，遂無出山之志。家居養母十有餘年，道光丁亥冬，太夫人以壽終。君年已七十，白首搶呼，哀如所生。從此精力頓衰，戊子十二月二十八日，太夫人小祥，君感傷而病，至正月初三日卯時遂卒，春秋七十有一。

君天性純孝，篤于友愛，自奉儉約，食無兼味，一敝裘至數十年，而理所當爲者，雖多金不惜。君宦歸，卜宅盤溪，以老屋讓弟獨居。周郵親族必盡其力，族有節婦皆爲表揚，停棺未葬爲之卜地。弟婦先没，遺命爲之營葬。妹適吳氏，貧而寡，歲時餽問不絶。君清操自守，餘俸無多，不足以供饘粥，故其初歸，即令諸子各謀其生，自乃節衣縮食，以敦任邮之誼，此豈常情所能及哉？没之前一日，題詩贈淡雲和尚，手書于軸，筆力蒼勁，不減平時。自製挽句，云：「宿世不忘貧衲相，十年有負宰官身。」臨終端坐而逝，神明不亂。其來去了無挂礙，知其生有自來，其去有所歸矣。

予與君締交五十年，熟知生平本末，故叙述其事，以俟當世立言者採擇焉。

補遺

阿育王傳序

昔如來遇德勝小兒，弄土爲戲，見佛三十二種莊嚴妙相，遂掬倉中之土以奉世尊。是小兒者，以是因緣，得爲轉輪聖王，即阿育王是也。其後佛滅度於雙樹下，其徒以彼家法荼毘之，收得舍利三斛。阿育王運其神力，一夕造八萬四千塔，一塔一舍利，散布十方世界而爲供養。其在中國者，寧波阿育王祠所藏舍利塔是其一也。阿育王之父爲頻頭莎羅王，母爲婆羅門女。阿育王初任殘殺，其後深信三寶，得證善果，則所謂"放下屠刀，立地成佛"者也。

此《阿育王傳》出釋藏中，西晉時三藏法師安法欽所譯。嘉慶乙亥，刻於吳門虎邱小普陀，主僧乘戒屬予爲序。予觀其卷首已有金華宋學士之序矣，可無贅言。惟是予往遊于鄞，曾至阿育王祠瞻禮舍利塔，親見舍利金色光明，當時贊歎，至人現化不可思議。今又得此傳，具詳阿育王奉佛始末，因緣相生，不可以無言也，因允乘戒之請而作後序。

憶秋館詩序

善乎！陸士衡之論文也，曰"詩緣情而綺靡"，蓋詩之爲教，必發乎情而止乎禮義，然後溫柔敦厚之旨，抑揚反覆，其感人也易入，是固非矜心躁氣所可襲而取也。汪氏允莊以《憶秋館詩》一帙示余，其詩爲婁東顧君叔度所作。予展卷讀之，其旨遠，其詞文，上接武于齊、梁，下擷芳於溫、李，無世俗叫囂之習、鹵莽之氣，渢渢乎有古風人之遺音焉。

夫詩教之流傳也，凡經數變，自有宋蘇、黃二公崛起，以沈博絶麗之才，運以磊落英多之氣，將欲驅使六經，囊括百家，此固極《風》《雅》之變，而古人溫柔敦厚之意蕩然無存矣。元遺山"滄海橫流"之歎，良有以也。今顧君所作，斂才就法，躁釋矜平，讀其詩不知其情之生文與，抑文之生情也。質諸古人溫柔敦厚之旨，殆庶幾焉。

余未稔君生平，然聞君向游於頤道先生之門，獲其緒論爲多，始知操觚一事，必有師傳，瓣香所在，夫固非苟焉而已也。

788

獨學廬餘稿

嫡庶論

古今亡國敗家之事，人人知誤於小人而不知誤於君子者正復不少。嘗觀有明中葉以後，而不禁喟然太息也。當神宗之御宇也，歷年最久，其季年鄭妃最有寵，所生子福王駸駸乎有奪嫡之勢。維時衆正盈廷，所以羽翼太子者無所不至，防鄭氏作奸，催福王分藩去國，爭梃擊之獄，爭妖書之獄，凡以爲太子也。及神宗崩，太子即位，甫及三月，漁於色而喪其身。夫福王雖未必能賢，而光宗之不肖，則有徵矣。然則"立嫡不立庶"之說，其可執耶。

光宗既殁，熹宗尚在沖年，楊大洪等奪太子於選侍之手，扶掖而立之。未幾，而客、魏用事，群小人輔之以助其虐，幻綱大亂，向之所謂"正人君子"者，無不橫被蜚語，遭其毒手，而熹宗尸位，若罔聞知。如是者七年，國脉已壞，人心已變，及莊烈繼統而事勢已不可爲矣。假使光宗初崩時，早援信王而立之，則無客、魏之禍，明之亡，或不至若是之速也。蓋莊烈雖不足爲賢聖之君，然其優於熹宗也，不待智者而辨之矣。然則"立長不立幼"之說，亦不可執也。因而思殷周之閒事，紂之未立也，太史執簡而爭之，乃紂立而殷亡。設使其時，舍嫡立庶，以微子繼帝乙之統，殷未必亡，而周未必興也。以此與明事相證，則諸君子之過，又何所辭？然則身爲大臣者，當國事危疑之際，將何術以處此？曰："不惟其嫡，不惟其長，惟其賢。"

河漕論

河、漕二事實爲東南大計,古今論者皆曰治河兼治漕,此書生耳食之論。

夫治河以治漕,乃指先代之漕而言,非所論於今日也。明以前,東南之漕既由清江出口,必溯黃河逆流而上七百里至韓莊,然後入北運河,故黃河因漕而治也。自明時,開通皂河,漕艘由此而入,而所行黃河不及三百里矣。自康熙間,開通中河,而漕艘可以截流而渡矣。今日由運口達楊莊,不過十里,所仗黃水浮送之力甚屬有限,安用費此無窮之力哉？近歲黃水常患其強,淮水常患其弱,不得已而爲引黃濟運之法,而運河常受倒灌之患,又不得已而爲倒塘之法,築壩拆壩,工費無窮。運河日見淤墊,此其計愈變愈拙,而淮民歲受昏墊之苦不可勝言矣,此治河之無策也。至於漕,蘇、松、嘉、湖四府,歲賦當天下之半,近歲旗丁藉口於過淮之難,津貼之外更求津貼,牧令無此多藏,則必轉取諸民編戶,歲賦或加至一倍有餘。區區窮黎何能堪此,卒之爲牧令者處脂膏而不能自潤,徒竭百姓有盡之精力,以填旗丁無涯之欲壑,繼長增高,靡有底止,此真官民交困之時也。不及今早籌變計,必有噬臍之患。其變計將如之何？

考古今漕政,其法屢變,惟轉般之法行之最久。先代淮安、臨清、德州皆有倉廒,自蔡京定直運之法,古法遂廢。今亦不必盡復古制,但改爲南北分運,於淮安地方擇高爽之區,分建倉廒五六千間,令江南、江西、浙江三省州縣應運之米徑解淮安,由漕運總督驗收歸倉,其運費即由州縣於應解漕項銀內酌扣若干充用,其餘仍解總漕衙門存貯,散給旗丁,以充運通之用。每歲丁船回空,至黃河而止,停舶河干受兌。由淮安至通州不過二千餘里,四個月可以往還,轉運既速,而旗丁雖刁悍,斷不敢向總漕需索陋規,如此則官民之累皆除,而河、淮二水分行,省三閘三壩啓閉無窮之費。

孟子曰"排淮泗而注之江",蓋禹之舊迹,淮本入江,自漢季陳登築高堰截淮東行,而淮始竟達於海。其後宋時,河奪淮口,淮水無地可容,百般爲患。今若順淮水入江之性,與河分路而行,河自河,淮自淮,不必問其清黃强弱,則淮治而河亦治,河治而漕亦治矣,所謂一舉而三善者,此也。至兩湖距淮安較遠,運送爲難,考其米數不及二十萬石,莫若改徵折色,或交總漕衙門採買解通,或徑解京採買,皆無甚關係,不待多籌者也。

夫婦有別解

或問夫婦有別,其義云何?予應之曰:善如爾之問也。《禮》所云"夫婦有別"者,匪曰夫與婦當如何有別也,以爲男子各有其婦,女子各有其夫,截然如此疆彼界之不可越,此之謂夫婦有別。至於男女居室,人之大倫,一有夫婦之名,則同牢而食,合巹而酳,生則同室,死則同穴。古人云閨房之内事有甚於畫眉者,而何別之有。若夫《曲禮》所云"男女不雜坐,不同椸枷,不同巾櫛",此指凡人言之,非所論於夫婦。故經文言男女,不言夫婦,其義可知也。

原夫太古之初,天開地闢而人生焉。其生也,不知其何所從而來也,芸芸之衆,但與蜎飛蠕動者,自生自息於天壤之間。未有宮室,露處焉而已;未有衣裳,裸逐焉而已;未有伉儷,野合焉而已。有聖人作,定爲婚姻之制,名之曰"夫婦",而族姓以分,由是有夫婦然後有父子,有父子然後有兄弟。幼有所長,老有所養,三綱五常,垂之萬世而不可易。故曰:"夫婦,人倫之始也。"《中庸》云:"君子之道,造端乎夫婦;及其至也,察乎天地。"此之謂也。漢時諸侯王有禽獸行,則削其職,奪其地,誠惡其男女無別,同乎禽獸之行也。

今四裔之人,有父死而妻其後母者矣,有兄弟數人共一妻者矣,習俗相沿,恬不爲怪。又其甚者以其妻女侍奉喇嘛,以爲榮,彼豈獨無人心乎？胡爲乎甘蹈禽獸之行而不知恥也。良由其人未聞中國聖人之教,故安於習俗而不悟其非耳。然則夫婦有別一語,其所關係於世道人心,不綦重哉！

與潘公子論文書

昨蒙惠示大稿,弟紬繹數過,仰見老世臺識解高超,訓詞醇正,業已升古作者之堂,而將入其室矣。老世臺既以古人自命,弟亦不敢以世俗貴介公子相待。卷中諸公評贊已繁,似無須弟再著重儓之語,則姑以弟一己之管見言之。

古文一事,弟弱冠之年即有志于此,今將六十春秋矣,此中甘苦,約略能言。先輩論古文有"唐宋八大家"之說,其實卓然自立者,不過韓、蘇、歐陽三家耳。就此三家中,又有分別,昌黎之文雄深雅健,其才固出乎衆人之上,然立言往往有不合乎中道者,如《原道》爲集中第一篇大文章,而開手"博愛爲仁"一句便錯。孔子言仁不一端,或曰"好仁不好學,其蔽也愚",或曰"惟仁人能好人,能惡人",夫豈博愛之謂？其《送孟東野序》云"大凡物不得其平則鳴",此止可指變風變雅而言,非風雅之正軌。篇中又云"咎陶禹在唐虞爲善鳴者",夫禹皋身逢堯舜之主,都俞一堂,有何不平之鳴耶？至於其詩,亦有不愜於鄙意者,如《羑里操》云"臣罪當誅兮,天王聖明",讀者或嘉其立言有體,實則似是而非也。嘗讀《大雅》之詩曰"文王曰咨,咨女殷商。曾是彊禦？曾是掊克",又曰"女炰烋于中國,斂怨以爲德",又曰"顛沛之揭",其所述紂之無道,若言之惟恐不盡者。此詩雖非文王所作,亦係周、召諸公擬議之詞,蓋事君有犯而無隱,古人之直道如是,豈有天王聖明之說耶？若文王真以紂爲聖明,則爲不明；若明知紂之不善而姑謂之聖明,則爲不誠。不明與不誠，皆非聖人所當出。又韓公《石鼓歌》云："孔子西行不到秦，掎拾星宿遺羲娥"豈《詩》三百篇皆不過衆星之類，必如石鼓之辭，始爲日月經天之文耶？此皆但顧尊題而忘其輕重之分量，所謂以詞害義者也。又其文一則曰已之道乃夫子、孟軻、揚雄所傳之道也。

夫揚雄者，朱子《綱目》所斥爲莽大夫者也，有何可傳之道？而乃與孔、孟並稱耶？一則曰"孔席不暇暖，墨突不得黔。"彼墨翟者孟子所斥爲無父之人，而距之惟恐不力者也，安得與孔子同年而語乎？昌黎又嘗曰"世無孔子，不當在弟子之列"。今日論定，昌黎果可躋於顏、曾、閔、冉之列乎？大言不慙，多見其不知量而已矣。鄙人不喜韓文之意如此，惟高明以爲何如？

至於歐陽子之文，不矜才，不使氣，粹然儒者之言。試讀其文集，欲求其一字一句之疵而不可得，夫豈他人所能及耶？坡公之文，其神俊處似孟子，其超妙處似莊周，則固得力於二書。然往往信其筆之所至，雜以游戲三昧之語，不若六一之文之謹嚴矣。即如所作《韓文公祠堂碑》，有云："作書詆佛譏君王，要觀南海窺衡湘。"夫昌黎諫迎佛骨謂之詆佛可矣，謂之譏君王，君王豈可譏耶？若君王而可譏也，則烏臺詩獄，坡公咎由自取，而非无妄之灾矣。且昌黎潮州之謫，乃觸人主之怒，不得已而行，乃曰"要觀南海窺衡湘"，豈昌黎先有南行之願，而後上此表耶？必不然矣。六一集中無此等語也。

再讀大集有論詩一篇，曰"詩以道性情，此百世不刊之論。"愚請更申一説。孟子曰"王者之迹熄而《詩》亡"，則詩者王者之迹所存也。作詩者常存一王者之迹於胸，則其詩與世道人心遂有關係。夫世道人心不過善、惡二途，詩人之言亦不過美、刺二端，但使所美者可以感發人之善心，所刺者可以懲刱人之逸志，後世讀其詩者可以論其世而知其人，此詩乃不虛作者耳。杜詩所以獨冠古今者，職此之故。然愚於杜詩尚有一二小小不滿意處，亦因其言大而夸。杜老生平每喜自命爲"皋夔稷契"，後世或信或否，姑勿深論，即如以諸葛武侯爲"伯仲之間見伊吕"，此語武侯未必受也。武侯一生以管仲、樂毅自比，未嘗自命爲王佐也，其隆中對曰"伯業可成"，未嘗以王業許先主也。其以曹操爲不可與争鋒，其以孫權爲可與爲援而不可圖，三分之局早有成竹在胸，非如韓、杜二公大言欺世者可比。

有子曰"信近於義，言可復也"，武侯有焉。人必如武侯之自知分量，然後可以無言不踐。若韓公、若杜公自命太高，難乎免於後人之非笑耳。弟少年同學惟與王君惕甫放言高論以爲常，自惕甫長逝，弟絶口不談文久矣。今見老世臺有志斯文，故傾倒其胸中之所欲言，以貢於左右，然亦不足爲外人道也。

桂馨閣記

考之《禮》，小學在四郊。古者先王制禮，將使鄉人子弟咸服習詩書之澤，明禮教而崇信義，俾夫秀良能爲士者，皆由小子以至於成人，誠盛典也。

曩時，吾鄉有六門義學，凡貧家子弟均得入學讀書。乾隆間，有太守雅公，名雅爾哈善，歸併義學，改作平江書院，而六門之學遂廢。夫書院之設，意非不美也。然必成學之士，始能入院，肄業童穉不與焉，則書院不如義學作人之廣明矣。然義學即不廢，亦僅僅惠及於東隣西舍，而家居稍遠者，勢不能來學，則培養所及，亦屬無幾。此安槎徐君桂馨閣之義塾所由設也。

間嘗繹其規條，積衆善姓所捐之金，存貯塾中公局，凡鄉人子弟貧而無力從師者，報名於塾，每節由局代致束脩之資，仍由本家自行擇師。春、秋二仲月初三日，集衆子弟考課之，讀書者驗其書之生熟，作文者課其文之優劣。優者獎之，不率教者罰之。或子弟不能讀書而習他業，亦聽其父兄自行擇師，而助其費，可謂"法良意美"矣。孟子曰"幼吾幼以及人之幼"，若徐君者，真能視他人子弟如其子弟，多方教育，以至於成人，可不謂難哉！因撰此記以示鄉人。

今巡撫程公榜其堂曰有教無類，郡守李公亦榜其堂曰存心養性，是賢大夫樂道人之善者也，例皆得書。

金氏頤園記

金君履白，婁東之髦士也。讀書積學，工於詩，其生平孝弟睦婣，敦行不怠。嘗以宗祠未立，自視闕然。道光辛巳之歲，購得城南黃氏小山堂故址，築室安主，以爲祖宗棲神之所。又拓其旁地作小園，叠石爲山，引泉爲池，一竹一石，必親爲相度而經營之。園有老桂數十株，連蜷蟠鬱，因仍其舊名曰小山，有故宗伯孫公岳頒之題字存焉。中有虛堂，取晦堂禪師與山谷老人問答之義，名之曰無隱。山館叠石爲岡，曰仙人巖。有峰昂然突出，曰小獅峰。池水一泓，澄鮮深碧，池上有磯可以濯足，可以垂釣，取莊生之語，名之曰知魚磯。其他若軒、若舫、若橋、若洞，曰檻者、曰圃者、曰榭者，皆映帶左右，足以助視聽之娛，總名之曰娛暉小墅。先生既歸道山，哲似菉薌司訓踵其舊迹而修葺之，徵記於予。

吾聞先生之始創斯園也，縣大夫林君龍光過而落之，榜曰頤園。予因思夫"頤"之時義"大"矣哉！《禮》曰百年曰"期頤"，頤也者，養也。謂人生天地之間，以百年爲期，然必善自養而後能至斯期也。《易》曰"頤，貞吉，養正則吉也"。蓋"養"之爲義，非飲食宴樂之謂，必也優游乎道德之途，饜飫乎詩書之澤，以此自養，亦以此養人，然後能守貞而逢吉也。今菉薌能讀父書，以敦厚退讓教其子孫,斯協乎以善養人之義,而紹承家法,庶幾斯人與斯園皆不朽也。是爲記。

靈巖山崇報寺舍利壇記

吳城之西四十里而近有山曰靈巖,其山四旁無岡巒相接,巋然特立於霄霓之表。山之巔有井二;冬夏水常滿,其深不可測。洵天地之奧區,山川之靈府也。山上有窣波圖,舊藏佛舍利二顆。明神宗二十二年,雷火自塔心出,塔中材木皆成灰燼,而舍利一顆僅存。寺僧收而藏之匵,外人不得見也。道光壬辰,寺僧教修心、懷教定等檢點故藏,獲一木函,舍利在焉。有湘洲居士顧君沅謀所以奉安而供養之者,乃絡以金絲,綴以銀鐘,護以琉璃之匣。其明年三月,主僧達埔于大殿之東建舍利壇而尊藏之,啓道場七晝夜,其舍利六時轉動,放大光明,五色雲氣現于山頂,海衆觀者人人殊相,皆歡喜贊歎,以爲不可思議。

吾嘗考舍利之所由來,昔者釋迦文佛滅度于雙樹下,自以三昧火荼毗其身,有舍利無算。有阿育王運其神力,一夕造成八萬四千塔,散布十方世界,一塔一舍利。其在震旦者一十有九,今他處不可考,惟在鄞縣阿育王祠者最顯於世。余往歲爲四明之遊,嘗兩至祠中,初次見舍利大如蓮實,黃金色,又有白金一綫緣其上;二次見一金荷葉如錢大,彼時曾作頌紀其事。今來觀靈巖舍利則如一大櫻桃,其色正赤,其光閃爍不定,則與阿育王祠舍利同。夫佛自滅度至今將三千年,而靈異昭著若此,夫豈偶然耶?余因思夫道之在天下也,三教同原,乃今天竺之俗不能習中國聖人之書,而釋教轉流行於中國者,所謂"固天縱之將聖,非人力所能迎距也"。或者不察,乃欲著言說以闢之,多見其不知量而已矣。

即今靈山聖迹近在咫尺,自遭鬱攸之劫,歷二百餘年,至今始顯，豈非時節因緣自有定數，天實爲之耶？凡夫何幸覯此勝因，爰識其緣起，以示方來。

觀世音菩薩銅像靈應記

道光壬辰之歲，自夏徂秋，雨澤愆期，大田龜坼，百官有司禱於山川、雷雨之祠，靡神不舉，罔有感應。顧子湘洲告余曰："光福虎山寺有觀世音銅像一尊，自宋、元、明以來，禱雨祈晴，無不靈感。"余因言於中丞林公，公即於七月二十五日遣官迎像至郡，奉安於天宮寺，衆官焚香致敬，三日而雨，初一日又雨，至初五日大雨滂沱，一晝夜四鄉霑足，溝澮皆盈，田禾有欣欣向榮之意，歲事轉歉爲豐，百姓踴躍，歡聲遍於四野。其像既寅餞歸山，而衆情思慕無已。彼寺中別有摹刻一石，顧子乃拓本裝潢，懸諸天宮丈室，以慰在城海衆隨喜之願。

予因考諸志乘，此像自趙宋康定元年出於土中，時方大旱，禱之而應。及元至正間，淫雨爲灾，禱之亦應。明宣德間大旱，禱之又應。皆刻石紀載，信而有徵。則斯像之有感即應，非偶然也。

夫國以民爲本，民以食爲天，旱乾水溢，民將無食。菩薩以無邊法力救灾恤患，成此不可思議功德，其護國佑民爲何如邪？崇飾其廟貌，虔脩其香火，國家禮亦宜之。因著此記，以示邦人。

玉涵堂詩序

昔南非朝之時，士人最重門第，所謂"南都王、謝，北地崔、盧"，其才人俊士布滿巖廊。非縉紳子弟獨賢也，蓋其生長高明之家，習聞父兄之訓，目濡耳染，其文章、經濟，自有表異於凡民者也。

吾蘇自泰伯開疆，端委而治，其子孫以吳爲姓，歷今三千年，椒聊之實，蕃衍盈升，良士名臣，後先相望，南中族望，莫與比倫明時有吳子孝，係尚書一鵬之子，由翰林起家，官至湖廣參議。夫其紹承家學，蔚爲國華，文章馴雅，模楷士林，學者私諡爲"貞毅先生"，則其見重於當時可徵矣。所爲詩有《玉涵堂集》十卷，當時鏤板行世，久而失傳。今其十世孫錫祺搜訪遺編，重付剞劂，索予爲序。予讀其詩，和平爾雅，藹藹有吉人之風。當北地、信（陵）〔陽〕標榜爭鳴之日，而能愔愔大雅，不惑於時趨，可謂豪傑之士矣。錫祺能誦先人之清芬，不使淹沒而無聞，亦可謂不忘其祖者也。爰濡筆爲之序。

藍小詹詩序

《傳》云："有文事者，必有武備。"此宣聖之言也。蓋士人學古入官，必文武兼資，而後可充卿大夫之選，非是則弗濟也。

藍君小詹，武林貴介子也。向時與予同官山左，識其人，然予不久罷去，雖知之而未盡其用。後嘉慶十八年，君方宰單父，滑臺有警，君鼓厲士民登城守陴，賊縱奸人入境，將糾衆爲內應，君廉知之，擒獻幕府，上官以爲職所當然，未曾報功於朝。天子知其才而錄其勞，擢爲膠州牧。昔人所謂"文武兼資"者，君庶幾近之。近歲，君宦成歸里，適令子子青來宰吳，君就養子舍，予因得時時與之過從。暇日，君出其平生所爲詩，斐然成集，問序于予。

讀其詩，慷慨激昂者有之，風流旖旎者有之，不名一家而自成一家，言合古風人之遺意。予因歎向日知君不深，而又幸君之出入風雅，我生尚及親見之也。君又審音識曲，於六律五聲、八音七始，咏皆能探其源流，辨其體要。每徵歌廣場，輒聆絲竹與肉之音而顧其誤。夫詩與樂相爲表裏者也。詩本性情，而樂乃性情所發越於聲容之間者。如君殆聖門所謂"興於詩而成於樂"者歟？予不揣耄荒，竊援苔岑之義，以一言弁其簡端。

汪節安詩序

今皇帝龍飛之歲，詔求天下孝廉方正之士。封疆大吏采訪其人，余因舉汪子節安以應其選。汪子不願筮仕，朝廷授以六品散官榮其身，人之稱斯舉也，以爲名實相副。當是時，余與汪子尚未識面也，蓋取諸鄉邦衆議云爾。汪子謂余能知人，惠然肯來，脩士相見之禮。從此晦明風雨，賞奇文而析疑義，以文字締交者十年。

道光辛卯，汪子歸道山，令子獻珣等欲編緝遺集，而汪子生平不自收拾，散軼已多，搜羅歷四年之久，始得詩若干首，都爲一集，將付梓人而問序於余。余因受而讀之，知其祖禰六朝，近法貞元、長慶諸賢，含茹古今，出入風雅，粹然一家之言。余嘗觀近世詩人，每喜取法於唐之韓、宋之蘇，盤空硬語，競出新奇，而緣情之義微矣。此先正所謂有韻之文，非詩也。又有好矜腹笥之富者，不問所咏何物，所賦何事，輒引經据典，臚陳滿紙，娓娓不休，六朝人謂陸士衡"常患才多"，即此類也。今汪子之詩，醇而不肆，要而不煩，言婉而多風，深有得於風人溫柔敦厚之旨，而不墮滄海橫流之習，吾知其傳於世而行遠無疑也。

松月山莊詩鈔序

予在乾隆、嘉慶間，宦游四方，嘗遍歷《禹貢》九州之境。於山則見岱、華、衡、嵩，於水則涉江、淮、河、漢。所至攬其扶輿結搆之奇，都邑衣冠之盛，物產之瑋異，風俗之繁昌，未嘗不心焉志之，發爲歌詩。及事過境遷，都成陳迹。然自解組歸田，至今二十五載，每一回想當年身歷之境，輒依依不舍，常縈於心目之間。

頃山陰陸君子敏過我，出其所著《松月山莊詩鈔》四卷見示，并索序言。予受而讀之，觀其游歷所至，蹤迹半天下，而所作於秦、蜀尤多，其所歷之境，皆余昔日所歷之境也。劍閣、夔門之險，予昔日所登臨而攬其形勝者也；武侯之祠、杜老之草堂，予昔日所徘徊瞻顧而不能去者也；文翁之石室、司馬長卿之琴臺，予昔日所訪求遺迹而不可得者也。今於君詩一一見之，此如天際故人，契闊日久，一旦歡然相接，握手道故，其歡喜欣幸當復何如？

吾聞古之詩人常得江山之助，故杜詩以入蜀而奇，蘇詩以渡海而勝。君以華年英妙之才，而所游歷若此，宜其出入風雅，成一家之言，與古人俱不朽也。爰濡筆而爲之序。

復社姓名録序

古來國之將亡，必先有黨人之禍，如漢之黨錮也，唐之清流也，北宋有姦黨之碑，南宋有僞學之禁，當時皆小人與君子爲讎，而諸君子同被小人之害。蓋薰蕕不可同器，而冰炭勢不相容，陰長則陽消，古今一轍。

至明季，復社尤其大章明較著者也。初，天啓間，忠憲高公講學於東林書院，一時學者皆從之游。魏璫執國命，欲盡其類鋤而去之。其時望風希旨者，至造爲《東林點將録》，將爲一網打盡之計。夫魏璫庸奴，安知東林爲何物？其所以與之爲讎者，乃貪位慕禄之衆小人嗾之也。及崇禎朝，而復社之獄興。復社者，太倉張溥爲之主。溥以高門華胄，文學傾動一時，其始不過二三友朋以文相會，而四方好名之士雲集響應，若水赴壑。當其大會於虎邱，聚至二千五百餘人之多，其氣燄薰灼亦已甚矣。時相溫體仁因其子之不能入社也，將興大獄，幸當時有阻之者，乃免。而皖人阮大鋮者，以魏黨削籍，遁迹南京。貴池吳應箕草成《留都防亂揭》，以申討大鋮之罪，同社諸子皆附和之，大鋮切齒焉而無可如何也。俄焉，思陵殉社稷，福王建國於南京，馬士英執政，乃引大鋮爲本兵。大鋮遂復理復社之獄，若周鑣、周鍾皆以莫須有之事罹棄市之禍，諸君子亦幾幾不免。幸我朝大兵南下，福王出犇，而其獄始解。

嘗聞孔子云"君子群而不黨"，而孟子亦以"處士橫議"爲戒。士大夫立身行道，但奉身無過之地，自不爲當世所僇辱，何必命疇嘯侶，標榜鳴高，令奸人側目而自取殺身之禍哉！《詩》曰："既明且哲，以保其身。"讀此錄者，無忘"明哲保身"之訓斯可矣。

江陰石氏族譜序

吾宗石氏得姓最古，春秋時已散見於諸侯之國，漢、唐及宋，代有聞人。今在丹陽者，以宋學士曼卿先生爲始祖。丹陽之族有三支，一閔村，一棣棠，一花園，至今合譜，歲時享祀，來會於邑中宗祠焉。其分在江陰一支，則學士之五世孫輝司教如皋，因家焉，後其子景術、邦彥兄弟自如皋遷江陰。又歷三世，有季昭者，出贅於溥渚馬氏，遂爲溥渚始祖。其後亦分三支，以華河岸爲前分，郁家橋爲西分，太湖莊蠹溪爲東分。此江陰石氏分合之源流也。子姓既繁，與丹陽相隔杳遠，遂自成一譜，不復合於丹陽之譜。

《禮》云："別子爲祖，繼別爲宗，繼禰者爲小宗。"支分則派別，勢所不得不然，夫亦猶行古之道也。今宗人雲青、雲會弟兄自溥渚來吳門，以修譜告，而索序於余。惟余高祖智遠公，明季甲乙之際，以國變出家，子孫移居吳門，歷今已一百八十餘年。雖知家本丹陽，系出學士之後，而於丹陽宗人已不能歲時通問，脩《行葦》之誼，何有於江陰分支？然自葉尋根，無非一本，收族所以敬宗，敬宗所以尊祖，禮在則然，斯義不敢忘也。因如命而爲之序。

蓮因集序

宋人謝希孟有言："自遜、抗、機、雲而後，天地英靈之氣不鍾於男子而鍾於婦人。"此雖出於一時嬉笑之言，然古今秀靈之氣實有鍾於婦人女子者，若鍾氏所輯《名媛詩歸》一書，臚列姓名，班班可考也。

張生伯冶弱冠從予游，迄今三十五年，其詩才畫筆，妙絶一時。其室人錢氏守璞，字蓮因，以咏絮之才，簪花之筆，工詩詞，善翰墨，鴻案相莊，更唱迭和，古人所稱"嘉耦"，無以過之。予嘗論古來才女，若朱淑真有其才而無其耦，若李易安有其耦而無其命，若葉小鸞有其慧而無其福。今蓮因既抱雋才，又逢嘉耦，此時從夫子之官粤西，從此江山助美，翟茀增華，文齊福齊，實有古今閨閣中所禱祀。以求而不可必得者。於其將行，出其所著詩詞問序於予，因濡筆爲此序，即以餞其行。

金氏楷體正蒙序

先正有言"讀書必先識字"，然而識字甚難。古文之流傳在世，莫古於夏王《岣嶁碑》，然此碑歷三代、秦漢、六朝，絶無一人知者，至李唐中葉始出，其真僞不可知，諸家釋文亦各有異同，則識猶不識也。自揚子雲好爲奇字，後代因之，若汗簡，若《龍龕手鑑》等書，其字皆怪怪奇奇，不適於用，由是考文之士，不得已而歸於許叔重《説文解字》一書，近代操觚家翕然宗之。然許氏之書亦有不可盡信者，如劉爲卯金刀，剛卯金刀之禁載在《王莽傳》，而許氏乃改劉作鎦；董卓時有"千里草"之謠，董字明明从艸从重，而許氏乃改董作蕫，此其謬皆顯而易見者。然則識字豈易言哉。

今山陰金氏作《楷體正蒙》一書，凡八卷，首曰"偏旁通例"，次曰"從今"，三曰"別俗"，四曰"正誤"，五曰"辨異"，六曰"通用"，七曰"備考"，八曰"雜説"。蓋博取古今人之説而折其衷，不離許氏之説，而又補許氏之所未備。苦心孤詣，誠小學之津梁也，豈止童蒙誦習而已哉！

夫古文變篆籀，篆籀變八分，八分變楷，點畫結構，已離其宗，而由委溯源，因葉尋根，尚可索考而得其梗概。否則蔡中郎之碑，識者譏其"豐""豊"不分，顏魯公署名，世且謂其不識真字。其他如以"對"爲"對"，以"洛"爲"雒"，又出於世主一時私衷，襲謬承訛，其所由來者久矣。識字不甚難哉！

重刻詩韻含英序

自吳興沈氏定"平上去入"四聲，而韻學以興，後世操觚家，奉之如金科玉律。雖然，韻學非易言也，《詩》三百篇，有天籟自然之音，楚詞漢樂府尚可與之印證。迨六朝以後，古音盡失其傳。今試言其一二，如"壽"字从竹則爲"籌"，入尤韻；從水則爲"濤"，入蕭韻，不知古時壽字何音也？"孚"字从草則爲"莩"，入虞韻；从水則爲"浮"，入尤韻；从火則爲"烰"，入蕭韻，不知古時孚字何音也？推此而言，不可悉數，不知其音何韻之有？然萬物以適於用者爲貴，則韻書亦功令之所準則也。唐時用《廣韻》，宋時用《切韻》，明時用《正韻》，皆一代功令所頒。今世所用韻書則以"佩文齋"所定之韻爲宗，"平上去入"定爲一百六部，由是詩賦家守之，若鴻溝之不可越。聖祖朝曾命儒臣輯成《佩文韻府》一書，援引百家之書，因韻求字，因字求藻，雖儉腹之人，皆能由委而得源。聖主作人之意，所以嘉惠藝林者，誠古今所希有。而山陰劉豹君約之爲《詩韻含英》，將以資初地學人捃藻摘華之助。往者士大夫家塾中必置一冊，今歲久，原刻模糊，吳生志恭重付剞劂，又以南昌彭文勤公所輯《詩韻異同辨》列諸簡端，俾學者展卷了然，不致誤讀雌霓，謬呼伏獵，其好人所好之盛心，良足嘉尚。頃請序於余，因書此，以引其端。

805

吴郡名賢補遺序

嘗曠觀古今人，雖王侯將相，當時則榮，没則已焉，惟忠孝節廉之士，其名常存於天壤之間。孔子曰"君子疾没世而名不稱焉"，若是乎名亦聖賢所甚重也。

安化陶公撫吳時，曾於滄浪亭建吳郡名賢祠，取顧氏所藏諸賢遺像鐫諸石，彙於一堂，春秋享祀，誠盛舉矣。然此外賢而無像者亦不少其人，諸同志復搜羅載籍，其姓名可考者又得五百九十六人，彙爲一册，附於前所鐫諸賢之後，俾世之人因其姓名，稽其事迹，頑廉懦立，聞者莫不興起焉，未必非世道人心之一助也。因濡筆爲之序。

圓妙觀志序

道教之興，權輿於柱史，孔子訪之，既見而有猶龍之歎，則其爲教，固與吾儒同源而異委者也。唐有天下，自以爲李氏精苗，遂尊老子爲"元元皇帝"，若《禮經》所謂"所自出之祖"，由是宫觀遍天下。迨宋真宗托天書之瑞，特建玉清昭應宫以崇奉香火，而其教益大行。凡卿相歸休者必提舉宫觀，以示不棄故舊之誼。然則道教之重於世，其來久矣。

闔閭城之中有圓妙觀，肇始於典午咸寧法門香火，歷今一千五百餘年，誠東南一大道場也。而載紀闕如，世人無所稽考。顧子湘洲，今之好事者，志在表章文獻，搜羅志乘，積有歲年，著成《圓妙觀志》一書，共十三卷，遺文軼事，小大畢載，俾稽古者了然心目之間，誠盛舉也。吾因而有感焉。

古今來帝王卿相，當其得志時，無不窮臺榭陂池之勝以自娱，乃不一轉瞬而蕩爲灰燼，鞠爲茂草。其大者若秦之阿房、隋之迷樓，下而至於石之金谷，李之平泉皆是也。惟浮屠與老子之宫，雖歷滄桑之變而不廢，其果何修而得此哉？蓋彼皆私爲一人所有，而此則公諸十方海衆而無常主，以此見獨樂不若與衆，其勢然也。而况真靈所憑，常有鬼神呵護乎。若圓妙觀一區，嘉慶間大殿燬於雷，道光初三門燬於火，吾鄉士大夫皆集衆力而脩建之，以還舊觀，亦可以悟彼教之所以長存而不廢，非無故也。因序斯志而并及之。

沈氏四種傳奇序

紅心詞客《傳奇四種》，亡友沈賷漁先生之所作也。先生名起鳳，字桐威，別號賷漁，工於詞，故自號紅心詞客。少以名家子博學工文章。乾隆戊子科舉於鄉，年纔二十有八。累赴春官不第，抑鬱無聊，輒以感憤牢愁之思，寄諸詞曲，所製不下三四十種，當其時，風行於大江南北，梨園子弟登其門而求者踵相接。歲在庚子、甲辰，高廟南巡，凡揚州鹽政、蘇杭織造所備迎鑾供御大戲，皆出自先生手筆。顧生平著作不自收拾，晚年以選人客死都門，叢殘遺草，悉化灰燼。

予歸田後，追念古歡，訪求數十年，僅得其《紅心詞》一卷，業已壽諸梓人矣。頃復得此《傳奇四種》，歡喜無量。夫傳奇雖小道，其所由來者遠矣。蓋古《詩》三百皆可被之管絃，乃一變而爲楚人之騷，再變而爲漢人之樂府，三變而爲唐人之詩，四變而爲宋人之詞，五變而爲金、元人之曲，其體屢變而不窮，其實皆古詩之流也。

先生博極群書，若出其胸中所蘊蓄，作爲文章，自可成一家之言。既不遇於時，則所有芬芳悱惻之言，一切寓諸樂府，俾世之觀者可以感發善心，懲創逸志，雖謂其詞有合乎"興觀群怨"之旨可也。予故登諸梨棗，與當世好事者共賞之，譬諸管中之豹，窺見一斑而已。

張迪民詩集後序

往予於乾隆己酉之歲，計偕下第，留京夏課，寄居宣武門外松筠精舍，與張子迪民近在比鄰，晨夕過從，修苔岑之好。維時江西劉君金門、西蜀張君舡山皆以公車在京，意氣相投，無間也。其後二十年中，宦轍分馳，忽離忽合，金門嘗謂人曰："予測交吳人甚夥，所至死不變者，惟張迪民與石執如兩人耳。"嘉慶中，予與迪民先後歸田，結社吟詩，無旬日不相見，見必清談移晷。迪民好佛書，精通禪理，嘗云："世人沈溺於名利之場，皆因我相存於心耳。"予曰："公止此一語，已得金剛三昧"，又述蓮池大師之言，曰："世人宦興濃，則去官時難過；生趣濃，則去世時難過。"故常以"放下"二字懸於座右。旨哉斯言，其平生所存可知矣。往有人問舡山作詩法，舡山曰："且讀佛書。"或徵其說，曰："讀佛書則識解自超人，未有識解不超而能詩者也。"以此語印證迪民之詩，乃得其髓矣。

今二三故人皆歸道山，惟予一老頹然尚存，收拾茂陵遺書，此後死者之責也。舡山之詩，予久授諸梓而行世矣。頃編校金門之集甫竣事，適迪民之令子光熊持其遺集屬余校定，因爲刪繁就簡，裒成一編，而題數語於卷尾，以歸之。

方親母陳夫人壽叙

嘗聞古來賢士大夫出身事主，委贄升朝，勛業著於當時，聲名傳於後世，固由德行才藝有以超越凡庸。然當其馳驅王事，夙夜在公之時，國爾忘家，公爾忘私，則所以贊欽之以底於成者，蓋亦賴有内德之助焉。

維我親家有堂方伯，少年抱磊落英多之才，負光明特立之操，乾隆己酉歲以選士起家，仕於蜀。其時西路適有廓爾喀之役，大府覘公才，即以戎務相屬。事竣，敍勞補梁山令。嘉慶初，蜀中白蓮敎妖人作亂，公督率兵勇保障一方，又勸民間築塞團練，爲堅壁淸野之計，梁山士民倚公若長城。天子知公名，屢詔襃嘉，遷忠州刺史，又遷寧遠太守，公始終未離梁山也。尋夔州闕守，其地治戎方亟，大府選擇難其人，遂移公守夔。未幾，有旨擢建昌道，大府又以夔無替人，留公於夔，直至軍務全竣，然後去。

當公之守夔也，予方守渝，與公締交於戎馬之間，傾蓋如故，申以昏姻。余以少女許字公之第四子，由是以范張之交而結朱陳之好，故於公家世德之長，內政之善，事無鉅細，無不盡知焉。公之德配陳夫人，賢似孟光，才如荀灌，與公鴻案相莊，歷三十春秋。旁無姬侍，仰事俯育之任，皆以一身肩之。其事姑以孝，其訓子以嚴。當公在梁山時，戎馬在郊，風鶴之警日聞，夫人從容靜鎮，不動聲色，籌糗糧以備軍儲，傾筐篋以募戰士。公時時率衆赴軍前，夫人常居守焉。及公由柏府而晉薇垣，屢拜恩命，事繁任劇，不暇顧及私家，夫人則儉以成公之廉，勤以匡公之所不及。有無黽勉，內政肅然。及公歸道山後，夫人移家歸止金陵，督課諸子，悉本於公義方之敎。今諸郎君以次成立，或以才猷從政，或以文章發科，濟濟一門，紹家聲而著時譽，悉由慈闈之善敎，有以玉成之也。

道光甲午孟春之月，恭逢夫人設帨良辰，子若孫製錦稱觴。《詩》云："爲此春酒，以介眉壽。"此風人之義也。予耄年不克遠涉江湖，登堂稱慶，爰製斯文，以申純嘏之祝。是爲序。

婁江送行圖序

竹香何公之治元和也，歷兩政矣。慈惠宜民，風雅愛士，凡在絣櫋內者，固已歌祝之。道光壬辰七月，將解元和之篆，而往治松

809

江之川沙。夫良吏有善政，其遷也固宜。然士民沐浴膏澤日久，不無依依之思，爰屬常熟蔣生繪《婁江送行圖》，以申朱邑桐鄉之愛，而索余爲之序。

予維作吏之難，古有成言。而尤難者，莫如縣令。國家賦税有常經，催科不如額，則考功之吏執功令以議其後。追呼稍亟，則閭閻謗讟隨之。此治賦之難也。盜賊之竊發也，無蹤緝之嚴，不免捕風捉影，而人情以爲擾，緝而不獲，又曰捕務廢弛。此治盜之難也。百姓鼠牙雀角，情僞萬端，聽訟者急則鄰於草率，緩則多所波累，嚴則近於酷，寬則又慮其養奸。此治獄之難也。今公之爲政也，不虐煢獨，不畏高明，故豪門右族或有後言，而白屋之民頌其慈惠。公善聽訟，而意常主於息訟。奸人造無情之詞以聳聽，輒不行，或兩造集於庭，公反覆勸諭之，訟者往往感而不終訟，此不矜察察之明而黎庶陰受其福者也。

歲辛卯，江淮並漲，潦水成災，流民避水，衮衮聚於吳門。大府籌所以安全之者，公昌言曰："此不可擾及閭閻也，官當先爲收養。"由是衆謀僉同，分置其人於僧寺、道觀，禁止勿游於市，每人日給錢二十，俾謀食。其後紳士有力者，亦群起而助之，窮黎免於溝壑。論者以吳門荒政爲最善，實公爲之倡也。歲值賓興，公擇士之秀良者，助其資斧，俾就試，其愛士又如此。

嗚呼！予嘗觀古今之爲吏者矣，不汲汲於利，即汲汲於名。汲汲於利，雖庸人亦知其不可矣；汲汲於名，必至違道以干百姓之譽，故爲谿刻之行，不近人情之事，以取悅於一時耳目，而其流弊有甚於嗜利者。蓋嗜利之害在一時，官去則害除。沽名釣譽之弊，流毒於後來，無已時也。我公爲政，不與人爭利，亦不與人爭名，事至而應之，常有從容暇豫之致，其亦異乎世之俗吏而巧宦者與？

予耄年伏處，不與聞人間事，而惜別懷賢，情有不能自已者，故於此卷發之，非敢納交於父母之官也，聊托於庶人之議云爾。

吳中畫派册題詞

顧子湘洲集有明以來名人所畫扇面二百二十六家，裝爲十册，編以十幹，題曰"吳中畫派册"，而索予一言。

余維世間一切事皆有淵源，畫之有派亦猶禪之有宗也。昔達摩祖師始入中國，卓錫嵩山，無所爲宗也。其後南能北秀，頓漸分宗，而曹溪傳佛衣鉢，故南宗獨盛。畫家自六朝以至唐、宋，大率北人居多，至元時四大家開山水一派，其人皆生於吳會，振起南宗。沿及有明，以至於今，而吳中畫派之盛，遂甲於天下，此湘洲表章吳中畫派之所由來也。古人用團扇間亦以書畫渲染之，有明永樂中高麗聚頭扇始入中國，今湘洲所集皆聚頭扇之面，故斷自明人而元以前無聞焉，非闕也，前此所未有也。嗚呼！繪事一小道耳，而其淵源必有所從來，況讀書談道之士而自我作古可乎哉？

湘洲向時曾集吳地名賢像，又集吳郡文編，桑梓敬恭之誼可爲盛矣。兹又集是册，俾吳中畫家能事藉此不朽，非深心大力，其孰能之？

朱節婦割股記跋

夫割股以療親疾，昔賢不以爲孝，何則？先王制禮，敦庸行而不尚奇節，毁傷父母遺體以求不可知之感應於天，非先王教人之術也。至於夫婦一倫，尤非父母可比。雖然，婦人以夫爲天，夫死則爲之服斬衰三年，則其尊與父母同矣。彼人子之割股以療其親者，實由於至性所發，而非以博孝子之名，則婦人之割股以療其夫者亦由至情所結，而非以博賢媛之名。其心但知有夫而不知有身，君子矜之，與烈婦殉夫者同論可也。

811

智永千字文跋

此文梁人周興嗣所撰。中云"閏餘成歲，律吕調陽"，二語極工。褚登善、歐陽詢本，釋藏真所書數本皆同，智永忽改爲"律名調陽"，不知"律吕"二字與閏餘作對，本極工。閏者閏位，餘者餘分，係二事。六律爲陽，六吕爲陰，亦二事。今智永改吕爲召，殆誤認餘爲虛字耳。豈知大餘小餘之數，載在《漢書·律志》，有明文邪？世人不讀《漢書》，有歎智永改本之工者，故致辨於此。

倪貞簡先生傳

倪君元坦，字醒吾，江南華亭人也，系出元高士雲林先生之後。自高曾祖父以來，世傳清德，鄉里稱爲善士。君生有至性，弱不好弄。六歲入小學，讀《論語》"吾十有五而志於學"一章，塾師講明其義，君即欣欣然有喜色，蓋志在聖賢之學，其天性然也。稍長，取朱子《小學》、《近思録》等書，録成巾箱小册，晨夕觀覽，一意以端人正士自厲。既而習科舉之業，其文以先正爲宗，不屑揣摩時尚，先後學使皆賞識之，試必高等。由附生補增補廩，以至貢入成均，然君視科名得失澹如也，惟取宋、明以來儒先語録潛心玩索，身體而力行之。既而得關中二曲李氏之書而讀之，豁然貫通，盡掃門户異同之説，因其書不甚爲世所知，乃節録四卷，名《二曲集要》，梓而行之。維時當世薦紳先生，號爲端人正士者，若湯公金釗、莫公晉、秦公瀛，皆徵取某書，分布士林，以昌明身心性命之學。

君少有略血疾，偶用心太過，即怔忡不安，因依朱子調息法，静坐以養其性，而其病霍然。其後終身行之，遂康强無疾。道光甲午，君年七十有九，精力若少壯，神明不衰。是歲夏秋間，飲食少減，八月朔，忽呼子若孫而告之曰："吾年暮氣血已盡，今雖無甚疾苦，而神與形將分離矣。"越十日而病，至二十八日口授一詩，命孫志恩就榻前録出，洋洋洒洒二百言，所言皆其一生學行得力之處。録畢自閲，言笑如常，及夜溘然長逝。

君於《老》、《莊》二書皆有注解，發明其義，蓋平生得力於此，故於死生去來之際超然若委蜕云。

論曰：昔孔子適周，問禮於老聃，而有猶龍之嘆。知聖賢之學，固有心心相印者也。至於後世言仁義者宗孔氏，言清静者宗老氏，而儒與道分矣。其後言尊德性者宗陸子，言道問學者宗朱子，而儒與儒又分矣。近世士子言經術者宗服、鄭，言性理者宗程、朱，而經學與理學又分矣。夫道若大路然，同條而共貫者也，豈有他歧哉？貞簡先生强學力行，則孔氏忠恕一貫之旨也；静坐調息，則老氏致虚守静之説也。而總之歸於脩身踐行，非禮勿爲，則萬法歸一，三教同原矣。古之人所爲脩學好古，實事求是者，先生殆其人與。

王椒畦家傳

王君學浩，字孟養，別號椒畦。先世係太倉望族，高祖賓始遷崐山。曾祖益，祖晉塡，父國華，道素相承，代傳儒業。

君生六歲而孤，母氏朱鞠育以至於成人。時陳進士嘉炎友教吴門，君受業於門下，故學有根柢，所爲文章一守先民矩矱，不以俗尚移其心。年二十二入崐山縣學，冠其曹。乾隆丙午舉於鄉，出故相朱文正公之門，是科以"鄉黨過位"二節命題，舊解頗有異同，文正主歙人江氏之説，以升堂爲路寢之堂，君文適符其説，因是鍼芥相投焉。以此見君之學有淵源也。累赴春官不第，都門大人先生争羅致之。初館於王給諫鍾健家，繼移主於周侍郎興岱。侍郎視學廣東三年，君在幕府襄其事，公明之譽滿粤東，實惟君之助。及其歸也，運河道策丹延主兖州書院講席，魯邦人文蔚然振興。晚年以母老，不遠遊。吳門劉氏延之課子，君館於劉最久，劉氏二子皆學成，有聲庠序間。

君文藝之餘，游藝繪事，山水宗王侍郎原祁，花卉遠法徐熙，不規規於形似，而別饒瀟洒出塵之致。君家有易畫軒，蓋嘗爲人作畫十幅，其人即爲築精舍三楹以報之，軒以易畫爲名，志其實也。其畫爲人矜重如此。

君奉母至孝，母壽至九十有四而終。君年亦七十四矣，尚依依如嬰兒之戀其母。地方有司以君母節孝聞於大府，請旌如令，綽楔標於間。人子事親，至是可以無憾，而君顧欿然若不足也。

君居鄉束修自好，嘗以嘉言善行表率其鄉人，修崑、新兩縣合志，建節孝祠，設義學，立敦善堂收埋道路無主之尸，凡諸善舉，皆君爲之倡。君又善長桑之術，醫門多疾，唾手奏功。其歿也，非有所疾苦。是夕，危坐榻間，忽命設二尊於几，注酒其中，未及飲而逝。其時乃道光壬辰三月十七日也，春秋七十有九。

予與君締交四十六年，知君最深，故叙其崖略，爲立小傳藏於家。

韓聽秋家傳

君諱崧，字峻維，又字聽秋，江蘇元和人。韓氏先後兩宗伯以文章勳業，垂名當世，遂爲吳中望族。

君生而穎異，少承尊甫樂餘先生庭訓，與令弟尚書對同負盛名，一時有"二陸雙丁"之目。年二十，受故侍郎謝金圃先生之知入學，裒然舉首。二十八，癸卯科鄉試，謝公復來主考，文端戴公副之。君舉於鄉，偕計入都。維時尚書先以選士觀政秋曹，樂餘翁亦就養京邸，君遂攜孥以從，父子兄弟，歡聚一堂者有年。時有禮親王聞君才名，延置賓館，教授世子。又充國史館謄錄，長編告成議叙，以知縣用。既而尚書公觀察高廉，迎樂餘翁入粵。

君六試春官不第，又丁母憂，遂南歸，歷爲大府賓客。偶患目疾，爲庸醫所誤，遽失明。君於是謝絕世緣，皈心净業，如是者三十年，清修弗懈。

君積學工文章，尤長於詩，有《水明樓集》若干卷。昔齊梁間，琅邪王氏人人有集，當世以爲美談，今樂餘翁及君與尚書各有專集行於世，論者僉曰江左青箱之業，復見於今兹也。君學佛弗克繙繹經論，則專修净土之業，一意西歸，收視返聽，性海自發光明。嘗自題齋額，作擘窠書，甚環偉，殆昌黎所云"盲於目而不盲於心者"歟。晚年自號知守老人。

道光乙未七月既望，偶示維摩之疾，自知將化，口占《辭世》詩一百字，以示性命圭旨，翛然長逝，知君自得者深矣。

余與君締交六十年，知君最深，因叙其生平崖略存諸家乘云。

王南章家傳

君諱文瑞，字南章，又字輯庭，江蘇上海人。自祖考以來，皆勤儉治生，世守清德。君生一歲而孤，母張太宜人食貧守節，藉十指紡績之力，捫攩衣食，極鞠育之勞。君少習索綯之業，業雖微，然選材必精，所製特堅韌耐久，杭海者争購之。家稍給，則結伴況海販魚鱻，繼而自造海舶，往來燕齊間，懋遷有無。誠信孚於人，生財有道，中歲遂成素封之家。

當先大夫之棄諸孤也，君尚在襁褓，念母氏之劬勞，凡所以致孝乎偏親者無所不至。當其存也，築咏宜堂於城南，以爲潔養之地。凡事先意承志，婉容愉色，務得母之歡心而後已。及其没也，建宗祠以妥其靈。綽楔旌門，又叙其節孝事迹，繪成十二圖，鐫諸樂石，嵌於祠壁，以示後人。維時邑中人議建節孝總坊，君曰："吾愛我母，凡諸節婦皆與我母同守苦節者也，於此不致吾情，烏乎致吾情？"遂獨任其事，擇地於學宮之西而營建焉。《詩》云："孝子不匱，永錫爾類"，君庶幾焉。

君自以生長寒門，一生以儉約自處，然於鄉邦公事，見義必爲。道光三年，潦水成災，君輸資助賑，大府告於朝，議叙得九品散官銜。五年，有司籌辦海運，君以自造海艘應役，復叙勞，晉七品銜。其他如脩城垣，築浦東石路以濟行人，歲荒則收養流民，遇事率先，不悋於財，終身如一日。子壽康幼年入塾，君告其師曰："身不讀書，兒輩應執何業？惟先生主之。"及壽康入學，君亦不以爲喜。累舉不第，君亦不以爲戚，曰："讀書人要在明理而已，科名得失有命存焉。"其達觀又如此。

君卒於道光乙未之歲，春秋七十有二。孤子壽康持狀來，因爲著此傳，俾藏於家。

論曰：《禮》云"素當貴行乎富貴"，所謂行乎富貴者，非席豐履厚，自誇豪舉之謂，必能分人以財，德施而普，然後爲保家之主。今王君居室不驕不侈，而於濟人利物，樂輸不倦，殆老氏所云"愈以與人己愈有，愈以讓人己愈多"者歟？善人是富，微斯人吾誰與歸？

述　　夢

余同年生李公賡芸由進士起家縣令，官至福建布政使。生平清白自勵，在閩忽有屬員訐其得賄，蓋公承造營船，匠人需工價甚急，公家人倉卒無以應，向縣中暫借三百金應用，一時未及還而知縣罷官，故有此蜚語也。維時閩督汪志伊、閩撫王兆蘭二人素忌公清名，必欲文致其獄，公憤極，自縊死。仁宗知之，褫汪、王二人之職而雪公之冤。閩人素愛公，衆醵金爲公立祠，春秋祭享。

余一夕夢公投刺，刺書"年愚弟李賡芸拜"。余夢中亦知其已故，訝其來，延之，入座，相對若平生，娓娓述其被謗之由。余勸之曰："公之受病在一'貪'字。"李愕然變色。余曰"公素以清官自命，而吾勿謂公貪，公必不服。然公亦嘗記司馬溫公之言乎'汲汲於名者，由汲汲於利也'。公惟貪清官之名，而人將以贓罪誣公，故公因貪生嗔，遂致自戕其身。公此後生天則已，若再入輪回爲人，第一戒'貪嗔'二字，勿忘吾言。"公默然不動。余曰："所言已盡，公可行矣。"公亦不動。余叱曰："命汝去則當去，癡坐奚爲？"李忽顛蹶仆於地，化爲一蛇，修二尺許，黃質黑章，蜿蜒於地。余急呼家人，屬曰："此李大人不可傷損，可藏之於匱而瘞之。"遂遽然而覺。細思此夢甚奇。夫世人以一朝之忿，蘊於八識田中，化成毒物，未可知也。此未可盡視爲妖夢，因述其異，筆之於書。

獨學廬文稿附錄

序

往予在西川奉威勤公徵入幕府，所草奏牘盈千，皆未存稿。頃於敝笥中得此數紙，附錄於文集之後，聊見雪鴻一爪云爾。獨學老人自序。

奏謝息訟安民墨刻

奏爲恭謝天恩，仰祈聖鑒事。竊奴才奉到欽賞御製《息訟安民論》墨刻一分，御製《弼教申謨》墨刻一分，謹恭設香案，望闕叩頭謝恩祇領訖。

欽惟我皇上，心誠保赤，德洽好生。統仁育義正之全功，兼道政齊刑之要術。寬猛惟人自取，未許畸重而畸輕；溫肅協天之心，所貴有倫而有要。且爲政當先察吏，息事乃得寧人。必使有司皆存明允之心，然後小民可絶譸張之習。道崇易簡，申析言破律之誅；政貴誠和，示弼教明刑之本。誠公庭之留獄，懲貪吏之舞文。此皆我皇上慈惠爲心，時幾屢省。欲庶職共知夫寅畏，故聖謨不憚夫丁寧。將見安民則惠，一夫無不達之情；折獄惟良，四海協咸中之慶。

奴才守土有年，牖民無術。恭誦宸章之雲縵，益凜夙夜之冰兢。惟有勤加考覈，先清聽訟之源；勉竭愚誠，少助祥刑之治。爲此恭摺具奏，叩謝天恩，伏乞皇上睿鑒。謹奏。

奏謝全史詩函

奏爲恭謝天恩事。竊奴才恭奉欽賞御製《全史詩》全函，謹設香案，望闕叩頭謝恩祗領訖。

欽惟我皇上，觀文成化，稽古同天。握金鏡以等百王，運璿璣而臨六合。茲以萬幾之餘暇，歷覽三古之成編。始自龍門舊史，識皇煌帝諦之全功；次及孔壁藏書，考揖讓征誅之大局。探索左邱之傳，因《春秋》而參，觀魯、晉、楚之文；披覽涑水之編，紀本末而兼及宋、元、明之迹。睿唫載賦，聖訓孔昭。本十六字之精一危微，闡寶箴於青簡；綜三千年之盛衰升降，資金鑑於丹扆。此皆我皇上學懋緝熙，道光謨烈。蘊日新之德業，宣天縱之知能。典、謨、風、雅合一書，特示建中彞訓；欽明文思被四表，如瞻復旦光華。

奴才觀海有心，窺天無術。恭繹宸章之垂訓，欽承皇極之敷言。每愧入官涖事，夙無學古之功；惟思奉法順流，勉贊同文之治。爲此恭摺具奏，叩謝天恩，伏乞皇上睿鑒。

謝賞金盒玉帶頭摺

奏爲祇承賞賚，恭摺叩謝天恩，仰祈聖鑒事。竊奴才准經略額勒登保咨稱，欽差副都統銜、乾清門侍衛蘇冲阿至營，賚有御賜奴才金盒一個，玉帶頭一個。蘇冲阿因奴才已移師川東，相距較遠，不及入川見面，將賞件交付額勒登保，專差轉送奴才軍營。奴才聞命之下，榮幸難名。謹望闕叩頭謝恩祗領訖。

伏念奴才自荷宸恩，棄瑕錄用；叨膺師旅，再任封疆。事事稟睿謨之訓廸，時時邀聖德之矜全。勉竭駑鈍，幸蔵大功。荷蒙皇上錄及微勞，特加懋賞，晉封伯爵，賞賜宮銜。凡此聖主稠叠之鴻施，皆屬奴才夢想所不到。茲復蒙欽賜存問，珍賞遠頒。祥金範器，既荷寵於天衢；良玉鐫華，更增榮於鞶帶。

奴才自問何人，竟得與經略、參贊共被殊恩感激微忱，銘心鏤骨。奴才惟有與經略、參贊同心協力，將善後事宜迅速妥辦，務臻一勞永逸，以冀少報高厚鴻仁於萬一。所有感激下忱，理合恭摺叩謝天恩，伏乞皇上睿鑒。

謝賞平苗戰圖摺

奏爲恭謝天恩事。竊奴才准軍機處發交提塘賫到御賜《平定楚苗戰圖》十六幅，《平定狆苗戰圖》四幅，謹望闕叩頭謝恩祗領訖。

洪惟我國家秉有乾之武，廓無外之模。四海爲家，六合在宥。曩者，乾隆六十年，松桃、永綏兩處苗民，搆逆滋事，蔓延及於秀山、乾州，高宗純皇帝命將徵兵，殲除醜類。兩軍會合，定籌策以攻心，三逆俘擒，正刑誅而授首。維時奴才身在行間，親覩蕆定。六師用命，真比績於鷹揚；群醜畏威，盡聞風而籜掃。至嘉慶二年，黔省狆苗不靖，奴才仰奉廟謨，恭行天罰。由關嶺普坪而克捷，遂解南籠之圍；入洞洒當丈以擒渠，並縛巴林之逆。此皆純皇帝勝算無遺，我皇上福威遠被，故得聚殲遺孽，永靖邊隅。

茲蒙頒賞戰圖，布昭聖武。璿題標首，方略即寓於詩中；彝訓裕昆，形勢如觀諸掌上。奴才披圖循迹，追維啓佑之謨；拜賜銜恩，載頌丕承之烈。欽佩感奮，莫可名言。謹恭摺叩謝天恩，伏乞皇上睿鑒。

擬平邪教摺

奏爲教匪蕩平，疆圉永靖，大功告蕆，恭申賀悃事。竊查教匪起事之初，始自奸民劉松、宋之清、劉之協等，僞習經咒，傳教授徒。愚氓無知，偶遭煽惑，莠民不靖，遂肆矯虔。自乾隆五十九年，即與

823

其徒樊學明、齊林、韓龍、謝添繡等潛謀不軌，事經發覺，衆犯伏誅。而劉之協連逃漏網，根株未盡，芽蘖復萌。迨六十年冬間，湖北宜都、竹山、來鳳之間，先後蠢動。至嘉慶元年，樊學明之子樊人傑、齊林之妻齊王氏以罪人遺孽，勾結兇徒，倡彌勒出世之妖言，造"萬利"紀年之僞號，陝西、四川二省習教之人相繼而起，蔓延及於河南。維時，楚省則有聶傑人、張正謨、覃正潮等起於宜都縣屬之灌灣腦，凉山熊道成、陳德本等起於當陽縣，曾士興等起於竹山縣，楊子敖等起於來鳳屬之小坳旗鼓寨，林之華、覃加耀等起於長陽縣屬榔坪，而樊人傑、齊王氏則勾結劉起榮、王廷詔、姚之富、張漢潮、高均德、張添倫等起於襄陽縣屬之黃龍墊一帶；陝省則有馮得仕、翁祿玉、林開泰、王可秀、成自智、胡知和、廖明萬、李九萬等起於安康縣屬之將軍山大小米溪、安嶺汝硐二河等處；川省則有徐天德起於達州屬之亭子鋪，王三槐、冷添祿等起於東鄉縣屬之豐城，冉文儔起於通江縣屬之王家寨，羅其清起於巴州屬之方山坪，陳崇德起於大寧縣屬老木園，林亮功、林定相等起於開縣屬之白巖山，龔文玉、龔其位等起於奉節縣屬之鐵瓦寺，徐添富、龍紹周、徐萬富、龔建等起於太平縣屬之城口南津關一帶。該匪等或恃其負嵎之勢，蟻聚而蜂屯，或肆其走險之奸，狼奔而豕突。處光天化日之下，自外生成；本食茅踐土之倫，敢爲叛逆。此教匪滋事之所由起也。

維時當高宗純皇帝訓政之年，命將徵兵，芟夷醜類。楚境則將聶傑人、張正謨、覃正潮、熊道成、陳德本、曾士興、劉起榮、楊子敖、譚貴、林之華、覃加耀等殲擒，陝境則將馮得仕、翁祿玉、林開泰、王可秀、成自智、胡知和、廖明萬、李九萬等勦滅，川境亦將徐添富、陳崇德二股掃除。宜乎跳梁之小醜亡命銷聲，草竊之奸徒聞風歛迹，乃樊人傑、齊王氏、王廷詔、姚之富、張漢潮、高均德等由豫入陝，又由陝入川，徐添德、王三槐、冷添祿、冉文儔、羅其清之徒與之糾合，僞設元帥、先鋒、總兵之名，妄立黃、藍、青、白、綠字之號。蔓草未除,困獸猶鬬,遂因楚氛之惡,益增蜀道之難。其時,襄陽黃號則王廷詔、姚之富、齊王氏、樊人傑爲首,而伍金柱、伍懷志、辛聰、辛文、龐洪勝、曾芝秀等爲之黨;襄陽白號則高均德、張添倫爲首,而宗國富、楊開甲、高二、高三、馬五、王凌、高辛斗、魏學盛、陳國珠等爲之黨;襄陽藍號則張漢潮爲首,而李潮、李槐、詹世爵、陳傑、劉允恭、張什、冉學勝等爲之黨;襄陽小藍號則戴世傑爲首,而趙鑑、崔宗和、胡明遠等爲之黨;達州青號則徐添德爲首,而王登廷、張泳壽、趙麻花、徐添壽、汪瀛、熊翠、熊方青、陳侍學等爲之黨;東鄉白號則王三槐、冷添祿爲首,而張子聰、庹向瑤、符曰明、劉朝選、湯思蛟、張簡等爲之黨;通江藍號則冉文儔爲首,而冉添泗、王士虎、冉添元、陳朝觀、李彬、楊步青、蒲添寶、景英等爲之黨;巴州白號則羅其清爲首,而羅其書、鮮大川、苟文明等爲之黨;雲陽月藍號則林亮功、林定相爲首,而張長更、蕭占國、包正洪、張長青等爲之黨;奉節線字號龔文玉、龔其位爲首,而卜三聘、陳得俸等爲之黨;太平黃號則龍紹周、徐萬富、龔建爲首,而唐大信、王國賢、唐明萬、賴飛隴等爲之黨。匪流既衆,凶熖益張,無藉之徒又乘機而附合,脅從之侶亦久假而成真。我高宗純皇帝震一怒之天威,運萬全之廟算,徵三韓之勁旅,集七萃之雄師。虎竹分符,龍韜授策。采薇采芑,頻聞報捷之書;獻馘獻囚,屢奏擒渠之績。若姚之富、齊王氏、王三槐、羅其清、羅其書、林亮功、林定相等亦既懸首藁街,陳尸京觀矣。然或元凶已殱而餘黨猶存,或此界方安而彼疆又擾,遂留未蕆之功,以待善承之聖。

嘉慶四年,恭逢我皇上親政之初,先機獨斷,秉有虎之武,推不殺之仁。謂赤子弄潢池之兵,固已誤罹於法;而蒼昊擴覆幬之量,終當曲宥其生。爰沛德音,兼施勸撫;載懸懋賞,並示恩威,御製《邪教說》,以明聖道,以靖人心。於是彌天之網一面先開,時雨之師三驅必獲。申明約束,六師同敵愾之心;警覺愚頑,兆姓歸作新之化。發帑金而數逾萬萬,飛芻挽粟,總期士馬飽騰;降璽書而恩逮元元,除稅蠲租,益見黔黎鼓舞。軍聲由茲震叠,凶黨自此披靡。怙終不悛者明正刑誅,悔罪自新者復安生業。維時,若冉文儔、冷天禄、張長更、蕭占國、包正洪、龔其位、龔文玉、卜三聘、龔建、張漢潮、李槐、李潮、詹世爵、王登廷、高均德、符曰明等,皆於數月之間先後殲擒,餘衆亦日形散解。凡此鳥聚獸散之衆,已成摧枯拉朽之形。乃己未、庚申冬春之間,陝匪則竄逾棧道而蔓延秦,蘷川賊則偷渡嘉陵而擾及潼綿。幸仗天威,載揚我武,立申彰癉之令,更徵節制之師。集團練而民盡知方,繕寨硐而人皆安堵。堅壁清野,中田無齎盜之糧;築堡防江,下民有同仇之義。秦隴蜀棧,列卡雲屯;白水漢江,連營霧布。崇山窮谷,戎兵履險而如夷;暑雨祁寒,士卒習勞而忘倦。由是劉之協逋逃七載,終罹法網;王廷詔荼毒五省,卒正刑章。馬蹄岡之戰,冉添元臨陣生擒;碑灣寺之捷,徐萬富勦敗伏法。伍金柱則夾溝鎗傷斃命,徐添德則仁河淌渡冥誅。伍懷志擒於秦嶺之七十二峪,徐添壽獲於中河之石㜑山梁。冉學勝於盧家灣成捨,龍紹周於盤龍山蕆滅。高三、馬五在二郎壩同時受縛,李彬、辛文於鐵廠坪駢首伏誅。張添倫殲於土地堡,樊人傑斃於平口河。苟文明之奸猾,既在花石崖殲除;蒲添寶之凶頑,亦在瓦房溝掃蕩。劉朝選於鞋底山就捨,湯思蛟於芝芑口盤獲。陳侍學全夥撲滅,張長青率衆歸誠。此外,如張什、王凌高、陳朝觀等在陝境生擒,高二、楊開甲、宋國富、陳傑、劉允恭、龎洪勝等皆在陝境殲斃。陳得俸、汪瀛、張子聰、冉添泗、王士虎、辛斗、庹向瑶、辛聰、張簡、唐明、萬景英等在川境生擒,趙麻花、鮮大川、唐大信、楊步青、魏學盛、陳國珠、賴飛隴等在川境殲斃,趙鑑在楚境生捨,張泳壽、戴世傑、熊方青等在楚境殲斃。其餘黨與,歷年擒斬、解散者不可勝計。

茲當首逆盡除,餘氛殆凈。秦關楚塞,迭報捷書;渝舞巴歌,皆成凱唱。三省之輯寧同慶，七年之兵火全消。此皆仰賴我皇上勝算先操，聖謨廣運。敬天法考，神機默定於九重；旰食宵衣，決勝不遺於萬里。故能昭茲耆武，集此膚功。上承純皇帝未竟之貽謀，永綏我國家無疆之景祚。臣等猥以菲材，肩斯鉅任，發縱皆遵睿斷，纖微悉秉宸衷。茲者掃籜功成，弢弓慶洽。馳九天之露布，鐃歌干舞，遹成九伐之謨；靖萬里之烽烟，壤叟衢童，齊上萬年之頌。臣等不勝踴躍歡欣之至，謹合詞繕摺，恭申奏賀，伏乞皇上睿鑒，謹奏。

籌辦善後章程摺

奏爲奴才等籌商裁撤客兵及酌擬留防搜捕章程，謹分款陳奏，恭請聖訓事。竊奴才昨在開縣所屬縣壩會合後，連日合營一處。一面督催鎮將搜捕，一面將零匪情形詳加體察。正在通盤籌畫間，十三日，兵部侍郎那彥寶、大理寺少卿章煦奉命來營，查看軍務情形，并傳示諭旨，詢以餘匪無多，何以日久尚未能辦竣，是否鎮將等不敷調遣及軍餉有無缺乏各等因。奴才等跽聆之下，不勝惶悚愧懼之至。

伏查三省軍務，自上年奏報藏功後，餘匪實已無多，祗緣連年剿剩之賊，伎倆更爲狡猾。該匪等以老林爲藏身之所，官兵東來則賊匪西遁，官兵南來則賊匪北遁。萬山之中，路徑紛歧，叢林密箐，人迹罕到。賊數愈少而踪迹愈難搜尋，所以不能迅速肅清者職此之故。奴才等數月以來督催鎮將認真搜捕，雖不能如從前之痛加殲戮，而賊勢亦已日勦日少。近日奴才等四路查探，計老林內餘匪不過一二百人，山外零星散匪不及百人。現將官兵分派十餘路，無分彼此，四路窮搜，自可日就肅清。但此零星殘孽實無須多兵辦理，且以大隊之兵辦此零賊官兵，聲勢較大，該匪往往聞風先遁。此種情形，早在聖明洞鑒之中。如此辦理，欲令一匪不留，轉非旦夕可必，若不變通其法，徒延時日，徒費錢糧，殊爲不値。奴才等連日熟加籌畫，擬將外省客兵及東三省馬隊全行凱撤，酌留本省官兵會同地方文武，照緝拏盜賊之法分路防勦，如此則兵數既少，經費即可大減，而兵民協力，隨時隨地搜捕，不患不盡絕根株。謹將奴才等酌擬章程分款開列，恭請聖訓。

一、請先撤外省客兵及東三省馬隊，以節糜費也。查前此三省官兵不下十萬餘名，節經奴才等量爲裁減，此時統計存兵尚有五萬餘名。茲陝境已就肅清，即老山內遺孽亦已無幾。川境腹地全清，惟沿邊老林尚有零星之賊未淨，然多者數十人，少者數人，已非老教眞賊，不過匪類游民，附和日久，畏死避兵，苟延旦夕。楚省情形亦然。只須酌留本省官兵，分派將備等帶領，協同地方文武，隨地搜查，即可以資辦理，無須多兵久駐。奴才等現擬將東三省馬隊以及外省客兵全行凱撤，以節糜費而示體卹。惟領兵鎭將中，有係本省營員而連年帶兵打仗蒙恩陞補外省營分者，此項人員帶兵日久，於本省搜捕情形較熟，應請酌選數人，暫留調遣，以資得力。

一、請留本省官兵分路防勦，以清餘孽也。查此時餘匪勢極零星，若照舊以大隊官兵追勦，正如獅子、搏兔，費力多而集事難。奴才等公同籌議，四川酌留本省兵勇一萬二千名，分布川東、川北。湖北酌留本省兵勇一萬名，分布歸、巴、興、房二竹一帶，令於山內山外四路排搜。至陝省雖已寧謐，而邊界綿長，處處與川、楚二省毗連，且南山素屬藏奸之藪，漢江又爲秦、豫險要，均須酌留官兵防守。奴才額勒登保擬於陝省酌留兵勇一萬五千名，分布營卡，按照奴才等前奏章程，常川會哨，以絕川、楚餘匪竄陝之路。是三省如此布置，該匪等既不能於老山潛匿，而竄出時到處有兵緝捕，不患不盡絕根株。至奴才等此番將三省官兵分別留撤之後，每月需餉多者五六萬兩，少者四五萬兩，統計三省約僅需銀十四五萬兩即可供一月之用，經費較前大減，且零匪日剿日清，尚可隨時裁撤，以歸節省。

一、請撤經略、參贊之名，以蔵全功也。查教匪起事，本係內地亂民，迨蔓延五省，日久不能勦凈。仰蒙皇上天恩，頒發經略印信，以資統率而專責成。茲邪教首逆悉數殲擒，三省地方漸就寧謐，惟深山老林之中一二零星遺孼逋逃未盡，其勢與地方匪類游民無異，不值久留大兵。奴才額勒登保受主深恩，至優極渥，有一匪未盡，何敢遽思息肩？但經略印信在外，四方觀聽所繫。此時零賊不過如向來嘓匪之類，酌留本省官兵會同地方文武辦理，自可漸次肅清，若久留經略、參贊名目，似非體制。奴才等現在寄商德楞泰，擬於月杪月初會合，拜發六百里之摺。拜摺後德楞泰即遵旨進京，奴才額勒登保擬將經略印信先行申繳，以蔵全功。此後防守搜捕情形用馬上飛遞，由驛具奏。是否如斯，恭候聖訓。

一、請川、陝、楚三省分駐大員，以資統率也。奴才等分駐官兵之後，若僅責成提鎮等辦理，恐伊等職分相等，彼此不能駕馭，必須有人統率，庶幾呼應較靈。川省有奴才勒保督辦；陝省已就肅清，所有留防官兵即交興奎、賽冲阿、楊遇春統率防勦；至楚省，現經德楞泰奏明，派令鎮將等分段搜捕，並調提督慶成前來督辦。此時德楞泰尚在楚境，將來進京後，奴才額勒登保將陝楚官兵應留應撤各事宜辦定，即親過湖北，周歷查閱，設川省有應商事宜，仍可就近兼顧。俟德楞泰回任後，其時零賊自已早就肅清，奴才額勒登保再行回京供職，於蔵功大局較爲妥善。

一、請將隨征鄉勇改作綠營餘丁，以資鈐束也。查鄉勇一項，節次仰蒙聖主指授機宜。奴才等遵照，悉心籌議，並體察各勇情形，應酌定萬全無弊之法。查三省征防各勇，從前不下數十萬。節經奴才等隨時裁撤，此時所存僅數十分中之一分，內中有家業可歸者均可送回安業。即如近日，奴才額勒登保裁撤川省鄉勇爲數甚多，均各安静無事，可見此項鄉勇遣散亦非難事。惟現存隨征鄉勇，皆久經戰陣之人，曾經出力効命，將來裁撤時，有家業可歸者固多，而無家業之人亦復不少，若輩既無家業，欲議裁撤，必先定安頓之法。奴才等籌思日久，若以叛産、絕産撥給資生，則該勇等平素游手好閒者居多，非盡皆務農之人，必不能自安耕作，且産少人多，不敷分撥。況此項鄉勇遣散後，皆欲各回原籍，有勇處未必有産，而有産處又未必有勇，辦理殊多格礙。若於鹽井、銅廠等處遣，令以力謀生，則煎、鹽、鍊銅等事必須素習其業者方能工作，鄉勇素非所習，銅、鹽商人必不願招募。且鹽井、銅廠本爲游民聚集之所，再加以曾經戰陣之人，雜處其間，亦慮桀驁滋事。輾轉計議，皆非長策。惟有令其入營充伍一法，則有錢糧可以養贍，有營規可以鈐束。又就該勇等各原籍營汛四路分撥，其勢散而易制，而營伍又得技勇趫捷之人，可冀一舉兩得。惟查標營制兵均有定額，該勇等歸營後一時不能得缺，若概作餘丁則例無錢糧，該勇等餬口無資，終不能久安其身。查川省營制，經前督臣孫士毅、英善、宜綿等任内先後奉旨招募額外存營備戰新兵共二萬三千六百餘名，嗣於嘉慶五年六月間，奴才勒保察看賊勢已衰，無需多兵存營備戰，致多糜費，當經奏明，通飭各標營，凡遇制兵出缺，即以新兵撥補，新兵缺出，即裁缺停募。計自五年秋間至今不及三年，已裁去新兵一萬一千三百餘名。陝省新兵，經奴才額勒登保飭令各營撥補制兵，現在所存亦屬無幾。可見人數雖多，裁汰亦非難事。現查四川所存征勇六千餘名，陝西所存征勇五千餘名，即日撤勇時，其有家有業情願歸農者聽其回家安業外，其無家業而情願歸營者，約計兩省不過數千人。惟有仰懇聖恩，准其照新兵之例各給守糧一分，俟有制兵缺出，隨時撥補，旋補旋減，約一二年即可均補制兵實額，而此項額外守糧亦可裁盡。實於安頓鄉勇之法，萬全無弊。如蒙俞允，奴才等俟零匪辦竣，即將該勇等全行裁撤，其有業可歸者，照格給賞，妥送回籍安業；其無業可歸情願入伍者，即就各勇原籍附近標營分撥入伍，停給鄉勇分例，改給新兵錢糧。楚省鄉勇，奴才額勒登保亦札知吳熊光一律辦理。如此既不泯其數年征戰之勞，亦可免其游蕩生事之慮矣。

以上各條款，奴才等連日悉心籌議，酌擬章程，寄信德楞泰相商。茲接其覆信，意見亦復相同，用敢詳悉縷陳，恭候聖裁。如蒙俞允，奴才等即當次第分別辦理。至奴才額勒登保身受重恩，軍務係屬專責，若不辦理完善，斷不敢遽思息肩。奴才勒保有地方之責，更不敢以賊已零星少有鬆勁，惟有殫竭愚誠以期諸臻妥善。爲此合詞恭摺具奏，伏乞皇上睿鑒訓示。

清查軍功摺

奏爲清查軍功人等，分別給照、造册立案，恭摺奏請聖鑒事。竊查川省自剿辦教匪以來，時歷八年，蹂躪地方五十餘處。凡軍營打仗，則有隨征鄉勇，地方防守，又有官招鄉勇及民間自行團練之勇。惟時事起倉卒，此項征勇、防勇、團勇均係甫經召募之人，若無人管帶，必致漫無約束，是以擇其中之才力出衆者，設立軍功名目，每勇數十人，酌派軍功一人，以資統率。其有禦賊出力者，虛給頂戴，以示嘉獎。此軍務喫緊之秋，爲策勵衆心起見，不得不如此權宜辦理之故也。惟是爲時既久，文武各官未免濫觴。其在軍營，始則由提鎮賞給，後即有將領各自賞給者；其在地方，始則由督撫賞給，後即有司道以下等官亦自賞給者。甚至賞及四品、五品頂戴，殊覺冒濫過分。川省情形如此，陝、楚二省亦必大略相同。茲當大功全蔵，此項軍功人等爲數甚多。其原賞文武各員，或陣傷亡故，或陞調凱旋，從前並未咨報有案，以致漫無稽考。此時若不詳悉清查，恐啓將來影射之弊。但該軍功等出力日久，若因軍務已竣，全行追繳，恐不足示信於民，且慮衆志驚疑，易滋浮議。然不加以限制，則從前各路文武所給頂戴爲數太多，未必盡屬勞績素著之人。況四品、五品頂戴體制較優，施之無職平民，任意戴用，亦非慎重名器之道。

奴才現在將川省軍功人等詳加查核，如實係帶勇日久、著有勞績者，無論從前何人所賞，均由奴才衙門給予執照。其勞績較深者，酌給千把頂戴；勞績稍淺者，酌給外委頂戴，以酬其數年禦侮之勞。即從前給過四品、五品頂戴，概令更換，以符體制。其雖曾充當軍功，帶領鄉勇，給過頂戴而並無勞績可指者，概將原給頂戴追繳，以杜冒濫。至此項應給執照軍功，現在次第查辦。統俟辦竣後，分別彙造清册，咨部立案，准其頂戴榮身。設有詞訟到官，仍照齊民決斷，以免恃符滋事。倘該軍功等有情願歸營効力者，無論何項頂戴，均准其由外委拔補。如此則於慎重名器之中，仍寓鼓舞人心之意，似亦善後事宜中之一端。

再，奴才所辦只四川一省，所有陝楚二省軍功，應否如此一律清查辦理之處，伏候聖裁。爲此恭摺具奏，伏乞皇上睿鑒。

奏報長壽縣士民捐修城工摺

奏爲奏聞事。竊查川省重慶府屬之長壽縣，向無城郭，嘉慶二年冬間，賊匪入境，百姓無城可守，紛紛逃散，公私屋宇，半被燒焚。四年十二月，該縣知縣余鈺蒞任，董率閤邑士民，議築新城。舊治瀕江不可營建，遂擇相距十餘里之銅鼓坎地方，因山距險，勘定基址，估計工費約需銀三萬餘兩。該縣余鈺首先倡捐，百姓踴躍樂從。該縣禀報，興工捐修。自五年七月起，至七年十月工竣，禀請查驗前來。茲奴才路過該境，親加履勘。其城由南門向西門繞至北門止，計五百八十丈，均從平地築砌，城身高二丈、寬厚一丈；由北門向東門至南門止，計四百八十丈，憑藉山勢崖坎築砌，城身高六七尺及一丈三四尺不等，寬厚六尺。統計周圍一千六十丈，內外兩面均係方石砌成，高峻堅固，城樓海墁一律完全。奴才查川省州縣舊無城郭者居多，將來善後事宜，正擬擇其緊要之區，定議建城，以資保衛。茲長壽縣知縣余鈺獨能於軍務未竣之先，董率士民建造新城，所用工費銀三萬一千餘兩，皆由闔邑捐輸，並未請帑開銷，實屬能事。而該境士民急公向義，亦堪嘉尚。可否仰懇聖主，量予施恩，以示鼓勵之處，出自鴻仁。爲此恭摺奏聞，伏乞皇上睿鑒。

奏海口工程

奏爲遵旨復奏，並將海口水勢工程據實直陳，仰祈聖訓事。竊臣等欽奉上諭，該督等稱"海口北岸無人烟之境，現在堤裡堤外兩面皆水，低窪之處水高於堤，所有該處工程應俟秋間黃水消落時，相機辦理"等語。黃水併力東注，方能刷沙，豈可任其漫溢旁趨。上年堵築馬港口工程，南北兩岸新堤一律培築，況北岸地勢較高，何以轉有漫溢之水？該處過堤之水係由何處漫越？現由何處經行？是否別有歸海之路？抑仍繞歸正河入海？該督等俱即據實奏聞等因。欽此。臣等跪誦之下，仰見我皇上睿照如神，臣等不勝欽服。

竊臣勒保向來不諳河務，本年蒙恩，簡任兩江，二月間在清江浦接印任事，即與臣陳鳳翔將南河水利反覆講求，覺從前南河諸臣請築海口新堤及堵合馬港口等事皆非長策。緣黃河舊日工程至雲梯關而止，雲梯關以外即爲瀕海沙灘，不復築堤建埧。伏讀乾隆四十五年所奉純皇帝聖旨，有"二套以下由北潮河入海之處，路捷勢順。設遇漫溢，正可分洩盛漲，俾尾閭益得暢遂，不必添建閘壩，雲梯關以外原不必與水爭地"等因，欽此。欽遵在案。煌煌聖訓，實屬思深慮遠，可爲萬世之法。當時大學士阿桂會同河臣薩載，即將二套

833

以下馬港河東灘地應徵地畝錢糧，奏請豁免。是雲梯關以外皆置爲閑曠之地，以爲河尾宣洩之路，無所用其堤防保護也。當時聖旨所指北潮河入海之處，即馬家港下注之水。是馬家港支河亦留爲分洩黃流之路，無所用其堵閉也。

近年籌河諸臣皆執《禹貢》"同爲逆河"之義，謂海口之水宜合而不宜分，因請將旁洩之路皆行堵閉，又執靳輔"束水攻沙"之說，請築新堤、逼溜入海，殊不思《禹貢》"同爲逆河"之上尚有"播爲九河"一語。可見黃河至入海之處，水勢浩瀚，非一路可容。而向日王家營之減壩、馬家港之支河以及峰山四閘等，皆合於古聖"播爲九河"之義，非可概行堵閉也。至於上年所築海口新堤，尤未妥協。查雲梯關外之地，盡屬沙灘，土性不能膠固。且築堤時並未將堤之根脚刨土夯硪，又未立椿挂掃，止於沙上加沙，堆成長堤。二道堤身低矮，僅七八尺之高。海灘地勢本有窪窿，去年築堤時，正河無水，新堤不覺有高矮之異。及馬港口堵閉之後，黃水挽歸正河，兩邊漫水侵堤，水勢平而堤之高矮遂見。高處尚未平堤，而低處已形漫溢。此海口新堤無益之實在情形也。又新堤南岸至宋家尖而止，北岸至張家社而止，其下仍無堤防，而大淤尖三十里之積沙正當其沖。

夫以黃河數千里下注之水，既出雲梯關，束在兩堤之間，又爲積沙當其去路，其不能宣暢可知矣。本年春間桃汛之時，黃水漲發，即從倪家灘溢出，汛濫堤外葦蕩，而注入余本套支河入海。查倪家灘即在北堤之尾，黃流既盛，堤內勢不能容，因從堤尾繞出堤外，由是堤之兩面皆水，而堤根亦爲衝刷殘缺。伏汛時，黃水益大，於是上十套、下十套二處皆有漫水。蓋堤高七八尺，漫灘之水但至八九尺以上即可漫堤。是以地勢高處堤尚高出水上，地勢低處堤即沒入水中。夫他處河堤立椿挂掃，加土夯硪，尚有蟄塌之患。今以無椿無掃之一綫單堤，兼之沙性粗鬆，而欲其與水力争，其不可恃，又可知矣。此又新堤難守之實情也。自新堤既築、馬港口堵閉以來，將逾半年，束水攻沙之法可謂極矣，而海口之淤如故，可見築堤束水以冀攻沙之效，其事實未可操券也。

近五月初，黃水增長較去年五月之水大至五尺一寸，積至二十三日不消，遂由王營減壩漫溢旁注，推原其故，實由海口逼緊，水無他路可行，故生下壅上潰之患。臣等自春入夏，刻刻以此爲慮，而所以不敢早陳於聖主之前，實因臣勒保初到江南，於河務素無閱歷；臣陳鳳翔亦纔調南河，於宣防利害未敢十分自信。且大工甫竣之後，不便遽生異議，竊冀伏秋二汛幸保平安，萬一海口亦漸有疏通之機，即不必又議更張。今以王營減壩漫口情形而論，則海口新堤及馬港口之堵閉，實屬錯誤。

臣等受恩深重，何敢復因循瞻徇，致悮事機。就臣等愚昧所見，將來秋深水落之後，王營減壩係在雲梯關內，且該境有田廬場竈，不得不加修築。然漫口堵合之後，仍須將減水石壩修好，以備將來分洩盛漲之路。其海口新堤，則請但保護南堤以衛下河州縣，其北堤竟無庸修築，以免逼水之患。蓋該境東北均係沙灘湖蕩，竟可任水之所向，但以下游通暢爲主，不必拘定更令擇路而行。至於馬家港支河，仍須啓放，俾黃流盛漲時分溜下注北潮河入海，以復乾隆四十五年之舊規。

臣等連月籌議，意見久已相同。然採訪群議，有以爲然者，尚有不以爲然者，惟是河工要務，爲民生國計所關，臣等既有所見，不敢不據實直陳。爲此合詞覆奏，伏乞皇上睿鑒。謹奏。

辦理團練摺

奏爲川省辦理團練，酌定經費章程，仰祈聖鑒事。竊照川省教匪滋事以來，蔓延數十州縣，仰仗皇上天威，將士用命，擒戮渠魁，殲除黨羽。近來所剩僅係零星餘孽，節次欽奉諭旨，飭令地方官督率團寨協同搜捕，是以奴才於上年冬間，與經略額勒登保、參贊德楞泰會商大局，後即委道府丞倅等官會同地方牧令，分段派委佐雜等員，督率團勇寨民，同心協力，共掃餘氛。數月以來，各段委員督率團勇，遇賊截剿，有捦獻賊目者，有殲戮賊匪者，辦理頗有成效。現在賊匪無容足之地，兵氣日揚，賊氛日淨，此皆聖主德威所播，淪浹人心，故閭閻共切同仇，實心効命。但向時百姓堅壁清野，不過自保身家，未便官為資給。此時既委官管領團勇，出寨擊賊，勢難令其枵腹從事，其有殲捦賊匪者必須隨時獎賞，以示激勸。間有受傷陣亡之人，皆係因公死事，更應量給醫藥埋葬之費，以示朝廷矜卹至意。即各段委員試用無缺者居多，亦不能不酌發經費，以資辦公。奴才節據辦理團練之道府丞倅等稟請前來，當即飭司查議去後。茲據藩司楊揆、臬司董教增酌議條款，具稟到營，奴才覆加核定，謹繕具清單，恭呈御覽。如蒙俞允，則經費有資，民心定必益加奮勉，實於善後事宜，大有裨益。

惟查歷次用兵，並無團寨剿賊之事，此項經費皆軍需舊例所無，今若在軍需正項支銷，於定例勢難准行。查川省現有已派津貼銀兩，原以補經費之不足。近蒙聖恩，即次賞撥餉銀，正項已為充裕，此項津貼銀兩本係百姓捐輸之項，辦理團寨需費無幾，請即於津貼項內動撥支發。所需口糧，亦以銀照時價折給。如此，以川西南無事，州縣樂輸之資，為川東北有事，州縣急公之用，於情理亦屬平允。事竣仍彙造清册，咨部查核，以杜冒濫之弊。為此恭摺具奏，伏乞皇上睿鑒訓示。

一、團勇出寨打仗，宜酌給口糧，以示體恤也。查現在各委員分管寨硐，每寨挑選團勇一二百名或二三百名不等，造具花名清册呈報。此項鄉勇，無賊時各有生業，自不必官給口糧。若賊匪竄近，出寨剿捕，勢難令其枵腹効命，應請於出寨剿賊之日，按名給發口糧一升，不給鹽菜，所需米石即照時價折給，一經回寨，即行停止，以歸撙節。

一、團勇打仗遇有傷亡，宜分別酌給卹賞，以示矜恤也。查寨硐居民，本係自衛身家，今既責令打仗殺賊，遇有陣亡受傷者，理應酌給埋葬醫藥之資，以示矜恤。但團勇究與常川隨征之鄉勇有間，未便遽照征勇傷亡之例議給，應請量爲酌減。團勇遇有陣亡者，每名酌給埋葬銀十兩，受傷重者，每名酌給養傷銀四兩，受傷輕者每名酌給養傷銀二兩，均由各總理之員查實給發，隨時報局查考。

一、團勇捨殺賊匪，應酌定賞格，以資鼓勵也。查上年奴才與額勒登保商辦團練，原曾酌定賞格，分別擒、獻、招降等項，頒發各硐寨遵行。此時川省賊匪衰殘已極，毋庸再爲招降。至寨勇能將賊匪殺斃生捨者，理應仍加獎賞，以資鼓勵。應請酌定章程，凡寨勇捨賊一名，賞銀二兩；殺賊一名，賞銀一兩；捨獻賊中小頭目一名，審訊得實，賞銀五十兩；如能捨獲著名首逆，另行遵照欽頒賞格給發。

一、辦理團練各委員，應酌給月費，以資辦公也。查此次辦理團寨，所派委員人數較多，各委員多係試用無缺之人，既無俸薪養廉，其隨從丁役又無口糧鹽菜，微末窮員，未免辦公竭蹶。應請量給月費，牧令每員月給銀三十四兩，佐雜每員月給銀二十四兩，俾資本身及丁役食用之需。

獨學廬尺牘偶存

余生平與人尺牘皆隨手酬應，未嘗存草。有童子胡鶴録成二册，偶然見之，追想當時情事，宛如雪中鴻爪，因付梓人，亦敝帚之享云爾。

道光三年秋竹堂記

卷上

上王偉人相國

夏秋兩奉鈞函，遠蒙存注，并聞老夫子偶患河魚之病，此不過暑濕所致，想旦夕可以即安耳！又蒙以軍事傳聞未真，垂詢川中近狀，並諭及兵力應否加增及弩弓可以得力等事。捧誦之下，欽佩非可言喻。伏惟老夫子大人慷慨憂時，痌瘝在抱。門生向在都門，每每親承緒綸。兹復念邊方之多壘，憂橐矢之無期，指示機宜，不遺蒭菲，古人所云"在廟堂之上則憂其民者"，于我師見之矣。

伏查川中兵事，本年以次，勦捕事機十分得手。七月初，川東餘匪又有窺伺渡江之意，西岸文武加意嚴防，德、勒二帥統兵兜勦，連得勝仗七八次，殺獲者二三千，散者盈萬，零星餘匪竄新、開一帶；九月中旬，又在開縣大獲勝仗。昨接軍營來信，言竟有蕆事之望矣。至於鈞諭所言弩弓得力之説，真深得軍前制勝之理。現在官兵接仗，皆在崖谷之間，居高臨下，火鎗每難得力。今滿兵臨陣，全仗弓箭以制勝。門生于所屬團練壯勇，亦以弓箭爲先。至于手弩一發十枝，可以不習而能，雖非戰陣之具，然用之防守，誠屬得力。門生所屬寨民均飭製造存貯矣。老夫子軫念民依，屢札下詢，故敢詳悉，附陳清聽。

841

上朱石君相國

　　春間，蹇進士至郡，接奉鈞函，仰荷慈恩存注，在遠不遺，盥誦再三，如親謦欬。伏惟老夫子大人翊贊中朝，網羅後進，有蕭傅在庭之重，兼公孫開閣之風，中外歌舞想望風采者，固不獨在及門之士矣。

　　門生自去歲入川，守渝兩載，近地亦時有風鶴之警，幸民情向義，尚可資爲保障。春間，賊烽忽熾，咎在人事，所幸德帥西來，頓推（權）〔摧〕凶焰；勒公再至，稍慰輿情。七月間川東連捷，餘孽零星無幾，窮竄入山。刻下大府有檄，飭辦堅壁清野之事，卑境已有頭緒，人皆結寨而守，野無餘糧，零星餘匪諒亦不能久存，即或旦夕未能盡净，但得勒、德二帥不離川境，則全蜀可保無虞；惟陝、楚二省未清，地方總不能解嚴，度支不繼，是爲深慮耳！

　　賤體托庇粗安，亦尚耐勞，可紓慈廑。乘便肅禀，敬請慈安！

上彭雲眉相國

　　竊門生向在京華，叨蒙大德擢次冰衡之列，忝登剡牘之中，奬借成全，有加無已，感恩知己，没齒難忘。自一麾出守，遠隔台光，遂致孺慕私忱，每懷靡及。兹暮春既望接奉鈞函，欣悉令孫四世兄去秋獲雋京兆，遥聽之下，雀躍難名。伏惟老夫子當代龍門，熙朝鼎輔，論積厚流光之理，家學自著淵源；以愛才若渴之心，天貺必隆施報。兹果孫枝早擢，備虞廷鳴盛之材；桂苑初桄，爲蓬島先登之路。引領慈雲，益深頂祝。

　　門生在郡兩載，日在風聲鶴唳之中，幸托福蔭，未蹈愆尤。上年四月奉檄調入軍營，現隨制府勒公幕下，辦理軍中一切事件，日在深山老林往來奔涉，鋒鏑在前，軍符旁午，皆平生未歷之境。無論玉堂天上，昔夢難追，即畫戟清香，亦不知其何味。川中近日餘氛日減，兵氣漸銷，唯楚氛尚惡，彼中一日未靖，此間一日不寧。必得三省全清，始可同聲報凱耳！知關蓋抱，謹附聰聞，肅泐蕪稟，敬叩崇禧，伏惟淵照！

上董蔗林相國

竊門生遠闊趨承，倏經兩稔，每懷光霽，時切寸私。祇緣承乏渝州，治戎鞅掌，又不敢以風塵蕪稟，上瀆清嚴，是以久稽削牘，而依戀孺思，實無時稍釋也。

敬維中堂老夫子大人以斗山命世，柱石承天。德備中和，輔佐勳超丙相；治崇寬大，斡旋業配溫公。負兩朝開濟之勛，有嘉謨則入告於后；備一代文章之盛，持衆美而效之於君。庶績咸熙，四方享德。用是酬之寵渥，眷以賞延。廮華胄以陟槐階，策勛名而藏天府。門楣喜集，堂構輝揚。世兄榮補華秩，版曹倚重，晉膺唐室之度支；公輔借資，暫領周官之會計。此日紅朽有慶，已盡屬司農之能；他年錢穀幾何，可無煩宰相之問。台垣益峻，世澤彌崇。門生夙受恩私，懽愉倍切。特肅寸稟，叩賀崇禧，伏祈垂鑒！

上鐵冶亭漕督

竊門生當年及第時，幸得厠大賢之門，仰荷老夫子訓迪獎成，迴殊儕偶，感恩知己，沒齒難忘。自戊午之臘出守巴渝，嗣後絳節亦督漕淮甸。吳天蜀道，遠隔慈輝，而郵禁方嚴，復不敢以私函越境，遂致寒暑四遷，魚書莫達，孺慕之誠，有懷靡及。

伏惟老夫子嘉謨碩畫，昔曾飫聆下風。近日讀山公之啓事，一德上契宸衷；頌召伯之仁聲，七省共叨愷澤。東南漕政，積弊一清，天庾無悮徵輸，疲丁悉蒙調劑。俾天下之想望風采者知儒臣經國，迥異凡庸。逖聽之餘，真不勝（省）〔雀〕躍也。門生自一麾至蜀，典郡邊隅，正值四郊多壘，日在風聲鶴唳之中，勉竭駑材，幸無隕越。前秋仰蒙聖主甄録微勞，恭拜加銜之命。上年四月間，威勤勒公以軍營辦事無人，檄調門生入營，綜理幕府一切文牘。深山大谷，昕夕奔馳，鋒鏑在前，羽書旁午，皆平生未歷之境。現在隨侍大纛，征輪弗息，旋郡無期。兒女尚在都門，久住終非長策，擬於今春且令南歸，將來看此間光景如何，再定進止。素叨慈注，用敢附聞。世兄計已就塾，定能穎悟過人，纘承家學，實深欣祝，兹因勒公帥復函之便，附肅蕪稟，統希俯照！

復汪薰亭閣學

昔在京華，常領塵教。自一麾來蜀，倏經五稔，祇緣治戎孔亟，遂致竿牘鮮通，望雲懷舊，夢想時勞。七月望間，令甥金公至，接展台翰，荷蒙綺情眷注，在遠不遺，盥誦再三，歡如良覿。

伏惟老前輩榮膺芝檢，望重鸞坡。青藜照夜，彌增鉛槧之光；白玉爲堂，實佇棟梁之重。九重之寵眷日深，四國之瞻依共切。臨風額慶，抃舞奚如？侍出守巴渝，倏爲四載。前歲因防堵微勞，猥荷大府過加策勵，叙績上聞，遂奉晉階之命。去年復奉威勤公之檄調入戎幕，辦理一切文牘，日奔逐于鋒鏑之間，征輪弗息，旋郡無期。追憶玉堂，真如天上矣！令甥人甚諳練，少年老成，侍既共蘭舟，定當留心照應，毋俟諄囑也。肅此泐復，祇請福綏！不宣。

上甘西園給諫

謹啓老夫子大人函丈。敬啓者。本年春間，聞霓旌旋里之信，當有信一封、銀一百兩交叙永曹司馬，由省城覓便寄至江西，此時諒已得邀台鑒。兹專紀來川，恭誦手書，具悉老夫子慈體頤和，錦旋元吉，藉慰下懷。

門生自去年四月間奉調隨營辦事，日在鋒鏑之間，軍書旁午，昕夕無片刻之暇。而且公私賠累已積六七千金，將來不知作何底止。茲因紀綱之便，本欲少盡私忱，而無如正當拮据之秋，只得再奉百金，聊爲一腋之助，俟回任後，當再爲續寄也。來紀已給舟費二十金，并聞。專此，復請鈞安，伏祈慈鑒！

又

竊門生遠闊慈顏，時縈孺悃。夏間接誦鈞函并世兄手書，一切具悉。比維老夫子大人德與日新，道隨時泰，現當俸滿引見之候，是否記名外用？門生未得信息，殊切馳念。遥想老夫子大人蘭臺建白，久已見重宸衷，書屛之喜，定符遥祝耳！

門生近況，叨幸如常。重屬地方，秋初曾被賊警，現已寧謐。川北賊匪，刻下亦以次殲除。近日軍務事機極爲順手，倘得陝、楚賊匪亦能以次勘平，不復竄入四川，則川中竟可無慮矣！茲乘試使回京之便，肅此請安，并陳近況。再，門生自入川以來，倏經兩載，瓣香之敬，禮意缺如，每矚五雲，深慚寸臆。祇以時值多事之秋，諸事裁革，清苦之況，較在京時尤甚，想慈懷亦早照及耳！茲乘人便，謹奉菓敬五十兩，稍展戔戔之忱，伏冀莞存是禱。倘將來綿力稍舒，當再竭力圖報也。

正在遣人回都間，於十月十七日接奉鈞函，荷蒙慈注遠及，感荷無量！今春賊過渝郡，門生方愧守土無功，猥荷大府過加策勵，叙績上聞，遂奉晉階之命，眞譽出不虞。然此間防江、築寨、團練、糧餉等事，均責成門生一人，果能一切無悞，亦分所應。然少有疏虞，皆罪在不測，兼之度支拮据，事事皆無米之炊，眞日在涉冰履尾之中，正不知後事如何耳？世兄秋闈望誤，大約初次入場，檢點未清之故。向來名宿亦時有其事，將來尚可開復。惟老夫子因此被左遷之議，正當俸滿之期，有此一番周折，不免進取稽遲，殊爲懸系。然計給事降一級，當以六部員外補用其缺尚可，即五缺得一，亦在一年之内，似乎需次不致甚久，何必遣眷屬回里，致增往來跋涉？以門生愚意代爲計之，似乎仍舊留都爲便。至所論路費浩繁，誼需集腋，門生即獨任其事亦分所當然，但刻下拮据，非尋常可比，已寄信與兒子，令其臨時措致一二百金，總必竭其綿力，量必能應命也。所需川綢，奉上四匹，此間染工平常，故致本色者，合用何色，在京加染爲妙。門生又稟。

上制府魁公

敬稟者。家奴旋郡，言於達州郊外叩瞻憲旟，仰蒙温語垂詢下寮，又言憲臺賢勞遠涉而丰采如春，卑府遙聽之下，欣慰難名。並荷鈞翰寵頌，訓詞謙濟，奉函十讀，依溯彌深！

伏惟大人兼文武之大猷，當腹心之重寄。實心實政，昔已施於八閩者，今再見於兩川，風聲所至，既已吏畏民懷，而如卑府之夙受恩知者，尤思殫竭愚誠，力圖効命。卑府自今春到川，於三月二十七日至郡受事。彼時賊氛初過，閭閻尚多風鶴之警。卑府初任外官，諸尚未諳，勉竭駑才，力加鎮撫。五六月中，卑屬之江北廳、長壽縣邊境尚有一二餘匪竄逸，皆隨時防堵擊退；自入秋以來，賊蹤相去已遠，地方寧謐；本月，卑府至長壽、涪州一路查撫難民，親見四野刈穫已完，秋成豐稔，所過場集，貿易之人漸多，被燒房屋亦有起蓋者。此皆福曜將臨，故百姓得以漸登衽席。再奉前督勒公憲檄，發銀賑濟難民，一爲賊營散歸脅從之人，一爲地方被賊之人。卑郡距前敵較遠，其被脅逃歸之人甚屬寥寥。惟地方居民如江北廳、涪、合二州，長壽、定遠二縣，屢遭焚掠，雖被災輕重不同，而流離失所之人，在在皆有。此番散銀賑濟，卑府指受章程，確加查考，卑屬各牧令尚知詳慎辦理，無濫無遺。再有採買倉穀一事，因歷年碾運軍米，倉穀空虛，現奉藩司飭令及時買補，以備軍儲。際此年豐穀賤之時採買，亦民情所願，惟因京餉未至，現議先收穀而後發銀，誠恐民情不無觀望，此事尚需各就地方情形籌畫調劑。其餘刑名、錢穀尋常照例事件，卑府隨時料理，不足先煩憲慮。緣憲臺下車伊始，百度維新，卑府有守土之責，合將所屬地方情形縷陳鈞鑒。

上威勤公

敬稟者。自夏入秋，餘孽游弈川東、川北，仰蒙憲臺總統鷹揚，掃除袄祲，遂得賊蹤遠竄，州郡復寧。引領威弧，真如時雨。頃得本道來信，伏審近日憲節移駐雲開，既合三路之圍，仍開一面之網，敗殘餘匪零落無多，邊陲有肅清之機，比戶有輯寧之望。逖聽之下，雀躍難名。

卑府伏思，去秋賊匪早有就殲之勢，祇緣劫數未完，遂致事機相左。繼而慈雲北去，凶燄復燃，幸而聖主察葽菲之無實，鑒忠藎之有勳。溫公復起，比屋騰歡；郭令重來，戎韜再振。川省得有今日，實憲臺再造之力也！唯是豐功屢告，天眷增隆，而櫛沐馳驅，彌形況瘁。卑府鮑繫渝城，不獲親詣行營，稍抒依慕。特遣家奴代躬叩請慈安，伏祈鈞照！

又

頃寧遠方守至渝，具述憲臺以復奏正月渝城防守之事，恩及卑府，請予加銜，並傳鈞諭，誘掖有加，獎其前勞，勗其後效。聞命之下，感戴無厓。

伏念卑府賦性迂愚，備員繁劇，治戎未習，守土無功，閱今

847

一載，幸免愆尤，所恃二天，曲加庇蔭。何意樗材散質不遺匠石之門，韱綫寸長亦入山公之牘，捫心非分，戴德難名！惟益竭其駑駘，冀少酬夫恩眷。所有感激下忱，理合肅稟馳謝。

又

本月二十六日弁至渝城，敬奉鈞函，恭録諭旨，飭知卑府等前蒙憲臺奏請加恩之摺，業邀恩允，跽誦之下，感悚難名。伏念卑府自依仁宇，尚稽瞻謁之儀，即荷鈞慈，曲賜栽培之德。卑府自問何修蒙恩若此？在憲度如天，固大公而無我；而士伸知己，真欲報而難忘。至于新場之捷，卑府近在定遠，遞聽軍聲，如風掃籜，妖祲一時俱淨，人心安堵無驚，固已賊懾迅雷之威，民興時雨之頌。茲果蒙聖主襃嘉，恩施稠叠，晉階榮禄，寵錫多珍。更留有餘不盡之恩，以爲後此酬庸之地。即此干城倚畀，可以卜帝眷之如初；況加露布頻聞，自益見天顔之有喜。想日下膚功繼奏，榮綍重來，定卜茀禄異申，晉康蕃錫也。凡在屬吏軍民，莫不踴躍鼓舞；矧卑府受恩深重，翹企更異尋常。謹此肅稟，叩謝憲恩！

又

敬稟者。原任定遠令孫熙，今春因石板沱賊匪渡河，經魁前憲參革，定擬發遣，仍先于該境枷號示衆，遵照在案。茲卑府因帶衆防江，親赴定遠。有定遠四鄉耆民賀維新等五十餘人，合詞哀請，謂孫令在任，愛民潔己，防禦勤勞，且有訪拿謀逆新匪田朝貴一案之功，今因裁革鄉勇，以致江防失守，咎屬因公，孼非自作，乃以垂暮之年，荷校河干，衆心實有不忍，該耆民等情願按月輪流代枷，以報遺愛等語。卑府當以孫令獲罪本重，今免死枷號，已屬皇仁憲德，爾等不得更有瀆請，再三開導，而該耆民環繞卑府，情詞哀摯，繼之以泣。卑府目擊情

848

形,實非粉飾,若竟不代爲上達,恐傷百姓之心。

伏查前歲長壽令程見龍失守城池,枷號示衆,繼因該縣百姓之請,仰蒙憲臺准令疏枷,協同効力。茲孫熙之罪可原于程令而定,民之愛有甚於長壽,可否仰懇憲慈,俯念輿情所向,准令孫熙照程見龍之例疏枷,在定遠効力,則該縣百姓急公向義之心必益加策勵矣!卑府爲俯順民情起見,不揣冒昧,據實具稟憲鑒,伏候訓示!

又

某叩別慈顏又經逾月,依戀之私無時或釋。昨奉到鈞函,知某回渝後一稟已邀霽照,並悉老夫子大人禔躬履慶,潭祉頤和,均符私祝,快慰難名。楊藩司病雖日久,然勢不甚重,某在省診視,業經平復如常,忽爾一發不起,實出意料之外,將來接手不知係何許人,可能如此和衷共濟否?老夫子向來國事如家,定必甚深焦灼也。

某公私一切粗安,地方寧謐。近日雨水稍多,然亦無礙田禾,惟涪州有編造邪教經文之人,業已刊板印行,恐流傳外省,其勢不得不嚴行查辦。現在督同李牧不動聲色,妥爲研訊。一俟究明頭緒,即當具稟鈞案,請示遵行。

又

昨於望前接奉鈞札,知老夫子大人復奉有馳赴軍營之旨,又同時接到中止之信,當即肅泐一稟,交差弁張士溶帶回,諒辰下早邀慈照。茲于廿二日接誦鈞函并抄示十三日所發摺稿,一一領悉。

伏查此番額、德兩帥欽奉嚴旨,此早在意料之中。倘得徼天之幸,於此月內得一好仗,將賊打散,則其事尚有轉機。設再因循到七八月間,恐兩帥之咎不止於此而已也。我夫子此番所發之摺明白剴切,目下尚可過去,若至七月中,其事不了,恐有不得不出省之勢耳。再額侯平素心窄，此番遭此一跌，諒必又是去年六月光景。如果已卧病不起，恐有不能久存之慮，萬一省垣得伊凶問，似乎我夫子即應一面馳往，一面奏聞，方爲得體。事雖未必至此，然凡事預則立，不可不早爲定見，以免臨時猶豫。再兩帥此番添調官兵一節，大爲無謂，以久經戰陣之兵尚不得力，況以此等零星湊合新調之兵安能望其有用？徒動宸疑，真不解其是何謂度也？萬一有旨垂詢，似宜確切直陳其非，不必爲之回護。門生愚昧之見如此，不知台意以爲如何？謹肅禀復。

又

二十五日接誦二十一日所發鈞函，知前由張弁賫回一禀，已邀慈照，並蒙寄示十九、二十等日所奉廷寄兩道，其中停止併寨及駁飭添調官兵兩節，仰見聖心籌畫軍務，因時制宜，具有權衡，迥非若諸將帥之依樣葫蘆也。但此三千官兵業經派出登程，似暫且不必撤回，以免外間有朝令夕改之議論。至於小寨歸大寨之説，本非目前應辦之事，老夫子前摺所論業已上洽宸衷，且奉有停止明文，竟可將委員撤回，以省驚動百姓，諒額、德兩帥亦無可説也。至賊匪情形，昨楊沛雲過渝，某細加詢問，據言此股賊衆實止三百零六人，此時報稱千人、七八百人，皆係將弁張大其詞以爲卸責之計，兩帥離賊甚遠，不知確實，以至據情入告，上動宸疑耳。辰下德帥既有將賊圍住之説，或可得一好仗亦未可定。緣此時山內舊包谷已盡，新包谷未結，正賊匪無食之時，若要得手，只在此六七兩月，過此以往，山中包谷又生，賊匪又可延喘矣！不知天意如何耳？我夫子此時既奉有駐省之旨，若兩帥平安無事，大旆且不必汲汲前往。蓋與伊二人同辦一事，處處掣肘，必有過無功，不可不慮也。

某近患濕氣，腿肚脚心全行潰爛，自望日至今總不能著韈，亦不能履地，現在趕緊醫治，稍有向愈之機，或可望痊可耳。定遠已蒙委員更替，實深欣慰。渝屬雨水應時，田穀大熟，米價日見平減，可以仰慰慈懷。肅此稟復！

又

十六日接奉十四日所發鈞函，並荷寄示兩次奉到廷寄及覆奏摺稿，恭悉老夫子前此覆奏軍務、糧餉各情形之摺，均一一仰邀宸鑒，並知聖意以兩帥俱病，則老夫子竟接手總統軍務，若德帥尚能帶兵，則旌旆仍舊駐省辦理地方事務等，因仰見帝心倚畀元臣與慎重地方之意，交重而不偏廢，下懷不勝欣慰之至。此時德帥病已大痊，自應專辦軍務，老夫子竟可毋庸出省。惟額帥此時又無大病，而旨意則令其回赴西安調養。某代爲籌計，不交總統又不得體，竟行交卸，回赴西安閑居，又非久安之道，轉覺進退兩難耳，不知伊等如何定局復奏也？

某脚疾雖已結痂，尚未盡脱，昨因事件堆積太多，不得已于望日出門照常理事，步履尚覺勉強。秋闈不遠，昨已奉到行知，擬于廿六日在郡起身，趕緊行走，于初二日晉省。瞻拜非遥，望雲雀躍。先肅稟聞，順請慈安！

又

初十日雙林回郡，奉到鈞函，敬領一切，並稔老夫子大人慈躬康泰，潭祉清寧，快符遠頌！又蒙賞給咨文，俾某得及時北上。我夫子成全期望之盛心有加無已，感深心版，非可以言詞罄也。前附袍掛，統不過附呈吉祥之頌，乃蒙齒及，轉增顔汗。又承賞給哈蜜瓜、蘋果、雪梨等件，嘉菓珍品，特冠時新，川省最爲難得。向在營盤，幾歲得叨分飫，兹復仰邀記注，在遠不遺，感謝恩私，益無紀極。

某前因我夫子卜於歲前北上，是以汲汲請咨，以冀及京依侍。茲聞行期當在二月間，某儘可從容束裝。現聞王署守于初十日出省，某擬於此月十六七交卸，從容步緒。俟封印前後擇吉起身，緩程而行，即于三月間引見，亦無不可也。渝城積案俱已清鏊，地方尚稱寧謐。王守本係熟手，且聞嚴道亦即日回渝，足資彈壓，巴縣葛令已經交卸，現在清理交代，再行進省，亦無甚大累也。耑此肅稟，叩謝慈恩，俟定期起身，再行稟聞！

又

前雙林回郡，接奉鈞劄，并荷賞給咨文，當即肅稟，申謝知己，仰邀慈照。茲於二十二日復蒙慈函下貴，眷注殷拳，並承示知，我夫子近日復有誕育世妹之喜，門生聞信之下，不勝欣慶。

伏維老夫子大人頻年戎事，鞍馬辛勤，自旌斾元旋，鼎茵集慶。楊枝在御，知增簹室之春；蔗節旁生，又報明珠之毓。此樂事天倫之叙，即慈躬多壽之徵。遙想繡帨懸門，犀錢卜吉，門闌添喜，湯餅臚歡。某遠在偏隅，不得躬逢其盛，引領崇階，實深翹跂。至某征衣久解，蘭夢無徵，真所謂臣之壯也猶不如人，我夫子聞之，必嗤其藁砧之無狀也。

又

昨在涿州途次叩送行旌，即驅車南下，適逢天氣炎蒸，兼之大雨時行，道途泥濘，賤軀新病未痊，不勝勞瘁。當即改道赴濟寧登舟，水路稽遲，閏月廿五日始到本籍。久客初歸，親朋過從，未免有一番酬應，某病體尚未復原，殊形勞頓也。

敬維老夫子大人自京旋蜀，計程七夕左右始能抵署，想川巖之跋涉，頌旌斾之敉寧，引領錦城，實深馳繫。某歸家後，擬暫爲調攝，俟氣體少充，即當料理修墓、移家之事，約中秋以後，方能買舟溯江而上，徑赴鈴轅，摳謁慈暉，面紓積悃。敬肅寸稟，先叩鈞安！

又

竊某於涿州途次叩別行旌，一路平安，于閏六月二十五日到蘇，當即肅泐一稟，由汪撫軍郵封馳遞，以慰慈注，諒邀恩照。茲于七月十九日奉到鈞函，殷殷垂注。

伏念某在京抱病，即蒙老夫子時刻軫念，慰問頻仍，賜以參藥，俾令速就痊可，恩施逾格，實非尋常屬吏所能霑被者。茲復遠道賜函馳訊，可見小草榮枯，無日不在大鈞眷顧之中。感激之誠，非言可喻！現在賤體已經復元，飲食亦已照常，惟因久客暫歸，俗務冗集，一時料理未清，尚須再住月餘，約八月二十以後方能束裝就道。先此稟復。

又

竊某數年來依侍清光，叨承慈眷。歐陽佐錢穆父之幕，不論官階；諸葛入龐德公之家，幾忘主客。我夫子之愛我者深矣！所以優禮之而成就之者亦至矣！夫感恩知己，自古爲難。愚謂叨上官之恩尚易，而受上官之知尤難。如全蜀官寮，孰不邀老夫子之提攜拔擢，而相信之深，相期之遠，相待之優，則未有與某同日而語者，此旁人觀聽，尚謂希逢，況身受之人，其何如報答？滿擬身如小草，常被光風；不意官似行雲，忽移別岫。雖懷賢惜別，俯仰同情，然巢禽有戀樹之心，嫁女無終留之理。頃者，承乏蓮府，小住錦城。兩月暫依，八驥頻顧。餞之以華饌，又庖肉廩粟之分頒；贐之以兼金，并珍藥名香之臚錫。儀多及物，情至生文。古人所謂"感不絕於予心而受大德者，不可以言謝也！"

叩辭之次日，即蒙尚弁傳諭川泉一缺，已奉旨簡放。姚道聞信之下，不勝欣慰。姚道隨侍尊前日久，一切尚能替力，今得此缺，可以久安其位。不特蜀之刑名一席可慶得人，即爲我夫子私計，亦無患左右之屢易生手矣。惟聞姚道所遺之缺，黎道得之，黎道初登仕版，似尚與首道不甚相宜，倘就現任各道中酌調一員而以所遺之缺補之，此亦慎重要缺之意，必爲聖明鑒察也，不知省垣衆議以爲何如？謹禀！

上威勤公勒相國書

敬啓者。門生山林静寄，杖履久違，每思小草之無依，益念慈雲之垂蔭。前得張蕚樓之信，知公中堂老夫子大人與之途次相遇，即詢及門生行止。及韓桂舲中丞過浙，談及我夫子在都每當弦歌酒宴，必及卑賤姓名。知遇之重，在遠弗遺，感戀之私，因端根觸。前聞旌節在都，恩榮叠降。因七旬壽誕，特奉中旨開筵，承三接寵光，獨與外臣殊禮。繼以甘涼。舊治，策借籌邊；即聞令僕新除，班超相國。望風遜聽，踴躍騰歡。

伏念我夫子忠孝爲寶，文武兼資。樹韓范之崇勳，纘韋平之令緒。唐家宰相特標世系于史編，宋室中書必謹官占於枚卜。而且帝心久簡，無須更歷參知；物論咸歸，未可遽離藩翰。蓋呂伋爲太公令子，典兵早著於周邦；韋皋是諸葛後身，持節最宜於蜀地。此邊隅之在漢室，常用三公；而河内之借寇恂，不止一歲也。門生寄公在浙，故我依然。沈生老去，尚解讀書；陶令歸來，不免乞食。無可爲長者告也。謹此肅啓，叩賀鴻禧，統希淵照。

上參贊將軍德侯

竊卑府違隔榮光，屢更節序，依結之私，常縈寸悃。茲屈東皇啓運，北斗旋衡。敬惟將軍大人豹韜宣威，麟符集吉。正值軍聲大震,餘逆潛消;掃穴擒渠,功垂旦夕。共仰聖天子之德威廣被,實由大將軍之神武超群。恩膏同錦水俱深,勳績與岷山並峻。從此蘭錡三軍接九重之春色,鐃歌一路和萬姓之歡聲。崇祺同歲籥以俱新,履祉共鴻鈞而並轉。祥同百禄,慶協三元;帝眷攸隆,崇猷丕煥。

卑府親沐栽培之德,更承覆載之仁,仰睇吉星,曷勝忭舞。惟是情殷稱慶,迹阻凫趨,肅具丹稟,敬叩鴻禧!

上四川主試錢次軒給諫

向在都門,時親榘範,自一麾出守,遠隔音塵。值戎務之方殷,兼郵程之修阻,遂致音問闕如,回首春明,無時不神馳左右也。比聞老前輩大人榮膺帝簡,典試西來,僂指星軺,即日將臨川境。伏想蓬山夙望,久知玉尺之平衡;柏府清風,共卜冰壺之皎潔。佇見蓉城翹秀,胥入匠門;錦水元珠,俱歸珊網。望風引領,健羨奚如。卑府典郡巴渝,兩更裘葛。幸袄祲之漸消,覺瘡痍之將復。近日復奉大府之檄調取隨營,磨盾倥傯,勞薪歷碌,是以文星蒞止,竟不獲道周負弩,一罄契闊之悰。特肅寸稟,附郵馳叩鴻綏,唯希丙照!

上四川主試楊秋曹健

昔在湘中,即欽碩學,都門奉職,復得時近清徽。自一麾出守,若墮風塵,回首朝賢,宛如天上。項聞大人榮膺簡命,典試來川,計日星軺,將已入境。伏想郢匠程材,世共欽為真鑒;蜀琴彈雪,人爭慶夫賞音。引領下風,可勝翹企。卑府一聞文星蒞止,方冀舊雨重逢。顧以奉檄從戎,弗遑寧止,卿雲咫尺,不獲修瞻晉之儀。謹肅蕪稟,馳叩鴻祺,統唯青照。

855

上錢次軒學使

竊卑府歷碌奔馳，致疏稟牘，每企清輝，常縈洄溯。頃接省城來信，驚聞憲閫夫人在湖南途次復發舊恙，驚馭仙遊。伏想大人頻年京秩，一切久資壼政賢能，今以榮莅錦城，中途遽返瑤池之駕，自必傷奉倩之神，增安仁之悼。惟是修短有數，緣盡則分，賢者達觀，當能情因禮節。此時星軺觸暑，尚祈珍攝提躬，是所叩禱。卑府旅逐戎行，未克迅叩鈴轅奉慰，泐此稟請鈞祉，伏祈台照。

上林西崖方伯稟

竊卑府自奉調隨營以後，日事奔馳，每企慈輝，有懷靡及。昨憲紀至營，仰蒙鈞函寵貺，存問下寮，莊誦之餘，益增依慕。伏惟大人鴻仁碩德，衣被全川三十餘年之久，寮屬士民，同聲感戴，固為近今所希有。卑府至川未久，仰隸雲天之下，雖為日無多，然前歲甫經晉謁，即荷推誠訓迪，遇事獎成。凡今大府之優容，皆賴鼎言之先入。感恩知己之心，無時不縈方寸。茲聞憲節已定於二月初吉啓行東下，當始和之令序，杖履皆春；兼覽揆之良辰，海山同慶。卑府旅逐行間，勢不得親送道周，引領慈雲，不知何時再能瞻覿？私衷孺慕，與日俱深，俟屆期尚奴回郡，代送霓旌。先肅寸稟，馳叩崇綏，伏惟垂鑒！

又

竊卑府頃聞錦驂北上，諏吉有期，頌愛日之方長，惜慈雲之漸遠。私衷依結，莫可名言。伏惟大人當代名臣，今時壽耇。一方霖雨，共推巴蜀之文翁；九老香山，首數匡廬之白傅。即日揚舲吳會，旋節燕都。訪鱸香蓴熟之邦，鈞遊如昨；當草長鶯飛之候，杖履皆春。此真邱壑夔龍，簪纓巢許。記魏公之晝錦，庶幾同此光榮；賦平子之歸田，未許方斯遭際。

卑府以鄉邦之後進，曲荷匠石之裁成。感恩知已，鏤骨難忘，惜別懷賢，望雲增企。祇以旅逐戎行，不獲臨歧叩別，敬遣孥代躬護送行塵，並叩慈綏，臨禀不勝依戀馳溯之至。

上先方伯

頃得會垣來信，欣聞大人榮膺恩綍，晉秩豫藩，遜聽之餘，不勝雀躍。伏惟大人祥刑布化，弼教爲心。秉臬六條，清風播於錦水；運籌千里，偉績著於戎韜。皋陶體三宥之仁，比屋愛如父母；召伯宣二南之化，移旌特建屏藩。即此天眷之畀申，可識帝心之簡在。節鉞先聲，封疆重寄，事在指顧，即於此卜之矣。

卑府初登仕版，即托慈幬。既邀眷睞之殊常，復荷矜全之無已。茲聞嘉命，固愜下憂。然以小草之私心，尤惜慈雲之遠去。將來絳節南移，定必從渝城取道，敬當翹企行塵，藉抒依慕。先肅蕪禀，恭叩崇綏，伏祈鈞鑒。

上楊荔裳方伯

頃接會垣來信，抄示鈞製試院述懷之作，盥手焚香，循環十讀，歡喜欽佩，莫可言宣。伏惟大人薇省清班，鳳樓妙手。昔依禁近，嘗視草於北門；今建屏藩，早育才於西蜀。舉爲國求賢之典，切修文偃武之心。乃以鑲院公餘，雲章親染。風簷辛苦，尋舊夢於槐黃；鈴閣清嚴，譜新詞於竹素。洵藝林之佳話，亦儒雅之風流。

卑府廿載懷鉛，一麾捧檄。往歲名膺鶚薦，曾附桂籍之末行；近者迹阻鳧趨，長滯錦官之下郡。幸傾風于遜聽，敢學步于後塵。

竊著蕪言，謹依元韻，不揣固陋，伏冀鈞裁。

上省城軍需局

敬稟者。十月二十七日接奉憲札，飭查卑屬各州縣境內現存鄉勇實數，據實具報，以憑委員點驗等因。

竊卑府於本年三月二十七日到重慶接印受事，素聞地方安設鄉勇不無浮濫，當即疊次檄查併飭催裁減。嗣於五六月間，包正洪、王登廷二逆餘匪時時游奕于江北廳、長壽、涪州、合州等處邊境，因與各牧令等籌核，以上四處每處酌留鄉勇或千名或數百名不等，防守要隘，併飭巴縣酌存鄉勇一千名，分布大小兩河口岸，以防偷渡。卑府親募鄉勇二百名，委員帶領，往來巡視接應。迨至七八月以後，賊蹤雖去，而田穀正熟，農忙不得齊團，誠恐被賊乘隙搶割，將民食無資，而賊匪得食轉得又延殘喘，是以卑府稟請前經帥勒公，將所存鄉勇暫留，保護田疇，當蒙批准允行在案。及四鄉收割既竣，農務已閑，民力可以齊團，當即分飭各牧令將所設鄉勇酌量裁撤，以節糜費。卑府所設鄉勇二百名即先於八月二十九日裁撤，隨據江北廳、巴縣、涪州、合州、長壽等處先後稟報裁撤前來，刻下江北廳、巴縣、涪州三處已經全撤無存，惟長壽尚有裁賸鄉勇二百名，合州尚有裁賸鄉勇六百名。查長壽縣素無城廓，糧餉、官舍均需保護，所存鄉勇二百名似應照舊安設，以資保障。其合州地方已經寧謐，似可毋庸再留鄉勇，致多糜費。除一面再行札令全撤外，理合先行肅稟憲鑒。再，自軍興以來，各州縣疊次奉文召募鄉勇，其中或隨安隨撤，或為時稍久，或協濟他處及跟隨大營，款項不一，頭緒繁多，府中無案可稽。卑府現已飛飭各屬，統造簡明清冊，卑府當俟彙齊核明，申送憲案查核，合先聲明。

緣奉飭查，理合將重慶全屬鄉勇業已裁撤，只存長壽縣二百名各緣由稟呈鈞鑒。

又

敬稟者。前蒙憲臺籌議賑濟難民一案，於七月十三日奉川東道憲嚴委員發解銀三萬一千兩到府，並單開銀數，江北廳八千兩、合州八千兩、長壽八千兩、涪州四千兩、定遠縣銀三千兩，飭令遵照分發。卑府當即依數給領併指授章程，分飭妥速辦理去後。隨於九月十七日，卑府由府起身，親詣各廳、州、縣，確加查驗，由江北、長壽、涪州轉至合州、定遠，於二十九日回郡。查得涪、定二處辦理最為妥速，放散已經全畢，涪州用銀二千一百八十三兩零，定遠用銀二千六百七十四兩零，其江北、長壽、合州三處因戶口較多，其時正在散放，尚未截數，約計用銀皆在六千內外。查以上五處各該地方官尚能覈實查辦，無有虛飾，而沿途大小男婦領賑者，無不感激皇仁憲德，異口同聲。除飭造戶口細冊，申送川東道核轉外，理合將查勘緣由肅稟鈞鑒。

再，卑府經過各境，刈穫完畢，田穀俱已上寨場集，貿易之人漸多，被燒房屋亦有起蓋者，若從此賊氛不及，則百姓有漸登衽席之象。又，卑府經過兩河團卡，順便查勘，雖近日賊蹤較遠，毋需聚集多人，致滋糜費，而沿江兩岸亦未便竟聽空虛，卑府為之酌定章程，每卡留四人晝夜坐守，以備不虞之信，並令五日一輪，以均勞逸，百姓俱踴躍遵照，小心防範，是兩河聲勢亦皆聯絡無虞。合並附稟憲鑒，以慰鈞注。

上董觀橋廉訪

敬稟者。卑屬壁山縣民李廷貴刃傷胞兄一案，經卑府依律定擬，援例聲請三次，奉文駁斥謂"此案一死一傷，情節凶橫"，卑府妄逞臆斷，屢駁不遵。今卑府已遵照憲諭，刪改妥詳，賫呈憲案。但卑府辦理此案亦有下情，不敢不上陳憲聽。

查該犯殺斃胞侄，復刃傷胞兄，情節似乎凶橫，但殺者胞侄律無抵法，此番定以絞決者原爲刃傷胞兄起見，而其兄傷甚輕微，且久經平復。該犯依律絞決，一經部覆，立時即應縲首，似亦可憫。故卑府爲之求一線可生之路，援例聲請，此不過卑府寧失不經之意，非敢固執己見也。今蒙憲臺如此嚴詞詰責，卑府既在下寮，何敢不遵照更改？惟是此等案件，依律問擬而援例申請，原屬朝廷法外之仁，即使不蒙部准，其科罪已盡本律，亦與失出不同。倘今不爲聲請，萬一大部忽動好生之心，查取遺漏，聲敘職名，卑府與該縣皆有應得之咎。故案雖遵改，不得不縷切瀆陳，伏祈憲臺俯賜鑒察！

此案後來仍照府擬完結。

上胡晴溪學士

竊卑府向日在京奉職，密邇台光，祇以大人軫掌賢勞，有疏瞻晉。茲者備員川省，逖聽長風，每思削牘攄誠，稍舒積愫，又以大人露冕宣猷，治戎孔亟，不敢以寒暄蕪語，上瀆清嚴。茲以仲秋之月，哲嗣攝篆來渝，把晤之下，詢悉大人禔躬履吉，慶集鼎裀，實深欣慰。

伏惟大人籌筆嘉謨，每收功于三捷；戎韜碩畫，久徹聽于九重。即日功成奏凱，飲至策勛，節鉞先聲，綸扉重寄，由此基之矣。卑府摻觚下士，時務未諳，濫瑟巴渝，倏逾星紀。自問迂疏之質，每懷隕越之虞。惟冀錦覆所施，不遺在遠，實私心所願，望而不敢必耳。敬修寸禀，恭請台綏，伏希丙照。

上陝西方葆巖中丞

竊職道向在都門，常瞻光霽，自一麾出守，遂隔雲泥，雖懷葵向之忱，莫遂鳧趨之願。

伏惟大人文武爲憲，鼎輔重臣。贊密勿於中朝，掃欃槍於絕域。功成干羽，兩陝勒方召之勛；德紹衣言，四海頌韋平之績。庶流仰鏡，寮吏傾心。職道備員巴蜀，遜聽風聲，固已仰公之碩望如北斗泰山，欽公之大猷爲舟楫霖雨。茲得依化宇，親受栽培，歡喜慶忭，非言可喻。

職道今夏在都引見後，即請假旋里。八月之秒假滿，仍由蘇赴蜀，舟次荊州，接閱邸抄，始知陞任潼商之信。本應即改道入陝，緣川中尚有經手事件必須親往料理，是以仍赴成都，事竣即當請咨，星詣鈴轅，面聆鈞訓。謹先肅稟，馳叩鈞安，諸希照察。

上湖北章桐門方伯

昨某由家赴蜀，道出武昌，摳謁鈴轅，仰荷大人垂情舊雨，略分撝謙，珍貺寵頒，八騶枉顧，私心榮幸，莫可名言。叩辭後一路平安，十七日午刻行抵沙市，適宜昌吳署守崇人遞到鈞函，披誦之下，知某已經陞任陝省，叩蒙關示，具徵慈注殷拳，不遺在遠，感謝之悃，子墨難宣。惟是某與勒公在京分手時，原相約若陞在陝黔等省，仍當由蜀取道，茲距蜀不遠，倘中道改路，未免恝然，是以定計將眷屬暫留荊州，從容由襄樊入陝。某輕裝星赴成都，一謝憲恩，即由棧道而北，亦不甚迂繞也。肅此叩謝，並請台安。

卷下

致壯烈伯許公

分手倏又兩月有餘，馳念清輝，無時或釋。刻下楚匪竄川，聞有四大股，公憲帶兵堵勦，現駐新寧，俟德帥到川，合兵兜勦。頃得夔府信，又言賊匪中二股因川中無食可掠，已折竄回楚，其一股竄入開縣等，語不知確否？大人此時是否駐兵定遠？倘探得賊踪遠近確音，尚希關示爲荷。

某本欲即往上游，因省城大營兩處均有交辦要件，需得二十外方能辦出，擬于廿一二間起身至合、定，一路查勘江防，并圖把晤。先此布達，並候行祺。不宣。

又

頃接來教，示知一切軍情，謝謝！貴弁來領餉銀，緣昨敝處詳報，省局奉兩司批駁，不准支給夫價，是以刻下先將鹽菜銀兩支發。但思尊處所帶之兵係上下游兵，非駐防者可比，此項夫價似可支領。府中奉司駁飭，未敢擅發，祈大人另作文書一件，將此項游兵應支夫價之處頂復到府，當詳請補發也。頃聞陝省大股賊匪竄來川省，已至南江，尊處消息如何？乞隨時關示爲荷。耑此布達，順候行祺。不宣。

復建昌鎮總兵張公

別後月餘，彌深想念。屢聞大人統領雄師，在川東一帶頻挫賊鋒，威棱丕振，即看擒渠報捷。渥荷恩榮，實深抃企。承寄手書，荷蒙不棄，葑菲殷殷，垂注尤深。欣幸大人頻年戎馬，倍著勤勞，以致傷痕時發，乘騎維艱。弟已將實在情形屢經婉達憲聽，公帥並非不准，奈因現在軍情順利，指期奏凱，大人一路之兵若無可靠元戎，即不成一隊，而目下竟無接手之人，只好暫緩，容俟薛翼長病愈到營，再爲騰挪。此事在公憲亦無可如何，而大人席屢勝之威，勢成破竹，緩日竟可全功告竣，飲至歸來，亦大臣立功盛事。諸祈且自寬懷，專心追勦，蓋篤之忱，自邀天鑒。實深切禱，肅此奉復，並請金安，諸惟珍攝。不備。

上姚一如觀察

八月二十六日，大營差弁至渝，接奉鈞函，示知公憲保奏卑府等之摺已奉批回，仰邀俞允，并示知公憲實授晉秩賞賜各信。捧誦之下，感荷無厓！

伏念卑府承乏渝城，甫經周歲，才具本疏，資格又淺，遇事每形竭蹙，撫躬時慮愆尤。猥荷憲臺噓植，大府垂慈，過收蠡綆之長，忝入古靈之牘。卑府自問何修？殊形非分。至讀公憲奏稿，獎飾過情，雖登越石於後車出自夷維之意，而注陽城爲上考實由燕許之言。卑府瞻晉之心，尚有懷靡及，何意栽培之澤，已在遠不遺。引領台光，倍增感戢。至於公憲勞苦功高，聖明已經燭照，此時加恩以漸者，不過留爲後此酬庸之地。然即此榮恩之洊至，可以卜天眷之如初。從此天意人心，相爲輻輳，公道既已大明，豐功定當即蔵，此固事理當然，非受恩者之私言也。伏想憲鑒之明，所料亦當同此耳。緣奉前因，合再肅稟叩謝！

又

初二日，王廷暻回渝，接奉憲函，知蒙鈞注。以卑屬差委需人，稟請公憲，將該員遣回渝城，仍幫同卑府辦理堵禦事宜。感激私忱，非言可喻。現在賊匪湯、劉等股于月底月初由墊江竄入長壽邊境，刻下有橫奔隣水之勢，卑府正苦差委無人，茲得該員到郡，卑府即日仍調舊管壯勇，一俟齊集，即委令帶赴長壽協堵矣。至該員以虛銜捐職微員，竟得邀公帥破格之施，奏補巡檢實缺，此皆憲臺培植之力，實足鼓勵人心，將來卑府亦易收手臂之助，所被澤者不僅該巡檢一人已也。耑此叩謝，並請崇安！

又

前因差弁之便，曾肅寸稟，叩謝鈞慈，諒已上塵淵照。嗣接手函，以大足令李凱跟隨經帥行營，不無用度，擬令署任之員酌爲津貼。仰見憲恩體恤下寮，曲加調劑，披誦之下，欽佩難名。

伏查大足向係試令繆光黻署理，本年秋闈，繆令奉調入簾，因委胡之富代辦，胡令與李令相好，自有願幫之意。卑府曾稟留胡令接署大足印務，藩憲以爲不可，茲仍飭繆令回任矣。繆令素性拘泥，不甚解事，所有李令津貼一事，卑府難形筆翰，當俟其至郡之便，面與商議。如彼意情願，當即馳復憲鑒，以便轉復李令也。茲以家奴至營之便，耑此布覆，伏惟心鑒。

又

昨在通川暢叙旬日，仰承推誠訓迪，謙濟下交，自問何修，過荷垂青若此？真恨相見之晚耳！叩辭後，聞台旌亦即於是日啓行，歸心之切，即此可徵。惟是連日秋熱異常，不識尊體觸暑戒途，尚不致有所苦否？殊深懸系。大營現向通南一路進發，前敵在南江與高家營接過一仗，在不勝不負之間，唯游擊楊春榮深入陣亡，殊爲可惜。昨因報期已屆，將各路打仗情形略叙一摺，於初十日五百里拜發。公帥因受暑有瘠下之恙，幸不甚重，諒可不致成病耳。公帥以華尖壩之捷，賞給四品翎頂，果不出前日我等所料也。省垣酬應煩冗，諸唯静攝珍衛爲荷！

又

昨因孫縣丞赴達之便，曾附寸稟，叩請福安，并申謝悃，諒已仰邀鈞照。二十八日接奉瑶翰，并于公帥處得誦憲臺請告稟函具領，一切在憲臺松菊之思，發於誠悃，卑府平昔深知，即公帥亦早爲鑒及。惟是頻年宣勞帷幄，超越尋常，大府倚毗之隆，亦不同恒泛。雖遂初有願，此時未易輕言。況川省軍務刻下正當事機不順之時，諸務均需多籌方冀萬全，故憲意盼望行塵，正如飢渴。兹接來牘，知急切尚難就道，是以已允旋省調攝。錦城醫藥較勝旁郡，静養兼旬，時過潯暑，秋高氣爽，玉體定必霍然。維時若戎事已完，即可毋煩跋涉。設尚稽蕆事，仍需旌旆一至行營，或久或暫，届期面議進止。憲意如此，用敢詳悉轉陳。至近日師行崖略，已悉公憲先後函中，不及贅述。尚此稟復，統希淵照。

又

天中前後兩奉鈞函，知前泐寸箋已邀慈鑒，並稔憲臺撫辰集慶，榮戟凝庥，遜聽之餘，實增抃慰。近日公憲以楚氛尚惡，移師東下，捍衛邊疆。昨曾向巫山一行，業經分兵布置，刻下返抵夔門，少

865

住旬日，再定行止。前次生擒徐逆，實屬非常之績，而德帥曾經報過淹斃，憲意不欲以異同之迹，上煩睿慮，是以奏報時極其斟酌，業將摺稿寄呈，諒邀鑒悉。茲因公憲遣人晉省之便，專此。肅候近安，統祈鈞照。

復姚二尹

弟承乏來渝，荏苒經歲，迂疏無策，方慮愆尤，猥荷大府過聽，濫入古靈之牘。此雖公憲恩私，實令兄憲臺噓植所致，撫躬非分，正切汗顏。乃蒙瑤翰遠頒，過情獎飾，自惟菲薄，豈敢當仁？謹此復謝，順候升祺。不宣。

復川東嚴筠亭觀察賀翎

九月初三日接奉鈞函，謹領一切，藉悉台候馨宜，快符私頌。卑府承乏戎幕，碌碌未有寸長，猥荷公憲恩私，濫廁古靈之牘。才不稱乎鴻儀，心但形其雀躍，叨榮非分，顧影生慚。乃承鈞翰寵施，吉詞獎借，捧函洛誦，彌益汗顏。秋中令序，卑府身在行間，不獲泥叩崇轅，隨班燕賀。渝寓無人，方愧弗能申片芹之敬，顧蒙齒及，悚仄難名。州別駕倪君與卑府本屬少年同學，其人耿介自好，疇昔之所深知。茲荷鼎言所示，當存心版。耑此肅謝，並請金安，統祈青鑒。

又

五月晦日，接誦鈞函，具荷存注，並稔禔躬履福，撫序凝庥，快符私祝。渝城五方雜處，素號難治之區，今得憲旌親駐彈壓，定必吏畏民懷。惟是近日雷波夷人滋事，日久未散，公帥因軍務正當緊要，不能移師親往，現調豐提憲帶兵前往彈壓查辦，又恐崔署守係代辦之員呼應不靈，是以將淡守調回本任，以重邊疆。其重慶郡務以憲臺前此盛稱英倅之能，故即委英倅代辦府事矣。再龔牧之弟龔元泰現在巫山辦理團務，頗著勞績，重承鈞囑，當與方、周二守商量，稟懇公憲施恩。正在封稟間，復誦手翰，具領一切。英倅本可用之才，公帥頗加垂睞。昨奉鼎言，卑府即面爲轉陳。憲諭以該倅才具本優，歷俸又深，以之陞補酉陽牧，實屬人地相宜，但需方伯開列來營方可，否則該倅並無有辦過軍務，未便憑空擢用，尚祈憲臺晉省時再向薇垣一言。耑此稟復，伏祈台鑒。

致嚴八世兄

前歲渝城聚首，時挹蘭芬，分手以來，常增梁月之想。頃至雲安，晤有堂太守，方知台從已經來蜀，並聞新篇甚富，駸駸乎將入古作者之林，聞之欣羨無似。惜弟碌碌戎行，不克在渝共數晨夕，殊深悵怏耳！

尊公驥從此時想已晉省，吾兄鯉庭多暇，三餘之業，定必日新月盛。他日樽酒細論，得觀群玉之府，何幸如之！泐此布候文祉。不備。

上建昌劉觀察

去春，道出廣元，曾瞻憲霽，嗣因治戎孔亟，竿牘多疏。比惟憲臺駐旌川北，辦理堅壁清野事宜，以舊令尹之仁聲惠政，百姓悅服已久，自見令出維行，事半功倍也。渝境近日亦托粗安，寧遠方守來渝會同辦理寨卡事宜，已有頭緒。茲有憲姪自黔來蜀，道過渝城，乘便附請近安。統希丙鑒。

復陳笠颸觀察

歲籥更新，伏惟台候萬福爲頌。伻來，披覽惠函，兼荷香茗珍

867

果之賜，多儀及物，敢不拜嘉？惟是戎行奔逐，無一物可以報瑤，感銘之餘，更增媿汗。盧思舉一路鄉勇到達，得大兄寬嚴並濟，清筭積欠，免其藉口滋事，具徵苦心調劑，公帥亦深爲許可也。本日師抵梁山，因附近尚有零匪，派兵往勦。大纛暫駐二三日，梁達寨民殺害官兵之事，殊爲駭聞，憲意必欲澈底嚴辦，已札調劉牧，祈催令速來爲妙。前奏改設文武一摺，部議准行。達州改爲綏定府，係欽錫嘉名，此席大約即屬舊尹矣。專此布謝，統希鈞照。

致方有堂太守

伻來，接誦手函，具稔文旆已臨定遠，便道查勘江防，即莅渝城，再籌堅壁清野之事。仰見賢勞懋著，露冕宣猷，欽佩之餘，更增忭企。江防一事前合定牧令粗有定議，已具稟公憲，未奉批回。今得大兄親臨查勘，伊等益有遵循，不勝欣幸。至堅壁清野一事，最爲江以北之要著，而清野尚易，堅壁實難。想元凱胸中素羅武庫，惟望錦驂莅止，得奉椷訓遵行耳。至弟入川未久，方慮愆尤，乃蒙公憲破格加恩，輙點古靈之牘，實意想所不到。重承關示，銘泐無似。先此復謝，順候行安，餘容面悉。不宣。

又

昨在渝城，曾留書一函，在小价史元處，諭令至夔面呈，未知日下已達青覽否？墊江途次晤鄭四兄，知大兄望日榮莅新任，遙見壁壘一新，東方保障有若長城矣！

又

前月抄肅佈一函，諒塵記室。清和三日，復誦手函，具悉一切。吾兄自莅夔門，即值軍符旁午，一載以來，無一日寧居，而且商船稀少，所入不敷所出，一切拮据之狀，大府之所深知。惟是去年所云及期瓜代之説，彼時原預慮有名無實，然此時銜恤之後，奏明爲缺留人，斷無那動之理。且天下事無往而不復者，此時如此賠累，必有財源輻輳之時。消息盈虛，事有必然，愚以爲不必深慮也。且屈指全川，何處尚可安處？弟亦覺無可他慕，諒高明必已熟計之。

大營近頗順序，兵氣日揚，賊氛日減，唯願楚氛不入川境，則竟有偃兵之望矣。耑此復，候素履。不宣。

上川北李觀察

碌碌從戎，久疏削牘。伏惟憲臺撫辰凝績凡百馨，宜定符私頌。惟是防江籌餉事事棘手，傾想賢勞，常增依結。兹于二月十六日在梁山元壩驛營次接誦本月初九日所發鈞函，具領一切。

閬中李令不循規矩之處不一而足，其正月初八日所發請餉之禀，頗涉下流訕上，殊非情理，當時憲案即加駁飭，公憲亦絕無議論，毋庸錦注，兹將原批抄寄，自邀鑒悉。至憲臺包涵大度，於人何所不容？定不稍存芥蒂。至餉項短缺情形，通國皆知。州縣積欠，處處盈千累萬，亦非獨欠閬中一處。此皆公憲之所洞悉，斷不因該令一禀遂生疑慮也。所付清摺暫存卑府處，倘蒙公憲議論及此，當爲轉呈；若已相忘于無事，似亦不必再煩憲心矣。耑此禀復，統希慈鑒。

致成都太守趙少鈍

連日大兵在境，弟帶兵勇赴合、定防堵，昨始回郡，是以疊荷手函，均稽裁復。榮昌逆倫凶犯脱逃一案，弟前月聞信，即飛札嚴飭，並密札趙聖徵懸賞跴綫查拿，不爲不嚴，而迄今不獲，真無可如何之事。昨荷臬憲賜函指示，弟又委英別駕親往督緝矣，然獲與不獲，尚不可知。項奉兩臺嚴札，飭令詳揭請參論"該縣教化之不行，緝捕之不力"，立登白簡，雖弟亦無所辭咎。但弟查此等案件，若大憲尚摺特參、降革均無不可，若照例辦理，則"緝凶例"內並無"逆倫凶犯"之崇條，故上年永川姜興祖砍死繼母一案，弟照緝凶常例扣參，已邀部覆。今榮昌之案，上憲若肯施恩，則照永川姜興祖之案辦理，似乎較為安穩，否則戎務方殷之會，又崇摺參奏此等案件，恐又上煩聖慮也。至乾隆四十三年合江劉碧川一案，弟雖不知其原委，然諮訪其事，似乎當時未報，至四五年後發覺，故照諱命例參處，是以處分較重。此係王筠圃經手之事，問之可知詳悉，乞吾兄代為一問，併將弟此說轉達憲聽，從長計較為妙。至余令年屆七旬，本有告休之意，今有此存嫌疑之見，是所至禱。倘文旌至省，見敘永司馬曹六兄，定能深悉鄙忱耳。崇此布達，維希丙鑒。

又

前因渝郡缺守，大府借重公才，當即兩泐寸函，具陳一切。嗣誦復示，知薇垣又將委札撤回，事涉歧異，是以未即裁報。但渝城政繁俗悍，非得廉靜如吾兄者不足以資鎮撫。是以弟稟請一如觀察轉達薇垣，仍如前議。唯是以弟從戎之故，致煩吾兄舍田而耘人之田，殊抱不安耳。所有郡中公務，一切歸兄主裁，其餘公私瑣屑之事，弟已於前函詳布，諒邀鑒悉。唯兩妾寄住營廨，終非久計，倘得于府衙內劃出旁屋數椽俾令栖止，另門出入，較為省便，不知可否？如彼此不便，亦不必遷就也。弟有閽人沈鑑向在荒署，諸事略知大概，倘尊處人尚未滿，試呼令暫隨左右，稍効犬馬之勞亦可，但此人只可備奔走之役，不可令與聞案牘之事也。併此奉囑。弟隨侍憲節，旋郡尚需時日，郡事諸惟垂愛關照，志感弗諼。崇此布賀榮安！

復曹霞城司馬

暮春小晦接誦手函，具悉一切。所寄貴州軍需參案當即呈師憲查閱，此案已敗壞決裂，而近奉諭旨交琅制軍審辦。適琅制軍又以邊事不能至黔，恐即交百方伯辦理，亦未可定。大約孫觀察必一敗塗地，而馮少君輩恐亦不能置身事外，此等事皆與地方無益者也。連年師憲正當涸轍，此案又有分賠八千兩之多，且將來恐尚不止此，如何如何。

大營光景甚爲順序，連日奏明分兵搜捕，旬日之間必有三四仗，每仗所捴斬不過數十百人，而日計不足，月計有餘，于軍務大有裨益。參贊以楚匪勢張，奏明過楚，聖心亦以爲是。而彼中當事者頗有拒人千里之意，是以參贊尚頓師巫山邊境，欲去而不免躊躕也。吾弟現辦官荒一案，諒必有旬月逗留，公憲亦深知此案要緊，必須大才辦妥，方無後慮，吾弟儘可詳悉勘訊，毋庸汲汲也。泐此復候升祉。不備。

與夔府周太守

頃接瑤函，知四兄夔門權篆之事已竣，現在回抵忠州，欣慰之至。惟是忠州一席新補之鍾公現在太平，一時難以遽離，是以公憲之意，且暫留台斾在忠，以資熟手，兼可就近辦理夔門團練。茲接省中信，方伯已迳行委員至忠接署，專請吾兄辦理團練事宜，且聞省中已迳行下委，即弟渝篆亦已另員接署，此固方伯爲慎重地方起見，公憲未便駁回，諒此時尊處亦早經得信耳。謙版下頒，弟已屢辭，吾兄若再如此見外，弟唯有亦以手版奉答而已。耑此布復，順候台綏。

致嘉定太守宋雲墅

前接省城來函，并觀橋先生致典試魏公信，均已收明轉致，當即布復，不知何以未登記室？頃奉手書，知台旌已旋戎郡，地方清謐，播政可以優游。福人得福地，真可羨也。視弟四郊多壘，日在羽書旁午之中者，又紅塵中之神仙矣。刻下楚匪竄川，公帥已赴新寧。聞咨調德帥大兵合勦，正不知事機如何。敝境又需防堵，而庚癸已呼，度支又匱，巧媳婦難作無米之炊，真無事不棘手耳！湘琴尚在荒署，有奉訪之意，尚未定行期也。頃西園先生有信奉寄，特爲轉呈。西園先生因世兄鬧事罣誤，左遷需次，信中大約是將伯之呼。四兄戚好所關，倘有所寄，或托公車者之便，或交弟處轉致，均無不可。想此時莅事方新，未必即有此暇力，大率亦需緩圖耳！耑此，布候榮綏。不宣。

致江北李司馬

昨以蒲柳賤辰，承賢喬梓枉顧，適弟局門考試，失迎爲罪，容當走叩。

茲啓者，前有二十七日賞菊之約，昨聞兩主考于成都十五日起身由川東進京，計算過渝正在二十六七間，未免有一番迎送，恐不獲分身，所有賞菊之約乞改在出月初五以後。倘其時菊花殘落，即俟冬月賞梅亦無不可。耑此布達，惟希垂照，并申謝悃。順候升綏。不宣。

復重慶通守英己亭

使至，披誦惠函，具蒙因時存注，并拜竹簋香珠之賜，感泐不可言喻。惟營次無一芹可以報瑤，愧惡之至。送來王瓜，時新妙品，公帥甚爲喜悅。而來差四日至達，行程迅速，實可喜也。公帥壽辰並不舉行，在營各屬員並不叩祝。但遽使遠來，自當上達，以表來意。憲意深知吾兄光景清苦，曾兩札方伯，至今未見有所位置，憲心頗爲懸系，常常提及也。弟家累在渝，諸承關愛照應，感不可言。

惟營署非可久居，舍此又栖身無所，前欲賃屋遷移，日久不聞成説，殊不可解，中心甚爲懸懸耳。

近聞渝城有坊民罷市之事，頗爲怪異，幸有專員權郡事，倘陳二尊代辦至今，議者必以爲因弟而貽悞地方矣。弟前日必欲請淡四兄來，以符省中各憲之議，正慮及此等事也，如今方知幹員偉績亦不過爾爾矣。一笑。耑此佈謝，并候升祺。不宣。

又

月前曾泐寸函，諒邀青霓，比當天中令序，伏想大兄集福迎禧，定符所頌。昨得京信，有府報一函，謹加封轉呈，祈查收。再，接渝寓來信，知節間復承分俸相周，向無此例，實抱不安。但業已由寓拜登，不敢再云完璧，下節斷不可引爲例也。耑此布謝，敬候升祺。不宣。

與涪州曾刺史

涪州劇地，借重賢勞，荏苒流光，兩更歲籥。弟自去夏離郡，日奔涉于戎馬之間，然猶荷高誼，時加存問，感不去心。兹仲春三日披誦雲箋，知老先生以案牘過勞，近染怔忡之疾，已稟請兩臺，暫請給假調治。此時本任李公已回，定可至涪接手，閣下瓜代之請必諧。惟是循良所治，遍地甘棠，一旦受替而行，不特該境士民不忍，都君之去，定必臥轍扳轅，即弟惜別懷賢，情難自已！惟祝静攝經旬，早慶勿藥之喜。將來萍水多緣，或仍共事一方，是則私心所默禱者耳！耑此佈復，順候台綏。

復龔稼堂刺史

戎行碌碌，箋牘多疏。頃荷來函，藉悉吾兄一切經手均已清楚，不日買舟東下，摒擋路費，便可南歸，將來八口之計，已降就廣文一席。此真如俗士出家，凡夫登仙，從此爲天際之冥鴻矣，可勝健羨。弟一入樊籠，無計擺脫。近日帶刀跨馬，幾與廝養相伍。昨偶成一詩，曰："昔爲太史公，今爲牛馬走。"此可質諸大方之家，不知謂我何如也。南中見洪稺存希爲道念，不識其近作何狀？去年弟有一信與之，亦不知存達否？望風引領，我勞如何。後會有期，諸希保重！不宣。

又

碌碌戎行，久疏削牘。頃接來教，具紉存注，並知捐教一事又成畫餅。"不如意事常八九"，古有成言。然以閣下之才器，本非可以首蓿終老。此事蹉跎，是天未許閣下作閒人也。將伯之助，應者寥寥，世情冷暖，自古如斯，而官場爲尤甚。凡渝屬諸公，弟已札致，英刺史與弟可聯名作札一催，或有應者，其他則非綿力之所及矣。令弟以家務縈心，不克竟團練之役，恐他日論功行賞不及介之推耳，如何如何。凡有一線可謀之策，弟無不留意也。軍務報蕆無期，弟公私交迫，莫可名狀。公帥待我厚，當始終其事。過此以往，即當抽身離蜀，不復作久長之計。此邦之人，莫我肯穀，不得不知難而退也。茲因人便，耑此，布候文佳。不宣。

復大營曹錢二牧令

幸附蘭舟之末，而遠隔台光，不獲早修良覿，以罄闊悰，引領私忱，日增月積。頃奉手函，遠至藉稔。兩兄露冕從戎，賢勞懋著。并荷示知德、勒二帥業已合營東下等事。刻下賊寇長墊，盼望官兵真如雲霓之切。得此勁旅雲合，妖氛掃滅定有期矣！文員補缺一摺，聞已邀恩允行。此皆公帥破格之施，真足策士氣而勵戎韜也！耑此復謝，順候升安！不一。

致錢衡薌刺史

前接曹六兄一函，即係吾兄之筆，知又要出兵。鞍馬奔涉，非弟所畏，所慮者摺料枯窘耳！繼又連接省信，知事又中阻，暫且一寬懷抱，然恐秋後終不免於一行耳，諸君子勿謂事已過去也。

復沈硯畦大令

昨於十二日泐布一函，諒已達覽。十三日辰刻連接初九、初十所發手書兩函，具紉關注，感戢無似。師憲重赴軍營之說，外間謠言已久，不謂竟有此旨，若果成行，弟自然義不容辭。然近日正患左腿大爛，韈尚不能穿，如何力疾而行耶？幸而收回成命，此不特弟一人之幸也。但此匪因循至秋間不完，恐終不免有此役耳。定法非法，且到其間再處。憲函轉未遞到，如此要信，不知何以遲遲若此？耑此布復，順候日安。不宣。

又

昨家人郭喜進省肅布一函，諒已登覽。頃接初十日急遞惠函，示知師憲奉旨留省之信，感泐無似。師憲重赴軍營之説，此間久有謠言，不謂果符其讖，幸而成命收回，免此一番跋涉。如果成行，非但鞍馬之勞，即一國三公，其事十分掣肘，如何辦理？是于公事亦無益而有損者也。惟是聖心既動，此時雖則中止，正恐秋後不完，仍不免於此役耳，如何如何。新藩已補觀橋先生，實愜眾望，亦川省之福也，然風氣則當又一變矣。耑此布謝，順叩日綏。不宣。

又

頃於師憲信內捧讀復奏摺稿兩件。五月廿七日所發之摺復奏鄉勇一段尚好，而陳奏軍情處太覺空虛。又議論團練一段，議論固好，但中間不該將委派道府一段敘入，蓋既知百姓不樂從，自應與兩帥寫信講究，不應遷就而辦，明係苟且塞責，且露擠額侯之意，恐要招詰責也。又雷波夷務一事，不知曾專摺具奏否？若已另摺馳奏尚好，倘並未專奏，而僅于此摺內帶一筆，必不妥帖也。

至六月初六日所發一摺，立說較妥，所言不可更換統領之意甚爲切實，必能上邀宸鑒。惟中間賊若入楚，不便越境窮追云云，稍嫌蛇足耳！弟謬論如此，留爲後驗，吾兄切須秘之，不可令一人見也。再，此後附奏軍情，尚要切實，見得雖在省垣，而與勦賊事時刻留心方爲得體，轉不在殺賊不殺賊也。因軍情摺向係吾兄主稿，故及之。耑此密復，順候日綏。不宣。

又

昨接初三日所發手書承示，近日所奏軍務情形及奉到批迴各情由，具紉關注，感謝無似。嗣接師憲來函并抄示諭旨摺稿各件，所辦均綏急得宜。而廿二日所奏之摺又婉轉又結實，此摺一到，必邀宸鑒，看來我輩可免老林之游矣。弟脚氣調治月餘，刻下左腿已經結痂，而右腿彎忽又紅腫，現在敷藥，或可消化耳。弟文闈差使尚未奉有行知，俟奉文後再定行期，把晤之期大約在月底月初耳。耑此布復，順候日祺。不宣。

致隆昌盛大令

治戎歷碌，牋牘多疏。每望升華日增，翹跂比審，老先生露冕賢勞，勳隆保障，快符所祝。茲啓者，現在上游賊匪偷渡涪川，西竄金堂，必遇重兵攔截，勢必折回，南竄樂至、安岳等處，川南正在空虛，深可憂慮。昨弟故禀請大憲預籌防守，並具公牘奉移冰案。茲

876

有職員王廷暎本在川東効力，其人熟悉川南路逕，弟故委令周歷查勘，以便爲下游準備之計。至時，務祈台端將尊境現在防堵情形詳悉指示，俾弟得遜聽下風，實所望切。尚此布達，順候升安。不宣。

致長壽余令

逕啓者。查軍餉有日緊之勢，實在不敷分撥，尊處領銀已酌發乙千兩矣。但查本年老先生到任後，已領銀一萬四千五百兩，雖所辦事多，然統計度支之數，將來必至後手不接。祈即查明各項經費可省者即省，庶幾可以支持。昨弟請餉兩月之久，始奉達州發到餉二萬兩。現在各處略爲點綴，所存不過八千兩，須至出月底方可再請，又不知何時發到？無米難炊，弟亦無可如何，不得不早爲之地耳。尚此布達，順候升祺。不宣。

又

接讀來函，具悉一切。尊處景況，弟所深知。府中苟不接濟，何能敷衍？但淡太守因本任所屬雷波有事，已經奉有憲札飭回，本任重慶府事，另委英三尊代辦。兹弟已將來稟封寄英公，並囑其給銀二千兩，在弟任內銷筭矣，祈查照赴郡請領可也。尚此布復，順候升祺。不宣。

復彭縣令汪同年

同年相好而又同官一方，荏苒三年，尚稽良晤，相思之切，諒彼此同之也。伻來，拜誦惠書，藉悉年丈政祉雙清，潭禧懋集爲慰，並荷雲誼，念弟戎行奔涉，分俸相周，素心舊雨，不敢固卻，致蹈不恭之咎，謹對使拜登。至軍務冬間已屆垂成，近又因苟逆竄甘，上煩宸廑，報凱之期，未免少稽。川東現無大股，不過零星餘孽，公帥現

877

在帶兵搜捕，自可日就肅清，唯楚北空虛無備，恐爲他日之逋逃藪耳。將軍□□□□□得勝仗，斬獲千餘人，殘匪東竄□□□□勢，經略亦在太平邊境。聞陝境又□□匪，偷渡漢北，恐經帥亦將回陝也。因承詢及，特陳涯略。□□順候新綏。不宣。

復新繁令陸古山

聚首經年，欽好無間，別時怱怱，未及一罄離緒，每爲悵結。弟自巫山還蘷，即布一箋，諒日下必登青照。重陽日奉到手書，知八月念四日已臨新任。伏想三兄惠政宜民，循聲載路，定符私頌。承示一切俱悉。此間軍務，前月已有蕆機，參贊忽將武公一枝軍馬調往楚省，以致零匪由大寧紛紛入川，刻下轉無把握，看來尚非旦夕可完之事也。有堂陞建昌道，留此過年，以清逋稅，其缺以雅州調補矣。新永寧余觀察已到，定於十月十日上任。昨張長青投出審明安插梁令招撫之功，附片請翎，尚未批迴。顧紹先於荀文明案內請以直隸州用，積太守以蒲天寶案內請翎，重重疊疊乞恩，而軍務終無頭緒，如何是了？弟不勝杞人之憂也。□□弟與吾兄形骸無間，惠函仍以手版見貽，殊屬非是，以後切勿如此。□□弟素性率真，脫略繁文，諒亦足下之所知耳。賤體平安，喉嚨已響，可勿厪注。□□耑此布復，順候日禧。不宣。

復曹舍人

藉甚清徽，無緣接構，每聞令譽，寤想常縈。伏惟世臺綺歲珥華，鳳池妙選，扶搖萬里，纔涉初栀。岑嘉州青雲羨鳥之思，今古同情也。方以天（下缺）